Fritzi Teichert

STORCHENHERZEN

Fritzi Teichert

Storchenherzen

Roman

dtv

MIX
Papier aus verantwortungsvollen Quellen
FSC® C019821

Originalausgabe 2023

Umschlaggestaltung: FAVORITBUERO, München
Umschlagmotive: shutterstock.com
Satz: Uhl + Massopust, Aalen
Gesetzt aus der Le Monde Courrier
Druck und Bindung: Druckerei C.H. Beck, Nördlingen
Printed in Germany · ISBN 978-3-423-22020-0

Sechs Jahre zuvor

Madita

Erst dachte ich, Linda wolle mich veräppeln, als sie plötzlich zu brummen begann wie ein zu früh aus dem Winterschlaf geweckter Bär und sich am Kleiderschrank abstützte. Kurz zuvor hatten wir uns noch in die Haare bekommen, weil ich Altkleider, die sie aussortieren wollte, ihrer Meinung nach nicht schnell genug zu Bündeln zusammenfasste. Aber ganz ehrlich, ich konnte mir wirklich Spannenderes vorstellen, um mich ein wenig vom Abistress zu erholen, als Säcke mit alten Socken zu füllen. Oder mit Schlüpfern, die locker aus Omas Zeiten hätten stammen können.

»Alles in Ordnung?«, fragte ich sie, weil sie nicht aufhörte zu umpfen und ihre vielberingten Hände auf den runden Kugelbauch legte.

»Bestens, alles toll. Fun, fun, fun.« Die Antwort hörte sich leicht angriffslustig an, was ich auf die Hormone schob, die in Linda bestimmt Samba tanzten. Zumindest behauptete das Johannes, ihr Mann, der seit Monaten propagierte, eine Schwangerschaft sei doch ein Spaziergang, wofür er den einen oder anderen Schlag zwischen die Rippen kassiert hatte.

Ich runzelte die Stirn, schaute mir Linda genauer an: geschwollene Beine, Hitzepickel im Dekolleté, Schweiß auf der Stirn. Joah, wenn ich es mir recht überlegte, könnte der liebe Gatte recht haben. Tatsächlich ein Spaziergang, ganz gemütlich in der Wüste, auf heißem Sand, mit einem Elefanten auf dem Rücken – pardon – im Uterus.

»Bestens, wirklich«, wiederholte Linda wie ein Mantra und lächelte gequält.

Wie jedes Mal, wenn meine Tante ein Baby erwartete, hatte der Nestbautrieb erst spät eingesetzt. Dann allerdings mit der Kraft eines Tornados, der durchs Haus fegte, um in kürzester Zeit alles perfekt zu machen. Und da meine Mutter mit einem Bänderriss zu Hause auf dem Sofa lag, hatte man mir den Kelch der braven, untertänigen Hilfsdienstmagd überreicht. Yeah!

»Uff«, machte Linda, und ich hob müde den Blick, während mein Kopf noch mit Aufgaben aus meinem letzten Mathekurs jonglierte. In den Händen hielt ich einen Stapel alter Jeans, die mir recht winzig für mein Tantchen erschienen. Nach zwei Kindern hatte sie zwar immer noch eine tolle Figur, aber eine 36 würde es wohl trotzdem nie wieder werden.

»Die können weg, oder?«, fragte ich.

Ihr Gesicht wurde puterrot. »Madita!«

Ooookay – wegen ein paar Jeans brüllte sie mich an?

»'tschuldigung«, hauchte ich und erstarrte im nächsten Augenblick.

Lindas blütenweiße Leggins färbte sich zwischen ihren Beinen dunkel. Nicht blutdunkel, aber ganz offensichtlich lief sie aus.

»Was ist das?« Saublöde Frage, ich war gut in Bio und anderen Naturwissenschaften, was man von Mathe nicht behaupten konnte, hatte aber durchaus schon etwas von Fruchtwasser und Blasensprung gehört und ahnte, dass das eben erreichte Level mindestens eines zu hoch für mich war.

»Das kann doch gar nicht sein«, sagte ich voller Überzeugung. Der errechnete Geburtstermin lag noch mehr als drei Wochen, zwei Zwischenprüfungen und einen Schlittschuhausflug mit Lotta in der Zukunft.

Linda wedelte hektisch mit der Hand. »Ruf Johannes an, der muss sofort kommen.«

Ich sprang auf, stolperte über eine nepalesische Klangschale, verknackste mir auf dem kurzen Weg zu meinem Handy den großen Zeh am Türrahmen und spürte es kaum, als der Nagel sich nach oben bog. Denn der Schrei, den Linda in diesem Moment ausstieß, sorgte dafür, dass sich wildes Adrenalin in meine Venen ergoss.

So weit, so Katastrophe. Johannes versprach, sich sofort auf den Weg zu machen, und ich verfrachtete meine Tante aufs Bett, setzte panisch die beiden Jungs, die bis dahin ein »Feuerwehr-Laser-Gefängnis« im Flur gebaut hatten, mit Dinkelkeksen vor die Flimmerkiste und überließ Spongebob Schwammkopf die Aufsicht. Zurück im Schlafzimmer versuchte ich, Linda mit Geschichten aus meinem Liebesleben abzulenken.

Sie soll lieber was zu lachen haben, als sich Sorgen machen, dachte ich. Gleichzeitig würde ich bestimmt auch selbst wieder ruhiger, wenn ich in meinem Herzschmerz schwelgte. Ansonsten bliebe höchstens noch der Griff zur Klangschale. Angeblich gibt es ja nichts, das sich nicht mit einem anständigen Om regeln ließe.

Draußen stürmte es wie schon seit Jahren nicht mehr, und ein Hagelschauer ging auf das kleine Haus am Waldrand nieder. Warum zum Geier hatte Linda sich unbedingt für so ein einsames Heim entscheiden müssen, um ihre Küken großzuziehen?

Unweigerlich musste ich an Ronja Räubertochter denken, die bei solch einem Unwetter zwischen Blitz und Donner auf die Welt gekommen war, und lächelte. Papa hatte meine Schwester Lotta und mich quasi bis zum Überlaufen mit Astrid Lindgren gefüttert, und ich fragte mich, was Pipilotta Viktualia Rollgardina Schokominza Efraimstochter Langstrumpf in meiner Situation tun würde. Irgendeine Meduzin anrühren vielleicht, ein Lied schmettern bestimmt.

»Was grinst du so?«, erkundigte sich Linda, während sie meine Hand drückte und ich spüren konnte, wie sich die Knöchel übereinanderschoben.

»Weißt du schon, wie ihr sie nennen wollt? Eure Tochter?« Ich wusste, dass es diesmal ein Mädchen war. Meine Frage ging in einem tiefen und langen Seufzer unter, und ich warf einen Blick auf die Uhr. Wieso bewegten sich die Zeiger eigentlich immer so langsam, wenn es drauf ankam? Johannes brauchte mindestens eine halbe Stunde aus der Stadt hierher.

»Ich finde ja Ronja ganz toll«, verriet ich meiner Tante zwischen zwei Wehen und tupfte ihr manisch die Stirn mit einem feuchten Tuch.

»O Gott, das geht alles viel zu schnell«, stöhnte sie, und ich ahnte Schreckliches, als sie sich die Leggins abstreifte. Das Wort *Sturzgeburt* ging mir durch den Sinn, davon hatte ich irgendwann mal gehört, und dass es gerade bei Frauen, die bereits Kinder haben, sehr, sehr schnell gehen kann.

Ich kniff mir in die Nasenwurzel und sah kurz Sterne. Viele kleine weiße Sterne. Gott, jetzt bloß nicht ohnmächtig werden!

»Guck mal, ob du was siehst«, presste Linda mit schmerzverzerrtem Gesicht hervor.

Ich wollte protestieren, dass ich nicht mal mein Abi hatte und es doch außerdem Johannes' Aufgabe war, meiner Tante bis ins Paradies zu schauen. Oder? Meine jedenfalls nicht.

»Nee, das geht nicht«, stammelte ich also. Und wo blieb mein Onkel, zum Donnerdrummel noch mal? Nahm der die Abkürzung über Taka-Tuka-Land?

»Ahhh, mach schon!«, brüllte Linda und verpasste mir einen heftigen Schlag auf den Oberarm, der mich animierte, ihrer Aufforderung Folge zu leisten. So wie damals, beim Zehnmeterturm, als sie mich einfach runterschubste, was sie bis heute leugnet.

Wenig später hockte ich zwischen Tantchens Beinen, die vor Anstrengung zitterten, und guckte auf ihre Vagina. Und ehrlich, ich habe ja selbst eine und weiß, wie so was aussieht. Aber das hier war ganz und gar kein schöner Anblick und tat allein vom Zuschauen weh.

»Was siehst du?«, wollte Linda wissen, und ich suchte nach den richtigen Worten.

»Ui«, fiel mir als Erstes ein, während ich noch auf das Szenario schaute, das mir verriet, dass da bald jemand *Hallo* sagen würde. »Ich denke, wir sollten ins Krankenhaus fahren.«

»Ich kann nicht fahren – aarrrrgh –, du etwa?«

Lindas Finger krallten sich in meinen Arm, und ich fiel gleich mal in ihren Schrei mit ein. Sie hatte recht, ich hatte gar keinen Führerschein und mein Wissen über Autos beschränkte sich auf: Das ist vorne und das ist hinten. Und das P auf der Gangschaltung beim Automatikfahrzeug steht für »Pinkelpause«!

Mir wurde abwechselnd heiß und kalt.

»Ahhh!« Linda kreischte erneut, und mit der freien Hand wählte ich den Notruf.

»Ich will keine scheiß Hausgeburt!«, schnaufte Linda, nachdem die Wehe abgeebbt war.

Ich streichelte ihr den Arm, gab dem netten Herrn am anderen Ende der Leitung die Adresse durch und überlegte, ob ich um den Einsatz eines Rettungshubschraubers bitten sollte. Oder am besten gleich um ein Beam-Gerät. *Ach bitte, lassen Sie das Scotty machen!*

»Ich will meine PDAaaaaaarg«, krähte Linda in dem Moment, als Julius mit bunten Bauklötzen in den Händen um die Ecke getapst kam und panisch ins Schlafzimmer guckte.

»Alles gut, Juli«, sagte ich zu ihm und hob beschwichtigend die Hände. »Mamas Baby im Bauch will nur rauskommen. Ist ihm einfach zu eng da drin.« Ich deutete auf Lindas Medizinballbauch.

Der kleine Mann mit Vokuhila legte den Kopf schief und fragte dann. »Hat Mama aua?«

»Öhm, nur ein ganz bisschen.« Ich versuchte es mit einem beruhigenden Lächeln.

Linda, die längst aufs Bett gesunken war, hievte sich aus dem Kissen. »Mama schafft das, mein Spatz. Geh wieder zu deinem Bruder, ja, Mäussssschen«, japste sie.

Tatsächlich stolperte Julius, der sonst immer Antworten auf mindestens dreizehn Warum-Fragen benötigte, bevor er eine Anweisung befolgte, rückwärts aus dem Zimmer. Am liebsten wäre ich mitgegangen.

Draußen zuckte ein Blitz über den Wald, und gleich darauf rollte der Donner heran und krachte gegen das Fenster wie eine Nordseesturmwoge. Minuten vergingen, Linda stöhnte, schrie, jaulte, und ich hoffte, dass endlich Hilfe kommen würde, weil ich mir die Pausen zwischen den Wehen allmählich nur noch einbildete. Die Schmerzwellen zerschlugen die Zeit, nahmen jeden Raum ein, den es gab, und raubten nicht nur Linda den Atem.

»Tu doch waaaaas!«, forderte meine Tante irgendwann. Fast brach sie mir die Finger, während ich halb vor ihr, halb neben ihr lag und in die gleiche Schnappatmung verfiel wie sie. Ich wünschte, ich könnte ihr helfen. Im nächsten Moment tauchte der Kopf der kleinen Räubertochter auf, und mir wurde komisch. Erneut tanzten Sterne vor meinen Augen. Viele Sterne. Vermutlich der Schock. Oder eine ernst zu nehmende Erkrankung; eine Netzhautablösung, verursacht durch Stress. Wer weiß.

Kurz darauf flutschte der Rest des Babys ins Freie und landete auf der Matratze.

»O mein Gott.« Linda schluchzte, versuchte sich aufzurichten, um zu sehen, was passiert war. Sie wirkte leicht weggetreten vom Schmerz und Adrenalin.

»Hoppla, das sieht doch gar nicht so schlimm aus«, ist nicht unbedingt das, was man sagen sollte in so einer Situation. Aber es war auch mein erstes Mal.

Prompt spürte ich Lindas Ellenbogen im Gesicht. »Was? Was sieht schlimm aus?«

»Alles wunderbar, ist alles dran«, beeilte ich mich zu verkünden. »Vier Beine, äh zwei, und Arme mit fünf Fingern, öh, warte kurz …« Ich zählte vorsichtshalber noch mal nach. »… ja, fünf. An jeder Hand. O Gott, wie niedlich und so klein!« Mein Herz schlug einen angenehm flatterigen Rhythmus, als ich meine Hände nach dem winzigen Kind ausstreckte und es vorsichtig aufnahm.

»Hallo, Baby«, hörte ich mich flüstern, ein Glücksgefühl in mir spürend, das an nichts heranreichte, was ich jemals empfunden hatte. Und obwohl ich sonst zu allem etwas zu sagen hatte, fiel mir in diesem Moment rein gar nichts ein. Ich schwieg und schaute nur.

Und dann begann das winzige Wesen zu weinen. Ganz leise und quäkend schickte es sein *Hier bin ich* in die Welt, während es in mir selbst ganz still wurde. Sacht legte ich das kleine Mädchen auf Lindas Bauch und betrachtete das Gesichtchen.

»Na? Schneller konnte die Reise wohl nicht gehen, was?«, fragte ich. Ein Lachen purzelte aus meinem Mund. Gleichzeitig heulte ich wie ein Schlosshund. Hätte nie gedacht, dass das überhaupt möglich ist.

Draußen übertönte das Martinshorn eines Krankenwagens das Gewitter, und ich wusste plötzlich, was ich mit meinem Leben anstellen wollte. Scheiß auf das geplante Archäologiestudium, ich würde Hebamme werden.

Stern(e)stunden

Helga

»›Fachlich 1a, aber die Schreckschraube, die unseren Sohn entbunden hat, hat das Einfühlungsvermögen eines Brecheisens. Da könnt ihr die Geburt eures Kindes gleich beim Metzger anmelden.‹«

Pause. Ein strenger Blick trifft mich über den Rand der halben Brille hinweg, Augenbrauen heben sich erwartungsvoll. Monika wartet auf meine Stellungnahme. Gut, dann sind wir schon zu zweit.

Ich zucke mit den Schultern, Monika seufzt, nimmt die Brille ab und reibt sich mit geschlossenen Augen die Nasenwurzel. Manchmal glaube ich, dass sie Gesten einstudiert, um sie im richtigen Moment einzusetzen. Es gibt Menschen, die können das. Ich schlage einfach nur die Beine übereinander.

Monikas Schreibtisch steht vor der runden Fensterfront des Zimmers, und ich blicke nach draußen in den kleinen feinen Garten, keine fünfzehn Quadratmeter groß, aber mit Kräuterbeet, Apfelbaum und zwei dürren Birken. Und natürlich der gelben Gartenbank, von der die Farbe abblättert und die schon dastand, bevor ich ins *Storchennest* kam. Von hier aus kann man die Kaffeeränder nicht sehen, die unzählige Tassen auf dem Lack hinterlassen haben, aber sie stehen mir vor Augen, und ich wünsche mir meinen Becher herbei. Dunkelbraun, Sprung im oberen Rand, der abgedroschene Vorschlag: *Forget love, fall for coffee.* Irgendein glückliches Paar hat mir den geschenkt, als Dank nach einer Geburt. In der Tat wäre Kaffee jetzt nicht schlecht.

»Was sagst du dazu?« Monika hat ihre Brille auf dem Schreibtisch abgelegt und blickt mich nun wieder an.

Wir kennen uns inzwischen so lange, dass ich mir sicher bin, wie dieses Gespräch verlaufen wird. Tatsächlich kommt es nicht selten vor, dass wir uns manchmal stundenlang stumm im selben Raum aufhalten und ich am Ende das Gefühl habe, eine erfüllende Unterhaltung geführt zu haben. Monika, seit 22 Jahren eine Größe in meinem Leben, seit fünfzehn Jahren direkte Kollegin, Kameradin und streng genommen Chefin.

»Wenn die einen Metzger bevorzugen – sollen sie«, sage ich. Und weil mir einfällt, dass Monika sich hin und wieder darüber beklagt, ich sei wortkarg, schiebe ich hinterher: »Wenn denen ›Darf's noch ein bisschen mehr sein‹ tatsächlich lieber ist als kompetente Geburtshilfe.« Ich spüre, wie meine Schultern erneut zucken.

Monika wiederholt ihr Seufzen. Spart sich die Antwort, setzt die Brille zurück auf die Nase und liest von ihrem Tablet: »›So was habe ich echt noch nie erlebt! Der ET von unserem Flori ist erst in drei Wochen, und als ich vorgestern die Hebamme anrief, weil ich schon total krasse Wehen hatte, warf sie mir allen Ernstes vor, ich sei hysterisch und würde maßlos übertreiben. Ich soll mich erst melden, wenn's losgeht. Hallo??? Eigentlich wollte ich unbedingt im Geburtshaus entbinden, aber jetzt gehe ich definitiv ins Krankenhaus. DIE holt unseren Flori nicht auf die Welt!!!!!!!‹«

Monika lässt das Tablet sinken. Jetzt bin ich es, die seufzt. »Das war Ines, oder?« Monika nickt weder, noch schüttelt sie den Kopf. »Schreibt sie auch, dass ich sie nach Intensität, Dauer und Häufigkeit der Wehen gefragt habe und nach meinem Ermessen kein Handlungsbedarf bestand? Dass sie erst am Morgen bei der Vorsorge war, bei der ich ihr erklärte, dass alles in Ordnung sei und sie sich auf Vorwehen einstellen solle? Du kennst sie. Sie hat fünfmal angerufen, weil sie innerhalb von drei Stunden zweimal ein kleines Ziehen gespürt hat.« Ich denke an das Kind in Ines' Bauch und kann mich nicht entscheiden, was mich mehr beunruhigt. Dass der arme Junge mit einer überängstlichen Mutter wird klarkommen müssen oder dass sie ihn bereits vor seiner Geburt mit diesem fürchterlichen Spitznamen straft.

»Hast du sie wirklich *hysterisch* genannt?«

»Müssen wir wirklich *darüber* sprechen?«

Monikas Blick bohrt sich in meinen. Als sie heute Morgen anrief und mich zu einer »außerordentlichen Teambesprechung« bat, hatte ich keine Ahnung, um was es gehen könnte. Es sei wichtig, hatte sie lediglich gesagt. Außerdem sei Sonntag und mein Terminplan damit sicherlich nicht voll.

»Wir wissen beide, wie verweichlicht, verunsichert und wenig autark die werdenden Mütter heutzutage sind«, fahre ich fort, weil sie schweigt – wer ist hier wortkarg? »Sind wir nicht auch dazu da, ihnen das Vertrauen in ihre Intuition und ihren Körper zurückzugeben?«

»Indem wir sie *hysterisch* nennen?«

»Ines *ist* hysterisch.«

»Mag sein, aber es hilft ihr nicht, wenn du ihr das ins Gesicht sagst.«

»Es hilft ihr genauso wenig, wenn ich es ihr nicht sage.«

»›ACHTUNG, LASST EUCH BLOSS NICHT IM STORCHENNEST BETREUEN!!! Die Hebammen dort sind absolute Kotzbrocken!‹« Monika wischt mit dem Finger über ihr Tablet. »›Finger weg! Ich hab im *Storchennest* entbunden, und die Hebamme hat mich die ganze Zeit allein gelassen … unfreundlich … einfühlsam wie eine Kettensäge …‹« Sie lässt das Gerät sinken, legt die Brille darauf ab. »So geht es weiter. Unsere durchschnittliche Google-Bewertung liegt bei knapp drei Sternen. Tendenz fallend.«

»Du weißt, dass ich die Frauen nur dann allein lasse, wenn sie es gerade brauchen.« Über Monikas Schulter hinweg blicke ich wieder in den Garten. Die Stämme der beiden Birken leuchten weiß in der Vormittagssonne. Auf einem Ast hockt eine Amsel, der ein Wurm aus dem Schnabel baumelt. Ich überlege ernsthaft, mir einen Kaffee zu holen.

»Das Problem mit Google ist«, sage ich, »dass die Leute ihren Frust dort abladen, ungefiltert und ungeachtet des Zusammenhangs. Wenn das Baby pupst, ist die Hebamme schuld – und nicht nur eine, sondern natürlich alle.«

Ich spiele auf den Plural *sind absolute Kotzbrocken* an, denn es ist absurd, Monika als solchen zu bezeichnen. »Bei keiner dieser Schwangerschaften und Geburten ist etwas schiefgegangen. Alle Babys sind gesund und munter, allen Müttern geht es gut und es ist keine dabei, die nicht wie gewünscht stillen konnte. Nicht ein einziger Damm ist gerissen.« Draußen ist der Wurm im Schnabel der Amsel verschwunden, und ich reiße meinen Blick los, weil ich weiß, dass Monika es hasst, wenn ich sie nicht ansehe, während ich mit ihr spreche. Hans stört das nicht, fällt mir ein.

»Die sind müde und überfordert, weil sie sich nicht vorgestellt haben, wie anstrengend so ein Baby ist. Die dachten, sie atmen ein bisschen tief, entbinden mal eben und haben schwupps ein zuckersüßes Wonneproppchen, das sie überall mit hinnehmen und herumzeigen können.«

Gestern habe ich einen neuen Beutel Kaffeebohnen im Küchenschrank des *Storchennestes* deponiert. Eine Aztekenmischung mit zehn Prozent gerösteten Criollo Kakaobohnen, handverlesen und gekauft bei einer kleinen Hamburger Rösterei und so frisch, dass die Tüte ein Einwegventil hat. Mittlerweile sollte der Reifeprozess weit genug gediehen sein, dass ich probieren kann. Seitdem das Päckchen angekommen ist, freue ich mich darauf.

Ich sage: »Die stehen drei Stunden nach der Geburt auf und wollen durch den Park joggen, um möglichst übermorgen ihre Figur zurückzuhaben. Die lesen zehn Ratgeber und brechen in Verzweiflung aus, weil ihr Neugeborenes trotz Tüteldü und Trallala weder durchschläft noch dauernd zufrieden gluckst.« Kaffee wäre jetzt *wirklich* gut. Der von heute Morgen steht zu Hause auf dem Küchentisch, kalt, elend, nicht zu Ende getrunken. Das hasse *ich*. »Die denken, Muttersein sei etwas, das man aus Büchern, Talkshows und Foren lernen kann. Monika, ernsthaft, die *sind* hysterisch. Und es ist nicht meine Schuld, dass das Leben sich nicht an die Kategorien aus dem Ratgeber hält und die Eltern deswegen am Rad drehen.« Ich deute mit dem Kinn auf ihr Tablet. »Wer glaubt, er muss im Krankenhaus entbinden oder beim Metzger, soll dahin fahren. Mir egal. Ich missioniere nicht.«

»Manchmal glaube ich, dass dir *alles* egal ist.«

Lustig, das Gleiche hat auch Hans mal zu mir gesagt. Wie üblich klang er sachlich dabei.

»Das stimmt nicht«, erwiderte ich damals. »Ich bin bloß unaufgeregt.«

»Vergiss Google«, schlage ich Monika vor. »Wir machen keine schlechtere Arbeit als früher. Seit wann interessiert dich dieser Bewertungskram überhaupt?«

Sie sieht müde aus.

»Ich gehe mir einen Kaffee kochen, willst du auch einen?« Ich stehe auf.

Sie schüttelt den Kopf. »Unsere Auftragszahlen sinken, Helga. Im Vergleich zum Vorjahr haben wir dreißig Prozent weniger Kundinnen. Dreißig.«

Halb auf dem Weg zur Tür bleibe ich stehen. Mir ist aufgefallen, dass wir weniger zu tun haben, sicher. Ich denke an den

Ausflug, den Hans und ich vor einigen Wochen machen wollten, nachdem sich ausnahmsweise bei keiner meiner Frauen die Geburt ankündigte und es auch kein Geburtsvorbereitungsseminar zu halten gab. Zwei Nächte in einem Landgasthof mit Sauna und Whirlpool, Wanderwegen ringsum und Ausflugslokalen mit Biergarten. Über das Internet hatten wir eine unverbindliche Anfrage gestellt. Und sind dann doch nicht gefahren. Hans hatte Infomaterial aus dem Büro mit nach Hause gebracht, das er für einen Kunden aufbereiten wollte. Er entwickelt Verpackungskonzepte, in diesem Fall für Lebensmittelhersteller, und ist ganz versessen darauf, eine vor Kurzem erst patentierte Frischhaltelegierung auf dem Markt zu etablieren.

»Kein Problem«, sagte ich zu ihm, als er wenige Stunden vor Ablauf der Reservierungsfrist von dem Termin erzählte, zu dem eine interessierte Firma ihn und seinen Kollegen spontan eingeladen hatte.

»Wenn wir die überzeugen – wow, das wäre was.« Seine Augen hatten geradezu geglänzt, und mir war durch den Kopf gegangen, dass es lange her war, seit ihn irgendetwas so begeistert hatte.

»Wir können auch hierbleiben und ein anderes Mal fahren«, schlug ich vor. Noch während ich es aussprach, fühlte ich, wie sich etwas in mir löste, von dem ich nicht gewusst hatte, dass es da gewesen war, und ich stellte fest, dass ich gar keine Lust gehabt hatte, einen Koffer zu packen, loszufahren, im Auto zu sitzen, in einem fremden Zimmer anzukommen. »Dann kannst du alles in Ruhe vorbereiten.«

Hans blickte mich an, forschend, als versuchte er herauszufinden, ob stimmte, was ich sagte.

»Bist du sicher?«

Ich nickte. »Klar.« Meine Mundwinkel bogen sich zu einem Lächeln, als ich hinzufügte: »Dann kann ich auf dem Sofa liegen und ein gutes Buch lesen.«

Hans grinste zurück. »Das hast du ewig nicht gemacht, oder?«

»Eben.«

Manchmal wünschte ich, andere Menschen wären genauso unkompliziert wie mein Mann. Monika zum Beispiel. Dann könnte sie den ganzen Rezensionsblödsinn einfach sich selbst überlassen.

»Unser Job ist krisensicher«, sage ich zu ihr, als ich die Tür erreiche. »Kinder kommen immer auf die Welt.« Ich rechne mit einem matten, resignierten Lächeln. Ja, Monika ist müde. Ungeregelte Arbeitszeiten sind ungesund, und ihr merke ich den Alltag in ständiger Bereitschaft in diesem Moment deutlicher an als jemals zuvor. Mir fallen Falten in ihrem Gesicht auf, von denen ich nicht sagen kann, ob sie neu sind oder sich bloß tiefer eingegraben haben. Komisch, dass Menschen, die man täglich sieht, einen so überraschen können.

Das Lächeln bleibt aus.

»Ich will in den nächsten Wochen ein paar Fünf-Sterne-Rezensionen sehen, Helga.« Im Gegensatz zu ihrem Gesicht ist ihre Stimme kraftvoll. »Ich erwarte Nachsichtigkeit und Empathie von dir.«

Ich lege meine Hand auf die Klinke und öffne die Tür. Beinahe kann ich die Bohnen schon riechen, die ich gleich in die Mühle füllen werde, um sie klein zu mahlen mit diesem sanft knackenden Geräusch, das angenehmer ist als jedes Meeresrauschen. Ich frage mich, warum noch nie jemand auf die Idee gekommen ist, eine Entspannungs-CD mit Kaffeemahlmusik aufzunehmen.

Durch die zufallende Tür fliegt mir Monikas Stimme hinterher: »Wenn du nicht nett sein kannst, dann tu wenigstens so.«

Storch im Anflug

Madita

»Madita, bist du noch dran?«, kräht meine Schwester Lotta ins Telefon, und ich mache eine Vollbremsung an einer plötzlich roten Ampel. Mein Handy verabschiedet sich in den Fußraum, und mir schießt durch den Kopf, dass unser Vater mir neulich erst einen Vortrag zur Sicherheit im Straßenverkehr gehalten hat. *Safety first, Madita. Immer den Helm auf und anschnallen nicht vergessen!* Sicherheit. Was andere angeht, bin ich da ganz groß. Ich bedenke alle Risiken und Nebenwirkungen und packe die Lieben um mich herum in die sprichwörtliche Watte. Der Stoffstorch, den Papa mir zum Examen geschenkt hat und der den kreativen Namen Mister Storch trägt, sitzt zum Beispiel bombenfest und mit Panzertape gesichert auf einem Karton. Mein eigener Selbsterhaltungstrieb ist hingegen nicht sonderlich ausgeprägt.

»Hallo, was ist passiert?« Lotta klingt zugleich belustigt und beunruhigt, und ich bekomme das Telefon gerade in dem Moment in die Finger, als es hinter mir ungeduldig hupt. Entschuldigend hebe ich die Hand und fahre los, setze den Blinker und biege in eine ruhigere Straße ab. Das Handy fest in den Fingern. Memo an mich: Unbedingt die Freisprechanlage reparieren und Papa stolz machen.

»Huhu, Kapitänin an Schiffsbesatzung?«

Ich versuche, mich zu orientieren, hab keine Ahnung, wo ich bin, genauso wenig wie anscheinend mein Navi. Blödes Ding!

Eigentlich mag ich ja Umzüge. Es ist mein drittes Mal, und es fühlt sich immer ein bisschen an wie eine Geburt. Man drückt quasi auf reset und startet sein Leben neu. Nicht ganz, natürlich. Die Familie wird man nicht los, was gut ist, und richtige Freunde bleiben trotzdem an deiner Seite. Und Schwestern …

»Madita! Sag mal was!«

Himmel, Barsch und Zwirn! Ungelenk hebe ich das Telefon ans Ohr, klemme es zwischen Schulter und Wange ein.

»Jab«, hauche ich.

»Also, ich hab dir ja erzählt, dass ich Patrick gedatet habe, aber noch immer an Basti denken musste, und da …«

»Das hast du nicht getan«, unterbreche ich meine Schwester, weil ich genau weiß, was als Nächstes kommt. Sie ist die Queen of broken Hearts und kann sich nie zwischen Typen entscheiden. Ich kenne die Geschichten auswendig und habe aufgehört zu zählen, wie oft sie bereits zwei oder drei Eisen im Feuer hatte und einen Sport daraus machte, zu verhindern, dass besagte Männer voneinander erfuhren. Eine hohe Kunst. Die sie mittlerweile meisterhaft beherrscht.

»Natürlich«, antwortet sie. »Nächste Woche stechen wir wieder in See. Und ich wollte vorher wissen, wer sich als Mann im Hafen eher eignet. Auf wen ich mich freuen will, wenn ich in einem Monat zurückkomme.«

Das Handy rutscht mir in den Ausschnitt, weil ich lachen muss. Ich lasse einen Fußgänger über den Zebrastreifen vor mir und angle mein Telefon aus dem Dekolleté.

»Wie soll ich mich zwischen süßem und salzigem Popcorn entscheiden, wenn Saltet Caramel mein Leben ist?«, plappert sie einfach weiter, ohne überhaupt zu bemerken, dass es am anderen Ende der Leitung (dank des Dekolleté-Unfalls) still geworden ist.

Aber ich verstehe, was sie meint, nämlich, dass beide Herren der Schöpfung nur Teile des Gesamtpakets sind, das Lotta sich wünscht. Meine Schwester hat hohe Ansprüche und besteht auf bestimmten Punkten, die ein Mann mitbringen muss. Bei mir ist das anders. Ich verliebe mich Hals über Kopf in die unterschiedlichsten Typen, ganz ohne Kriterien, einfach so.

»Weiß nicht.« Ich fahre an, übersehe beinahe einen Radfahrer.

»Ich muss auflegen, es gibt sonst Tote – wir telefonieren später.« Mein Fiat 500 jault auf, als ich ihn zu doll trete, und ich kann es nicht fassen, dass Lotta noch mal anruft, nachdem ich das Handy Mister Storch an den Kopf geworfen habe.

Solange ich die Straßen dieser Kleinstadt noch nicht in- und auswendig kenne, sollte ich wirklich auf Smalltalk am Steuer verzichten. Besonders da mir Lotta manchmal den letzten Nerv raubt. Ich liebe meine Schwester, aber sie weiß grundsätzlich alles besser. Und mit Kritik hält sie nie lange hinterm Berg. *Madita, findest du wirklich, dass Hebamme ein Beruf für die Zukunft ist? Über kurz oder lang kann doch kein Mensch bei gesundem Verstand noch Kinder in diese Welt setzen wollen.*

Ich trete aufs Gas, überhole einen UPS-Fahrer, der einfach mal auf der Straße vor einem Frisörsalon parkt.

Madita, willst du nicht erst mal was von der Welt sehen, bevor du dich in deinem Leben festfährst? Du bist noch so jung.

Ich schiele aufs Navigationssystem und wundere mich, dass weder die ersehnte Hausnummer 33 noch die Lilienstraße auftauchen. Ich habe ein Zimmer in einer netten WG gemietet, die nur wenige Minuten von meinem neuen Arbeitsplatz im *Storchennest* in der Sonnenblumenallee entfernt ist. Ideale Lage also, auch wenn ich momentan aus unerfindlichen Gründen die Rosenstraße entlangrolle.

»Ui, wenigstens gibt's hier ein hübsches Café«, freut sich

der Schokoladenjunkie in mir, als ich ein einladendes Schild an einem hellblauen Altbau mit Türmchen sehe: *Amore Belle*.

Ich muss zugeben, die gesamte Straße ist wie aus dem Bilderbuch. Wunderschöne Gebäude reihen sich aneinander wie bunte Perlen an einer Schnur, beherbergen kleine Geschäfte und Restaurants und laden einen geradezu ein, es sich nach einem anstrengenden Arbeitstag so richtig gutgehen zu lassen.

Stumm grinse ich vor mich hin, Lotta gibt ihre Anrufattacke auf, und Mister Storch sieht sich entspannt die neue Nachbarschaft an – na ja, zumindest wirkt er so.

Nach drei Jahren Abenteuer der Geburtshilfe, lernen bis der Arzt kommt, schwitzen, heulen, lachen und Examenskreißsaal bin ich nun also hier, um Kurse zu geben, Hausbesuche zu machen und die Babys dieser Vorstadt auf die Welt zu holen. Ich kann es kaum erwarten!

Während im Radio *Sister of Pearl* von Baio läuft, parke ich mein Auto gekonnt und flott in einer winzigen Parklücke, weil mein Navi jetzt doch meint, dass wir das Ziel erreicht hätten.

Mein Herz pocht hart gegen den Stoff meines T-Shirts, als ich mich abschnalle und einen prüfenden Blick in den Spiegel werfe. Sollte ich den Kajal nachziehen? Er sieht ein wenig verwischt aus. Vielleicht noch ein bisschen Lipgloss? Ich verwerfe den Gedanken und fixiere mich im Rückspiegel.

»So, Madita. Jetzt kommt es auf dich an. Mach einen guten ersten Eindruck bei deinen neuen Mitbewohnern und nimm sie für dich ein«, fordere ich mich selbst auf und kneife mir in die Wangen, um Farbe in meine blasse Haut zu bringen. Ich freu mich immer, neue Leute kennenzulernen, bin aber auch jedes Mal nervös. Von den dreien, die mich in ihrer schnuckeligen WG aufnehmen wollen, habe ich bislang nur Niklas kennengelernt, und das bloß am Telefon. Ich bin so gespannt, wie Tonja und Marie sind.

Ungelenk drehe ich meine pastellrosa Haare zu einem Dutt. Dann zupfe ich zwei Strähnen wieder heraus, damit es lässiger aussieht, und atme tief durch.

»Na dann, volle Nuss voraus.« Ich ziehe den Karton zu mir herüber, befreie Mister Storch vom Panzertape und öffne die Autotür. Leider vergesse ich, dass es die Straßenseite ist. Bremsen eines Fahrrads quietschen, und mein Herz setzt einen Schlag aus, während mein hübsches Plüschmaskottchen vom Karton auf den Asphalt segelt.

»O Gott, es tut mir so leid!«, stammle ich sofort. Mann, ich bin hier, um Leben auf die Welt zu holen, nicht um welche zu beenden! Augenblicklich gehen mir alle lebenserhaltenden Sofortmaßnahmen durch den Kopf. Stabile Seitenlage, Herzdruckmasse, Mund zu … Hoppla.

»Ist ja nichts passiert«, knurrt eine raue Stimme. Graublaue Augen funkeln mich angriffslustig an. Zum Glück trägt der Typ einen Helm, wie vorbildlich. Papa wäre stolz auf ihn. Ich versuche zu lächeln, ohne dass es irre aussieht.

»Wirklich nicht?« Meine Stimme versagt, ist nichts als ein Wispern im Wind, und der erste Mensch in dieser Stadt, mit dem ich ein Wort wechsle, verzieht seinen Mund zu einem Strich. Eine Mischung aus Spott und Belustigung spiegelt sich auf seiner Miene, während er sich bückt, um den Storch aufzuheben. Meine Knie sind weich, und ich steige Karton voraus aus meinem Wagen. Ein Auto weicht auf die andere Fahrbahnseite aus und hupt.

»Nein, aber das war reines Glück. Ich frag mich, wo du deinen Führerschein gemacht hast«, meint der gewitzte Typ und setzt mir Mister Storch zurück auf den Karton. Er zögert, als liege ihm noch etwas auf der Zunge, das er nur mühsam verschluckt, während er sein Rennrad näher an mein Auto heranschiebt, damit andere Verkehrsteilnehmer leichter an uns vorbeikommen.

Ich versuche, mein grenzdebiles Grinsen unter Kontrolle zu bringen, und balanciere olympiareif das Stofftier auf dem Karton.

»Den hab ich gewonnen, in einem Preisausschreiben in Kalkutta.« Mit der Hüfte kicke ich die Fahrertür zu. Ein Kleintransporter rauscht an uns vorbei, wirbelt trockene Blätter über die Straße, und meine Gedanken verhalten sich ähnlich wie das Laub. Sie strudeln und fliegen durcheinander. Der hübsche Fremde setzt den Fuß aufs Pedal, blickt sich nach allen Seiten um, bevor er sich auf den Sattel schiebt. Am liebsten möchte ich ihn aufhalten. Ihn fragen, was hier so los ist in der Stadt. Ihn als großes Sorry zu einem Kaffee einladen.

»Ich bin übrigens neu hier«, beeile ich mich ihm mitzuteilen. Vielleicht in der Hoffnung, dass er mir die Stadt zeigen will.

»Freut mich, Neu-hier, dann mach's mal gut«, ist nicht das Schlusswort, das ich mir erhofft habe, und mein Grinsen verrutscht.

»Ich wünsche dir noch einen schönen Tag und pass auf dich auf!«, rufe ich ihm nach, als er nach erneutem Schulterblick in die Pedale tritt. »Es sind verdammt viele Verrückte unterwegs!«

Für eine halbe Sekunde schaut er zu mir zurück. »Pass das nächste Mal auf, wenn du aus deinem Auto steigst.«

»Klar! Man sollte eine Dummheit nie zweimal machen«, brülle ich, während er sich in sportlicher Geschwindigkeit von mir entfernt. »Es gibt so viel Auswahl.« Ich reiße mich vom Anblick seines Rückens los und eiere um den Fiat herum zum Fußgängerweg. Wenn der wüsste, wie oft ich Dummheiten wiederholen kann … Meinen Ex habe ich ganze dreimal zurückgenommen, obwohl er das Wort »Ignoranz« quasi erfunden hat. Er war verheiratet mit *Call of Duty*, einem Computerspiel, dem ich so gar nichts abgewinnen kann, und merkte nicht einmal, als ich entführt und ganze drei Tage von Verbrechern festgehalten wurde. Na gut, ich hatte mich bei Lotta verkrochen, um zu sehen, wann ihm auffällt, dass ich nicht mehr da bin. Genauso gut hätte ich meine Schwester auf ihr Schiff begleiten und ein Jahr Seeluft schnuppern können – es hätte ihn nicht gejuckt. Freunde versichern mir ständig, dass es nichts mit mir zu tun hatte, sondern ausschließlich mit ihm. Ich selbst bin mir da manchmal nicht so sicher, was nervig an meiner Seele zupft.

»Guck nicht so«, murmle ich Mister Storch auf dem Karton zu, der mit seinem Kopf im Takt meiner Schritte nickt. »Niemand ist perfekt.«

Ich drücke mit dem Ellenbogen auf die Klingel mit den drei Namen ganz oben rechts. Aus den Augenwinkeln nehme ich eine Mutter wahr, die einen Kinderwagen schiebt und sich gerade eine Zigarette anzündet. Ich unterdrücke den Impuls, ihr hinterherzulaufen, das Nikotinröhrchen aus dem Mund zu ziehen und stattdessen einen Powerriegel zu schenken.

Gedankenverloren blicke ich ihr nach und falle in den tristen Hausflur, als die Tür sich mit einem Surren öffnet. Fast stürzt mir Mister Storch ein weiteres Mal vom Karton. Memo an mich: Dem Storch einen Fallschirm nähen.

»Huhu!«, ruft es aus dem dritten Stock herunter, und mit Karton und Kuscheltier fliege ich die Treppe hinauf. Oben angekommen brauche ich ein Sauerstoffzelt, pfeife aus dem letzten Loch, freu mich aber über das strahlende Lächeln, das mich empfängt.

»Hallo, ich bin Madita«, keuche ich, und Mister Storch breitet seine Schwingen aus, um nun doch im Sturzflug vom Karton zu segeln.

»Ups«, sagt der Mann in der Tür, den ich an seiner weichen Stimme als Niklas erkenne. »Stürmischer Storch im Anflug.«

Er sieht ganz anders aus, als ich mir den jungen Lehrer vorgestellt habe. »Ich bin Niklas, wir haben telefoniert.« Seine Brille ist ein Harry-Potter-Model und seine Haare auffällig unauffällig über Geheimratsecken gestylt. Er klemmt sich Mr. Storch unter den Arm und nimmt mir galant die Kiste ab.

Mein Rücken kracht, während ich mich aufrichte und einige Herzschläge hyperventilierend im Türrahmen abstütze. Memo an mich: Unbedingt wieder Sport treiben. Radfahren wäre schön.

»Oh, danke dir. Ich muss zugeben, die Fahrt war echt anstrengend.« *Und das Ankommen tricky und mordsgefährlich,* füge ich in Gedanken hinzu und lächle gequält.

»Komm erst mal rein.« Niklas winkt mich durch die Tür.

Die Wohnung ist hübsch, genau wie auf den Fotos. Hell, sauber und modern eingerichtet. Zwei Mädels, eine mit Kurzhaarfrisur, die andere mit Fischgrätenzopf und strahlend blauen Augen, sitzen in der Küche und winken mir zu.

»Hey, Madita. Herzlich willkommen, wir haben dir dein Zimmer schon hergerichtet«, zwitschern sie fröhlich und kommen auf mich zu. Wir schütteln uns die Hände, und die Kurzhaarfrisur führt mich zur zweiten Tür links, um mir das möblierte Reich zu zeigen, das ich gemietet habe.

»Oh, wow. Ich weiß gar nicht, was ich sagen soll.« Gemeinsam treten wir ein. Alles ist weiß. Der Schrank, das Bett, der Nachttisch, der lasierte Holzboden, die Gardinen; ich möchte mir eine rosarote Brille aufsetzen, so geblendet bin ich.

»Den Bettüberwurf hab ich selbst genäht. Ich bin übrigens Tonja«, stellt sich der Grätenzopf vor und macht eine Tadaaa-Geste.

»Wow«, wiederhole ich. »Superschön. Fast so hübsch wie aus der Kaiserschneiderei.«

Unterdessen stellt Niklas meinen Karton vors Bett. Der Vorteil von mitgemietetem Mobiliar liegt auf der Hand: Es ist ein gemachtes Nest, in dem ich nur noch landen muss. Auch wenn's nicht mein eigenes ist.

»Hahaha, Kaiserschneiderei! Das ist ein Hebammenwortspiel, oder?« Marie legt den Arm um Tonja und haucht ihr einen Kuss auf die Wange.

»Möchtest du was trinken? Du hast bestimmt eine lange Reise hinter dir«, vermutet Tonja und schenkt mir ein honigsüßes Lächeln, das allerdings knapp unterhalb ihrer Augen stoppt. Hoppla.

»O ja, gern.« Ich lächle zurück, bis in beide Pupillen hinein, und wische mir eine rosa Strähne aus dem Gesicht.

»Was magst du denn?«, fragt Tonja. »Also, wenn ich raten müsste, dann würde ich auf Früchtetee tippen.«

Einen Augenblick bin ich von Niklas abgelenkt, der mit Mister Storch herumspielt, als wäre der eine Handpuppe, und wünsche mir etwas mit bedeutend mehr Gehalt. Aber Früchte sind auch okay.

»Ja, gern«, antworte ich ein bisschen eingeschüchtert. Tonja erinnert mich fatal an meine Tante Hannelore. Und der widerspricht man nicht. Sie war einst Gymnasiallehrerin und vermisst die Zeiten, in denen man mit Rohrstock unterrichtete, schmerzlich.

Im Gänsemarsch erreichen wir die Küche, wo Tonja auf die Eckbank deutet, die sich um den wackeligen Esstisch schmiegt. »Mach's dir ruhig gemütlich, ich setze mal Wasser auf.«

Marie holt Tassen aus einem weißen Hängeschrank, und ich sehe mich um. Mir fällt eine Fotokollage an der Wand neben der Tür auf, die meine drei neuen Mitbewohnenden an verschiedenen Orten zeigt. Am Meer, auf einer Party und in Blumenfeldern.

»Wir sind schon gespannt, dich kennenzulernen. Erzähl mal was von dir«, fordert Tonja mich auf, während Niklas ein

Kissen in meinem Rücken zurechtklopft, bevor er mich sitzen lässt. Es ist aus weißer Spitze und porentief rein, was mich schmunzeln lässt, weil ich an mein Praktikum bei einer freiberuflichen Hebamme denken muss, die ich bei ihren Hausbesuchen begleiten durfte. Dabei habe ich so viele Paare kennengelernt, bei denen alles sauber und am rechten Fleck war, dass man neidisch werden konnte. Bis zur Geburt des ersten Kindes jedenfalls, und ich frage mich, ob das bei Niklas später auch so sein wird.

Ich bemerke, dass alle drei mich anstarren, und sage hastig: »Oh, wo fang ich da an?« Das Lieblingskennenlernspiel meiner besten Freundin aus Schulzeiten fällt mir ein, sodass ich hinterherschiebe: »Wenn ich mich mit drei Adjektiven beschreiben müsste, wären es vermutlich: eine Frau für alle Fälle, für jeden Spaß zu haben und liebenswerte Chaotin.« Unsicher zupfe ich an meiner Unterlippe und lausche auf das Blubbern des Wasserkochers.

»Das sind zwar keine Adjektive, aber sonst hört sich's nett an.« Tonja klingt gönnerhaft und tauscht einen langen Blick mit Niklas. Nett ist die kleine Schwester von Scheiße, hab ich mal gehört und frage mich, ob dem Mann im Haus Ärger blüht, weil er sich als Hauptmieter für mich als neue Mitbewohnerin entschieden hat.

»Wir sind zusammen die Unschlagbaren Drei. Zielstrebig, sozial und ordnungsliebend«, wirft Marie in die entstandene Stille ein.

»Super, dann bin ich die Vierte im Bunde und muss mir nur noch ein passendes Adjektiv aussuchen?«, vermute ich, während Tonja den Tee aufgießt und Marie mir die Tasse mit einem Mango-Vanille-Beutel hinschiebt. Mein Blick bleibt am Kühlschrank mit dem Putzplan hängen, in dessen vierte Zeile mich freundlicherweise schon jemand eingetragen hat.

»Wie wäre es mit den Unschlagbaren Vier: zielstrebig, sozial, ordnungsliebend und niedlich?«, schlage ich vor. Als ich am Tee nippe, verbrenne ich mir die Zunge und huste. Ist das gerade mein fucking Ernst? Mir lagen die Eigenschaften *unordentlich, gewitzt, überdreht* und *kreativ* auf der Zunge, aber herausgekommen ist *niedlich*? Meine innere Richterin steht fassungslos daneben und möchte mir gern einen Tritt vors Schienbein geben.

Niklas lacht. »Das passt«, amüsiert er sich, während er Mister Storch würgt. Memo an mich: Den Plüschvogel in Sicherheit bringen, sobald es möglich ist!

»Jahaha, danke.«

»Gremlins sind auch niedlich«, fügt Tonja hinzu. Sie setzt sich neben mich und mustert mich mit ihrem Lehrerinnenblick. »Bis man sie nach Mitternacht füttert. Wie ist das mit dir, Madita? Darfst du nass werden und nach Mitternacht noch essen?«

»Na klar. Ich bin pflegeleicht und handzahm«, versichere ich und könnte ein Likörchen in meinem Früchtetee vertragen. Denn die Vorstellungsrunde, fürchte ich, geht jetzt erst richtig los.

Sandwiches

Helga

Nachdem ich meinen Kaffee im *Storchennest* getrunken habe – die Note der Criollo Kakaobohnen ist umwerfend –, fahre ich zu meinem einzigen Termin heute. Sonntags betreuen wir nur die Wöchnerinnen, die innerhalb der letzten sieben Tage entbunden haben. Und Notfälle natürlich. Oder Mütter wie Ines.

Während ich im Auto sitze, denke ich über das Wort *nett* nach. Solche Kategorien finde ich nutzlos. Monika scheinen sie wichtig zu sein. Seit Jahren entbinden Hebammen des *Storchennests*, Ende der Neunziger von Monika gegründet, Babys und betreuen deren Mütter vor, während und nach der Geburt. Früher waren wir zu dritt, zwei Jahre lang sogar zu viert, bis beide Kolleginnen zu festen Dienstplänen, Urlaubstagen und bezahlter Haftpflichtversicherung ins Krankenhaus wechselten. Danach bot Monika mehrmals ein sechsmonatiges Praktikum an, inzwischen sind wir nur noch zu zweit.

An unserer Arbeit hat sich nichts geändert, wie eh und je kümmern wir uns um werdende Mütter, um frischgebackene Mütter und, wenn Zeit ist, auch um aufgeregte, nervtötende oder übereifrige Väter. Und wir begleiten Geburten, mit jeder weiteren mit ein bisschen mehr Erfahrung. Es erscheint mir widersinnig, dass so etwas wie *nett* meine Arbeit bewertet. Ein Auto schafft es auch nicht durch den TÜV, bloß weil es blank poliert ist.

Ich parke meinen Wagen, steige aus und laufe bis zu dem

Mehrfamilienhaus, in dem Judith lebt. Vor sechs Tagen ist sie Mutter eines dritten Kindes geworden und empfängt mich in dem Durcheinander, in dem sie seit jeher versinkt. Die Erstgeborene, Lara, ist sechs und kam im Krankenhaus zur Welt. Ihr Bruder Leon ist drei und ein *Storchennest*-Baby. Nummer drei habe ich in Judiths Wohnzimmer entbunden. Im Beisein von Lara und Leon, die mit Papa Sven im Türrahmen standen und sich nicht näher herantrauten.

»Schadet es ihnen, wenn sie dabei sind?«, hatte Judith im Vorfeld gefragt.

»Weiß man immer erst hinterher.«

Sie hatte mich angestarrt, ängstlich, mit Tendenz zum Unglauben und einer Spur Verärgerung.

»Na ja, jedes Kind ist anders«, erklärte ich, während meine Hände ihren prallen Bauch abtasteten. »Bestens, das Baby liegt genau richtig. Es ist bald so weit. Ich habe aber noch nie erlebt, dass ein Geschwisterkind, das der Geburt seines Brüderchens oder Schwesterchens beiwohnte, einen bleibenden Schaden davongetragen hat. Schlimmstenfalls erschrecken sie sich eben.«

Heute öffnet mir Judith im Trainingsanzug die Tür, dessen Oberteil Milchkotzeflecken sprenkeln. Ein Teil ihrer Haare steckt in einem wirren Zopf, der Rest hängt ihr strähnig ins Gesicht. Mir schlägt ein saurer Geruch entgegen. Irgendwo in der Wohnung scheppert es, Lara lässt die Welt wissen, dass ihr Bruder ein *Arschgehirn* ist, es kracht, und dann hören wir Leon weinen.

»Lara, wir sagen so was nicht«, ruft Judith über die Schulter, während sie zur Seite tritt, um mich einzulassen. Das Erfrischende an Müttern von mehr als zwei Kindern ist, dass sie sich nicht mehr entschuldigen. Es ärgert mich, wenn mir frischgebackene Zweitmütter versichern, dass Noah, Hannah, Pia ect. sonst immer lieb ist, obwohl wir beide wissen, dass das nicht stimmt. Niemand ist immer lieb. Und ich will keine Rechtfertigung dafür hören. Das ist, wie sich fürs Niesen zu entschuldigen oder dafür, dass man pupst. Was soll das? Genauso wenig interessiert es mich, dass die Wohnung nicht aufgeräumt, das Bett nicht gemacht oder die Wäsche nicht gewaschen ist. Es geht mich nichts an. Und es gibt Wichtigeres.

Über einen Gummistiefel-, Turnschuh- und Jackenparcours folge ich Judith durch den Flur ins Wohnzimmer, in dem sie sich mit Kissen und Decken auf dem Sofa eingerichtet hat. Eine Schale mit matschigen Cornflakes balanciert auf der Lehne, auf einem zum Beistelltisch umfunktionierten Stuhl steht ein Teeglas, halb leer, ein zerknautschter Beutel darin, ein angebissenes Salamibrot zur Gesellschaft daneben. Zwischen Couchtisch und Bücherregal spannen sich Schnüre, die mit Decken und Tüchern behängt sind, unten denen es dudelt.

»Lara, machst du bitte das Tablet aus? Du hast genug geschaut.«

Es dudelt weiter. Leon kommt ins Zimmer, dicke Buntstifte in den Händen, das Gesicht blau-grün verschmiert. Judith seufzt.

»Ich hab ihm gesagt, dass er kein Wasser nehmen soll. Mit denen kann man nämlich auch Aquarellieren.« Sie deutet auf die Stifte. »Schatz, gehst du dich bitte waschen?«

Leon schlurft davon. Ich warte ab, kann aber nirgends Wasser rauschen hören.

»Wo ist Leander?«, erkundige ich mich, nachdem ich mich im Zimmer umgeschaut habe und das Neugeborene nirgendwo entdecke.

»Schläft. Ich hab ihn ins Schlafzimmer gelegt, da ist es ruhiger.«

»Gut, dann schaue ich mir erst mal dich an.«

Judith lässt sich aufs Sofa und in die Kissen fallen, macht

sich frei, wo es nötig ist, und ich begutachte zunächst die Brustwarzen, die noch röter sind als gestern und mittlerweile schorfig verkrustet. Ich deute darauf. »Du musst darauf achten, dass Leander beim Trinken nicht nur an der Warze saugt, sondern möglichst viel vom Brustwarzenvorhof in den Mund nimmt«, wiederhole ich, was ich Judith gestern bereits geraten habe und vorgestern und gleich beim ersten Anlegen unmittelbar nach der Geburt. Beim dritten Kind könnte sie es allmählich wissen.

»Ich versuche es.« Sie gähnt. »Aber nachts denke ich nicht immer dran. Und es tut höllisch weh.«

»Natürlich tut es weh. Das ist eine saubere Entzündung.« Ich öffne meine Tasche und hole eine Tube Wollwachscreme heraus, mit der ich Judiths Brustwarzen behandle. »Ein bisschen Mühe musst du dir schon geben.«

Das Gedudel unter dem Zelt wird lauter. Es ist meine Freundin Conni, bei der jeden Tag etwas los ist. Neben Schwimmen und Reiten lernt sie auch noch Tanzen und die Uhr verstehen. Na, wunderbar. Endlich mal ein Kind, das sich nicht den ganzen Tag langweilen muss …

»Süße, machst du mal leiser?«

»Frag sie nicht immer.«

»Was?«

»Du stellst deinen Kindern permanent Fragen: ›Hört ihr auf zu streiten, machst du das Tablet aus, gehst du dich waschen‹ – wenn du deine Kinder fragst, darfst du dich nicht wundern, wenn sie es nicht machen.«

Judiths Brauen kriechen aufeinander zu. Jetzt sieht sie weniger müde als unwillig aus. »Aber sie wissen doch, was ich meine. Solche Details verstehen die überhaupt nicht.«

»Na, wenn du sie schon nicht verstehst, verstehen sie deine Kinder natürlich auch nicht«, sage ich und kann nicht verhindern, dass mir Monikas bohrender Blick in den Sinn kommt.

War das nett? Es war *nötig*, finde ich, schraube den Deckel auf die Tube und reiche sie Judith. »Hier, die kannst du behalten. Behandle deine Brustwarzen nach jedem Stillen damit und achte endlich darauf, dass Leander richtig andockt. Soll ich dir noch mal zeigen wie?«

Judith schüttelt den Kopf. »Das kriege ich schon hin.«

»Trinkt er denn genug?«

Sie nickt. »Glaub schon.«

»Ich wiege ihn, dann wissen wir, ob er zugenommen hat. Und morgen bringe ich dir Kühlpacks mit.« Auch das ist nicht *nett*, sondern *selbstverständlich*. Warum schreibt das niemand auf Google? *Die Hebamme hat mir Kühlpacks für meine Brustwarzen mitgebracht, nachdem sie sich entzündet haben, weil ich die Ratschläge der Fachfrau ignoriere.* Ich fische nach meinen feuchten Tüchern und wische mir die Finger sauber. Anschließend taste ich Judiths Unterleib ab und bin mit dem Ergebnis zufrieden. »Sonst noch irgendwelche Beschwerden?«

Judith schüttelt den Kopf. »Nein, alles gut.« Sie gähnt.

»Dann lass mich nach Leander sehen«, sage ich, während ich Judiths Zustand in Stichworten auf einer Karteikarte dokumentiere.

Judith stemmt sich vom Sofa hoch, ich sehe ihr an, dass sie lieber liegen bleiben würde. Unter dem Tuch sieht Conni gerade ein, dass sie ihren Bruder nicht anmeckern darf, weil der noch viel zu klein ist, um zu verstehen, dass sie traurig ist, wenn er ihre Bauklotztürme umwirft.

»Nimm dir mal ein Beispiel an Conni«, murmelt Judith, während sie im Vorübergehen die Koppel der Playmobilpferde zerstört, die sich bis eben im Zelteingang befunden hat.

»Mama!«, schreit es unter den Decken. »Mann, das war voll schwer, das aufzubauen.«

Judith sieht aus, als hätte sie keine Ahnung, worum es geht, und schlurft durch die Diele zum Schlafzimmer. Im

Bad höre ich Wasser laufen und laufen und laufen. Vielleicht wäscht sich Leon ja doch.

Die Gardinen im Schlafzimmer sind zugezogen, vor dem Bett türmt sich ein Haufen Wäsche. Soweit ich erkennen kann, eine Kombination aus gebrauchter und frischer. Der Windeleimer, der neben dem Wickeltisch steht, quillt über und verströmt entsprechenden Gestank.

»Wo ist Sven?«, frage ich Judith, die auf das Ehebett zusteuert, auf dem in einem Hufeisen aus einer Decke und einem Stillkissen Leander liegt, das Köpfchen zur Seite gedreht, die geballten Fäustchen links und rechts daneben.

Ein Lächeln erscheint auf Judiths abgespanntem Gesicht. »Der ist kurz ins Büro, ein paar Sachen erledigen.«

Meine Brauen schnellen in die Höhe. »Er hat sich doch Urlaub genommen.«

Judith kriecht aufs Bett, robbt zum Hufeisen hin und legt sich dazu. Sie streckt einen Arm aus, streichelt ihrem Baby mit dem Zeigefinger sanft über den Bauch. »Er brauchte mal eine Pause, die Kinder haben ihn total gestresst.«

Ich krame in meiner Tasche und ziehe das Handy heraus, scrolle mich durchs Adressbuch.

»Was machst du?« Judiths Blick huscht zu mir, bevor er zu Leander zurückkehrt und sich auf dem kleinen Gesichtchen festsaugt. Rote Pünktchen von Neugeborenenakne sprenkeln seine Haut, und mit seinen langen Fingernägeln hat sich das Baby selbst ein paar Kratzer zugefügt. Judith hatte sie schneiden wollen, bevor ich sie daran erinnerte, dass Nägel von Neugeborenen weich sind und in der Regel von selbst abfallen. Wahrscheinlich habe ich *Das könntest du inzwischen eigentlich wissen* zu Judith gesagt. Was *wahr* ist.

»Ich sage Sven, dass er herkommen und sich um Lara und Leon kümmern soll. Und dir eine Suppe kochen.« Ich wähle seine Nummer aus und will daraufttippen.

Judith unterbricht mich: »Mach das nicht, bitte.«

Für einen Moment bin ich angetan davon, dass sie nicht gefragt hat: »Machst du das bitte nicht?«, bevor ich sage: »Es geht nicht, dass er dich hier mit allem allein lässt.«

Judith legt den Kopf auf dem Hufeisen ab und schließt die Augen. »Besser so, als wenn er die Kinder anschreit.«

Im Bad rauscht noch immer das Wasser. Ich höre Füße durch den Flur tapsen. Kurz darauf entbrennt ein Streit im Wohnzimmer. Judith macht ein Na-siehst-du-Gesicht, atmet zweimal tief ein und aus. »Ich komme klar.«

Ich zögere. Stecke das Handy schließlich ein. »Du solltest einmal am Tag eine warme Mahlzeit zu dir nehmen, besser zweimal. Und Tiefkühlpizza zählt nicht.« Judith grunzt. Ich bücke mich zu meiner Tasche und hole die Tuchwaage heraus, trete ans Bett heran.

Das Neugeborene hat runde Wangen, erstaunlich dichtes Haar bedeckt das Köpfchen. Ich erinnere mich daran, als Erstes diesen Schopf gefühlt zu haben, als der Kopf in meine Hände glitt, begleitet von Judiths Knurren und Ächzen. Sie hat sich zurückgehalten, um die zuschauenden Geschwister nicht durch Gebrüll zu erschrecken. Damals, als sie Leon auf die Welt kreischte, wartete ich jeden Moment darauf, dass die Polizei klingelte, um das mit der Ruhestörung zu regeln. Dabei ist das *Storchennest* ein freistehendes Haus.

Leanders Fäustchen öffnen sich, er atmet tief. Ich lege die Waage vor dem Hufeisen ab und schiebe das Tuch auseinander.

»Ich hebe dich jetzt hoch, um dich zu wiegen«, flüstere ich dem Baby zu, bevor ich eine Hand unter seinen Nacken schiebe, die andere unter Rücken und Po. Es schmatzt, als ich es hochhebe und ins Tuch lege, wacht aber nicht auf. Ich packe die Griffe der Waage und halte sie und den Säugling darin in die Höhe. 3.350 Gramm, das passt.

Von schräg unten ertönt leises Schnarchen; Judith hängt halb über dem Stillkissen, die strähnigen Haare über den Augen.

»Schlaf du auch noch ein bisschen«, fordere ich Leander auf. »Deine Mutter muss sich ausruhen.« Ich lege Baby und Waage ab, schäle das Kind aus den Tuchbahnen und lege es in sein Hufeisen zurück. Der Kopf kullert auf die andere Seite als vorhin, ein gutes Zeichen, keine Verspannungen.

Ich packe meine Sachen zusammen und schließe die Tür hinter mir. Auf dem Weg am Wohnzimmer vorbei erhasche ich einen Blick auf zwei Paar Füße, die nebeneinander aus dem Eingang der Höhle ragen. Ich erfahre, dass Shaun das Schaf Shaun das Schaf ist, stelle im Bad den Wasserhahn aus und möchte mich auf den Heimweg machen.

An der Wohnungstür bleibe ich stehen. Zögere. Mit einem Seufzer lasse ich meine Tasche zu Boden gleiten und steuere die Küche an. Mit ein paar Handgriffen habe ich die Spülmaschine beladen und die Reste vom Frühstück im Kühlschrank verstaut. Judith und Sven haben einen grottenschlechten Geschmack, was Kaffee betrifft, aber immerhin besitzen sie einen Automaten, der ganze Bohnen verarbeitet. Während das Schreddern das Gedudel aus dem Wohnzimmer übertönt und sich ein angenehmer Duft ausbreitet, schnipple ich einen Apfel und eine Banane klein. Zwischen den Kräutertöpfen auf dem Fensterbrett entdecke ich eine Packung Kekse und spendiere zwei.

Als ich ins Wohnzimmer komme und den Obstteller ins Zelt reiche, kräht ein doppeltes »Danke, Helga!« zurück, und mit einer dampfenden Tasse lasse ich mich aufs Sofa sinken. Für Kaffee ist immer Zeit.

*

Zu Hause stelle ich meine Tasche auf ihren Platz neben der Tür. Es ist wichtig, dass sie immer am selben Ort steht, damit ich sie auch im Halbschlaf erwische. Kurz nachdem ich meine Ausbildung beendet hatte und ein halbes Jahr lang eine freiberufliche Hebamme begleitete, wäre ich einmal beinahe mit Hans' Unitasche zu einer nächtlichen Geburt aufgebrochen, weil er sie neben meiner Ausrüstung abgestellt hatte. Ich bemerkte es erst im Auto und musste noch einmal zurücklaufen. Seitdem haben Taschen, Rücksäcke und überhaupt Gepäckstücke aller Art Flurverbot. Nicht dass es auf Google am Ende noch heißt: *Unmöglich, im* Storchennest *messen sie die Herztöne mit Lineal und Zirkel!*

Ich schlüpfe aus den Schuhen und hänge meine Jacke an die Garderobe. Es ist halb drei, ich könnte mir etwas zu essen machen. Weil die Fenster nach Süden rausgehen, ist es schattig, als ich die Küche betrete. Sie ist altmodisch eingerichtet, mit eckig umlaufend angeordneten Arbeitsflächen, einem Vorrats-, einem Geschirr- und einem Schrank für Töpfe, Pfannen und Schüsseln, die wir nie benutzen, weil weder Hans noch ich gern kochen. Immerhin kann er es wenigstens.

Ich öffne den Vorratsschrank und überlege, auf was ich Appetit habe. Eine schnelle Kraftbrühe, wie ich sie besonders angeschlagenen Müttern hin und wieder koche, kommt mir zu beruflich vor. Reis gelingt mir nicht, Nudelsoßen finde ich kompliziert und Kartoffeln dauern mir zu lang. Außerdem, was isst man zu Kartoffeln?

Im Kühlschrank finde ich ein wenig Gemüse, drei große Tomaten, eine halbe Gurke, eine Möhre. Kein Quark, keine Kräuter. Stimmt, ich wollte einkaufen gehen, am Freitag schon, aber dann hat mich, als ich ihrer Mama zeigen wollte, wie man ein Neugeborenes sachgemäß badet und dass man dazu mitnichten einen zwanzig Euro teuren Baby-Eimer braucht, weil es ein Zwei-Euro-fünfzig-Wäschekorb genauso tut, die zehn Tage alte Karla vollgeschissen. Quer über den Pullover, und ich bin nach Hause gefahren statt in den Supermarkt. Später muss ich es vergessen haben. Auch Hans hatte offensichtlich anderes im Kopf.

Ich beschließe, Sandwiches zu machen, und hole Toast aus dem Brotkasten, die Gemüseauswahl sowie Aufschnitt aus dem Kühlschrank und freue mich, als ich hinter dem Reis ein Glas Petersilienpesto im Vorratsschrank finde. Ich trage meine Ausbeute zum Esstisch im Wohnzimmer hinüber und stelle den Sandwichmaker auf.

»Hans?« Als es still bleibt in der Wohnung, trete ich einen Schritt in den Flur. Kein Tastenklappern aus Richtung des Arbeitszimmers. Vermutlich ist er im Büro; sonntags ist er dort ungestört und kann nach Herzenslust im Labor herumexperimentieren. Irgendeinen Test gibt es immer zu machen. Hans liebt Erhebungen.

Zehn Minuten später brutzelt der Sandwichmaker, presst Weißbrot, Schinken, Käse, Tomaten, Gurke und Petersilienpesto zu einem knusprigen Erlebnis zusammen, als sich Hans' Schlüssel im Schloss dreht. Kurz darauf betritt er das Wohnzimmer und schnuppert. »Hier riecht's gut.«

»Du kannst mitessen, es ist genug da.« Ich schiebe ihm die Platte mit den bereits fertigen Sandwiches hin.

Er verschwindet in der Küche, kehrt mit einem Teller und Besteck zurück, setzt sich zu mir an den Tisch und nimmt sich eins. »Danke.«

Ich nicke, bediene mich ebenfalls. »Was Neues von Berger?« Ich halte meinen Toastbrotdoppeldecker in beiden Händen, stütze mich auf den Ellenbogen ab und beiße hinein.

Im Gegensatz zu mir verabscheut Hans es, mit Fingern zu essen. Mit Messer und Gabel schneidet er eine Ecke seines

Sandwiches ab. »Es läuft gut. Der Test hat ihre Erwartungen übertroffen, und jetzt wollen sie die Legierung an allen drei Standorten einführen.«

»Schön.«

Hans nickt. Dann macht er ein ernstes Gesicht, das wenig zu dem Erfolg passt, über den wir gerade sprechen. Das Lämpchen am Sandwichmaker leuchtet auf, und ich hebe den Deckel und hole einen weiteren Doppeldecker heraus. Drei ungegarte liegen noch bereit, einen davon setze ich zwischen die Eisen und presse ihn zusammen.

»Ich muss mit dir reden, Helga.« Hans legt sein Besteck zur Seite. Kaum drei Bissen hat er bisher genommen. »Das heißt, ich *möchte* mit dir reden.«

Ich nehme mein Sandwich wieder auf, beiße ab und kaue. »Nur zu.«

Er holt tief Luft, steht noch mal auf, um sich ein Glas Wasser zu füllen, und trinkt es halb leer, bevor er sich wieder setzt. Dann rutscht er nervös auf seinem Stuhl herum, räuspert sich und sieht mich schließlich an. »Ich finde, wir sollten uns trennen.«

Ich halte im Kauen inne, schmecke Teigbrei und Käse auf der Zunge. Starre ihn an. Das ovale Gesicht mit dem dunklen Haar, das mit den Jahren weder Farbe noch Dichte eingebüßt hat. Die Augen, die sich nie entschieden haben, ob sie blau oder grau sein wollen, die große, runde Nase, die beim Niesen durch die Wände dröhnt. Hans, mein Mann, den ich kenne, seit ich in der achten Klasse aufs Gymnasium wechselte; mit dem ich ging, nachdem wir in der Elften auf dem Schulklo geknutscht hatten; und den ich heiratete, weil er mir nach Vollendung der Ausbildung vor 22 Jahren einen Antrag machte. Hans und Helga, das große Ha-Ha, wie sie uns nannten, das Traumpaar der Stufe. Hat er gerade gesagt, er finde, dass wir uns trennen sollen?

»Warum?«

Er lässt die Arme sinken. Ich beobachte, wie sein Blick hin- und herhuscht bei dem Versuch, mir in beide Augen gleichzeitig zu blicken, was bei niemandem funktioniert. Er entscheidet sich schließlich für das rechte. »Wir teilen uns eine gemeinsame Wohnung, Helga. Aber wir leben nicht miteinander. Nicht mehr.«

Ich lege mein Sandwich auf dem Teller ab, schlucke. Es ist still. In der Wohnung. Oder in mir. Ich warte auf meine eigene Reaktion, die ausbleibt, obwohl sie kommen müsste. Mit Schmerz und Wumms oder Getöse. Unterdessen denke ich über Hans' Worte nach. Senke den Kopf und betrachte das Muster auf der Tischdecke. Schlangenlinien in verschiedenen Blautönen, zu zwei Gruppen von je sieben gebündelt. Wie zwei Zöpfe aus Meereswellen.

Es stimmt. Jeder kommt und geht, wann er möchte, kauft ein, worauf er Lust hat (oder vergisst, daran zu denken), isst, wenn es in seinen Tag passt. Als Hans vor ein paar Jahren wegen einer schweren Bronchitis nächtelang hustete, bin ich vom Schlaf- ins Gästezimmer umgezogen, um wenigstens in den Nächten ohne Anrufe oder Einsatz ungestört zu schlafen. Nach dem Abklingen des Hustens wartete ich noch eine Weile mit der Rückkehr, um Hans Zeit zur Erholung zu geben, ohne dass er jedes Mal geweckt würde, wenn mein Telefon klingelte oder ich plötzlich aufbrechen musste. Aus der Weile wurde Alltag, und tatsächlich schlafen wir bis heute getrennt, obwohl Hans die nächtlichen Anrufe nie gestört haben. Nicht ein einziges Mal hat er sich über die Umstände, die mein Beruf mit sich bringt, beklagt.

»Hebammentelefone haben Vorfahrt«, pflegte er zu sagen, sein Lächeln für charmante Augenblicke im Gesicht, wenn ich mich auf Partys oder bei anderen Gelegenheiten mit dem bimmelnden Ding in der Hand zurückzog, um frühzeitig einsetzende Wehen zu diagnostizieren, einen Blasensprung oder Neugeborenenblähungen. Wie lange sind sie eigentlich her, diese anderen Gelegenheiten? Oder Partys, auf denen wir gemeinsam feierten?

»Hast du eine andere Frau?«, höre ich mich fragen, und er schüttelt den Kopf.

»Nein. Das hätte ich dir gesagt. Früher, meine ich, sobald ich gemerkt hätte, dass da etwas passiert.«

Ja, das hätte er. Dessen bin ich mir sicher. *Du, Helga, ich habe jemanden kennengelernt.* Sachlich, unaufgeregt. Eventuell hätte er mich sogar um Erlaubnis oder zumindest meine Meinung gefragt.

»Also warum jetzt?«

Er zuckt die Achseln. »Es wäre konsequent.«

»Konsequent?«

»Ja.« Er dreht die Handflächen nach oben, betrachtet sie, als enthüllten sie ein Geheimnis, und dreht sie wieder um. Er hebt den Kopf, und weil ich ihn mittlerweile ansehe, treffen sich unsere Blicke. Ich bevorzuge sein linkes Auge. »Es wäre etwas Neues. Und ich glaube, ich habe Lust auf Veränderung. Außerdem …« Er räuspert sich, und ich ahne, es kommt noch mehr. Wobei – was soll jetzt noch kommen? Womit ließe sich *dieses* Gespräch krönen?

»Der Deal mit Berger hat uns eine ordentliche Prämie eingebracht, Karsten und mir.«

Karsten ist Hans' Sparringpartner in der Firma, der Kollege, an dem er sich reibt, um Ideen zu entwickeln. Sie sind ein hervorragendes Team, wissen es und wissen ebenso, dass die Geschäftsführung weiß, dass sie es wissen, sodass sie alles daransetzt, die beiden bei Laune zu halten.

»Zusätzlich hatte ich noch etwas übrig vom letzten Bonus, und du weißt, mein Vater hat mir ebenfalls ein Sümmchen hinterlassen, und wir wussten nie, was wir damit machen sollten, weil es zu wenig war, um es zu investieren. In eine Immobilie oder so etwas.«

»Ja.« Ich erinnere mich daran, dass wir bei Rotwein und Käsewürfeln hin und her überlegten, ob und was Hans kaufen sollte von der unerwartet hohen Summe, die sein Vater ihm vererbt hatte. Wir hatten an ein schnuckeliges Ferienhaus auf einer kanarischen Insel gedacht, an eine Holzhütte in Norwegen oder ein Stück Regenwald, um die Erde zu retten, aber nicht weit genug gesponnen, um aus den Ideen echte Wünsche, geschweige denn Realität werden zu lassen.

»Nun …« Hans streicht mit seinen Händen über die Tischdecke, lässt sie die Wellenzöpfe nachzeichnen, bevor er mit beiden Zeigefingern zwischen uns tippt. »Ich habe eine Wohnung gekauft. Für dich.«

Bin ich sprachlos? Ich weiß es nicht, jedenfalls sage ich nichts. Was Hans gewohnt ist, weshalb ihn mein Schweigen nicht aus der Ruhe bringt. Er fährt fort: »In dem Haus in der Rosenstraße, über deinem Lieblingscafé. Weißt du noch? Du hast mal gesagt, wenn da eine Wohnung frei wäre, würdest du sie sofort kaufen.« Ein schiefes Grinsen erscheint auf seinem Gesicht. »Es war eine frei.«

»Du hast eine Wohnung für mich gekauft?« Er nickt, blickt erwartungsvoll drein wie Eltern unterm Weihnachtsbaum, die auf leuchtende Kinderaugen warten. »Damit ich ausziehe?« Ich bin nicht sicher, ob es Schmerz ist, der sich in meinen Eingeweiden regt. Oder Irritation. Jedenfalls ist es sauer und sticht.

Hans lässt die Schultern hängen. Einen Moment lang sieht er genauso müde aus wie Monika vor ein paar Stunden. »Damit wir beide neu anfangen können.« Noch nie hat seine Stimme so leise geklungen. Hans ist auf eine angenehme Art volltönend, was er sagt, hinterlässt Schwingungen im Raum, und nicht wenige sagen ihm, dass er Radiomoderator oder

Sprecher für Hörbücher werden könne. Ein Witzbold meinte gar, er eigne sich bestens zum Telefonsex. Beinahe muss ich grinsen, als mir das einfällt, denn das Längste, das mein Mann je beim Sex von sich gegeben hat, war: »Oh-oh.« Das reicht wohl kaum, um daraus ein Geschäftsmodell zu entwickeln.

»Schau, wir sind so vertraut miteinander, dass wir jahrelang einfach weitermachen könnten«, unterbricht Hans meinen Gedankenstrom. »Du entbindest Kinder, ich verpacke Industriegüter, hin und wieder begegnen wir uns im Wohnzimmer und essen Sandwiches miteinander oder trinken ein Glas Wein. Manchmal wochenlang auch nicht. Wann haben wir uns das letzte Mal beim Zähneputzen am Waschbecken getroffen?«

»Du möchtest mit mir gemeinsam Zähneputzen?« Lustig, dass er dieses Beispiel gewählt hat. Es gibt andere Dinge, die wir ewig nicht gemacht haben.

»Helga. Ist dir das nicht aufgefallen? Wenn ich im Bad bin, kommst du nicht rein. Genauso wenig wie ich, wenn ich sehe, dass du drin bist. Warum? Früher war das anders.«

Ich verstehe, was er sagen will. Natürlich. Es ist ja keine neue Geschichte, im Gegenteil. Sie ist so abgedroschen, dass ich kurz den Impuls spüre, laut aufzulachen.

»Unser Leben ist angenehm und praktisch«, meint Hans. »Und es würde so bleiben. Das erschreckt mich, und ich glaube, dass das nicht gut ist. Ich mag dich, Helga, aber uns fehlt die Reibung.« Er zuckt die Achseln. »In jeglicher Hinsicht.«

Verbrannter Geruch steigt mir in die Nase, und aus dem Sandwichmaker quillt dunkler Qualm. Als ich den Deckel anhebe, kommt ein quadratisches Stück Kohle zum Vorschein.

»Darf ich?« Ich deute auf Hans' Gabel, er nickt, und ich lange danach und angle den Toast aus dem Eisen, bevor er zu Asche zerfällt. Hans zieht den Stecker.

»Siehst du, das meine ich.«

»Was?«

»Du fragst, ob du meine Gabel benutzen darfst.«

»Und deshalb hast du mir eine Wohnung gekauft?«

Er sieht mich lange an. Dieses Mal fokussiert er seinen Blick auf mein linkes Auge. Schließlich nickt er. »Ja, deshalb habe ich dir eine Wohnung gekauft.«

»In der Rosenstraße. Über meinem Lieblingscafé.«

Wieder nickt er. »Ja. Ganz oben. Im Dachgeschoss.«

Ich schüttle den Kopf. Obwohl es immer noch still ist, spüre ich ein halbes Lächeln im Mundwinkel. Und höre mich sagen: »Weißt du, Hans, wenn ich nicht wüsste, dass du ganz und gar unromantisch bist, würde ich sagen: Das ist süß von dir.«

Es tönen die Wale

Madita

Die Gremlinbefürchtung meiner Mitbewohner ist vorerst vom Tisch. Während der letzten Tage habe ich ihnen hinreichend bewiesen, dass ich stubenrein, kooperativ und eine echt gute Köchin bin. Die Spezialzutaten meiner Schwester, die ihre Gerichte gern mit Rotwein, Rum oder Schnaps aufpeppt, mögen geholfen haben, die dann und wann noch befangene Stimmung zu lösen. Jedenfalls fühle ich mich allmählich aufgenommen von den dreien und habe auch keine Angst mehr um Mister Storch. Denn Niklas hat sich so weit entspannt, dass er davon absieht, mein Plüschmaskottchen, das er seit meiner Ankunft irgendwie als seins zu betrachten scheint, zu malträtieren wie einen Stressball. Zumindest solange ich nicht zu laut Musik höre oder die Türen aus Versehen knalle, weil ich mich über meinen Exfreund ärgere, der mich offensichtlich schneller ersetzt hat, als ich »Exfreund« sagen kann; zumindest weiß ich, dass die blondierte Grinsekatze, die sich in seinem aktuellen WhatsApp-Status an ihn schmiegt, nicht seine Schwester ist.

Was Niklas betrifft, so frage ich mich inzwischen, ob Gymnasiallehrer die richtige Berufswahl für ihn war. Regelmäßig wirkt er gestresst, wenn er nach einem Schultag nach Hause kommt und sich erst mal in seinem Zimmer einschließt. Einmal meinte ich sogar, ihn weinen zu hören, und abends fand ich Mister Storch zerknautscht auf der Waschmaschine im Badezimmer.

Ich drücke die Kopfhörer fester in meine Ohren und drehe lauter. Ein Song von *Ladyhawke* lullt mich ein, während ich die schöne Anliegerstraße entlangspaziere. Ich freue mich auf den ersten Tag im *Storchennest* und bin gespannt auf die beiden Hebammen, die mich in ihrer Praxis aufnehmen werden.

Ein kurzer Blick auf die alte Hello-Kitty-Uhr meiner Schwester verrät mir, dass ich zu früh dran bin. Eine Dreiviertelstunde etwa. Aber da ich ungern zu spät erscheine, stehe ich im Zweifelsfall eben dumm rum.

Apropos dumm: Eine Nachricht piept und unterbricht den Song in meinen Ohren. Ich öffne sie und lese die Zeilen meiner Schwester Lotta.

War gerade bei einer Wahrsagerin. So wie es aussieht, werde ich nie den Richtigen finden und übrigens in einem halben Jahr auf hoher See verschwinden. Vermutlich im Bermudadreieck. Hahaha.

Ich schüttle den Kopf, fühle leisen Ärger in mir aufsteigen.

Das ist nicht dein Ernst?, antworte ich. *Wieso gehst du ohne mich?* Ich bin wirklich beleidigt, immerhin hätte ich auch ein paar Fragen an meine Zukunft, und in einer mondlosen Nacht am heimatlichen See haben Lotta und ich uns gegenseitig geschworen, dass wir, wenn überhaupt einmal, dann nur gemeinsam eine Cassandra Astrolanta aufsuchen, um sie darüber auszuquetschen, was unsere Sterne so zu bieten haben.

Du hast versprochen, dass wir das zusammen machen, beschwere ich mich entsprechend.

Im Bermudadreieck verschwinden?

Zu einer Wahrsagerin gehen! Ich umrunde eine ältere Dame mit Dackel und unterdrücke den Impuls zurückzubellen, als das Tier mich ankläfft.

Ups.

Du bist unmöglich. Manchmal möchte ich Lotta gern austauschen und mir eine neue Schwester bestellen. Eine, die beständiger ist und weniger spontan.

Mach dir keine Sorgen um mein Verschwinden. Mein Seeweg führt mich in nächster Zeit nur über die Nordsee, schreibt sie und schickt einen Daumen hoch.

Ich hoffe, du hast die Wahrsagerin auch zu meiner Zukunft befragt?!, tippe ich, und die Antwort lässt nicht lange auf sich warten.

Selbstverständlich. Sie sagt, du wirst über dich hinauswachsen, was bei deinen einen Meter sechzig gut ist, und dein Neustart beginnt zwar mit einem stotternden Motor, wird dann aber zu einem Düsenjet, oder so ähnlich.

War die nüchtern? Ich musste das einfach fragen.

Sie schon. Lachsmiley.

Ich seufze, so ist meine Schwester. Lebt ihr Lottaleben mit Spiel, Spaß und Spannung und möglichst wenig Verantwortung. Ganz im Gegensatz zu mir. Denn Babys auf die Welt zu helfen, ist wohl einer der verantwortungsvollsten Jobs der Welt. Auch wenn mein Ex das anders sieht.

Die kommen doch von ganz alleine raus, posaunte er nicht nur einmal in die Welt, *oder hast du schon mal davon gehört, dass eins dringeblieben wäre?* Dazu dieses Grinsen und eine Macholache, dass ich mich nicht zum ersten Mal frage, was noch mal der Grund war, der mein Herz vor Ewigkeiten dazu veranlasste, bei seinem Anblick höher zu schlagen. Richtig, er küsst fantastisch und macht verdammt gute Burritos.

Memo an mich: Kriterienliste für Beziehungen erweitern.

Ich erreiche mein Ziel und bewundere einen schmalen Vorgarten, in dem sich ein Meer aus rosa Begonien im Wind wiegt. Wie hübsch ist das denn?! Ich mache ein Foto, bevor ich mein Handy auf Vibration stelle und die drei Treppenstufen zum Hauseingang des *Storchennestes* hinaufgehe. Der Altbau ist wunderschön, Rosen ranken auf der linken Seite und bilden zaghafte Knospen. Und das Schild mit der Aufschrift *Storchennest* leuchtet mir ganz nach meinem Geschmack in Pastellfarben entgegen.

Augenblicklich schlägt mein Herz einen Takt schneller, und ich fächere mir Luft zu. Der erste Eindruck sollte immer ein guter sein, sagt sogar Lotta. Auch wenn der manchmal täuschen kann und ja nicht jeder Psychoanalytiker ist, fügt sie gern an.

Die Tür lässt sich nach innen aufdrücken, und ich betrete einen großzügigen Flur mit hohen Decken und betrachte die zauberhaften Schwarz-Weiß-Fotos von frisch geschlüpften Babys an den weißen Wänden. Eines süßer und einmaliger als das andere. Bis auf ein wonnesüßes Zwillingspaar, das auf einer blauen Decke mit Schäfchen schlummert – das gleicht sich wie ein Ei dem anderen, was den Cutenessfaktor jedoch nicht im Geringsten schmälert.

Ich entscheide, an der Tür mit der Aufschrift *Büro* zu klopfen, doch niemand antwortet. Also sehe ich mich um, fasse mir nach ein paar Sekunden ein Herz und stecke meinen Kopf durch die Tür des Kursraumes, aus dem ich Stimmen höre. Sofort schauen mich elf Augenpaare an, und ich hebe zögerlich die Hand zum Gruß. In Sekundenschnelle scanne ich den Raum. Er ist hell, vor den bodentiefen Fenstern hängen fliederfarbene Vorhänge, deren Ton sich in den Pezzibällen in der Raumecke wiederfindet. Ich liebe Farbkorrelationen!

Im Halbkreis auf dunkelblauen Yogamatten sitzen vor einer hageren Frau mit strenger Frisur die Kursteilnehmer und staunen nicht schlecht über meinen Auftritt.

»Hallöchen, ich bin ...«, zwitschere ich und werde prompt abgewürgt.

»Zu spät«, fällt einem Mann in rosa Hemd auf, dessen Ärmel bis zu den Ellenbogen hochgekrempelt sind. Seine

Frau lächelt entschuldigend, während er den Gatten einer anderen Schwangeren ein Highfive gibt. Na, die sind wohl Best-Buddys. Und totale Scherzkekse.

»Ja, eigentlich ist das nicht ganz richtig …«, beginne ich noch mal und hole tief Luft, um das Missverständnis aufzuklären. Doch dieses Mal bringt mich die knappe Handbewegung der Kursleitung zum Schweigen. Na, das läuft ja wie am Schnürchen.

Wenn ich mich nicht täusche, ist das Helga. Eine Mittvierzigerin, unter deren Fittichen ich demnächst arbeiten werde. Bei meinem Online-Vorstellungsgespräch vor ein paar Wochen war sie nicht dabei, was Monika, der das *Storchennest* gehört und die mich eingestellt hat, mit einer merkwürdigen Erklärung kommentierte: »Ach, weißt du, Helga zieht gerade um, und das soll sie mal in Ruhe machen. Es reicht, wenn ihr euch zu deinem Beginn hier kennenlernt.«

Ich hatte mir nichts dabei gedacht, überlege jetzt aber doch, ob mir diese Bemerkung hätte zu denken geben sollen.

»Die Schwangerschaftsdemenz setzt auch immer früher ein, was?«, fragt Helga in diesem Moment mit ernstem Tonfall. Ob sie scherzt? Ein Lächeln zuckt über ihr Gesicht, ist aber verdammt schnell wieder verschwunden, was mich an den stotternden Start erinnert, der mir quasi prophezeit wurde.

»Termin vergessen? Das macht nichts.« In ihrer Stimme schwingt ein Hauch Sarkasmus, und ich verspüre das Bedürfnis, mich zu ducken. »Na, dann nimm Platz, junge Dame. Damit wir fortfahren können, bevor die Ersten entbinden.«

Ich bin so perplex, dass ich tue, wie mir geheißen, eine Matte vom Stapel an der Wand ziehe und mich in die Lücke zwischen zwei der Pärchen quetsche. Währenddessen beschäftigt mich die Frage, ob ich eigentlich wirklich so schwanger aussehe … Ich meine, normalerweise sind Frauen, die einen Geburtsvorbereitungskurs besuchen, bereits in der zweiundzwanzigsten bis sechsundzwanzigsten Woche, was die kugelrunden Bäuche, die sich mir aus der Runde entgegenwölben, bestätigen.

Mein Blick sinkt auf meinen Bauchansatz. »Aber …«

»Ah, ah, ah. Setzen und Ohren aufsperren«, ordnet Helga an, und die junge Frau, die rechts neben mir sitzt, versteckt ihr Kichern, in dem sie so tut, als müsste sie niesen. Die Freundin, die sie begleitet, guckt mich mit großen Augen an, als hätte sie sich aus Versehen in ein Bootcamp verlaufen, und macht eine hektische Handbewegung.

»Mach einfach, was sie sagt«, flüstert sie in meine Richtung, sodass ich mich niederlasse und die Sneaker ausziehe.

Im Kursraum riecht es nach Salz, Socken und Lavendel, ein sehr vertrauter Geruch, und ich versuche mich zu entspannen.

Man könnte diese Verwechslung positiv sehen, denke ich. So bekomme ich gleich einen Eindruck von der Arbeitsweise im *Storchennest*, was quasi einer netten Kostprobe gleichkommt. Und eine solche Gelegenheit sollte man niemals ausschlagen, weder an der Käsetheke noch am Weinstand im Supermarkt. Lotta erlebte ihren heißesten One-Night-Stand durch ein kostenloses Probetraining in einem Fitnesstempel und schwärmt noch heute davon. Leider trauert sie dem Typen auch irgendwie nach und vergleicht nun jeden, den sie mit ins Bett nimmt, mit dieser Sportskanone.

»Nun, wo wir dann vollständig sind, noch einmal herzlich willkommen bei uns im *Storchennest*«, rattert Helga herunter und legt ein Klemmbrett beiseite, auf dem sie offensichtlich alle Teilnehmer abgehakt hat. Als mir in diesem Zusammenhang einfällt, dass sie sich gar nicht nach meinem Namen erkundigt hat, rutsche ich unruhig auf dem Hintern hin und her, während um mich herum die meisten Frauen ihren Bauch streicheln. Oder die Begleitungen dies tun und andächtig lauschen, was Helga als Nächstes verkündet.

»Das Fazit lautet also: Was ihr hier lernt, ist pure Theorie. In der Praxis verläuft jede Schwangerschaft, jede Geburt anders, und es gibt mehr Ausnahmen als Regeln.«

Jemand klatscht, stellt es aber schnell wieder ein, und in meinem Mundwinkel zuckt ein Lächeln, während Helga ihre Augenbrauen im Haaransatz verschwinden lässt.

»Wir beginnen mit ein wenig Entspannung«, sagt sie brummig. »Ihr werdet sehen, dass die Übungen euer Körpergefühl verbessern und das Becken öffnen. Das wird euch besonders kurz vor der Geburt guttun.« Sie setzt sich in den Schmetterlingssitz, und ihr Rücken ist dabei so gerade, dass man Mauern daran hochziehen könnte.

Ich erkenne sofort, wer von den Teilnehmern zu den Strebern gehört und wer zu den Planlosen. Ich sitze zwischen beiden Kategorien.

»Ist es so richtig?«, fragt eine Frau mit akkuratem Dutt, deren Mann brav hinter ihr kniet und sie mit stoischer Miene unterstützt. Sie macht mit Sicherheit täglich Sport, hat kein Gramm Fett zu viel, wirkt aber ziemlich verbissen.

Ich zwinkere der jungen Frau auf meiner rechten Seite zu, die sich gehemmt immer wieder zu den anderen umschaut. Sie ist so alt wie ich, schätze ich, Mitte zwanzig etwa.

»Ich kann mir beim besten Willen nicht vorstellen, dass einem das helfen soll, wenn es losgeht«, raunt sie ihrer Freundin zu und wischt sich hektisch eine brünette Strähne ihres Bobs aus dem Gesicht. Ihre Wangen glühen.

»Nelly, jetzt entspann dich mal und mach einfach mit«, antwortet die Freundin im Flüsterton. Gerade als ich mich frage, ob die beiden ein Pärchen sind, sagt Nelly: »Marv sollte hier sein und den Quatsch mit absitzen. Schließlich war es sein Penis, der mir das hier eingebrockt hat.« Sie sieht ihre Freundin entschuldigend an. »Tut mir leid, dass du das Los nun gezogen hast.«

»Ich hab da einen tollen Rat für dich: Vergiss ihn.« Die Freundin hört sich ähnlich an wie meine Schwester, wenn ich sie mit Liebeskummer belästige, und ich schließe sie spontan in mein Herz.

»Tu ich ja. Ist nur nicht so einfach, wenn man bedenkt, dass ich sein Kind bekomme.«

Auweia. Nun zieht sich mein Herz schmerzhaft zusammen.

»Oh, warum hab ich mich nur auf diesen Quatsch hier eingelassen? Ich hab oft genug *Grey's Anatomy* gesehen, ich weiß, wie Geburten ablaufen«, jammert sie weiter.

»Ich schwör dir, eine Geburt hat nicht nur zwei bis vier Presswehen, Nelly.« Mit dieser Einschätzung liegt ihre Freundin goldrichtig und wirft mir einen vielsagenden Blick zu. Ich lächle.

»Wie schwer kann das schon sein? Frauen kriegen seit Anbeginn der Zeit Kinder«, überlegt Nelly, streckt ihre Füße aus und denkt nicht dran, die nächste Übung, bei der wir auf der Seite liegen und das obere Bein anwinkeln, auch nur zu versuchen.

Mir gegenüber macht die sportliche Schwangere, die ein dunkles Outfit und ein Stirnband trägt, ganz beiläufig ein Selfie. Sie scheint genau zu wissen, wie sie ihren Bauch am besten in Szene setzt, und wird es bestimmt sofort nach dem Kurs für eine Instagramstory oder Ähnliches nutzen. Ganz klar eine Influencerin.

»Sarah, hier drin ist das Fotografieren nicht erlaubt. Bitte lass das«, tönt Helgas Stimme durch den Raum, ohne dass sie die Lippen bewegt. Zumindest kommt es mir so vor. Reglos und mit geschlossenen Augen verharrt sie in ihrer seitlichen Position, und ich warte darauf, dass sie Sarahs Handy allein Kraft ihrer Gedanken für den Rest der Stunde einkassiert. Was nicht passiert. Trotzdem bin ich beeindruckt und ein bisschen angegruselt. »Atmet tief in den Bauch. Wenn ihr mögt, kann euer Partner seine Hand auf euren Lendenwirbelbereich legen oder aufs Steißbein und ein bisschen drücken. Das müsst ihr ausprobieren.«

Nelly neben mir seufzt.

»Es hilft. Dieser Quatsch«, sage ich lieb zu ihr. »Die Atemübungen, die Gymnastik und zu wissen, dass man nicht allein ist. Wirst sehen.« Ein schwacher Versuch, sie aufzuheitern, ich kenne Liebeskummer recht gut. Herzschmerz und ich, wir sind alte Freunde, die immer mal wieder miteinander zu tun haben. »Und wer braucht schon Männer, um ein Baby zu gebären und großzuziehen?«, schiebe ich schnell hinterher. »Du hast da eine tolle Freundin neben dir.«

»Ja, aber die verlässt mich auch bald für ein Auslandsjahr. Sehr bald«, erklärt sie.

»Noch ist sie ja da.« Ich zwinkere, und Nellys Haltung entspannt sich. Ihre Hände legen sich sanft auf die obere Wölbung ihrer kleinen Kugel. Sie mustert mich nachdenklich.

»In welchem Monat bist du? Noch nicht sehr weit, oder?«, fragt sie dann.

Ehe ich antworten kann, pfeift mich Helga erneut zusammen. »Möchtest du den Kurs gern leiten …?« Sie schürzt die Lippen und überlegt, aber die Vorstellungsrunde habe ich ja verpasst.

»Ähm, Madita Sternberg«, beeile ich mich und hoffe, dass nun der Groschen fällt. Tut er aber leider nicht, stattdessen beginnt Helga über das Veratmen zu referieren, denkt sich mich offensichtlich einfach weg. O Mann, dieser Start stottert ja mächtig.

Eine kräftige Frau, die neben einem extrem schönen Mann mit akkurat gezupften Augenbrauen liegt, wirkt abwesend. Ich wette, sie geht im Geiste lieber Einkaufslisten durch, als Helgas Oooo- und Aaaa-Lauten zu lauschen, obwohl ich zugeben muss, dass sie das echt gut vormacht. So einen vollen Ton hätte ich der schmalen Frau niemals zugetraut. Als Nächstes geht sie in den Vierfüßlerstand, und alle machen es nach. Die Frau und ihr Scherzkeks-Mann entpuppen sich dabei als Bilderbuchpaar und gehen so rührend miteinander um, dass jeder andere blass vor Neid werden könnte. Ich seufze. Wie schön.

»Und wo ist dein Partner? Ich meine …« Nelly guckt mich forschend an, während ich der Übung folge.

»Nein, ich bin Single und gar nicht …«, verschlucke ich mich fast.

»Oh, du willst nicht drüber reden. Kann ich verstehen. Ich versuche auch, nicht weiter über die Beschissenheit der Situation nachzudenken.« Nelly seufzt, und ihre Freundin wirft mir einen weiteren vielsagenden Blick zu. Augenblicklich tut mir Nelly so leid, dass ein Kloß in meinem Hals anschwillt. Ich möchte ihr am liebsten sagen, dass alles wieder gut wird. Dass das kleine Wesen in ihr sie über alles hinwegtrösten wird, was sie gerade durchmacht. Das habe ich schon so oft erlebt. Frauen, die kurz vor der Entbindung sitzengelassen wurden, Schwangere, die untreue Männer selbst vor die Tür setzten oder andere Schicksalsschläge bewältigen mussten, verwandelten sich in Wunderweiber, kaum dass das Kind ihrem Schoß entschlüpfte. Das Herz voller Liebe und Kraft für ihre Babys. Der Mutterinstinkt ist eine Urgewalt.

Nelly forscht in meinem Gesicht.

»Ich bin gar nicht schwanger«, würge ich endlich raus, und in ihrer Miene stehen nur noch Fragezeichen.

»Ich bin als neue Hebamme hier«, verrate ich ihr mein Geheimnis und zwinkere.

In Nellys Mundwinkel zuckt es. »Ist ja abgefahren.«

Helga klatscht in die Hände. »Hier einmal schauen. So machen wir es bitte nicht«, verkündet sie und rückt die Aufmerksamkeit aller auf die junge Frau mit dem sexy Partner, die ihre Knie so eng aneinanderpresst, als fürchte sie, das Kind könne einfach so aus ihr herausrutschen, wenn sie nicht aufpasst.

Mir fällt auf, dass der Schöne mehr als reserviert wirkt. Er traut sich kaum, seine Frau anzufassen. Sehr seltsam. Wie haben die beiden das Baby gemacht, wenn sie so distanziert miteinander umgehen?

»Die Knie hüft- und die Hände schulterbreit öffnen.« Helgas Blick schnellt zu den beiden Scherzkeksen, die diese Stellung ungemein amüsiert. Ich muss an Lottas Lieblingsspruch denken: *Männer werden sieben, danach wachsen sie nur noch.*

Schmunzelnd folge ich brav den Anweisungen, lasse meinen kleinen Speckbauch einfach mal machen, was er so will, und rechne gleichzeitig Kalorien zusammen. Was verbrennt man bei so einer Übung und wie viel Pizza hatte ich in den letzten Tagen? War das Coq au Vin sehr fettig und wie viel Wein gehört zu dem beschwipsten Vogel eigentlich wirklich dazu? War eine halbe Flasche zu viel? Die Stimmung gestern beim Essen hätte jedenfalls besser nicht sein können … Am Ende des Abends habe ich beim Wett-Eisessen mit anderthalb Packungen Vanille zu einer Dreiviertelbox Zitronensorbet gegen Niklas gewonnen und ihm sein Fahrrad abgeluchst. Wie sich herausstellte, gehörte das weiße Hollandrad mit Frontkorb Niklas' Ex, was den ideellen Wert des Einsatzes zwar schmälert, mich aber nicht im Geringsten stört, denn mir gefällt das Rad, und ich beschließe, es für den Kampf gegen meinen Speckbauch zu verwenden.

»So, und die Herren fassen ihre Damen jetzt mal an die Hüfte und rütteln ein wenig«, beendet Helgas Kasernenton mein Gedanken-Tetris. Apropos: Wie verklickere ich ihr eigentlich, dass ich die neue Kollegin bin, ohne dass sie sich veräppelt vorkommt, weil ich hier inkognito mitturne?

Im nächsten Moment spüre ich zwei kräftige Hände, die in die Speckrolle oberhalb meines Hüftknochens greifen und schütteln, als ließe sich damit ein Goldtalerregen aus meinem Hinterteil auslösen. Ich stoße einen kleinen Schrei aus, den Helga übertönt mit: »Die Intensität bestimmt die Frau. Manche mögen es kräftig, andere wollen unter der Geburt gar nicht angefasst werden.«

Wie es unter Wehen sein würde, weiß ich nicht, aber hier und jetzt gehöre ich eindeutig zur letzteren Kategorie, und ich wette, Helga spürt das ganz genau. Nach zwei weiteren Rüttlern, die mir die Zähne aufeinanderschlagen, lässt sie mich los und geht nacheinander alle Paare ab, korrigiert und kommentiert Haltungen. Als sie einmal rum ist und bei Nelly stoppt, wird mir klar, dass sie ein außerordentlich gutes Gehör haben muss.

»Stell dir vor, du hast eine schwere Prüfung, die für dein weiteres Leben sehr wichtig ist. Würdest du vollkommen unvorbereitet dort hingehen wollen?«, fragt sie, und Nelly schluckt schwer. »Eine Geburt ist kein Spaziergang im Park. Umso mehr du weißt, was auf dich zukommt, desto einfacher findest du dich in der Situation zurecht.«

»Ich mach 'nen Kaiserschnitt«, sagt Nelly und umklammert ihren Bauch.

Helga reagiert nicht sofort. Einen Penny für ihre Gedanken.

»Nun, denn. Wenn das so ist.« Das hört sich nach den verstrichenen Sekunden erst mal recht sarkastisch an. Dann wird Helga milder. »Das Thema Kaiserschnitt behandeln wir in einer der folgenden Stunden. Da gibt es einiges Wissenswerte, das man unbedingt berücksichtigen sollte. Zum Beispiel die Tatsache, dass die meisten Frauen sich nicht klarmachen, dass es sich um eine Operation handelt, die wie jeder Eingriff ihren Tribut fordert. Und kaum eine weiß, dass ein

Kaiserschnitt das Risiko erhöht, an einer postnatalen Depression zu erkranken.«

»Eigentlich hat Nelly sich noch nicht wirklich entschieden«, mischt sich ihre Freundin ein, bevor Nelly noch grüner um die Nase werden kann.

»Sehr schön. Außerdem wird es hier nicht nur um Geburtspositionen gehen, sondern auch um die seelische und körperliche Veränderung, die die Zeit rund um die Geburt mit sich bringt …«

»Als würde ich nicht von allein merken, dass ich zum Elefanten werde«, murrt die Influencerin.

»… um Ernährung und, ganz wichtig, die Fehlervermeidung während der letzten Wochen eurer Schwangerschaft. Man kann eine Menge falsch machen, vor allem, wenn man sich verunsichern lässt oder auf Ratschläge aus sogenannten Foren hört. Im Netz kursiert eine Menge dummes Zeug, sodass ihr bitte bedenkt, dass eine Frau noch lange keine Expertin in Sachen Geburtshilfe ist, nur weil sie ein oder mehrere Kinder auf die Welt gebracht hat.«

Es ist erstaunlich – mich hätten die kugelrunden Augen der umsitzenden Paare spätestens jetzt zumindest nachdenklich gemacht, doch Helga ist nicht anzumerken, dass sie das allgemeine Schlucken überhaupt wahrnimmt. Stoisch redet sie weiter: »Wenn ihr das Beste für euch und euer Baby möchtet, und das will ich hoffen, dann ignoriert, was SophieMama32 zum Thema Dammriss zu erzählen hat oder MuttiForever übers Bonding meint. In allererster Linie hört ihr mal auf euch selbst und euren Körper. Der weiß es nämlich am besten und erledigt seine Arbeit wunderbar, sofern ihr ihn lasst.«

Ups, Schweigen im Walde. Ich überlege, ob Helga mit ihrer Ansprache impliziert, dass eine Frau selbst daran schuld ist, wenn ihr Baby sich zum Beispiel vor der Geburt nicht dreht, sodass die Wahrscheinlichkeit für eine Spontangeburt gegen null rast, weil es nur noch wenige Spezialisten gibt, die sich die Entbindung einer Steißlage zutrauen.

Sogar ich spüre nun einen Anflug von Angst und schicke rasch ein stummes: »Hey, hallo, wie geht's denn so?« zu meinem Körper, um mal wieder Kontakt aufzunehmen.

Neben mir tauscht Nelly einen nervösen Blick mit ihrer Freundin, bevor sie zögerlich nickt. Die beiden Scherzkekse tuscheln miteinander, während ihre Frauen lächelnd über ihre Bäuche streicheln. Die Junge sieht unglücklich aus, während ihr Kerl unbeteiligt tut, die sportliche Influencerin tippt auf ihrem Smartphone herum. Ihr Partner umarmt sie und küsst ihren Nacken.

»Ähm …« Ich räuspere mich, um die Gelegenheit zu nutzen und mich endlich vorzustellen, und ein paar aufmunternde Worte liegen mir auch auf der Zunge, als Helga kurz ihren Blick auf mir ruhen lässt und dann verkündet: »So, das war's für heute.« Sie macht auf dem Absatz kehrt und geht in Richtung Tür. »Wir sehen uns nächsten Mittwoch, gleicher Ort, selbe Zeit.«

Excuse me? Ich sitze da und gucke ihr dümmlich nach. Das ist jetzt wirklich ein bisschen unheimlich. Ich hoffe, es handelt sich hier nicht um eine Art Abneigung auf den ersten Blick oder so etwas. Das wäre sehr bedauerlich, schließlich will ich mit ihr zusammenarbeiten und von ihr lernen.

»Zeig dich von der besten Seite, Madita«, hauche ich mir selbst zu und rapple mich auf. Und während das Streberpaar noch mal die letzte Übung wiederholt und die anderen sich ihre Schuhe anziehen, eile ich ihr auf Socken nach.

Im Flur steuert Helga zielsicher auf eine Frau zu, die ich als Monika identifiziere, diejenige, die mich ins Boot, pardon, ins *Storchennest* geholt hat. Glücklicherweise erkennt sie mich ebenfalls sofort. Ihre Miene erhellt sich und sie winkt mich zu sich.

»Da sind Sie ja, Frau Sternberg«, zwitschert sie. »Oder Madita, wenn ich darf. Wir duzen uns hier.«

Helga stutzt. »Das hättest du gern gleich sagen können«, findet sie und kräuselt kaum merklich die Lippen. In meinem Magen summt es unangenehm. Was für ein guter Start. Das Stottern wächst sich zu einem Totalschaden aus.

»Ja, du hast so recht.« Ich halte ihr meine Hand entgegen, und sie nimmt sie. Ich rechne mit einem Knochenbrechergriff, doch Helgas Finger legen sich erstaunlich sanft um meine. »Und ganz ehrlich, ich wollte es, hatte dann aber den Eindruck, es wäre irgendwie unpassend. Du warst ja schon mittendrin in deinem Kurs, und ich wollte dich nicht aus dem Konzept bringen und ...«

»War der Kurs nicht ...«, beginnt Monika nachdenklich.

»... ganz große Klasse«, plappere ich drauflos. »Wirklich, hätte ich nicht besser machen können.« Anders auf jeden Fall, aber das hebe ich mir für später auf.

»Ich meine, war er nicht etwas kurz? Oder ist meine Uhr kaputt?«, überlegt Monika, und Helga hebt die Brauen.

»Thema Zeitmanagement. Wo warst du, als unsere neue Kollegin hier eingetroffen ist? Hattet ihr keine Uhrzeit ausgemacht?«, fragt sie und ringt sich ein klitzekleines Lächeln ab. Erstaunlicherweise reicht das, um sowohl ihr Gesicht als auch ihre Augen zum Strahlen zu bringen.

Die nächsten Worte gehen in den Verabschiedungen der Pärchen unter. Ein nettes *Auf Wiedersehen* hier und ein geschnurrtes *Tschüssikowsky* da. Zwischendrin Nelly, die Monika ganz beiläufig wissen lässt, dass sie die neue Hebamme haben will. Ab sofort.

Ach, wie lieb. Mein Lächeln vergeht mir, als Helgas Blick mich trifft.

»Das mit dem Zeitmanagement war übrigens meine Schuld«, gebe ich zu. »Ich war etwas zu früh.«

»Sieh mal einer an«, brummt Helga und biegt in eine kleine Küche ab, wo sie aus einer Shabbyshick-Kommode eine Tüte Kaffeebohnen angelt, zwei Hände voll in eine Mühle füllt und zu mahlen beginnt. Alles in einer einzigen fließenden Bewegung, die mich staunen lässt.

»Da ich den Orientierungssinn eines Karnickels habe, bin ich zeitig los«, murmle ich, während ich zusehe, wie Helga Bohnen schreddert. »Ich konnte ja nicht damit rechnen, dass es so einfach ist, das *Storchennest* zu finden.«

»Was für einen Orientierungssinn haben denn Karnickel?«, erkundigt sich meine neue Kollegin, schraubt einen Espressokocher auf und füllt Wasser und das fertige Pulver hinein.

»Setz dich doch«, sagt Monika und bietet mir einen Korbstuhl an, der an einem runden Tisch steht. »Das hier ist unsere Küche und der Besprechungsraum. Schreibkram kannst du drüben im Büro erledigen. Ich sehe zu, dass wir einen zweiten Schreibtisch anschaffen, damit für alle Platz ist. Jetzt aber erst mal: Herzlich willkommen! Wir freuen uns, dass du da bist.«

Ich verkneife mir einen Blick zu Helga, die am Herd steht und darauf wartet, dass der Kaffee sprudelt, weil ich nicht an Monikas Aussage zweifeln möchte. Zumindest nicht am *wir*. Ich strahle sie an und zirpe: »Danke, ich mich auch! Und ich bin sicher, dass ich von eurem Wissensschatz und euren Erfahrungen profitieren und viel lernen werde.«

»Sag nicht, du kommst direkt aus der Hebammenschule?«, lässt sich Helga vom Herd aus vernehmen und wirft Monika über die Schulter hinweg einen langen Blick zu.

»Nein, nein. Ich war ein Jahr in Buberg im St. Johannes auf der Entbindungsstation«, beeile ich mich, das Bild gerade zu rücken, und denke an die schwierigsten Momente in meinem Leben. Ganz ehrlich, das Pensum und die ungefilterte Wahrheit, die Schrecken neben all den Wundern haben mich nicht nur ein Mal an meine Grenzen gebracht. Geburten wie am Fließband mit Schichtwechseln mitten in den Presswehen sind nicht mein Ding. Umso mehr freue ich mich auf die Arbeit, die mich im *Storchennest* mit seinen Betreuungsaufgaben und den Hausgeburten erwartet.

»Na, dann ist ja gut. Ich dachte schon, du hast gar keine Ahnung«, haut Helga raus, als es in der Kanne zu brodeln beginnt, und ich sehe mich selbst in Großaufnahme, wie mir komplett die Gesichtszüge entgleiten. In meiner Fantasie hätte ich mir diese erste Begegnung wirklich nicht schlimmer ausmalen können.

»Helga, du kannst mir durchaus vertrauen, dass ich gewissenhaft prüfe, wen ich bei uns aufnehme«, wirft Monika mit einer gewissen Schärfe ein. »Oder hatten wir jemals eine Enttäuschung im Team?«

Ich greife nach einem Zuckerschälchen, in dem ein antiker Löffel mit hübschen Schnörkeln steckt. Überlege aus lauter Unsicherheit, Kunststücke damit zu vollführen.

Monika durchbohrt Helgas Rücken mit Blicken, Helga schweigt und gießt sich Kaffee in eine Tasse. Anschließend kommt sie zu uns an den Tisch, wohlgemerkt ohne uns ebenfalls einen anzubieten, und klammert sich daran, als hänge ihr Leben davon ab.

Monika wirkt, als wolle sie seufzen, sagt jedoch: »Fürs Erste habe ich mir gedacht, du nimmst Madita mit zu deinen Hausbesuchen und zeigst ihr, wie wir die Vor- und Nachsorge handhaben.« Sie blickt zu mir. »Wäre das in Ordnung für dich?«

»Na logo«, versichere ich und lege den Löffel zurück in sein Schälchen.

»Kein Problem.« Helga nippt an der Tasse, mustert mich über den Rand hinweg. Ihre Miene ist unergründlich, in Gedanken könnte sie mich gerade mit einer Kettensäge zerteilen, heißen Sex mit dem Typen von der Wursttheke fantasieren oder eine Petition für den Weltfrieden verfassen. Ich weiß es einfach nicht, vermute aber, dass Lottas Wahrsagerin einen Tipp für mich hätte. Vielleicht sollte ich einen Termin bei ihr buchen?

Ich will gerade ansetzen, irgendwas Schlaues zu sagen oder wenigstens etwas Witziges, als Helga unvermittelt fragt: »Willst du auch einen Kaffee?«

Vor lauter Schreck schüttle ich den Kopf und stammle: »Nein. Nein, danke. Ich … äh … ich trinke eher heiße Schokolade.«

»Wie du meinst.« Helga zuckt mit den Achseln, Monika grinst breit und zwinkert mir zu.

»Helga ernährt sich von Kaffee«, erklärt sie, bevor sie ohne Überleitung damit beginnt, mir etwas über die Philosophie des *Storchennests* zu erzählen. Da sie das während meines Bewerbungsgesprächs bereits getan hat, wirbelt mir kurz der Gedanke durch den Kopf, dass sie es absichtlich wiederholt, weil Helga anwesend ist.

»Wir begleiten die Paare, Mütter und Babys und unterstützen sie dabei, ihre wertvollste Zeit selbstbestimmt zu gestalten und zu erleben«, referiert sie und wirft tatsächlich einen Blick zu Helga hinüber, wie um sich zu vergewissern, dass sie zuhört. »Wir beraten unsere Kundinnen und greifen ein, wenn es nötig ist. Aber in erster Linie beugen wir uns ihren Wünschen.«

Ganz sicher werde ich niemals mit Helga Poker spielen …

»Durch optimale Arbeitsplanung und Prozessmanagement sind wir Hebammen des *Storchennests* immer zu erreichen. Deshalb bin ich sehr froh, dass du uns ab sofort unterstützt.«

»Logo.«

Als Helga aufsteht und mir mit den Worten »Na dann, auf ins Gefecht, und herzlich willkommen im *Storchennest*« nochmals ihre Hand reicht, habe ich den seltsamen Impuls, sie kurz zu umarmen. Zugegeben, in Anbetracht dessen, wie reserviert sie sich mir gegenüber verhält, ist das vielleicht nicht die beste Idee. Aber in dieser Sekunde, in der sie mir direkt ins Gesicht sieht, ist es, als erkenne ich sie: eine Frau, die genauso für diesen Beruf brennt wie ich. Und die unter der rauen Art sicherlich ein großes Herz verbirgt, das nur darauf wartet, von mir erobert zu werden. Das hoffe ich jedenfalls.

Unverhofft

Helga

»So, das war's«, sagt Hans, und ich brauche einen Moment, um zu begreifen, dass er das Küchenregal meint, das ich festhalte, während er es an die Wand dübelt. »Hält. Selbst wenn du deine zweihundert Kaffeegewürze reinstellst.« Er legt den Akkuschrauber beiseite und sieht sich in der Küche um. Die Abendsonne fällt durch das Gaubenfenster auf den Tisch mit den drei Stühlen ringsum und beleuchtet den leeren Brotkorb.

»Es sind nur neun. Das andere sind Bohnen.«

Hans lächelt. »Auch die hält das Regal.« Er lässt seinen Blick über die Arbeitsfläche zwischen Kühlschrank und Herd wandern, über den Schrank, in dem sich hinter dünnen, mit kitschigen Vorhängen verdeckten Glasscheiben mein Geschirr stapelt. Ein Flohmarktfundstück, das Hans irgendwann einmal lustig genug fand, um es zu kaufen.

»Passt doch wunderbar in deine Küche«, sagte er, als wir wenige Tage zuvor die Dinge sortierten und im Keller darauf stießen, und ich hatte genickt.

»Bestimmt.«

Während Hans sein Werkzeug in seiner praktischen Transportkiste verstaut, wird mir klar, dass das jetzt also die Räume sind, die ich ab sofort meine, wenn ich sage, dass ich *nach Hause* fahre: drei Zimmer, Küche, Bad, überall Schrägen, die auf wundersame Weise nicht stören, weil der Architekt offensichtlich ein Genie gewesen ist. Statt meinem Kopf im Weg zu sein, wölben sich die Wände dezent um mich herum, was ich erstaunlich finde.

Hans hat mir die Wohnung größtenteils fertig eingerichtet übergeben. Eine Geste, die entweder meinen Auszug aus dem bisherigen *Zuhause* beschleunigen oder als Entschuldigung für den Quasi-Rauswurf dienen soll. Doch ich weiß, dass beides nicht stimmt. In Hans' Welt ist es einfach folgerichtig, nicht nur eine Wohnung zu kaufen, sondern sich auch um den Rest zu kümmern. Er hat mir ein Bett besorgt, breit genug, damit man notfalls auch zu zweit darin schlafen kann, aber schmaler als ein Ehebett.

Das ist nett, denke ich, weil es weder etwas andeutet noch ausschließt. Vielleicht impliziert es auch ein »Es geht mich nichts mehr an«, was ich höflich fände. Eventuell auch ein bisschen traurig, aber für Wehmut ist es nun zu spät. Ich habe nicht versucht, Hans von seinem Entschluss abzubringen. Wenn er um eine Trennung bittet und eine Wohnung kauft, meint er es ernst. Bis heute bin ich mir nicht sicher, wie ich selbst dazu stehe, und das ist vermutlich das sicherste Zeichen dafür, dass Hans recht hat.

Für das Wohnzimmer hat er ein Lümmelsofa ausgesucht, mit einem großen Kissen für den Rücken und einer Wolldecke gegen kalte Füße. Ich kann darauf lesen und liegen oder Gäste empfangen oder, was wahrscheinlich ist und woran Hans vermutlich gedacht hat, als er es aussuchte und aufstellte, darauf sitzen und Kaffee trinken.

Ich habe es gestern ausprobiert, meine Füße auf das Glastischchen gelegt und mich an das Kissen gelehnt. In der Hand eine Tasse *Schwarze Verheißung* mit ausgeprägter Crema, aber dunklem Körper, ein wenig fruchtig auf der Zunge. Während ich der Beerennote nachschmeckte, schaute ich ins Dachgeschoss gegenüber. Ein Mann hat seinen Schreibtisch direkt unter dem Fenster positioniert, und solange ich Kaffee trank, saß er dort vorgebeugt und hantierte mit etwas oder schrieb. Das Fensterbrett ist zu hoch, als dass ich Einzelheiten hätte erkennen können. Seitdem rätsle ich, womit er sich beschäftigt.

»Was ist los?«, fragt Hans, als ich einen tiefen Seufzer ausstoße, den er vor mir bemerkt. Ich mag es, dass er nie fragt, ob alles in Ordnung ist oder *gut*, so wie die Mehrheit der Menschen es heutzutage tut. *Alles gut bei dir?* Eine blödere Angewohnheit gibt es kaum, denn wenn jemand seufzt oder stöhnt, liegt doch auf der Hand, dass nicht alles gut oder in Ordnung ist. Überhaupt, was ist das für ein Anspruch, dieses ständige Alles-gut-Ding?! Wann ist schon jemals *alles* gut?

»Ich bin nur müde«, sage ich. »Heute hat die Neue angefangen, und ich hatte das total vergessen.«

»Die Neue? Habt ihr wieder eine Praktikantin?« Hans prüft, ob er etwas vergessen hat, bevor er den Deckel seiner Box zuklappt.

»Nein.« Ich schüttle den Kopf. »Eine fertige Hebamme … na ja … grün hinter den Ohren, hat gerade mal ein Jahr Erfahrung. Im Krankenhaus.« Hans weiß, wie ich über Krankenhäuser denke. Es ist mir schleierhaft, warum man so viele gesunde Frauen in einer Einrichtung entbinden lässt, die sich per definitionem an *Kranke* richtet. Wenn ich das sage, werde ich gern missverstanden, dabei liegt es mir fern, Krankenhäuser an sich oder als Ort für Geburten zu verteufeln. Ganz im Gegenteil, ich weiß allzu gut, dass es Situationen gibt, in denen Ärzte, Medikamente und andere Hilfsmittel bitter nötig sind, um Unheil zu vermeiden und Menschenleben zu schützen. Bloß die Erhebung zum Standard geht mir gegen den Strich.

»Monika wird Gründe gehabt haben, sie einzustellen«, meint Hans.

Ja. Müdigkeit. Und Google-Rezensionen. Ich habe meinem Mann nichts davon erzählt, fällt mir auf. Fand ich es nicht wichtig oder reden wir einfach nicht mehr miteinander?

»Sie hat pastellrosa Haare«, erkläre ich. »Und sie hat mich umarmt.«

»Ui.« Hans grinst. »Na, die traut sich was.« Er geht an mir vorbei in den Flur, wo er seine Kiste abstellt, um in die Schuhe zu schlüpfen.

»Danke fürs Regalaufhängen.«

Er winkt ab.

»Willst du noch einen Kaffee?«, frage ich, bevor er seine Füße in den halbhohen Allwettertretern verstaut hat, die er fast das ganze Jahr über trägt.

Hans hält in der Bewegung inne und wirft mir einen überraschten Blick zu. Dann schüttelt er den Kopf. »Nein, danke.«

Das »lieber nicht«, das hinterherschwingt, bilde ich mir gewiss nur ein, weil der Tag so anstrengend war. Erst der Kurs mit den Pärchen, die mal wieder sämtliche Klischees erfüllen, dass einem übel werden könnte, und dann … *Madita*. Sie kann ja nichts dafür, aber erwachsene Frauen heißen einfach nicht so, was natürlich ein alberner Gedanke ist. Dennoch: Kinder von Eltern, die ihre Sprösslinge nach Figuren aus Büchern oder Filmen benennen, starten mit Erwartungen ins Leben, die sich niemals erfüllen lassen, sodass Kollateralschäden quasi vorprogrammiert sind. Und Astrid-Lindgren-Eltern sind die schlimmsten, denn es ist ein Trugschluss zu denken, es genüge, dem Kind den »richtigen« Namen zu verpassen, um es zum Freigeist zu erziehen. Als ob alles klebt, bloß weil man *Uhu* draufschreibt. Pastellrosa Haare? Mit Mitte zwanzig? Das sagt alles.

Zum Glück stand heute nach dem Kurs lediglich ein Hausbesuch an, bei Wir-haben-entschieden-dass-Maja und ihrem Wir-sind-für-alles-offen-Typen; irgendwo habe ich seinen Namen notiert, vermutlich Sören oder so was, den werde ich nachschlagen. Es war der zweite Vorsorgetermin, nachdem wir uns beim letzten Mal kennenlernten und Maja am Ende verkündete: »Na schön, deine Erfahrungswerte sprechen für dich. Wir haben entschieden, dass du uns während der Schwangerschaft betreust.«

Das hast wohl eher du entschieden, dachte ich, weil Sören während unseres Gesprächs kaum mehr von sich gab als »Das stimmt« und »Richtig, mein Schatz«, aber was soll's, die Beziehungsarbeit der Paare gehört nicht zu meinen Aufgaben.

Sören und Maja wohnen eine Viertelstunde vom *Storchennest* entfernt, weshalb sie sich für uns als Entbindungsort entschieden haben und gegen das weiter weg gelegene Krankenhaus. Der Neuen anzubieten, sie im Auto mitzunehmen, was eventuell so nett wie naheliegend war, erwies sich als Fehler, wenngleich sich darüber streiten lässt, ob man von einem Fehler sprechen kann, wenn es um eine Entscheidung ohne Alternativen geht.

Kaum saßen wir im Wagen, plapperte sie drauflos, als ginge es darum, einen Rekord im Smalltalk aufzustellen oder möglichst viele Sätze mit möglichst wenig Inhalt zu formulieren; manchmal glaube ich, das ist ein Trend unter jungen Leuten. Als irgendwann der Begriff »Wahrsagerin« fiel, intervenierte ich, indem ich Majas Mutterpass vom Rücksitz angelte und die Neue aufforderte, sich einzulesen.

»Maja ist in SSW sechzehn und hat entschieden, dass …« Ich konnte nicht verhindern, Majas leiernde Stimme zu imitieren, »… eine Doppelbetreuung das Beste ist. Wir wechseln uns folglich ab mit der Gyn.«

Die Neue holte Luft, um etwas zu erwidern, also sagte ich: »Wir machen einen Urintest und messen den vaginalen PH-Wert, außerdem hören wir die Herztöne des Kindes ab. Schon mal gemacht ohne CTG oder Dopton?«

»Ähm …«

»Dachte ich mir. Ich stell dir nachher das Hörrohr vor. Du kannst dann alles im Mutterpass notieren.«

Wir kamen an, Maja teilte uns ihre neusten Entscheidungen mit, die sich um eine kohlehydratarme Ernährung ab sechs Wochen vor der Geburt drehten, um unbedingt ein Übertragen zu verhindern – »Ich muss ja nicht fetter werden als nötig!« –, und darum, dass sie Plazentanosoden anfertigen lassen wolle nach der Geburt. Homöopathische Kügelchen, die aus dem Gewebe der Nachgeburt gewonnen werden, um später Unruhezustände, Erkältungen und Fieberschübe bei Mutter und Kind zu behandeln, wenn man weder Wadenwickel noch Kamillentee oder Bettruhe parat hat.

»Gute Idee, vielleicht helfen die auch gegen geistige Diarrhö.« Ich bin mir nicht sicher, ob ich das gedacht oder laut gesagt habe, was zugegebenermaßen nicht unbedingt *nett* gewesen wäre. Jedenfalls lachte die Neue schrill auf, klopfte mir auf die Schulter und verwickelte Maja mit einem halsbrecherischen Übergang, der mich schwindeln ließ, in ein Gespräch über Hennafarben fürs Haar. Möglich, dass sie damit einen Google-Stern rettete, denn Maja sprang darauf an. Das Dauerlächeln, mit dem die Neue den stummen Sören zu hypnotisieren versuchte, schlägt sich mit Sicherheit positiv nieder.

Dafür ließ das Küken später das Hörrohr zweimal fallen und schob es ewig auf Majas Bauch herum, ohne das leistete Bubumm-Bu-bumm-Bu-bumm zu finden, sodass ich die Herztöne schließlich selbst kontrollierte und mir vornahm, im Büro möglichst bald die Dauer der Probezeit nachzuschlagen.

Als ich nachmittags meine neue Wohnung betrat, fühlte ich mich aufgeribbelt, und erst Hans' natürliche Ruhe entspannte meinen Körper und ließ mich durchatmen, während ich die Bretter hielt und er dübelte.

Jetzt massiere ich mir die Schläfen und sehe Hans dabei zu, wie er sich die Schnürsenkel bindet, auf die unvergleichliche Hans-Art, die nur er beherrscht und die nicht nur ein doppeltes Verknoten der Hasenohren beinhaltet, sondern darüber hinaus eine Extraschlaufe, von der ich nie begriffen habe, wo sie hingehört, damit die Enden der Senkel auch dann nicht auf dem Boden schleifen, wenn die Schleife mal verrutscht. Wozu Hans' Kunstwerke freilich gar nicht in der Lage sind.

»Ich habe entkoffeinierte Bohnen da«, sage ich, falls seine Ablehnung des Kaffees der Uhrzeit geschuldet sein sollte. Es ist kurz nach zwanzig Uhr; spätestens um sechzehn Uhr hört Hans auf mit Koffein.

Er schaut mich lange an. Es fällt mir schwer, seinen Gesichtsausdruck zu deuten. Irgendwas zwischen Lächeln und … Traurigkeit? Es ist lange her, dass ich meinen Mann niedergeschlagen erlebt habe. Hans ist ein Mensch, der in sich ruht, durch und durch. Was ihm an Unbill und Ärgernis begegnet, nimmt er hin wie Nieselregen. Ich weiß nicht, wie er das macht. Aber es hat mich schon immer beeindruckt.

Ich nehme seine Jacke von der Garderobe, wobei mir sein vertrauter Geruch in die Nase steigt, was mich zu einer spontanen Bewegung veranlasst, die uns beide zusammenzucken lässt, weil offensichtlich weder er noch ich damit gerechnet haben. Etwas Festes, Muskulöses drückt sich gegen meine Finger, und als ich hinabsehe, ist es nicht Hans' Hüftknochen, auf dem meine Hand ruht, sondern sein Hintern. Nanu.

»Äh …«, höre ich die dunkle Stimme meines Mannes sagen, und im nächsten Moment küsse ich ihn. Ich kann nicht sagen, wen meine Geste mehr erstaunt. Abgesehen davon, dass es keine Rolle spielt. Was mich erschreckt, ist, wie ungewohnt sich die Berührung anfühlt. Der Druck auf meinen Lippen und der Geschmack nach Hans, der sich nicht beschreiben lässt, weil es nichts gibt, das ist wie er.

Er steht stocksteif da, das merke ich, als meine Arme sich um ihn schlingen, ich ihn an mich drücke und mein Kuss über sich hinauswächst. Im nächsten Augenblick rumpeln wir gegen die Wand, weil ich offensichtlich einen Schritt vorwärts gemacht habe, um mich an ihn zu drängen, und das ist der Moment, in dem Hans' Zunge den Besitzer wechselt und in meinen Mund einzieht. Keine Ahnung, wie Hans' Hände an meine Brüste gelangt sind, Hauptsache, sie bleiben dort. Wobei … wo ich sie als Nächstes spüre, ist es auch okay.

Es gelingt uns, neben der Garderobe gemeinschaftlich lang hinzuschlagen, als Hans seine Hose abstreifen will, sich aber in den Hosenbeinen verheddert, weil er seine Schuhe nicht auskriegt.

»Doppeltes Hasenohr«, lache ich, bevor mir zwei Herzschläge später die Luft wegbleibt, weil Hans plötzlich auf mir liegt und in mir ist und für uns beide atmet.

»Oh!«, ist das Nächste, das er von sich gibt. »Oh-hui.«

Ich kann nicht sagen, ob ich ebenfalls töne. Als ich wieder klar denken kann, hat sich Hans' Atmung schon wieder normalisiert, während mein Herz wummert wie das SEK an der Wohnungstür eines Terrorverdächtigen. Hans' Kondition ist beneidenswert, er verdankt sie seiner Überzeugung des Zufußgehens und seiner Unfähigkeit zu schlendern. Hans' Schritte sind lang und zielstrebig, weder läuft noch geht er; ich würde sagen, Hans strömt. Von A nach B, Treppen rauf, Treppen runter. Das kann so ermüdend sein wie mitreißend.

Ich blicke an die Decke, von der eine nackte Glühbirne herabhängt, und überlege, ob Hans sich nicht sicher war, was für eine Lampe mir gefällt oder ob er dieses Detail einfach vergessen hat. Vielleicht wollte er auch nicht alles entscheiden, um mir einen Freiraum zu lassen. *Freiheit*, klopft es in meinem Hirn. *Brauche ich die?*

Ich drehe den Kopf und mustere meinen Ehemann von der Seite. Er starrt nach oben, die Hände liegen gefaltet auf seiner Brust. Eines seiner Beine ist bis auf den Socken nackt, am anderen hängt die Hose herunter, ab dem Knie auf links gedreht, bis hinunter zum Schuh. Die Schleife sitzt perfekt. Ich lächle.

»Okay«, sagt Hans, setzt sich auf und senkt den Kopf. Ich weiß nicht, ob er meinen Blick absichtlich meidet oder tatsächlich mit der tropfenden Bescherung beschäftigt ist, die sich zwischen seinen Beinen abspielt.

»Soll ich dir ein Taschentuch bringen?«

»Nein, das geht auch so, denke ich. Darf ich mal dein Bad benutzen?«

Meine Augenbrauen schießen zum Haaransatz. »Hans?«

Jetzt blickt er mich an, blau-grau. »Ja?«

»Das brauchst du nicht zu fragen.«

Es dauert einen Moment, bevor ein Lächeln über sein Gesicht huscht, das es sich jedoch rasch anders überlegt und Sekunden später wieder verschwindet. Er nickt und schlurft mit der Hose auf seinem Schuh zum Bad hinüber, schließt die Tür hinter sich. Ich bleibe liegen und lausche dem Wasserhahn. Auch aus mir tropft es, aber ich beschließe, das für den Moment zu ignorieren und später zu duschen. Körperflüssigkeiten gehören zum Leben wie Wolkenbrüche oder Falten im Alter. Man mag sie nicht unbedingt, doch man hat weniger Stress, wenn man sich damit abfindet.

Mein Herzschlag hat sich inzwischen beruhigt. Ich stehe auf, bringe meine Kleidung in Ordnung und gehe in die Küche. Vor dem Karton mit den Kaffeebohnen, für die ich jetzt ein Regal habe, in das ich sie einräumen kann, bleibe ich stehen und denke an Rotwein. Habe ich noch einen? Ich muss zwei Schränke und eine weitere Kiste durchsuchen, bevor ich fündig werde. Ein dunkler kalifornischer, der sich rund in den Gaumen schmiegt. Lange keinen mehr getrunken, weil sich Alkohol und Rufbereitschaft schlecht vertragen. Und weil die Anlässe fehlten.

»Warum brauchst du für alles immer einen Anlass?« Das

fragte Monika mal, Jahre her, eine Weile nachdem wir uns kennengelernt hatten. Sie mag trockenen Sekt und gönnt sich ab und an einen. Immer noch und »einfach so«, wie sie sagt. Keine Ahnung, wie es ihr gelingt, bei Einsätzen grundsätzlich nüchtern zu sein.

Ich öffne den Schrank mit den Vorhängen und greife nach dem ersten Weinglas. Wir hatten vier, zwei stehen jetzt hier, zwei hat Hans behalten.

»Ich geh dann mal.« Ich zucke zusammen und lasse das Glas beinahe fallen. Hans steht in der Tür und lächelt schief. »Sag Bescheid, wenn ich dir noch mal helfen kann.«

Ich lache, und als Hans irritiert guckt, weil ihm die Zweideutigkeit seiner Worte offenbar entgangen ist, pruste ich sogar.

»Bis dann also.« Er hebt kurz die Hand, bevor er sich umdreht und im nächsten Augenblick verschwunden ist. Ich höre, wie die Tür ins Schloss fällt.

»Bis dann«, murmle ich und stelle das eine Glas zurück in den Schrank.

*

»Ah, du biste die neue Signora, die oben in die Haus eingezogen isse?«

»Neu bin ich nicht. Eingezogen schon.« Blöde Idee, meinen Kaffee hier unten zu trinken. Und ich nehme es Anselm übel, dass er seinen Laden verkauft hat, um mit seiner Familie an die Nordsee zu ziehen, ohne mir davon zu erzählen. Ich meine, seit wie vielen Jahren komme ich her und trinke Kaffee, weil die *Mokkabohne* das einzige Café der Stadt ist, dessen Angestellte Baristas sind, die diese Bezeichnung sogar verdienen, weil sie nicht nur Bohnen in einen Automaten schütten und ein Knöpfchen drücken? Entsprechend entsetzt war ich, als ich feststellte, dass, kaum hatte ich meine letzte Kiste in den vierten Stock unters Dach getragen, unten das Schild mit der verschnörkelten Schrift verschwand und grün-weiß-roten Druckbuchstaben wich, die behaupten: *Amore Belle*. Und dann dieser Typ hinter der Theke mit peinlichem Zahnschmelzgrinsen, das unter Garantie Muskelkater im Mundwinkel erzeugt.

Ich hätte auf dem Absatz kehrtmachen und in meine Wohnung zurückkehren sollen, solange es noch ging. Nun hantiert der Kerl bereits mit dem Equipment, das ich als das von Anselm identifiziere. Immerhin etwas. Um den Mann zu testen, dem neuerdings mein Lieblingscafé gehört, habe ich einen Caffè Ristretto bestellt und wette, dass er keinen blassen Schimmer hat, wie man den zubereitet. Ich hätte es selbst tun können, oben in meiner Küche, in der Kanne, in der ich ausschließlich Kaffee aus Espressobohnen brühe und die die Temperatur des Wassers misst, damit sich das Aroma optimal entfalten kann. Doch eine seltsame Müdigkeit bremst die Bewegungen meines Körpers, seit gestern Abend schon. Nachdem Hans gegangen war, setzte ich mich aufs Sofa und schaute ins Fenster meines Nachbarn, das dunkel blieb, bis ich unter der Wolldecke einschlief. Es ist bereits mehr als dreizehn Tage her, seit mich zum letzten Mal eine werdende Mutter aus dem Schlaf geklingelt hat. Vielleicht fehlt mir die Unruhe.

»Il Ristretto, Signora.« Glitzergrinsen, aber ein Duft, der mich umhaut. Vor mir steht eine achteckige Espressotasse auf einem runden Untersetzer, auf dem ich einen der üblichen süßen Karamellkekse zu entdecken erwarte oder, schlimmer noch, irgendeine italienische Spezialität, Amarettini oder Cantuccini, beides überbewertet wie der ganze italienische Hype an sich. Stattdessen finde ich eine schokolierte Kaffeebohne.

Eigentlich will ich meine Tasse nehmen und mich an einen

der Tische setzen, die noch alle leer sind, weil es Viertel nach sieben ist und das Café gerade erst geöffnet hat beziehungsweise strenggenommen erst in einer Dreiviertelstunde aufmacht. Kaum hatte mich der Strahlebarista jedoch vor seiner Tür entdeckt, riss er sie auf und zog mich herein.

»Für Nachbarn gelten die Öffnungszeiten nichte«, habe ich erfahren.

Der Duft, der von meiner Tasse aufsteigt und in meine Nase dringt, hält mich davon ab, vom Barhocker aufzustehen, auf den ich mich gesetzt habe, um auf den Kaffee zu warten. Die Note ist intensiv, dunkel und schwer, und als ich nach Sekunden endlich die ersten Tropfen nippe, muss ich mir eingestehen, dass ich die Wette gegen mich selbst oder vielmehr gegen den Barista verloren habe. Es ist offenkundig, dass er nicht nur weiß, was ein Ristretto ist, sondern dass er sein Handwerk tatsächlich versteht.

»Der ist fantastisch«, sage ich, was dazu führt, dass sich das Barista-Grinsen zu einem Horizont weitet, der sein Gesicht in zwei Teile teilt. Ein anatomisches Meisterwerk.

»Ah, siehst du? Isse die Grimmigkeit ausse deine Miene, sieht man, dass du bisse schöne Frau.«

Ich verschlucke mich, was mich ärgert, weil ich keinen Tropfen dieses Ristretto vergeuden möchte, und werfe dem Barista einen entsprechenden Blick zu.

»Entschuldigung – isse Wahr'eit …«

Ich stehe auf und durchquere das Café, suche den Platz, der am weitesten entfernt ist von der Theke, und setze mich. Schließe die Augen und konzentriere mich auf den Dampf, der nur noch dünn aus der Tasse aufsteigt.

Das ist ja schlimmer als beim Friseur, denke ich und hänge der Frage nach, warum manche Menschen ständig plappern müssen, als sei Schweigen eine ansteckende Krankheit. Dabei sind es oftmals die unausgesprochenen Worte, um die es geht.

Schluck für Schluck trinke ich meinen Espresso und merke, wie sich mein Kopf leert und die Müdigkeit nachlässt. Ich glaube nicht, dass es das Koffein ist, auf das mein Körper reagiert; das wirkt schon lange nicht mehr.

Nachdem ich ausgetrunken habe, schiebe ich mir die beigelegte Bohne auf die Zunge und lasse die Schokolade schmelzen. *Bittersüß* ist ein Wort, das wunderbar passt, und plötzlich muss ich an Hans denken und an gestern Abend. An meiner Hand glitzert mein Ehering, den ich vor jeder Geburt ablege, um ihn nach Geschehen des Wunders zurück an den Finger zu stecken. Wie eine regelmäßige Bestätigung dessen, was wir uns einmal versprochen haben. Ja, ich will.

Allerdings kamen gemeinsame vier Wände in der Ansprache des Pfarrers nicht vor, und offensichtlich waren sie nicht eingeschlossen in die Abmachung, die gilt, bis dass der Tod uns scheidet. Die Sense des Alltäglichen scheint schärfer zu sein.

»Ach was. Dummes Zeug«, lasse ich mich selbst wissen, bevor ich aufstehe und meine Tasse zurück zum Tresen bringe. Ich öffne meine Handtasche, um nach dem Portemonnaie zu suchen.

»Nichte doch, das geht aufs Haus.« Kommt es mir so vor oder ist das Grinsen im Gesicht des Baristas in der Zwischenzeit geschrumpft und mehr zu einem Lächeln geworden? »Als Willkommensgrüße und auf die gute Nachbarschafte.«

»Danke.« Ich lasse das Portemonnaie sinken. »Der Kaffee war wirklich gut.« Ich deute auf meinen Mund, in dem soeben der letzte Hauch von Bitterschokolade verfliegt. »Die Bohne auch.«

Der Barista beugt sich hinab und taucht mit einem Tütchen in der Hand wieder auf, das er mir über die Theke reicht und das prall gefüllt ist mit schokolierten Kaffeebohnen. »Gegen die Bitterkeit«, erklärt er. »Besser, sie liegt auf der Zunge als nistet in deine Herz.«

»Ich habe keine Bitterkeit im Herzen«, erwiderte ich und will das Tütchen zurückgeben. Ich werde mir ein neues Lieblingscafé suchen müssen, egal wie gut der Ristretto schmeckt.

»Ich bin Oméro«, sagt der Barista, was eine bescheuerte Antwort ist, weil es seine Übergriffigkeit weder erklärt noch entschuldigt.

Ich überlege, ob ich ihm das mitteilen soll, da klingelt das Handy in meiner Handtasche und ich greife danach. Es ist Ines, die Hysterische. Wollte sie sich nicht woanders betreuen lassen? Es ist das erste Mal seit ihrem Google-Post, dass sie sich meldet. Meine Anrufe, mit denen ich unser Verhältnis klären wollte, hat sie ignoriert.

»Hier ist Helga.«

»O Gott, ich glaube, es geht los … ich habe Wehen, und die tun so schrecklich weh … aaaaah!« In meinem Ohr kreischt es.

»Okay, Ines, wo bist du?«

»Zu … Hause.«

»Wo ist Jan?«

»Keine Ahnung. In der Garage, glaube ich. Er wollte irgendwas holen.«

Ich seufze, eindeutiger Fall von Väter-Panik. Manche kommen einfach nicht damit klar, dass ihre Frauen die Geburtsschmerzen nicht ebenso unverschwitzt wegstecken wie die Helden die Qualen in den Folterszenen ihres Lieblingsfilms.

»Scheiße, jemand rammt mir ein Schwert in die Eingeweide«, beschrieb es einmal eine Gebärende, woraufhin mich ihr Mann mit kugelrunden Augen anstarrte und offenkundig darauf wartete, dass ich abwinkte und erklärte: »Ach was, so schlimm ist es gar nicht.« Tatsächlich empfindet jede Frau den Wehenschmerz anders, und Ines scheint gerade in eine Kreissäge gefallen zu sein. Zumindest hört sie sich so an.

»Ines, hör mir zu, versuch tief zu atmen und weniger zu schreien. Wenn du kannst, dann töne auf O.«

»O Gott, das ist so krass.« Ines heult. Irgendwas muss schiefgelaufen sein in den letzten Stunden – wieso ist sie nicht auf dem Weg in die Klinik, in der sie nach unserem letzten Telefonat unbedingt entbinden wollte? Ich haste aus dem Café, zum Hauseingang hinein und die Treppen hoch.

»Wie lange hast du schon Wehen und wie groß sind die Abstände dazwischen?«, frage ich im Laufen.

»Haben gestern Mittag angefangen, seit heute Nacht regelmäßig … aaaah …«

»Ines, versuch ein O!«

»Aaaaoooooh.«

»Geht doch. Mach weiter, ich komme zu dir. Äh … falls du willst. Oder soll ich einen Krankenwagen rufen?«

»Nein!« Ich höre Ines schluchzen. »Ich will doch eine Hausgeburt, aber außer euch macht die keiner.«

»In Ordnung.« Ich erreiche meine Wohnungstür, schließe auf und greife nach meinem Hebammenkoffer, den ich bei meinem Einzug als Erstes platzierte, weil er das Wichtigste ist, das ich besitze.

»Ist Jan inzwischen wieder bei dir?«, erkundige ich mich, während ich drei Stufen auf einmal überspringend abwärtsrausche.

»Neinoooooooh …«

»Na, dem werde ich den Arsch aufreißen …«, hätte ich vielleicht nur denken sollen und nicht aussprechen, denn nun wimmert Ines.

»Der hat total Angst, dass irgendwas schiefgeht, weil es so unglaaaaaaaaublich … wehtut.«

»Du kriegst gerade ein Kind. Das tut unglaublich weh. Haben wir das nicht besprochen?« Ines schweigt beziehungsweise kreischt erneut, und ich verfluche den unfähigen Mann an ihrer Seite oder besser gesagt in ihrer Garage. »Pass auf, seit Menschengedenken bringen Frauen Kinder auf die Welt, und dein Körper weiß, was er tun muss. Versuch, auf ihn zu hören und ihm zu helfen, indem du während der Wehen schön auf O tönst, ja?«

»Iiiiiiiiiaaaaah.«

Kein Esel, Ines, wenn es schon ein Huftier sein muss, dann imitiere wenigstens eine Kuh. Es gelingt mir, diesen Gedanken für mich zu behalten, was ich sehr nett finde. Ich bin auf der Straße angelangt und reiße die Tür meines Autos auf. Beim Einsteigen flirrt mir ein Gedanke in den Kopf. Ines ist der Verzweiflung nahe und hat heftige Wehen. Ich habe keine Ahnung, wie weit der Muttermund geöffnet ist und wie lange sie noch durchhalten muss. In der Garage oder sonst wo kreucht ihr nutzloser Partner herum und platzt bestimmt herein, wenn ich es am wenigsten gebrauchen kann. Vermutlich mit einer Schüssel voll heißem Wasser oder mit Handtüchern, weil jeder*mann* irgendwo liest, dass beides bei einer Geburt unbedingt gebraucht wird. Er wird mich mit Fragen löchern oder krampfhaft irgendwas zu tun haben wollen, wenn ich Glück habe, auch einfach nur umkippen.

Obwohl ich entgegen der allgemeinen Empfehlung sonst meist allein entbinde, habe ich das Gefühl, dass ich heute Hilfe gebrauchen könnte. Jemanden, der mir Jan vom Hals hält.

»Ines, ich lege jetzt auf, ja? Gleich bin ich bei dir.« Ich beende das Gespräch, starte den Motor und scrolle mich durch mein Adressbuch. Unschlüssig verharrt mein Finger über *Monika*. Ihre Müdigkeit steht mir vor Augen. Und die Bitte in ihrem Blick bei den Worten *Du nimmst Madita mit zu deinen Hausbesuchen*. Bevor ich nachdenken und mir der Konsequenzen bewusst werden kann, scrolle ich aufwärts. Da ist sie. Ich drücke auf den grünen Hörer neben dem Eintrag *Die Neue*.

Nachts sind alle Katzen grau

Madita

»Ja, das ist der springende Punkt, Madita«, hatte Tonja mich verständnislos angemault. »Du schiebst deinen Teil der Hausarbeit immer so lange auf, bis dir jedes verdammte Mal beruflich …« – sie setzte das Wort in Anführungszeichen – »… irgendwas dazwischenkommt. Und ich hab die Geduld echt verloren.«

»Vielleicht findest du sie ja wieder?«, reagierte ich mit einem Scherz und einem entwaffnenden Lächeln. Ein Akt schierer Verzweiflung, der kolossal nach hinten losging.

»So klappt das mit uns nicht, Madita«, schnappte sie, während sich Niklas, der den Disput bis zu diesem Punkt aus der Ferne verfolgt hatte, in die Küche schlich. Ich für meinen Teil fand ja, dass wir in den letzten Wochen echt gute Tage hatten mit Mensch-ärgere-dich-nicht und Schwarzer Peter. Trotzdem fragte ich mich in diesem Moment, ob Niklas es mir vielleicht heimlich immer noch nachträgt, dass ich ihm das Fahrrad beim Wett-Eisessen abgeluchst habe.

»Es war doch nur dreimal, dass ich nicht putzen konnte. Und ganz ehrlich, hier ist es eh nie dreckig«, verteidigte ich mich, nun auch etwas schärfer.

»Ja, und woran liegt das, liebste Mitbewohnerin? Weil *wir* uns alle an den Plan halten«, erwiderte Tonja harsch, und ich zuckte zusammen.

Ich rufe mir ihren Gesichtsausdruck ins Gedächtnis, obwohl ich das lieber lassen sollte. Sie sah mich nämlich an, als würde ich ganz dringend professionelle Hilfe brauchen und nicht richtig ticken, bloß weil ich nicht dem Putzstandard der glorreichen Drei entspreche. Natürlich bemühte ich mich, höflich zu bleiben, während ich ihr zu erklären versuchte, dass die Wehen einer Gebärenden nicht darauf warten, bis die Hebamme mit dem Küchendienst fertig ist und die Fenster poliert hat. Außerdem war mein guter Wille ja da, ich hatte den pinken Putzeimer schließlich schon in der Hand, samt Schwamm und Bürsten, als Helga mich anrief und zu einer wirklich aufregenden Hausgeburt dazuholte.

Das Wunder des Lebens scheint Tonja allerdings egal zu sein – sie machte mir weiter Vorwürfe. Echt schade.

»Ich hole es ganz sicher nach«, versprach ich ihr hoch und heilig, während ich meine Sachen zusammensuchte und sie mir wie ein zorniger Chihuahua nachlief. Ich suchte nach etwas Schlauem, womit ich die Situation entschärfen konnte, doch mir fiel nur *Mai pen rai* ein. Eine thailändische Redewendung, die in Konfliktsituationen beschwichtigend wirken soll und so viel bedeutet wie »egal« oder »mach dir keine Sorgen«. Lotta sagt das gern, sie hat den Spruch aus Bangkok mitgebracht, wo sie ihren eigenen Worten zufolge einen Hafenarbeiter inmitten eines Containerlabyrinthes liebte, sich jedoch nicht recht aufs Wesentliche konzentrieren konnte, weil sie der Gedanke quälte, nie wieder aus dem Gängegewirr herauszufinden.

Da mir Tonja ebenfalls ein wenig verirrt vorkam, probierte ich den Satz spontan aus. Leider hatten die Worte den gegenteiligen Effekt. Tonja bekam hektische Flecken an ihrem hübschen, mit Ketten behängten Hals, sodass ich mit offenen Schnürsenkeln und meiner Tasche vor dem Bauch in den Hausflur flüchtete. Es dauerte eine Weile und eine Tasse heiße Schokolade de luxe beim Bäcker gegenüber, bis ich mich traute, zurück in die Wohnung zu schleichen und eine

Location zu googeln, die der Empfehlung meiner Schwester entsprach und nicht zu weit weg lag. Noch länger hatte ich gebraucht, um mich aufzuhübschen und mir gute Laune ins Gesicht zu schminken.

Ich seufze laut, als ich daran denke, was zu meinem Glück in dem hübschen kleinen Club *Lila Eule* mit seiner lauten Indie-Pop-Music niemand hören kann. Lottas Ratschlag zu meinem momentan emotional stressigen Leben lautet: *Lass dir mithilfe von wummernden Beats die Probleme aus dem Kopf pusten.*

Ich nippe an meinem dritten Mojito und lasse meinen Blick über die Menge Tanzender gleiten, die dann und wann im Trockeneisnebel verschwinden, um in wirbelnden Lichtkegeln wieder aufzutauchen. Apropos Lichtkegel. Ein wahrer Lichtblick ergab sich letzte Woche, als Helga mir half, mit ihrem alten Hörrohr die Herztöne eines Babys zu finden. Beim ersten Versuch, Tage zuvor, riss sie mir das Ding noch aus der Hand, nachdem ich es vor lauter Nervosität zunächst zwei- bis dreimal quer durchs Zimmer geworfen hatte, und ließ mich mit einem ihrer unnachahmlichen Blicke wissen, dass sie mich nie, niemals wieder irgendetwas tun lassen würde, das über die Dokumentation von Untersuchungsergebnissen hinausgeht. Und das auch nur, weil sie selbst es hasst, jeden, Zitat, unsinnigen Babypups, festzuhalten.

Niedergeschlagen und an mir und meinen Fähigkeiten zweifelnd klagte ich Lotta mein Leid. Ihr *Lass dich doch nicht einschüchtern von so 'ner verbitterten Kotzpastille* half mir beim nächsten Vorsorgetermin, darauf zu bestehen, es noch einmal versuchen zu dürfen. Mit einem halsbrecherischen Augenrollen und in ihrer herzerwärmend ungeduldigen Art unterstützte mich Helga, indem sie mir das Rohr erst in die Hand gab, nachdem sie die Herztöne gefunden hatte. Und dann passierte es: Mit einem Lächeln im Gesicht, das ich meiner liebreizenden Kollegin rein genetisch niemals zugetraut hätte, hob sie den Kopf und sagte: »Hier.«

Ich senkte mein Ohr, lauschte. Und geriet in augenblickliche Verzückung, als dieses kleine wilde Herz in mich hineinpochte und sich in meinen eigenen Rhythmus einflocht. Wuwumm, wu-wumm, wu-wumm. Wärme stieg in mir auf, und als ich Helga ins Gesicht sah und murmelte: »Da ist es ja«, beherrschte ein weicher Ausdruck die Miene der Unnahbaren, der mich anrührte. Für den Bruchteil einer Sekunde verbanden sich unsere Blicke, und Helga *lächelte* mich an. Wenige Atemzüge später räusperte sich die werdende Mutter und fragte, ob alles in Ordnung sei mit ihrem Baby, weil wir beide so grenzdebil in die Gegend guckten.

Puff, der Zauber erlosch, Helga kehrte zu ihrem Pragmatismus zurück und fuhr mir ganze dreimal über den Mund, weil ich versuchte, der Schwangeren Ratschläge für mehr Ausgeglichenheit im letzten Trimester zu geben. Anscheinend hält meine neue Kollegin nichts von Räucherstäbchen und indischen Geburtsgesängen.

Ich seufze ein weiteres Mal in die laute Musik hinein und nehme diesmal einen großen Schluck von meinem Drink. Limette und Minze beleben meine Zunge, und ich frage mich, ob ich eigentlich per se zu viel rede. Helga deutete so etwas an – »Überleg mal, ob du dich nicht fürs Reden bezahlen lassen möchtest. Wäre lukrativ für dich.« Aber ist Kommunikation nicht alles? Wer sich nicht ausdrückt, bleibt stumm, oder so ähnlich.

Neben mir unterhalten sich zwei junge Frauen lautstark über ihre Chefs und deren soziale Inkompetenz.

»Ich frage mich echt, ob an dieser Stelle die Mütter bei der Erziehung versagt haben oder die Umwelt das Problem ist«, flötet die eine, die bestimmt gerade erst das Wahlrechtalter erreicht hat. Sie bestellt zwei Prosecco on the Rocks.

»Ich schwör dir, sollte ich mal Mutter eines Jungen werden, dann erziehe ich ihn zu einem echten Mann«, antwortet die andere und unterstreicht ihre Aussage, indem sie die Hälfte ihres Drinks über ihr schwarzes Cocktailkleid schüttet.

Sofort habe ich einen Flashback der letzten Silvesternacht. *Auf ein wundervolles neues Jahr, mein Schatz!* Ich sehe meinen Exfreund vor mir und dann ihn und seine neue Grinsekatze. Ganz schnell würge ich den Rest meines Drinks hinunter und fische den letzten Euroschein aus meinem BH. Leider nur ein Fünfer.

Nur nicht in Trübsal verfallen, würde Lotta mich jetzt anbrüllen und mir vermutlich einen Klaps auf die Wange geben. Sie hält sich selten mit negativen Emotionen auf, was gut ist denn das Leben ist zu kurz und zu bunt für Mist.

Also stopfe ich den Schein zurück, stelle das leere Glas auf die Theke, rutsche vom Barhocker mit seinen silbernen Katzenfüßen und zupfe mein Kleid zurecht. Ich habe ja immer ein wenig Angst, dass ich in dem Fummel, selbstredend ein Geschenk von Lotta, aussehe, als hätte ich einen Leoparden erlegt und den Kadaver anschließend in Glitzer versenkt. Irgendwie brutal schrill, aber immerhin scheint es den Herren hier zu gefallen, denn einiger Blicke bin ich mir durchaus bewusst. Und ganz ehrlich: Nach der Entdeckung der Grinsekatze und meinen ersten zwei Wochen an Helgas Seite kann ich Zuspruch und offensichtliche Anerkennung dringend gebrauchen. Nicht zu vergessen die herzerwärmende Atmosphäre in meiner WG.

Ich flaniere zur halb vollen Tanzfläche und beginne, mich zum Beat zu bewegen, um die Gedanken an Unerfreuliches zum Verstummen zu zwingen. Ohne Erfolg.

Helga ist ein Buch mit sieben Siegeln, ach was, siebzig Siegeln mindestens. Ihr Gesicht verrät in den meisten Fällen nichts über ihr Innenleben, als hätte sie keins. Nur manchmal, wenn sie Herztöne überwacht und Babys im Arm hält, dann geschieht plötzlich etwas mit ihr, das ich nur zu gut kenne. Sie blüht auf wie eine Rose im Sonnenlicht und verströmt eine Wärme, die man hinter der rauen Fassade nie vermuten würde. Ich bin neugierig, was sie noch so alles für Überraschungen parat hat, als Mensch.

Trotzdem schüchtert sie mich ein, was wahrscheinlich eine natürliche Reaktion ist auf ihre mit Radetzkymarsch unterlegte Kombination aus Befehlston und Sarkasmus, mit der sie sogar hyperventilierende Väter in spe einnordet, wenn die versuchen, sich vor der nahenden Geburt in einer Garage zu verstecken. Oder schlimmer, wenn sie es wagen, es sich doch anders zu überlegen, und am Ort des Geschehens auftauchen. Ich finde ja, der werdende Papa hat durchaus das Recht, das Schlüpfen seines Kükens mitzuerleben; doch Helga ist anderer Meinung. In ihrer Welt ist das Gebären Frauensache und Männer sind nur dann zugelassen, wenn sie danebenstehen und Anweisungen befolgen. Ich wette, am liebsten würde sie museale rote Absperrkordeln aufstellen und Schilder mit der Aufschrift: »Nichts anfassen.« »Mund halten.« »Frau den Rücken massieren.«

Während ich schneller tanze und durch Trockeneisnebel tauche, manifestiert sich die ganze Szene meiner ersten Hausgeburt vor meinem inneren Auge. Es war beeindruckend, wie unaufgeregt und entspannt Helga auf die erstgebärende Ines einwirkte, die glaubte, alles falsch zu machen, und sich erst gemeldet hatte, als sie längst in Panik geraten war. Dabei erzählen wir Hochschwangeren immer, sie sollen nicht zögern anzurufen, wenn sie sich unsicher fühlen.

Nach unserer Ankunft beruhigte sich Ines, und mein Mitleid galt schnell ihrem Partner Jan, einem Bären von einem Mann, den Helga, kaum dass er verschreckt aus dem Türrahmen zu uns ins Wohnzimmer lugte, mit harschen Worten in die Küche scheuchte: »Wenn du schon dabei sein musst, dann mach dich wenigstens nützlich und koch Kaffee.«

Während ich, neben Ines auf der Couch hockend und ihr die Waden massierend, darüber sinnierte, wie sich Helga auf möglichst fröhliche Art mitteilen ließe, dass wir uns eventuell eher auf das Wohl unserer werdenden Mutter konzentrieren sollten statt auf das eigene, schob sie hinterher: »Wenn er fertig ist, tauch ein Geschirrtuch rein und bring es her! Vielleicht lässt sich dann noch ein Dammriss verhindern.«

Shit, stimmt. Warme Kompressen können tatsächlich helfen, das Gewebe des Damms zu schonen, wenn's auch nicht unbedingt Kaffee sein muss. Aber gut, wenn ich eins gelernt habe seit meiner Ankunft im *Storchennest*, dann, dass in Helgas Anwesenheit ohne Kaffee gar nichts läuft. Ich werde ihr die Postkarte schenken, die es letztens als Werbeaktion im Supermarkt gab: *Kaffee redet nicht. Kaffee jammert nicht. Kaffee macht einfach seinen Job.*

»So eine Scheiße, ich will das so niiiiicht!«, brüllte Ines, als schließlich die Presswehen einsetzten, kurz nachdem Helga das warme, nach Kaffee duftende Handtuch auf Ines' Damm drückte. Sie selbst hockte zwischen Ines' Beinen und starrte auf den Muttermund, als beschwöre sie ihn, das Köpfchen des kleinen Wunders freizugeben.

»Also entweder hockst du dich jetzt endlich hin oder du stützt deine Beine gegen meine Hüfte, damit das hier klappt«, lautete vier bis fünf Wehen später Helgas Anfeuerung, die ich persönlich ja anders formuliert hätte.

Tatsächlich reagierte Ines nicht, sodass Helga kurzerhand nach Ines' Füßen griff und sie links und rechts auf ihren Hüftknochen platzierte. »Atmen und dann pressen.«

In der Rückenlage zu gebären, wie es werdende Muttis in jedem Film mit zweimal uff-ah-oh spielend meistern, ist in Wirklichkeit eine eher ungünstige Position. Entscheidet sich eine Frau dennoch dafür, hilft es, wenn sie sich irgendwo abstützen kann. Im Krankenhaus eignet sich die Fußlehne des Bettes dazu, bei Hausgeburten offensichtlich die Hebamme … Auch wenn mich beim Anblick von Helgas hagerer Statur die Angst durchzuckte, Ines könne sie bei der nächsten Wehe durch den Raum befördern. Was nicht geschah. Wundersamerweise verharrte Helga trotz Ines' Schubkraft in ihrer Hocke wie die Gesteinsformationen in Stonehenge.

Jan hatte sich inzwischen auf der anderen Seite neben Ines niedergelassen beziehungsweise balancierte mit halbem Hintern auf der Couchkante, als sei er nicht sicher, ob er nicht im nächsten Moment die Flucht ergreifen müsse.

Während er eine perfekte Imitation des berühmten Häufchens Elend darbot, ließ Ines ihren Frust an ihrem Gatten aus. »Du hast mir das eingebrockt. Sag mir noch einmal, ich solle mich entspaaaahhhnnen!« Sie japste, und er fuhr sich hektisch durch den Vollbart. »Du blödes Arschloch!«

»Tut mir leid, tut mir wirklich leid, mein Bienchen«, wiederholte der Gerügte wie eine hängengebliebene Schallplatte und fixierte das Mahagoniparkett auf dem Fußboden.

Als Ines das nächste Mal Luft bekam, sagte sie zu mir: »Ihr solltet eure Broschüre überarbeiten. Sie impliziert, dass die Väter eine wichtige Rolle dabei spielen, die Schwangere bei der Geburt zu begleiten. Ich bin dafür, sie auszusperren – der hier ist zu nichts zu gebrauchen! Ahhhhh!« Keuchend zog sie mich an sich heran, klammerte sich an meine Hand.

»Alles wird gut, du bist eine starke Frau. Du schaffst das«, sprach ich ihr gut zu, und meine Finger knackten, während die Geräusche, die Jan von sich gab, in mir die Sorge weckten, ob er wohl eine Plastiktüte brauchte, in die er hineinatmen konnte.

»Ines, das muss jetzt klappen«, ließ derweil Helga verlauten. »Einatmen und noch mal pressen!«

Ines schrie: »Press doch selba, Helgaaaahhh!«

»Würd ich tun, wenn's meins wäre. Los, Ines, gib dir Mühe!«

Joah. Kann man so formulieren. Ginge aber auch netter.

Immerhin, es klappte: Eine Wehe später kam das Baby endlich auf die Welt. Es brüllte und wimmerte, wenige Sekunden nachdem Helga es der Mama auf den Bauch gelegt hatte. Ich notierte, was es zu notieren gab. Jan weinte, streichelte abwechselnd mit einem Finger das kleine zerknautschte Gesicht des winzigen Jungen und küsste Ines' Wange, die es geschehen ließ und sich sogar an den eben noch Beschimpften kuschelte. Alles vergeben und vergessen, die drei befanden sich in jener eigenen kleinen zauberhaften Welt, die jede frischgebackene Familie erlebt.

Ende gut, alles gut? Ich muss zugeben, was mir Ines später zuflüsterte, während sie entzückt ihren kleinen Flori streichelte und betrachtete, war weniger feierlich. Denn sie machte Helga, die im Badezimmer die Waschmaschine belud, dafür verantwortlich, dass sie nicht rechtzeitig um Hilfe gebeten hatte, weil sie nach einem herzerfrischenden Anranzer vor einigen Wochen dachte, sie müsse sich nur mehr zusammenreißen und weniger wehleidig sein.

»Wer soll denn wissen, was ernst zu nehmende Wehen sind, wenn eine angebliche Expertin das Selbstvertrauen in den eigenen Körper in Einzelteile zerlegt?«

Es schockierte mich, als trotz des Oxytocins, das Ines' Blut flutete, Tränen ihre Wangen hinunterrannen. Hinreichend habe Helga ihr deutlich gemacht, dass lediglich Wehen in regelmäßigen Abständen sicheres Anzeichen einer Geburt seien, und die auch erst, wenn man nicht mehr in der Lage sei, ins Telefon zu lamentieren, sondern sein Anliegen durch zusammengebissene Zähne quetsche.

Ich bin mir nicht sicher, ob ich es Monika erzählen soll oder besser für mich behalte. Petzen mag keiner, andererseits kann es gehörig nach hinten losgehen, wenn man eine sensible Schwangere derart verunsichert. Ob Helga das egal ist?

Ich komme aus dem Takt und habe den Ellenbogen eines Tanzenden im Rücken. Wut über diesen stotternden Start in mein neues Leben überkommt mich, und ich habe Lust, sie irgendwo abzuladen. In einer fließenden Bewegung wirble ich herum und schaue in das entschuldigende Lächeln eines morgenländischen Prinzen mit dunkelbraunen Augen und Dreitagebart. Hoppla. Augenblicklich verpufft einfach alles.

Die Musik wechselt, *Venus in Furs* legt sich über den Raum, und ich manövriere sowohl meinen Körper als auch meinen Herzschlag zurück in den passenden Rhythmus. Scheiß auf Helga! Scheiß auf die glorreichen Drei!

Lasziv drehe ich mich in eine andere Richtung und spüre daraufhin die Blicke des Typen in meinem Rücken. Meine rosa Haare fliegen, als ich mich im Flashlight zu ihm umsehe. Die Zeit zerfällt in ihre Bestandteile und dehnt sich aus, als wir zusammenfinden. Ein Lächeln kräuselt seine Mundwinkel, während er sich mir nähert und ich es ihm gestatte. Er hat etwas an sich, das mich elektrisiert und anzieht. Abgesehen davon könnte ich wirklich jemanden gebrauchen, der mich einen Moment lang einfach hält, damit ich nicht auch noch auseinanderfalle.

Seine Hand legt sich in meinen Rücken, zieht mich zu sich heran, und ohne dass wir auch nur ein Wort gewechselt haben, küsst er mich. Womöglich bin ich zu überrumpelt, um angemessen zu reagieren und ihn wie ein braves Mädchen zu stoppen. Schließlich küsst man nicht irgendeinen dahergelaufenen Typen, auch nicht, wenn er wirklich heiß ist. Na gut, Lotta tut so etwas, aber ich doch nicht. Allerdings habe ich viel zu viele romantische Fasern im Leib, die mir in diesem Moment etwas von Schicksal und Gelegenheit zuflüstern, während er erneut seine Lippen auf meine legt. Intensiver diesmal. Wow!

Keine Ahnung, wie lange das so geht. Wir tanzen eng und knutschen, bis meine Lippen wund sind. Und dann nimmt er meine Hand, führt mich zwischen den anderen Gästen hindurch zum Ausgang des Clubs. Mein Vater wäre entsetzt, weil ich einfach mit ihm gehe, als würden wir uns eine halbe Ewigkeit kennen.

Atemlos treten wir auf die Straße, und einen kurzen Moment habe ich Angst, dass er etwas sagt und damit die Magie des Ganzen zerstört. Und was, wenn der morgenländische Prinz eine hohe Piepsstimme hat oder sich anhört wie Kermit der Frosch?

Prompt knicke ich vor lauter Sorgen auf den hohen Schuhen um und taumle in seinen starken Arm. Und schon haben mich die Worte wieder, bevor ich mich zügeln kann.

»Und, Aladin, wo hast du deine Wunderlampe versteckt und den fliegenden Teppich geparkt?«, rutscht mir heraus, während meine Hände auf seine Brust fallen.

Wieder dieses Aufblitzen in seinen dunklen Augen.

»Bei dir zu Hause«, raunt er und nimmt mich auf seine Arme.

»Hey, Unsinn, das wüsste ich aber.« Ich strample mit den Beinen, doch er denkt nicht dran, mich hinunterzulassen, was ich gleichermaßen aufregend wie unangenehm finde. Richtig angenehm hingegen ist der Klang seiner Stimme. Rau und tragend.

»Lasss mich lieber runter, sonsst musss ich dich beißen«, sage ich und merke selbst, dass ich, Alkohol sei Dank, leichte Sprachprobleme entwickelt habe. Meine Zunge ist träge und tut sich mit den S-Lauten schwer.

»Wie meine Prinzessin mir befiehlt.« Er stellt mich auf die Füße, nimmt mein Gesicht in seine warmen Hände und küsst mich gefühlvoll.

»Du bist doch nicht ganz echt«, schließe ich. Denn er ist einfach viel zu gut, um wahr zu sein.

»Ich kann sein, was immer du willst«, ist nicht die Antwort, die ich ernst nehmen sollte, fürchte ich. Ich blinzle verwirrt, knicke in der Hüfte ein und versuche sexy auszusehen. Wie ein kleiner eins sechzig großer Sechser im Lotto, den man als Mann unbedingt haben will und alles dafür geben sollte. Und rasch heiraten, bevor es jemand anderes tut.

»Ah, du Gauner, du weißt genau, was ein Mädchen hören will«, schnurre ich wie ein Kätzchen und hake mich beim Prinzen ein. Wir schlendern durch einen Park, trinken in einem Pub auf seine Kosten viel zu viel Guinness und reden über die Kleinstadt mit ihren Tücken. Zum Beispiel fahren viel zu selten Busse in die größere Nachbarstadt, sodass einem zum Feiern bloß die *Lila Eule* bleibt.

»Da kennt man dann bald jede«, seufzt er, und zu seinem Glück fügt er an, bevor ich ihn fragen kann, ob er denn auch mit allen geknutscht habe: »Tausend langweilige Mädchen musste ich ignorieren, bis endlich du aufgetaucht bist.«

Hach.

Schließlich kommt der große Moment des Abschieds, als ich vor der Tür meines Hauses stehe, zu dem er mich gentlemanlike begleitet hat. Der Mond hat seine Schuldigkeit getan und ist im Begriff unterzugehen, und Mo, so heißt der hübsche Prinz, hält mich an den Händen.

»Nimm mich mit«, raunt er herausfordernd und sexy. Schmetterlinge krachen in meinem Magen von einer zur anderen Seite, ich wette, die sind ebenso besoffen wie ich.

»Ich bin nicht so eine«, lasse ich ihn wissen, und er küsst meine Stirn, was mich sofort zum Schmelzen bringt. Wie ich es liebe, wenn ein Mann das tut. Es hat etwas Ehrliches und Intensives.

»Na gut, komm mit hoch, aber wir kuscheln nur«, warne ich ihn ein letztes Mal, bevor wir hineinschleichen in die Löwenhöhle meiner Mitbewohner. Mo stößt einen beeindruckten Pfiff aus, als er sich umsieht. Das zu Blumenranken geschnitzte Garderobenbrett, an dem sich akkurat diverse Jacken aneinanderreihen, der blank polierte Schuhschrank, in dem jeder von uns sein eigenes Fach hat (meins ist leer, fällt mir auf). Der goldgerahmte monströse Flurspiegel, um den sich eine Lichterkette mit stecknadelkopfgroßen Lämpchen windet, sodass es wirkt, als hätte man einen Heiligenschein, wenn man hineinsieht. Maries Zimmerpalmen, die Eintretenden aus blendend weißen Töpfen entgegenstrahlen. Atmo können die glorreichen Drei, das muss ich ihnen lassen.

»Sehr hübsch wohnst du«, meint auch Mo, und ich hebe warnend den Finger.

»Fass bloß nichts an. Wenn du Fettflecken an die Wand oder an die Keramikschüsseln machst, ist der Teufel los.« Im nächsten Moment falle ich über meine eigenen Schuhe, die ich neben das Schuhregal vor die Garderobe geworfen habe. Eilig ziehe ich Mo in mein Zimmer, schließe die Tür und werde im nächsten Augenblick von ihm aufs Bett gestoßen. Schon ist er über mir, küsst mich, und mir schwirrt der Kopf.

»Warte, warte. Ich schließ lieber ab«, murmle ich zwischen zwei Küssen und taumle zur Tür, verharre dort und starre sie an. »Ach ja, ich hab ja gar keinen Schlüssel«, fällt mir dann wieder ein. Ein Umstand, der mich schon ein paarmal geärgert hat. Denn ich kam nicht umhin zu bemerken, dass sich öfter jemand in mein Reich verirrt haben musste, wenn ich nicht da war. Zumindest fehlte Mister Storch dann und wann und saß nicht mehr auf seinem Platz im Regal, und auch mein Vorrat an Schokoladenbonbons, den ich in einem marokkanischen Teeglas auf meinem Nachttisch aufbewahre, schrumpft während meiner Abwesenheit beständig.

»Komm her, meine Schöne«, winkt Mo mich zu sich, und ich zerre mein Kleid vom Körper. Die Vorfreude in Mos Gesicht erlischt recht schnell, als ich mich in seinen Arm lege und ihm noch mal klarmache, dass außer Kuscheln heute nichts läuft. Bis er endlich einschläft, muss ich ganze dreißig Mal seine Hände einfangen, die sich an Orte verirren, an denen sie nicht sein sollen. Zumindest nicht jetzt, nicht heute. Denn sollte ich mich zu viel bewegen, kann ich nicht garantieren, dass mir die Mojitos und die Guinness nicht noch einmal durch den Kopf gehen.

Als ich am frühen Morgen erwache, bin ich allein in meinem zerwühlten Bett. Ich schrecke hoch, mein BH schnürt mir die Brust ein und Schmerz pocht in meinem Kopf. Nie wieder Alkohol!

Ich frage mich, ob ich mir den Prinzen nur erträumt habe, und scanne den Raum. Keine Männerklamotten. Nicht mal eine Socke. Ob er mal aufs Klo ist? Oder Brötchen holt? Hoffentlich bringt er Vollkorn-Dinkelsemmeln mit, sonst verschmäht Marie sie ganz bestimmt, und Tonja müsste bereits am frühen Morgen ihre Stirn gefährlich runzeln.

Es klopft an der Zimmertür, und ich drehe mich so schnell zu ihr um, dass mein Nacken knirscht.

»Madita, kommst du mal bitte«, beordert mich Tonja mit sauertöpfischer Miene in den Flur. Wenn man an den Teufel denkt …

Eilig werfe ich mir ein T-Shirt über, lege das zerknüllte Kleid auf den Wäschehaufen vor dem Schrank und trete vor die Zimmertür.

»Wir haben ein Problem«, wird mir erklärt, und ich schlucke trocken. Niklas kommt aus dem Wohnzimmer, wirkt etwas blass um die Nase.

»Auch weg«, sagt er, und ich habe keinen Schimmer, wovon er redet.

»Dein Liebhaber hat uns beklaut«, behauptet Tonja gefährlich leise, sodass ich abwehrend die Hände hebe.

»Hohoho, Mo ist nicht mein Liebhaber«, fällt mir als Erstes ein, bevor die Tragweite des Gesagten in mein benebeltes Hirn sickert.

»Super, dann macht es dir ja auch nichts aus, wenn wir ihn anzeigen«, meint Tonja und stiert mich wütend an. »Wie kannst du jemand Fremdes einfach mit in unsere Wohnung bringen?« Die Frage ist berechtigt.

»Ähm.« Ich kratze mich am Kopf, kann nicht fassen, was hier gerade gesagt wird. Das muss alles ein totales Missverständnis sein.

»Ich glaube nicht, dass wir bestohlen wurden«, sage ich und werde prompt angefaucht.

»Unsere Portemonnaies sind weg, Niklas' Handy auch, und vielleicht solltest du mal gucken, was dir so fehlt. Außer einem gesunden Menschenverstand«, mischt sich Marie ein, die unsere lustige Runde komplett macht.

»Ey, Moment mal«, erwidere ich halblaut und gehe langsam rückwärts in mein Zimmer, um nach meiner Geldbörse zu suchen. Da sie keinen festen Platz hat und zurzeit unter einem Berg von Wäsche liegt, ist sie noch da. Siehste wohl, hat doch Vorteile, wenn man Erbsen schätzt, statt sie zu zählen. Oh, Moment, meine EC-Karte lag doch gestern noch auf dem Schreibtisch. Mist!

»Also, Mo hieß der?«, hakt Niklas nach.

»Mo und wie weiter?«, fragt Tonja, und ich lächle, was vermutlich mehr einem irren Grinsen gleicht. Was für ein böses Erwachen, ich schätze, es nützt nichts, wenn ich einfach wieder ins Bett gehe und so tue, als wäre ich nicht außerordentlich dämlich.

»Nachname?«

»Ich kann dir da leider nicht weiterhelfen«, antworte ich Tonja, während ich gegen Schwindel und die Tränen ankämpfe, die sich ankündigen. Ein Wunder, dass ich noch weiß, wie ich selbst heiße. Ich bin doch Madita, oder?

»Mo also«, raunt Marie nachdenklich. »Mo wie Moritz? Moses? Mohamed? Monty?«

Die Lämpchen der Lichterkette spiegeln sich in Niklas' Brille, während er mich mustert und sich vermutlich fragt, wen er sich da ins Haus geholt hat. Und wer so eine verantwortungslose Person auf Schwangere und Babys loslässt.

»Ich weiß es nicht, aber ich werde es wiedergutmachen«, verspreche ich in der Hoffnung, dass die glorreichen Drei nicht viel Bargeld in den Börsen hatten und die Konten rechtzeitig gesperrt haben. Ich sollte vielleicht auch mal telefonieren!

»Da bin ich mal gespannt«, meint Marie. »Wenigstens war es kein Axtmörder, den du eingeladen hast.« Ihre Stimme klingt versöhnlicher und sie tätschelt sogar kurz meine Schulter, was bei mir die Dämme brechen lässt. Ich schluchze laut und schließe die Tür, um nicht beim Heulen beglotzt zu werden.

Wer hätte gedacht, dass der morgenländische Prinz sich als fetter Frosch entpuppt, und fressen Störche nicht eigentlich selbige? Ich bin so ein Looser und muss unbedingt eine liebe Stimme hören, die mich aufmuntert, bevor ich zu hyperventilieren beginne. Panik schwappt über mich hinweg, als ich denke, mein Handy ist weg. Doch im Moment der Bauchlandung aufs Bett, vor Wut auf die Matratze trommelnd, rutscht es aus meinem Kissen, und ich wähle zuerst Papas Nummer. Sehr schnell lege ich wieder auf. Wie zur Hölle soll ich ihm erklären, was gerade passiert ist?

Ich sperre mein Konto, leider fehlt bereits ein erheblicher

Betrag, den ich mir mühsam wie das Eichhörnchen seine Nüsse angespart hatte. Memo an mich: keine Geheimzahl offen herumliegen lassen. Zum Glück habe ich ein Tageslimit. Trotzdem bin ich vorerst ruiniert. Dann tippe ich auf Lottas Namen, und die Mailbox geht ran. Vermutlich ist sie auf hoher See. Hoffentlich nicht im Bermudadreieck.

Anstrich

Helga

»Und wo wart ihr bei den letzten Malen?« Im Grunde interessiert es mich nicht, aber ich muss sie wohl fragen. Andererseits – wieso eigentlich? Wen kümmert es, wenn die Krankenkasse aus den Beiträgen, die die Gemeinschaft einzahlt, Paaren Geburtsvorbereitungskurse spendiert, an denen sie nicht teilnehmen?!

»Ja, ähm, also wir haben den Termin letzte Woche irgendwie verpasst, denke ich«, schnarrt die große Frau, deren Kleidung wirkt wie aus einem regenbogenfarbenen Heißluftballon genäht. Aufgebläht und pflaumenförmig. Dazu trägt sie mehr Ringe in beiden Ohren, der Nase und der Unterlippe als an den Händen, und die lassen sich schon kaum zählen. Ein orangefarbenes Tuch bändigt das Haar, das mich an den Inhalt eines Nudelsiebs voller Spirelli erinnert. Die Frau, die sich als Sandra vorgestellt hat – immerhin; ich hatte so etwas wie Genoveva oder Tomma erwartet –, spricht laut und mit Überbetonung einzelner Silben, was mich nervt. Überhaupt. Der ganze Kurs zerrt an mir.

Monika merkt es mir an. Natürlich. Vorhin hat sie mich gefragt, ob ich eigentlich noch Freude habe an dem, was ich tue.

»Ja«, erwiderte ich. »Zumindest an meinem Beruf. Was mich stört, ist der ganze Firlefanz.«

Es folgte einer dieser Blicke, wie nur Monika sie beherrscht, dann eine leichte Berührung an meiner Schulter. »Schon gut. Bring einfach niemanden um, ja?«

»Iwo«, versprach ich. »Heute nicht.« Früher hätten wir gemeinsam darüber gekichert, heute nicken wir uns nur zu, mit dem Hauch eines Lächelns im Augenwinkel. Das sind sie also, die berühmten Spuren der Zeit.

Möglicherweise bilde ich es mir nur ein, aber die aktuellen Kursteilnehmer sind schlimmer als die davor. Die Männer kichern wie Zehnjährige im Sexualkundeunterricht, wenn ich pränatale Dammmassagen erwähne und sie auffordere, das bei den Damen gelegentlich mal auszuprobieren. Vielleicht hilft es, wenn ich ihnen zum nächsten Termin Fotos mit eingerissenen und genähten Häuten mitbringe, um ihnen den Ernst der Lage zu verdeutlichen. Im Lehrbuch für Hebammen gibt es schönes Material.

»Und vorletzte wohl auch?«, erkundige ich mich bei Sandra, weil sie mich mit ihren Kulleraugen ansieht und offensichtlich eine Reaktion erwartet. »Und die davor? Ganz zu schweigen vom ersten Termin, hm?«

»Ja, so war's«, mischt sich Bob ein, der Mann an ihrer Seite, auch er bunt-ballonig gekleidet in eine Hose, die schwer als solche zu erkennen ist, weil sie um seine Beine schlackert wie die Gesichtsfalten dieser hässlichen Shar-Pei-Hunde. In meiner Kindheit hieß so etwas Sack und wurde zum Hüpfen benutzt.

Während ich Häkchen hinter Bobs und Sandras Namen auf meiner Teilnehmerliste setze, spüre ich Übelkeit in mir aufsteigen, schon wieder. Vielleicht bin ich inzwischen genauso müde wie Monika. Obwohl mich der ganze Kursquatsch von vornherein nicht überzeugt hat. Sinnvoller, als ihnen an zehn Nachmittagen etwas vorzuturnen, wäre es, werdende Mütter in eine einsame Hütte inmitten einer schönen Landschaft zu schicken und sie anzuweisen, eine Weile lang nur mit sich und in der Natur zu verbringen. Nachzuhorchen, was der eigene Körper so erzählt, statt Google danach zu fragen. Seit Jahren betone ich: Jede Frau ist anders, jede Geburt ist anders, und letztlich kann einen nichts auf das vorbereiten, was geschieht, während eine Frau ein Baby zur Welt bringt. Mein Fazit nach 271 erfolgreichen Entbindungen: Komm zu dir, bleibe dort und lass es geschehen.

Oma Grete fällt mir ein. Wie lange habe ich nicht an sie gedacht? Dabei war sie es, die mir beibrachte, was man als Hebamme wirklich wissen muss. Ich mochte ihre Stimme, die so männlich klang, dass das ganze Dorf sie *Gretus* nannte.

»Na ja, es sind ja noch sechs Termine, oder? Das reicht doch noch?«

Oma Gretes Bild verpufft bei Sandras Worten, und ich muss den Kopf schütteln, um zu erfassen, was sie gesagt hat. *Wofür?,* will ich schließlich fragen, lasse es jedoch und schlucke den bitteren Geschmack hinunter, der mir seit Tagen auf der Zunge klebt. Hatte die Neue nicht angeboten, auch mal einen Termin zu übernehmen? Wo steckt die eigentlich schon wieder?

Hoffentlich plant sie kein weiteres Unheil wie jenes übergriffige Renovierungsdesaster, von dem ich mir nicht sicher bin, ob Monika es tatsächlich genehmigt oder nur im Nachhinein für gut befunden hat, weil sie die Neue mag. Was erstaunlich genug ist. Zugegeben, das chaotische Weib hat einen beruhigenden Einfluss auf die Nervösen unter unseren Kundinnen, und das, obwohl keine Hummeln in ihrem runden Hintern leben, sondern offenbar eine in Panik geratene Gnu-Herde. Auch die Vor- und Nachsorgeaufgaben erledigt sie gewissenhaft und besser, als ich ihr zugetraut hätte.

Dennoch. Das ständige Geplapper und diese Alles-ist-gut-Fröhlichkeit sind schwer zu ertragen. Außerdem trinkt die Neue Schokolade mit Zucker und Sahne. Es ist, als wäre das Leben eine Darf's-ein-bisschen-mehr-sein-Frage, auf die das

Küken beständig mit einem in den Ohren klingelnden Tirilieren antwortet: »Ja, jaa, jaaa!«

Mich traf endgültig der Schlag, als ich Sonntagabend ins *Storchennest* kam, um den Papierkram der Woche zu erledigen, und hinter der Eingangstür über einen Farbeimer stolperte.

»Hallo?«, schallte es mir aus der Küche entgegen, bevor der Kopf der Neuen im Türrahmen auftauchte, Sprenkel einer undefinierbaren Farbe in den rosa Haaren, einer auf ihrer Wange. »Hi, Helga, was machst du denn hier?«

»Bestimmt etwas Gewöhnlicheres als du«, erwiderte ich, und sie lachte ihr aufgedrehtes Lachen, von dem ich mich während der ersten Tage regelmäßig veräppelt fühlte. Mittlerweile befürchte ich, dass es echt ist. »Du hast frei heute, also was treibst du im *Storchennest*?«

»Ich verstecke mich vor den glorreichen Drei«, antwortete die Neue. Während ich noch überlegte, ob ich nachhaken sollte, packte sie meine Hand und zog mich durch den Flur, hinüber zu unserem Gebärzimmer. »Tadaaa.« Sie riss die Tür auf. Und mir verschlug es die Sprache. Eine ganze Weile lang.

»Weiß Monika davon?«, fragte ich, als ich mich endlich dazu in der Lage sah, in Worte zu fassen, was meine Augen nicht glauben konnten.

Die Neue lachte, wie sie ständig lacht, so wie andere atmen, und erklärte: »Ich hab ihr vorhin Bilder geschickt. Sie mag es.«

Was nichts darüber aussagt, ob Monika im Vorfeld wusste, dass der Inneneinrichtung ihrer Praxis an diesem Wochenende eine Dekoexplosion im Bohemienstil blühte. Der ehemals helle, weiß gestrichene Raum, der zugegebenerweise längst einen Anstrich nötig hatte, strahlte mir in sanfter Popelfarbe entgegen, von der ich mich fragte, welcher Malerbetrieb bitte schön solch einen Ton zusammenmixt. Und wozu. Vor dem Fenster wölbten sich Tuchgardinen in Creme, die weißen Handtücher neben dem Gebärpool waren farbigen Exemplaren gewichen, ebenfalls Popel.

»Das ist Agavengrün«, behauptete die Neue. Was nichts an der Assoziation änderte.

Auf dem Regalbrett flankierten eine Kristalllampe und Kerzen unser Massageöl und die Taschentuchbox, und in der Ecke zwischen (in Popel bezogenem) Bett und Fenster wuchs plötzlich eine Farnpalme; den Platz, auf dem wir einen Fouton ausrollen, wenn eine Frau auf dem Boden gebären möchte, belegten zur Hälfte eine Couch und zwei Sessel. Und was zum Teufel machte der Gong in der Ecke?!

»Na, wie findest du es?« Die Neue sah mich mit einem Leuchten in den Augen an, das für eine ganze Kindergartengruppe unterm Weihnachtsbaum gereicht hätte.

Ich starrte auf die riesige, mit vertrockneten Gräsern geflochtene Deko an den Wänden, deren weiße Federn dem Ganzen ein unnötiges, staubfangendes Krönchen aufsetzten.

»Dunkel und eng«, erwiderte ich. »Und die Familien bleiben nie lange.« Ich deutete auf einen Stubenwagen mit Schleierhimmel, den ich neben dem Wickeltisch entdeckte.

»Macht doch nichts.« Die Neue zuckte mit den Achseln. »Auch fünf Minuten sind es wert, sie sich schön zu machen.«

Sagt Lotta immer, dachte ich.

»Sagt Lotta immer«, fügte die Neue an, und ich seufzte. Mindestens die Hälfte dessen, was sie täglich absondert, stammt von ihrer Seefahrtsschwester aus der Krachmacherstraße, die zwischen Lummer- und Taka-Tuka-Land offensichtlich alles bereist, was der Klimawandel nicht schnell genug wegschmelzen kann.

»Wenn du meinst.« Ich beschloss, meinen Papierkram zu Hause zu erledigen, und wandte mich ab. Als ich die Tür ins

Freie öffnete, flog mir hinterher: »Dunkel und eng? Das ist doch supergemütlich – total wohnlich.«

Du mich auch. Und wer hat eigentlich die ganzen Möbel bezahlt? Ich beschloss, das Praxiskonto zu checken.

»Macht einfach mit und erkundigt euch später bei den anderen, was wir bislang durchgenommen haben«, sage ich jetzt zu Bob und Sandra, die mich daraufhin anstrahlen, als hätte ich ihnen ein Wochenende im Wellnesstempel mit vegan-vegetarischem Frühstücksbüffet und Klangschalenmassage spendiert. Ist es wirklich so einfach? Nett.

»Darf ich, bevor wir anfangen, mal eine Frage stellen?«, meldet sich Tom zu Wort, einer der beiden Männer, die abwechselnd Jennifer begleiten. Wenn ich es richtig verstanden habe, ist sie Toms Cousine und von Gerald, dem anderen Kerl, schwanger, möchte das Kind aber nicht behalten, sondern an das homosexuelle Pärchen abgeben. Ich bin heilfroh, dass ich mir weder über die praktischen noch rechtlichen Details Gedanken machen muss, denn Leihmutterschaft ist in Deutschland offiziell verboten.

»Frag.«

»Können wir heute über den Geburtsschmerz reden?« Tom blickt sich in der Runde um, als suche er nach Gesichtern, die gleichfalls Interesse an den Torturen der Wehen zeigen. Fehlanzeige; die Schwangeren ziehen die Köpfe ein, außer Sarah, die schon wieder auf ihr Smartphone einhackt, um live zu berichten. Monika hat es ihr gestattet, als Werbung für das *Storchennest*, und ich komme nicht umhin, diesen ganzen Influencer- und Rezensionsscheiß zu verfluchen, der sich anmaßt, die Qualität meiner Arbeit in Echtzeit zu bewerten, und das auf Basis momentaner Empfindungen hormongefluteter Schwangerer. Ernsthaft, welcher Vorstandsvorsitzende würde eine Bloggerin in seinem Gremium dulden beziehungsweise sein Tun von deren *Meinung* abhängig machen?

Die Männer der Runde verstecken sich hinter unbehaglichen Mienen, was Tom nicht davon abhält zu erklären: »Ich würd gern wissen, was wir tun können, wenn Jennifer unter der Geburt so krasse Schmerzen hat. Wie können wir sie unterstützen?«

Nett, dass mal einer fragt. Die meisten Männer verdrängen das Thema. Die Vorstellung, dass sogar eine Frau krank sein kann oder gar unsägliche Schmerzen durchleiden muss, blenden sie aus, als sei das gegen die Natur. Ich frage mich, ob das so ein Mutterding ist, seit der Kindheit tief in ihnen verankert. Wer Kinder auf die Welt bringt, kann unmöglich von so etwas Profanem heimgesucht werden wie einem Krankheitserreger geschweige denn Schmerz. Die Frau als Felsformation im Sturm des Lebens.

»Indem ihr danebensteht und abwartet, was sie von euch verlangt«, erkläre ich Tom. »Möchte sie gerüttelt werden, dann rüttelt sie. Braucht sie ein Kirschkernkissen, wärmt ihr eins. Will sie in die Wanne, lasst Wasser ein. Schickt sie euch vor die Tür, verzieht euch. Sonst noch was?« Ich schaue mich um, niemand sagt etwas. »Gut. Dann beginnen wir heute noch mal mit der Entspannungsübung von letzter Woche …«

Henry und Lisa gehen sofort in Position und zeigen den Übrigen, wie man es richtig macht. Nelly, die heute ohne ihre Freundin gekommen ist, lehnt sich wie üblich in ihr Kissen zurück und hat es nicht nötig, sich zu beteiligen. Sascha fotografiert Sarah, was ich ihm erlauben soll, solange kein anderer Teilnehmer aufs Bild kommt. Jennifer hängt wie ein Brett über Toms Schulter, der unglücklich dreinblickt. Sandra und Bob beobachten ihre Mitstreiter, bevor sie eine Stellung einnehmen, die eventuell im Kamasutra interessant sein könnte, für unsere Zwecke allerdings ganz und gar ungeeignet ist. Dass Sandras Gesicht rot anläuft, untermauert meine Annahme. Einzig bei Nova entfaltet die Übung durchschlagenden Erfolg – sie schläft in den Armen ihres Mannes ein und beginnt leise zu schnarchen.

»Martha schläft immer noch nicht durch«, erklärt uns Laurenz die Müdigkeit seiner Frau.

»Ist sie nicht schon fast drei?«, erkundigt sich Sarah in jenem Tonfall, in dem eine ganze Palette an Ratgeber-Vorwürfen mitschwingt. Angefangen bei der Behauptung, jedes Kind könne schlafen lernen, was impliziert, dass, wenn es das nicht tut, die Eltern schuld sind. Weiter über die Helikopter-Unterstellung, die Eltern schädigendes Verhalten bescheinigen, wenn sie abends am Bett ihres Kindes sitzen und Händchen halten, bis es eingeschlafen ist. Dabei habe ich noch nie von einem Gewalttäter gehört, dessen miserable Kindheit sich daran bemessen ließ, dass seine Eltern ihn zu sehr geknuddelt hätten. Und schließlich haben wir da noch die gute alte Statistik, nach der die meisten Kinder ab einem gewissen Alter allein ein- und durchschlafen, die schön anzusehen ist, aber eben nur einen Durchschnitt zeigt. Eine Dreijährige und ihr fünfjähriger Bruder sind statistisch gesehen beide vier Jahre alt. So viel zum Thema.

Laurenz zuckt mit den Schultern. Zum Glück gehört er nicht zu jenen Menschen, die sich für alles rechtfertigen. »Na ja, wenn das Baby da ist, dann werden wir uns die Arbeit teilen«, sagt er. »Nova stillt, weil ich nicht kann. Und ich schlafe, weil sie nicht kann.«

Henry neben ihm wiehert, Sascha lacht. Tom schüttelt den Kopf, grinst jedoch. Bob stößt Grunzlaute aus, die wohl ebenfalls Heiterkeit bedeuten. Nova schreckt hoch, Nelly steckt sich den Finger in den Hals und macht eine Kotz-Geste, Lisa schlägt Laurenz tadelnd gegen den Arm, lässt ihr Gesicht allerdings vor Stolz glänzen, weil ihr Mann so einen lustigen Kumpel hat. Sandra und Jennifer schauen betreten drein, Sarah lächelt von oben herab. Influencerinnen stehen über allem, glaube ich und bin neugierig, wie sie der Geburt ihres Boy-Girl entgegentreten wird. So nennt sie ihr ungeborenes Kind, dessen Geschlecht ein Riesengeheimnis ist, über das Sarahs Follower wilde Spekulationen anstellen, wie sie die Runde letzte Woche wissen ließ. Was es da groß zu mutmaßen gibt, ist mir ein Rätsel bei so einer klaren Fifty-fifty-Geschichte.

»Okay, Laurenz«, wende ich mich an den Witzemacher, »während deine Frau im Wochenbett liegt, wirst du einkaufen, putzen, kochen, waschen, die Verabredungen deiner beiden Großen koordinieren, mit ihnen spielen und ihnen vorlesen, Nova einmal pro Woche Blumen kaufen und an alle Geburtstage im Freundes- und Verwandtenkreis denken. Klar? Ich komme vorbei und kontrolliere das, und wehe, du hast vergessen, Milch und Toilettenpapier zu kaufen. Ach, und wie du weißt, braucht Nova während des Wochenflusses die extragroßen Binden; die findest du im Drogeriemarkt in der Abteilung für Inkontinenz.«

Nun sind es die Damen, die feixen, bis Sandra sich meldet. »Müssen wir hier so ein Geschlechterdings draus machen?«, fragt sie. »Können wir uns nicht darauf einigen, dass wir gemeinsam Eltern sind?«

Laurenz und Henry tauschen Blicke und versuchen nicht mal, ihr Grinsen zu unterdrücken, Nelly greift nach einem der großen Kissen und stülpt es sich über den Kopf.

»Komm jetzt nicht mit so 'ner Genderkacke«, meint Sarah, von der ich bislang dachte, dass sie als Influencerin besonders auf Political Correctness achtet. War wohl ein Irrtum.

»Du musst nicht gleich beleidigend werden«, mischt sich Bob ein und legt einen Arm um seine Partnerin.

»Sorry, Leute, aber mal ehrlich: Frauen kriegen Kinder und Männer nicht. Das ist nun mal so, da muss man nicht so tun, als seien die Geschlechter irgendwie gleichberechtigt. Die einen haben einen Orgasmus, woraufhin die anderen dick werden und weinerlich, weiche Bänder bekommen und ständig umknicken, bis sie Wehen aushalten müssen, wochenlang wie ein Schwein bluten und sich auf ewig das Bindegewebe und die Unterleibsmuskulatur ruinieren. Von ausgelutschten Brüsten will ich gar nicht erst anfangen.«

Chapeau. Für eine Erstgebärende hat Sarah einen ziemlich klaren Blick auf Schwangerschaft und Muttersein. Im Raum herrscht Stille, bis Tom sich räuspert.

»Dafür spürt ihr die ersten Bewegungen des Kindes und dürft es stillen.« Obwohl er sehr leise gesprochen hat, hallen seine Worte durch den Raum.

Gerade als ich mich frage, ob es eigentlich meine Schuld wäre, falls sich heute Abend einer der Teilnehmer auf Google über den Sexismus beschwert und damit weitere Sterne tötet, klopft es an der Tür, die im selben Moment bereits aufschwingt. Auch so eine Marotte, die ich hasse; gleichzeitiges Klopfen und Öffnen. Ich gönne mir einen Atemzug, bevor ich mich umdrehe. Im Türrahmen steht die Neue, ihr übliches strahlendes Lächeln im Gesicht, neben dem jedes Honigkuchenpferd depressiv wirkt.

»Was?!« Ich kann nicht verhindern, dass ich weniger nett klinge, als ich sollte, und es nervt mich, dass ich das denke.

»O-ähm …«

»Vielleicht erst überlegen, was du willst, und dann stören?«, schlage ich vor. Ich bin tatsächlich müde und fühle mich schwindelig.

»Haha, du wieder«, lacht die Neue, als würde ich regelmäßig scherzen. »Ich bin hier, um die Männer abzuholen.«

Die ganze Runde tauscht Blicke wie Grundschüler schillernde Sticker.

»Wie bitte?«

»Das ist eine Idee von mir, hat Monika dir bestimmt gesagt, wir teilen den Kurs diese Woche mal auf und machen eine getrennte Runde – Frauen hier, Männer mit mir drüben im *Alten Horst*.«

Das ist die Bierknepe eine Straßenecke weiter, was Henry sogleich mit einem »Yeah!« kommentiert, während Laurenz unter dem strengen Blick seiner Frau sein Glück kaum fassen kann. Tom guckt unentschlossen, Bob verschränkt die Arme. Sascha springt auf und reibt sich die Hände.

»Es geht darum, sich mal frei und beziehungsunabhängig äußern zu können«, flötet die Neue, und ich staune immer wieder, wie es ihr gelingt, niemals einen normalen Tonfall zu benutzen. »Gefühle und Ängste zu besprechen, die den jeweils anderen nicht so betreffen. Ich meine, wie man Wehen veratmet, brauchen die Jungs nicht zu wissen, oder?« Die Neue zwinkert, und nun sind auch Laurenz und Henry auf den Beinen.

Tom erhebt sich ebenfalls und sagt: »Gut, da passt dann ja meine Frage vom Anfang super hin.«

Bob zuckt die Achseln in Richtung seiner Partnerin, bevor er sich hochstemmt und den anderen hinausfolgt.

»Bis spä-häter!«, singsangt die Neue, bevor sich die Tür schließt.

Wenn es nicht so eklig wäre, würde ich mich jetzt gern in den Kursraum erbrechen.

*

Mein Auto steht auf dem Parkplatz des Supermarktes am Ende der Straße, weil ich vor dem Kurs rasch ein paar Kleinigkeiten besorgt habe und keine Lust hatte, den Wagen danach umzuparken. Die milde Mailuft balsamiert meine Nerven und vertreibt die Übelkeit. In der Hecke, die den Gehweg säumt, tauschen ein paar Spatzen leidenschaftliche Nachrichten aus, was mich lächeln lässt. Stimmt es, dass ich eine

Pause brauche? Monika hat es nicht gesagt; hätte sie aber, wenn das *Storchennest* es sich leisten könnte. Es ist schwer geworden, Kolleginnen zu finden. Die Rahmenbedingungen außerklinischer Geburtshilfe sind eng und schnüren uns die Luft ab. Und auch wenn immer mal wieder ein Lokalpolitiker versucht, mit einer Ein-Herz-für-Hebammen-Kampagne seine Sympathiewerte zu steigern, so bleibt es stets bei Hochglanzmarketing für die eigene Beliebtheit. Was hat sich der Vorsitzende des sozialdemokratischen Kreisverbands nicht für freiberufliche Geburtshilfe starkgemacht – bis seine eigene Frau schwanger wurde und beschloss, in der schicken Privatklinik in der Großstadt zu entbinden, weil die die mordernste Neonatologie im Bundesland haben und was weiß ich was für Zertifikate. Vermutlich besitzt die Klinikleitung darüber hinaus eine Kreditkarte, mit der sie die nächste Weihnachtsfeier des Kreisverbands bezahlt. Oder gratis Grippeschutzimpfungen aller Parteimitglieder in den nächsten fünf Jahren.

Meine Schritte werden energischer, und ich zerre am Reißverschluss meiner Handtasche, um nach dem Autoschlüssel zu kramen. Plötzlich habe ich es eilig, und es ärgert mich, dass es einer inkompetenten Politikernulpe gelungen ist, die Spatzenunterhaltung zu übertönen und den Ärger zurückzubringen, der sich mit Verlassen des *Storchennestes* so kooperativ gelegt hatte. Keine Ahnung, wie es der Neuen mit den Männern im *Alten Horst* ergangen ist – der verbliebene Teil meines Kurses dümpelte zunächst in einer lustlosen Flaute, als gingen die Schwangeren lediglich ihren Männern zuliebe zur Geburtsvorbereitung. Um dann in einem Sturm unterzugehen, in dem die Wogen Männer-sind-egoistische-Vollpfosten und Ohne-Männer-wären-wir-nichts mit Wucht gegeneinanderklatschten, sodass das Gleichberechtigungsschiffchen Lasst-uns-das-doch-partnerschaftlich-angehen, auf das Sandra versuchte, ihre Kurskolleginnen zu bugsieren, von vornherein zum Kentern verurteilt war. Den Todesstoß erfuhr es schließlich durch die Influcerinnen-Bugwelle, die uns mitteilte, dass der Orgasmus-Spruch binnen weniger Sekunden tausende Thumbs-up erhalten hatte.

Ich überlege, die nächsten Termine abzusagen und allen die Teilnahmebestätigung nach Hause zu schicken. Immerhin muss es im Interesse der zahlenden Krankenkasse liegen, wenn wir uns alle sinnvoller beschäftigen.

Unter meinen Fingern knistert es. Als ich meine Hand aus der Tasche ziehe, halte ich das Tütchen in der Hand, das mir der Zahnschmelz-Barista aus dem *Amore Belle* neulich hinhielt. Ich öffne die Verpackung, angle eine der Bohnen heraus und lege sie auf meine Zunge. Die bittere Süße lässt mich augenblicklich tiefer atmen, und ich bleibe stehen und schließe die Augen, um mich darauf zu konzentrieren.

»Helgaaaaa!«

Ich zucke zusammen, als es mich von links ankreischt, und verschlucke die Bohne. Ich drehe mich um, damit ich den Verursacher wissen lassen kann, was ich vom unvermittelten, seitlichen Anquatschen halte, und stutze. Ich bin auf Höhe des kleinen Spielplatzes mit Rutsche, Schaukel und Buddelkasten angelangt – auch so ein politisches Nichts, das im vorletzten Wahlkampf gut aussehen sollte, bei Tageslicht betrachtet jedoch eine Unverschämtheit ist, so als hielte man einem Verdurstenden ein Schnapsglas voll Wasser hin.

Seht her, wir kümmern uns um die ganz Kleinen. Dabei wächst nicht mal ein Strauch auf dem Areal, hinter dem sich ein Kind verstecken und Indianer spielen könnte, geschweige denn eine Baumstumpf-Mondrakete oder auch nur ein Häuschen, das Eisbude, Schule oder Hexenhaus sein könnte.

Über der Hecke, die den Spielplatz vom Gehweg trennt, schwebt Laras Gesicht und strahlt mich an. »Ich habe einen Wackelzahn gekriegt, schau mal.« Der kleine Mund klappt beeindruckend weit auf, ihr linker Zeigefinger fährt zu einem oberen Schneidezahn und schiebt ihn hin und her. Es sieht aus wie eine kleine Zugbrücke beziehungsweise eine Falltür, die nach oben hin aufschwingt und in ein fantastisches Reich lockt.

»Ui. Wenn der rausfällt, kannst du eine Salzstange durchschieben.«

Lara lacht. »Bringst du mir welche mit, wenn du das nächste Mal kommst? Mama kauft keine, weil zu viel Salz ungesund ist.«

»So?« Über Laras Haarschopf hinweg überblicke ich die karge Fläche, die unsere Stadt für ihre Kinder übrig hat, und entdecke Judith in der rechten Ecke gegenüber, wo sie Leon gerade die Hose herunterzieht, damit er pinkeln kann. Mit der anderen Hand schaukelt sie Leanders Kinderwagen.

»Was isst du da denn?«, will Lara wissen und zeigt auf das Tütchen in meiner Hand.

»Das?« Ich senke den Blick, als hätte ich kurzzeitig vergessen, was ich in den Händen halte, als sei das Tütchen auf geheimnisvolle Weise gerade erst zwischen meinen Fingern aufgetaucht oder als handle es sich um ein riesengroßes Geheimnis. Tatsächlich leuchten Laras Augen auf, als ich sie wieder ansehe und ihr zuwispere: »Das sind Kaffeebohnen in Schokolade.«

Lara zieht den Kopf zwischen die Schultern und flüstert zurück: »Darf ich eine?«

»Tut mir leid, aber da ist Koffein drin, und das ist nicht gut für deinen Körper.«

Während ich das Tütchen in meiner Tasche verschwinden lasse, bekomme ich ein Denkergesicht zu sehen und muss einen Moment warten, bis die Schlussfolgerung weit genug gereift ist, um von Laras Hirn über ihre Zunge ins Freie zu rollen. »Aber für deinen ist das dann auch nicht gut, oder?

Weil, du bist ja viel älter als ich und hast viel mehr Gebrauchsspuren.«

Es ist eindeutig Svens Spruch, den Lara da nachplappert, und es könnte süß sein, wenn Laras Vater weniger Schwierigkeiten mit Kompetenz hätte. Aber dafür kann das Kind ja nichts.

»Es ist andersherum«, erkläre ich. »Mein Körper hat mehr Erfahrung als deiner. Deshalb kann ich manches essen, was deinen noch verwirrt.«

Lara stemmt die Hände in die Hüften und legt den Kopf schief. Dieses Mal dauert der Denkprozess, den meine Worte angestoßen haben, länger.

Auf der anderen Seite des sogenannten Spielplatzes ist Leon soeben fertig mit seiner Bewässerung. Als er mich entdeckt, kommt er herübergelaufen und schreit: »Helgaaaaa!« Er strahlt und wirft mir seine Arme entgegen, als würde ich ihn bei jeder Begegnung daran hochreißen und im Kreis wirbeln. Was ich noch nie getan habe. Als er Lara und mich erreicht, hebe ich meine Arme ebenfalls in die Höhe und rufe: »Leoooooon!«, was er urkomisch findet.

In gemächlichen Tempo folgt Judith ihrem Sohn, den Kinderwagen weiterhin schaukelnd. Ich nutze die Zeit, um einen Blick auf die Uhr zu werfen, und finde bestätigt, was ich bereits wusste: Statt sich auf einer für Kinder gekennzeichneten Fläche im Freien aufzuhalten, sollten die vier mindestens am Abendbrottisch sitzen, wenn nicht sich ums Waschbecken im Bad drängeln und darum streiten, wer zuerst die Zahnpasta kriegt.

»Hallo, Helga«, sagt Judith und lächelt müde.

»Helga isst Kaffeebohnen aus Schokolade, weil sie Erfahrung hat«, informiert Lara ihre Mutter und schaut dann zu mir, um zu prüfen, ob sie es richtig weitergegeben hat. Ich nicke ihr zu.

»Wie geht es euch?«, frage ich Judith. Meine Betreuungszeit bei ihr ist bald vorbei. Eigentlich sehe ich sie einmal pro Woche, doch einer innerfamiliären Magen-Darm-Epidemie sei Dank liegt der letzte Termin über zehn Tage zurück.

»Besser.« Judith sieht blass und schmal aus.

»Du hast abgenommen«, sage ich.

»War keine Absicht.«

»Schon klar, aber sieh zu, dass du in nächster Zeit ordentlich isst, sonst reicht deine Energie nicht fürs Stillen.«

»Ich weiß, aber ich habe immer noch keinen Appetit.«

»Lara?« Ich wende mich an das Mädchen, das gerade versucht, seinem Bruder ein Klatschspiel beizubringen, das den Kleinen in jeder Hinsicht überfordert, ihm jedoch trotzdem einen Heidenspaß zu machen scheint.

»Was denn?« Sofort lässt Lara Leon stehen und hängt sich über die Hecke zu mir.

»Kannst du Kuchen backen?«

»Nö. Ich darf nicht an den Herd.«

»Aber einen Teig anrühren kannst du?«

Sie zuckt die Schultern. Offenbar hat sie es noch nie probiert. Judith macht ein gequältes Gesicht.

»Ich komme einfach nicht dazu.« Sie ruckelt energischer am Kinderwagen, obwohl die Stille dafür spricht, dass Leander entweder tief und fest schläft oder rundum zufrieden ist. »Leon nässt zurzeit ständig ein, tags wie nachts, und Leander kommt auch alle achtzig Minuten. Sven ist schon ins Wohnzimmer gezogen, damit er schlafen kann.«

Noch während ich überlege, ob ich ihr mitteilen soll, was ich von ihrem Mann halte, schiebt Judith hinterher: »Ich weiß. Er sollte sich beteiligen und mich unterstützen. Aber ganz ehrlich?« Sie seufzt. »Wir Frauen wissen es doch sowieso besser, oder? Immer wenn Sven eine Katastrophenwindel wechseln soll, ruft er nach drei Sekunden und fragt, wie er den Body auskriegt. Oder er fragt nicht und macht, und dann kann ich das Baby komplett baden, weil die Kacke überall ist. Oder er vergisst das Öl gegen den wunden Po oder kriegt die Füßchen nicht in den Strampler, wenn Leander sich zu sehr bewegt.« Judith seufzt tiefer und schiebt den Kinderwagen so hektisch vor und zurück, dass mir schlecht werden würde, wenn ich drinläge. Für einen Moment kommt mir der Gedanke, dass Judith Leander womöglich zu Hause vergessen und es bislang gar nicht bemerkt hat. »Am Ende steh dann doch wieder ich am Wickeltisch, und dann kann ich es auch gleich selbst machen.«

»Menschen handhaben Dinge auf unterschiedliche Weise«, erwidere ich. »Das nervt manchmal.« Judith starrt mich an, als sei sie unsicher, wie ich meine Worte meine. »Ich glaube, die Kunst besteht darin zu unterscheiden, wer dich unterstützen kann, wenn du ihn lässt, und wer bloß ein Idiot ist.«

In diesem Moment gluckst es im Kinderwagen, und Judith reißt die Decke weg, hebt Leander heraus und drückt ihn an ihre Schulter. Sie beginnt, mit der Hüfte zu kreisen und singsangt ihrem Baby ins Ohr.

»Vielleicht schläft er schlecht, weil er überreizt ist«, mutmaße ich.

»Ach was, wir waren den ganzen Tag zu Hause.« Wo zwei große Geschwister spielen und streiten, das Tablet dudelt und eine Mutter vermutlich permanent beruhigende Lieder singt.

»Lara?«

Das Mädchen ist gerade dabei, die Blätter der Hecke einzurollen. Vielleicht macht sie Sushi oder erfindet eine neue Währung für Gestrüppgespenster. Einmal Passanten anbuhuuuhen kostet zwei Röllchen.

»Ja?«

»Ihr habt doch eine Mikrowelle, oder?«

»Ja, das ist Papas. Mama findet die blöd.«

»Macht nichts. Meinst du, du kannst dir ein paar Zutaten merken?«

»Klar. Für ein Geheimrezept?«

Ich nicke. »Ja genau, wir zaubern ein bisschen.« Lara lässt das Laub los und sieht mich erwartungsvoll an. »Also, du nimmst einen großen Becher und tust drei Esslöffel Öl hinein, aber nicht das aus Oliven.«

»Wieso nicht?«

»Das schmeckt im Geheimrezept nicht.«

»Okay. Und dann?«

»Dann verquirlst du mit der Gabel ein Ei, ganz doll, und kippst es zum Öl dazu. Als Nächstes brauchst du drei Esslöffel Zucker, einen Esslöffel Joghurt, Milch oder Sahne und dann noch fünf Esslöffel Mehl und einen halben Teelöffel Backpulver.«

»Passt das denn alles in den Becher?«

»Wenn du einen großen nimmst, schon.«

»Und dann?«

»Rührst du alles gut um. Und wenn du das gemacht hast, kommt das Wichtigste.«

Im Hintergrund bohrt Leon Notausgänge in den Sand des Buddelkastens, damit wer auch immer genügend Fluchtmöglichkeiten hat. Währenddessen bedudelt sich Judith selbst mit dem Lied über große Elefanten und Zwischenräume zwischen Bäumen, während Leander, den Kopf in ihrer Halsbeuge, mit großen Augen die Welt anstaunt. Ich beuge mich zu Lara hinunter, die sich auf die Zehenspitzen stellt und mir ihr Ohr entgegenschiebt.

»Du kannst entweder einen Spritzer Zitronensaft dazugeben oder einen Esslöffel Kakaopulver oder« – ich senke die Stimme – »einen Löffel Honig.«

»Und dann?«, haucht Lara.

»Rührst du alles noch mal gut um, stellst die Tasse in die

Mikrowelle und lässt sie anderthalb Minuten laufen. Dann ist das Geheimrezept fertig.«

»Echt?«

»Echt. Zur Sicherheit nimmst du einen Topflappen, um die Tasse herauszuholen, ja?« Lara nickt ehrfürchtig. »Jetzt brauchst du nur noch einen Löffel oder eine Kuchengabel und bringst die Tasse deiner Mama.«

»Und was kann das Geheimrezept?« Das Feuerwerk an Möglichkeiten, das hinter Laras Stirn abbrennt, färbt ihre Wangen rot. Vermutlich sinniert sie darüber, was cooler wäre – wenn ihre Mutter nach Genuss des Zauberkuchens fliegen könnte oder glitzernde Haare bekäme oder in der Lage wäre, mit Tieren zu sprechen.

»Das kommt darauf an, was du reingetan hast«, erkläre ich. »Zitrone macht lustig, Kakao glücklich und Honig froh.«

»Lara-Spatz, wir müssen nach Hause«, beschließt Judith in diesem Moment, verstaut Leander im Kinderwagen und dreht sich nach Leon um. »Du auch, Leon, komm.«

Ich erwarte eine Diskussion, eingeleitet mit einem: »Noch einmal schaukeln«, doch der Junge lässt den Stock fallen und beklettert das Kiddy-Board, das am Kinderwagen befestigt ist.

»Tschüss, Helga!« Lara winkt zum Abschied und rennt ihrer Familie hinterher, die sich zum Türchen auf der anderen Seite des Areals bewegt.

»Tschüss«, murmle ich und denke daran, während ich meinen Weg Richtung Parkplatz fortsetze, dass Hans sich immer für Kakao entscheidet.

Hallo Sonnenschein!

Madita

Nach dem Regen geht bekanntlich die Sonne auf. Zumindest irgendwo auf der Welt.

Immerhin haben sich in den letzten Tagen die schlechten Nachrichten halbiert und die freudigen Momente verdoppelt. Denn ganz zum Entsetzen von Helga ist es mir gelungen, Monika für einen Geburtsvorbereitungskurs nur für die Männer zu begeistern, den ich sogar selbst abhalten darf. Auf meine Art.

Nach ihrem Go zitierte ich die Herren direkt aus der Stunde, die Helga gerade leitete, in die Bar um die Ecke, spendierte ihnen ein Bier, mir eine große Weinschorle und nordete sie ein.

Na gut, ich versuchte es.

»Ihr lieben Herren der Schöpfung, erst einmal ein großes Hallo in die Runde, schön, dass ihr hier seid.«

»Hallo Sonnenschein«, kam es von Henry zurück, bevor er sein Bier an die Lippen setzte und einen großen Schluck nahm.

»Also, ihr seid hier, weil auch schwangere Männer Unterstützung bei der emotionalen Achterbahnfahrt dieser aufregenden Zeit brauchen«, fügte ich an, und man prostete mir leidvoll zu. »Überall stehen eure Frauen im Vordergrund, bei der Ärztin, bei den Vorsorgeterminen, wenn Freunde fragen, wie es euch geht. Auch hier im Kurs dreht sich alles um die werdenden Mütter und deren Bedürfnisse.« Zustimmendes

Gemurmel erhob sich. »Das ist auch richtig so, denn eine Schwangerschaft verlangt euren Frauen mehr ab, als ihr euch vorstellen könnt.«

»Och, Sarah lässt mich und ihre Follower schon ziemlich genau wissen, was sie alles leistet.« Saschas Versuch, seine Worte mit einem Grinsen zu begleiten, scheiterte. Stattdessen sah er müde aus.

»Ja, genau. Aber weil euer Kind nicht nur eine Mutter hat, die Unterstützung braucht, sondern auch einen Vater, der Superpapi sein soll und das nur kann, wenn es ihm gut geht, wollen wir heute schauen, was *euch* beschäftigt.« Ich fing erstaunte Blicke auf – Bingo, ins Schwarze getroffen. »Euer Leben steht kurz davor, radikal auf den Kopf gestellt zu werden – also, was macht euch Sorgen oder Angst?«

Schweigen im Walde.

»Nun, von meinem Vater weiß ich, dass er sich wahnsinnig davor fürchtete, keine große Hilfe unter der Geburt zu sein. Ganz zu schweigen vom Wochenbett, in der Mann plötzlich vielen Aufgaben im Haushalt gegenübersteht, die sonst die Frau erledigt«, redete ich einfach mal weiter und lockte damit den ersten aus seinem Schneckenhaus.

»Das wird nichts, Sarah räumt ja jetzt schon die Spülmaschine neu ein, nachdem ich es getan habe«, lachte Sascha unglücklich. »Und sie wischt den Boden nach, wenn ich gerade fertig bin. Helft so einer Frau mal im Haushalt.«

»Das kenn ich!«, sprang ihm Laurenz bei und klopfte ihm tröstend auf den Rücken, sodass er sich prompt an seinem Bier verschluckte.

»Es wird sich ändern, wenn es so weit ist«, prophezeite ich aus Erfahrung. »Eure Frauen werden dankbar sein, wenn ihr ihnen helft.« Perfektionismus im Heim stirbt einen schnellen Tod, wenn erst mal ein Baby im Haus ist und die volle weibliche Aufmerksamkeit beansprucht. Da ist ein Vogelschiss am Fenster genauso egal wie ein schlecht gewischter Dielenboden. Ich bin ja mal gespannt, wie meine WGler sich verhalten werden, sollten sie jemals den Evolutionssprung in die Elternliga absolvieren.

»Ich hab selbstredend Urlaub für die Zeit rund um die Geburt eingereicht«, erzählte Henry stolz und lehnte sich entspannt auf seinem Stuhl zurück. »Und *ich* kann die Spülmaschine einräumen, mein liebster Schwager«, neckte er in Richtung Sascha.

So verhielt sich das also: Familienbande. Das macht es in der Regel nicht einfacher. Ich dachte an Lotta und fragte mich, wie es wäre, wenn sie und ich zur selben Zeit schwanger würden. Lotta hat schon als Kind aus allem einen Wettbewerb gemacht, und vermutlich würde sie nach jeder Vorsorgeuntersuchung Gewichtszunahme und vaginal PH-Wert vergleichen wollen. Ich bekäme Bilder ihrer selbstgestrickten Babymützchen, die krumm und schief wären, weil Lotta nicht stricken kann, aber ätsch, dafür selbstgemacht. Mein Mundwinkel zuckte bei der Vorstellung, wie Lotta im Kreissaal liegt, presst wie ein Weltmeister und schließlich kräht: »Erster!«

»Und wie steht es mit der Geburt an sich? Welche Gedanken gehen euch da so durch den Kopf?« Aufmerksam schaute ich die Männer an.

Henry war der Erste, der gewohnt locker antwortete. »Ich bin super vorbereitet. Ich kann hecheln, massieren und verkrafte durchaus einen gebrochenen Finger«, tönte er und grinste breit.

Na, da war ich ja mal gespannt wie ein Flitzebogen. Leider wusste ich nicht, ob er und Lisa planten, im *Storchennest* zu entbinden oder sich in einer Klinik angemeldet hatten, sodass ich beschloss, wenigstens bei der Nachsorge auf einen eventuellen Gipsverband zu achten.

Die anderen tauschten vorsichtige Blicke. Laurenz wurde

blass, beinahe sah er aus, als wolle er das Bier zurück in die Flasche spucken. Und dann sagte er sehr leise: »Ich weiß gar nicht, ob es zwingend gut ist, dass der Mann bei der Geburt dabei ist.«

Ui. Eine unangenehme Stille entstand am Tisch. Sie dehnte sich aus, und mein Mund wurde trocken, weil ich Laurenz' plötzlichen Anflug von Panik verstand und mitfühlte, als mir Fiete in den Sinn kam: der fürsorglichste und goldigste werdende Papa vor dem Herrn, der, während sich seine Frau durch die Eröffnungsphase quälte, dreimal aus der Klinik nach Hause fuhr, um ihr irgendetwas zu bringen, nach dem sie verlangte – ihr Lieblingskissen, ein bestimmtes Duftöl, die Entspannungs-CD, die ihr ihre Mutter extra für die Geburt geschenkt hatte. Fiete hielt Janas Hand, wenn sie das wünschte, er gab ihr recht, als sie ihn beschimpfte, das nächste Mal solle er diesen Scheiß selbst machen, er massierte ihre Waden, legte seine Hände auf ihren Lendenwirbelbereich und traute sich sogar ins Schwesternzimmer, um nach einem Kirschkernkissen zu fragen, obwohl dort der übellaunige Oberarzt gerade die frischgebackene Absolventin der Hebammenschule zur Sau machte. Mich.

Fiete jedenfalls machte alles richtig und gab den Bilderbuchpapa. Bis die Presswehen einsetzten. Als die diensthabende Hebamme hereineilte und mich, die ich mich aus dem Schwesternzimmer an Janas Seite geflüchtet hatte, aus dem Weg schob, um zwischen den Beinen der Gebärenden in Position zu gehen, wich sämtliche Farbe aus Fietes Gesicht, er taumelte durch den Raum und rumpelte bereitgestellte Utensilien durcheinander. Bevor er sich über eine der Anwesenden erbrechen konnte, wies die Hebamme mich an, mit ihm nach draußen zu verschwinden. Während Jana drinnen presste, hockten wir im Klinikpark hinter einem Busch und teilten uns einen Joint, der wohl noch von der letzten Party übrig geblieben war und irgendwie seinen Weg in meine Tasche gefunden hatte.

Im blauen Dunst der Entspannung gestand Fiete mir schließlich, dass er von Anfang befürchtet hatte, dem eigentlichen Augenblick der Geburt nicht gewachsen zu sein, sich aber nie getraut habe, das gegenüber seiner Frau zuzugeben.

»Ich wollte sie nicht enttäuschen.«

»Es ist kein Muss, dabei zu sein«, teilte ich meinen Männern im *Alten Horst* mit, was ich damals auch zu Fiete gesagt hatte. Keine Frau hat etwas davon, wenn ihre Begleitperson bewusstlos am Boden liegt.

»Ist es nicht?« Sascha konnte es kaum fassen. In einigen Gesichtern flackerte so etwas wie Hoffnung auf, und mich beschlich die Angst, dass das hier gerade in eine ganz falsche Richtung lief. Nicht, dass sich am Ende alle Versammelten einig würden, nicht zusehen zu wollen, wie etwas von der Größe einer Honigmelone aus einer Öffnung mit den Ausmaßen einer Zwetschke gepresst wird.

»Der Moment einer Geburt kann niemals zurückgeholt werden«, beeilte ich mich, in die Runde zu werfen, um die Büchse der Pandora schnell wieder zu schließen. »Es ist einer der magischsten Augenblicke in eurem Leben.«

»Ist mir klar, aber ich weiß nicht, was meine Frau von mir erwartet. Ich bin eine Niete in emotional heiklen Dingen«, verriet Laurenz zerknirscht und rechnete womöglich mit Spott, während er so dasaß und vorsichtig in die Mienen der anderen schielte.

Bob, der die meiste Zeit ruhig dagesessen hatte, versteifte sich und zählte dann die drei gängigsten Wege auf, den Geist zu öffnen und Gefühle willkommen zu heißen.

»Buddy«, mischte sich Sascha ein, bevor Bob dazu übergehen konnte zu erläutern, wie man mit dem personifizierten Schicksal auf Du und Du atmet. »Wenn du diesen Moment managst, wie du deinen Job erledigst, voller Diplomatie und Geduld, dann wird das großartig. Ganz ehrlich, du packst das.« Er hob seine Flasche und prostete Laurenz, offenbar ein Arbeitskollege von ihm, zu. Die anderen nickten und wiederholten die Geste.

Es war erstaunlich, wie sich die Männer nach und nach immer weiter öffneten und sichtlich Spaß daran hatten, sich auszutauschen. Wie sie Empfindungen eingestanden, die sie im Beisein ihrer Frauen niemals ausgesprochen hätten.

Ich überlegte, die Schwangeren beim nächsten Termin aufschreiben zu lassen, was sie sich bei der Geburt und im Wochenbett von ihren Partnern wünschten und was für sie ganz schlimm wäre. Das sollte doch ein wenig helfen, um die Unsicherheiten der Partner zu minimieren.

Vielleicht befindet sogar Helga die Idee zur Abwechslung mal für gut und verzieht nicht wieder nur skeptisch das Gesicht, denke ich gerade. So langsam hab ich nämlich ein schlechtes Gewissen, weil ich für den Großteil ihrer Faltenbildung verantwortlich zu sein scheine.

Allerdings machen wir beide auch Fortschritte, wenn wir zusammen unterwegs sind. Sie dreht die Musik nicht mehr laut, wenn ich ihr etwas aus meinem Leben erzähle, und sie lässt mich immer mehr mit den Frauen, die wir besuchen, interagieren.

Ich habe mir vorgenommen, das Beste aus meiner derzeitigen Lebenssituation zu machen. Ganz nach Lottas Motto: Jugaad. Ein Hindi-Ausdruck, der beschreibt, dass sich auch mit beschränkten Mitteln etwas Neues und Gutes erschaffen lässt.

Und nachdem ich außerdem einen ganzen Tag lang unsere Wohnung geputzt habe, bei der Anzeige gegen Unbekannt behilflich war und einen Vorrat an Chickencurry gekocht habe, sind selbst meine Mitbewohner wieder gnädiger mit mir.

Ich trete kräftig in die Pedale meines weißen Hollandrads und düse um die nächste Ecke. Der Sommerwind fegt mir durchs offene Haar, liebkost mein Gesicht, und für einen Moment fühle ich mich, als könnte ich wirklich all meine Probleme meistern. Da klingelt mein Handy. Ungeschickt angle ich es aus der Hebammentasche im Fahrradkorb und gehe ran.

»Ja, Madita hier?«

»Ich weiß, wen ich angerufen habe«, murrt mir Helgas Stimme ins Ohr. Oh, ich liebe ihre Herzlichkeit! »Wie sieht es bei dir aus? Könntest du etwas bei mir abholen und bei Ines vorbeibringen?«

Ich werfe einen schnellen Blick auf die Hello-Kitty-Uhr. »Für dich mach ich das gern, liebe Helga«, schnurre ich und lenke in Richtung Ampel, die mich auf die richtige Straßenseite bringen wird. Es ist nur ein kleiner Umweg, auch wenn er durchaus seine Tücken bietet. Viele Fußgänger, Lieferverkehr und Sitzgruppen vor Cafés und Bistros.

»Helga?«

Es tutet. Vermutlich hat sie vergessen, sich zu verabschieden, bevor sie aufgelegt hat. Ich könnte mich entscheiden, deswegen sauer zu sein, tue es aber nicht und rausche über die Straße, die andere Seite im Blick. Und dann passiert es: Ich fahre quasi direkt in die ausgestreckten Arme eines Polizisten in schicker blauer Uniform. Die Bremsen quietschen, fast lasse ich mein Handy fallen.

»Stopp, stopp, stopp!« Der Mann greift meinen Lenker, weil ich samt Rad umzukippen drohe.

»Was zum Teufel machen Sie denn da?«, fahre ich den Beamten an, weil ich mich schon mit dem Gesicht voran auf dem Asphalt gesehen habe. Was gar nicht zu empfehlen ist, denn von so einer Aktion stammt die kleine Narbe oberhalb meiner Oberlippe. Umständlich steige ich ab, zupfe mein Kleid zurecht.

»Ich?« Unglauben huscht über das Gesicht des Beamten, das, wenn ich es mir recht ansehe, zugegebenermaßen sehr hübsch ist. Im nächsten Augenblick glaube ich, mich trifft der Schlag.

»Na, so was, Sie kenn ich doch«, wird mir klar, und mein Herz setzt einen Schlag aus, bevor es seine Arbeit in einem unruhigen Takt fortsetzt. »Wenn Sie einfach mal hallo sagen wollten, wäre das auch weniger überstürzt gegangen. Ich schätze, jetzt sind wir quitt mit den Beinahe-Unfällen?«, plappere ich und denke an den Tag meiner Ankunft, als ich diesen jungen Kerl mit meiner Autotür selbst fast vom Rad geholt hätte.

Das leise Schmunzeln, das sich eben andeuten wollte, verschwindet sehr schnell aus seinem Gesicht. »Ich gebe Ihnen eine Verwarnung mit Bußgeld, Lady ...«, sagt er zu meiner Überraschung.

»Moment, was? Wegen damals? Das war doch keine Absicht«, beschwere ich mich. Wie kann man so nachtragend sein?

»Weil Sie gerade mit dem Handy in der Hand über eine rote Ampel gefahren sind?«, stellt er die Gegenfrage, und ich parke mein Rad am Rand des Bürgersteiges. Das hier könnte länger dauern.

»Bin ich?«

Seine Augenbrauen hüpfen in die Höhe. »Würde ich es behaupten, wenn es nicht so wäre?«

»Keine Ahnung, würden Sie?« Der Erfahrung mit gut aussehenden Männern der letzten Zeit nach zu urteilen, scheint mir alles möglich.

»Nein, ganz sicher nicht. Ich bin Polizeibeamter«, sagt er, als würde die Tatsache, dass man eine Ausbildung zum Hüter des Gesetzes absolviert hat, den Hang zur Korruption oder einen zweifelhaften Charakter ausschließen.

»Das heißt gar nichts«, lasse ich ihn wissen und verschränke die Arme vor der Brust.

»Sie machen mir Spaß«, meint er und zückt einen kleinen Block. »Das kostet sechzig Euro.«

»Was?«, hauche ich entsetzt. Wegen der Mo-Misere bin ich doch sowieso schon pleite. »Kommt gar nicht infrage!«

Der Beamte versteckt ein Grinsen, indem er sich räuspert und einer Gruppe Fußgänger nachschaut. Dann wendet er sich wieder mir zu. »Sie haben Glück, dass sich kein Fußgänger auf der Fahrbahn befand, sonst beliefe sich das Bußgeld auf hundert Euro. Und ich weiß ja nicht, wie Ihr Punktekonto sonst so aussieht, aber einen mehr haben Sie sich auf jeden Fall verdient. Seien Sie froh, wenn Sie deshalb nicht den Führerschein abgeben müssen.« Er macht ein fragendes Gesicht.

»Ich bin Hebamme, ich muss mobil sein.« Ich werde den Teufel tun und ihm mitteilen, dass der Stand meines Flensburgguthabens den meines Bankkontos aktuell leider tatsächlich übersteigt. »Außerdem bin ich in Eile.« Ich starre ihm direkt in die hübschen unwetterumwölkten Augen. »Oder wollen Sie vielleicht lieber an meiner statt zu der Schwangeren mit vorzeitigen Wehen fahren?«

Na gut, lügen konnte ich noch nie. Und auch jetzt spüre ich sofort, wie meine Ohren rot anlaufen und mein Gesicht mich verrät.

»Ein Notfall also«, sagt der Beamte ernst und lässt den Kugelschreiber mehrfach klicken. Ein unmöglich lautes Geräusch. Ich schwitze, die Sonne knallt vom blauen Himmel, und ich verfluche mein Rüschenkleid.

»Dann will ich es mal bei einer Verwarnung belassen«, sind Worte, mit denen ich nicht gerechnet habe, sodass ich überrascht die Luft entweichen lasse, die ich mir für eine Schimpftirade bereits in die Lungen gesaugt hatte, ganz nach dem Motto: Angriff ist die beste Verteidigung. Auch wenn mir bewusst ist, dass Widerstand gegen die Staatsgewalt böse enden kann.

Irgendwie fühle ich mich trotzdem so ungerecht behandelt, dass ich aus der Haut fahren könnte. Etwas sarkastisch erwidere ich: »Oh, das ist aber sehr freundlich«, und versuche, wieder auf mein Rad zu steigen. Erneut legt sich die Hand des Polizisten an meinen Lenker.

»Bevor Sie flüchten zu Ihrem *Notfall*« – sein Tonfall deutet an, dass er mir nicht glaubt. Kluger Polizist – »versprechen Sie mir, dass Sie in Zukunft umsichtiger sind. Es täte mir leid, Sie irgendwann mit einem Zettel am Zeh wiederzusehen.« Ein Lächeln zeigt sich auf seinem Gesicht. Nur kurz, aber ich hab's gesehen. Und jetzt zwinkert er auch noch.

Mann, ist der süß. Ich starre ihn an, ohne etwas zu sagen. Ganz sicher würde dieser Mann Lotta gefallen. Ein richtiges Prachtexemplar aus dem großen weiten Genpool. Schade, dass ich mich, was Männer betrifft, vorerst aufs berufliche Tätscheln beschränkt habe und das Enkelkinderkriegen bis auf Weiteres meiner älteren Schwester überlasse. Was dauern kann, denn sie hasst Kinder und liebt ihre Freiheit. Sorry, Mama und Papa.

»Vielen Dank«, hauche ich.

Ein kurzes Lachen rutscht ihm heraus, bevor sein Funkgerät knarzt. Ohne ein weiteres Wort wendet er sich ab und verschwindet in Richtung eines Streifenwagens, der unweit der Ampel parkt.

Was für ein seltsamer Zwischenfall.

Als ich endlich wieder auf dem Sattel sitze und weiterradle, zittern meine Knie, bestimmt der Schreck. Wie viele Unfälle wohl im Zusammenhang mit Polizeikontrollen passieren?

Irgendwann komme ich in der Rosenstraße an und parke das Fahrrad vor dem hübschen Café, das mir gleich an meinem ersten Tag aufgefallen ist. Und von dem ich gar nicht wusste, dass Helga oben drüberwohnt. Keuchend nehme ich die Stufen zu ihrer Wohnung, die scheinbar kein Ende nehmen, und schlage auf die Klingel. Helga öffnet im Blümchenbademantel und sieht irgendwie grün im Gesicht aus.

»Na, heute noch keinen Kaffee gehabt?«, scherze ich und bekomme ein Schnaufen als Antwort. Sie bittet mich nicht herein, würgt »Moment« heraus, schließt die Tür wieder und kommt wenige Augenblicke später mit einer Salbe gegen Neugeborenenakne zurück.

»Wenn du zu Ines fährst, gib ihr die und hilf ihr beim Anlegen. Ihr Baby ist trinkfaul, nicht, dass sich die Brustwarzen entzünden. Sonst ist am Ende wieder der Kotzbrocken schuld«, sagt sie, und ich nehme den kleinen Tiegel entgegen.

»Welcher Kotzbrocken?«, frage ich nach, doch Helga reagiert nicht. Stattdessen schließt sie die Augen und massiert sich die Schläfen.

»Geht's dir nicht gut?« Meine Kollegin sieht aus, als könnte sie selbst Hilfe vertragen.

»Übelkeit, hab wohl was Falsches gegessen«, vermutet sie, und ich trete einen Schritt zurück.

»Oder du hast das Norovirus. Das geht um, erst Judith und ihre Kinder und jetzt das Kindergartenkind von Simone, du weißt, die Drittgebärende aus der Lupinenstraße.« Ich mache ein vielsagendes Gesicht. »Nun kotzt sich auch da die ganze Familie die Seele aus dem Leib. Was blöd ist, wenn man nur ein Bad hat.«

»Ja, super, danke. Du hast mich ungemein aufgeheitert«, brummt Helga und hält sich die Hand vor den Mund.

Okay, Rückzug ist angesagt. »Gute Besserung, melde dich, wenn ich dir helfen kann«, flöte ich und bin schon wieder auf dem Weg nach unten.

Kurzerhand entscheide ich, mir einen Kakao im Café im Erdgeschoss zu gönnen, um mein endgültig erhitztes Gemüt zu besänftigen. Warum ist Helga derart kurz angebunden und lässt mich so gar nicht an sich heran? Wie sollen wir denn Freunde werden, wenn sie mich ständig auf Abstand hält?

Wer sagt, dass ich deine Freundin werden will?, hallt es mit ihrer Stimme durch meinen Kopf, und ich weiß, dass es heute unbedingt auch Sahne und Zucker sein müssen.

Die Türklingel des Cafés hört sich an wie Tinkerbell aus *Peter Pan*, und ich schlendere, den Blick auf die mit Kreide an eine Tafel geschriebenen Spezialitäten geheftet, hinein.

»Guten Morgen, Signorina«, werde ich von einem freundlichen Mann begrüßt. »Habe Sie schon gewählte?«

Die hübschen Tische aus dunkelbraunem Holz, auf denen kleine Kaffeepflanzen aus To-go-Bechern sprießen – was für eine süße Idee! –, sind beinahe voll besetzt, was für den Laden spricht. Überall wird geschwatzt und gelacht, und ich spüre einen Anflug von Sehnsucht nach fröhlicher Geselligkeit.

»Kakao mit extra Sahne und Zucker zum Mitnehmen, bitte.«

»Ah, eine Süße, eh«, kommentiert der Barista und lächelt, bevor er sich daranmacht, Milch zu schäumen und Schokolade zu rühren.

»Zucker versüßt die Bitterkeit in die Leben, sì?«

Er hat Grübchen beim Lächeln, was ich sehr sympathisch finde. Ob Helga sich hier auch ihren Kaffee genehmigt? Also, einen der zweihundert, die sie am Tag so trinkt. Wie sie das schafft, ohne zittrig zu werden, ist mir ein Rätsel. Oder entfaltet Koffein bei ausreichender Menge die gegenteilige Wirkung, was bloß noch niemand gemerkt hat, weil kein Mensch außer Helga so viel Kaffee trinkt?

»Da sagen Sie was Wahres«, antworte ich dem Barista, der mir einen dampfenden Becher zuschiebt und einen Deckel danebenlegt.

»Für später, wenn du haste die Gipfel genommen«, erklärt

er und deutet auf das Sahnegebirge, das sich weit über das Gefäß hinaustürmt.

»Wow«, hauche ich, nehme den Papierhalm zwischen die Lippen, der wie ein Gipfelkreuz aus dem Kunstwerk ragt, und probiere. Augenblicklich explodiert pures Glück in meinem Mund. »Wow!«

Der Barista strahlt, und ich verspreche ihm, bald wieder vorbeizuschauen, weil ich ohne diesen Kakao nicht mehr werde leben können. So viel steht fest.

Und weil ich später noch mal nach Helga sehen werde, da ich es nicht riskieren kann, dass sie vielleicht doch Hilfe braucht und nur nicht der Typ ist, der danach fragt.

*

Wenig später habe ich Ines versorgt und die Salbe abgegeben – ihr und dem süßen Flori geht es wunderbar, und von ihrem Ärger gegenüber Jan ist auch nichts mehr zu spüren.

Was eine Frau unter der Geburt sagt, gilt als niemals ausgesprochen, lautet eine alte Hebammenweisheit, mit der ich Ines' Mann endgültig über ihre ungnädigen Äußerungen während der Geburt hinwegtrösten konnte. »Du glaubst nicht, was wir, beziehungsweise die armen Papas, so alles zu hören kriegen«, erklärte ich Jan und beschloss, das zum Thema meiner nächsten Herrenrunde zu machen. Von den verbleibenden Terminen des Geburtsvorbereitungskurses soll nämlich mindestens einer noch einmal nach Geschlechtern getrennt stattfinden; das haben sich die werdenden Väter mehrheitlich so gewünscht, und Monika hat es abgesegnet. Yeah.

Nun düse ich zu meinem Termin mit Nelly, die sich den Männern gern anschließen würde, weil »das, was deine Kollegin da macht, mag vielleicht sinnvoll sein, kommt aber scheiße rüber«. Hm. Ja.

Trotzdem musste ich ihr die Idee ausreden, um den Männern ihre bäuchefreie Zeit zu gewährleisten, was Nelly unter der Bedingung akzeptierte, dass ich dann wenigstens zur Vorsorge allein käme.

»Ist mir recht«, lautete Helgas ausschweifende Antwort darauf.

Bei meinem letzten Besuch habe ich den Inhalt von Nellys Kühlschrank dezimiert, was der werdenden Mutter weniger behagte. Aber Rohkäse, Sushi und Mett sollten meiner Meinung nach nicht auf dem Speiseplan einer Schwangeren stehen, wegen möglicher Infektion mit Toxoplasmose oder Listeriose.

Als Nächstes musste ich Nelly deutlich machen, dass man während der Schwangerschaft zwar doppelt gesund essen sollte, aber nicht für zwei Personen. Denn das rächt sich schneller, als man dreimal »Kalorienbedarf« sagen kann. Kann ich auch ein Lied von singen. Obwohl ich nicht mal schwanger bin.

Daher gingen wir zusammen einkaufen und schwatzten über Beziehungen und die Tücken der heutigen digitalen Zeiten, in denen Erstere immer häufiger per SMS beendet werden. Nelly hatte eine besonders eigenartige Anekdote auf Lager.

Du bist mein Ein und Alles, mein blonder Engel, hatte ihr ein Da-noch-nicht-Ex getextet, und sie antwortete mit: *Sorry, hier ist nur die kleine Brünette*. Was zunächst zu Verwirrung führte. Dann kam: *Sorry, Babe. Ich wollte es dir schon lange sagen.*

Was genau? Dass ich meine Haare färben soll?

Nein, dass seit einer Woche Schluss ist.

Ach so?

Ich vertraute Nelly die Lightversion meines letzten Desasters an, und wir lachten beide so sehr, dass Nelly sich atemlos am Müsliregal festhalten musste und befürchtete, gleich einen Blasensprung zu bekommen. Oder sich in die Hose zu machen.

»Das passiert mir manchmal tatsächlich beinahe«, meinte sie. »Keiner sagt einem zu Beginn der Schwangerschaft: ›Pass auf, Mädchen, steck dir im dritten Trimester lieber ein paar Binden ein, sonst wird's schnell peinlich.‹«

»Stimmt, das ist ein guter Hinweis. Nehme ich auf.«

Nelly hakte sich bei mir ein, während wir durch die Gänge schlenderten und einen gesunden Warenkorb zusammenstellten mit Bananen, Mandeln und Seefisch für den Magnesiumgehalt und Tomaten, Mandarinen und Fenchel für Folsäure. Und bestimmt zehnmal ließ ich die Chipstüten verschwinden, die sich immer wieder in unseren Wagen verirrten.

Ich parke mein Rad im Hauseingang des Gebäudes aus den 1920er-Jahren und brauche nicht einmal zu klingeln, denn Nelly, die im Hinterhof in einem umgebauten Stall wohnt und einen eigenen Eingang hat, öffnet mir schon.

»Hallöchen, wie geht es uns Hübschen denn heute?«, zwitschere ich und nehme meine geliebte Tasche aus dem Korb. Nelly schmunzelt, faltet die beringten Hände vor ihrer Kugel, die in ihrem sommerlichen Kleid wunderschön zur Geltung kommt.

»Hallöchen, Sonnenschein! Es gibt einiges zu erzählen. Du wirst nicht erraten, was passiert ist«, beginnt sie, während ich ihr in die mit Holzdielen ausgelegte Wohnung folge.

»Du hast dich für eine Hausgeburt entschieden?«

»Pah, nein. Ich bin doch nicht irre.«

Im Wohnzimmer ziehen zwei Goldfische, Romeo und Julia, in einer Zinkwanne ihre Bahnen, Nellys fette Katze sitzt wie jedes Mal auf dem Schrank und glotzt mich aus gelben Augen an. Nelly hat hier ihr Lager bezogen, auf der ausgeklappten Couch, weil sie sich die schmale und sehr steile Treppe ins Schlafzimmer nicht mehr hochtraut. Eigentlich will sie umziehen, hat sie erzählt, aber sie liebt diese Wohnung. Sie ist zwar klein, dafür hell und mit eigener Terrasse zum Hinterhof und erstaunlich geräumiger Küche. Und obendrein unschlagbar günstig. Gäbe es ein Zimmer mehr, würde ich Nelly fragen, ob ich zu ihr ziehen dürfte …

»Na, dann raus mit der Sprache«, fordere ich sie auf, und sie setzt sich auf die zerknautschte Bettdecke. Ich ziehe mir den urigen Sessel heran und schaue sie erwartungsvoll an. Einen Moment kaut sie auf ihrer vollen Unterlippe, und ich überlege, ihr die Neuigkeit aus der Nase zu ziehen. Dann wirft sie sich mit Schwung in die Kissen, legt die Beine hoch und hebt das Kleid an, sodass ich wie gewohnt die Untersuchung machen kann.

»Marv hat sich gemeldet.« Ihr Blick hat etwas sehr Zwiegespaltenes. Sie guckt wie Lotta, wenn sie einen zauberhaft bunten Drink mit den Worten: *Und das Beste: Der ist alkoholfrei* in die Hand gedrückt bekommt.

»Das ist ja eine Überraschung«, gestehe ich und lasse mich zu einem vorsichtigen »Hurra« hinreißen, wenngleich ich nicht weiß, ob das angebracht ist. Denn Marv, mit vollem Namen Marvin Müller, hat alles andere als vorbildlich auf die ungeplante Schwangerschaft seiner Freundin reagiert. Nun, jeden kann ein Schock ereilen bei einer solch weitreichenden und lebensverändernden Neuigkeit, und dann macht man mitunter komische Sachen. Da kann man schon mal heulend wie ein Kleinkind auf dem Boden liegen und »Mein Leben ist vorbei!« jammern.

»Da sagst du was. Und obwohl ich ihm ja sagte, ich würde das mit meiner kleinen Mathilda ganz allein schaffen und dass ihm keinerlei Verpflichtungen drohen, stand er gestern vor der Tür.«

»Mit Blumen und einem Liebesgeständnis?«, hoffe ich, während ich sanft Nellys Bauch abtaste.

»Nicht so ganz, eher mit dem Vorhaben, es miteinander zu versuchen. Er will sein Bestes geben.«

Na, hoffentlich ist das Beste in diesem Fall gut genug. Denn so weit ich verstanden habe, ist Marv Dauerstudent und hat ein klitzekleines Drogenproblem.

Andererseits sind durch die Geburt eines Kindes schon ganz viele erwachsen geworden, und ich bin gern bereit, Nellys nun vielleicht Nicht-mehr-Ex eine Chance zu geben. Trotzdem frage ich: »Und wie geht es dir dabei?« Ich mustere ihr Gesicht.

Nellys Brauen kräuseln sich nachdenklich, und sie holt tief Luft. Eher weil die Kleine ihr in diesem Moment einen gehörigen Tritt gegen die Rippe verpasst, nicht wegen des Schwierigkeitsgrades meiner Frage, die zwischen uns in der Luft hängt.

»Oh, gib mir mal deine Hand«, fordere ich Nelly auf und lege ihre Finger neben meine. »Spürst du den Widerstand?«

Sie hält die Luft an, blickt staunend auf die rechte Seite ihrer Kugel.

»Das ist Mathildas Rücken«, erkläre ich und führe ihre Handfläche weiter nach unten. »Und das ihr Popo.«

»O mein Gott, wie könnt ihr das einfach so ertasten? Das ist Zauberei.«

»Sag das nicht so laut, im Mittelalter hat man Hebammen für weniger verbrannt«, weiß ich nur zu genau aus den Geschichtsbüchern. Mir läuft es jedes Mal eiskalt den Rücken hinunter, wenn ich daran denke.

Nelly kichert, und für ein paar Sekunden zeichnet sich deutlich eine Beule, vielleicht ein Fuß, an der Bauchdecke ab. Wie es scheint, fühlt Mathilda sich durch meine Tasterei in ihrer Ruhe gestört und reagiert dementsprechend energisch.

»Umpf«, macht Nelly.

»Was für ein Wirbelwind. Sie wird bestimmt die zweite Regina Halmich.« Eine ungeschlagene Weltmeisterin der WIBF, die unverschämte Jungs gewiss zusammenfaltet.

Ich lächle selig und schließe meine Routine ab, zupfe Nellys

Kleid zurecht und forsche anschließend in ihrem nachdenklichen Gesicht.

»Du weißt, was ich dir über Stress gesagt habe, ja?«, vergewissere ich mich. Bestenfalls soll sie mit jemandem reden, wenn ihr etwas zu schaffen macht. Nicht wie neulich, als die Angst vorm Alleinerziehen sich in ihr festfraß und einen Heulkrampf verursachte, der sogar die Goldfische in ihrer Zinkwanne irritierte. Einer war kurz davor, über den Wannenrand in den sicheren Tod zu springen. Die Katze hatte schon ein Lätzchen um und Besteck in den Pfoten.

»Ja, das kann sich negativ aufs Baby auswirken. Und sogar für spätere Angststörungen beim Kind sorgen«, leiert Nelly herunter, und ich stutze. Letzteres muss sie selbst recherchiert haben, denn ich bin ganz sicher, die Details weggelassen zu haben, um den Druck, der ohnehin auf der werdenden Mutter lastet, nicht zusätzlich zu erhöhen.

»Du musst dich auf deine Bedürfnisse konzentrieren, und dazu gehören Ruhe und Frieden. Jedes Problem kann gemeistert werden, das verspreche ich dir.« Oder gelöst, notfalls in Salzsäure. Ich bin skeptisch, was Marv angeht, und beschließe, dass ich ihn unbedingt selbst kennenlernen will. »Nelly, wenn du Marv eine reelle Chance geben und ihn wieder an deinem Leben teilhaben lassen willst, dann lad ihn doch ein, beim nächsten Termin dabei zu sein«, schlage ich vor und spüre, wie die fette Katze auf dem Schrank mich plötzlich anstarrt. Täusche ich mich oder hat das Tier nicht nur gegen mich etwas, sondern erst recht gegen Marv?

»Ja, kann ich machen. Ich frag ihn mal.« Nelly richtet sich auf, hält beschützend ihren Bauch und streichelt ihn versonnen.

»Madita?«, fragt sie mich dann und greift meine Hand. Ihre Finger sind kalt und etwas feucht.

»Ja?«

»Ich weiß nicht, was richtig ist.«

Ihr Geständnis könnte von jeder zweiten Frau stammen. Wir alle sind viel zu verunsichert und wissen nicht, wie man auf die innere Stimme hört.

»Das wirst du«, verspreche ich und lächle. »Wenn du dir selbst vertraust, ist alles möglich.« Memo an mich: Ich sollte mir das unbedingt selbst öfter mal sagen!

Eine Weile schweigen wir und genießen die Zeit, die ich mir nehme, auch wenn ich sie nicht bezahlt kriege. Die Krankenkassen haben komische Vorstellungen, was die Betreuung Schwangerer betrifft. Statt in Vorsorge, Zugewandtheit und Prophylaxe zu investieren, bezahlt unser System lieber die Kosten, wenn's schiefgegangen ist. Dabei sind ein gutes Gespräch und eine Tasse Tee viel kostengünstiger als Psychopharmaka, Kuren, Klinikaufenthalte. Schade, dass es keine Prämien gibt für Ärzte, deren Patienten weniger krank sind.

Ich stehe ja voll auf traditionelle Heilkunst, mein neuester Hit: die Klangschalentherapie.

Ich lege die Schale, die ich gebraucht im Internet erstanden habe, in Nellys Hand und spiele sie an. Es dauert nicht lange, und die Klänge und Schwingungen sorgen dafür, dass meine Lieblingsschwangere die Augen schließt und die Stimmung auf sich wirken lässt. Ihr Gesicht ist entspannt und die kleine Falte zwischen ihren Augenbrauen glättet sich.

Zwanzig Minuten später plaudern wir noch über Dehnungsstreifen und geplante Kaiserschnitte, wobei ich das Gefühl habe, dass sie innerlich immer mehr Abstand zu dieser Möglichkeit nimmt, was mich natürlich freut. Als ich sie zum Abschied fest umarme, hält sie inne und flüstert: »Danke, dass es dich gibt.«

Nur eine Handvoll Worte, die mich aber tief bewegen und innerlich zum Schwingen bringen wie die Schale in Nellys Hand.

Herzschlag

Helga

Irgendetwas Diffuses geschieht mir, und ich kann es nicht erfassen, weil mir ein Ton ins Ohr scheppert, der nicht hier hingehört. Das blecherne Husten einer Ballhupe aus Messing, die meinem Urgroßvater gehörte, der sie Gretus schenkte, als die beschloss, Hebamme zu werden.

»Damit du überall durchkommst, Mädchen«, soll er gesagt haben. Mit den gleichen Worten überreichte Oma Grete mir die Hupe, als ich sie besuchte, um ihr bei Apfelkuchen und Kaffee mein Abschlusszeugnis zu zeigen.

»Nun bist du dran, kleine Helga«, bellte sie mit ihrer Männerstimme, die angenehm in mir kratzte. »Steh den Müttern zur Seite und hilf den Unschuldigen auf die Welt.« Zwischen der Kaffeekanne und den Kuchentellern hindurch schob sie mir einen Pappkarton über den Tisch, und als ich ihn öffnete, lag darin, eingeschlagen in eine bestickte Stoffserviette, das antike Stück, das ich so oft in den Händen gehalten hatte, wenn ich mit ihr im Auto fuhr, die ich aber nie öfter als zweimal hintereinander drücken durfte, weil es so laut war. »Damit du überall durchkommst.«

Ich weiß noch, wie meine Finger das Metall umschlossen und ich es anstaunte wie das erste Kind, das ich entbunden habe. Die Hupe bekam einen Ehrenplatz in meinem ersten Auto und liegt bis heute in der Einbuchtung der Fahrertür, noch immer eingeschlagen in die bestickte Stoffserviette. Zu irgendeinem Geburtstag nahm Hans das Geräusch auf, das sie macht, wenn man den Ballon drückt, und schenkte mir die Audiodatei, damit ich sie als Signalton für eingehende Nachrichten auf dem Handy verwenden kann.

Ich schrecke hoch. Auf meiner Wange spüre ich den Abdruck des Sofakissens, das seinerseits einen feuchten Fleck zeigt, wo ich eben noch mit anscheinend offenem Mund gelegen habe. Die Wolldecke ist von meinem Körper gerutscht und liegt als Haufen auf dem Boden, ich bin verschwitzt. Vor dem Fenster ist es dunkel. Im Juni geht die Sonne gegen halb zehn unter, kurz vor fünf wieder auf, es muss also irgendwas dazwischen sein. Wann habe ich das letzte Mal so tief geschlafen?

Gretus' Hupe trötet erneut, und dieses Mal höre ich auch das Vibrieren des Handys auf der Tischplatte. Ich richte mich auf und greife nach dem Gerät. Bei keiner meiner Frauen steht die Geburt an – Monika hat recht, es sind wenige in letzter Zeit –, die nächste ist in Woche dreißig und hat noch ein bisschen Zeit.

»Wenn's dringend wäre, würden die anrufen«, sage ich zu mir selbst, aber es ist bloß eine Nachricht, also schwebt auch kein bereits geborenes Baby in Gefahr.

Ephraim Janus ist da! Unser kleiner Wonneproppen kam um 21:30 Uhr auf die Welt, ist 54 Zentimeter lang und wiegt 3800 Gramm. Freudige Grüße Fe & Yannik

Ich erinnere mich an die beiden, sie waren im vorletzten Geburtsvorbereitungskurs, für ein Akademikerpärchen mit knapp dreißig recht jung.

»Wir sind nicht unbedingt geplant schwanger, aber absolut gewollt«, hatten sie sich der Runde vorgestellt und alle zehn Termine händchenhaltend zugebracht. »Wir wollen im Krankenhaus entbinden, weil man da ein paar Tage bleiben kann und nicht sofort allein zu Hause klarkommen muss.« Aus dem Geschlecht ihres Kindes hatten sie ein Geheimnis gemacht, obwohl sie seit dem zweiten Ultraschall davon wussten; so viel verrieten sie. »Wir wollen vermeiden, dass uns alle reinquatschen oder schon vorher blaue oder rosa Klamotten schenken.«

Tja, das tun die Angehörigen dann wohl jetzt. Ephraim Janus? Biblischer Stammvater eines Volkes Israels und römischer Gott des Anfangs und des Endes? Da sollte es statt des Babymützchens vielleicht eher eine Schamkappe werden … Obwohl Fe und Yannik, die beide Betriebswirtschaft studieren, sicherlich keine Ahnung von ihrem kulturellen Dünnpfiff haben und bei der Namensgebung vermutlich eher Pippi Langstrumpfs Vater im Sinn hatten. Was die Sache nicht besser macht.

Die zweite Nachricht zeigt einen rundgesichtigen Neugeborenen mit erstaunlich großen Augen, deren Blick mich durchbohrt. Er liegt auf einer bunten Decke, gekleidet in einen geringelten Langarmbody und einen beigefarbenen Strampler mit roten Kraken darauf. Auf seinem Kopf sprießt ein Büschel heller Haare.

»Hallo, Janus«, sage ich und ziehe das Bild mit den Fingern größer, um sein Gesicht zu betrachten. »Na, du bist ein Aufgeweckter, das sieht man sofort.« Die wenigsten Babys blicken wenige Stunden nach der Geburt bereits so aufmerksam in ihre Umgebung. »Sieh zu, dass du deine Eltern gut erziehst; die haben viele gute Vorsätze, von denen sie den ersten innerhalb der nächsten 48 Stunden über Bord werfen werden.«

»Also, ich übe natürlich weiterhin regelmäßig Klavier, wenn das Baby da ist. Erstens soll es mitkriegen, dass seine Mama Musikerin ist, und zweitens wird es ja nicht in eine stille Welt geboren. Daran muss es sich gewöhnen.« Die Schwangere, die das sagte, ist, soweit ich weiß, bis heute nicht an ihr Instrument zurückgekehrt, und das Telefon zu Hause hat sie noch am Tag ihrer Heimkehr aus dem Krankenhaus ausgesteckt. Die kleine Samantha stellte sich nämlich als unzufrieden mit der Welt heraus, was sie mit einer Menge Dezibel zum Ausdruck brachte, stundenlang. Wenn sie irgendwann vor Erschöpfung endlich einschlief, kippte die Mutter daneben und blieb liegen, wo sie war und solange sie konnte. Nach vier Tagen zerplatzte der nächste Vorsatz und Samantha bekam einen Schnuller. Den sie nicht nehmen wollte und weiterschrie; die berühmten drei Monate lang. Mittlerweile ist sie anderthalb Jahre alt; vor einer Weile habe ich sie und ihre Mutter im Park gesehen. Samantha, gerade dem Taumelmännchenalter entwachsen, klammerte sich an den Buggy und – brüllte.

Ich stemme mich von der Couch und gehe in die Küche hinüber. Inzwischen ist sie eingerichtet, und ich trete an das Regal heran, auf dem mein Kaffee lagert, das Hans-Regal. Seit sieben Wochen hängt es hier, seit sieben Wochen habe ich nichts von Hans gehört. Wir sind keine Nachrichtenschreiber, beide nicht, und offensichtlich gab es für keinen von uns einen Grund anzurufen. Hans wird beschäftigt sein mit seiner Verpackungslegierung für Berger und vermutlich nächtelang tüfteln und probieren und sich mit Karsten austauschen, seinem Best-Buddy-Kollegen. In solchen arbeitsintensiven Zeiten sind die beiden wie zwei kleine Schuljungen, die mit ihrem Chemiebaukasten ein Feuerwerk für die Mülltonne des Nachbarn austüfteln. Leuchtende Augen, glühende Ohren, im Gesicht das Grinsen diebischer Vorfreude.

Schwarze Verheißung, Best Boy's Darling, Sweetie, Donnergrollen, Eulenschatz. Während ich meine Kaffeebohnen durchgehe und überlege, welche jetzt die richtige wäre, frage ich mich, wie Hans wohl inzwischen seinen Kaffee trinkt. Die beiden Kocher, die man einfach auf den Herd stellt, habe ich mitgenommen, ebenso die French Press. Eine Maschine hatten wir nie. Obwohl er mit der Zeit gelernt hat, die Unterschiede meiner Sorten zu schmecken, und tatsächlich Vorlieben entwickelte, trinkt Hans in der Firma die schnöde Filterplörre für alle, deren Aroma dem von Regenwasser gleicht. Den Mini-Espressokocher, den ich Hans geschenkt habe, hat er nie benutzt. Bis zu meinem Umzug stand das Gerät originalverpackt auf der Fensterbank in seinem Heimbüro. Ob er ihn jetzt aus dem Karton geholt hat, weil es keine Alternative mehr gibt?

Ich entscheide mich für *Eulenschatz*, eine koffeinfreie Variante, die ich ursprünglich Hans zuliebe gekauft habe, für den abendlichen Kaffeegenuss. Inzwischen habe ich mir selbst einen Beutel bestellt in der Hoffnung, dass sich mein Magen dadurch beruhigt. Seit Tagen ist mir übel; nicht nur einmal musste ich mich nach meinem Morgenkaffee übergeben, was mich frustriert, weil er einfach zu schade ist für den direkten Weg ins Klo. Es ist meine erste Magen-Darm-Grippe, sodass ich keine Ahnung habe, wie lange so etwas dauert, aber allmählich müsste sie doch mal abklingen.

Monika glaubt eh nicht an das Norovirus. »Das hätte gar keine Chance in deinem kaffeesäurehaltigen Organismus«, meinte sie, als ich mich für ein paar Tage krankmeldete. »Ich nehme an, du bist einfach überreizt. Gönn dir ein paar Tage Ruhe, wirst sehen, das hilft.«

Ich öffne die Tüte, schütte Bohnen in die Mühle und beginne zu kurbeln. Sofort steigt mir der Duft entgegen, der meine Nasenflügel bläht und mich tiefer atmen lässt. Ja, wie immer hat Monika recht, die Tage zu Hause haben mir gutgetan, auch wenn ich mich trotz vieler Stunden Schlaf noch immer müde fühle.

Als ich eine Viertelstunde später mit meinem *Eulenschatz,* der aus dem Becher dampft und mit einer Prise Zimt behaucht ist, ins Wohnzimmer zurückkehre, brennt im Fenster gegenüber Licht. Ich werfe einen Blick aufs Handy, Viertel nach zwei. Meine eigene Beleuchtung lasse ich ausgeschaltet, während ich mich aufs Sofa setze, mit einer Hand nach der Wolldecke angle und sie über meine Beine lege. Im nächsten Moment erscheint der Nachbar an seinem Schreibtisch, setzt sich aber nicht, sondern bleibt stehen und starrt auf etwas hinab, das ich nicht sehen kann. In den Händen hält er einen Becher, den er mit seinen Fingern umklammert, als friere er. Dabei ist es mild draußen.

Ich betrachte den Mann und überlege, ob er wohl ebenfalls Kaffee trinkt oder was sich sonst in seinem Gefäß befindet. Er ist ein Stück größer als Hans, schätze ich, hat hellbraune Haare, seine Schultern könnten die eines Schwimmers sein. Er trägt einen dunkelblauen Pullover, der eng anliegt, aber trotzdem gemütlich aussieht. Eine ganze Weile lang steht er einfach nur da und stiert auf seinen Tisch. Als er irgendwann seinen Becher hebt und einen Schluck trinkt, versuche ich, an der Art und Weise seiner Bewegung zu erkennen, ob es etwas Heißes ist, das er zu sich nimmt, oder etwas Kaltes. Heiß vermute ich, denn er trinkt langsam.

Ich zucke zusammen, weil er seine Tasse abrupt abstellt und sich mit den Händen durchs Haar fährt, bevor er sich auf seinen Stuhl fallen lässt. Erst sitzt er nach hinten gelehnt, dann beugt er sich vor und stützt den Kopf in die Hände. Wieder verharrt er minutenlang in derselben Position, ehe er schließlich aufblickt und zu mir herüberstarrt. Als wüsste er, dass ich hier im Dunkeln sitze und ihn beobachte.

*

Monika schleppt zwei Gartenstühle an, weiß, schwer, verschnörkeltes Metall, das mir in den Rücken drückt, weshalb ich mich für einen Sitzplatz auf der Bank entscheide, die immer gut genug war für das *Storchennest*. Bis heute anscheinend. Denn neben den neuen Sitzmöbeln in Antik-Optik, die sich potenziell Sitzenden mit schlanken Beinen entgegenwinden, sieht unsere alte gelbe Gartenbank plump und wuchtig aus, wie ein Marshmallowmännchen neben einer Möhre. Passend zu den Stühlen ist ein Tisch aufgetaucht, unter dessen Glasplatte ebenfalls Metallgeschnörkel wuchert; die Krone auf vier ineinandergedrehten Streben, die sich nach unten hin trennen und in vier schmalen Füßen auslaufen. Das Tischchen wackelt auf dem unebenen Rasen, trotzdem bemüht es sich, einen Brotkorb mit Körnerbrötchen und Croissants, Marmelade, Käse, einen Teller Obst, eine Kanne Kaffee und Geschirr zu balancieren.

Monika hat uns zum Frühstück eingeladen beziehungsweise zur Teambesprechung, »aber man kann ja das Schöne mit dem Angenehmen verbinden«, wie sie sagte. Ich hätte es wohl anders formuliert.

»Wo kommen denn die Möbel her?«, frage ich, während sie sich setzt und ich reihum Kaffee einschenke. Monika hat ihn gekocht, mit meiner Kanne und den Bohnen, die ich für das *Storchennest* kaufe. Der Beutel mit der Criollonote ist längst leer, zurzeit lagert ein reiner Arabica heller Trommelröstung im Storchennestküchenschrank, bei dem die Crema gut gelingt, selbst wenn man weniger Erfahrung in der Zubereitung hat.

Monika nimmt es damit nicht so genau und trinkt oft einfach einen Kräutertee. Umso mehr rechne ich es ihr an, dass sie heute Morgen ihr Bestes gegeben hat, um mir bei meiner Ankunft einen fertig und vor allem adäquat zubereiteten Kaffee zu servieren. Kaffee braucht Zeit und ist nichts, das sich nebenher erledigen lässt, auch wenn der Großteil der Bevölkerung das anders handhabt. Nach Erdöl sind Kaffeebohnen die wichtigste Handelsware der Welt; der Pro-Kopf-Konsum in Deutschland beträgt jährlich etwa 162 Liter. Ich bin mir sicher, dass die Welt ein besserer Ort wäre, wenn all diese Tassen nicht getrunken, sondern genossen würden.

»Die hat Madita besorgt«, antwortet mir Monika, während sie ihren Kaffee mit kalter Kuhmilch tötet. »Die für unser Geburtszimmer übrigens auch. Über ebay-Kleinanzeigen, glaube ich. Sie scheint dafür echt ein Händchen zu haben – es hat nämlich nichts gekostet, sondern war irgendeine Tauschaktion, oder so. Wenn ich es richtig verstanden habe, hat sie einmal groß gekocht und dafür bei der Lagerauflösung eines Theaterfundus ordentlich abgeräumt.« Monika zuckt mit den Schultern, greift nach einem Croissant und streicht Marmelade auf eines der Enden. »Frag sie am besten selbst.«

Den Teufel werde ich tun. Ich lehne mich zurück, schließe die Augen und genieße die Morgensonne auf meinem Gesicht. Nach dem tiefen Schlaf letzte Nacht und dem *Eulenschatz* geht es mir besser.

»Sie ist 'ne Wucht. Madita, meine ich.«

»Sie ist zu spät«, sage ich, weil es der Wahrheit entspricht. Wir waren um neun Uhr verabredet, jetzt ist es Viertel nach.

»Was hast du eigentlich gegen sie?«

»Nichts, wieso?« Ich brauche die Augen nicht zu öffnen, um Monikas Blick auf mir zu spüren. Ich weiß, dass sie mich durchbohrt, den Kopf leicht gesenkt, von unten nach oben schauend, als trüge sie ihre halbe Brille, die im Büro auf ihrem Schreibtisch liegt. Ich seufze. »Lass sie einfach deinen Part übernehmen, und ich bin zufrieden.«

»Ich möchte aber, dass ihr noch eine Weile zusammenarbeitet. Sie profitiert von deiner Erfahrung.«

»Schön wär's«, erwidere ich und öffne die Augen. Meine Stirn runzelt sich, ich greife nach einem Brötchen und stoße mein Messer hinein. »Bei allem, was ich tue, weiß sie, wie man es toller machen kann, und ständig muss ich mir anhören, wie man laut ihrer Schwester in Honululu Wehen wegtanzt, in Shanghai vorzeitige Blasensprünge begongt oder am Nordpol das Neugeborene mit Lebertran einpinselt, damit es im Schein der Nordlichter hübsch glänzt.« Das Messer bleibt im Brötchen stecken, ich ziehe es heraus und reiße die Backware auseinander.

»Lotta«, stellt Monika fest.

»Lotta«, bestätige ich. »Bezahlst du die eigentlich für ihre Beratertätigkeit?«

Monika lacht. »Ach komm, ich finde das süß und würde Maditas Schwester gern kennenlernen.«

»Ich nicht.«

»Das ist mir klar. Trotzdem kannst du dich doch ein bisschen für Maditas Sonnenschein öffnen, oder?«

»Wenn sie sich umdreht, vielleicht«, murmle ich. »Der scheint die Sonne ja geradezu aus dem Hintern.« Mein Brötchen bekommt zwei Scheiben Gouda, und in Richtung meines Magens denke ich: *Friss oder stirb.*

»Ich meine es ernst, Helga.« Monikas plötzlich harscher Tonfall lässt mich aufblicken. »Maditas fröhliches Gemüt ist, was uns beiden gefehlt hat in letzter Zeit. Ich bin einfach durch und kann nicht mehr, und vielleicht solltest du auch mal nachhorchen, was da so fürchterlich querliegt.«

»Bei mir liegt nichts quer. Ich bin, wie ich bin, und war schon immer so.« Ich beiße ab und schmecke eine Menge Käse.

»Nein, warst du nicht. Ich meine, doch, ja, warst du, aber es ist schlimmer geworden. Mit Sarkasmus kann ich leben, Helga, auch mit Brummeligkeit oder sprödem Auftreten. Ich möchte aber nicht, dass du unsere Kundinnen permanent vor den Kopf stößt. Wo ist deine Empathie geblieben, verflucht noch mal?«

Ich lege mein Brötchen zurück auf den Teller. Schlecht ist

mir heute Morgen ausnahmsweise mal nicht, dafür der Appetit vergangen.

»Willst du darüber reden?«

»Worüber?«

»Über Hans.«

»Was? Wieso über Hans? Was hat Hans mit meiner Empathie zu tun?«

Bevor Monika etwas erwidern kann, platzt ein Wirbelsturm in unseren Garten. Die Neue schwirrt heran, in eins ihrer tausend Sommerkleider gewandet, heute in pastelligen Türkistönen, was schrill aussieht unter ihren rosa Haaren. Wie eigentlich alles, das sie trägt.

»Sorry zusammen, ich hatte ’nen Platten und musste erst die Luftpumpe suchen, von der sich dann rausstellte, dass es sie gar nicht gibt – haha.« Kichernd wirft sie sich auf den freien Stuhl neben Monika. »Wow, das sieht ja super aus bei euch, das nenn ich mal eine Teambesprechung!« Strahlend langt sie ein Croissant aus dem Brotkorb, schneidet einen Schlitz hinein und verteilt erst eine dicke Schicht Butter, dann drei volle Löffel Marmelade darin. Vielleicht wird mir heute Morgen doch noch schlecht. »Von meinen Mitbewohnern hat nämlich keiner ein Fahrrad, und das von Niklas, also das, das jetzt meins ist, gehörte ursprünglich seiner Ex, weshalb er keine Pumpe dafür besitzt. Egal, ich geh nachher eine kaufen. Jedenfalls«, die Neue beißt in ihr Croissant, wobei Marmelade auf ihren Teller tropft, »na, jedenfalls bin ich also zu Fuß gekommen und das hat natürlich länger gedauert.«

»Hauptsache, du bist da!« Monika betrachtet die Neue mit jenem Blick, der üblicherweise Müttern für ihre größer werdenden Sprösslinge vorbehalten ist. Eine Mischung aus Zuneigung, Stolz und Wehmut. Monikas Sohn ist siebenundzwanzig und lebt in Frankreich. Kinder hat er noch nicht.

»Habt ihr schon was besprochen?«, erkundigt sich die

Neue, bevor sie den letzten Bissen Croissant mit einem großen Schluck Kaffee runterspült, in den sie unglaubliche drei Löffel Zucker gerührt hat.

Ich schiebe meinen Teller beiseite, auf dem mein angebissenes Käsebrötchen schmollt, und beschließe, mich auf meinen Kaffee zu beschränken, der ehrlich und authentisch ist. Schwarz.

Die Neue bemerkt meine Bewegung. »Geht es dir immer noch nicht besser?«

»Doch. Und ich arbeite auch wieder.«

»Oh supi. Hast du den Tee probiert, den ich vor deine Tür gelegt habe?«

Richtig, sie hatte ja noch mal bei mir geklingelt an jenem Tag, an dem ich mich so zerschlagen fühlte, dass mir nichts anderes übrig blieb, als die Neue zu bitten, den Termin bei Ines zu übernehmen. Ich ignorierte sowohl das Läuten als auch die »Helga? Helga, alles gut bei dir?«-Rufe vor meiner Wohnungstür, bis die Neue endlich aufgab und verschwand.

Später, als ich mir die Beine vertreten wollte, fand ich eine Tüte Gänsefingerkrauttee auf meiner Fußmatte und musste die Liste jener Dinge, die ich der Neuen nicht zugetraut hätte, um einen Punkt erweitern. Andererseits – heutzutage kann ja jeder nach Heilkräutern googeln. »Ich trinke keinen Tee.«

Die Neue hält mitten in der Bewegung inne. »Nie?«

»Nie.«

»Aber in den Kursen erzählst du doch immer von den positiven und vielfältigen Wirkungen – die nutzt du nie für dich selbst?«

»Ich bin ja nicht schwanger.«

Die Neue setzt zu einer Erwiderung an, doch Monika unterbricht sie. »Lasst uns mal anfangen mit unserer Teambesprechung, sonst sitzen wir heute Mittag noch hier. Zuerst möchte ich herzlich gratulieren.«

Ein Blick ins Gesicht der Neuen verrät mir, dass sie genauso wenig weiß wie ich, worauf Monika anspielt. Ein Blick ins Gesicht unserer Leiterin verrät mir, dass sie diesen Umstand genießt wie ein Zauberer die angespannte Erwartung seines Publikums, kurz bevor er ein Kaninchen oder heutzutage wohl eher ein Einhornfohlen aus dem Hut zieht.

»Zwölfmal fünf Sterne für das *Storchennest* innerhalb der letzten sechs Wochen!« Monika beugt sich zu ihrer Tasche hinab, die neben ihrem Stuhl im Gras liegt, fischt ein Blatt Papier heraus und hält es hoch. Ein Ausdruck der neusten Google-Rezensionen. Bevor ich Details erkennen kann, lässt Monika das Blatt schon wieder sinken, doch ich muss die einzelnen Kommentare gar nicht lesen, um zu wissen, was drinsteht. Die zwölf Sterne, die meiner langjährigen Partnerin so wichtig sind, dass sie mitten in der Woche ein Sonntagsfrühstück spendiert, stammen vermutlich alle vom aktuellen Geburtsvorbereitungskurs; die Teilnehmenden sind viel engagierter dabei, seit die Neue nach der Hälfte der Zeit regelmäßig mit den Männern von dannen zieht. Man könnte meinen, schwangeren Frauen seien ihre Männer lästig. Und umgekehrt.

»Auf meine beiden Storchenherzen«, Monika hebt ihre Tasse und prostet uns zu, »die mein gutes altes Nest mit ihrem Herzschlag wärmen!«

*

Später steigen wir in mein Auto, um gemeinsam die heutigen Termine abzufahren. Obwohl die Neue bereits einige Frauen allein betreut, was vermutlich weitere Glitzerpunkte aufblinken lässt, wünscht sich Monika, dass sie mich weiterhin begleitet, zumindest noch ein paar Wochen lang, bis sie sich auf alles vorbereitet fühlt.

»Als ob man das je sein könnte«, murmelte ich, was Monika natürlich ignorierte.

Wie üblich fahre ich. Denn mal abgesehen davon, dass die Neue heute zu Fuß unterwegs ist, habe ich den Fehler, zu ihr ins Auto zu steigen, bereits einmal gemacht und es bitter bereut. Schließlich möchte ich Leben auf die Welt bringen und mich nicht selbst unter die Erde.

Seit unserem Besprechungsfrühstück ist sie schweigsam, was eine angenehme Abwechslung ist. Sicher wäre es nett, sie zu fragen, ob sie etwas beschäftigt, aber ich habe keine Lust auf ein »Nein, *alles* gut«, und so lasse ich es bleiben und beschränke mich auf nettes Schweigen.

Als ich den Motor starten will, klingelt mein Handy. *Chrissie, EG / SN* verrät mein Display. Es ist die Frau, zu der wir uns eben aufmachen, um sie näher kennenzulernen. Eine Erstgebärende, die ihr Kind in den Räumlichkeiten des *Storchennestes* zur Welt bringen möchte, wie mich meine vergebenen Kürzel erinnern. Ein Trick, den ich von Monika übernommen habe, nachdem sie mich in dieses Geheimnis unfehlbarer Hebammengedächtnisse einweihte, quasi als Belohnung für die bestandene Feuerprobe unserer ersten gemeinsam betreuten Hausgeburt. Ein Ereignis, nicht ganz zwischenfallfrei. Der Muttermund unserer Gebärenden war acht Zentimeter geöffnet, als der Schwiegervater vom Gassigehen mit dem Wauwau heimkam und ins Zimmer platzte, weil der tüdelige alte Herr vergessen hatte, dass er das Tier ausnahmsweise mit zu sich nach Hause hätte nehmen sollen, denn immerhin stand hier gerade anderes an als Fresschen und Kraulen. Prinz Charles, wie der bemitleidenswerte Labrador hieß, kriegte sich kaum ein vor Freude, als er Frauchen mitten am Tag im Bett vorfand, und war nicht davon abzubringen, diesen Umstand mit angemessenem Gekuschel zu feiern. Jede Lautäußerung der Gebärenden begleitete der treue Gefährte mit begeistertem

Kläffen, bis dann auch noch der Nachbar vor der Tür stand und fragte, ob er helfen könne.

»Ja, können Sie, holen Sie her, was Sie an Wurst im Kühlschrank haben, und bringen Sie Sekt oder Bier mit«, trug Monika dem Mann auf und schob ihn zurück in den Flur. Der Verdutzte tat wie geheißen und kehrte kurz darauf schwer beladen zurück, was Schwiegervater und Hund dazu veranlasste, sich gemeinsam mit dem Nachbarn in die Küche zu verziehen. Soweit ich weiß, entstand damals eine Freundschaft fürs Leben.

»Dein Telefon klingelt«, lässt mich die Neue wissen.

»Ach was. – Ja?«

Schweigen am anderen Ende der Leitung.

»Chrissie?«, frage ich. »Hier ist Helga, die Hebamme. Wir haben gleich einen Termin.« Den du hoffentlich nicht vergessen hast. Es gelingt mir, das lediglich zu denken, wofür ich mir selbst einen Google-Stern verleihe.

»Ja«, flüstert es in mein Ohr auf eine Weise, die meinen Kopf sofort leert. »Ich weiß. Aber ihr braucht nicht zu kommen.«

Zwei Atemzüge verstreichen, aus dem Augenwinkel registriere ich, dass die Neue mich anstarrt.

»Ist dir etwas dazwischengekommen?«, frage ich und merke, wie sich die freie Hand in meinem Schoß zur Faust ballt. Ein Laut zwischen Auflachen und Stöhnen gibt meiner Vorahnung recht. Ich schließe die Augen und warte auf das Unvermeidliche.

»Ich hab das Kind verloren!« Chrissies Worte knüppeln sich in meinen Gehörgang, und ich presse das Handy enger ans Ohr. Neben mir schlägt die Neue die Hände vor den Mund; eine Geste, von der ich dachte, dass sie nur in Filmen vorkommt.

Ich lasse Chrissie eine Weile heulen und schluchzen, bis

sie irgendwann ins Schniefen übergeht. »Es ist ein Teilabort. Das heißt, die müssen mich ausschaben.« Chrissie weint von Neuem. »Du sagst jetzt bestimmt, dass das ganz normal ist. Dass tausende Frauen ihre Babys verlieren. Dass jede zweite Einnistung gar nicht erst zu einer richtigen Schwangerschaft führt. Und dass … dass … dass das sowieso noch kein richtiges Kind war, weil ich erst in der elften Woche bin.« Chrissies Schluchzen ist so heiser, dass mein eigener Hals zu brennen beginnt.

»Nein«, sage ich über das Stechen hinweg. »Denn das ist Statistik und wenig hilfreich.« Doppeltes Stutzen streift mich. Aus dem Handy heraus und vom Beifahrersitz. Ich fahre fort: »Es stimmt, dass zwanzig Prozent aller Schwangerschaften vor der zwölften Woche wieder vergehen. Das sagt jedoch nichts darüber aus, wie es sich anfühlt, oder?« Eine Erinnerung kratzt an der Tür meines Hirns, eine Empfindung zupft an meinem Magen. Beides soll gefälligst draußen bleiben, ich habe zu tun. Ich wechsle die Hand, die das Handy hält, schiebe das Gerät an mein linkes Ohr. »Ich verrate dir was, Chrissie. Einhundert Prozent aller Menschen stirbt irgendwann, und trotzdem tröstet diese Tatsache niemanden, wenn ein geliebtes Wesen verschwindet. Wenn du heulen möchtest, dann heule. Wenn du schreien musst, dann brülle aus dem Fenster oder in der Fußgängerzone. Und wenn dir laute Musik hilft, dann dröhne dir und der Nachbarschaft die Ohren weg.«

Chrissie sagt nichts. Die Neue hat sich die Faust in den Mund geschoben und beißt auf ihre Fingerknöchel, was schmerzhaft aussieht. Tränen glitzern in ihren Augen. Ich wende mich ab.

»Wichtig ist, dass du dir nicht die Schuld gibst.« So oft habe ich diese Sätze gesagt, und noch immer quälen sie sich über meine Lippen. Weil freie Hebammen rar sind, zumal in einer Kleinstadt wie unserer, melden sich die Frauen immer früher bei uns an. Eine kam sogar mal auf dem Weg von der Drogerie nach Hause in unser Büro, winkte mit ihrem Schwangerschaftstest und fragte, ob sie einen Termin ausmachen könne. Während meiner fünfzehn Jahre im *Storchennest* haben zehn meiner Frauen im ersten Trimester ihr Kind verloren. Alle in den letzten fünf Jahren. Chrissie ist die elfte.

»Möchtest du, dass wir vorbeikommen?«, frage ich.

»Krieg ich das denn bezahlt?« Chrissie zieht die Nase hoch. Ich höre das Rascheln eines Papiertaschentuchs. »Von der Kasse, meine ich? Durch meine Ärztin wissen die doch, dass ich keine Hebamme mehr brauche.« Chrissies Stimme zittert, und ich ahne, dass sie friert, obwohl ihre Wangen glühen. Ihr Körper weiß nicht, was er dem Brecheisen der Trauer entgegensetzen soll, das die Freude, die Chrissies Gesicht für ein paar Wochen zum Leuchten brachte, zu scharfkantigen Splittern zerschlägt.

»Auch eine Fehlgeburt ist eine Geburt«, erkläre ich. »Das akzeptiert sogar die Krankenkasse, sodass wir dich vor und nach deiner Ausschabung im üblichen Umfang betreuen dürfen.« Ich reibe mir die Stirn. »Unabhängig davon lassen wir niemanden allein.«

Es dauert einen Moment, bis Chrissie erneut aufschluchzt. Diesmal aus Dankbarkeit, schätze ich. Sie war eine glückliche Schwangere, das ist nicht jede. Nun ist sie eine Frau, die eine Fehlgeburt erlitten hat und in den nächsten Tagen, vielleicht Wochen, Mitleid und Verständnis von den Menschen in ihrer Umgebung erfahren wird. Bis der Tag kommt, an dem die Mienen umschwenken von Du-Arme in ein Ach-komm-schon und Stell-dich-nicht-so-an. Kannst es doch noch mal probieren. Ersetze A durch B.

Mein Kieferknochen knackt, als meine Zähne aufeinanderknirschen. Meine Kaumuskeln schmerzen. Vielleicht sollte ich meinen eigenen Rat befolgen, das Fenster herunterkurbeln und hinausbrüllen. Meiner Wut über das Unverständnis Raum geben und die Dreistigkeit, mit der manche Menschen festlegen, wie viele Wochen ein Wesen im Körper einer Frau herangewachsen sein muss, bis sie sich das Recht erwirbt, von seinem Verlust genauso ertränkt zu werden wie von jenem eines geborenen Kindes, Ehepartners, Herzensfreundes. Wie viele Tage muss das Herz eines Menschen geschlagen haben, bis er geliebt werden darf?

Das Herz eines Embryos pocht ab dem 22. Tag nach der Empfängnis. Das Mutterherz schlägt von der Sekunde der Gewissheit an.

Herzbeben

Madita

Was für eine Nacht! Ich bin immer noch total fertig von den Ereignissen, die mich gestern wie eine Schlammlawine überrollten und bis fünf Uhr morgens verschütteten. Lange habe ich über dem Bericht für die Krankenkasse gebrütet und versucht zu rekapitulieren, was eigentlich geschehen ist, bis ich schließlich über dem Papierkram eingeschlafen bin.

Nun stehe ich mit verquollenen Augen in der Wohnungstür des frischgebackenen Elternpaars Mareike und Oliver, das ich von Monika übernommen habe, und möchte eigentlich gute Laune versprühen. Wenn es doch bloß einfacher wäre, von schrecklich auf wunderbar umzuswitchen.

»Schön, dass du da bist«, begrüßt mich Mareike im Jogingschlabberlook, Baby Julius auf dem Arm, und ich setze mein gewohnt freundliches Lächeln auf. Was mir allerdings nicht so ganz gelingen will. Ich möchte mich gern schütteln, weil es mein Job ist, auch die Schattenseiten meines Berufs zu ertragen und nicht überallhin mitzunehmen. Aber trotz aller Erfahrung ist man irgendwie nie darauf vorbereitet, wenn sich ein sonnenheller Tag urplötzlich zu einem tiefen Schwarz verfinstert.

Ich lag gerade gemütlich auf meinem Bett und naschte meine verbliebenen Schokobonbons, während ich mit Lotta telefonierte. Ich hatte ihr von Chrissie erzählt, die Helga und ich noch gar nicht kannten und deren Schicksal mich trotzdem tief getroffen hat. Und Helga ebenso, wie es scheint, was mich überrascht hat, aber sehr für sie einnimmt. Wie sie da neben mir saß, plötzlich blass im Gesicht, aber dennoch ruhig und ungewöhnlich einfühlsam mit Chrissie sprach. Das hat mich berührt und so manches harsche Wort irgendwie wettgemacht. Nach dem Gespräch mit Chrissie fragte mich Helga, wo ich als Nächstes hinmüsse, und fuhr mich schweigend hin.

»Ich werde nicht schlau aus ihr«, gestand ich Lotta. »Immer wenn ich denke, jetzt weiß ich, wie sie tickt, überrascht sie mich mit einer neuen Seite.«

»Ein echter Zauberwürfel, deine Helga«, kommentierte Lotta und ging nahtlos dazu über, mir von ihrer letzten Errungenschaft zu erzählen und mich an ihren neusten Erkenntnissen darüber teilhaben zu lassen, wie gesund Sex für den Körper ist. Ausgenommen, man fängt sich Chlamydien ein oder einen Tripper. Inmitten der schönsten Schilderung klopfte ein anderer Anrufer in meinem Handy an, den ich nach einem kurzen Blick aufs Display als Sascha aus dem Geburtsvorbereitungskurs identifizierte. Beinahe höre ich noch Lottas ungeduldigen Einwand, dass sie bald ablegt und dann nicht mehr so einfach quatschen kann, als ich ihr sagte, dass ich da wirklich rangehen müsse.

»Madita?« Sascha klang aufgeregt, zittrig, und seine sonst volle Stimme kiekste. Augenblicklich wurde mir kalt, und ich setzte mich auf.

»Ja. Was ist los?«

»Sarah ist vom Stuhl gestürzt und … ich weiß nicht … es geht ihr nicht gut. Sie hat Schmerzen im Unterleib und so was wie eine Panikattacke … ich kenn sie so nicht … Kannst du kommen, bitte?«

Ich war noch nie so schnell aus dem Bett und noch nie so schnell die Treppe unten. Na gut, die letzten neun Stufen fiel ich eher und konnte den Sturz gerade noch so am Geländer abfangen, aber den Rest des Weges flog ich geradezu. Zum

Glück liegt die Lilienallee, in der Sascha und seine handyaffine Bloggerfreundin wohnen, nur einen Katzensprung entfernt. Nach unserem Gespräch im *Alten Horst* hatte er Sarah dazu überredet, sich zusätzlich zu den gynäkologischen Untersuchungen auch vom *Storchennest* betreuen zu lassen, und ich war erst letzte Woche bei ihnen zur Vorsorge gewesen. Sarah, die sich ihrer Schokoladenseite sehr bewusst ist und zu jeder Zeit aussieht wie eins von Heidis Topmodels, ist eine nette Frau, wenn man sie erst mal für sich gewonnen hat. Was mir gelang, nachdem ich ihr erlaubte, meine Hände zu filmen, während ich ihren Bauch abtastete.

»Du hast megaviele Likes bekommen, Madita«, gab sie mir bereits Minuten später weiter, was mich irgendwie freute, auch wenn mir diese Eins-zu-eins-Berichterstattung eigentlich zu intim ist.

Sarahs Partner Sascha hingegen ist ein wahrer Goldschatz, der seine Frau unterstützt, wo er kann, meist als Kameramann und Dekorateur, aber auch in praktischen Dingen. Er wird ein super Papa sein.

Wenige Minuten später stand ich keuchend vor dem schmucken Einfamilienhaus mit dem hippen Vorgarten, der zu meiner Freude keine Steinwüste mit Bonsaibäumchen ist, sondern ein buntes Kräutermeer, dessen Duft locker die ersten drei Tassen Tee des Tages ersetzt. Ich klingelte, und Sascha öffnete, blass, aber erleichtert.

»Toll, dass du da bist, danke!« Er führte mich ins Wohnzimmer, das mich eher an ein Filmstudio erinnerte als an den gemütlichsten Ort in den eigenen vier Wänden. Es gab einen Leinwandständer, auf dem sich wie beim Fotografen Fotowände hintereinanderreihten, zuvorderst ein babyblauer Himmel, in den pastellfarbene Ballons entschwebten. Ein Ringlicht beleuchtete das Bild, daneben thronte eine Kamera auf einem Stativ.

Sarah fand ich auf dem weißen Ledersofa, auf bauchige Kissen gebettet, die auf den ersten Blick aussahen wie die Ballons auf der Leinwand. Sie lag auf dem Rücken, sodass ich mich kurz fragte, ob sie bei den Stunden des Vorbereitungskurses eventuell zu viel gepostet und zu wenig aufgepasst hatte, denn ganz sicher sprachen wir darüber, dass die Rückenlage gegen Ende der Schwangerschaft eine denkbar schlechte Position für die Durchblutung der Mutter und damit des Babys ist. Sarah umklammerte ihren Bauch und regte sich nicht.

Hinter mir begann Sascha auf und ab zu tigern, während der junge Schäferhund, der sich auf einem Designerteppich mit japanischem Muster eingerollt hatte, sein Herrchen mit Blicken verfolgte und mit Sarah um die Wette winselte. Zwischendurch widmete sich das Tier immer wieder Promotionsmaterial, das es sich offensichtlich aus einem Karton vom Tisch geklaut hatte, um darauf herumzukauen.

»Himmel, Barsch und Zwirn, was ist passiert?« Ich hockte mich vor Sarah, drückte ihre Hand und bemerkte den kalten Schweiß, der auf ihrer Stirn glitzerte. Innerlich sortierte ich die Checkliste, was ich alles prüfen musste, und fühlte ihren Puls.

»Ich wollte den Kinderschrank einsortieren und einen Beitrag dazu bloggen«, flüsterte Sarah mit bleichen Lippen. Während sie sprach, drehte ich sie vorsichtig in die Seitenlage. Sie stöhnte. »Mir fehlte die Stoffkiste, die mit den rosa Punkten mit den zugesandten Produkten der Kooperation mit Belly Blue, und ich hab versucht, sie herunterzuholen. Da bin ich abgerutscht und auf den Bauch geknallt. Oh scheiße, mein Boy-Girl!« Sarahs Tonfall geriet zu einem Quietschen, unter ihren halb geschlossenen Lidern zerfloss der Kajal. »Ich spüre es gar nicht mehr.«

»Sch-sch«, machte ich, den kalten Schauer ignorierend,

den mir ihre Worte über den Rücken jagten. »Ich schau mal nach deinem Baby, ja?«

Sarah zuckte zusammen, als ich ihren Bauch berührte. »Tut das weh?«, fragte ich und bemühte mich, meine Stimme routiniert klingen zu lassen, obwohl ich spürte, wie Sarahs Panik auf mich übergriff. Das Baby bewegte sich nicht, obwohl ich es von mehreren Seiten anstupste. *Komm schon!*, dachte ich. *Komm schon.*

Während Sarah nickte und mir ihre Schmerzen beschrieb, »Das drückt so, hier unten«, angelte ich den Fetaldoppler hervor, um die Herztöne des Kindes zu kontrollieren. Sie pochten. Trotzdem begann ich zu schwitzen, das Blut rauschte in meinen Ohren. *Verdammte Scheiße!* Erneut legte ich meine Hände auf Sarahs Bauch. Bei ihrer Beschreibung des Unfalls war mir eine Verdachtsdiagnose gekommen, aber ich war mir unsicher, ob ich fein genug tasten konnte, um sie zu bestätigen. *Scheiße, mir fehlt die Erfahrung,* schoss es mir durch den Kopf. *Ich kann das nicht.* Einen Atemzug später hielt ich mein Handy in der Hand, wählte die einzige Nummer, die infrage kam, und klemmte es zwischen Ohr und Schulter.

»Ja?«

»Helga, ich bin bei Sarah und Sascha, Lilienallee 56, ich brauche dich hier, sofort!«

Das Handy rutschte hinunter und fiel auf den Boden, als Sarah plötzlich mein Handgelenk packte und umklammert hielt.

»Ich hab noch so viel zu tun, Madita. So viel«, murmelte sie und wirkte halb weggetreten. Das Make-up, das inzwischen komplett zerflossen war, zeichnete ein absurdes Muster in ihr Gesicht, das mich an eine Kriegsbemalung erinnerte. Sie ließ mich los, wedelte mit der Hand, schlug mit dem Kopf von links nach rechts und presste sich in die Kissen. »Ich schaff das alles kaum, aber meine Follower haben große Erwartungen.« Sie riss die blauen Augen auf. »Weißt du, wie schwer es ist, zwanzigtausend bei Laune zu halten? Da hast du einmal Verstopfung und kannst nichts posten, schwupps, hundert weniger.«

»Ich hab dir verboten, auf Stühle zu steigen«, meldete sich Sascha zu Wort, kniete sich ans Fußende und fuhr sich mehrmals fahrig durchs Gesicht, eindeutig den Tränen nahe. »Oh Gott, sie blutet!«

Mit dem Blick folgte ich seinem ausgestreckten Finger, mit dem er auf den Fleck deutete, der sich in Sarahs Schritt gebildet hatte und langsam ausbreitete. *Nein, bitte nicht, nein, nein!*

Lautlos atmete ich tief ein und zählte innerlich bis drei, *jetzt bloß nicht in Panik geraten, Madita, du bist die Einzige, die gerade helfen kann!*

Saschas Blick traf mich intensiv, während ich die Manschette aus meiner Tasche kramte, um Sarahs Arm legte und Luft pumpte.

»Irgendwas stimmt doch nicht, Madita!« Nie habe ich einen Mann so schrill sprechen hören wie Sascha in dieser Sekunde. Das Messgerät zeigte einen deutlichen Blutdruckabfall, und es fiel mir schwer, das Zittern meiner Stimme zu unterdrücken. Ich vermutete innere Blutungen.

»Hatte Sarah mal einen chirurgischen Eingriff in der Gebärmutter?«, überging ich Saschas Frage, dem nun wirklich Tränen die Wangen hinunterrannen. Die winzigen Narben einer Bauchspieglung kamen mir in den Sinn.

»Ja«, murmelte er. »Die haben ihr mal ein Myom entfernt.«

»Ich ruf den Krankenwagen«, entschied ich daraufhin, nahm mein Handy vom Boden und forderte den RTW mit Verdacht auf eine Uterusruptur an, einen Riss in der Gebärmutterwand. Wenn die Gebärmutter reißt, wird es schnell lebensgefährlich, für Mutter *und* Kind. Ich hatte das einmal in meinen

Lehrjahren im Krankenhaus erlebt, als eine junge Frau zu uns kam, die ganz offensichtlich häusliche Gewalt erlebt hatte. In diesem Moment sah ich sie vor mir: Ihr blau geschlagenes Gesicht, die Hämatome auf dem runden Bauch, wo unter ihrem Herzen das Baby lag. Und das viele Blut, das sturzartig zwischen ihren Beinen hervorquoll. Ich weiß es noch, als wäre es gestern gewesen. Der erste Moment, meine Schockstarre, während erfahrene Hebammen und ein Notarzt die Frau, die nicht älter war als ich, sofort in den OP fuhren und versuchten, sie und das Kind zu retten. Während sie drinnen Menschenmöglichstes taten, stand ich draußen im Flur, starrte die Tür an und heulte. *Bitte,* dachte ich unablässig, *bitte, bitte. Bitte.* Aber das Baby, ein winziges Mädchen, schaffte es nicht.

Ich atmete tief durch, zwang mich, im Hier zu bleiben. *Heute stirbt niemand!,* sagte ich zu mir. *Das kannst du vergessen, Madita.*

»Sarah, bleib wach.« Zu meinem Erstaunen klang ich ganz ruhig, als ich ihre kalte Hand drückte und leise zu ihr sprach. »Hilfe ist unterwegs.«

Sascha schluchzte trocken, sämtliche Farbe war aus seinem Gesicht gewichen. Er bebte.

»Madita, hilf mir. Ich will mein Baby nicht verlieren«, flüsterte Sarah, tintenschwarze Sturzbäche rannen aus ihren Augen, doch sie schluchzte nicht; das Wasser rollte lautlos über ihre hohen Wangenknochen.

Die Gewissheit, dass es längst nicht nur um ihr Kind ging, schnürte mir beinahe die Kehle zu, und ich begann innerlich zu zählen.

»Das wirst du nicht«, sagte ich schließlich im selben Moment, als der Schäferhund in scheußliches Geheule ausbrach. Er sprang auf, machte einen Satz zu uns und schleckte manisch Sarahs Hand. Man sagt, dass Tiere ein untrügliches Gespür dafür haben, wenn es gefährlich wird. Dieser hier ganz sicher, denn einen Moment später sackte Sarahs Kopf zur Seite und ihre Augen fielen zu. Sie verlor das Bewusstsein, und mir wurde schlecht. In meinem rechten Ohr pfiff es, mein Herz raste. Ich glaubte, gleich ebenfalls schwarz vor Augen zu sehen, und atmete mehr hektisch als systematisch gegen die Panik an. Irgendwo am Rande meines Geistes nahm ich ein Klingeln wahr. Einmal, zweimal.

Es war Sascha, der sich schließlich aufrappelte und zur Tür stolperte. Ich selbst fühlte mich unfähig, mich zu bewegen, denn plötzlich war ich der festen Überzeugung, Sarah zu verlieren, wenn ich ihre Hand losließe.

Im nächsten Augenblick spürte ich eine Bewegung neben mir, ruhig und bestimmt, und drehte den Kopf. Helga. Ihr unergründlicher Blick aus grünen Augen.

»Ich glaube, es ist eine Uterusruptur, ich habe den Notarzt gerufen«, hörte ich mich mit einer Stimme sagen, die nicht zu dem Aufruhr in meinem Inneren passte. Immerhin etwas.

Helga antwortete nicht, sondern kniete sich neben mich und legte ihrerseits ihre Hände auf Sarahs Bauch. »Kindsbewegungen?«

Ich schüttelte den Kopf.

»Herztöne?«

»Schwach und unregelmäßig.«

Hinter uns stieß Sascha einen Verzweiflungsschrei aus, und der Schäferhund bellte.

»Wann hast du den Notruf abgesetzt?«

»Ich … ich weiß nicht. Kurz nachdem ich bei dir angerufen habe, glaube ich.« Das war's mit meiner Souveränität, meine Zunge stolperte.

»Sascha, hol einen Kühlakku aus dem Eisfach oder Tiefkühlgemüse oder was immer ihr dahabt. Schnell.«

Offensichtlich dankbar für die klare Anweisung verschwand Sascha in der Küche, kehrte Sekunden später mit einem

Beutel Erbsen zurück und reichte ihn Helga. Die schüttelte ihn glatt, bevor sie ihn auf Sarahs Unterleib platzierte. Dass unsere Bloggerin dabei nicht einmal zusammenzuckte, ließ meinen Magen zwischen die Knie sacken. Mit dem nächsten Griff langte Helga zwei Kissen heran und legte Sarahs Beine hoch. Erneut klingelte es an der Tür.

»Bleib bei ihr.«

Während Helga aus dem Wohnzimmer eilte, stellte ich fest, dass ich noch immer Sarahs Hand hielt. Zwei Atemzüge später stürzten Männer mit einer Trage an mir vorbei, hievten Sarah vom Sofa und waren schon wieder unterwegs, kaum dass ich bemerkte, wie sie meine Finger von Sarahs Hand lösten.

»Möchtest du mitfahren?« Helgas Stimme holte mich ins Jetzt zurück.

Ich schüttelte den Kopf. »Nein, mach du das. Vielleicht kannst du helfen. Ich bleibe bei Sascha.« Plötzlich war mir so unglaublich kalt, dass ich die Arme um mich schlang und zu zittern begann.

»In Ordnung. Du hast das sehr gut gemacht, Madita.« Der Klang meines Namens ließ mich zusammenzucken, Helga benutzt ihn sonst nicht. »Ohne dein schnelles Handeln bräuchten wir jetzt einen ganz anderen Wagen.« Ich bin mir nicht sicher, ob ich es mir eingebildet habe, aber für ein paar Sekunden spürte ich Helgas Hand auf meiner Schulter. Im nächsten Moment war sie verschwunden, und vor der Tür entfernte sich die Sirene.

»Okay, wir fahren hinterher.« Es dauerte ein paar Minuten, bis sich wieder klare Gedanken in meinem Hirn formten, und mit ihnen kehrte die Hebamme in mir zurück. Ich hatte hier einen werdenden Papa, der mich brauchte. »Lass uns ein paar Sachen für Sarah einpacken, und dann los.«

Sascha stolperte durch die Zimmer und suchte zusammen, was ihm einfiel, bevor er mir seinen Autoschlüssel in die Hand drückte und murmelte: »Ich kann nicht, fahr du, bitte.«

Niemals zuvor hatte ich einen so großen Wagen gelenkt und es war ein Wunder, dass wir ohne nennenswerte Zwischenfälle auf dem Parkplatz des Krankenhauses ankamen. Der kleine Kratzer an der rechten Stoßstange, die Bekanntschaft mit irgendeiner Leitplanke gemacht hatte, zählt nicht.

Sarah war schon im OP, als wir auf der Station eintrafen, und Sascha brach in meinen Armen zusammen, weil er sich plötzlich ganz allein im Leben dastehen sah, ohne seinen Kompass, wie er seine Freundin liebevoll nannte. Es zerriss mir das Herz. Als ich den großen Kerl an mich drückte und seinen wilden Herzschlag an meiner Brust spürte, brach sich die angestaute Anspannung Bahn, und ich heulte mit wie ein geöffnetes Schleusentor.

»Madita?«, holt mich Mareikes Nachfrage aus diesem grausigen Film, und ich blinzle verwirrt. »Möchtest du bitte die Schuhe ausziehen?« Sie lächelt entschuldigend und deutet auf meine Sneaker. Keine Straßenschuhe auf dem Teppich, lautet ihre Regel.

»Aber natürlich, ich bin bloß etwas müde heute«, gestehe ich und schlüpfe aus meinen Tretern, stelle sie neben die anderen, die so ordentlich dastehen wie in meiner WG. Bin ich wirklich so anders als der Rest der Welt?

Wir scherzen ein wenig über durchzechte Nächte, die bei Hebammen eher selten vorkommen, weil wir jederzeit abrufbar sein müssen. Und meine letzte Ausnahme hat ja bekanntlich ein böses Erwachen nach sich gezogen.

Auf dem Weg in die offene Küche, die ins Wohnzimmer übergeht, schwärmt Mareike von ihrer traumhaften Geburt, die sie im Krankenhaus erlebte, und ich bin froh, dass es auch so geht. Nicht mit Panik, Angst und Schrecken. Mareikes Geburt verlief reibungslos mit einer gutsitzenden PDA, die sie weder zu müde machte noch die Wehen so verschleierte, dass sie den Moment des Pressens verpasste.

Immer mal wieder schiele ich aufs Handy und atme erst auf, als Helga eine erlösende Nachricht schickt. Sarah hat die OP gut überstanden. Sie ist wohlauf, und ihr kleines Mädchen lebt und liegt auf der Frühchenstation. Zum Glück kam es zusätzlich zum Riss nicht auch noch zu einer Plazentaablösung, denn dann wäre die Sache wohl böse ausgegangen; mir wird schlecht, als ich daran denke.

Tatsächlich hat sich meine Diagnose als vollkommen richtig erwiesen, und ich weiß, dass es ohne mein Handeln schiefgegangen wäre. Doch das Gleichgewicht zwischen Stolz über meine Fähigkeiten und dem Bedauern, dass solche Dinge eben passieren können, ist alles andere als ausgeglichen.

Vielleicht bin ich zu abgelenkt, um zu merken, dass die Stimmung zwischen den beiden kippt, während ich Mareike und ihrem Oliver zeige, wie man Julius im Tragetuch am besten hält. Genau genommen kippt die Stimmung ab dem Moment, in dem ich Olivers durchtrainierten Oberkörper und sein Sixpack wahrnehme und anerkennend sage: »Na so was, wer hat denn da Zeit, so viel zu trainieren?« Eine extrem dumme Anmerkung, die zielsicher in ein Hornissennest sticht.

Mareike schnaubt plötzlich wie ein Stier, der das rote Tuch im Visier hat, und zischt: »Oliver besteht auf seinen zwei Stunden Fitnessstudio am Tag. Egal, was ich davon halte.«

»Waaas?«, sage ich halblaut und schirme den kleinen Julius samt Tragetuch vor der aufziehenden Front ab, indem ich ihn an mich drücke und knuddle. Babys riechen unglaublich gut, sehr beruhigend.

»Na ja, arbeiten gehen darf ich ja auch«, findet Oliver

irgendwie zu Recht und zuckt die breiten Schultern. »Und den Haushalt bestreiten und den Kühlschrank füllen.«

Mareike stemmt die Hände in die Hüfte, guckt ihren Mann an, ohne auch nur einmal zu blinzeln. Ich frage mich, ob sie vorhat, ihn zu hypnotisieren, oder hofft, dass Blicke tatsächlich töten können. Mann, ist sie wütend.

»Ich befinde mich im Wochenbett, mein Schatz«, erinnert sie ihn an die Ausnahmesituation, in der sie streng genommen beide stecken. Oder etwa nicht? »Und wir hätten viel mehr Zeit zu dritt, wenn du auf deine übertriebenen Freizeitaktivitäten verzichten würdest.«

Ich bemerke hektische Flecke an Olivers Hals, die sich langsam, aber sicher vermehren. Er tut mir fast leid.

»Ja, aber sonst läuft es doch ganz gut bei euch«, versuche ich zu intervenieren und werde sofort unterbrochen.

»Ich kann meinen sozialen Kontakten auch nicht nachkommen, wie ich es will, mein Schatz«, beschwert sich Mareike, die bis zwei Tage vor der Geburt noch in Etuikleid und waghalsig hohen Schuhen unterwegs war. Jeden Tag eine neue Verabredung mit Freunden und Kollegen aus der Eventfirma, als gäbe es kein Danach. Was sich für die meisten Frauen zugegebenermaßen tatsächlich so anfühlt. »Und du machst so weiter wie vorher.«

»Tu ich nicht.«

»Doch!«

»Nein!«

Baby Julius' Unterlippe beginnt verdächtig zu beben und er verzieht sein kleines Knautschgesicht. Sofort wippe ich beruhigend mit der Hüfte, während ich zwischen den beiden Streithähnen hin- und herschaue und mich frage, ob wirklich ich es war, die das hier ausgelöst hat.

»Warum ist das Training denn so wichtig? Damit dich die Weiber bestaunen können und dein Ego pushen?«

Mareikes Vorwurf ist bestimmt gar nicht ernst gemeint, sondern entspringt vielmehr einer innerlichen Verzweiflung und verdammt vielen Hormonen. Tatsächlich huscht ihr unsicherer Blick in den Prunkspiegel an der Wand.

»Jetzt spinnst du aber«, ist nie die beste Erwiderung eines Ehemannes, und ich habe Angst, dass wir gleich den nächsten Notarzt brauchen. Vorsichtshalber stelle ich mich zwischen Mareike und den Messerblock auf der Arbeitsplatte.

»Ja, natürlich. Wir Weiber spinnen, wenn wir euch Männer kritisieren. Unglaublich, dass du es in die Chefetage geschafft hast.«

Ui, allmählich wird mir das Ganze zu persönlich. »Hey, ihr Lieben. Ich möchte, dass ihr einen Moment innehaltet und darüber nachdenkt, wie viel Glück ihr habt. Ihr habt es wunderbar bis hierher geschafft, da bekommt ihr den Rest auch in den Griff.«

Ich fürchte, ich bin nicht besonders hilfreich, denn jetzt duellieren sich die beiden mit Blicken. Augenblicklich muss ich an Sarah und Sascha denken. Die würden sich freuen, sich über Banalitäten streiten zu dürfen. Denn so mächtig Mareike und Oliver dieser Disput gerade erscheinen mag – er ist es nicht. Mir fällt nichts anderes ein, als eine Kuscheleinheit auf dem Ehebett mit allen Beteiligten anzuordnen. Dementsprechend gucken die beiden nun mich an. Sind die Messer weit genug weg?

»Sorry, aber das steht heute auf dem Programm«, behaupte ich und marschiere mit Julius voran ins Schlafzimmer. Seufzend und mit verschränkten Armen folgt mir die erhitzte Mareike und wenig später auch Oliver, den ich mit nacktem Oberkörper auf die Matratze befehlige. Sein durchtrainierter Body, der eben noch für Ärger sorgte, schafft jetzt gefälligst einen positiven Moment. Einen von der Sorte, die Eltern und Kind als Familie zusammenschweißt.

Ich ziehe den kleinen Julius bis auf den Body aus und lege ihn auf Olivers Brust, dann muss sich Mareike zu den beiden legen, und ich halte einen kleinen feinen Monolog für die drei.

»Das, was ihr momentan durchmacht, ist vollkommen normal. Das geht vielen Paaren so. Euer Leben ist umgestülpt, du, Mareike bist erschöpft von Schwangerschaft, Geburt und Stillen, und du, Oliver, hast eine Frau an deiner Seite, die mit der Geburt eures Sohnes zur Mutter wurde. Das verändert sie, auch wenn sie natürlich immer noch deine Frau ist. Aber sie trägt jetzt die Verantwortung für ein Wesen, das abhängig ist von ihr. Und das sie neun Monate lang in sich getragen hat. Wichtig ist, dass ihr euch immer wieder klarmacht, was ihr an eurem Gegenüber schätzt. Konkurriert nicht miteinander, sondern seht euch als Team mit verschiedenen Grenzen und Fähigkeiten.« Während ich rede, genießt Julius sichtlich die Wärme und den Hautkontakt zum Papa. Seine kleine Faust findet den winzigen Mund und er nuckelt schmatzend daran. Der Cutenessfaktor bringt die beiden Eltern sofort zum Schmelzen und der Frust verpufft. Manche Dinge sind verwirrend einfach.

»Versucht eine positive Streitkultur zu erschaffen, in der ihr Vorwürfe vermeidet und aus eurer eigenen Perspektive heraus argumentiert, verwendet Ich-Sätze. So lernt euer süßer Fratz von euch und kann später Konflikte gut lösen«, klugscheiße ich weiter und säusle noch ein bisschen davon, dass Eltern Paare bleiben und es bald auch wieder in der Romantikabteilung funktioniert. Denn ich denke, hier liegt der eigentliche Hund begraben.

Apropos Romantikabteilung: Als ich eine Viertelstunde später an die frische Luft trete, brummt mein Handy und ich erhalte eine Nachricht meines neuesten Tinder-Flirts. Tatsächlich habe ich mich vor einiger Zeit dort angemeldet; ich glaube, es war an dem Tag, als ich, eine Tüte Kräutertee in der

Hand, lange vor Helgas Wohnung stand und erfuhr, was Ignoranz bedeutet. Vielleicht finde ich ja dort jemanden, der zu mir passt.

MXXX hat mir gestern schon geschrieben, doch natürlich hatte ich keinen Kopf zu antworten.

Hey, Sweety. Willst du dich nun mit mir treffen oder nicht?, fragt er und schickt gleich noch mal ein Foto von sich am Badesee mit. Hübsch, hübsch.

Ich will gerade antworten, da überfällt mich dieses eigenartige Gefühl, und ich bleibe stehen. Autos rauschen auf der Straße vorbei, jemand schlendert an mir vorbei, und ich werde den Eindruck nicht los, dass mich jemand anstarrt. Das passiert mir seit einigen Tagen öfter mal. Sofort wird mir unangenehm warm, obwohl eine riesige graue Wolke soeben die Sommersonne verschluckt. Ruckartig drehe ich mich um. Bilde mir ein, eine Gestalt in grauem Hoodie zu entdecken, die sich hinter eine Hausecke duckt. Super, wenn so nicht Horrorfilme anfangen. Als hätte ich mich gestern Nacht nicht schon genug gegruselt.

»Shit«, hauche ich und denke sofort an Mo. Was, wenn er mich verfolgt? Weil er sich für die Anzeige rächen will? Soweit ich weiß, wurde er nämlich wegen einer anderen Sache erwischt, und man fand Niklas' Handy bei ihm. Moritz Schumann sei kein unbeschriebenes Blatt, hieß es.

Ich drücke meine Tasche an meinen Bauch und laufe los, die nächste Kreuzung im Blick, die mich zur Rosenstraße bringt. Das nächste Mal nehme ich mein Auto. Das kann man verriegeln.

Mein Puls rauscht mir in den Ohren und ich renne fast in eine Gruppe Mädchen hinein, die schwatzend um die nächste Ecke biegt.

»Hey, willst du eine aufs Maul!?«, brüllt mir die Kleinste von ihnen nach.

»Nein, danke!« Die Jugend von heute, jemand sollte etwas gegen deren Aggression unternehmen.

Hektisch blicke ich mich erneut um. Der Fußgängerweg ist ziemlich leer, aber wenn ich mich nicht täusche, ist der Hoodieträger mir immer noch auf den Fersen. Zum Glück ist es nicht weit zu Helga, zu der ich unterwegs bin, weil ich soeben beschlossen habe, dass ich mit ihr reden muss. Mag sie noch so bissig sein, bei ihr bin ich in Sicherheit, das weiß ich. Sie würde mich verteidigen, bis aufs Blut.

Falls sie denn die Tür aufmacht.

Atemlos erreiche ich das *Amore Belle* und traue meinen Augen nicht, als jemand heraustritt, den ich hier absolut nicht erwartet hätte. Der mir allerdings trotzdem gerade recht kommt.

»Oh, Herr Wachtmeister«, keuche ich und stütze mich an der gekalkten Hauswand ab, um nicht einfach vor Überanstrengung umzukippen. Ich sollte mehr Sport machen.

»Na, so was. So ein Zufall.« Lässig balanciert er zwei Becher mit Kaffee oder ähnlichem Inhalt vor sich her und lächelt. Aber nur ganz kurz, bis ihm auffällt, wie abgekämpft ich bin. »Alles in Ordnung?«

»Geht so, es könnte sein, dass ich seit einiger Zeit verfolgt werde«, platzt es aus mir heraus, und ich drehe mich um. Niemand zu sehen. War ja klar.

Der Polizist runzelt die Stirn, sieht für ein paar Atemzüge besorgt aus. Aber nur ungefähr so lange, bis ich ihm von dem Gefühl berichte, das mich immer wieder überfällt. Eine Ahnung, wie sie sonst nur eine Cassandra Astrolanta hat.

»Also haben Sie nicht wirklich jemanden gesehen, der Ihnen folgt? Und Sie hätten auch keine Idee, wer ein Motiv haben könnte, Ihnen nachzulaufen?«

Ich grinse ihn debil an und entscheide, ihm nicht von dem blöden Arsch Mo zu erzählen.

»Ja, aber meine Gefühle täuschen mich eigentlich nie«, behaupte ich und finde zeitgleich den Fehler in meiner eigenen Aussage.

»Wahrscheinlich bilden Sie sich das nur ein«, meint der Mann in Uniform. »Viele Menschen entwickeln in Stresssituationen eine lebhafte Fantasie.«

»Wie kommen Sie darauf, dass ich mit Stresssituationen zu tun habe?«

Statt einer Antwort bekomme ich nur eine hochgezogene Augenbraue.

»Ich bin übrigens Madita«, stelle ich mich einfach mal vor, weil er so lange schweigt, und wünsche mir, dass er mir seinen Namen ebenfalls verrät.

»Silas.« Das kommt so prompt und freundlich, dass es mich entwaffnet.

»Schöner Name«, finde ich, und sein Lächeln vertieft sich.

»Danke, das kann ich nur zurückgeben.«

Jemand tritt aus dem Café und schiebt sich an uns vorbei, offensichtlich stehen wir ungünstig, und ich linse zum Streifenwagen, der am Straßenrand hinter einer der Eichen parkt. Auf dem Rücksitz hockt ein pickeliger Junge mit Basecap und Rollkragen. Im Sommer. Wie ein Häufchen Elend starrt er auf die Straße. Auf dem Beifahrersitz wartet ein Kollege und liest Zeitung.

»Ui, was hat der Kleine denn angestellt, 'ne Bank überfallen?«, scherze ich halb mitleidig und unterdrücke den Impuls, dem Jungen zuzuwinken, als unsere Blicke sich kurz treffen.

»Nein, das Netzwerk der Schule gehackt«, antwortet Silas, und ich sehe an seiner Miene, dass er das vielleicht nicht hätte sagen sollen. Sicher verrät man so was nicht jeder dahergelaufenen Zivilistin.

»Echt? Ist ja krass. Kann ich seine Nummer haben?« Einen Menschen mit solchen Fähigkeiten sollte man unbedingt im Auge behalten. Man weiß ja nie, wann man ihn braucht. Womöglich könnte er die Überwachungskameras der Umgebung checken und mir sagen, wer mich verfolgt.

»Du bist ja lustig. Planst du etwa ein Verbrechen?«, fragt Silas und geht ein paar Schritte in Richtung Fahrzeug.

»Immer. Du nicht? Und wo wir gerade beim Thema sind«, schwenke ich noch mal zurück, »es ist erwiesen, dass Opfer von Überfällen oft tagelang vorher schon das Gefühl hatten, verfolgt zu werden. Und dann liegen sie plötzlich tot im Straßengraben, auf der Mülldeponie oder in einer Seitengasse der Rosenstraße. Und alles nur, weil die Polizei für so was nicht ausreichend geschult ist.«

Silas' Brauen ziehen sich zusammen und sein Mundwinkel kräuselt sich zu einem schiefen Lächeln.

»Das hab ich gelesen«, behaupte ich hartnäckig.

»Und wo? In der Das-hab-ich-mir-gerade-ausgedacht-Zeitung?«

Mann, ist der gut. Oder verrät mein Gesicht mal wieder mehr, als ich will?

»Seien Sie nicht so frech, Herr Wachtmeister. Sonst trete ich Ihnen vors Schienbein«, sage ich keck und grinse breit. Wenn mich nicht alles täuscht, flirten wir gerade.

»Nur zu. Wir haben noch einen Platz im Wagen frei.« Seine Antwort klingt so herausfordernd wie vorsichtig.

»Ist das eine Quasi-Einladung?« Man muss ja sicher sein. Ich wurde noch nie in Handschellen ans Bett gefesselt. Lotta sagt, das gebe dem Ganzen eine gewisse Würze, sofern man ein bisschen Shades of Grey mag.

»Nein, eine Drohung.« Silas deutet ein Kopfschütteln an, klemmt sich die beiden Kaffeebecher zwischen Arm und Brust und öffnet die Tür des Wagens. Vermutlich flirten wir doch nicht, und der Herr Wachtmeister hat keinen Humor. Wie schade. Sein Kollege nimmt ungeduldig das Heißgetränk entgegen, und Silas bedenkt mich lediglich mit einem knappen Gruß, bevor er auf den Fahrersitz rutscht, den Motor startet und ich mich in Richtung Helga flüchte.

Dieses Mal werde ich so lange vor ihrer Tür warten, bis sie mir aufmacht. Und wenn es zwischendurch Weihnachten wird.

Geschöpfe

Helga

Ich sitze in meinem Auto und atme ein paar Minuten lang tief und bewusst. Ein und aus. Mit jedem Atemzug wächst die Ruhe, die tief in meinem Inneren wohnt und von der Gretus mir beibrachte, wie ich mir einen Vorrat davon bewahre, sodass ich darauf zurückgreifen kann, wenn es nötig wird. Ich denke in letzter Zeit oft an meine Oma, fällt mir auf.

Ich öffne die Tür und steige aus. Als ich nach meinem Hebammenkoffer greifen will, zögere ich. Und lasse ihn liegen. Zu diesem Termin brauche ich ihn nicht, die Handtasche genügt. Strenggenommen ist es nicht mal ein Termin, ich komme unangekündigt, eine Premiere meines Berufslebens. Auf dem Land ist es bis heute üblich, einfach vorbeizuschauen, wenn es sich ergibt. Und als Kind liebte ich es, wenn Nachbarn bei Oma Grete reinschneiten und sie deshalb rasch einen Kaffee brühte und Kuchen aus der Vorratskammer holte. Irgendetwas Gebackenes hatte sie immer da.

In der Stadt sind solche Lust-und-Laune-Besuche unüblich, alles wird in Chats geplant, verschoben, abgesagt und neu vereinbart. Und jeder teilt jedem mit, wo er sich gerade aufhält. Wie groß wohl die Energieersparnis wäre, wenn vier Wochen lang niemand einen Hallo-ich-bin-gleich-da-Anruf tätigen würde? Beim Eintreffen einer Nachricht wüsste man dann, dass sie wichtig ist.

So wie meine von heute Morgen, die ich der Neuen schickte, nachdem ich sicher war, dass Sarah und ihr Baby durchkommen würden. Ich hatte sie zuvor nach Hause geschickt, als ich sie und Sascha schlafend im Aufenthaltsraum gegenüber der OPs gefunden hatte.

»Schlaf dich aus«, lautete meine Anweisung an die Neue, »du siehst geschafft aus.«

Einen Moment wirkte es, als wollte sie Widerspruch erheben, doch dann nickte sie. »Aber schreib mir, wenn du etwas erfährst, ja?«

»Natürlich.«

Sie nickte ein zweites Mal und schlurfte davon, das pinke Haar aus einem ehemaligen Dutt gelöst und in Strähnen um ihren Kopf hängend. Es war vier Uhr morgens, und ich hoffte, dass sie heil zu Hause ankam. Immerhin ist die Neue bereits in ausgeschlafenem Zustand ein wandelnder Unfall, und jetzt hatte sie ein emotionales Armageddon hinter sich.

Tatsächlich war es verdammt knapp gewesen. Wie sie vermutet hatte, war Sarahs Uterus nach dem Sturz vom Stuhl an einer alten Narbe aufgerissen, sodass Blut und Fruchtwasser in ihren Bauchraum gelangten. Wäre die Neue nicht so schnell vor Ort gewesen oder hätte sie eine falsche Diagnose gestellt, hätten Mutter und Kind nicht überlebt. So jedoch hatte ich mich vorhin von einem immer neu aufschluchzenden Papa verabschieden können, der tränenüberströmt, aber selig lächelnd vor dem Brutkasten der kleinen Pervin stand und jedem dankte, der ins Zimmer kam, einschließlich der Reinigungskraft.

»Das ist Persisch«, erklärte er mir, »Pervin. Es bedeutet Glücksstern. Ich hab sie so genannt, weil sie doch einen Namen braucht, wenn ich hier stehe und mit ihr rede … Wir hatten uns noch nicht geeinigt, Sarah überlegte, ihre Follower abstimmen zu lassen. O Mann, hoffentlich gefällt ihr der Name.«

»Ihre Follower werden ihn lieben.«

Sascha seufzte, und einen Atemzug lang verdunkelte Unmut seine Miene. »Ehrlich gesagt sind mir die Follower herzlich egal.«

Plötzlich schlang er seine Arme um mich und drückte mich an sich, sodass ich den sauren Schweiß roch, der in seinem T-Shirt getrocknet war, zusammen mit der Angst und der Panik. »Danke! Danke, dass ihr sie gerettet habt!« Tränen kullerten meinen Nacken hinab. Ich klopfte Sascha ein paarmal auf die Schulter, bevor ich ihn von mir schob.

»Das waren die Ärzte im OP«, sagte ich. »Und Madita. Bedank dich bei ihr.«

»Das mache ich.« Sascha wischte sich mit dem Ärmel Rotz und Wasser aus dem Gesicht, das müde, verquollen und doch so glücklich aussah. »Sie kriegt einen ganzen Blumenladen!«

Ich wandte mich zum Gehen. »Schenk ihr lieber Schokolade.«

Erst neulich hat mir die Neue – natürlich unaufgefordert – erzählt, dass ihr Papa sie aufgrund ihrer Vorliebe für Zucker Candy-Maddy-Maus nennt. Ich weiß nicht, was schlimmer ist: dass er es tut oder dass sie das toleriert.

»Das größte Paket, das sie liefern! Ach was, sie kriegt Schoki bis an ihr Lebensende!«

Saschas Worte begleiteten mich hinaus, ich verfasste meine Nachricht an die Neue und eilte zu meinem Wagen, um den ersten Termin des Tages wahrzunehmen, Vorsorge bei Wir-haben-entschieden-dass-Maja und Sören, der, wie ich inzwischen weiß, Steffan heißt. Maja ist in der zweiundzwanzigsten Woche und hat entschieden, dass sie keinen Geburtsvorbereitungskurs besuchen, sondern eine Coach für Hypnobirthing engagieren möchte, die ihr in einer Eins-zu-eins-Betreuung beibringen soll, wie man sich gezielt in Trance versetzt, um die Wehen später mit sanftem Schnaufen zu bewältigen statt mit Urgeschrei. Ich habe Frauen erlebt, bei denen half das, andere, die brüllten trotz vorher gelernter Mantras und der Umbenennung von Wehen in Wellen. Und umgekehrt. Letztlich ist Geburt immer auch eine Frage der inneren Einstellung. Wehrt man sich dagegen und hat Angst, die Kontrolle abzugeben, oder lässt man sich darauf ein?

Ich erreiche die Hausnummer, die ich mir notiert habe, und gehe den Steinplattenweg zur Tür des Mehrfamilienhauses entlang, das sich fünf Etagen in die Höhe streckt. Ich klingle bei Arnold. Es dauert drei Minuten und noch einmal Klingeln, bis es im Lautsprecher knarzt und jemand fragt: »Ja?« Die Stimme ist monoton, jeder Klangfarbe beraubt.

»Hier ist Helga Fronau, die Hebamme.«

Es bleibt still, doch die Verbindung bleibt bestehen und oben lauscht jemand in den Hörer. Ich höre langsame Atemzüge. Dann summt die Tür, und ich stoße sie auf, betrete ein Treppenhaus mit linoleumgrünem Boden, der unter meinen Füßen quietscht, als ich die ersten Stufen nehme. Im vierten Stock steht eine Wohnungstür offen, ich klopfe an, streife mir die Schuhe von den Füßen und schlüpfe hinein.

»Chrissie?« Ich stehe in einem schmalen, dunklen Raum, der kaum die Bezeichnung Flur verdient, eine Tür geht nach links ab, eine geradeaus. Weil Letztere spaltbreit geöffnet ist, entscheide ich mich für diese. Ich betrete Küche und Wohnzimmer in einem, rechter Hand finden sich Herd, Spüle und Arbeitsfläche über Schränken, links drückt sich ein breites Durchschnittssofa in eine Ecke. Was dem Raum dennoch Atmosphäre verleiht, ist die große Fensterfront, die sich neben der Couch bodentief über die gesamte Länge einer Wand erstreckt und dem Betrachter Baumwipfel, bunte Dächer und schräg gegenüber einen Dachgarten präsentiert.

Wenn man sich eingesperrt fühlt, kann man hier Freiheit gucken, denke ich.

Chrissie hockt auf der Couch, ein Bein unter dem Po, das

andere aufgestellt. Sie trägt eine Jeans und ein schlichtes graues T-Shirt und sieht gewaschen und gekämmt aus. Keine Essensreste stehen herum, keine zerknüllten Taschentücher. Allerdings liegt auch kein Buch neben ihr, keine Zeitschrift, kein Tablet, der Fernseher ist aus. Auch ein Handy entdecke ich nirgends.

In Ermangelung anderer Sitzgelegenheiten lasse ich mich auf etwas nieder, das wie ein großes rundes Kissen aussieht, aber geflochten ist wie ein Korb. Entweder eine zu große Fußbank oder ein zu niedriges Sitzmöbel.

Chrissie starrt aus dem Fenster, und ich folge ihrem Blick. Ab und zu fliegt ein Vogel vorbei, ansonsten sehen wir jede Menge Blau, denn der Sommer meint es gut dieses Jahr mit jenen, die den Erfolg einer Jahreszeit in erster Linie am Wetter bemessen.

»Habe ich einen Termin vergessen«, murmelt Chrissie irgendwann, und noch immer fehlt ihrer Stimme jede Modulation und Farbe. Sie spricht grau.

»Nein. Ich bin privat hier.«

Nun wendet sie den Kopf und sieht mich an. Kann gut sein, dass sie meine Anwesenheit erst jetzt bewusst wahrnimmt. »Möchtest du einen Kräutertee?«

Nein, danke, aber einen Kaffee würde ich nehmen, liegt mir so drängend auf der Zunge, dass es schmerzt. Weil Maja und Sören bereits vor Jahren entschieden haben, dass dem Menschen Wasser allein als Flüssigkeitszufuhr genügen muss, servieren sie ausschließlich im Mondschein geerntete Quelltropfen, und so liegt mein letzter Bohnentrunk mehr als zwölf Stunden zurück. Das sind zwölf Stunden zu lang. Trotzdem höre ich mich »Ja, gern. Danke«, sagen, ohne mir sicher zu sein, ob das höflich ist oder gar nett. Vielleicht wäre es sogar freundlicher gewesen, abzulehnen, denn nun muss sich Chrissie vom Sofa stemmen, hinüber zur Küchenzeile schlurfen und mit zähen Bewegungen den Wasserkocher befüllen.

Während sie hantiert, schaue ich mich im Zimmer um, das nicht viel beherbergt, nicht einmal einen Tisch. Entweder nimmt Chrissie ihre Mahlzeiten auf der Couch ein oder die Tür, die neben der Spüle abgeht, führt statt in das von mir vermutete Schlafzimmer in einen Speisesaal. Der Fernseher hinter mir steht auf einem Regal mit neun Fächern, in denen Körbe ihren Inhalt verbergen. Nirgends liegt Gedöns herum.

»Du wohnst noch nicht lange hier«, stelle ich fest.

»Nein.« Chrissie kehrt mit einem Becher zurück, aus dem an einer Schnur ein Zettelchen heraushängt. *Geheimnis der Frau*, steht darauf, und ich weiß, warum ich sonst Getränke trinke, die *Donnergrollen* heißen. »Ich hab bis vor Kurzem noch in einer WG gewohnt, dachte aber, dass es schöner ist, eigene Räume zu haben, wenn … na, du weißt schon.«

Ich nicke, stelle den Tee zwischen meinen Beinen auf das Korbdings, sodass es zu mir heraufdampft. Es riecht nach Fenchel und Süßholz, vielleicht ist auch Kamille drin. Die übliche Wohlfühlmischung, die zwar dem Körper guttun mag, ansonsten aber sehr langweilig daherkommt. »Du lebst allein?«

Chrissie, die sich wieder mir gegenüber auf die Couch gesetzt hat, hebt den Kopf und sieht mich an. »Du meinst, wo der Mann ist, den man braucht, um eine Fehlgeburt zu produzieren?«

Ich spüre ein Zucken in den Mundwinkeln.

»So hätte ich es nicht ausgedrückt, aber die Formulierung gefällt mir«, rutscht es mir heraus, bevor ich es aufhalten kann.

Chrissie reagiert nicht, doch die Schultern bewegen sich nach oben. »Es war nichts Ernstes, das kann ich mir gar nicht vorstellen. Ich wollte nur das Baby.«

Chrissie ist nicht die Erste, die mir gesteht, sich lediglich der biologischen Funktion eines Mannes bedient zu haben, um nach verbuchtem Erfolg allein von dannen zu ziehen; dennoch erstaunt mich das kalkulierte Vorgehen dahinter immer wieder.

Ich überlege noch, was ich erwidern möchte, als Chrissie nachschiebt: »Und jetzt hab ich es versemmelt.« Plötzlich kommt Leben in ihren Körper, und die Farbe kehrt zurück in ihren Tonfall. Er ist schwarz, wütend und trotzig. »Ich kann gar nichts. Nicht mal schwanger.«

Ich lasse ihr ein paar Minuten, um ein Kissen vom Boden zu angeln und es zu zerknautschen, erneut aus dem Fenster zu starren und zu schweigen.

»Lass uns ein paar Dinge klären, Chrissie«, sage ich schließlich. »Zunächst mal: Mindestens fünfzig Prozent der Menschheit kann nicht schwanger werden, aber du gehörst definitiv nicht dazu, denn dazu fehlt dir das Y-Chromosom. Als Nächstes kannst du stolz auf dich sein, weil du sehr genau weißt, was du willst – Baby – und was nicht – Mann. Glaub mir, das können nur wenige.« Ich bekomme einen kurzen Blick aus dem Augenwinkel. »Wenn du wüsstest, was ich alles zu sehen kriege! Da teilen sich Menschen eine Wohnung, leben miteinander und setzen sogar ein gemeinsames Kind in die Welt, obwohl sie sich nichts zu sagen haben. Das Traurige daran ist, dass es ihnen nicht einmal auffällt beziehungsweise erst dann, wenn es anstrengend wird, weil das Kind die ganze Nacht schreit, weil es wächst, weil es Zähne kriegt, weil es probiert, was passiert, wenn man seinen mit Kürbisbrei beladenen Löffel herumschleudert, weil es trotzt, weil es in die Hose kackt, obwohl es keine Windel trägt. Die Quote der Paare, die sich im Kleinkindalter ihres Nachwuchses trennen, ist schwindelerregend.« Ich schweife ab, aber wenigstens schaut Chrissie mich jetzt wieder an. »Bei den meisten Menschen ist die Zahl der Dinge, die sie beherrschen, deutlich kleiner als die jener Sachen, die sie nicht können. Also vergeude deine Zeit nicht mit Schuld- oder Schamgefühlen. Das bringt nichts.«

»Ich habe keine Schuld- oder Schamgefühle.« Chrissie verschränkt die Arme vor der Brust. »Das ist der Lauf der Natur.« Sie schnaubt.

Der Tee in meinem Becher hat eine dunkle Farbe angenommen, ich sollte den Beutel herausziehen.

»Und außerdem kann man so was nicht einfach abschalten.«

Ich wickle den Faden um meinen Finger, hebe das Teetäschchen aus seinem Bad und knautsche es zusammen, damit das restliche Wasser raustropft. Meinen Fingerkuppen ist das zu heiß. »Ich weiß.«

Chrissie steht auf, geht zur Küchenzeile hinüber und bringt mir eine Untertasse, auf der ich den Beutel ablegen kann. Anschließend lässt sie sich zurück auf die Couch fallen, verschränkt erneut die Arme vor der Brust, als wolle sie sagen: *Und? Was machst du jetzt?!*

»Du musst nichts abschalten«, sage ich. »Gib dem Schuldgefühl nur nicht zu viel Raum, sondern konzentrier dich auf die anderen Empfindungen in dir.«

»Da sind keine.« Sie knallt mir ihre Antwort um die Ohren wie einen Schmetterball.

Ich beuge mich vor und halte Chrissie meinen Becher hin, als hätte ich den Tee für sie gekocht und nicht umgekehrt. »Hast du schon einen Termin für die Ausschabung?«

Chrissie stutzt einen Moment, bevor sie ihre Verschränkung löst und einen Arm ausstreckt, um mir den Becher abzunehmen, als störe es sie, dass er zwischen uns über dem Boden schwebt.

»Übermorgen.« Sie nippt am Tee, trinkt in kleinen Schlucken. »Bei meiner Frauenärztin. Sie sagt, ich kann dann schnell wieder schwanger werden.« Sie stellt den Becher neben sich auf dem Sofa ab und zuckt die Achseln. »Mal sehen, ob ich denselben Typen noch mal frage oder nach einem anderen suche.« Nun klingen Chrissies Worte gelb.

Ich öffne meine Handtasche und krame darin, finde schließlich, was ich suche, und wickle das kleine Tütchen auseinander. Viel ist nicht mehr drin, aber es reicht. Eine der verbliebenen schokolierten Kaffeebohnen schiebe ich mir selbst in den Mund, bevor ich den Rest Chrissie hinhalte. Wieder greift sie zu, obwohl sie guckt, als wolle sie eigentlich nicht. Als sie die Bohne mit einem Knacksen zerbeißt, reißt sie die Augen auf. »Boa, lecker.«

»Du musst dich nicht ausschaben lassen, wenn du nicht willst.«

Chrissie schlägt die Zähne aufeinander, um noch den letzten Krümel zu zermalmen, wie mir scheint. Ich reiche ihr meine Tüte hinüber, und sie kippt sich die verbliebenen Bohnen in den Mund.

»Was hat das mit Wollen zu tun?«, fragt sie, während es knirscht.

»In vielen Fällen lösen sich die Reste der Leibesfrucht mit der nächsten Menstruation von selbst, das kann deine Gynäkologin prüfen«, erkläre ich. »Oder man hilft ein bisschen nach und leitet Wehen ein.«

»Wie jetzt, Wehen?«

»Auch eine Fehlgeburt ist eine Geburt«, wiederhole ich, was ich Chrissie bereits am Telefon sagte. »Du hast einen Mutterpass, der beweist, dass du schwanger warst. Und Schwangerschaften enden mit einer Geburt. Mag sie groß sein oder klein. Laut oder still.«

»Davon hat meine Frauenärztin nichts gesagt.« Chrissies Stimme ist belegt und rau, sie räuspert sich.

»Dann hast du eine von den schlechten.« Ich seufze. »An einem freundlichen Ratschlag oder einem Rezept für Misoprostol verdient sie nichts. An einer Kürettage schon. Hat dich deine Frauenärztin jemals über die Nebenwirkungen der Pille aufgeklärt?«

»Was? Nein. Wieso?«

»Weil du daran siehst, wie verantwortungsbewusst eine Gynäkologin ist. Über Impfungen diskutiert sich die Menschheit zu Tode, aber die Pille wird geschluckt wie Vitamin C. Hör zu, eine Ausschabung ist ein Routineeingriff und vollkommen in Ordnung – sofern du das willst. Eine kleine Vollnarkose, süßer Schlummer, und nach ein paar Stunden gehst du wieder nach Hause. Fertig.« Ich blicke ihr ins Gesicht, plötzlich sieht sie verängstigt aus. Ich hatte recht. »Genauso gut kannst du dich für eine Geburt entscheiden. Manche Frauen nennen sie ›klein‹, wenn das Kind in den ersten Wochen geht. Es ist ein härterer Prozess, aber es *ist* einer, kein bloßer Schlussstrich.« Ich senke den Blick und betrachte meine Füße. Sie stecken in schwarzen Socken; ich habe nur schwarze, immer das gleiche Modell, weil ich sie dann nicht sortieren muss. »Auf diese Weise könntest du dich von deinem Kind verabschieden.«

Es ist still in Chrissies Wohnung. Nicht mal Straßenlärm dringt zu uns herauf; nur der Sommer knallt hell durchs Fenster und malt ein leuchtendes Viereck aufs Parkett.

Als ich irgendwann aufblicke, rinnen Tränen über Chrissies Wangen und ihre Unterlippe zittert. In ihrem Schoß knetet sie ihre Finger.

»Du musst das nicht sofort entscheiden.«

Chrissie wirft die Hände vors Gesicht und schluchzt laut auf. Dann sackt sie vornüber in sich zusammen und weint eine ganze Weile vor sich hin. Ihr Körper bebt, und immer wieder stößt sie krächzende Laute aus. Ich stehe auf und knie mich vor sie auf den Boden, lege meine Finger auf ihre Schulter.

Als Chrissie sich aufrichtet, läuft Rotz aus ihrer Nase und ihre Wimpern kleben nass aneinander. »Hilfst du mir?«

In mir zuckt es, ein feines Stechen, gemeinsam mit den alten Bildern, die sich plötzlich einschalten. Der grünliche Raum mit den Monitoren und der freundliche Anästhesist, der mich bittet zu zählen; meine Verwunderung darüber, wie schnell mein Blick sich trübt und dass ich meine Zunge nicht mehr heben kann. Weiter als bis zur Drei komme ich nicht. Die Leere in den Tagen danach. Zwei Jahre später entscheide ich mich für die Tabletten und Kerzenlicht zu Hause. Mein Lieblingshandtuch auf dem Wohnzimmerfußboden. Hans und ich, wie wir betrachten, was übriggeblieben ist von unserem Wunder.

Ich lasse meine Hand sinken und nicke. »Ja, wenn du das möchtest.«

Chrissie rutscht zu mir auf den Boden, ihre Knie liegen auf meinen und sie starrt mich an. Die Möglichkeit eines Lächelns zupft an ihren Mundwinkeln. »Danke, Helga.«

*

»Na, was führt dich denn her?«, fragt Carola, meine Gynäkologin, als sie zu mir ins Behandlungszimmer kommt und hinter ihrem Schreibtisch Platz nimmt.

»Ich brauche ein Rezept für Cytotec«, antworte ich, während mein Blick über die laminierte Karte huscht, die vor mir liegt und Carolas Kundinnen über diverse Verhütungsmethoden aufklärt, mit einem Punktesystem für Zuverlässigkeit und Handhabung.

»Ist es für dich?« Die Frage fliegt behutsam zu mir wie der Flügelschlag einer Kohlmeise, doch ich schüttle den Kopf.

»Nein, für eine Klientin.«

Carola presst die Lippen aufeinander und tippt die Fingerkuppen beider Hände mehrmals gegeneinander. »Du weißt, dass ich das nicht darf.«

»Ja.«

Sie seufzt. »Helga, das geht nicht.«

»Soll ich dich anlügen?«

Carola verschränkt die Arme vor der Brust und schweigt. Während sie vermutlich überlegt, wie sie mir mein Ansinnen ausreden kann, stelle ich fest, dass in ihrer Verhütungsübersicht tatsächlich auch »keine Verhütungsmethode« auftaucht, die einen Pearl-Index von 85 aufweist. Wenn einhundert Frauen ein Jahr lang nicht verhüten, werden 85 von ihnen schwanger. Meint die Statistik.

»Deine Karte sagt nichts darüber aus, wie oft man Sex haben muss, bis der Pearl-Index relevant wird«, sage ich, weil es mir durch den Kopf geht.

Carola verdreht die Augen, wie es sonst nur Teenagern gelingt, bevor sie grinst. »So oft wie möglich«, meint sie dann. »Schickst du mir die Frau vorbei? Dann sehe ich, was ich für sie tun kann.«

»Danke.« Ich stehe auf und will mich Richtung Tür wenden, da stoppt mich ein »Halt, hiergeblieben!«.

Ich halte inne.

»Du glaubst doch nicht, dass du mir so einfach entkommst, liebe Helga. Du machst dich jetzt schön untenrum frei und nimmst auf meinem Gästestuhl Platz.«

Jetzt ist es an mir aufzuseufzen, lang und tief. Währenddessen schwingt sich Carola um ihren Schreibtisch herum und federt zur Untersuchungsecke hinüber.

»Mach schon, draußen warten Frauen, die freiwillig zur Vorsorge kommen.«

»Mir geht es gut.« Ich hätte es wissen müssen. Seit achtzehn Jahren ist Carola meine Gynäkologin; sie kooperiert mit dem *Storchennest* und empfiehlt es Schwangeren, die neben ärztlicher Betreuung Vorsorge durch eine Hebamme wünschen. Umgekehrt schicke ich alle Klientinnen zu Carola, die mit ihrer bisherigen Ärztin unzufrieden sind. Unter denjenigen, die sich für eine Hausgeburt entscheiden, liegt die Quote bei über neunzig Prozent, und mich nervt es, dass so viele Schulmedizinerinnen immer noch Vorurteile gegenüber Geburten außerhalb einer Klinik haben. Als legten freiberufliche Hebammen es darauf an, die Leben der Mütter und deren Babys zu riskieren. Selbst wenn es keine Studien dazu gäbe, und die gibt es, sagte einem doch der gesunde Menschenverstand, dass eine Geburt ungestörter verlaufen kann, wenn die Frau sich in den eigenen vier Wänden frei bewegen und dem Prozess hingeben darf, als wenn sie im Kreißsaal Protokollen, Dienstplänen und der aktuellen Auslastung unterworfen ist.

Ich bemerke den Fehler in meinem Gedankengang: gesunder Menschenverstand.

»Ob es dir gut geht, entscheide ich«, lässt mich Carola wissen, während ich mich hinter den Umkleidevorhang zurückziehe. Eine merkwürdige Einrichtung, denn ein paar Augenblicke später trete ich ohnehin entblößt vor meine Ärztin, wozu also die Gardine? Damit sie nicht sieht, wie ich meine Hose aufknöpfe?

»Es ist schon wieder fast drei Jahre her, seit du das letzte Mal hier warst, das ist zu lang.«

»Ist es nicht, in mir wächst nichts.« Ich setze mich auf den Stuhl, spreize die Beine über den beiden Stützen links und rechts und überlege, ob sich ein Mann jemals so vor seinem Arzt präsentieren würde. Freiwillig, meine ich.

Carola mustert mich mit einem Ausdruck in den Augen, den ich nicht deuten kann, dann widmet sie sich ihren bereitgelegten Instrumenten und greift nach der Spekula und dem Stäbchen für den Abstrich.

»Sieht alles gut aus«, sagt sie nach dem unangenehmen Druck und dem Kratzen. »Kannst dich anziehen und rüber zum Ultraschall gehen.«

»Das ist eine kostenpflichtige Zusatzleistung«, werfe ich ein. »Du hast mich nicht gefragt, ob ich das möchte.«

»Das werde ich auch nicht, denn mir gefällt deine Antwort nicht.«

»Manchmal frage ich mich, ob ich nicht die Frauenärztin wechseln sollte«, murmle ich beim Anziehen hinter dem Vorhang.

»Na, und ganz offensichtlich entscheidest du dich jedes Mal dagegen.« Ich höre Carola geradezu feixen. »Also hör auf zu meckern und sieh zu, dass du herkommst.«

»Ich mag Ultraschallgeräte nicht«, sage ich, während ich mich auf die mit Papier belegte Liege schiebe.

»Ich weiß, aber keine Sorge, es nimmt dir deine Abneigung nicht übel.« Carola tätschelt ihr Gerät, bevor sie weiteres Papier hervorzaubert und in meinen Hosenbund stopft. Mit einem schmatzenden Geräusch landet Gel auf dem Schallkopf.

»Gleich wird's ein bisschen kalt«, warnt sie routinemäßig, was sie vermutlich genauso wenig abstellen kann wie Supermarktkassierer die Frage nach der Kundenkarte. Eine meiner Klientinnen erzählte mal, dass sie sogar ihren Mann jedes Mal danach fragt, wenn er bei ihr einkauft, obwohl sie weiß, dass er keine hat. Angeblich hat er daraus einen Sport gemacht und eine Strichliste geführt. Beim zehnten Mal zog er ein kleines Schächtelchen aus der Tasche.

»Haben Sie eine Kundenkarte?«

»Nein, aber geht auch dieser Ring?«

Der ganze Supermarkt jubelte, und die Filialleitung spendierte drei Kisten Sekt für die Hochzeit. So die Legende.

Der Schallkopf glibbert über meinen Bauch, und ich starre an die Decke, die wenig sehenswert ist, lediglich weiß. Irgendwo habe ich gelesen, dass genauso viele Frauen an Eierstockkrebs versterben, die regelmäßig zur Vorsorge gegangen sind, wie solche, die es nicht getan haben. Keine Ahnung, ob das stimmt. Vielleicht sollte ich es nachschlagen.

Carola hält in ihren Bewegungen inne und stutzt. Fährt mit dem Schallkopf ein Stück zurück, drückt fester. Ich spüre, dass sie sich ein scharfes Einatmen verkneift, die Reaktion eines Profis, damit die Patientin nicht sofort merkt, dass etwas nicht den Erwartungen entspricht.

Carola entfernt den Schallkopf von meiner Haut und putzt ihn ab, gründlich, weil sie Zeit braucht, um sich zu sammeln. Ich kenne diese kleinen Ausweichgesten.

»Zyste? Myom? Schlimmeres?«

Carola legt ihr Utensil beiseite, und ich sehe sie an. Sie starrt zurück, ohne dass ich sagen kann, was in ihr vorgeht.

»Wann hattest du deine letzte Blutung, Helga?«

Ich zucke mit den Achseln. »Keine Ahnung, ist eine Weile her, glaub ich. Ich achte nicht auf meinen Zyklus. Wenn er kommt, ist er da, irgendwann hört er wieder auf.«

Carola zieht eine So-kann-man-es-natürlich-auch-machen-Miene, bevor sie fragt: »Meinst du mit einer Weile zufällig so ungefähr zehn Wochen?«

Wir schauen uns an, einen Herzschlag lang, zwei, irgendwann sind es zehn. In Zeitlupe sickert eine Erkenntnis durch, Stück für Stück, erfasst mich. Etwas, für das ich keine Worte finde, vibriert durch meinen Körper und ist heiß und kalt zugleich. Außerdem ist mir schlecht, und ich befürchte, mich im nächsten Augenblick zu übergeben.

Ohne den Blick von mir abzuwenden, greift Carola erneut nach ihrem Schallkopf, legt ihn auf meinen Unterleib und justiert die Position. »Schau hin«, flüstert sie.

Ich schlucke, bevor ich den Kopf drehe, hole Luft. Dann sehe ich es. Fassungslos und jeden Ausdrucks beraubt. Der Herzschlag, der in meinen Ohren pocht, hat es fast genauso eilig wie jener, der auf dem Bildschirm des Ultraschallgeräts pulsiert. In der Brust eines winzigen Geschöpfes mit riesigem Kopf. Es hat Arme und Beine, und ich kann ein Stück der Nabelschnur erahnen. Tausend Nadeln stechen in meinen Körper, und ich weiß nicht, ob sich das gut anfühlt oder schmerzt.

Carola zieht ein Papiertuch aus ihrer Box und tupft sich übers Gesicht. »Und du hast gar nichts gemerkt?« Ihre Stimme zittert, aber ein Strahlen wächst auf ihrer Miene und sie lacht. »Ich dachte, du bist Hebamme.«

Ich schüttle den Kopf. »Nein.«

Im nächsten Moment reißt Carola mich an sich und drückt mich gegen ihre Brust. »Ich freue mich so für dich«, lächelt es in meinem Ohr.

Als sie sich von mir löst, lege ich meine Hände auf meinen Unterleib, der sich warm anfühlt, weil meine Finger kalt sind. Ich versuche etwas zu denken, aber es gelingt mir nicht, also starre ich erneut zum Bildschirm hinüber, weil es ja sein kann, dass verschwunden ist, was ich eben gesehen habe; denn wieso sollte sich ein Geschöpf dort befinden, wo achtzehn Jahre lang keins wohnen wollte?

Es ist noch da. Eingekuschelt und zufrieden. In meinem Inneren.

Ich bemerke, dass mir Tränen die Wangen hinablaufen. So viele, dass ich nicht hinterherkomme. Ich staune.

Aber bitte mit Sahne

Madita

Die Sprachnachrichten, die ich Helga schicke, während ich vor ihrer Haustür hocke, klingen zunehmend verzweifelt, was mich selbst beunruhigt, weil es zeigt, wie es um mein Nervenkostüm bestellt ist. Es fühlt sich an, als hätte es eine Ehrenrunde durchs Piranhabecken gedreht, und hängt in Furcht einflößenden Fetzen von mir herab. In meinem Bauch zieht sich seit Stunden unangenehm ein Knoten zusammen, und mein Verfolgungswahn klopft auch unentwegt an. Zu allem Überfluss wohnt neben Helga dieser Nachbar, der mich, seit ich hier sitze, und das sind inzwischen immerhin zweieinhalb Stunden, die ganze Zeit durch seinen Türspion beobachtet. Dass ich ihn, obwohl seine Tür geschlossen ist, wie Darth Vader atmen höre, macht es nicht besser, und ich beschließe, Helga zu fragen, was das für ein komischer Kerl ist. Ich unterdrücke den Impuls, ihm zuzuwinken, um zu sehen, wie er reagiert, weil ich Angst vor den Möglichkeiten habe, auch wenn er vermutlich kein Laserschwert besitzt. Außerdem ist seine Neugier ätzend und macht mich ein ganz kleines bisschen wütend. Aber vielleicht bin ich auch einfach sauer, dass mich das Leben gerade statt mit Samthandschuhen mit stachelbewehrten Eisenfäustlingen anfasst. Und dass Stühle unter Schwangeren umkippen.

In meiner Hand vibriert das Handy, das ich umklammert halte wie irgendein magisches Utensil, dessen verborgene Kräfte sich im Moment größter Gefahr ganz gewiss zeigen werden, um mich, die auserwählte Hebamme, zu beschützen, wie es irgendeine heilige Legende seit tausenden Jahren prophezeit. Oder so.

Falls du immer noch nichts Besseres mit deiner Zeit anzufangen weißt und weiterhin vor meiner Tür hockst – ich bin gleich da. Trinke unten Kaffee.

Helga!

Ich springe auf, winke nun doch in Richtung Nachbartür und schwinge mich schleunigst die Treppe hinunter, ein halbes Ohr oben, um mitzukriegen, falls Darth Vader die Verfolgung aufnimmt. Tut er nicht.

Mit einem irren Kichern in der Kehle schlüpfe ich ins Freie und von dort ins *Amore Belle* und setze mich an den letzten freien Tisch direkt vor dem großen Fenster. Draußen verdunkelt sich der Himmel und Wind frischt auf; der angekündigte Sommerregen wird nicht mehr lange auf sich warten lassen.

»Buon giorno, Signorina.« Der Barista fliegt heran, kaum dass mein Po die Sitzfläche des Stuhls berührt. »Eine Himmel voller Regen heute, aber du trägst wie immer die Sonne im Herzen, eh? Was darf ich Wunderbares für dich tun?«, fragt er mich mit einem verschmitzten Lächeln auf den Lippen, und alle möglichen Wünsche tanzen durch meinen Kopf.

Ich möchte gern zu meiner Schwester, von ihr in den Arm genommen werden, nicht mehr das Gefühl haben, jemand habe es auf mich abgesehen – gleichgültig ob Hoodieträger oder Sternenkrieg-Nachbar. Außerdem will ich, dass endlich ein Wissenschaftler Schokolade erfindet, die nicht dick macht, und wenn's geht, den Knoten in meinem Bauch loswerden.

Ich blinzle, während der gute Mann vor mir stur weiterlächelt, bis ich mich gesammelt habe. Hoffentlich wirke ich auf ihn nicht genauso verschroben wie auf den adretten Polizisten Silas. Ich fürchte, der denkt, ich habe nicht ganz alle

Schrauben dort, wo sie hinmüssen. Schade, denn wenn ich so darüber nachdenke, finde ich ihn irgendwie ganz süß. Aber vielleicht will ich auch einfach nur beschützt werden.

»Eine heiße Schokolade wäre toll. Mit doppelt Sahne …« Ich unterbreche mich, richte meine Tasche neu auf der Fensterbank aus, bevor sie runterfällt. »Nein, warten Sie, dreifach Sahne bitte.« Zusatzkalorien werden helfen, ganz sicher.

»Sahne mit heißem Kakao, sì, kommt sofort, Signorina.« Der freundliche Herr nickt und wendet sich dann den zwei älteren Damen am Nebentisch zu, die er mit einer Charme-Offensive abkassiert, die mich rot werden lässt. Die beiden Frauen Ende sechzig kichern.

Als Helga endlich erscheint, sich auf den Stuhl mir gegenüber fallen lässt und mich eine ganze Weile einfach nur anstarrt, fehlen mir all die Worte, um zu beschreiben, was in mir vorgeht und die erklären könnten, weshalb ich meine Kollegin mit Sätzen wie *Kannst du herkommen, bitte??? Es ist dringend!!! Quasi ein Notfall!!!!!!* herbeordert habe. Ich würge ein, »Gut, dass du da bist« hervor und hoffe, dass ausnahmsweise mal Helga das Reden übernimmt. Immerhin hat sie heute frei, sagt unser Dienstplan, und könnte entspannt und inzwischen ausgeschlafen sein. Leider wirkt sie ziemlich abgekämpft. Shit.

Entsprechend schlecht steht es um die Erfüllung meines Wunsches nach Initiative. Helga nickt mir knapp zu, bevor sie an mir vorbei aus dem Fenster stiert. Geschlagene vier Minuten lang. Dann halte ich es nicht mehr aus.

»Wirklich, schön, dass du Zeit für mich hast«, platze ich heraus und lächle. »Was für ein turbulenter Tag, oder?«

Zu meinem Erstaunen antwortet Helga prompt.

»Da sagst du was«, murmelt sie gedehnt, ohne mich anzusehen, und ich befürchte, das ist alles, was sie von sich geben wird. Ich will es gerade mit einem anderen Ansatz versuchen, als sie hinterherschiebt: »Ich war bei Chrissie, nach dem Rechten sehen. Anschließend bei meiner Ärztin.«

Es dauert einige Momente, bis ich die Informationen in meinem Kopf sortiert habe. Chrissie ist die Frau mit der Fehlgeburt, für die Helga am Telefon solch intensive Worte fand, dass es mir durch und durch ging. *Das sagt jedoch nichts darüber aus, wie es sich anfühlt, oder?* Mir läuft es immer noch eiskalt den Rücken hinunter angesichts der Empathie, die so unvermittelt aus der üblicherweise harschen Helga sprach.

Sie weiß, wovon sie redet, schoss mir in jenem Moment im Auto durch den Kopf, und ich hatte mir vorgenommen, dem vorsichtig nachzugehen. Bevor die Ereignisse rund um Sarah alles andere in mir erstickten. Nun ist der Gedanke zurück.

»Was für eine Ärztin?«, erkundige ich mich, um irgendwas zu sagen, und bin mir bewusst, dass es vielleicht nicht die schlauste Frage ist. Immerhin geht es Helga ja seit einer ganzen Weile schon nicht so gut. Übelkeit, Schwäche, schlechte Laune – wobei, die gehört zu ihrem Naturell –, da geht früher oder später jeder zum Arzt, oder?

»Wird das ein Verhör?«

Ich lache. »Natürlich.«

»Gut, dann mache ich Gebrauch von meinem Recht zu schweigen.« Helga schüttelt den Kopf, fixiert irgendetwas draußen auf der Straße, und ich folge ihrem Blick, entdecke aber nichts, das ihr Interesse geweckt haben könnte. Es beginnt zu regnen, Tropfen sprühen ans Glas und ein Blitz erhellt die Dächer der Altbauten ringsum.

»Kommen wir lieber zu dir.« Helgas Stimme ist plötzlich ungewohnt sanft, und ich klammere mich an der Tischkante fest, als draußen der Donner kracht. »Geht es um letzte Nacht?«

Ich schlucke und nicke. Jetzt, wo ich tatsächlich nur reagieren muss, habe ich keine Ahnung, wie ich anfangen soll. Bis

Helga den Kopf wendet und ihren unergründlichen Blick in mein Inneres bohrt.

»Ich bin so unendlich froh, dass Sarah alles gut überstanden hat«, stolpert es aus mir heraus, während meine Hände den bepflanzten To-go-Becher zwischen uns ergreifen, um ihn hin- und herzudrehen. »Nicht auszudenken … es geht mir einfach nicht mehr aus dem Kopf, weißt du? Die ganze Zeit frage ich mich: Hab ich alles richtig gemacht?« Während Helga erneut aus dem Fenster schaut, findet ihre Hand meine um den Becher geklammerte und tätschelt sie. Wie meine Oma es immer getan hat, wenn ich hingefallen bin. Ein bisschen unbeholfen, aber durchaus liebevoll.

»Du hast dich vorbildlich verhalten, Madita. Ich bin …« Helga unterbricht sich, heftet ihre grünen Augen wieder auf mich. »… nun, ich bin stolz auf dich.«

Ihre Worte überraschen mich, wenngleich ich das Gefühl nicht loswerde, dass sie zuerst etwas anderes sagen wollte. Etwas wie: *Ich bin überrascht, dass du die Nerven behalten hast.* Oder: *Ich bin erstaunt, dass du nicht versucht hast, einen Wunschpunsch zu brauen, um die Götter zu bestechen.* Oder Ähnliches.

Mein Mundwinkel zuckt. Bevor der Knoten in meinem Magen die nächsten Sätze aus mir herausdrückt. »Hätte ich schneller reagieren müssen? Hätte ich früher den Notruf wählen sollen? Ich gehe alles immer wieder durch, und jetzt im Nachhinein kommt mir das alles viel zu lang vor. Womöglich hätte ich …«

»Womöglich hätte ein Asteroid von der Größe des Mondes die Erde getroffen, und dann wäre sowieso alles egal gewesen«, brummt Helga in meinen verbalen Sturzbach hinein, und ich halte inne. Wie kommt sie jetzt darauf?! »Konjunktiv-Zwei-Fragen im Plusquamperfekt zu stellen, gehört verboten, oder anders ausgedrückt: Hätte, hätte ist für die Tonne. Wenn man sich nämlich zu viel mit dem beschäftigt, was hätte gewesen sein können, bleibt zu wenig für das, was ist.«

»Wow«, sage ich, während meine Gedanken immer noch versuchen, die Vorstellung eines Trabanten zu verdauen, der auf die Erde zurast, bevor er mit einer Wucht aufschlägt, die lediglich Bröckchen übrig lässt. Von allem.

»Das hat meine Großmutter gesagt«, erklärt Helga, und ich würde gern etwas antworten, doch sie fährt fort, ohne Luft zu holen: »Du warst besonnen, hast beruhigend auf die Betroffenen eingewirkt und die Kontrolle behalten. Was hättest du anders machen wollen? Am Morgen ein Orakel befragen, ob was ungewöhnlich Gefährliches ansteht?«

Was mich gedanklich zum Thema Cassandra Astrolanta und Lotta springen lässt. Ich sehe meine Schwester vor mir, die auf die Verkündung meiner Berufsentscheidung panisch reagierte.

»Madita, hast du eine Ahnung, was du für eine Verantwortung trägst bei so einem Job?« Sie hatte mich an den Handgelenken gepackt, mich daran zu sich gerissen, bis meine Stirn gegen ihre stieß, und mit spiegeleigroßen Augen in mich hineingestarrt. »Wenn was schiefgeht, wirst du auf den Scheiterhaufen geschleppt und abgefackelt!«

Ihre Grabesstimme war mir kitzelig den Rücken hinuntergeperlt, aber Lotta hatte sie einmal zu oft benutzt, um mich damit noch beeindrucken zu können. So hatte ich mit der Frage gekontert, was eigentlich passiere, wenn sie aus Versehen einen der Kähne versenke, auf denen sie umherschippere. Daraufhin hatte Lotta mich losgelassen, und wir lachten beide. Leben heißt Verantwortung, egal wie und wo.

»Das bedeutet mir viel, Helga. Danke«, katapultiere ich mich selbst ins *Amore Belle* und zu meiner Kollegin an den Tisch zurück. »Ich meine, klar, ich hab schon einiges erlebt unter einer Geburt. Und unser Beruf ist nicht immer schön, er beinhaltet eben auch Schattenseiten, hat seinen ganz eigenen Schrecken, das weiß ich ja. Stille Geburten, Nabelschnurvorfälle oder plötzliche Eklampsien. Aber diese Nacht hat mich trotzdem ganz schön mitgenommen, und dieser Knoten …« Ich deute irgendwo zwischen Herz und Magen, »… der löst sich einfach nicht auf und nimmt mir die Luft zum Atmen«, versuche ich meinen Zustand zu beschreiben, und Helga versteht. Ich kann es in ihrem Gesicht lesen, obwohl es auf den ersten Blick unbewegt bleibt. Anscheinend lerne ich die Frau, mit der ich arbeite, allmählich tatsächlich kennen.

»Das ist normal, gib dir ein wenig Raum dafür«, rät sie mir just in dem Moment, als der Barista meinen Kakao mit Sahne bringt. Diesmal ist es kein Gebirge, sondern eine ganze Landschaft, die sich kunstvoll und zartflockig schokobestäubt in waghalsige Höhen türmt. Vorsorglich hat der gute Mann das Kunstwerk in einer Schale errichtet, in der er normalerweise Café au lait serviert. Etwas zu eilig schnappe ich mir das Trinkgefäß mit rosa Punkten, Sahne läuft am Rand hinab und ertränkt den beigelegten Keks.

Helga bedenkt mich und meine Wahl mit einem Blick, der mich an meine Mathelehrerin denken lässt, als ich versuchte ihr zu erklären, warum meine Version des kleinen Einmaleins viel einfacher zu lernen sei als ihre: mit einer Mischung aus Unglauben und Mitleid.

Ich könnte beleidigt sein, schiebe mir stattdessen aber lieber einen Löffel voller Sahne in den Mund und vergesse augenblicklich alles. Fluffige Creme, die nach Kalorien schmeckt – ich genieße jeden Kubikmillimeter.

Derweil bestellt sich Helga einen Kaffee und bestellt ihn gleich wieder ab. Seltsam. Der Miene des Baristas nach zu urteilen überrascht es ihn genauso wie mich, als sie schließlich nach »so 'ner Getreideplörre« verlangt, in der sie lustlos herumrührt, nachdem der Mann sie mit der Bemerkung serviert hat, dass er »siche mache Sorgen um die Signora«. Was die in ihrer geflissentlichen Art natürlich ignoriert.

»Ist schon heftig«, unternehme ich irgendwann den Versuch, unsere gesprächsähnliche Kommunikation wiederaufzunehmen. »Ich meine, wie viele Uterusrupturen hattest du im Laufe der Karriere? Das kommt ja nun wirklich nicht jeden Tag vor.«

»Eine, bei einer Drittgebärenden mit Kaiserschnittnarbe«, antwortet Helga ohne nachzudenken. »Allerdings war die Intensität der Wehen so heftig, dass es sich ankündigte und wir sofort handeln konnten. Außerdem waren wir im Krankenhaus – das war ziemlich zu Beginn meines Berufslebens.«

»Mmh«, mache ich nachdenklich und spüre, wie um meinen Magenknoten herum eine tiefe Dankbarkeit aufsteigt, dass bei Sarah letztlich alles gutgegangen ist.

»Hier.« Helga zieht ihr Handy aus der Tasche und hält mir ein Foto der süßen Pervin hin, Sarahs und Saschas kleiner Tochter, die zum Glück putzmunter auf der Frühchenstation liegt. Sie ist zierlich, aber kräftig und zeigt die Andeutung eines Engellächelns. Sofort flutet mich Wärme, füllt mein Herz. »Hat mir der Vater geschickt.«

Natürlich, schmunzle ich still in mich hinein, du würdest sicher nie etwas Niedliches fotografieren. Laut sage ich: »Sie ist verdammt hübsch«, und Helga stimmt mit einem Brummen zu. »Man sieht ihr den Schrecken gar nicht an.« Ich kann es kaum erwarten, den süßen Fratz im Krankenhaus zu besuchen.

»Kinder sind hart im Nehmen«, behauptet Helga, die immer noch in ihrer Tasse herumrührt, als habe sie vor, einen Strudel darin zu erzeugen. Wen oder was sie darin wohl zu versenken hofft?

»Unser Job ist echt nichts für Zartbesaitete, nicht wahr?« Nun, einen Kahn durch stürmische See zu schippern auch nicht, würde Lotta jetzt einwerfen, und ich frage mich, was sie sagen würde, geriete ihr Schiff in einen Getreidekaffeewirbel. »Meine Schwester versteht bis heute nicht, wie ich Hebamme werden konnte«, plaudere ich drauflos und tunke meine Nase beim Trinken in weiche Sahne. Süße explodiert auf meiner Zunge und beruhigt mich. »Als sie merkte, dass mich nichts davon abbringen ließ, hat sie sich auf YouTube Geburten angesehen und war entsetzt. ›Maddy, das ist der blanke Horror, was da zu sehen ist. Ein Tarantino-Film ist ein Scheiß dagegen!‹ So hat sie's formuliert. ›So viel Blut, Schleim und Schreie – wie ein Splattermovie mit der Kameraführung und Ästhetik vom Blairwitchprojekt. Bah!‹« Ich kichere, weil ich Lottas entsetztes Gesicht vor mir sehe, und ich schwöre, Helgas Mundwinkel kräuselt sich ganz leicht. Aber natürlich kann ich mich auch täuschen.

»Wolltest du schon immer Hebamme werden?«, frage ich zum einen, weil mich der Zucker viel zu glücklich macht, um zu schweigen, und zum anderen, weil es mich tatsächlich interessiert. Mein eigener Werdegang ergab sich ja eher spontan …

»Ich war schon immer Hebamme«, antwortet Helga, als es draußen erneut donnert, lauter diesmal. Ich betrachte sie eine Weile, wie sie die Kreisrichtung des Löffels ändert und damit kleine Wellen in ihrem Becher erzeugt, bevor der Strudel sich andersherum dreht. Auf ihre Weise ist Helga hübsch, etwas androgyn vielleicht mit der strengen Kurzhaarfrisur, deren vordere Fransen sich heute leicht an den Schläfen locken und vorwitzig in ihre Stirn legen. Ihre Wangen sind leicht gerötet und ihre grünen Augen, andeutungsweise mandelförmig, leuchten. Als sie meinen Blick bemerkt, hebt sich eine Braue.

»Was?«

»Hebamme? Wohl kaum als Kind«, kommentiere ich und werde direkt eines Besseren belehrt.

»Doch, schon. Meine Großmutter hat mich oft mitgenommen. Sie lebte auf dem Land und war weit und breit die einzige Hebamme, die es gab, und das in dritter Generation. Wer in der Gegend ein Kind erwartete, kam zum Fronau-Hof, schon immer. Im Laufe ihres Lebens hat meine Großmutter mehr als 3.000 Babys auf die Welt gebracht, manche davon Kühe und Schweine und einmal sogar ein Alpakafohlen.« Helga zuckt mit den Achseln, und ich staune sie an. »Tja, ich war bei einigen Geburten dabei.«

»Wow. Und ich dachte schon, bei mir sei es eine zauberhafte Art der Berufung gewesen, als meine Tante eine überstürzte Geburt erlitt, während wir ihren Kleiderschrank aufräumten.« Ich grinse. »Ich wurde sozusagen qua Anwesenheit Geburtshelferin.« Wenn ich es genau nehme, gibt es Parallelen zu dem Zwischenfall mit Sarah. Das Gefühl von Panik und Überforderung, in dem ich zu ersticken drohte, an jenem Tag vor vier Jahren und letzte Nacht. Wenn Linda damals einen Uterusriss erlitten hätte, wäre ich nicht in der Lage gewesen zu helfen, denke ich und spüre, dass mein Puls sich wieder beschleunigt. Ich stoppe den beginnenden Film, bevor er mich überrollen und mit Hätte-hätte-Bildern fluten kann. Zum Glück ging ja alles glatt damals und ich musste nicht allzu viel tun, um Lisas kleine Tochter in Empfang zu nehmen. Der Zauber dieses Augenblicks, als ich das winzige Kind in meine Hände nahm und in sein zerknautschtes Gesichtchen starrte, entschädigt mich bis heute.

Ich umreiße die Geschichte, und Helga hört mir aufmerksam zu, eine eher seltene Sache. Oft genug glaube ich, sie denkt sich mich gern mal weg, weil sie mein Gequatsche als lästiges Hintergrundrauschen empfindet.

»Manche Ereignisse sind in der Lage, den eigenen Lebensplan mit einem Schnippen umzuschreiben«, meint sie, nachdem ich mit dem glückseligen Lächeln geendet habe und mich mit einem Mund voll Sahne belohne.

»Ja, das ist richtig.« Ich neige den Kopf, betrachte meine Kollegin erneut, ihre rosigen Wangen, die mir plötzlich rund vorkommen, obwohl Helgas übriger Körper hager ist. Ihre linke Hand, die unterhalb des Nabels auf ihrem Leib ruht, während sie mit der rechten den Getreidekaffee malträtiert, den sie nicht anrührt. Weil sie niemals etwas anderes trinkt als echten, handgemahlenen Bohnenkaffee.

Ich muss mich zusammenreißen, um mir nicht volle Kanne gegen die Stirn zu schlagen und dabei die Sahne auf meinem Löffel quer durchs Café zu schleudern. Wieso zum Geier habe ich das nicht gleich gemerkt?! Helga sprüht geradezu vor dieser ganz besonderen Energie, die ich doch in- und auswendig kennen sollte.

Ich muss grinsen. »Und wie geht es dir mit deinem Ereignis, das Lebenspläne umschnippt?«, frage ich, und bevor ich es aufhalten kann, auch gleich: »Wirst du es behalten?« Denn wenn ich etwas mitbekommen habe, was Helgas Privatleben angeht, dann, dass sie sich vor ein paar Monaten von ihrem Mann getrennt hat. Monika entschuldigt ja quasi jede Unfreundlichkeit von Helga mit diesem Geheimnis. Und in so einer Situation …

Helga knallt ihren Löffel auf den Tisch und schiebt die Tasse von sich, dass sich Getreidekaffee in meine Richtung ergießt.

Mein Lächeln verfliegt, und ich rudere zurück. »Oh, wenn du nicht darüber reden willst …«

»Was meinst du mit ›behalten‹?!«

»Das Baby?« Meine Stimme piepst, weil mich plötzlich die Sorge überfällt, dass ich total danebenliege, wie bei Frau Huber damals, einer Nachbarin, der ich zur Schwangerschaft gratulierte und dafür fast eine geklebt bekam, weil sie einfach nur sehr dick geworden war. Kindheitstrauma.

Helgas Hand zittert leicht, als sie dem Barista winkt und mit einer Geste aus zwei gekreuzten Fingern und einem Schlenker mit dem Handgelenk eine Bestellung übermittelt. Was immer das Geheimzeichen bedeutet – der Cafébesitzer nickt und macht sich sogleich an seiner Kaffeemaschine zu schaffen, während er mit der anderen Hand ein Glas vom Regal angelt.

»Noch mal Sahne bitte«, rufe ich weniger verschlüsselt quer durch den Raum, und der Barista reckt seinen Daumen hoch, ohne sich umzusehen.

»Ich bin für dich da, jederzeit«, beeile ich mich, Helga zu versichern. »Egal ob du reden willst, ob du was brauchst oder ich etwas für dich erledigen kann. Und egal wie du dich entscheidest.«

»Na, da bin ich ja beruhigt«, entgegnet sie und schweigt, bis der Barista unsere Bestellungen bringt, mir ein buntes Schälchen mit weißem Berg, ihr ein Glas voll tiefer Schwärze.

»Ich bin auch gut in Fußmassage«, sage ich, ihren Sarkasmus ignorierend, und sehe dabei zu, wie Helga ihr Gesicht in den Dampf hält, der von ihrem Kaffee aufsteigt, tief einatmet und plötzlich entspannt wirkt wie nach einem Yogawochenende. Na gut, in meinem Fall wohl eher nach einer Woche auf dem Sofa … »… ähm … du weißt schon, dass Koffein …«

»… bis zu einer Menge von 200 Milligramm am Tag vollkommen unbedenklich ist, ja, danke.« Helga setzt ihr Glas an und trinkt. Schluck für Schluck. Nach einem Drittel stellt sie es ab, leckt sich über die Lippen. Und dann lächelt sie. Wirklich und tatsächlich.

Ich muss sagen, ich bewundere Helga auf eine Art. Diese Frau ist wie ein Fels inmitten tosender See. Sie scheint nichts umhauen zu können, ganz im Gegensatz zu mir.

»Ich werde nur einen pro Tag trinken«, verspricht sie, vermutlich weil ich sie weiterhin anstarre. »Und zu deiner Frage: Da gibt es nichts zu entscheiden.«

»Oh …« Ich wage gar nicht erst zu mutmaßen, in welche

Richtung sie das meint, sondern hoffe auf einen eindeutigen Zusatz. Was Helga bestimmt bemerkt, denn sie lässt mich warten, und wir schauen beide aus dem Fenster und zählen die Blitze, die noch immer über den Himmel zucken. Zumindest ich tue das.

»Weiß es dein Mann schon?«, frage ich, als ich sicher bin, dass Helga mich bis in alle Ewigkeit wird zappeln lassen.

»Nun, der wohnt gerade lieber allein, deshalb …« Hitze steigt in ihr Gesicht, ganz leicht. »Ich weiß es selbst erst seit gerade eben.«

Ich verschütte Kakao auf dem Weg zu meinen Lippen. Ein dicker Klecks Sahne tropft auf mein Kleid.

»Spar es dir«, fordert Helga und lehnt sich zurück.

»Ich sag ja gar nichts.«

»Gut.«

»Ja.«

Helga zelebriert den nächsten Schluck Kaffee, bevor sie gleichzeitig erneut lächelt, schwer seufzt und sagt: »Ich werd's behalten.«

»Oh …«, wiederhole ich und stelle fest, dass ich gar keine Vermutung angestellt hatte, die sie mit ihrer Aussage bestätigt oder widerlegt hätte.

»Ein Geschenk nimmt man an, ganz gleich, wie überraschend man es bekommt.« Helga sieht mir an, wie sich all die Argumente für und wider einen Schwangerschaftsabbruch auf meine Zunge drängen, die allgemeinen wie die individuellen, die ethischen und die sozialen, die … »Ich weiß, dass nicht jede Schwangerschaft ein Glücksfall ist, Madita. Aber … nun. Diese ist es.«

Ich habe keine Ahnung, was ich entgegnen soll oder warum ich nicht einfach »Hurra!« schreie, und zupfe an meiner Unterlippe herum. »Sorry«, murmle ich, »ich freu mich total für dich, bloß frage ich mich gerade, was ich machen würde, wenn ich ungeplant schwanger wäre.« Ich lache nervös. »Also, wenn ich einen Freund hätte …«

Helgas Brauen wandern in die Höhe; nach so einigen meiner Anekdoten aus der letzten Zeit, ist ihr klar, dass ich kein Kind von Traurigkeit bin, und sie hat bestimmt angenommen, dass ich ständig in irgendwelchen Beziehungen lebe. Sie hört mir also doch zu.

»Meine längste Partnerschaft dauerte zwei Jahre, aber der Typ war nix zum Kinderkriegen«, erinnere ich mich an eine der ernsthafteren Episoden. »Lotta warnte immer, der sei manipulativ ohne Ende.« Ich seufze und muss zwei Löffel Sahne nachschieben, bevor ich weitersprechen kann. »Sie hatte natürlich recht. Er bastelte an mir herum und erschuf mir ein Glasfaserherz. Highspeed Liebe, highspeed Schmerz. Aber ich war ja eh viel zu jung für ein Baby.« Siebzehn, um genau zu sein. Ich war siebzehn, als Lion mir das Herz brach.

»Kommt drauf an«, meint Helga.

»Ob's ein Geschenk gewesen wäre?«

Sie nickt und sieht aus, als ob sie etwas anfügen wird, was sie aber nicht tut. Stattdessen trinkt sie von ihrem kostbaren Nur-einer-am-Tag-Kaffee, der so schwarz ist, dass sich vom puren Zuschauen ein bitterer Geschmack auf meine Zunge legt und mich schaudern lässt. Das Gewitter draußen hat nachgelassen, dafür regnet es jetzt in beständigem Rauschen.

»Hans und ich, wir wollten immer Kinder«, höre ich Helga als Nächstes sagen und kann nicht verhindern, dass ich bei ihrem Tonfall die Schultern hoch- und den Kopf einziehe, weil ich das absurde Gefühl habe, dass die Schwärze aus ihrem Glas gleich in mich hineinschwappt. So unfassbar traurig klingt sie. »Es hat nie funktioniert, und ich dachte, dieses Thema wäre obsolet.« Sie seufzt. »Ist wohl so eine Art von Ironie des Schicksals.«

Am Nachbartisch schlägt jemand eine Zeitung auf, ich

drehe den Kopf, als es raschelt, und lese die Headline. *Teenager verschwunden. Viktoria, sechzehn Jahre alt, wird seit drei Tagen vermisst.*

Na, großartig. Noch mehr schwierige Themen. »Ja, das Schicksal ändert gern mal die Frage, sobald man eine Antwort gefunden hat«, weiß ich aus Erfahrung, tauche meinen Löffel in die Sahne und klatsche einen ordentlichen Tupf auf Helgas Kaffee. So entsetzt habe ich sie noch nie gesehen, und ich muss laut lachen. Was sich gut anfühlt.

»Was soll das?«

»Probier einfach.« Ich grinse breit. »Ist ein Geschenk.«

Helga wirft mir einen Blick zu, der fast verschüchtert wirkt, und, noch erstaunlicher, sie greift nach ihrem Löffel und tut wie geheißen.

»Sieh zu, dass du auch Kaffee erwischst – denn die Mischung macht's.«

Auch diese Anweisung befolgt Helga, lässt einen Teelöffel voll Kaffee mit Sahnehäubchen in ihrem Mund verschwinden und prüft mit geschlossenen Augen. »Geht«, urteilt sie dann, bevor sie im nächsten Moment ihr Glas greift und einen kräftigen Schuss ihres Kaffees in meinen Kakao gießt.

»Hey …!«

»Die Mischung macht's, Madita.«

Wir sehen uns an, und plötzlich lachen wir beide laut los, prosten uns zu und trinken Kaffee-Kakao und Sahne-Kaffee. Joa, ich muss zugeben, hat was, die bittere Note zwischen den Zuckerkörnern.

»Wann willst du deinem Mann denn von der Schwangerschaft erzählen?«, frage ich, weil sich der Knoten in meinem Bauch in Plauderlaune verwandelt hat und ich mich wirklich für Helga freue. Für ein paar Sekunden zumindest, denn: »Moment mal … Ist es überhaupt von ihm?«

Helga zieht scharf die Luft ein, schaut sich vorsichtig über die Schulter um, ob man mich am Nebentisch gehört haben könnte. »Von wem denn sonst?!«

»Ich mein ja nur.« Ich mache eine beschwichtigende Geste. »Immerhin lebt ihr getrennt.« Ich überlege. »Aber dann ist da ja vielleicht noch was zu retten, oder? Zumindest hattet ihr vor nicht allzu langer Zeit noch schöne Stunden«, rechne ich mir aus. »Wer weiß, vielleicht rattert der Starlight Express der Liebe ja noch mal durch bei euch?« Ich zwinkere und lächle Helga gewinnend an.

Sie stutzt und macht dann ein nachdenkliches Gesicht. Dieser Gedanke scheint ihr noch gar nicht gekommen zu sein – bei mir wär's wahrscheinlich der erste gewesen. Bevor ich allerdings ergründen kann, was diese Möglichkeit in ihr auslöst, summt mein Handy, und ich lese die Nachricht meiner Mitbewohnerin Tonja, die mich daran erinnert, neuen Chlorreiniger mitzubringen, da ich neulich das Waschbecken mit rosa Haarfarbe versaut habe. Den leeren Kühlschrank soll ich bitte auch nicht vergessen, fügt sie an. Ich antworte mit einem Daumen nach oben und stecke das Telefon zurück in die Tasche.

Helga leert ihren Kaffee und kratzt mit dem Löffel die letzten Reste der Sahne vom Glasrand. Ich will einen fröhlichen Kommentar dazu äußern und stöhne stattdessen, weil mein Handy erneut vibriert. Wahrscheinlich weitere Anweisungen … Als ich den Chat öffne, stutze ich.

SOS, ich glaub, ich töte gleich wen, Nelly. Meine Lieblingshochschwangere, die seit Neuestem etwas gereizt wirkt. Bei den letzten beiden Terminen war tatsächlich ihr Ex- oder Doch-nicht-Ex-Freund Marv dabei gewesen, und während er sich beim ersten Mal so lieb um sie kümmerte, dass ich noch abends glücklich seufzte, als ich Mister Storch davon erzählte, glomm beim nächsten Mal die Luft vor unterschwelliger Feuergefahr. Und nicht die gute Sorte Feuer. Innerhalb weniger Tage war aus dem süßen Marv ein übergriffiges und unreifes Bürschchen geworden, sodass ich bereute, ihn dazugebeten zu haben.

Was ist los?, frage ich alarmiert und spüre sofort Ameisen über meine Haut laufen.

Marv ist ein Arsch. Kannst du kommen? Ich weiß nicht weiter, schreibt Nelly, und ich frage, wo sie ist.

»Schlechte Nachrichten?«, erkundigt sich Helga, die meine Unruhe wahrgenommen hat.

»Nelly braucht mich.«

»Oh, das Küken aus Schwangerschaftsgruppe Nummer 5–21. Kommst du mit ihr klar?«

Ich stoße mir mein Knie, beim Versuch aufzustehen, und die Tassen scheppern.

»Bestens, ich mag sie sehr.« Ich presse die Lippen aufeinander, will Helga eigentlich nicht einfach sitzen lassen. Es ist gerade so schön, so ehrlich mit ihr.

»Du musst nicht jedes Mal panisch losstürmen, wenn eine der Erstgebärenden einen Furz quer sitzen hat.« Sie zuckt die Achseln. »Sonst erreichst du das Rentenalter nicht.«

»Sagt diejenige, die an ihrem freien Tag bei ihren Kunden nach dem Rechten sieht und ihre panische Kollegin vor dem Irrenhaus rettet?«

Das halbe Lächeln, mit dem Helga antwortet, verjüngt sie um Jahre, und zum ersten Mal in unserer gemeinsamen Geschichte erwidert sie meine Umarmung zum Abschied. Ich sag's ja: Sahne wirkt Wunder.

»Mach, dass du wegkommst«, befiehlt Helga, weil es mir schwerfällt, sie loszulassen, und gibt mir einen Schubs in Richtung Tür. »Ich lad dich ein.«

»Danke!« Noch einmal drücke ich sie an mich, dann stolpere ich zwischen den Tischen hindurch Richtung Ausgang. Als ich auf die Straße trete, klatscht mir Regen ins Gesicht.

Hormone

Helga

Mein Finger schwebt über einem Eintrag. *Hans.* Dahinter die allererste Nummer, die ich vor Jahren in meinem nigelnagelneuen Mobiltelefon abspeicherte. Schon immer unter demselben Namen und nicht hinter *Schatz* oder *Liebster*. Hans und ich haben uns nie Kosenamen gegeben, schon gar keine Massenbezeichnungen.

»Wer weiß, wer sich in meine Arme stürzt, wenn ich im Baumarkt stehe und ›Schatz‹ rufe«, begründete Hans das mal, als wir in irgendeinem Alltagsgespräch darauf kamen. Beim Frühstück vielleicht oder abends auf dem Sofa, wenn wir die Füße auf das Tischchen legten und nebeneinander dasaßen, mein Kopf an seiner Schulter, sein Arm um meine. Ich einen Kaffee in der Hand, er vermutlich ein Glas Wein oder Kräuterlimonade.

»Wir gehen nie in den Baumarkt«, erwiderte ich.

»*Du* gehst nie in den Baumarkt, meine Helga, ich schon.«

Stimmt. *Meine Helga*. So bezeichnet Hans mich hin und wieder, insofern existiert also doch ein Kosename. Ob Hans mich in seinem Telefon dementsprechend unter *M* gespeichert hat?

Weil mein Finger ohnehin über seinem Namen verharrt, überlege ich, ihn zu fragen. Ich stelle mir vor, wie ich nach zehn Wochen Funkstille zu ihm sage: »Hallo Hans, sag mal, unter welchem Buchstaben stehe ich eigentlich in deinem Telefon?«, und versage dabei, mir seine Reaktion auszumalen.

Genauso wenig gelingt mir eine Vorstellung davon, was er erwidern wird, wenn ich von ihm wissen will: »Ähm, Hans, dass du mir eine eigene Wohnung gekauft hast, weil du fortan allein leben möchtest, bedeutet das eigentlich auch, dass dein Kinderwunsch passé ist?«

Als ich mir in Erinnerung rufen will, wie mein Ehemann aussieht, wenn er überrascht ist, taucht lediglich ein Ausdruck milder Verwunderung vor meinem inneren Auge auf. Ob es an Hans' grundsätzlicher Gelassenheit liegt oder daran, dass in unserem gemeinsamen Leben nichts gravierend Überraschendes passiert ist, lässt sich schwer sagen.

Ich denke an das Brautkleid, das ich wählte, weil es erschwinglich war und verhältnismäßig bequem. Ärmel aus Chiffon und ein Carmenkragen. Die rechte Seite des Rockes spaltete sich in einem Schlitz bis kurz unter die Pobacke, was Hans tatsächlich in freudiges Erstaunen versetzte, als ich mich ihm vor dem Kirchportal darin präsentierte und eine albern-kecke Drehung vollführte, damit er mich von allen Seiten betrachten konnte. Hans' Mund stand Momente lang offen, bevor er mich, offenbar in Ermangelung passender Worte, in seine Arme zog und mit einem Kuss bedachte, an den ich lange nicht gedacht habe und der jetzt durch meinen Leib jagt, dass ich schlucken muss. Wann haben wir uns das letzte Mal auf diese Weise geküsst – und warum haben wir damit aufgehört?

Ich lasse meine Hand sinken und lege das Handy beiseite. Ich kann Hans jetzt nicht anrufen. Nicht mit solchen Gedanken unter der Haut.

Rede mit deinem Mann, hat die Neue geschrieben, Madita, kaum dass sie das Café verlassen hatte. *Du weißt schon, der Starlight Express.* Dahinter Herzchen und Smileys, als gäbe es kein Morgen. Ich bin mir unsicher, ob sie wirklich denkt, dass es genügt, ein entsprechendes Türschild zu basteln, um in der Villa Kunterbunt zu leben. Oder ob die Methode, alles mit Zucker zu übergießen, ähnlich funktioniert wie Schönsaufen.

Ja, die Sahne, die das übergriffige Küken in meinem Kaffee versenkt hat, war zwar übelerregend süß, doch entweder habe ich mich inzwischen an latente Übelkeit gewöhnt oder es ist mein Hormonhaushalt, der mir einredet, den übertriebenen Fluff genossen zu haben. Hormone können ja eine Menge. Vielleicht steigt Hans also wirklich ein in den leuchtenden Zug, wenn ich ihm von dem Sternchen erzähle, das in mir wächst …

»Ach was«, sage ich ins Wohnzimmer hinein und stehe auf. Der Zug ist abgefahren, längst, außerdem halte ich nichts von Beziehungen, die auf äußeren Umständen fußen statt auf innerer Überzeugung. Zu oft begegne ich Paaren, die versuchen, den Riss in ihrer Beziehung mit einer Hochzeit zu kitten, mit einem Eigenheim, mit einem Kind, bevor sie nach überschaubarer Zeit die Scheidung einreichen, das Haus verkaufen und das Kind jedes Wochenende von A nach B transportieren und es mit »Tschüss, bis nächste Woche« verabschieden.

Ja, eventuell würde Hans sich tatsächlich eine Fahrkarte kaufen, und sei es nur Sternchen zuliebe – und dann? Auf seinem Fahrschein steht neuerdings ein anderes Ziel als auf meinem, warum also experimentieren, bloß um mir zu beweisen, was ich längst weiß?

Ich belege mir ein Brot mit Käse und überlege, ein Glas Silberzwiebeln zu öffnen, das ich gekauft habe, als wir irgendwann mal Raclette essen wollten. Woraus dann nichts wurde, weil sich die Geburt einer Klientin ankündigte, hinzog und erst zehn Stunden später mit der Verlegung ins Krankenhaus endete, weil der Frau die Kraft ausging und ich es nicht länger verantworten konnte, sie zu Hause zu betreuen. Ich verabschiedete mich, als sie dem Anästhesisten, der ihr die PDA legte, nach der sie schreiend verlangt hatte, einen Heiratsantrag machte. Kann gut drei Jahre her sein.

Das Raclette haben wir nie nachgeholt, sodass die Silberzwiebeln in meinen Umzugskartons landeten, weil Hans keine mag. Ich eigentlich auch nicht. Aber Gretus liebte sie, fällt mir ein. Und aß sie in rauen Mengen, und ich liebte es, unten auf die Spitze der kleinen Kugeln zu drücken und zu hoffen, dass dadurch oben die äußerste Schicht aufplatzte und das Innere herausschoss. Jedes Mal, wenn es mir gelang und das Zwiebelchen durch die Küche flutschte, hob Gretus den Zeigefinger, sagte: »Watt-watt!« und guckte streng, doch ich wusste, dass sie in ihrem Inneren kicherte.

Ich muss acht oder neun gewesen sein, als sie mich in ihr größtes Geheimnis das Erwachsensein betreffend einweihte. Ich hing im Kirschbaum und spuckte Kerne über die Wiese, sie saß auf der obersten Sprosse der Leiter und versuchte, meine Entfernung zu schlagen. Ich erzählte ihr, dass ich in der Schule behauptete, weit und breit die coolste Oma zu haben, was stimmte und was ich laut herumposaunte, weil alle anderen in den Sommerferien nach Frankreich fuhren, nach Griechenland flogen oder sogar auf einem Zeltplatz campierten mit Wald, Felswand, Badesee und Lagerfeuer, während ich auf die Frage nach meinen Abenteuern entgegnete: »Ich fahre zu meiner Oma.« Jedes Jahr.

Die Ferien waren fest gebucht bei Gretus, und manchmal verbrachte ich auch Wochen während der Schulzeit bei ihr, wenn mein Vater zu viele Dienste hatte und meine Mutter mit dem Theater auf Tournee ging, weil der Regisseur sich weigerte, eine andere Maskenbildnerin mitzunehmen. Als Teenagerin rutschte mir einmal die Frage heraus, ob nicht eventuell dieser Theaterfuzzi mein Vater sei, wofür ich die einzige Ohrfeige meines Lebens erhielt. Als ich die Frage in den nächsten Ferien bei Gretus wiederholte, nahm sie mein Gesicht in ihre Hände, blickte in eines meiner Augen und erwiderte: »Schau mal in den Spiegel, Helga.«

Was ich tat, später, weil mir meine Frage plötzlich peinlich vorkam, und feststellte, dass ich die Augen meines Vaters habe.

Meine Mutter mochte Gretus nie besonders, weil sie nichts mag, das nach Landluft riecht, und allergisch ist gegen alles, was nicht mondän daherkommt. Ich glaube, meinen Vater hat sie hauptsächlich deshalb geheiratet, weil er der beste Saxophonist der Stadt war und sie ihren Freundinnen damit imponieren wollte. Die gemeinsame Beschäftigung der beiden, die die meiste Zeit in Anspruch nahm, bestand darin, ihre Dienste zu vergleichen und eine Liste anzulegen mit den Abenden, Wochenenden und Tagen, an denen die Babysitterin kommen oder ich zu Gretus musste, weil sich nächtelang jeder Einsatz überschnitt. Der Bus, mit dem ich vom Fronau-Hof zur Schule gelangte, fuhr nur alle zwei Stunden, und wenn ich bei Gretus wohnte, stand ich morgens ab kurz vor sieben vor dem Schultor, um pünktlich zu Unterrichtsbeginn um acht vor Ort zu sein.

Für all das erntete ich Mitleid von meinen Klassenkameraden. Für mich war es normal.

»Na, die bin ich doch wohl auch«, erwiderte Gretus auf der Leiter sitzend. »Die coolste Oma weit und breit.« Ihr nächster Kirschkern schlug meinen um Längen.

Ich rupfte eine Frucht neben meinem Ohr vom Ast, stopfte sie in den Mund und ließ ihren Stein auf meiner Zunge hin- und herrollen, um ihn möglichst glatt zu kriegen, denn dann fliegen sie besser.

»Aber ich verrate dir was, Helga.« Gretus blickte zu mir hoch und verschränkte die Arme in Erwartung meines nächsten Rekordversuchs. »Die meisten Erwachsenen würden gern weniger streng sein, als sie nach außen hin tun.«

Ich schob den Kirschkern in die Wange. »Warum?«

»Na, das ist ein bisschen wie mit Frau Mahlzahn, weißt du?

Kinder brauchen jemanden, der die Richtung vorgibt und ihnen beibringt, wie man durchs Leben kommt.«

»Frau Mahlzahn schlägt die Kinder, Oma.«

»Hm, ja. Gut, das Bild ist schief. Ich will bloß sagen, dass das, was Erwachsene tun, oft nur deshalb geschieht, damit sie später nett sein können.«

»Hä?«

Gretus winkte ab. »Ach, vergiss es, es war kein gutes Beispiel.«

Trotzdem wusste ich irgendwie, was sie sagen wollte. Und das gefiel mir. Die Vorstellung, dass sich Erwachsene heimlich genauso kindisch benehmen wie ihr Nachwuchs. Fortan stellte ich mir vor, wie meine Mutter nachts in mein Zimmer schlich und mit meinen Barbies spielte, während ich schlief. Vermutlich fand sie das Geheimfach im Rücken von Barbies Schimmelstute genauso aufregend wie ich, und einmal legte ich ein paar Gummibärchen hinein, damit meine Mutter etwas fand, wenn sie reinschaute. Sie blieben so lange drin, bis sie steinhart wurden, und als ich sie schließlich ausräumte, fehlte kein Einziges.

Neben mir blubbert etwas, und ich stelle fest, dass ich mir einen Tee gekocht habe. Aus der Kräutermischung, die mir Madita neulich vor die Tür gelegt hat.

»Das ist deine Schuld, Sternchen«, murmle ich. »Gänsefingerblättersud statt Kaffeebohnenwasser.«

Elternschaft ist eine seltsame Form des Daseins, geht mir durch den Kopf, und plötzlich zittert meine Hand, mit der ich das noch sprudelnde Wasser über das Teeei in meine Tasse gieße.

»Ich habe Angst, dass ich etwas falsch mache«, gehört zu den häufigsten Sätzen, die ich während der Schwangerenbetreuung zu hören kriege. Es gibt Tage und werdende Mütter, denen ich mit »Wehe, du machst auch nur einen einzigen Fehler!« antworten möchte, was ich natürlich nicht tue, zumindest meistens nicht, bis auf das eine Mal, weil es einfach nicht anders ging. Carolin, Erstgebärende, die alles, was ich sagte und riet, nachgoogelte, um beim nächsten Termin irgendwo auf der Welt aufgetretene Ausnahmen der Regel zu diskutieren.

»Aber ich habe gelesen, dass …«

»In welchem Forum?«

»Auf loewenmuetter.de.«

»Bist du eine Löwin?«

»Äh …

»Na also.«

»Aber ich habe Angst, dass ich etwas falsch mache.«

»Wehe!«

Ich weiß, meine Aufgabe besteht darin, Ängste zu nehmen, zu beruhigen, Frauen dabei zu helfen, die eigene Stärke zu finden. Denn bei so etwas Individuellem wie dem Muttersein kann es gar kein Richtig geben. Doch zu Carolin ließ sich beim besten Willen nicht durchdringen. Ich versuchte, sie aus der Reserve zu locken – und war irgendwann nur noch genervt.

Jetzt, hier in meiner Küche vor meinem Tee und Käsebrot, tut es mir mit einem Mal leid. Und ich muss mich setzen, weil meine Knie weich werden.

»Entschuldige, Gretus«, höre ich mich plötzlich schluchzen und zucke zusammen, weil mir im nächsten Moment Tränen die Wangen hinunterlaufen. Denn natürlich war es meine Großmutter, von der ich die einzig richtige Antwort lernte auf: »Ich habe Angst, dass ich etwas falsch mache.«

»Oh, keine Sorge, Helga, du wirst etwas falsch machen. Immer wieder, dein ganzes Leben lang, und auch, wenn es mal drauf ankommt. Aber das macht nichts, hörst du? Nicht, solange du dein Bestes gibst.«

Ich nickte und folgte ihr die schiefen Treppen hinauf unter

das Dach des Bauernhauses, das auf dem letzten Grundstück an der Durchgangsstraße im Nachbarort lag.

»Ich könnte Hilfe gebrauchen«, hatte Gretus gesagt, nachdem der Telefonanruf gekommen war, »kannst du mich begleiten?« Und während ich meine Großmutter noch ungläubig anstarrte, brüllte sie zu meinem Großvater in die Scheune hinüber: »Helga und ich fahren zur Ulla rüber. Die Kinder kommen.«

»Jo.«

Ich war sieben, und bislang hatte ich Gretus zwar hin und wieder zu anstehenden Geburten begleitet, wenn mein Opa keine Zeit gehabt hatte, ein halbes Auge auf mich zu haben, Gretus' Mindestanforderung an seine Aufsichtspflicht. Aber dass meine Großmutter mich mitnahm, damit ich ihr *half*, war neu. Meist saß ich irgendwo im Haus und spielte, wenn es bereits Kinder gab, mit dem Spielzeug der Geschwister oder blätterte in deren Büchern. Oder ich bekam einen Kakao und durfte fernsehen, während Gretus in einem anderen Zimmer das Baby entband.

Oft saß ich aber einfach nur da und lauschte, denn ich mochte die Geräusche, die die Gebärenden machten. Sicher hörte ich den Schmerz in den Schreien, aber genauso eine Kraft und Urgewalt, die mich angenehm erschaudern ließen und mir mitteilten, dass hier gerade etwas Bedeutungsvolles geschah. Außerdem fand ich es lustig, die sonst so gesitteten Frauen derart unverstellt brüllen zu hören.

Ulla beim Eintreten an jenem Tag verschwitzt und halb entblößt vor mir auf dem Fußboden im Vierfüßlerstand knien zu sehen, das nackte Hinterteil in meine Richtung gereckt, ließ mich dann aber doch zurücktaumeln.

»Ah, du arbeitest schon, sehr gut«, sagte Gretus zur Begrüßung und zog mich hinter sich in die Dachkammer, deren Fenster verdunkelt waren und in der etliche Kerzen brannten. Ulla hatte bereits zwei Kinder, die sie mitsamt Vater zum Entenfüttern an den Dorfsee geschickt hatte, um in Ruhe gebären zu können. Nun erwartete sie Zwillinge. Dass Gretus die zu Hause entband, kam mir damals nicht im Geringsten ungewöhnlich vor, heute würde das wohl nicht einmal mehr eine Landhebamme tun.

»Komm her und setz dich neben mich«, wandte sie sich an mich, nachdem sie Ulla in einer Wehenpause untersucht hatte. »Keine Scheu, ihr kennt euch doch.«

»Tag, Helga«, schnaufte Ulla, bevor sie den Kopf nach unten fallen ließ und in einen tiefen Ooo-Laut verfiel. Dazu kreiste sie ihr Becken, dass ihr Po vor mir hin- und herschaukelte. Meine Mutter wäre entsetzt gewesen, hätte sie davon gewusst, aber Gretus und ich waren schlau genug, ihr solche Dinge nicht zu erzählen.

Ich setzte mich neben meine Großmutter und beobachtete jeden ihrer Handgriffe, wie sie mit ihren schwieligen Händen mit den hervortretenden Adern Ullas Hüfte packte und die Bewegung unterstützte, ihr die Waden massierte und schließlich in das Ooo einstimmte.

Ulla war keine Freundin von Gretus, man kannte sich, wie man sich auf dem Land eben kennt, mehr nicht. Trotzdem verschmolzen die beiden Frauen in diesem Moment zu einem fließenden Prozess, zu einem Vorgang, der von selbst ablief und den keine von beiden zu bestimmen schien. Sie gaben sich hin. Und ich weiß noch, dass ich fühlte: *Das ist Geburt.*

Und dann geschah sie wirklich. Gretus stieß ein: »Feste, Ulla!« aus, Ulla ächzte, beides dreimal. Als Nächstes ploppte etwas Rundes zwischen Ullas Beinen hervor, schwarzhaarig und nach meinem Empfinden winzig klein. Einen Augenblick später rutschte der Rest des Babys heraus, und ich erfuhr, wozu Gretus mich brauchte.

»Hier, halt mal.« Mit einer Bewegung, in einer Selbstverständlichkeit, mit der sie auch Apfelkuchen backte, hatte meine Großmutter das Neugeborene aufgefangen und in ein Handtuch gewickelt. Beides drückte sie mir in den Arm. »Ich muss mich um das zweite kümmern.«

Ulla und Gretus verfielen zurück in ihren Rhythmus und nahmen das Ooo wieder auf, während ich auf das Bündel starrte, das ich in meinen Händen hielt.

Wow, ich bin ein Riese, dachte ich angesichts des unglaublichen Wesens, das so klein und leicht war, dass ich es mit meinen Kinderhänden halten konnte. »Hallo, du.«

Große Augen blickten aus einem ovalen Gesicht zu mir auf. Der Anblick erinnerte mich an einen Fisch, schleimig, zerknittert und alles andere als niedlich. Dennoch war ich überwältigt.

*

In den nächsten Tagen überwältigen mich die Schwangerschaftshormone. Alles an mir wird weich und rund, allem voran die Brüste, die ich doch erst in ein paar Monaten brauchen werde. Im Moment kommen sie mir nutzlos vor, Teile meines Körpers, die zu mir gehören und die ich hauptsächlich verpacke.

Was mich nervt, ist die Tatsache, dass ich mich zittrig fühle und nicht nur neulich in der Küche Tränen vergossen habe. Sie kommen mir ständig, vorhin erst, als ich in der Drogerie zufällig durch den Gang mit den Windeln kam. Natürlich kenne ich die chemischen Prozesse, die zurzeit in mir ablaufen, und weiß, dass sich mein Körper umbaut und vorbereitet auf etwas völlig Neues. Trotzdem: Diese übertriebene Rührseligkeit hilft mir ganz sicher nicht dabei, mein Bestes zu geben.

»Hast du mit Hans geredet?« Das ist die Floskel, mit der

Madita mich neuerdings begrüßt. Gefolgt von einer Umarmung, die ich vor lauter weich und rund erwidere, obwohl ich mir nicht sicher bin, ob ich es mag. Gesten der Zuneigung sind wie jede Währung – sie verlieren an Wert, wenn man den Markt damit flutet. Und unsere Zeit leidet an Umarmungsinflation.

Hans ist kein Knuddler, schießt mir durch den Kopf, aber ein Gesten-Erwiderer, weil er höflich sein möchte und es ihm nichts ausmacht.

»Ich gehe ja nicht mit jedem ins Bett, den ich umarme«, lachte er mal, nachdem ich mich über den um sich greifenden Umarmungswahn beschwerte.

»Vielleicht sollte man das mal einführen, eventuell würde dann das ewige Rumtatschen ein Ende finden.«

»Was hast du gegen Körperkontakt, meine Helga?« Er hatte mich an sich gezogen, mit dem Zeigefinger meine Nase gestupst und mir einen Kuss auf die Lippen gedrückt, der klein und bizzelig war und minutenlang nachprickelte.

In letzter Zeit fallen sie mir ständig ein, diese winzigen Gesten zwischendurch, die mit den Jahren weniger wurden, bis das Gefüge der Vertrautheit sie nach und nach zu nichts zermahlte.

Der letzte Abend taucht vor mir auf, gestern. Als ich mit meinem *Eulenschatz* auf dem Sofa saß und Hans nicht anrief. Fast ist es ein Ritual geworden, seine Nummer *nicht* zu wählen. Und während ich es vermeide, meinem Mann von seiner Vaterschaft zu erzählen, weil ich ihn nicht stören möchte bei seiner Fahrt mit dem neuen Zug, beobachte ich meinen Nachbarn dabei, wie er vornübergebeugt an seinem Schreibtisch hantiert, was er abends genauso oft tut, wie ich auf dem Sofa sitze. Ich glaube, ich kenne die Oberseite seines Kopfes inzwischen besser als sein Gesicht. Damit er einen Namen hat, nenne ich ihn Jim, was ein bisschen albern ist.

»Hast du mit Hans geredet?« Madita fliegt mir entgegen und in meinen Arm hinein, als ich das *Storchennest* betrete.

Ich ignoriere ihre Frage und winke durch die offene Tür in Monikas Büro hinein, bevor ich gegenüber in den Kursraum trete, in dem 05–21 heute die letzte Stunde absolviert.

Madita ist mir auf den Fersen. Sie hat Zitronenkekse gebacken, was zugegebenermaßen nett ist, wenn auch völlig unnötig. Niemand in einem Geburtsvorbereitungskurs erwartet Kleingebäck. Wobei, wenn ich mir anschaue, wie sich die werdenden Mütter und Väter, kaum ist sie aufgestellt, auf die gefüllte Schale stürzen, versuchen, möglichst unauffällig gleich zwei oder drei Kekse zu angeln – ach, ups, die kleben ja zusammen, so was – und die Mürbeteilchen in sich hineinstopfen, könnte man meinen, sie hätten sich einzig dafür zum Kurs angemeldet.

Als irgendwann alle auf ihren Matten hocken, sich entweder an ihren Partner oder, Stillkissen im Rücken, an die Wand lehnen und kauen, hebt Madita die Schüssel auf, in der vier oder fünf Kekse übrig geblieben sind. Mit einem Lächeln hält sie sie mir hin. »Nimm auch einen.«

Das Gebäck ist knallgelb, vermutlich Kurkuma oder Safran oder in Maditas Fall wohl eher Tropfen des letzten Herbstregenbogens, und mit Hagelzucker bestreut. Mir ist nicht nach Süßkram zumute, außerdem bin ich bei der Arbeit. Als Maditas Augenbrauen auf und ab hüpfen, gehen mir ihre Worte durch den Kopf. Jene, die sie sagte, als sie mir vor Wochen stolz die Veränderungen im Gebärzimmer vorführte. *Auch fünf Minuten sind es wert, sie sich schön zu machen.* Machen Zitronenkekse irgendetwas schön? Und muss überhaupt alles immer schön sein?

Trotzdem strecke ich meine Hand aus und greife zu. Im nächsten Moment zerkrümelt unerwartet saurer Teig auf meiner Zunge, während gleichzeitig süße Hagelkörner zerknacken. Mir entfährt ein: »Mmm!«, und Madita zwinkert mir zu. *Die Mischung macht's.*

»Worüber wollt ihr denn heute reden?«, flötet sie in die Runde, bevor sie sich selbst einen Keks in den Mund schiebt. »Letzte Chance für Fragen!«

»Kriege ich endlich deine Nummer, Sonnenschein?«, fragt Henry, und ich bewundere Madita dafür, dass sie immer noch darüber lacht, oder Henrys Frau Lisa, dass sie nicht längst die Scheidung eingereicht hat. Jede Woche ist es dem werdenden Vater nicht zu peinlich, das Storchennestküken vor den Ohren aller auf billige Weise anzubaggern und zu glauben, dass sein Verbalschutt in irgendeiner Weise lustig ist. Gretus hat sich geirrt; Erwachsene sind nicht wie Frau Mahlzahn. Tief in ihrem Inneren sind sie Goofy.

»Geht nicht, die hab ich schon«, sage ich, bevor Madita eine Antwort formuliert hat. Nicht, dass sie auf den Mund gefallen wäre, aber manchmal ist sie einfach zu … nett. »Also, was beschäftigt euch?« Als ich mich umblicke, fällt mir auf, dass Nelly fehlt. Madita deutete an, dass es gewaltig knirscht im Leben des Mädchens und dass sie ihr Ruhe und Entspannung verordnet habe sowie Tätigkeiten und Beschäftigungen, die ihr guttun. Geburtsvorbereitung gehört offensichtlich nicht dazu. Soll mir recht sein.

»Äh …« Gerald hebt die Hand, eine Geste, die er sich einfach nicht abgewöhnen kann, obwohl ich ihm mehrfach versichert habe, dass ich ihn nicht ins Klassenbuch eintragen werde wegen Reinrufens. Heute sind er und Tom gemeinsam mit Jennifer gekommen, obwohl die drei nur zwei Plätze gebucht haben. Aber uns fehlt ja bereits ein Paar, also können wir kulant sein. Jennifer sitzt zwischen den beiden Männern und guckt wie immer unglücklich. Mit unbeholfenen Bewegungen streichelt Gerald ihren Bauch, vielleicht weil ihm aufgefallen ist, dass sie selbst das selten macht, während alle anderen Schwangeren den sichtbaren Beweis ihrer baldigen Mutterschaft beständig liebkosen. Manche beginnen damit schon mit positivem Schwangerschaftstest. Es ist mir vor mir selbst peinlich, als ich bemerke, dass meine eigene Hand ebenfalls auf meinem Unterleib ruht.

Das Gefüge zwischen Gerald, Tom und Jennifer ist mir nach wie vor schleierhaft, und einen absurden Moment lang hoffe ich, dass das Arrangement, das die drei geschlossen haben, freiwillig ist und Jennifer nicht etwa zur Schwangerschaft gezwungen wurde.

Ich werfe Madita einen bösen Blick zu, den sie natürlich nicht versteht, aber es muss *ihr* Verfolgungswahn sein, der mich angesteckt hat und solche Räuberpistolen denken lässt. Seit einer Weile nämlich glaubt das Küken, von einer Kapuzengestalt verfolgt zu werden. Vielleicht sollte ich sie nach den Inhaltsstoffen ihrer Kekse fragen …

»Äh, ich wollte wissen … also«, Gerald stockt und guckt nervös in Toms Richtung, der den Blick mit einem Augenaufschlag erwidert, der so süß ist, dass ein Donutladen daneben wie ein Reformhaus wirken würde.

»Komm zur Sache«, fordere ich ihn auf.

»Bitte«, schiebt Madita hinterher, und ich verkneife mir den nächsten Blick.

»Also, wie gelingt es einem, nach der Geburt und dem Wochenbett und dem Schlafmangel und dem rund um die Uhr verfügbar Sein, also, bei alldem ein Paar zu bleiben?«

Das Kauen ringsum hört auf, Köpfe drehen sich zueinander oder voneinander weg, bis sie sich alle wie abgesprochen nach vorn wenden, zu Madita und mir.

»Das hier ist ein Geburtsvorbereitungskurs«, erwidere ich. »Entsprechend beschäftigen wir uns mit Themen, die *vor* der Geburt relevant sind …«

»… aber trotzdem ist das natürlich eine wichtige Frage,

danke, Gerald.« Madita hält mir die Schale mit den Keksen hin. Ich seufze und bediene mich. »Mit der Elternschaft beginnt ein völlig neuer und herausfordernder Lebensabschnitt für euch, und das Beste, das ihr füreinander tun könnt, ist, im Gespräch miteinander zu bleiben …«

Allmählich erschließt sich mir der Sinn von Zucker, und bevor ihn sich Madita schnappen kann, nehme ich mir auch noch den letzten Keks, den ich in zwei Teile breche, ehe ich ihn esse. Es fällt mir schwer, mich auf die Ausführungen des Kükens zur partnerschaftlichen Kommunikation zu konzentrieren, obwohl ich manchmal staune, wie souverän sie über Dinge spricht, von denen sie keine Ahnung haben kann. Nach dem zu urteilen, was sie am Tag so wegplaudert, hat sie nämlich keine allzu ernsthaften Erfahrungen in Sachen Beziehungen oder ausschließlich schlechte. Was weiß sie schon davon, was es bedeutet, tagein, tagaus mit ein und derselben Person zusammenzuleben und dabei trotz aller unerfüllten Wünsche zufrieden, hin und wieder sogar glücklich zu sein? Oder nach Jahren festzustellen, dass all das nicht ausreicht. Weder die schönen noch die anderen Stunden, die Küsse nicht, die Tränen nicht oder das Trösten. Nicht einmal der kleinste Blick. Es reicht nicht. Zumindest nicht für einen Telefonanruf.

Vielleicht ist mein Sofa einfach nicht der richtige Ort, um Hans anzurufen, denke ich. Immerhin sitze ich, seit er es aufgestellt hat, allein dort. Die Singlecouch einer Verheirateten. Vielleicht bedarf es dort einer anderen Form der Kommunikation.

Als ich das Handy gestern irgendwann beiseitegelegt hatte, nachdem ich damit fertig war, Hans nicht anzurufen, schaute ich über den Rand meiner Tasse hinweg aus dem Fenster und sah zu, wie Jim, mein Fensternachbar, wie üblich an seinem Schreibtisch hantierte. Mit einem Mal hob er den Kopf, als hätte irgendein Geräusch ihn aufgeschreckt. Es war nach einundzwanzig Uhr und die Dämmerung kroch über den Himmel. Weil er die kleine Lampe, die von mir aus gesehen links neben ihm auf seinem Schreibtisch steht, bereits eingeschaltet hatte und auch die noch immer nackte Glühbirne in meinem Wohnzimmer leuchtete, konnten wir einander sehen. Sonst verzichte ich auf Licht, wenn ich nicht lesen möchte, doch gestern Abend hatte ich es eingeschaltet.

Minutenlang starrte Jim zu mir herüber, ohne dass ich auf die Entfernung seinen Gesichtsausdruck erkennen konnte. Von mir wird er nicht viel mehr gesehen haben. Eine Frau auf dem Sofa mit Becher in der Hand. Ich spürte mein Herz schlagen und war mir plötzlich meiner Atmung bewusst, die tief ging und regelmäßig war. Ein und aus.

Er winkte. Irgendwann hob Jim die rechte Hand, ohne dabei den Arm zu bewegen, und winkte. Klein, aber deutlich. Während ich die Tasse zum Mund hob und *Eulenzauber* auf der Zunge schmeckte, winkte ich zurück. Ebenso klein, mit der linken Hand.

Dann senkte er den Blick und ich starrte wieder auf die Oberseite seines Kopfes.

»Kommunikation ist das A und O, meine Lieben«, schraubt sich Maditas Stimme in meine Gedanken hinein. »Wenn ihr miteinander sprecht, bleibt ihr im Kontakt.« Treuherzig guckt sie in die Runde.

Henry lässt die Welt halblaut wissen: »Also, mir fallen da noch andere Methoden ein, um in *Kontakt* zu bleiben.«

Ich wünschte, es würde mich wundern, dass die anderen Männer darüber lachen. Selbst Bob ringt sich ein wehmütiges Lächeln ab.

»Müssen es immer diese Sprüche sein, Henry?«, fährt Sandra den Kurskollegen an, und Bobs Miene verdüstert sich pflichtschuldig zu einem betroffenen Gesicht.

»Entspann dich«, mault Henry zurück.

Solche Spannungen erlebe ich immer wieder innerhalb der Kurse, zwischen den Teilnehmern und zwischen den einzelnen Paaren. Gegen Ende der Schwangerschaft vergeht vielen Frau die Lust auf Sex, weil sie sich dick fühlen, weil der Bauch im Weg ist, weil sie das Gefühl haben, das Baby sei unmittelbar zugegen und sehe quasi zu. Das führt zu allgemeinem Hormonstau und entsprechend absackendem Niveau der Äußerungen. Natürlich geht es auch andersherum, dass sie will und er sich vom Baby beobachtet fühlt.

Ich kann nicht verhindern, dass mein Kopf nach unten ruckt, ich auf meinen Unterleib starre und denke: Was ist mit dir, Sternchen, beobachtest du mich?

Wobei denn?, raunt es in mir, und ich zucke zusammen.

»Ist alles in Ordnung?« Madita hat sich zu mir heruntergebeugt und flüstert. Ihr Gesichtsausruck ist besorgt.

Da ist sie wieder, diese Frage, auf die sich nicht in angemessener Zeit antworten lässt. Zumindest nicht, wenn man ehrlich sein möchte.

»Okay, sonst noch irgendetwas, das ihr wissen möchtet?«, wende ich mich an 05–21 und merke zu spät, dass Tom gerade gesprochen hat und ich ihm ins Wort gefallen bin. Er schaut mich irritiert an, die anderen wechseln Blicke.

Madita klatscht in die Hände und lacht. »Wie wär's, Gerald, Tom und Jennifer – soll ich mal bei euch vorbeikommen, und wir sprechen noch mal ganz in Ruhe über die Thematik?«

Die beiden Männer nicken, Jennifer kaut auf ihrer Unterlippe herum. Soweit ich weiß, stehen die drei nicht auf unserer Betreuungsliste, sondern haben lediglich diesen Kurs gebucht. Aber na gut, was Madita in ihrer Freizeit tut, bleibt schließlich ihr überlassen.

»Wollen wir eigentlich eine Telefonliste anlegen?«, fragt Sandra in die aufkommende Unruhe hinein, die immer eintritt, wenn niemand das Ruder übernimmt. »Dann können wir uns austauschen, sobald die Kinder da sind, und uns gegenseitig unterstützen.«

»Schöne Idee«, erwidert Gerald, und Lisa sieht dankbar aus. Als hätte sie Angst davor, mit Henry allein das Wochenbett verbringen zu müssen. Nova hingegen verdreht die Augen. Als Drittgebärende wird sie vieles tun, sobald das Baby da ist. Andere Eltern aus dem Geburtsvorbereitungskurs anzurufen und fragen, wie es ihnen so geht mit nur einem Kind und nicht noch zwei Geschwistern, die vorgelesen haben wollen, wenn der Säugling schreit, oder einpullern, wenn die Windel kapituliert hat und nicht nur eine frische Komplettgarnitur nötig macht, sondern auch ein Vollbad, gehört gewiss nicht dazu.

Nein, es gibt Anrufe, die man bleiben lässt.

Flying Monkeys

Madita

Dieser Juli kommt mir außerordentlich heiß vor. Das liegt vielleicht auch daran, dass Tonja und Marie mir ziemlich Feuer unter dem Hintern machen, damit ich, um es mit ihren Worten zu formulieren, »nicht schon wieder innerhalb des Quartetts versage«. Also erledige ich jetzt gerade den monatlichen Großeinkauf im Supermarkt in der Nelkenstraße, um den Kühlschrank zu füllen. Die Einkaufspflichten der WGler sind streng geregelt, damit es gerecht zugeht, jeder ist einmal im Monat dran.

Beim letzten Mal verschlief ich diesen durchaus wichtigen Auftrag der Nahrungsmittelbeschaffung buchstäblich, was für neue Irritationen sorgte. Es ist wirklich nicht so, dass ich die Regeln und Bedürfnisse meiner Mitbewohner nicht ernst nehme, aber nach der Schreckensnacht mit Sarahs Frühgeburt, den Neuigkeiten über Helgas Schwangerschaft und Nellys Hilferuf schlief ich vollkommen erschöpft ein, bevor ich den Einkauf erledigen konnte. Eigentlich wollte ich das abends noch hinter mich bringen und zur Entschädigung für alle kochen, wachte allerdings erst am frühen Morgen wieder auf – in einem fremden Bett und von den Würgegeräuschen einer Haarknäul kotzenden Katze. Und von Nelly, die mir, immer noch dankbar für meinen Beistand im Babyfachmarkt *Fliewatüüt*, einen Kakao reichte, dessen Schokoladennote mich selbst aus einem Haschischkoma gezaubert hätte. Nicht, dass ich so viel Erfahrung damit hätte. Trotzdem wusste ich nicht mal, welches Jahr wir haben, so fertig und verwirrt war ich selbst da noch, nach zwölf Stunden Dornröschenschlummer, und nur langsam sickerten die Ereignisse des Vortages zurück in meinen Geist, das Kuddelmuddel, das sich ereignet hatte, nachdem ich das *Amore Belle* verlassen hatte und Nelly im Babymarkt fand.

Beim Eintreten ins *Fliewatüüt* stieß ich mit zwei echauffierten Frauen zusammen, die sich hektisch an mir vorbeidrückten und nach draußen flüchteten. Das Zweite, das ich vernahm, war Nellys Stimme, die sich in alarmierender Tonlage durch den gesamten Laden sägte, sodass ich schleunigst die Gänge nach ihr absuchte. Unweit der Strampler, neben der Abteilung mit aufgereihten Nuckelfläschchen, Schnullern und Spieluhren, entdeckte ich sie schließlich, wie sie mit einem Kinderwagen ihren Freund oder Nicht-Freund Marv attackierte.

Heiliger Bimbam, was hat denn der angestellt?!, fragte ich mich und bemerkte erst jetzt die puterrot angelaufene Verkäuferin mit Telefon in der Hand, das sie drohend hob. »Ich rufe die Polizei, wenn Sie beide nicht augenblicklich den Laden verlassen!«, verkündete sie schrill und bekam dafür einen tief fliegenden Stoffaffen an den Kopf, was sie nach Luft schnappen ließ.

Ich beschleunigte meine Schritte, erinnerte mich, was Lotta einst über das Bändigen von sibirischen Tigern erzählt hatte, fragte mich, woher ich Blasrohr und Betäubungspfeil zaubern sollte, und atmete tief ein.

»Den Laden verlassen?«, fauchte Nelly, nicht minder erhitzt. »Das Einzige, das ich verlasse, ist den Vater meines Kindes!«

O-oh.

»Jetzt krieg dich mal ein!«, brüllte Marv, der Hilfreiche, und ich zuckte gleich für Nelly mit zusammen. Was dachte der sich? Man schreit doch keine Schwangere an! Und man regt sie schon gar nicht so auf.

»Komm nicht näher, sonst knall ich dir das Ding in deinen Minipenis!« Nelly gab dem Kinderwagen einen kräftigen Schubs nach vorn, woraufhin Marv in seiner lässigen Lederjacke und der zu tief hängenden Hose wie eine Meersau quiekte und sich ins Spielzeugregal neben die Bauklötze drückte. Ein Werkzeugkasten aus Holz polterte zu Boden und spuckte seinen Inhalt quer durch den Gang.

»Jetzt hab ich aber genug!« Die Verkäuferin hob das eben noch drohend geschwungene Telefon ans Ohr und wählte.

Ich bin mir nicht sicher, ob ich schon mal so schnell reagiert habe, und wahrscheinlich war ich nicht weniger verdutzt über mich selbst als die Verkäuferin, weil ich vorhechtete und ihr das Mobilgerät klaute.

»Ich übernehme das ab hier, bitte haben Sie einen Moment Geduld«, erklärte ich so bestimmt, wie ich konnte, denn das Auftauchen eines Polizisten würde kaum zur Deeskalation der Situation beitragen, egal ob männlich oder weiblich.

Weitere Stoffaffen flogen, bis Nelly mich endlich wahrnahm und die Dämme bei ihr brachen. Ihr Mund verzog sich, die Unterlippe bebte und ich spürte sofort selbst einen Kloß im Hals.

Marv nutzte die Feuerpause. »Du bist so irre, Nelly«, ging er auf sie los, kaum dass er sich aus dem Regal befreit und um den schicken Kinderwagen herum zurück in den Gang gewunden hatte. Ich schnappte mir das Bürschchen.

»Entschuldige dich bei ihr«, forderte ich und fixierte seinen Blick. Unter seinem gegelten Haar schimmerten Schweißperlen.

»Wofür denn?«

Nelly sank neben einem Turm Windeln zu Boden und umklammerte ihren Bauch.

»Ist egal, tu es einfach.« Ich war fassungslos, wie man es wagen konnte, eine Schwangere so aus dem Gleichgewicht zu bringen und sich dann auch noch im Recht fühlte. Die Verkäuferin sah das ihrem Gesichtsausdruck nach ähnlich.

»Er hat ihr bei der Kinderwagenwahl nicht zugestimmt«, weihte sie mich beiläufig ein und hob Affen und Teddys auf, bevor sie kopfschüttelnd und wütend vor sich hin murmelnd in Richtung Tür eilte, weil neue Kunden eintraten.

Mein Blick wanderte wieder zu Nelly, die wie ein Häufchen Elend auf dem Boden saß und mich mit ihren großen, Tränen gefüllten Augen ansah. Der Kinderwagen konnte unmöglich das eigentliche Problem sein.

»Ich sehe nicht ein, mich zu entschuldigen, ich hab nichts falsch gemacht«, verteidigte sich Marv erneut, als ich ihn tadelnd ansah. »Und ganz ehrlich, was mischt du dich eigentlich ein? Das ist nicht dein Zirkus, nicht deine Affen.«

Meine Brauen wanderten ganz langsam nach oben. »Ganz ehrlich, Marv«, ahmte ich ihn nach. »Wenn Affen so tief fliegen, komme ich immer zum Einsatz. Und dann mische ich mich nicht ein, sondern übernehme den Zirkus.«

»Pff«, machte er, weil ihm anscheinend nichts anderes dazu einfiel. Dann öffnete sich sein Mund, und ich reagierte.

»Willst du das echt diskutieren? Du siehst doch, wie aufgeregt deine Freundin ist«, versuchte ich zu verdeutlichen, was ich und jeder andere von ihm erwartete. Doch bei dem hatten sie eindeutig einen Esel mit eingekreuzt. Er verschränkte die Arme und wurde bockig. Großartig!

»Es gibt da einiges, wofür du dich entschuldigen könntest, du Arsch«, fand Nelly ihre Stimme wieder. »Zum Beispiel dafür, dass du mit einer Vollbremsung das Leben meines Kindes riskiert hast, nur weil dein Ego angefressen ist.«

»Wow – *dein* Kind? Ist ja ganz toll.«

»Wer ist denn abgehauen, kaum dass der Schwangerschaftstest positiv war?!«

»Boa, das hatten wir schon. *Dafür* hab ich mich entschuldigt, falls du es vergessen hast, du …« Zu seinem Glück schluckte Marv hinunter, was immer ihm für eine Bezeichnung für Nelly auf der Zunge gelegen hatte. Dennoch kroch Nellys Hand zu einer der Holzschrauben, die ringsum über den Boden kullerten. Bevor sie jedoch eine erwischte und ihm an den Kopf pfeffern konnte, stieg ich über deplatzierte Affen und Stoffhasen hinweg zu ihr hinüber und hockte mich ungelenk neben sie.

»Außerdem ist der Idiot viel zu dicht aufgefahren«, maulte Marv derweil weiter.

Nelly schluchzte auf, als ich meinen Arm um sie legte. »Ja, der ist dicht aufgefahren, und Marv macht 'ne Vollbremsung, sodass mir der Gurt voll in den Bauch schneidet. Dann ist der Typ aus dem Wagen hinter uns ausgestiegen, hat an Marvs Scheibe geklopft, weil er uns schließlich beinahe aufgefahren wäre wegen des beschissenen Manövers meines lieben Freundes. Und was macht der ehrenwerte Marvin? Er argumentiert, dass er schließlich eine Schwangere an Bord hätte und dass mich das dichte Auffahren gefährdet hätte. Daraufhin hat mich der Typ mitleidig angeschaut und gesagt, dass die Vollbremsung viel gefährlicher für mich gewesen sei.« Nelly atmete tief ein, räusperte sich. »Ganz ehrlich, der hatte doch total recht. Wenn dem Baby irgendwas passiert ist, Marvin, ich schwör dir, dann …«

»Scheiße Mann, Nelly!« Marv rollte mit den Augen. »Komm mal wieder runter. Was soll da bitte passiert sein?«

Mein Vater sagt immer, leichte Schläge auf den Hinterkopf erhöhen das Denkvermögen. Es juckte mich in den Fingern. Dem Bedürfnis nachzugeben, verbot ich mir allerdings genauso wie einen Vortrag darüber, was tatsächlich alles passieren kann, wenn der Bauch einer Hochschwangeren bei einer Vollbremsung in den Gurt gequetscht wird. Erstens hätte Marvin sich dann bloß noch tiefer hinter seinem Trotz verschanzt, und zweitens wollte ich Nelly nicht noch weiter beunruhigen. Tatsächlich sind Babys durch das Fruchtwasser im Mutterleib gut geschützt, doch jede noch so kleine Gefahr ist bereits zu viel, wenn es um Menschenleben geht.

»Und dann schreibt mein netter Freund auch noch mit fremden Tussen«, arbeitete Nelly Marvs Strafregister weiter ab. »Und als Nächstes wollte er entscheiden, welchen verdammten Kinderwagen wir kaufen. Von *meinem* Geld!« Ihre Stimme wurde schrill, und ich nahm sie in den Arm.

Ein Einlenken von Marv war nicht in Sicht. Er belächelte Nelly wie eine arme Irre, und ich spürte eine ungewohnte Glut in mir. Wut.

»Das reicht, ich gehe. Du hast ja jetzt deine *Hebamme* hier« – er spuckte das Wort aus wie etwas sehr Widerwärtiges, und ich war versucht, ihm doch noch etwas an den Kopf zu knallen. Den Holzhammer vielleicht. Oder gleich den ganzen Werkzeugkasten, nur um sicherzugehen. »Entscheidet doch allein über den Kinderwagen. Wenn's ums Kinderkriegen geht, sind wir Männer euch ja eh nur lästig, und ihr benutzt eure scheiß Schwangerschaft als Totschlagargument für alles. Wisst ihr was? Kein Wunder, dass wir euch schlechter bezahlen und die guten Jobs für uns behalten. Das ist die Entschädigung für euren Babyterror!« Er warf nun seinerseits einen Affen nach uns. »Ruf an, wenn du wieder klarkommst.«

Ich schaute Marv nach, wie er versuchte, cool, sich der Blicke der anderen Kundinnen bewusst, durch die Spielzeugreihen zu schreiten. Bis er zur Ausgangstür gelangte, stellte ich mir vor, wie er über seine eigenen Füße stolperte und sich an den Laufgittern oder Bobbycars einen Zahn ausschlug. Tat er aber leider nicht.

»Wie geht es dir?«, fragte ich Nelly, als wir endlich allein in den Trümmern des Zirkus hockten. Sacht tastete ich ihren

Bauch ab. Das Baby trat in Richtung Rippen, alles war weich und geschmeidig, sehr gut.

Nelly seufzte und lehnte sich ans Regal in ihrem Rücken. Sofort begann Winnie Puuh ein Lied zu singen und seinen Honiglöffel zu schwingen, und Nelly schien sich etwas zu entspannen.

»Meine kleine Schwester hatte so einen«, erinnerte sie sich, als sie den kleinen Bären aus dem Regal zog, bevor er ihr mit dem Löffel eine verpassen konnte. »Den nehme ich mit. Mir scheißegal, dass Marv Winnie Puuh blöd findet.«

Der Bär hockte nun auf ihrem Kugelbauch und lachte.

»Ich liebe Winnie«, gab ich zu. »Lotta, meine Schwester, hat mir gern weisgemacht, dass es bei uns im Garten Heffalumps und Wusels gibt, und mir damit einen Heidenschrecken eingejagt.«

Nellys Miene erhellte sich weiter. »Winnie ist neben I-Aah die Beste – wusstest du, dass der honigverrückte Bär eigentlich eine Bärin ist?«

Ich schüttelte den Kopf und kam auf ein anderes Thema zurück. »Rufst du Marv an, wenn du dich beruhigt hast?«, wollte ich wissen und schloss mit mir selbst Wetten ab. Ich an Nellys Stelle täte es womöglich, falls ich aus unerfindlichen Gründen noch an ihm hängen würde. Lotta sagt gern, ich ließe mich viel zu oft treten, bevor ich endlich zubeiße.

»Um Gottes willen. Nein«, hörte ich Nelly brummen, während sie versuchte, auf die Beine zu kommen, Winnie fest im Griff. Unter den Armen ihres hellen Baumwollkleids, das ihren schönen Bauch betonte, wuchsen dunkle Flecken in die Breite.

»So weit, so gut.« Ich atmete auf. Weil sie und ihr Baby okay schienen, verwarf ich die Möglichkeit, einen Abstecher in eine gynäkologische Praxis zu machen. Solange keine Blutung auftrat, musste ich Nelly nicht unnötig beunruhigen.

Gemeinsam stiegen wir über die Schneise der Verwüstung. Ich hob ein paar Kuscheltiere auf, stellte Windelkartons gerade und schob Schnullerpakete zurück auf die Aufhängung, während Nelly den Kinderwagen hinter sich herzerrte. Sie sah echt fertig aus.

»Was sagst du, wollen wir den schicken Kleinwagen kaufen?«, fragte ich sie aufmunternd und inspizierte ihre Wahl. Mir gefiel er total gut. Schlichtes Hellgrau mit Herzprint, allem möglichen Schnickschnack und einfach zusammenzuklappen. Ein solider Mittelklassewagen, gut gefedert mit verstellbaren Griffen. Was Marv wohl dagegen hatte? Vielleicht mochte er die Herzen nicht?

»Auf jeden Fall kauf ich den! Jetzt erst recht«, verkündete Nelly, setzte Winnie hinein und watschelte voraus. Kurz vor der Kasse blieb sie plötzlich stehen, ich lief fast in sie hinein.

»Mist, ich muss schon wieder pinkeln«, fluchte sie zwischen zusammengebissenen Zähnen, und ich organisierte den Schlüssel zur Kundentoilette von der immer noch gestressten Verkäuferin. Nelly drückte mir ihre EC-Karte in die Hand und verschwand Richtung WC, während ich den Kauf perfekt machte. Aus eigener Tasche zahlte ich noch ein Verwöhnbad mit Neroli-Essenz, das mir aus einem Drogerieaufsteller neben dem Verkaufstresen entgegenwinkte und meiner Schwangeren sicher guttun würde.

Anschließend geleitete ich Nelly nach Hause. Nachdem sie eine Weile *A-b-c-d-e fuck off, I'm so glad it's over* von Leslie Clio gesungen hatte, blieb sie vor der Haustür stehen und sah mich traurig an. »Tut mir leid, ich nehm dich viel zu sehr in Beschlag.«

»Ach, nein, das ist schon okay. Dafür bin ich da, und außerdem bringt das wenigstens Schwung in mein Leben«, behauptete ich und schob den Wagen in Nellys Wohnung. Sie folgte mir und streichelte unentwegt ihren Bauch.

»Ich bin mir sicher, dass todesmutiges Eingreifen in Beziehungsdramen nicht zur Berufsbeschreibung einer Hebamme gehört.«

»Hast du eine Ahnung.« Laut Isabell aus der Hebammenschule gibt es nichts, das man nicht zum Wohle seiner Schwangeren tut.

Genau an diesem Punkt überkam mich die bleierne Müdigkeit, die mich für die nächsten Stunden in ihrem Kuschelgriff halten sollte, sodass ich auf das Angebot, »noch schnell« einen Tee mit Nelly zu trinken, nur zu gern einging. Während sie mit Tüten und Sieben hantierte, erzählte Nelly mir etwas über mögliche Umzüge und safer living, das Kindersichermachen von Wohnraum. Ich bekam noch mit, dass sie ihre Fische fütterte und mich etwas fragte, bevor sie sich zu mir auf ihre Schlafcouch legte. Was dann geschah, ist mir ein Mysterium. Irgendwie fiel ich in einen komatösen Schlaf, der mich meine Haushaltspflichten und auch alles andere vergessen ließ. Bis jetzt.

Nun verstaue ich die Einkäufe in Tüten, zahle und grinse über den Triumph eines kleinen Mädchens hinter mir, das den Kampf ums Ü-Ei gegen ihren Papa gewinnt.

Wenig später schleppe ich drei Papiertaschen und jongliere im Kopf mit meinen Terminen. Ich muss den Putzdienst erledigen und gegen Abend zu Nova, die mit ihrem Kind bereits über dem errechneten Geburtstermin liegt und sich kurzfristig entschieden hat, sich doch vom *Storchennest* Vor- und Nachversorgen zu lassen. Das ist die Schattenseite der wachsenden Zufriedenheit in unseren Kursen – wir können uns vor Anmeldungen kaum retten, sodass ich mir manchmal den Zeitumkehrer wünsche, den Hermine in *Harry Potter* benutzt, um allen so gerecht zu werden, wie sie es brauchen.

Eine alte Dame mit Dackel kreuzt meinen Weg, ich weiche ihr aus, schwinge die Tüten zur Seite und entdecke eine

Libelle, die um die Rosenbüsche der Begrünung schwirrt. Wie wunderschön.

Unweit des Zebrastreifens hupt ein Wagen, ich hebe den Blick, es ist Sascha, der mir winkt. Ungelenk erwidere ich den Gruß, freu mich darauf, ihn und seine kleine Familie morgen wieder zu besuchen. Pervin gedeiht prächtig, und Sarah hat die Frequenz ihrer Postings drastisch entzerrt und pfeift auf diejenigen ihrer Abonnentinnen, die sich deshalb von ihr abgewandt haben. Vor ein paar Tagen bekam ich einen mega Blumenstrauß nach Hause geliefert zusammen mit einem Fresskorb voller Schokolade, was Tonja, Marie und Niklas mit großen Augen bestaunten.

»Den Typen darfst du vielleicht mal mitbringen«, hatte Tonja schließlich wohlwollend gemeint, bis ich ihr erklärte, dass das bunte Blütenwunder und das kalorienreiche Vorratspaket nicht von einem Love-Interest stammt, sondern von einem frischgebackenen Vater, dessen Frau ich betreue. Vielleicht war sie ein bisschen enttäuscht oder Sorge ploppte auf, dass ich privat wieder mit Idioten zu tun haben könnte und einen davon einlade. Jedenfalls schloss sie mit: »Herzlichen Glückwunsch für deinen Erfolg. Was Dates angeht: Die Regel steht. Niemand wird mitgebracht, bis die Gemeinschaft ihn über den TÜV gebracht hat.«

Lotta regte sich voll über diese Bevormundung auf, als ich ihr davon erzählte, und meinte, ich solle mir dringend eine eigene Wohnung nehmen. Dann könnte ich bumsen, so viel und mit wem ich wolle. Klingt zwar verlockend, allerdings weiß ich, dass ich mich trotz der Freiheit, Männer dann wie am Fließband mitschleppen zu dürfen, schnell einsam fühle. Zumal das auch gar nicht meinem Naturell entspricht und mein Liebesleben seit der Moritz-Schumann-Pleite Sommerschlaf hält.

Ich puste mir eine rosa Locke aus der Stirn, gehe schneller

und verfluche den Entschluss, aus ökologischen Gründen zu Fuß für die WG einkaufen gegangen zu sein, aufs Herzlichste. Da passiert es auch schon. Die älteste meiner zahllos wiederverwendeten Tüten reißt. Tonjas Pampelmusen sind die Ersten, die sich selbstständig machen und über den Gehweg rollen. Nur knapp weicht ein Radfahrer aus, während ich ihnen nachhechte. Die Äpfel brechen als Nächstes aus, gefolgt von Keksrollen und Tomatendosen. Ich murmle einen Fluch und erschrecke, als plötzlich eine Hand auf meiner nackten Schulter liegt. Sofort ist da wieder die Paranoia, die mich immer noch ständig heimsucht. Erst gestern auf dem Heimweg war da jemand im schwarzen Hoodie, der mir folgte. Ich schwöre es!

»Darf ich dir helfen?«, fragt eine raue Stimme, und ich schaue in ein verschmitztes Grinsen. Schnell zupfe ich mein trägerloses Sommerkleid höher, bevor es zu tiefe Einblicke gewährt.

»Silas, was für eine Überraschung.« Immer parat, wenn es gerade peinlich für mich wird, wie mir scheint.

Er fängt die Pampelmusen ein, und meine dämliche Tüte reißt vollends, lässt einen Gesamtüberblick unserer Ernährung ebenso zu wie meine Vorliebe für Menstruationstassen.

»Rühr dich nicht vom Fleck«, sagt Silas, bevor er zu seinem Streifenwagen eilt, der ganz in der Nähe parkt. Wieso ist der mir nicht aufgefallen? Ich halte doch sonst immer Ausschau danach, in der Hoffnung, den süßen Beamten mal wieder zu treffen. Ich glotze ihm nach, schaue zu, wie er einen Karton aus dem Kofferraum holt und zu mir zurückschlendert. Mann, wie ich auf Männer in Uniform stehe. Obendrein lässt das Graublau der Klamotte seine Augen so richtig strahlen.

»Die Polizei, dein Freund und Helfer, was?« Ich lächle. »Was wohl noch so alles in einem Polizeiwagenkofferraum zu finden ist?«, frage ich eher mich selbst, während er meine Sachen im Karton verstaut.

»So einiges, alles topsecret.« Silas' Brauen schieben sich auf diese aufwühlende Weise zusammen. Ungelenk versuche ich, die anderen zwei Tüten unter Kontrolle zu bekommen und irgendwie den Karton abzunehmen. Gar nicht so einfach, wenn man nicht jonglieren kann.

»Hast du es sehr weit?«, will Silas wissen, und ich winke ab. »Nur etwa anderthalb Kilometer.« Ich beiße mir auf die Unterlippe, weil ich keine Ahnung habe, wie ich den ganzen Mist transportieren soll. Etwas zu lange bleibt Silas' Blick an meinem Mund hängen, und mein Herz beginnt, hart gegen den Stoff meines Sommerkleides zu trommeln.

»Darf ich dich nach Hause fahren, ich hätte gerade Zeit«, schlägt mein Retter in der Not vor, und ich höre Papa in meinem Geiste mahnen: *Steige NIEMALS zu einem fremden Mann ins Auto.* Ich schätze, bei einem Beamten der Polizei darf ich eine Ausnahme machen, ziere mich aber dennoch.

»Ich will dir echt keine Umstände machen.« Beinahe rutscht mir der Karton aus dem Arm, Silas nimmt ihn mir wieder ab.

»Komm schon, ich kann nicht zulassen, dass du den Fußgängerverkehr behinderst oder dir einen Bruch hebst mit den ganzen Sachen. Nicht in meinem Abschnitt.« Seine freie Hand legt sich in meinen Rücken, federleicht, und manövriert mich zum Streifenwagen. Galant öffnet er mir die Beifahrertür und schubst den Karton und die zwei anderen Tüten auf die Rückbank. Aufregung erfasst mich, wie damals, wenn ich in der Schlange zur Achterbahn stand. Keine Ahnung, wieso.

»Großartig, ich bin noch nie in einem Streifenwagen mitgefahren«, freu ich mich, während Silas einsteigt und sich anschnallt. Stille entsteht.

»Wo geht's hin?«, hakt er irgendwann nach.

»Ach ja, richtig, du brauchst eine Adresse.« Beinahe vergesse ich, wo ich wohne. Seine graublauen Augen haben winzige goldene Sprenkel in der Iris, ich bin mir nicht sicher, ob ich so etwas schon einmal gesehen habe. »Lilienstraße 33.«

»Hätte ich wissen müssen«, meint Silas und setzt den Blinker. »Dort hättest du mich ja fast vom Rad geholt.«

»Richtig.« Als könnte ich das vergessen. »Toll, dass du gar nichts zu tun hast«, plaudere ich dann drauflos.

»Wie meinst du das denn?«, will er wissen und fährt an. Schon komisch, wie aufmerksam und zuvorkommend die anderen Verkehrsteilnehmer sind, wenn sie einen Polizeiwagen sehen. Ein Mann zieht seinen Fuß zurück, den er eben bei Rot auf die Straße setzen wollte. Eine Fahrradfahrerin, die gerade noch auf dem Gehweg entlangrollte, springt hastig ab und schiebt. Und das Auto vor uns bremst für die Omi mit Rollator, obwohl sie noch mindestens fünf Meter vom Zebrastreifen entfernt ist.

»Na, ich meine, dass du Zeit hast, um mich zu kutschieren, kann ja nur bedeuten, dass die Kriminalitätsrate in diesem Abschnitt nicht sonderlich hoch ist«, rate ich.

»Du bist ja drollig«, findet Silas und biegt ab. »Ich darf doch auch mal eine Pause machen.«

»O natürlich. Also ist doch viel los?« Vielleicht sollte ich noch mal auf meinen Verfolger …? Ach, nein.

»Immer.«

»Gefährliches?« Ganz kurz ist mir, als lege sich eine kalte Hand um mein Herz, als ich mir vorstelle, Silas könnte in Ausübung seiner Pflicht etwas zustoßen. In eine Schießerei verwickelt oder bei einer Verhaftung mit einem Messer attackiert werden.

»Nicht jeden Tag.« Seine Miene verschließt sich, ein Schatten huscht über sein Gesicht, und er tritt aufs Gas, überholt einen Transporter des Blumenladens *Eden*. »Aber es passiert schon eine Menge Scheiß.«

Mir fällt das verschwundene Mädchen ein, über das inzwischen alle Zeitungen schreiben.

»Habt ihr den verschwundenen Teenager schon gefunden?« Mit einem flauen Gefühl im Magen denke ich daran, dass es immer heißt, dass, wenn ein vermisstes Kind nicht innerhalb von achtundvierzig Stunden auftaucht, es meist nicht mehr lebend gefunden wird.

»Ist sie tot?«, fürchte ich also, als Silas nicht sofort antwortet.

Seine Finger schließen sich fester ums Lenkrad. »Die Kollegen suchen sie noch, sie wurde vor ein paar Tagen erst gesehen«, beruhigt er mich dann, weil ich ihn mit offen stehendem Mund anstarre.

»Gott sei Dank. Es muss grausig sein für die Eltern.«

»Ganz sicher sogar.« Silas holt tief Luft. »Als Polizeikommissar bin ich nur begrenzt an Ermittlungen solcher Art beteiligt, aber das ändert sich hoffentlich bald.«

»Ja?«, frage ich neugierig und lasse mir von seinen Plänen erzählen, zur Kriminalpolizei zu wechseln. Silas will später unbedingt zur organisierten Kriminalität und versuchen, die Welt besser zu machen. Sicherer für uns und besonders für die Kinder, was mich aufhorchen lässt, da sich bei seinen Worten etwas in seinem Gesicht zeigt, das vielleicht von einer eigenen Erfahrung rührt und nach Schmerz aussieht. Fast hake ich nach, kann mich aber gerade noch zügeln.

Vor uns staut sich der Verkehr und mein Blick fällt auf die Uhr. Im Zeitmanagement bin ich wirklich eine Null, das Fenster für den Putzdienst schrumpft. Wenn wir doch nur schneller vorankämen …

»Ich bin noch nie mit Blaulicht gefahren«, informiere ich Silas und grinse ihn an.

»Nicht dein Ernst«, sagt er und setzt, ahnend, was ich will, hinzu: »Das ist gegen die Vorschrift.«

»Das überrascht mich nicht, aber wo kein Kläger, da kein Richter«, zitiere ich Lotta.

»Regeln sind wichtig.« Silas' Ton wird streng.

»Bist du echt so unflexibel? Was sagt deine Freundin dazu?«

Nicht ganz subtil, aber was soll's.

»Freundin?« Er legt den Kopf schief, seine Augen verengen sich beinahe misstrauisch, als er mir einen kurzen Seitenblick zuwirft, als wäre ich ein Spion, der versucht, Staatsgeheimnisse zu lüften.

»Ich bin Single«, entscheidet er sich schließlich, mich wissen zu lassen, und schaut dann stur auf die Straße.

Ich reiße die braunen Augen auf, klatsche vergnügt mit den Handflächen auf meine Beine. »Na, so was, ich auch. Zufälle gibt's.«

Silas schmunzelt leise vor sich hin, und ich komme auf das vorherige Thema zurück.

»Manchmal sind Regeln total unsinnig. Zum Beispiel ist es verboten, nackt aus einem Auto auszusteigen, aber nackt fahren ist erlaubt.« Silas' Blick ruckt zu mir, und ich lege aus dem Katalog der bescheuertsten Gesetze Deutschlands nach: »Und aus Brandschutzgründen darf man seine Autoreifen nicht in der Garage lagern ... müsste man dann nicht aber auch ohne einparken?« Abwartend schaue ich meinen Polizisten an, der nicht genau weiß, ob ich ihm Quatsch erzähle oder es nur darauf anlege, ihn aus der Fassung zu bringen.

»Regeln bringen Ordnung ins Chaos«, sagt er überzeugt und holt tief Luft. »Bestimmt musst du dich in deinem Job auch an Abläufe halten.«

Ich beuge mich etwas weiter zu ihm, die Hände brav im Schoß gefaltet, und blinzle ihn an.

»Hör auf damit.«

»Womit denn?«

»Mich so anzusehen, mit deinem …« Er macht eine unwirsche Handbewegung. »… deinem Bambiblick.«

Ein Funkspruch geht ein, auf den Silas antwortet. Er nutzt die Gelegenheit, um sich meinem Zauber zu entziehen. Zumindest würde Lotta das jetzt sagen. Sie findet nämlich, dass ich meinen Cutenessfaktor einzusetzen weiß wie Schneewittchens Stiefmutter ihre Äpfel.

»Und, Madita? Heute schon ein Baby auf die Welt geholt?«, fragt Silas mich, nachdem er sein Gespräch beendet hat, und ich freu mich, dass er noch weiß, was ich beruflich mache.

»Nein, heute nicht, aber bald geht's so richtig los mit dem Babyboom. Und es steht sogar eine Hausgeburt auf dem Plan«, plaudere ich aus dem Nähkästchen und erkläre, dass viele Schwangere in Kliniken entbinden wollen und dann die Hebammen dort übernehmen.

»Komm schon, es ist das erste und bestimmt letzte Mal, dass ich in einem Streifenwagen sitze«, bettle ich irgendwann noch mal.

»Na, wenn du meinst«, entgegnet Silas und denkt nicht dran, mir meinen Wunsch zu erfüllen.

»Einmal mit Tatütata?« Ich mache einen Schmollmund, und Silas blinzelt, trommelt mit den Fingern auf das Lenkrad. Ob seine Standhaftigkeit bröckelt?

»Wie ist das eigentlich so in deinem Kopf, Madita?«, fragt er mich dann sanft, sodass mir seine Stimme einen wohligen Schauer über den Rücken laufen lässt. Keine Ahnung, warum ich mir vorstellen muss, wie er mich von hinten in den Arm nimmt und mir in genau dieser Stimmlage ganz anderes ins Ohr raunt. »Ist bei dir die Erde auch rund?« Ein linkisches Zwinkern.

»Logo, und sie wird von einem Elefanten auf dem Rüssel balanciert. Und bei dir?«

»Rund und fest in ihrer Umlaufbahn um die Sonne.«

»War das nicht umgekehrt? Ach, ist ja auch egal.«

Er lacht.

»Wenn du mit Blaulicht fährst, lade ich dich auf einen Kaffee ein«, verspreche ich, und ein Grinsen zupft an seinem Mundwinkel.

Ich denke schon, ich hab verloren, da stellt er das hübsche blaue Blinklicht an. Kurz ertönt sogar das Signal, die Fahrzeuge vor uns machen sofort Platz, und Silas gibt Gas. Und zwar so richtig.

»Who-hoo!«, juble ich und bemerke Silas' halb belustigtes, halb verärgertes Murmeln. Vermutlich kämpft er gerade mit Engelchen und Teufelchen auf seinen Schultern, wobei das in rot gekleidete Wesen wahrscheinlich rosa Haare hat und mir ähnlich sieht.

»Na gut, Fräulein Wunder, da wären wir«, verkündet Silas keine dreißig Sekunden später, manövriert geschickt in eine Parklücke nahe der 33, und ich gerate ins Schwitzen. Wie verwandle ich diese Situation jetzt in ein hübsches Date mit dem hilfsbereiten Polizisten? Eine gute Überleitung muss her.

»Oh, das ist ja ein süßer Kosename. ›Fräulein Wunder‹ hat mich noch nie jemand genannt.« Nervzwerg, Fräulein Sonnenschein, Katastrofee, Kinderschokoladengesicht, alles schon gehabt.

»Schön, ich bin gern der Erste … mit neuen Spitznamen.«

Ich lächle, hole Luft. »Was hältst du davon, wenn …« Weiter komme ich nicht, denn ein neuer Funkspruch unterbricht mich.

»096 in der Lerchenstraße 7, wer ist in der Nähe?«

Silas greift zum Funkgerät, antwortet und gibt seine Position durch.

Da sitze ich nun, noch immer angeschnallt, nervös am Gurt herumnestelnd, und grüble, wie ich ihn dazu bringen kann, die versprochene Kaffeeeinladung sofort einzulösen.

Lotta würde es simpel halten, geradeheraus. »Hey, hast du Lust …?« Ich aber wünsche mir etwas wie aus einem raffinierten Liebesroman, allerdings läuft mir die Zeit davon.

»Ich muss los, ein Familienstreit«, sagt Silas dann auch schon und springt aus dem Wagen, um mir mit meinem Kram zu helfen. Oh nein!

»Das war wirklich sehr süß von dir, mich heimzufahren«, bedanke ich mich, während ich mich von den Tüten behängen lasse. Sag was, Madita, feuere ich mich selbst an. Frag ihn, ob er mit dir im Mondschein lieber einen Liebesapfel teilen will anstatt eines Kaffees. Obwohl, vielleicht kennt Helga eine Bohnenmischung der besonders aphrodisierenden Art?

»Gerne wieder«, antwortet er. »Und falls du mich mal brauchst, ruf mich einfach an.«

»Die 110?«, scherze ich und bekomme ein kleines hellblaues Kärtchen mit seinem Namen und einer Handynummer auf den Karton gelegt, den ich nun auch noch vor mir her balanciere. Innerlich jubilierend tue ich cool. Nur nicht gleich zeigen, wie sehr man aus dem Häuschen ist.

»Ich helfe dir noch mit der Tür«, beschließt Silas. »Wo musst du hin?« Ich deute nach links und watschle voran, durch die Pforte, die drei Stufen hinauf. Frau Schmidt mit ihrem Mops kommt gerade aus dem Haus und schnappt überrascht nach Luft, als sie den Beamten in Uniform sieht. So, wie sie mich scannt, sucht sie bestimmt nach Handschellen. Sie hält mich nämlich für kriminell, weil ich neulich aus Versehen den Müll nicht ganz sachgemäß getrennt habe. Vielleicht sollte ich sie fragen, ob sie ihre Wohnung gegen meinen Platz in der WG tauscht. Die würde sich da bestimmt total wohlfühlen, und Tonja wäre begeistert.

Silas greift an mir vorbei, hält die Tür auf, grüßt die skeptisch wirkende Dame nett.

»Bis bald, ich muss los«, sagt er zu mir. Seine Lippen sind

in der Nähe meines Ohrs, als er mir noch etwas zuraunt. »Ich warte auf deinen Anruf.«

Als ich es trotz meiner Knie, die sich nach diesem Hauch in meinem Gehörgang in Wackelpudding verwandelt haben, in den dritten Stock geschafft habe und das sogar ohne nennenswerten Kreislaufkollaps, drücke ich mit der Nasenspitze die Klingel. Diese hohe Kunst der Körperbeherrschung muss mir erst mal jemand nachmachen.

Marie und Tonja, beim Anblick meiner prall gefüllten Tüten selten gut gelaunt, kommen mir zu Hilfe, räumen den Kühlschrank ein, und ich berichte den beiden von meiner Fahrt im Streifenwagen. Das Gefühl, dass sie mir nicht so ganz glauben, manifestiert sich, als Marie ein Lachen unterdrückt und ihrer Freundin einen vielsagenden Blick zuwirft. Den kenn ich. Lotta und ich tauschen ihn, wenn Papa den Leuten erzählt, dass wir einer Familie von Blaublütern entstammen, die aus dem Pommerland vertrieben wurden. Wir wissen, dass sein Großvater ein einfacher Sattler war und lediglich für einen Gutsbesitzer nahe der Karpaten arbeitete. Trotzdem erzählt Papa seine Version der Vergangenheit nur allzu gern.

»Madita, machst du dich dann jetzt an den Putzdienst?«, vergewissert sich Tonja, als ich den Obstkorb fülle.

»Klar, ich bin schon dabei.«

Etwa eine Minute später sprühe ich die Badewanne mit Kalkreiniger ein und tunke den Schwamm in den Eimer mit warmem Wasser. Mein Handy begleitet mich mit dem Song *Running Red Lights* von The Avalanches, und ich komme richtig in Fahrt. Die Emaille beginnt zu glänzen, ich erweitere meinen Tätigkeitskreis hin zum Waschbecken und überlege, wann wohl der richtige Zeitpunkt ist, um Silas' Nummer zu wählen. Fragen über Fragen. Da kann nur Lotta helfen. Schaum blubbert, ich wische meine Hände ab und wähle ihre Nummer.

»Palimpalim«, begrüße ich sie, als sie den Anruf entgegennimmt.

»Schwesterlein, wie sieht's aus an der Baby-Front?«, fragt sie.

»Stell dir vor, was passiert ist. Das glaubst du mir nie«, leite ich ein und sprühe Kalkreiniger, bis meine Augen tränen.

»Das finden wir nur raus, wenn du mir von den unmöglichen Dingen erzählst.«

»Ich saß heute in einem Polizeiwagen, mit Blaulicht und Sirene …«

Lotta unterbricht mich und ich den Schrubbvorgang. »Was hast du nun wieder angestellt? Gott, lass das Papa nicht hören, der vergeht eh schon vor Sorge um sein Nesthäkchen.« Sie stöhnt laut. »Nicht, dass seine Älteste, meine einer, den gefährlichen Job hat, o nein. Ob Madita wohl klarkommt, ist die Frage aller Fragen. Hoffentlich bekommt das Sonnenscheinchen kein Heimweh oder schlimmer: einen Schnupfen …« Sie kichert, und ich kann ihr Augenrollen selbst über die vielen Kilometer hinweg spüren. Zurzeit hockt sie in Hamburg, wartet darauf, dass ihr Frachter auslaufen darf.

»Mach mal halblang.« Ich drücke fester mit dem Schwamm auf, versuche, die leichte Rosafärbung der Badewanne wegzubekommen (übrig von meiner letzten Haarfärbeaktion), während ich die Ereignisse des Tages zusammenfasse. Von Silas selbst habe ich natürlich schon mal erzählt. Besonders von seinem Spruch mit der Zeitung Das-hab-ich-mir-selbst-ausgedacht, den Lotta sehr witzig fand.

»Du weißt, was zu tun ist, Madita. Bei Essen, das auf den Boden fällt, gilt die Drei-Sekunden-Regel, bei Männern, die man anrufen soll, der Eine-Woche-Grundsatz. Sonst wirkst du a) verzweifelt oder b) als hättest du kein Leben«, erläutert sie mir, bevor ein anderer Anruf reinkommt. Zu Lottas Empörung würge ich sie ab und nehme eine ungewöhnlich aufgewühlte Helga entgegen.

»Hey-ho, was geht ab?«

»Madita, kannst du bitte den Kurs übernehmen, ich …« Sie unterbricht sich, wirkt atemlos. »Wäre toll, ich revanchiere mich.«

»Geht's dir gut?«

»Bestens, ich muss mich nur um etwas … Wichtiges kümmern, also, wärst du so freundlich?« Ihre Stimme vibriert ganz leicht, so wie meine, wenn ich kurz vorm Heulen bin.

»Natürlich, wann fängt der noch mal an?« Ich schiele auf die Uhrzeit.

»In fünfzehn Minuten, und ich kann Monika nicht erreichen.«

Das wird sportlich, aber da ich Helgas Bitte auf gar keinen Fall ausschlagen kann, stimme ich zu und spüle in Windeseile den Schaum von Badewanne und Waschbecken ab. Abtrocknen und Polieren müssen warten.

Auf dem Weg zur Haustür fängt mich eine ziemlich genervte Tonja ab. Keine Spur mehr von guter Laune. »Nicht dein Ernst, oder?« Der Vorwurf in ihrer Stimme ist kaum zu überhören.

»Ein Notfall, ich muss einspringen«, sage ich kleinlaut, versuche, in die Turnschuhe zu schlüpfen.

»Das ist es immer. Ein Notfall.«

»Mensch, ich hab doch geputzt«, verteidige ich mich.

»Es ist aber nicht wirklich sauber, die Kalkflecken an den Armaturen kann man immer noch sehen. Hat dir deine Mutter gar nichts übers Putzen beigebracht?«

Ich stutze. Ich will Tonja nur ungern weiter verärgern, aber ihre Pedanterie geht mir auf den Zeiger. Und wenn sie jetzt auch noch gegen meine Mama schießt …?

»Über gute Kinderstube brauchen wir wohl nicht zu diskutieren, Tonja«, wehre ich mich. »Denn ein bisschen Verständnis und Geduld sind in deinem Charakter offensichtlich nicht vorgesehen.« Endlich bekomme ich den Fuß in den blöden Schuh und schnappe mir die Tasche.

»Ganz ehrlich, Madita, so klappt das mit uns nicht«, findet sie, und ich stimme ihr stumm zu. »Für deine Schwangeren und deine Kollegen findest du immer Zeit. Du backst Kekse – hinterlässt dabei übrigens überall in unserer Küche Fettflecken und Mehlreste – und springst durch Feuerreifen, aber für unsere Gemeinschaft … nada, niente.«

»Ich koche doch für uns …« Es ja nicht so, als wäre sie Wonderwomen. Für alle eine Mahlzeit gezaubert hat sie genau ein Mal, seitdem ich hier wohne, und lecker war ihr Versuch eines Gemüseauflaufs auch nicht. Die Hälfte blieb übrig und ging schließlich an die Würmer im Komposthaufen, während meine Gerichte jedes Mal ratzeputze weg sind.

Tonja macht einen drohenden Schritt auf mich zu, ihre Augen funkeln angriffslustig. Kurz geht mir die Möglichkeit durch den Kopf, Silas wegen eines 096 anzurufen. Das wäre ein toller Grund, und ich müsste keine Woche warten. Dummerweise zuckt bei dem Gedanken mein Mundwinkel, was für Tonja wohl aussieht, als würde ich die Situation lustig finden.

»Du kannst deine Sachen packen, wenn du nicht bereit bist, ein Teil von uns zu sein und unsere Regeln anzuerkennen.«

Himmel, Barsch und Zwirn, schon wieder das Thema Regeln, langsam wird es unerfreulich.

»Ich denke drüber nach«, schließe ich und will verschwinden, bevor auch hier die Affen tieffliegen. Jetzt muss ich mich erst mal um die Schwangeren und ihre Partner im neuen Kurs kümmern.

Einschlag

Helga

Neuerdings führt mich mein Weg zum Briefkasten an Oméros Theke vorbei, und ich gebe zu, dass es mich amüsiert, mit welcher Ausrede er mir jedes Mal Rabatt gewährt. Er verwendet nie zweimal das gleiche Argument, heute lautete es: »Ist die Wetter heiße, gibt es fünfzehn Prozente Nachlass auf die Heißgetränk.« Ich sage nicht nein.

Ob die Erweiterung seines Angebots um entkoffeinierten Espresso seine eigene Idee war oder auf Maditas Konto geht, weiß ich nicht; aber seitdem er ihn anbietet, spare ich mir immer häufiger die Zubereitung in meiner Küche. Dabei mag ich die Bewegungen und Abläufe eigentlich.

Heute steigt mir der Duft des berühmten Ristretto in die Nase, während ich das *Amore Belle* verlasse und das Gebäude durch die Haustür nebenan wieder betrete. Mein Kaffeeherz streitet sich mit mir, ob ein Ristretto ohne Koffein nicht ebenso wider die Natur ist wie diese Katzen ohne Fell, die man extra für Allergiker »serienfähig« weitergezüchtet hat, in der irrigen Annahme, ein Tier sei für den Menschen da und seine Eigenschaften daher auf dessen Bedürfnisse zuzuschneiden. Ich besänftige mein Herz mit dem Gedanken, dass es Wichtigeres gibt als Kaffee, und zucke kurz zusammen, als ich das denke. Im nächsten Moment schleicht sich dieses Grinsen in mein Gesicht, das meine Hand dazu bewegt, sich auf den Unterleib zu legen, der sich unter meinen Fingern allmählich zu wölben beginnt. Eine Tatsache, die ich nach wie vor nicht fassen kann.

Oben angekommen klingle ich bei meinem Nachbarn, der laut Benachrichtigungskarte ein Paket für mich angenommen hat. Er öffnet die Tür, so weit es seine Sicherheitskette zulässt, und ich halte ihm das gelbe Stück Papier entgegen.

»Warum bestellen Sie denn, wenn Sie gar nicht zu Hause sind?«, schnappt er, klappt die Tür zu, klackt mit der Kette und öffnet wieder.

Um Ihnen die Gelegenheit zu geben, meine Post zu beschnüffeln, könnte ich sagen, und in diesem Fall würde es mich nicht einmal Sterne kosten. Die Versuchung ist groß. Dennoch beschränke ich mich darauf, die Arme auszustrecken, um meinen Nachbarn, Glatzkopf mit drei Haaren drauf, ungefähr Mitte siebzig, zur Übergabe des Kartons aufzufordern. *Kurt Kemnich* steht auf seinem Klingelschild, und bislang haben wir kaum ein Wort gewechselt, da ihm ein stummer Treppengruß offenbar genauso genügt wie mir. Was sympathisch wäre, hätte ich ihn nicht im Verdacht, zuweilen an meiner Tür zu lauschen; zumindest drückt er sich erstaunlich oft auf unserem Treppenabsatz herum, ohne dass es hier Pflanzen gäbe, die zu gießen er vorgeben könnte, und fegen tut er auch nicht.

»Da saß neulich den ganzen Tag so 'ne Kleine vor Ihrer Tür – das wissen Sie sicher, Rumlungern ist hier im Haus verboten. Steht in der gemeinsam verfassten Hausordnung der Eigentümer.«

»Na, dann ist es ja gut, dass die Kleine keine Eigentümerin ist«, erwidere ich, nehme Herrn Kemnich das Paket aus den Händen und gehe zu meiner Wohnung hinüber.

Hinter mir schnauft es. »Wenn Sie das nächste Mal bestellen, dann achten Sie mal auf das Lieferfenster, ja?« Es rumst.

Ich werfe einen Blick über die Schulter, überlege, ob ich erneut klingeln und Herrn Kemnich darauf hinweisen soll, dass er meine Post nicht anzunehmen braucht. Oder ich schlage ihm vor, dass er sie gleich entsorgt, denn ein Blick auf den Absender verrät mir, dass ich schon wieder Kosmetikpröbchen erhalten habe. Crèmes, Öle und Essenzen, die Schwangere angeblich glänzend aussehen lassen. Als ob es darauf ankäme.

Während ich den Karton abstelle, um in meiner Tasche nach dem Schlüssel zu suchen, frage ich mich, woher die Firma meine neue Adresse hat. Müsste ich nicht, wenn schon, dann viel eher Werbematerial in Form von Füllstoffen, Beschichtungen oder Isoliermaterial kriegen? Immerhin hat Hans die Wohnung gekauft, nicht ich. Aber vielleicht hat er mich ins Grundbuch eintragen lassen, fällt mir ein, und dass ich das gar nicht weiß.

Im Treppenhaus sind Schritte zu hören, die aufwärtsstreben und so gleichmäßig sind, dass derjenige, der da hochkommt, gut in Form sein muss, denn die meisten Leute werden spätestens ab dem zweiten Stock langsamer. Diese Person nicht.

Endlich ertaste ich meinen Schlüssel, der sich allerdings in der Schnappleiste meines Kalenders verhakt hat und sich nicht lösen lässt. Vermutlich beobachtet Herr Kemnich durch seinen Türspion, wie ich versuche, das Problem zu lösen, ohne dabei meinen Kaffee zu verschütten. Warum haben Autos eigentlich bereits seit Jahren Schlüssel mit Fernbedienung, Wohnungstüren jedoch nicht? Oder Schlösser, die sich per Fingerabdruck öffnen lassen.

»Helga!«

Ich zucke zusammen und verschütte einen ordentlichen Teil des Ristrettos, weil ich den Verschluss meines To-go-Bechers abgeschraubt habe, um den Geschmack nicht durch den Deckel auf den Lippen zu verfälschen. Das Herumwirbeln um meine eigene Achse löst eine zweite Flutwelle aus, die sich heiß über meine Hand ergießt, was ich ignoriere, obwohl es wehtut. »Hans!«

Mit einem letzten energischen Schritt erreicht er mein Stockwerk, bleibt stehen, eine Hand auf dem auslaufenden Geländer, und starrt mich an.

Mein Herz schlägt, als wäre soeben ich die vier Stockwerke hochgeeilt und nicht er, und ich will mich freuen, dass er da ist. Der Ausdruck in seinem Gesicht lässt mich allerdings stocken, denn Hans' Augenbrauen haben sich eng zueinandergeschoben und stoßen über der Nasenwurzel beinahe zusammen, er blinzelt nicht und seine Kiefermuskulatur bebt. So habe ich ihn noch nie gesehen, es ist, als hätte er sich das Gesicht eines Fremden übergestülpt wie eine Maske.

Zwischen uns liegen gut zwei Meter, und sekundenlang sehen wir einander an, während Kaffee von meiner Hand auf den Boden tropft. Mein Herz wummert weiterhin und pumpt sämtliche Gedanken aus meinem Kopf.

»Hast du mir vielleicht irgendwas zu sagen?«, will Hans schließlich mit einer Stimme wissen, die er sich ebenso irgendwo ausgeliehen haben muss wie seine Miene. Sie klingt gepresst und knirscht.

»Hallo«, sage ich. »Schön, dich zu sehen.«

»Helga!«

Ich wusste nicht, dass Hans bellen kann.

»Weißt du, wen ich eben auf dem Wochenmarkt getroffen habe?«

Ich will »Woher?« entgegnen und fragen, seit wann er auf den Wochenmarkt geht, denn in meinem Leben mag Hans keine Märkte, weil ihn das Werbegeschrei der Standbetreiber nervt und dass man sich bei vielen Anbietern das Obst und Gemüse nicht selbst aussuchen kann, sondern in einer Tüte überreicht bekommt. Ganz zu schweigen vom Gedränge. Aber in meinem Leben kocht Hans auch nicht vor Wut.

»Wen hast du getroffen?«, frage ich.

»Carola.«

Oh.

»Weißt du, wie dumm ich mir vorkomme?«

Aussagen mit der Frage *Weißt du?* einzuleiten, ist eine bescheuerte Marotte, denke ich. Warum sagt er nicht: *Ich habe Carola getroffen und komme mir jetzt dumm vor.*

»Du bist nicht dumm.« Ich klinge normal, stelle ich fest, ruhig, dabei fühle ich mich klamm und rutschig und das Atmen ist zu einem komplizierten Vorgang geworden.

»Und warum verkaufst du mich dann dafür?«

»Ich verkaufe dich nicht ...«

»Hör auf damit!« Hans krallt sich ans Geländer, ich kann sehen, wie sich die Muskeln in seinem Arm anspannen. »Wann wolltest du mir davon erzählen?« Er brüllt. Mein sanfter Ehemann brüllt tatsächlich. »Zur Einschulung?«

»Ich wollte dich anrufen«, erkläre ich über das plötzliche Dröhnen in meinem Schädel hinweg.

Hans schnaubt durch die Nase und schweigt, sein Brustkorb hebt und senkt sich, seine Lippen sind so schmal, dass es wehtun muss.

»Ich wusste nicht, was ich sagen sollte.«

Für einen Moment weicht der Zorn in Hans' Gesicht einem erstaunten Ausdruck. Dann ist die Kaltfront zurück. Düsterer. Unheimlich.

»Du sollst mich nicht für dumm verkaufen, hab ich gesagt«, knurrt der Mann an der Treppe, der meinem Ehemann so sehr ähnelt, dass es schmerzt, weil mein Hans ein stiller Gebirgssee ist und kein wettergebeutelter Ozean. »Carola sagt, du bist schon im zweiten Trimester. Glaubst du nicht, ich hätte gern früher davon gewusst?«

»Wozu?«, rutscht es mir heraus.

Hans lässt das Geländer los und rauft sich mit beiden Händen die dichten Haare.

»Wozu?« Wieder brüllt er. »Wie wozu? Ist es vielleicht nicht mein Kind, das du seit Wochen in dir trägst?«

»Doch.« Seine Unterstellung bohrt sich ebenso tief in mich hinein wie Maditas Frage neulich. *Ist es überhaupt von ihm?* Als ob es irgendwo auf dieser Welt jemanden gäbe, mit und von dem ich sonst ein Kind wollen würde.

»Also! Da habe ich doch wohl das Recht auf Mitsprache?«

»Mitsprache? Wobei denn?«

»Bei allem?«

»Ich gebe dir Bescheid, wenn es etwas zu entscheiden gibt.«

Hans' Mund klappt auf und zu, ein paarmal, bis er sagt: »Na, für manche Entscheidungen ist es nun ja wohl zu spät.«

Jemand kippt einen Kübel Eiswasser über mir aus, das sofort zu kleinen Nadeln gefriert. »Was meinst du?« Sie stechen, dass mir für einen Moment schwindelig wird. »Die Chorionzottenbiopsie? So was mache ich nicht!«

Hans' Bein zuckt, als wolle er einen Schritt auf mich zu machen, doch er bleibt stehen. »Du bist zweiundvierzig, das birgt gewisse Risiken.«

»Ja und? Würdest du es loswerden wollen, wenn's nicht der Norm entspricht?«

Hans duckt sich, als hätte ich ihn geschlagen, vielleicht habe ich das, und sieht mich an, als sei ich die Fremde und nicht er. »Nein, und das weißt du auch. Aber man könnte sich vorbereiten ...«

»Auf was?« Jetzt bin ich laut und muss den Impuls unterdrücken, mir die Ohren zuzuhalten.

Herrn Kemnichs Tür öffnet sich, und er streckt seinen Kopf hinaus. »Hör'n Sie mal ...«

»Da gibt es nichts vorzubereiten für dich. *Du* bist derjenige, der nicht noch jahrelang weitermachen wollte. *Du* hast mir eine Wohnung gekauft, damit ich ausziehe.«

»Werd nicht unfair! Woher sollte ich denn wissen, dass du ein Kind kriegst, verdammt noch mal!«

»Was ändert das denn?« Meine Frage hallt durchs Treppenhaus und bringt mich selbst zum Beben.

»So geht das nicht, Frau Fronau«, quäkt Herr Kemnich.

»Was das ändert?« Hans macht nun doch einen Schritt in meine Richtung. »Wir werden Eltern.« Einen Wimpernschlag lang steht Angst in seinem Gesicht, Panik, vielleicht auch Verzweiflung, und ich will meine Arme um ihn schlingen und ihn an mich drücken. Uns beide festhalten.

»Frau Fronau!« Herr Kemnich tritt vor seine Tür und stemmt seine Arme in die Hüften.

»Halten Sie doch mal den Mund«, herrscht Hans ihn an.

Im selben Moment sage ich: »Glotzen Sie woanders, lauschen können Sie auch drinnen!« Ich lege ihm meine freie Hand auf die Brust und schiebe ihn rückwärts in seine Wohnung. Er stolpert und taumelt in seinen Flur, sodass ich den Knauf seiner Tür packen und sie zuknallen kann. Dabei fällt mein Blick auf meine Armbanduhr. Verflixt.

»Ich muss kurz telefonieren«, murmle ich, angle mein Telefon aus der Tasche und wähle Monikas Nummer. Es tutet. Zu oft. Ich schaue noch einmal auf die Uhr, probiere es bei Madita.

»Helga, leg das Telefon …«

Ich unterbreche Hans mit einer Geste. »Hallo Madita? Kannst du mir helfen?«

»Hey-ho, was geht ab?«

»Madita, kannst du bitte den Kurs übernehmen, ich … wäre toll, ich revanchiere mich.«

»Geht's dir gut?«

»Bestens, ich muss mich nur um etwas … Wichtiges kümmern, also, wärst du so freundlich?«

»Natürlich, wann fängt der noch mal an?«

»In fünfzehn Minuten, und ich kann Monika nicht erreichen.« Ich lege auf, stopfe das Handy zurück in die Tasche und verschütte noch mehr Kaffee. Als ich aufsehe, steht Hans einen Meter von mir entfernt, die Hände zu Fäusten geballt, die Ohren rot angelaufen.

»Du hättest es mir sagen müssen.«

»Willst du doch wieder mit mir Zähneputzen?« Ich weiß nicht, warum ich das sage, fühle mich plötzlich unendlich müde und unfähig, mich seiner Wut zu stellen. Ich stecke meinen Kaffeebecher in die Tasche, nehme den Schlüssel und drehe mich zu meiner Tür. Schließe sie auf.

»Du lässt mich stehen?«

Ich kicke den Karton über die Schwelle, stelle meine Tasche ab.

»Helga, verflucht!« Es gibt mehrere dumpfe Geräusche. Als ich mich umdrehe, sehe ich, wie Hans gegen das Geländer tritt. »Scheiße!« Er nimmt die ersten Stufen hinunter, bleibt stehen und rammt seinen Fuß erneut ins Holz, hastet weiter. Er muss knapp unterhalb des dritten Stockwerkes sein, als ich ihn schreien höre. Durchdringend und gequält und vielleicht mit Tränen in der Stimme. »Ich will kein, Kind, Helga, hörst du! Ich will es nicht!«

Das ist der Moment, in dem ich zum ersten Mal eine Bewegung in mir spüre. Ein federleichtes Streifen irgendwo in meinem Unterleib, so zart, dass ich nicht weiß, ob es wirklich da ist. Ich taumle auf mein Singlesofa, ziehe mir die Wolldecke über den Kopf und heule.

*

Bis Madita eintrifft, reden Monika und ich über die Schwierigkeiten, die dem *Storchennest* entstehen, wenn ich mehrere Wochen ausfalle.

»Sobald es aufhört zu bluten, gehst du wieder entbinden, Helga, das ist ja wohl klar«, sagt sie mit todernster Miene. »Ich pass auf dein Baby auf und du bringst Babys auf die Welt. Oder glaubst du, ich lass dich in Ruhe auf dem Sofa liegen, jetzt wo das *Storchennest* im Lokalranking endlich wieder nach oben schießt?«

»Wir wissen beide, dass du das Madita verdankst.«

»Oh, was? Nicht mehr ›die Neue‹?«

»Nein, so neu ist sie nicht mehr – allmählich blättert der Lack ab.«

Monika lacht laut und zieht mich in eine Umarmung, die so fest ist, dass es knackt. »Mensch, Helga, ich freu mich so!«

Ich entziehe mich ihr und hole eine Schale aus dem Küchenschrank, fülle Waffelröllchen mit Schokoladenüberzug hinein, die in meinem Einkaufswagen gelandet sind, als ich gestern im Supermarkt daran dachte, dass heute die wöchentliche Teamsitzung ansteht.

Madita bricht in Begeisterung aus, als sie, pünktlich zu spät, hereingewirbelt kommt, sich auf einen Stuhl wirft und rosa Strähnen aus dem Haar wischt. »Boa, die liebe ich!« Das erste Waffelröllchen verschwindet in ihrem Mund, dann strahlt sie uns an. »Hallöchen miteinander.«

Monika lächelt. »Guten Morgen. Also dann, meine Damen, wie geht's euch, was gibt's Neues?«

Madita ist damit beschäftigt, sich einen Kakao anzurühren, ich versuche den Wunsch meines Inneren nach Kaffee mit Süßgebäck zu übertönen. Mit leidlichem Erfolg. Das Isolationsmaterial, das sich in den letzten Tagen wie Bauschaum in meinem Leib ausbreitet und von innen nach außen drückt, dämmt hervorragend. Vielleicht wäre er begeistert, der Herr Verpackungsingenieur. Vielleicht auch nicht. Ich bemühe mich, nicht an ihn zu denken.

»Nun, dann fange ich an«, sagt Monika mit einem Stirnrunzeln. »Ich habe mir überlegt, dass ich keine feste Vertretung für dich suchen werde, Helga.«

Maditas Kopf fliegt hoch, ich hebe die Brauen.

»Ich dachte, das kriegen wir auch so hin, wenn ich während der Zeit, in der du zu Hause bleibst, sämtliche Kurse übernehme.« Sie nickt mir zu. »Die Vor- und Nachsorgen teilen wir uns, dann kannst du dich voll und ganz auf die Geburten konzentrieren.« Jetzt blinzelt sie zu Madita. »So viele sind es ja nicht. Und du kannst dir Cornelia Gestow dazurufen. Das ist eine freie Kollegin, die normalerweise als Beleghebamme nur in Kliniken entbindet, als zweite Frau aber dazukommen würde. Ich mache euch miteinander bekannt.«

»Supi.« Madita nickt.

»Apropos Kurs – wie lief der neue Vorbereitungskurs an?« Monika schaut zu mir, und ich zucke die Achseln.

»Den hat Madita gegeben.«

»Wieso das, ich dachte, du wolltest den ersten Termin übernehmen?«

»Mir ist was dazwischengekommen, Madita ist eingesprungen.« Ich nicke ihr zu. »Danke noch mal.«

»Hab ich gern gemacht.«

Ihr strahlendes Lächeln ist mir unangenehm. Ich will nicht, dass sie nett zu mir ist.

»Ich dachte, dein Kalender sei gerade so voll?« Monika schaut zwischen uns hin und her.

»Nein, nein, das passte voll gut in meinen Tag«, sagt Madita und lacht. »Und es lief super. Übrigens haben die mich gleich gefragt, ob wir auch Rückbildungskurse anbieten. Warum machen wir das eigentlich nicht?«

»Weil es ohne Babys für die Mütter schwierig ist zu kommen und mit Babys die Hälfte rumsitzt und stillt.«

»Helga hatte irgendwann keine Lust mehr«, erklärt Monika

und macht sich Notizen. »Und wir hatten genug mit den anderen Sachen zu tun.«

»Ach, das kriegen wir schon unter, oder?« Madita klingt plötzlich zögerlich, hebt ihre Tasse und versteckt sich dahinter.

»Ich weiß nicht, in Anbetracht der Tatsache, dass Helga im Winter ausfällt …«

»Du hast denen bereits zugesagt, oder?«, unterbreche ich Monika.

»Ähm … na ja, ich dachte …« Madita rutscht auf ihrem Stuhl hin und her. »Also, es waren nicht die Einzigen; die aus dem Kurs davor haben auch gefragt, und ich war der Meinung … also, für dich wäre das doch ebenfalls voll gut, Helga, oder?«

Die Fähigkeit des Kükens, sein Gesicht in einen Zustand der Treuherzigkeit zu versetzen, auf den ein Rehkitz neidisch wäre, ist beeindruckend.

»Ich mache keine Rückbildungsgymnastik. Nicht in einem Kurs.«

»Das ist total wichtig! Und es geht ja nicht nur um die Übungen, sondern auch ums Kennenlernen und das Miteinander, damit die Mütter allein zu Hause mit ihrem Baby nicht versauern.«

»Madita?«

»Helga?«

»Vergiss es!«

»Lasst uns ein anderes Mal darüber sprechen, ja?« Monika zieht die Schale mit den Keksen zu sich und greift zu. »Was gibt es sonst noch?«

Madita berichtet von einem Paar, das sie nach dem letzten Termin, zehn Wochen nach der Geburt, aus der Nachsorge entlassen hat, und freut sich darüber, dass sie Nelly aus 05–21 davon überzeugen konnte, sich doch keinen Kaiserschnitt zu wünschen. »Wir haben sie im Sankt Marien zur Spontangeburt angemeldet – danke noch mal, Helga, dass du das für uns gedeichselt hast.«

Ich nicke, während ich an meinem Kräutertee nippe und dabei scheitere, mir vorzustellen, es sei Kaffee. Im Sankt Marien lassen sie normalerweise keine Beleghebammen entbinden; der Klinikdirektor hat da so seine verqueren Prinzipien. »Die Stationsleitung schuldete mir noch was. Anfang des Jahres habe ich denen bei einer Steißlagengeburt geholfen.« Die werdende Mutter litt unter einer geradezu pathologischen Angst davor, aufgeschnitten zu werden, und trieb alle Beteiligten mit ihren Panik- und Kreischattacken zur Verzweiflung, bis einer entnervten Kollegin einfiel, dass ihre Gynäkologin von einer Hebamme erzählt hatte, die sich mit Steißlagen auskenne, woraufhin mein Telefon klingelte.

Madita starrt mich mit kreisrunden Augen an. »Du kannst Steißlagen?«

Ich zucke mit den Schultern. »Es war meine dritte. Bei der ersten habe ich meiner Großmutter assistiert, die zweite ergab sich später einmal in einer Klinik.«

»Wow.«

Ich winke ab.

Als Nächstes erzählt Madita von Sarah, Sascha und Pervin, bis Monika sie lächelnd ermahnt, mit dem Baby-Schwärmen aufzuhören.

»Hach, sorry. Die ist halt so süß! Aber gut. Heute Nachmittag schaue ich noch bei Tom und Gerald rein, sonst war's das von mir.«

»Das homosexuelle Pärchen aus dem letzten Kurs?«, erkundigt sich Monika, und Madita nickt, während sie sich Kakao nachschenkt.

»Ja, ich habe denen versprochen, dass ich vorbeikomme.«

»Aber die haben keinen Betreuungsvertrag mit uns.« Über

den Rand ihrer Brille hinweg wirft Monika Madita einen Blick zu.

Die leckt sich einen Schokoladenbart von der Oberlippe und dreht sich eine ihrer gelösten Strähnen um den Finger. »Ja, ich weiß, aber die hatten noch so viele Fragen …«

»Es geht mich nichts an, was du in deiner Freizeit machst, Madita«, sagt Monika, »aber bitte pass auf deine Ressourcen auf.«

»Klar, mach ich doch immer.« Maditas Wangen röten sich. Es ist nicht leicht, Grenzen zu ziehen bei dem, was wir tun. Welche Schwangere lässt man mit ihren Ängsten warten, weil die Uhrzeit gerade Feierabend anzeigt? Das Problem ist, dass Hebamme kein Beruf ist, vielleicht nicht mal etwas, das man sich aussucht zu sein. Es ist da, und man handelt danach.

»Ist Jennifer auch da, wenn du kommst?«, frage ich.

Madita zuckt mit den Achseln. »Vermutlich, wieso?«

»Versuch mal, ob du sie für einen Moment allein erwischst. Irgendwas stimmt mit ihr nicht.«

»Ermuntere sie nicht auch noch, Helga, bitte.«

»Sie geht doch sowieso hin.«

Monika seufzt. »Es war leichter, als ihr noch nicht verbrüdert wart.«

Madita und ich tauschen einen Blick.

»Wir sind nicht …«

»Was gibt's bei dir, Helga?«

Obwohl ich wusste, dass sie kommt, knallt mir die Frage um die Ohren wie eine Backpfeife. Hans steht mir vor Augen, sein Gewittergesicht, so dunkel, dass es mich nicht gewundert hätte, wenn ihm Hörner gewachsen wären und schwarze Schwingen. *Ich will kein, Kind, Helga, hörst du! Ich will es nicht!* Seit Tagen hallt sein Schrei durch meine Eingeweide, sodass mir jede neue Bewegung, die Sternchen mich spüren lässt, die Luft abschnürt. Der Preis für das Wunder in mir ist hoch. Aber ich werde ihn zahlen.

»Ich war bei Chrissie«, höre ich mich sagen, und sofort verfliegt Maditas Sommermiene. Nicht nur treuherzig kann sie, sondern genauso mitfühlend, und was mir in den ersten Wochen nach ihrer Ankunft zu dick vorkam, zu süß, zu viel, sickert jetzt durch die Ritzen in meinem Bauschaum, sodass ich ein Krächzen im Hals spüre und mich räuspern muss.

»Wer ist Chrissie?«, fragt Monika.

»Christina Arnold.« Der Name kommt mir gut über die Lippen. Beim Rest muss ich pressen. »Ich habe sie bei ihrer stillen Geburt begleitet.«

Madita legt sich eine Hand auf den Mund, und als ich sie anschaue, glitzern ihr Tränen in den Augen. Ihr täte ein bisschen Verpackungsmaterial ganz gut, denke ich.

»Ach, herrje«, sagt Monika, bevor sie in der Mappe blättert, die vor ihr auf dem Tisch liegt. »Die hab ich hier gar nicht.«

Ich schiebe den Kräutertee von mir. Ich kann ihn nicht leiden. »Ich hab noch keinen Betreuungsvertrag mit ihr gemacht. Sie hat das Kind verloren, bevor es dazu kam.«

Die Formalitäten stecken in meiner Tasche, wo ich sie gelassen habe, als ich bei Chrissie eintraf. Sie hatte sich ein legeres Kleid angezogen, das gut zu ihr passt, und ein wenig Make-up aufgelegt, Rouge und Wimperntusche. Sie führte mich in ihr Schlafzimmer, und ich erwartete einen abgedunkelten Raum mit Kerzen, wie es viele Frauen wählen, die sich verabschieden müssen. Stattdessen stand das Fenster offen, Sonnenlicht übergoss das hellblau bezogene Bett und Vogelgezwitscher tirilierte herein. Auf einem umgedrehten Wäschekorb, den Chrissie als Nachttisch benutzt, standen Eistee bereit und Erdbeeren mit Sahne, daneben ein kleiner Kuchen mit einer Null als Kerze darauf.

»Heute ist Geburtstag«, erklärte Chrissie, als sie meinen

überraschten Blick bemerkte. »Das Kleine hat ein Recht darauf, dass wir es feiern, oder?«

Ich nickte. »Ja, Chrissie. Hat es.«

»Es ging alles gut«, fasse ich zusammen, was einige Stunden dauerte. »Chrissie hat das Cytotec gut vertragen und die Plazenta vollständig geboren.« Mit Tränen in den Augen, aber einem tapferen Lächeln im Gesicht.

*

Nach der Teamsitzung erledige ich die Vor- und Nachsorgen des Tages. Ich lobe die Entschlusskraft von Wir-haben-entschieden-dass-Maja, auch wenn an mir vorbeirauscht, was sie heute beschlossen hat, und massiere Antje, im achten Monat schwanger, den Rücken und die Waden. Weil sie über Schmerzen im Lendenwirbelbereich klagt, zeige ich ihr außerdem den Kuhkopf, eine Yogahaltung, die die Hüftgelenke mobilisiert.

»Au, das tut weh … ist aber gut«, stöhnt Antje, und ich nehme mir vor, Madita in das Geheiminis der Gomukhasana einzuweihen, denn vielleicht kann sie damit ihre Schwester beeindrucken, diese Lotta.

Ich mache einen Zuckertest, messe Blutdruck und bestimme pH-Werte. Während seine Frau im Bad auf den Teststreifen pinkelt, vertraut mir ein werdender Vater an, dass sie, seitdem sie schwanger ist, so absolut gar keine Lust auf Sex mehr habe, dabei sei sie ja noch gar nicht dick oder so. Ich kläre den Kerl über Hormone auf und wie unterschiedlich sie sich auf die verschiedenen Menschen auswirken. Zum Schluss verrate ich ihm den Link zu einer Webseite, den irgendein anderer künftiger Vater irgendwann in Umlauf gebracht hat und für den sich der ein oder andere später verschämt bei mir bedankte.

Gegen Abend fahre ich nach Hause, parke mein Auto und laufe die Rosenstraße entlang. Im Schaufenster des Schreibwarenladens hängt eine Vermisstenanzeige. Das blasse Gesicht eines blonden Teenagermädchens blickt mir aus schmalen blauen Augen entgegen, die Lippen zu einem Schmollmund verzogen, mit dem es den Fotografen tadelt. *Ey, was soll das? Knips mich nicht.*

WIR VERMISSEN UNSERE TOCHTER, steht über dem Bild, daneben ein Text, der mit *Viktoria, bitte komm nach Hause* beginnt. Ich wende mich ab und laufe weiter.

»Was für eine Welt, mein Sternchen«, murmle ich. »Ich hoffe, du rennst mir nicht davon.«

Zu Hause sinke ich auf mein Sofa, meine Singlecouch, die eventuell zu einem Mutter-Kind-Kuschelplatz werden wird. Wobei ich mir vornehme, keine von jenen alleinerziehenden Müttern zu werden, die vor lauter Einsamkeit nicht unterscheiden können zwischen Nachwuchs und Partner und ihren Sohn oder ihre Tochter mit Belangen behelligen, für die eigentlich die Erwachsenen zuständig sind.

Ich wohne allein, bin aber nicht einsam. Täglich konfrontieren mich so viele Menschen mit sich selbst, dass ich die Stille genieße, die zu Hause auf mich wartet. So wie ich gelassene Menschen mit klaren Gesten mag.

Als ich nach dem Nachmittag bei Chrissie meinen Abendkaffee auf der Couch trank und zu Jim hinübersah, blickte er eine Weile zurück, bis er sich seitlich hinabbeugte, etwas auf seinen Schreibtisch legte und nach einem Stift griff. Ein paar Sekunden später hielt er ein Blatt Papier hoch, von dem mich ein Punkt-Punkt-Bogen-Smiley angrinste. Klar und simpel. Ein Stiftgesicht, das mich tröstete. Dabei konnte er unmöglich wissen, dass ich traurig war.

Auch jetzt sitzt Jim an seinem Schreibtisch, in letzter Zeit jeden Abend spätestens bei Einbruch der Dämmerung. Er arbeitet vor sich hin, hebt dann und wann den Kopf und nickt einmal. Ob zu sich selbst oder zu mir, kann ich nicht sagen. Irgendwann steht er auf, verlässt seinen Fensterausschnitt und kehrt mit einer Flasche mit buntem Etikett zurück, aus der er einen Schluck trinkt, bevor er sie auf der Fensterbank abstellt. Er bleibt stehen, beugt sich hinab und stützt sich mit den Händen auf seinem Schreibtisch ab, schaut dann aber hoch und starrt zu mir herüber. Minutenlang.

Mein Mund ist trocken, und ich muss Spucke schlucken. Beschließe, mir ebenfalls etwas zu trinken zu holen, und verheddere mich beim Aufstehen in der Wolldecke, die unbenutzt auf dem Boden liegt. In der Küche weiß ich nicht, für was ich mich entscheiden soll. In der Tüte mit dem *Eulenzauber* sind zu wenig Bohnen und die neue Lieferung lässt auf sich warten, Tee kommt nicht infrage, Wasser kann nix und die Milch ist seit Tagen leer. Dann eben nicht.

Als ich ins Wohnzimmer zurückkomme, hat Jim sein Fenster geöffnet, sitzt am Tisch, seinen Kopf in die linke Hand gelegt. Mit der rechten hält er seine Flasche an den Mund, seine Lippen umschließen die Öffnung, doch er trinkt nicht. Schließlich richtet er sich auf, streckt die Arme und zieht sich in einer langsamen Bewegung sein Langarmshirt über den Kopf, lässt es neben sich fallen. Sein Oberkörper zeichnet sich hell vor den Schatten in seinem Zimmer ab. Er hat den Brustkorb von jemandem, der gern in Bewegung ist, ohne übertrieben sportlich zu sein. Jemand, der Fahrrad fährt statt Auto, Treppen läuft, statt einen Lift zu benutzen.

Als sich unsere Blicke treffen, glaube ich, dass er grinst. Er langt nach einem Stift, zeichnet etwas und hält im nächsten Moment einen schwitzenden Smiley hoch.

In der Tat, es ist heiß heute, für die kommende Woche sind tropische Nächte vorausgesagt. Ich nicke und schlenkere ein kleines Winken aus dem Handgelenk, das Jim mit einer Prost-

Geste erwidert, bevor er sich erneut seiner Tätigkeit widmet. Worin auch immer die besteht. Obwohl es sich bei meinem Fenster um einen sogenannten französischen Balkon handelt, was eine dämliche Bezeichnung ist für ein bodentiefes Loch in der Wand mit hüfthohem Gitter davor, kann ich einfach nicht ausmachen, was er an seinem Schreibtisch tut. Selbst dann nicht, wenn ich mich auf den kleinen Tritthocker stelle, der sonst im Bad steht. Das habe ich beim Fensterputzen ausprobiert.

Ich könnte mir eine Tätigkeit ausdenken für ihn, so wie ich ihm einen Namen gegeben habe. Die imaginäre Identität meines realen Nachbarn.

Ich stehe auf und schlendere zum Fenster hinüber. Vielleicht ist er Grafiker und illustriert Kinderbücher. Oder er ist Architekt und zeichnet Brückenbaupläne. Oder er plant umzuziehen und schiebt schon seit Wochen ausgeschnittene Möbel auf einem Grundriss hin und her, weil er sich nicht entscheiden kann, ob er die Kommode neben seinem Bett oder gegenüber davon aufstellen soll.

So was macht man heutzutage alles auf dem Computer, denke ich, und mir fällt eine von Gretus' Weisheiten ein: *Was man nicht anfasst, kann man nicht begreifen.* Insofern ist es kein Wunder, dass die Menschheit des 21. Jahrhunderts an Begriffsstutzigkeit leidet, wenn man bedenkt, wie viel Handarbeit uns verloren gegangen ist. In Arztpraxen messen Ultraschallgeräte das vermutliche Geburtsgewicht eines Kindes; mit meinen Händen kann ich das genauso gut. Ich bin dankbar und bis heute froh, dass meine Mutter nicht weiß, was Gretus mich alles berühren und begreifen ließ.

Allein?

Mein Blick war in die Ferne geschweift, und ich muss blinzeln, als ich ihn wieder auf Jims Lichtviereck fokussiere. Er hält ein neues Blatt hoch. Seine Handschrift ist schnörkellos, aber schwungvoll. Gelassen und klar. Also doch ein Designer?

Er schaut zu mir herüber und wartet vermutlich auf meine Antwort. Vertreibt sich die Zeit damit, an seiner Flasche zu nippen, ohne den Blick von mir abzuwenden. Ich sehe mein eigenes Spiegelbild in der Scheibe vor mir, dunkel. Ich schüttle den Kopf, hebe dann die Hand und deute auf ihn, bevor ich ihm zwei Finger zeige. *Wir sind doch zu zweit.*

Ich würde gern sehen, wie sein Gesicht darauf reagiert, muss mich jedoch gedulden, bis er das nächste Papier beschriftet hat und mir zeigt. Ein lächelnder Smiley mit Grübchen, vielleicht sollen es auch gerötete Wangen sein. Was weiß ich schon über den Mann dort drüben? In letzter Zeit habe ich das Gefühl, sehr wenig zu wissen über irgendjemanden. Neue Umstände, anderer Mensch – so kommt es mir vor.

Ich öffne die Tür meines Möchtegernbalkons und lasse die warme Nachtluft zu mir herein. Wenn Jim jetzt etwas zu mir herüberriefe, würde ich vermutlich verstehen, was er sagt. Aber er ruft nichts, was mir gefällt, weil ich nicht wissen möchte, wie seine Stimme klingt. Am Ende knarrt sie oder kiekst oder näselt oder passt ganz einfach nicht zu seinem Namen.

Ich zeige auf ihn und zucke mit den Schultern. *Was machst du?*

Er antwortet mit einem Ja-Zettel. Offensichtlich sind meine Gesten nicht eindeutig.

Er lehnt sich zurück und verschränkt die Hände hinter dem Kopf. Ich fühle mich betrachtet, wie ich so am Fenster stehe. Stütze mich mit der Schulter an der Wand ab und lege eine Hand auf meinen Bauch.

Schöner Nachtvogel, schreibt er als Nächstes, und ich schaue mich unwillkürlich um, ob ich irgendwo eine Eule oder eine Nachtschwalbe entdecke, obwohl ich weiß, dass er mich meint.

Jim lacht, und ich bilde mir ein, einen Hauch davon zu hören. So wie ich Sternchens Bewegungen in mir erahne. Seit ein paar Tagen immer häufiger, sodass sich mir mehr und mehr der Reiz des Vagen erschließt. Klare Gesten, vage Berührungen.

Eine Brise weht zu mir herein, und ich hebe meine Arme, damit der warme Hauch in die weiten Ärmel meiner Bluse kriechen und über meine Haut streicheln kann, was erfrischender ist als die Dusche heute Morgen.

Fliegst du?, fragt Jim, und ich weiß nicht, was ich antworten soll. Mir fehlt die Erfahrung mit … dem hier. Was immer es ist. *Der Nachtwind steht dir,* lese ich schließlich gegenüber. Ich lege die Hand an die Lippen und deute ein Winken an. *Danke.*

Jim legt den Kopf schief und verschränkt die Arme vor der Brust, so als versuche er, irgendetwas abzuschätzen. Je länger er nur so dasitzt und schaut, desto deutlicher spüre ich meinen Herzschlag. Es klopft in mir, etwas schneller als gewöhnlich. Irgendwann lässt Jim die Hände sinken und richtet sich auf. Ohne hinab auf das Blatt zu sehen, kritzelt er die nächste Nachricht.

Ein Smiley, dem das Wasser bis zum Kinn steht.

Ich hebe die Schultern und halte meine Handflächen nach oben. *Warum?*

Er zeigt auf mich. Hebt noch einmal das Papier mit dem Nachtvogel hoch. Und dann: *Jeden Abend.*

Ich spüre ein Zittern in mir und Hitze, die mir nicht nur in die Wangen schießt. Neue Umstände, denke ich zusammenhangslos und erstaune mich selbst. Als sich Jim nämlich eine Hand auf die Brust legt und sie langsam abwärtsgleiten lässt, bis sie meinem Blickfeld entschwindet, beginnt meine eigene Hand damit, einen Knopf meiner Bluse nach dem anderen zu öffnen. Gretus übte das mit mir, das einhändige Knöpfen, weil es gut sei, stets eine Hand frei zu haben, wie sie sagte.

Jims Haltung bekommt etwas Drängendes, als ich den letzten Knopf aus seinem Loch befreie und den Abendwind die Seiten meiner Bluse öffnen lasse.

Der nächste Smiley gerät krakelig. Zu seinem Glück trage ich einen BH, der sich vorn öffnen lässt, weil alles andere unpraktisch und sicherlich die Erfindung eines Mannes ist. Der Verschluss klickt.

Im selben Moment klingelt es an meiner Tür.

»Helga? Helga, bist du da?«

Achtung! Überfall!

Madita

Es ist verdammt spät geworden. Die Laternen in der Rosenstraße leuchten bereits, der Mond steht rund am Himmel und blitzt hinter Wolken hervor, während ich meinen Flitzer in die Parklücke vor dem *Storchennest* lenke. Meine Hello-Kitty-Uhr zeigt zehn vor zehn. Der letzte Kurs ist lange vorbei, und es brennt kein Licht mehr in den Fenstern der Praxis. Eigentlich wollte ich viel früher hier sein, um Papierkram abzuholen. Aber es war so interessant und lustig bei Jennifer und ihren zwei Männern, dass ich die Zeit total vergessen habe.

Ich werfe einen prüfenden Blick über die Schulter, bevor ich die Autotür öffne – man weiß ja nie, was angesaust kommt –, und eile hinüber zur Hebammen-Praxis. Ehe ich die Tür aufschließen kann, fällt mir zweimal der Schlüssel aus der Hand, und ich halte inne, weil ich etwas aus dem Augenwinkel wahrnehme.

»Hallo?« Stille. Ich spähe in den Vorgarten, dorthin, wo hinter Rosenbüschen der Fahrradständer verborgen liegt. Der Schatten, der zu meinen Füßen hängt, scheint mich fressen zu wollen, und ich werde erneut so bescheuert nervös, dass ich mich selbst schütteln möchte. »Madita, reiß dich zusammen«, knurre ich. Irgendwann muss Schluss sein mit der Paranoia.

»Nur eine Verrückte fühlt sich ständig verfolgt«, verkündete Lotta zuletzt.

Bevor der Schlüssel mir noch einmal aus den Fingern

rutschen kann, findet er das Schloss und dreht sich. Schnell schlüpfe ich durch die Tür, haue auf den Lichtschalter und schließe mich ein.

Im Büro studiere ich die Kursplanung, in der ich einiges ergänzt habe, und mache ein Foto davon. Es ist ein kleines bisschen gewagt, aber demnächst werde ich testweise Schwangerengymnastik anbieten, die zwar mein Zeitmanagement auf die Probe stellen wird, mir aber hoffentlich auch dabei hilft, meinen Hüftring formschöner zu definieren. Die ersten dankbaren Teilnehmerinnen stehen bereits auf der Interessentenliste. Und egal, was Helga sagt, auch Rückbildung werde ich einführen im *Storchennest*, denn nicht nur Nelly brennt darauf, schnell wieder ihre Topform zu erreichen, ihren Beckenboden zu straffen und endlich das Pipiproblem loszuwerden.

In Gedanken entwerfe ich eine Imagekampagne rund um gesunde Mamibodys, die ein Recht darauf haben zu erzählen, dass Leben in ihnen wuchs und sie deshalb so aussehen, wie sie aussehen. Und dass das wunderschön ist! Es wird ein Stück Arbeit, Nelly zu erklären, dass sie nicht sofort wieder zu ihren alten Maßen zurückfinden wird. Eine Faustregel besagt: Solange Schwangerschaft und Stillzeit dauerten, so lange braucht der Körper, um sich davon zu erholen.

Ich streife eine ganze Weile durch die verlassenen Räume und wundere mich, wie sehr ich mich inzwischen mit dem *Storchennest* und allem, was dazugehört, verflochten fühle. Obwohl ich erst seit vier Monaten hier bin, ist es bereits ein zweites Zuhause. In der Küche verschließe ich liebevoll die Kaffeebohnenpackung, die Monika einfach hat offen stehenlassen, stelle sie zurück ins Regal und denke an Helga. Wie es ihr wohl heute geht? Seit sie mit Hans gesprochen hat, was sie in einem lapidaren Halbsatz erwähnte, ist sie nachdenklich, rückt aber nicht mit Details heraus, was zwischen ihrem Noch-Ehemann und ihr passiert ist.

Memo an mich: Helga Kekse vorbeibringen und ihr federleicht auf den Zahn fühlen.

Irgendwann schnappe ich mir mein Tablet, raffe Papiere zusammen und angle die letzte Packung Haferkekse aus der Schublade. »Hallo, ihr Süßen«, säusle ich. »Hab ich ein Glück, euch zu treffen.« Sie landen auf dem Tablet, das ich vor mir her balanciere, und mein Magen knurrt.

Apropos Naschkram: Ich muss zugeben, bei meinem Besuch bei Jennifer, Tom und Gerald fehlte bloß noch eine Tüte Popcorn, um den Termin perfekt zu machen. Derart großes Kino war das. So still sich Jenny im Kurs stets verhalten hat, so mitteilungsfreudig wurde sie in ihren eigenen vier Wänden, die sich zurzeit bei den beiden Vätern in spe befinden, weil die keine Sekunde der Schwangerschaft verpassen wollen. Ihre Wohnung im Hochparterre ist sehr hübsch und geschmackvoll eingerichtet, von der Küche führt eine kleine Treppe hinunter in einen eigenen Garten mit nigelnagelneuer Buddelkiste. Auch das Kinderzimmer ist bereits fertig und mit allem, was das Babyherz begehrt, ausgestattet. Das Sonne-Mond-und-Sterne-Mobile über der Wiege mit Schleierhimmel hat es mir besonders angetan, weil Gerald es angeblich selbst genäht hat. Mit im Dunkeln leuchtendem Garn.

Tom und Gerald, seit Beginn der Schwangerschaft glücklich verheiratet, haben sowohl Geschmack wie auch Geld und ihre Umgangsformen wirken wie aus Downton Abbey abgekupfert. Als ich bei ihnen eintraf, halfen mir beide aus der Jacke und boten mir sofort einen Tee an. Während Tom Wasser aufsetzte und Gerald Obstschnitten auf einem Servierteller arrangierte, setzte ich mich zu Jenny ins Wohnzimmer.

»Ich werde meine Karriere vorantreiben, sobald ich abgestillt habe«, plauderte sie drauflos und weihte mich in ihre Pläne, nach London zu gehen, ein. Eine Info, die ich erst mal verdauen musste. »Ich habe einen Platz an einer renommierten Musicalschule bekommen – so eine Chance kriege ich nie wieder!«, erklärte sie, weil ich so gar nichts sagte und noch mit mir rang, sie zu fragen, wie lange sie denn zu stillen gedenke.

Gerald schwebte mit dem Teller herein und legte Jennifer eine Hand auf die Schulter.

»Sie ist echt gut«, verriet er mir. »Zeig ihr's.«

Jenny holte Luft, und während sie mir bauchstreichelnd eine Kostprobe ihres Talents darbot, kamen bei mir Hunderte Fragen auf, und es kostete mich einige Selbstbeherrschung, nicht alle auf einmal zu stellen.

»Wie ist das eigentlich mit der Vaterschaft … ich meine, ist einer von euch der leibliche Papa?«, fragte ich als Erstes, weil mir solch eine Familienkonstellation bis dato noch nie begegnet war. Mein Blick huschte zwischen den dreien neugierig hin und her. Alles schien gut geplant zu sein, was allemal besser ist, als unverhofft schwanger zu werden. Zumindest glaube ich das.

»Ja, Geri hat seine Gene spendiert«, verriet mir Jennifer.

»Und wie …?«

Tom, der den Tee brachte und sich neben seinen Partner aufs Ledersofa setzte, wirkte verlegen und drehte seinen Ehering hin und her. Jennifer hingegen lachte.

»Na ja, Bienchen und Blümchen eben. Madita, du bist Hebamme, ich schätze, du weißt, wie es geht«, grinste sie. »Jedenfalls hat es schnell geklappt, und nun wird eine neue Familie daraus.« Sie zwinkerte den beiden Männern zu, und in meinem Kopf ratterte es wie verrückt. Also hatten Gerald und sie Sex gehabt, um Dustin – es sollte ein Name werden, der international klingt – zu zeugen? Ich versuchte mir vorzustellen, mit jemandem zu schlafen, obwohl ich eigentlich einen anderen liebte, bloß um jemandem einen Gefallen zu tun. Lotta fände das sicher interessant, doch ich hatte so meine

Schwierigkeiten bei der Vorstellung, zumal Jennifer aus Geralds Sicht ja auch noch dem »falschen« Geschlecht angehörte.

Tom erriet vielleicht meine Gedanken, denn er setzte zu einer Erklärung an. »Gerald ist bisexuell, er mag auch Frauen. Ich hingegen fasse sie nur mit der Kneifzange an.« Seine Verlegenheit schien gelöst, und nun lachten alle drei.

»Das stimmt doch gar nicht«, warf Jenny ein und zwinkerte mir zu.

Ich fragte mich, warum sie in den Kursen so distanziert gewirkt hatte, als wäre sie nicht wirklich anwesend. Und hier so offen und witzig.

»Tom massiert mir die Füße und den verspannten Rücken. Und als wir Kinder waren, hat er mich sogar Huckepack getragen«, erzählte sie.

»Das ist etwas anderes«, brummte Tom. »Und außerdem bist du meine Cousine.«

Gerald schob Jennifer den Teller mit dem Gebäck hin, und sie griff nach einem Stück Erdbeerkuchen. Überhaupt fiel mir immer wieder auf, dass die beiden Männer sich um Jenny drehten wie die Erde um die Sonne und versuchten, ihre Bedürfnisse zu erraten, bevor sie sie selbst wahrnahm. Hach, da konnte man direkt neidisch werden. Ich versteckte mein breites Grinsen hinter einem Himbeer-Sahnetörtchen.

»Ich werde natürlich immer Dustins Mama sein, ihn besuchen und Anteil an seinem Leben nehmen«, versicherte Jennifer, weil ich eine ganze Weile nichts sagte. »Aber ich bin mir bewusst, dass ich eben nicht der mütterliche Typ bin, der Kariere und Leben auf ein Kind einstellen will. Verstehst du?« Sie warf mir einen hoffnungsvollen Blick zu, und ich nickte langsam. »Auf diese Weise kann ich ein Leben schenken, gleichzeitig meinen zwei Lieblingsmännern ihren allergrößten Wunsch erfüllen und trotzdem mein Leben leben.«

Ihre Argumentation klang folgerichtig und konnte durchaus eine Lösung sein.

»Eins muss ich euch lassen, ihr habt echt Mut, und ich finde es toll, dass du, Jenny, dieses kleine Wunder für die beiden möglich machst«, sagte ich schließlich. Ganz ehrlich, ich verging geradezu vor Hochachtung, auch wenn ich mir das Ganze rein rechtlich kompliziert vorstellte.

»Es ist das Mindeste, das ich zurückgeben kann.« Jennifers Stimme klang plötzlich belegt, während sie sprach und einen intensiven Blick mit Tom wechselte. »Meine Kindheit war nicht einfach, und Tom war immer da.«

»Verstehe.«

Grob umriss sie den frühen Tod ihrer Mutter und dass sie mit Tom gemeinsam bei ihrer Tante aufgewachsen war. Ich erfuhr, wie liebevoll er sie in der Schule vor anderen beschützte, die das seltsame Mädchen, das immer schwieg, gern hänselten, und wie selbstverständlich er in die Rolle des großen Bruders schlüpfte. Für einen Moment war ich sogar neidisch, weil mein inneres Kind sich ebenfalls eine Superhelden-Schwester wünschte, die mir keine Regenwürmer in den Ranzen schmuggelte, sondern sich für mich prügelte. Lotta war eben anders. Und heute habe ich sie sehr lieb.

»Ich habe total Angst vor einem Dammriss«, gestand Jenny später im Flüsterton, während ich ihren Bauch abtastete. Die Ohren der beiden Männer unweit von uns spitzten sich.

»Gibt es Vorkehrungen, die getroffen werden können, um so was zu verhindern?«, fragte sogleich Tom. Im selben Moment summte das Handy in meiner Tasche.

»Die Zeit bis zur Geburt ist knapp, aber es gibt da ein paar Dinge, die helfen, den Damm geschmeidig zu machen«, antwortete ich, warf einen Blick aufs Display und drückte Lottas Anruf weg. »In der Regel hängt es von mehreren Faktoren ab, ob es zu einer Verletzung kommt. Beim ersten Kind, das auf natürlichem Weg geboren wird, kann es eher passieren als beim dritten oder fünften.«

»So viele werden es wohl nicht.« Jennifers Grinsen war nicht mehr ganz so breit wie vorhin, fiel mir auf. »Was gibt es sonst noch für Faktoren?« Sie nestelte am Stoff ihres übergroßen T-Shirts herum, das sie bis zum Hals hochgezogen hatte. Ich beendete mein Tasten mit der Feststellung, dass ihr Baby schon perfekt mit dem Köpfchen nach unten lag.

»Das Bindegewebe spielt eine Rolle und das Gewicht des Kindes. Dustin liegt im grünen Bereich; bis zur Geburt wird er etwa 3.400 Gramm haben, schätze ich. Was sonst noch reinspielt, ist, ob das Kind sein Köpfchen beugt und in günstiger Lage in den Geburtskanal rutscht.« Ich bedeutete Jenny, dass sie ihr T-Shirt wieder runterziehen konnte, und während ich gewohnheitsmäßig alle Daten notierte, obwohl ich das Trio offiziell gar nicht betreute, erläuterte ich: »Es gibt nämlich Babys, die strecken sich oder veranstalten sonst was für Verrenkungen, wofür sie dann natürlich mehr Platz benötigen.«

Wieder klingelte mein Telefon. Ich drückte den Anruf erneut weg und schrieb ein knappes *Nicht jetzt, Bitch* an Lotta. Unser Code für: *Es passt gerade so gar nicht, aber ich melde mich.*

»Ich habe einen sehr gut trainierten Beckenboden, ich hoffe, das kommt mir zugute«, meinte Jenny, und ich hinderte mein Gesicht daran, sich zu verziehen. Denn ein extrem trainierter Beckenboden kann unter Umständen sogar kontraproduktiv sein. Ich kenne Hebammen, die ins Schwitzen geraten, wenn eine olympische Reiterin zur Geburt erscheint.

Nachdenklich kramte ich nach der Probiergröße einer Teemischung und reichte sie Jenny. »Du kannst Himbeerblättertee trinken. Aber bloß nicht kannenweise. Dein Bindegewebe ist nicht übermäßig straff, und das Dammgewebe kann auch negativ beeinflusst werden, wenn es zu weich wird«, mahnte ich, und Tom verkniff sich ein Grinsen, weil Jenny empört über meine Bemerkung ihre Cellulite betreffend schnaufte. »Was den Damm angeht, den könnte man übrigens regelmäßig mit Öl massieren ...?« Mein Blick wanderte zu den beiden Männern, doch Tom zeigte mir sofort einen Vogel. Aha, so weit reichte der unbedingte Wille, die Schwangerschaft bis ins letzte Detail zu erleben, also nicht. »Gut, dann nicht. Du kannst auch Heublumendampfbäder machen. Dazu hängst du eine Mülltüte ins Klo, schüttest mehrere Löffel Heublumen hinein und übergießt sie mit heißem Wasser. Dann greifst du dir einen Wohlfühlroman und hockst dich für zwanzig Minuten drüber. Und am allerbesten ist es, wenn du dich generell entspannst, dich freimachst von den Sorgen und die Geburt auf dich zukommen lässt.«

»Das sagst du so leicht«, murmelte Jennifer. War es das, was Helga während der Kurse bei ihr gespürt hatte? Angst vor der Geburt? Ich griff nach Jennifers Hand und drückte sie.

»Die richtige Geburtsposition kann Verletzungen ebenfalls vorbeugen. Zum Beispiel steht der Beckenboden weniger unter Spannung, wenn du dein Baby im Vierfüßlerstand oder in Seitenlage gebierst. Probiere aus, was gut für dich ist. Außerdem wird deine Hebamme Tricks und Moves auf Lager haben, um nach Möglichkeit Verletzungen zu vermeiden. Keine Angst, du schaffst das«, versprach ich hoch und heilig. Helgas Lieblingsmethode, warme, mit starkem Kaffee getränkte Kompressen auf Vulva und Damm zu legen, um die Durchblutung zu stärken, ließ ich unerwähnt. Zwar behauptet sie, dass das Wunder wirkt und das Baby nach der Geburt sogar ein bisschen nach Espresso riecht, aber da ich mich hier eindeutig in einem Teehaushalt befand, beließ ich es dabei.

Tom und Gerald kamen noch einmal auf das Thema zu sprechen, das sie bereits im Kurs angeschnitten hatten, und fragten nach Tipps fürs Wochenbett. Ich empfahl ihnen, sich von einer Hebamme begleiten zu lassen, und wiederholte, was ich vor der Gruppe bereits erklärt hatte: Achtet aufeinander. Bleibt im Gespräch. Am Ende begleiteten mich alle drei zur Tür, Tom und Gerald die Arme umeinandergelegt, Jennifer ihre über dem kugelrunden Bauch verschränkt. Sie winkten zum Abschied, was wie das Ende der ersten Staffel einer Hipster-Serie wirkte.

Ich grinse und verlasse das *Storchennest*, jongliere meinen Kram zum Wagen und lasse mich auf den Fahrersitz fallen. Mit der einen Hand öffne ich die Tüte Kekse, mit der anderen entsperre ich das Handy, um endlich Lotta zurückzurufen. Außerdem könnte ich Silas zu einem Date einladen – die von meiner Schwester verordnete Woche ist so gut wie um. Augenblicklich schlägt mein Herz schneller, und ich überlege, was ich sagen könnte: »Hey, Silas, ich finde, mein Vorname passt super zu deinem Nachnamen« zum Beispiel. Der steht nämlich auf der Karte, die er mir zugesteckt hat. Silas Mauß. Madita Mauß. Nice. Papa würde sich kringeln vor Lachen, weil er mich ja auch gerne Maddy-Maus nennt.

Während ich die Anrufliste durchscrolle, mir einen Keks in den Mund stecke und dann zu den Nachrichten wechsle, wird mir eiskalt.

»Fuck«, hauche ich, als ich erkenne, was ich getan habe. An wen die Nachricht mit der *Bitch* ging.

»Ausgerechnet …«, stöhne ich über meine Dummheit. Tonja, die neben Lotta wohl ebenfalls versucht hat, mich zu erreichen … Zu meiner Verteidigung: Beide Namen haben ein o und ein a. Zum Löschen der Nachricht ist es unerfreulicherweise zu spät, sie wurde bereits gelesen. Meine Finger schweben über der Tastatur, bereit, Tonja zu erklären, dass sie überhaupt nicht gemeint war, als etwas Schreckliches geschieht.

Auf meiner Rückbank bewegt sich ein Schatten und wächst.

»Fuck!«, kreische ich erneut und wirble herum.

»Fuck!?«, antwortet der Schatten und presst sich in den Sitz.

Mein Handy rutscht mir aus den plötzlich schweißnassen Händen, landet im Fußraum. Drohend hebe ich die Tüte, bereit, mit Keksen zu werfen, und starre in die Schattenfratze einer Kapuzengestalt, während ich zeitgleich versuche, nicht an Krümeln zu ersticken.

»Sorry für den Überfall«, sagt ein Mädchen zu mir, das ihren Hoodie zurückschlägt und den Blick auf ihr Gesicht freigibt. Sie ist schmal, höchstens sechzehn Jahre alt.

»Überfall?« Warum ist eigentlich nie jemand auf den Straßen unterwegs, wenn man neugierige Blicke braucht? In den Fenstern der Häuser ringsum erlischt ein Licht nach dem anderen. Großartig! »Ich hab nix Wertvolles bei mir. Kannst Kekse haben.« Ich wedle mit der Tüte.

»Ich könnte Ihre Hilfe gebrauchen.« Die Worte sickern unendlich langsam in mein Hirn.

Hilfe? Ich auch. Einen Heimlich-Griff, der mich vorm Ersticken bewahrt. Ich hüstle, greife nach dem Schalter fürs Innenlicht und knipse es an. Wenn ich es mir recht überlege, sieht das Mädchen nicht bedrohlich aus. Die blonden Haare sind kinnlang, sie trägt eine dünne braune Mütze mit Teddyohren, was für die Jahreszeit echt komisch ist, und ein geringeltes Kleid unter dem Hoodie. Ich verenge forschend den Blick.

»Wie kommst du hier rein?« All die Situationen, in denen ich mich verfolgt fühlte, rasen durch meinen Kopf. Und basteln plötzlich ein ganz neues Bild.

»Sie sollten Ihr Auto vielleicht mal abschließen, da könnte ja jeder auf der Rückbank auf Sie warten«, sagt sie und verschränkt die Arme trotzig.

»Danke für den Tipp.«

»Gern. Dann sind Sie jetzt an der Reihe. Können Sie mir helfen?«

»Ich kenn dich doch«, wird mir schlagartig klar. Sie ist das Mädchen, das vermisst wird. Die sechzehnjährige Viktoria, die seit einer halben Ewigkeit verschwunden ist und ihren Eltern das Herz bricht. Und deren Gesicht einen von unzähligen Plakaten anstarrt.

»Welch Überraschung«, schnaubt sie. »Mein Gesicht ist ja auch überall plakatiert.«

»Sag mal, verfolgst du mich schon länger?«, möchte ich wissen und wähle in Gedanken Silas' Nummer. Der wird sich freuen, wenn ich ihm erzähle, dass mir der herrenlose Teenager einfach so zugelaufen ist. »Und findest du das in Ordnung, die ganze Welt in Schrecken zu versetzen?« Und deine Eltern zu quälen, füge ich in Gedanken hinzu. Als ich mal nachts nicht nach Hause kam, hatte mein Papa beinahe einen Herzanfall.

»Sie haben ja keine Ahnung«, knurrt das Mädchen, und ich betrachte ihr blasses Gesicht, den halb verlaufenen Lidstrich und die blauen Augen, die sich langsam, aber sicher mit Tränen füllen. Ihr hübscher Mund verzieht sich, und der Anflug meines Ärgers über den Überfall geht in die Knie.

»Oh, oh, nein …« Das darf ja wohl nicht wahr sein! »Nicht weinen, ja?« Ich biete ihr einen Keks an, den sie dankend annimmt.

»Ich habe gute Gründe, wegzulaufen, das dürfen Sie mir so was von glauben«, nuschelt sie. »Sie sind doch eine Hebamme, oder? Ich hab Sie mehrfach aus der Praxis kommen sehen, und Sie sehen nicht so aus, als seien Sie dort Kundin.«

»Der Kandidat hat hundert Punkte.«

»Ich bin schwanger.«

»Oh. Okay.« Das Kind bekommt also ein Kind. »Bist du deshalb von zu Hause weggelaufen?«

Ein Nicken und Tränen, die das Gesicht hinunterkullern.

»Hast du denn nicht verhütet?« Mann, wer bin ich? Meine Mutter?

»Doch, mit Kondomen. Die Pille durfte ich ja nicht nehmen.«

»Wissen deine Eltern, dass du ein Kind erwartest?«

»Das ist ja der Punkt: Sie wollen, dass ich abtreibe. Aber ich will das auf gar keinen Fall, ich will den kleinen Schmetterling behalten, ihm eine Mama sein.«

»Und der Vater?«

»Er unterstützt mich, so gut er kann. Bei dem war ich die letzte Zeit untergetaucht.« Sie schürzt die Lippen, ein Schatten huscht über ihr Puppengesicht und zeugt von einer inneren Zerrissenheit, die ich schwer deuten kann.

»Verstehe …« Ich räuspere mich, fühle mich dezent überfordert mit der Situation. »Was kann ich denn für dich tun?« Eigentlich müsste ich sie der Polizei melden. Da fällt mir ein … »Ich kenne einen sehr freundlichen Polizisten, mit dem können wir bestimmt reden, und für jedes Problem gibt es eine Lösung …«

Noch nie hat jemand so verloren auf mich gewirkt wie dieses Mädchen, das nervös auf den Wangen kaut und zitternd atmet. Wie ein Reh, das paralysiert in die Flinte guckt, bevor es Peng macht.

»Bitte helfen Sie mir, mein Kind zu retten«, fleht sie, greift nach meiner Hand, die immer noch krampfhaft die Kekstüte hält. »Wenn Sie mich der Polizei ausliefern, dann werden meine Eltern dafür sorgen, dass ich mein Baby nicht bekommen kann. Die bringen es um.«

»Das glaube ich nicht, ich meine, das dürfen deine Eltern gar nicht. Die Entscheidung liegt letztlich bei dir …« Die Brauen so fest zusammengeschoben, dass man vom reinen Hinsehen Kopfweh bekommt. Sie hat wirklich Angst. Ich kenne problematische Familien, die auf wackligem Fundament stehen. Und oft sind es nicht die sozial schwachen, in denen sich Abgründe auftun.

»Was erwartest du von mir? Was kann ich deiner Meinung nach tun?«

»Ich hatte gehofft, Sie …« Das ganze Kind bebt. Alles um es herum zerfällt, und innerlich ist es so offensichtlich zerfetzt, dass ich es kaum ertrage. »Ich muss nur noch zwei Wochen überstehen, dann darf kein Abbruch mehr gemacht werden.«

»Ja, aber das ist doch keine Lösung.« Ich nötige ihr einen weiteren Keks auf. Kalorien sind wahre Krisenmanager, wie ich aus eigener Erfahrung weiß. Und während sie kaut, ebbt das Beben ihres Körpers tatsächlich ab. »Du musst dich trotzdem mit deinen Eltern auseinandersetzen. Und du musst unbedingt zu einer Frauenärztin.«

»Ich dachte, Sie könnten mich untersuchen?« Sie klimpert mit langen Wimpern, die Teddyohren der Mütze auf ihrem blonden Schopf lassen sie wie eine Märchenfigur erscheinen, die es zu schützen gilt. Um welchen Preis auch immer.

»Na gut«, stöhne ich und treffe eine Entscheidung, die ich ganz bestimmt noch bereuen werde. »Ich nehme dich erst mal mit zu mir, dann sehen wir weiter.«

»Wirklich?« Viktorias Miene erhellt sich.

»Ja, aber freu dich nicht zu früh. Ich bin ganz klar dafür, dass du deine Eltern anrufst. Sie kommen bestimmt um vor Sorge.«

Ich kann hören, wie sie die Luft mit einem Zischen aus der Lunge entweichen lässt, während ich den Wagen starte und mich Richtung Lilienstraße aufmache. Den ganzen Weg über sagen wir nichts. In meinem Kopf plane ich indessen Hinterhältiges, durchdenke die Möglichkeit, nach dem Parken aus dem Auto zu springen, die Tür zuzuschlagen und das Mädchen einfach einzusperren. Dann könnte ich die Polizei rufen und denen den schwarzen Peter zuschieben.

Doch noch während ich in unsere Straße einbiege, spüre

ich, dass ich das nicht schaffen werde. Denn das Bärchen auf der Rückbank schaut mich so hoffnungsvoll an, dass ich es nicht übers Herz bringe, es zu hintergehen. Also finden wir uns kurz darauf im Treppenhaus wieder und schleppen uns die Stufen hinauf. Viktoria den Hoodie tief ins Gesicht gezogen und sich bei jedem Laut umschauend.

»Ich hoffe, die WGler sind schon schlafen gegangen«, murmle ich, während ich nach dem Schlüssel krame.

»Sie wohnen nicht allein?« Viktoria macht ein erschrockenes Gesicht, und ich greife den Ärmel ihres Pullis, bevor sie einfach abhauen kann.

»Ich krieg dich da schon rein, ohne dass sie dich sehen«, verspreche ich und verschlucke mich beinahe an meinen Worten, als ich im dritten Stock ankomme und Kartons und einen Koffer erblicke, die sich neben der Haustür stapeln. In einer verkümmerten Topfpflanze mit langen Ästen und wenig Grün, die mir Monika zum Einstand geschenkt hat, hängt Mister Storch und sieht ebenso entsetzt aus, wie ich mich fühle.

»Was zum Geier …«

»Das ist ein Storch«, bezieht das Mädchen die Worte auf mein Maskottchen.

»Das sind meine Sachen«, versuche ich zu erklären und wische mir hektisch Haare aus der Stirn. »Die haben mein Zimmer geräumt?« Verständnislos blickt Viktoria mich an, und ich schiebe sie in den Schatten einer Dachschräge.

»Du bleibst hier, ich muss da wohl was klären«, fürchte ich und beeile mich, die Wohnung aufzuschließen. Ich hab nicht mal einen Fuß drinnen, da trabt auch schon Tonja wie ein wütendes Nashorn auf mich zu.

»Oh, Madita. Du wohnst hier nicht mehr«, verkündet sie eiskalt. Mein Mund klappt auf und wieder zu. Sie macht Witze, oder?

»Das hast du gar nicht zu entscheiden. Ich habe einen Vertrag mit Niklas«, wehre ich mich und verfluche den Tag, an dem ich entschieden habe, dass es ausreicht, so was mündlich auszuhandeln.

»Niklas ist nicht hier. Als seine Vertretung besitze ich volle Entscheidungsgewalt. Und ich habe entschieden, dass niemand mich eine Bitch schimpft.« Ihre Augenbrauen schieben sich hoch, ganz, ganz langsam. »Und du schon gar nicht.«

»Ich hab dich gar nicht gemeint …«, versuche ich es, doch Tonja macht eine harsche Geste, die mich einmal mehr verstummen lässt.

»Klappe, Madita. Das mit uns ist Geschichte. Du bist die mieseste Mitbewohnerin aller Zeiten. Ich habe dir alles zusammengepackt, flattere also ab in dein geliebtes *Storchennest* und nächtige dort.« Ihre Miene ist reglos.

»Das kannst du nicht machen.« Mühsam erschaffe ich ein Lächeln auf mein Gesicht.

»Siehst du doch, dass ich das kann.«

»Wo ist denn Marie? Sieht sie das etwa genauso?« Sie kann unmöglich ebenso skrupellos sein wie ihre Freundin. Immerhin liebt sie mein Coq au Vin.

»Und ob, wir haben uns ausgiebig beraten, was dich angeht. Den Schlüssel bitte.« Tonja streckt mir ihre Hand entgegen.

Ich bin viel zu überrumpelt, als dass ich mich wehren könnte, und so greift sie nach meinem Handgelenk und löst den Zugang zu meinem Zuhause geschickt von meinem Schlüsselbund. »Und jetzt zieh Leine.« Sie schnappt sich den schwarzen Regenschirm von der Garderobe, und bevor ich damit eine übergebraten bekomme, trete ich zurück.

»Das ist rechtswidrig, was du hier veranstaltest«, sage ich, während ich über die Fußmatte stolpere und beinahe in meinen Koffer falle.

»Verklag mich doch«, sind Tonjas letzte Worte, bevor die Tür sich schließt und mich aussperrt aus den vier Wänden, die lausige vier Monate die meinen waren.

Keine Ahnung, wie viele Sekunden laut in mir heruntersticken, bis ich Viktoria hinter mir sagen höre: »So wie es aussieht, sind wir jetzt beide obdachlos.«

»Yeah«, jubiliere ich mit Verzweiflung in der Stimme, bevor ich dem Mädchen eine leichte Kiste in den Arm drücke. Irgendwie muss ich meinen ganzen Kram ins Auto bekommen.

»Planänderung«, beschließe ich und schnappe mir einen anderen Karton und den Blumentopf. Mister Storch wackelt. »Es ist vielleicht besser, wenn ich dich erst mal wieder zu deinem Freund fahre. Ich kann dich auch dort untersuchen, und dann gehen wir deine Optionen durch«, überlege ich und füge in Gedanken hinzu: Und meine ebenfalls.

»Nein, nein, das geht nicht.«

»Warum denn nicht? Du warst doch jetzt schon wochenlang bei ihm und niemand hat dich dort gefunden.«

»Ja, aber das ging nur, weil seine Eltern in Amerika waren. Jetzt sind sie zurück. Sie würden mich verraten.«

»Ach.« Mit wie vielen Schwierigkeiten überrascht sie mich denn noch, diese laue Sommernacht?

»Ich kann nirgendwohin«, flüstert Viktoria, und ich spüre einen mächtigen Kloß im Hals. Das ist total zum Heulen heute!

»Vielleicht ist es an der Zeit, deine Eltern zu konfrontieren, ich könnte mitkommen und dir beistehen«, schlage ich vor. Nur weil ich mich gegenüber Tonja nicht wehren kann, heißt das ja nicht, dass ich bei Viktorias Eltern genauso wenig bestehe. Für andere kann ich besser kämpfen als für mich selbst.

»Nein, die werden erst nett tun, Sie anschließend rausschmeißen und dann machen, was sie wollen. Mein Vater ist Arzt, das höchste Tier in der Privatklinik am Park. Der würde die Abtreibung eiskalt durchführen lassen …«

Ich stoße hart die Luft aus, um zwischen ihren Redeschwall zu kommen. »Das wäre Körperverletzung, der macht sich strafbar. Das kann ich mir nicht vorstellen.«

»Mein Vater würde alles tun, um, ich zitiere: ›Die Schande abzuwenden, in die ich die Familie stürzen würde.‹«

»Wir leben im einundzwanzigsten Jahrhundert … Ich rede mit ihm.«

»Tja.« Viktoria zuckt mit den Achseln, während sie vor mir die Treppe hinuntergeht. »Wer weiß, ob er Mitwisser nicht einfach ebenfalls beseitigen würde? Es wäre schade, wenn man in der Zeitung demnächst von Ihrem Verschwinden lesen müsste.«

Ich bleibe stehen, fühle mich wie in einen Krimi versetzt. Viktoria dreht sich zu mir um und zieht sich ihre Bärenmütze tiefer ins unschuldig guckende Gesicht. »Und soll ich Ihnen sagen, was dann alles geschieht? Ich verkrafte weder den Verlust meines Babys noch die Schuldgefühle, Sie in die ganze Sache mit reingezogen zu haben, und bringe mich um.« Sie wendet sich ab, und wir setzen unseren Weg treppab fort. Ich mit Puddingknien.

»Hui, du bist aber ein ganz fantasievoller Pessimist, was?«, kommentiere ich, wenngleich mich ihre enthusiastische Rede nicht kaltlässt. Ein furchtbares Bild, das sie da zeichnet.

»Ich mein's todernst.«

Teenager dramatisieren ja gern, das kenn ich noch von mir selbst. Zum Beispiel als ich dachte, mein Leben ginge zu Ende, weil mein Hamster verschwunden war und Tage später im Staubsaugerbeutel wieder auftauchte. Viktoria kann unmöglich recht haben mit dem, was sie da erzählt. Oder doch? Können Eltern wirklich so grausam sein? Ich will es nicht glauben, weiß aber, dass es noch viel Schlimmeres gibt auf der Welt, als ich mir vorstellen kann.

»Na gut, wir fahren zu einer Freundin«, entscheide ich nach einem inneren Kampf zwischen Vernunft und Beschützerinstinkt.

»Was für eine? Hält die dicht?«

Ich zerre den Koffer die letzten Stufen hinab. »Sicher«, behaupte ich und überlege, wie ich Helga von dem ganzen Schlammassel erzählen kann, ohne sie zu sehr aufzuregen. Stress ist schlecht für Schwangere. Beinahe lache ich überdreht auf, als mir durch den Kopf schießt, dass *Viktoria's Secret* plötzlich eine ganz neue Bedeutung für mich bekommt. »Wir könnten auch ins *Storchennest* fahren, aber da ist die Gefahr zu groß, entdeckt zu werden. Und ich habe keine Lust, unter einer Brücke zu schlafen. Du sicher auch nicht«, schließe ich, und wenig später quetschen wir uns ins vollgepackte Auto.

Das kann ja alles heiter werden, wenn wir bei Helga einfallen. Aber hey, ich kenne niemanden, aber wirklich niemanden, dem ich zutraue, in solch einer Sondersituation die Ruhe zu bewahren. Helga wird wissen, was zu tun ist, Helga wird das Kind schaukeln.

Bei dem Gedanken fühle ich mich besser und werfe einen Blick nach hinten, wo das Mädchen mit Bärchenohren zwischen Kartons hockt und grinst.

»Sie können mich übrigens Vicky nennen«, sagt sie.

»Madita.« Ich grinse zurück, ohne dass ich es vermutlich sollte. Denn es fühlt sich an, als würden wir damit zu einer Art Thelma und Louise der neumodernen Art. Wahrscheinlich trage ich demnächst ebenfalls Bärenohren. Und das im August.

Frauen

Helga

Das Klingeln kann ich ignorieren, das Drängen in der Stimme nicht.

»Helga? Du bist bestimmt da! Bitte.«

Ich seufze. Was immer bis eben da gewesen ist, es ist geplatzt und weicht einer Nüchternheit, die meinen erhitzten Herzschlag kühlt. Der Nachtvogel flattert aufgeschreckt davon und lässt im Fenster gegenüber einen Mann mit nacktem Oberkörper zurück.

Tut mir leid, versuche ich zu winken, während ich aus dem Wohnzimmer eile und einhändig zurückknöpfe – zu statt auf. Bedauern pulsiert in mir, aber vielleicht auch ein wenig Erleichterung, weil ich nicht weiß, wie tief ich mich selbst ergründen möchte. Seit wann bin ich denn ein Nachtvogel?

Mit Erreichen der Tür schließe ich den obersten Knopf, atme zweimal tief ein und aus und öffne mit dem nächsten »Helgaaaa!«. Der Ast einer kümmerlichen Zimmerpflanze wedelt mir entgegen, ich muss ausweichen, um nicht getroffen zu werden.

»Ups, sorry, holla, das Ding ist echt unhandlich.«

»Hallo Madita.«

»Hi Helga, toll, dass du da bist!«

»Ich bin mir nicht sicher, ob das toll ist.« Ich ziehe erneut den Kopf ein, weil Madita ihr Pflanzenungetüm von einem Arm in den anderen schiebt und ein Zweig über mich hinwegpeitscht. »Was willst du mit dem Baum?«

»Ach, der … ich dachte, wir könnten den vielleicht in deinem Wohnzimmer aufstellen. Sicher magst du Grünzeug und …«

»Der ist nicht grün und wieso sollte ich *deine* Pflanze in *mein* Wohnzimmer stellen? Und weißt du eigentlich, wie spät es ist?«

»Na ja, du siehst nicht so aus, als seist du schon im Bett gewesen, oder?« Madita deutet auf meine Bluse. »Und ähm, das ist quasi eine Art Katastrophenfall, weißt du?«

»Nein, weiß ich nicht, woher auch?«

»Können wir das drinnen besprechen, bitte?« Madita wirft einen Blick hinüber zu Kemnichs Tür und flüstert: »Ich traue Darth Vader nicht über den Weg.«

»Herrn Kemnich?« Ich denke gar nicht daran, die Stimme zu senken, sondern rufe, dass es durchs ganze Treppenhaus hallt: »Der ist anständig, der Herr Kemnich, der würde sich nie in Sachen einmischen, die ihn nichts angehen.« Ich winke seinem Türspion, trete jedoch zur Seite, um Madita und ihren Baum in meine Wohnung zu lassen. Das Küken hat hektische Flecken auf den Wangen, die Frisur franst um ihren Kopf und sie macht einen solch nervösen Eindruck, dass es fahrlässig wäre, sie zurück auf die offene Straße zu lassen.

Nachdem sie sich an mir vorbeigeschoben und den Topf schnaufend neben meiner Garderobe abgestellt hat, habe ich freie Sicht in den Hausflur. In dem eine große Kiste und ein Koffer stehen nebst einem vollgestopften Rucksack. Und, auf der obersten Stufe der Treppe, eine schmale Gestalt mit tief ins Gesicht gezogener Kapuze. Sie hält einen etwas kleineren Karton im Arm und starrt zu Boden.

Kurz denke ich, dass das Lotta ist, Maditas viel erwähnte Meeresschwester; vielleicht hat sie Schiffbruch erlitten oder ihre Mannschaft hat sie wegen andauernder Ratschlaggeberei von Bord geworfen. Allerdings ist die Person zu klein und zu zierlich, um zu meiner Vorstellung von Lotta zu passen, die in meiner Fantasie groß und robust ist. Ich schüttle den Kopf und reibe mir die Nasenwurzel. Plötzlich pocht leichter Kopfschmerz hinter meiner Stirn.

»Wer ist das?«

»Ach, ähm … hätt ich beinahe vergessen.« Madita lässt ihr schrilles Lachen für unangenehme Situationen hören, wirft den Rucksack in meinen Flur und läuft dann zur Treppe zurück, um die Gestalt am Ärmel zu packen und zu mir herzuziehen. »Das ist Vicky.«

»Das erklärt natürlich alles.« Ich verschränke die Arme vor der Brust und betrachte den kapuzenbedeckten Menschen. »Hat Vicky auch ein Gesicht?«

»Drinnen«, murmelt es irgendwo im Stoff, und Madita fügt hinzu: »Ich erkläre es dir gleich. Lass uns erst mal meine Sachen reinbringen.«

»Klar, was sonst.«

Wir stapeln Koffer und Kisten in meinem Flur, und kaum schließe ich meine Wohnungstür, stößt Madita ein tiefes Seufzen aus. »O Mann, danke Helga, du rettest uns gerade den Allerwertesten.«

Ich deute zur Tür gegenüber. »Da ist das Wohnzimmer. Wollt ihr … Tee?«

»Hm.« Madita legt den Kopf schief, sie sieht müde aus, erschöpft. Dann schnalzt sie mit der Zunge. »Hast du Milch?«

»Nein.«

»Sahne?«

Ich schüttle den Kopf.

»Gar nichts, aus dem man Kakao kochen könnte?«

»Geschälte Dosentomaten.«

Madita lacht, dieses Mal fröhlicher, dann haut sie sich die Hand an die Stirn. »Ich hab's!«, sie reißt die Kartons auf und wühlt erst in einem, dann im anderen, schließlich im Rucksack herum. »Ha! Ich könnte zwar schwören, dass es mal mehr waren, aber besser als nichts.« Mit einer Miene, als hätte sie soeben das Schlaraffenland erobert oder den ersten Platz im Pipi-Langstrumpf-act-alike-Wettbewerb gewonnen, zieht sie ein schlecht in ein Handtuch eingewickeltes Glas hervor, in dem genau drei Schokoladenbonbons liegen.

Ich sage nichts, öffne die Tür zum Wohnzimmer und lasse meine ungebetenen Gäste eintreten. Madita, die sich das Glas unter die linke Achsel geklemmt hat und dabei ist, eins der Bonbons aus seinem Papier zu wickeln, sieht sich um. Ihr Blick fliegt über den Schrank, das Tischchen, das Sofa, entdeckt die Glühbirne an der Decke, für die ich immer noch keinen Schirm gekauft habe.

»Joah … übersichtlich«, lautet schließlich ihr Urteil. Sie zieht die Gestalt, die bislang auf der Türschwelle verharrt hat, hinter sich her, lässt sich aufs Sofa plumpsen und drückt der Person namens Vicky das zweite Bonbon in die Hand.

Ich werfe einen raschen Blick hinüber zu Jims Fenster, doch die Scheibe ist dunkel. In Ermangelung eines Sessels ziehe ich mir den Tritthocker heran, den ich nicht ins Bad zurückgeräumt habe, setze mich gegenüber der Couch hin und lege meine Hände in den Schoß, gefaltet, Daumen außen, mit den Handflächen nach oben. »Also?«

Das letzte Schokoladenbonbon fliegt mir entgegen, es gelingt mir gerade so, es aufzufangen.

Die Gestalt neben Madita schält ihre Süßigkeit aus der Verpackung, und die Schokokugel verschwindet im Schatten ihrer Kapuze, Madita knibbelt an ihren Fingerspitzen herum. Ich versuche gar nicht erst, Mutmaßungen darüber anzustellen, was für Umständen ich diese Situation verdanke, denn ich kann nur scheitern. Das Küken trägt ihr Herz so offen durch die Welt, dass die kuriosesten Menschen und Dinge daran haften bleiben, und manchmal möchte man sie am liebsten in eine Tasche stecken, um sie vor allem vor sich selbst zu beschützen. Auch wenn man weiß, dass das Umstände bis Ärger bedeutet.

Ich schiebe mir das Schokoladenbonbon in den Mund und lasse es auf meiner Zunge schmelzen. Es ist süß und klebrig, und ich glaube, es schmeckt mir nicht.

Die Vicky-Gestalt legt ihr Papierchen auf den Couchtisch und schlägt dann endlich die Kapuze zurück. Zum Vorschein kommt ein Teenagermädchen, fünfzehn, sechzehn Jahre alt, blass, blond, eindeutig mit Sorgen belastet, für die es zu jung ist. »Hi.«

»Guten Abend.«

»Erkennst du sie?«, fragt Madita in meine Richtung, und ich schaue noch einmal hin. Schüttle den Kopf, weil zwar irgendetwas in meinem Hinterkopf kratzt, jedoch nicht deutlich genug in Erscheinung tritt, als dass mir eine Erkenntnis käme.

»Vicky ist das Mädchen, das sie seit Wochen suchen. Viktoria Glossberg.«

Die Kopfschmerzen von eben melden sich zurück, spülen ein Bild in mein Bewusstsein, und jetzt sehe ich die Ähnlichkeit des erschöpften Mädchens, das auf meiner Couch sitzt, mit dem »Ey, knips mich nicht«-Gesicht auf dem Vermisstenplakat.

»Hallo Viktoria«, sage ich, und sie piepst eine Erwiderung und sieht mich scheu an. »Da ich nicht davon ausgehe, dass Madita dich entführt und mehrere Wochen gefangen gehalten hat« – vorsichtshalber werfe ich meiner Kollegin einen fragenden Blick zu und warte, bis sie den Kopf schüttelt – »fände ich es reizend zu erfahren, was ihr zwei mitten in der Nacht auf meinem Sofa zu suchen habt.«

»Ja, also Madita meinte, Sie wären verschwiegen.«

»Es ist so, Helga«, sprudelt das Küken dazwischen. »Vicky

ist ungefähr in der zehnten Woche schwanger, ihr Vater will, dass sie das Kind abtreibt, und sie hat Angst, dass er sie dazu zwingen könnte. Deshalb ist sie abgehauen.«

Ich höre mich scharf einatmen. Umstände bis Ärger, tatsächlich. »Okay. Und was hat dein Baum damit zu tun? Oder mein Wohnzimmer?«

»Ähm … nun …« Madita setzt zu einer Erklärung an, in der Vickys Freund Tyrese vorkommt, bei dem sich das Mädchen bislang versteckt hat und der der Vater des Kindes ist und in ein paar Wochen in die USA, seine Heimat, zurückziehen wird, weil seine Eltern und er lediglich zwei Jahre in Deutschland verbracht haben. Vater und Mutter waren gerade für ein paar Wochen drüben, um die Umsiedlung zu organisieren, doch nun sind sie zurück, und Vicky musste ihren Zufluchtsort verlassen, um nicht entdeckt zu werden. Gleichzeitig ist Madita mit Sack und Pack aus ihrer WG geflogen, weil sie offenbar nicht putzen kann, ihr letzter Typ ein Dieb war und »die glorreichen Drei das Einfühlungsvermögen einer Schrottpresse und die Geduld einer hungrigen Hyäne besitzen«. Die Informationsflut endet mit: »Wir wussten nicht, wohin, und da dachte ich an dich.« Ta-daa. Madita strahlt mich an, als überreichte sie mir einen Hauptgewinn.

»Ich bin ein Glückspilz«, murmle ich und denke daran, dass ich Preisrätsel nicht leiden kann. »Und vermutlich mache ich mich gerade strafbar. Das wisst ihr, oder?« Vicky starrt auf ihre Hände hinab, Madita kaut auf ihrer Unterlippe herum. »Wie stellt ihr euch das vor? Wollt ihr hier einziehen, oder was?«

»Nur bis eine legale Abtreibung nicht mehr möglich ist.«

»Was?!«

Madita setzt ihren Dackelblick auf und würzt ihre Stimme mit einer ordentlichen Portion Verzweiflung. Drama kann es, das Küken, und ich fürchte, es ist nicht mal gespielt. Sie empfindet wirklich so, zweihundert Prozent von allem, mit Sahnehaube. Mir kommt der Gedanke, dass unsere *Storchennest*-Familien sie deshalb so sehr mögen.

»Was sollen wir denn sonst machen? Wir können ja schlecht auf der Straße schlafen, und was Vicky von ihrem Vater erzählt, ist echt gruselig. Der ist der ärztliche Direktor der Lindenklinik.«

»Und wenn's der Papst wäre – um die Schwangerschaft gegen deinen Willen abzubrechen, müsste er dich schon festschnallen und mit dem Schürhaken ankommen.« Ich spreche in Vickys Richtung.

»Angedroht hat er mir's.«

Madita fährt herum und starrt sie an. »Nicht dein Ernst!«

Das Kind lässt den Kopf hängen, schlägt die Hände vors Gesicht und beginnt zu schluchzen. »So was sagt er ständig, er muss alles kontrollieren, und wenn was nicht so läuft, wie er es sich vorstellt, wird so lange darauf eingeschlagen, bis es passt.« Vickys Körper bebt, und weil Madita ihre Arme um das Mädchen schlingt, zittert sie ebenfalls. »Der war schon immer so«, kommt es dumpf und abgehackt zwischen den Händen hervor. »Nach außen ist er der Strahlemann und Mr. Coolo, alle finden ihn großartig, seine Patienten lieben ihn. Aber zu Hause … da macht er voll auf Diktator, schubst meine Mutter rum und trichtert ihr ein, was sie denken soll.«

»Schlägt er sie?«, will ich wissen.

Vicky hebt den Kopf, Rotz läuft ihr aus der Nase, sie wischt sich mit dem Ärmel übers Gesicht. »Nein. Dazu ist er zu schlau. Er macht das anders. So zum Beispiel.« Madita zuckt zurück, als Vicky sich zu ihr rüberbeugt, bis zwischen ihren Nasen nicht mal mehr ein Schokobonbon passen würde, in eines von Maditas Augen schielt und knurrend schnaubt. Nach ein paar Sekunden zischt sie: »Vorsicht!«, mit einer Stimme, die über eine Tafel kratzende Fingernägel wohlklingen ließe.

»Scheiße«, haucht Madita.

»In der Tat«, sage ich. Das ist schlimmer als Schläge; die kann man anzeigen. »Aber du glaubst, dass er dir Gewalt antun würde, um zu verhindern, dass du das Kind bekommst?«

Vicky lehnt sich wieder zurück und zuckt die Schultern, während ihr unaufhörlich neue Tränen aus den Augen laufen. »Ich weiß es nicht. Er sagt es. Ständig sagt er so was. ›Ich hau dich windelweich‹, ›Ich werd's dir schon zeigen‹, ›Nichts, das man mit einer Tracht Prügel nicht klären könnte.‹ Und hinterher lacht er immer und tut, als meine er es nicht so.«

»Das ist auf jeden Fall Nötigung!« Madita macht ein empörtes Gesicht. »Nötigung zur Abtreibung, und das ist definitiv eine Straftat.«

Das stimmt. Natürlich kenne ich jede Facette des Paragrafen 218 im Strafgesetzbuch, auch wenn ich als Hebamme für Hausgeburten selten mit sozial dramatischen Umständen zu tun habe. In aller Regel entstammen werdende Eltern, die sich für Praxen wie das *Storchennest* entscheiden, einem Milieu, in dem es behütet und wohlgesittet zugeht. Teenager hatten wir erst zwei. Eine kam mit Freund, Mutter und Tante in die Sprechstunde, und die ganze Familie freute sich auf den unerwarteten Zuwachs. Die andere lag zwar wie Vicky im Clinch mit ihren Eltern, allerdings umgekehrt. Werdende Oma und Opa sprachen sich für das Kind aus und schworen, sich um alles zu kümmern, während die Siebzehnjährige sich mit Händen und Füßen gegen die Tatsache wehrte, dass ein Leben in ihr wuchs. Ich zog damals eine Mediatorin hinzu, und am Ende brach das Mädchen die Schwangerschaft in der elften Woche ab. Die Eltern schluckten die Enttäuschung und begleiteten ihre Tochter durch den folgenden Prozess. Ich habe nie erfahren, was aus ihr geworden ist.

Das Kind vor mir jedenfalls hat Angst, das ist offensichtlich, und nicht erst seit der Schwangerschaft.

»In Ordnung«, sage ich, und sowohl Vicky als auch Madita blicken mich an, als erwarteten sie einen Richtspruch. Nun, vermutlich tun sie das. »Die Couch lässt sich ausklappen, da kann eine von euch drauf schlafen. Der anderen bauen wir was aus meiner Wolldecke und den Sofakissen.«

Auf Maditas Gesicht breitet sich ein Strahlen aus, für das jeder Werbetreibende bereit wäre, Unsummen auszugeben, Vicky hingegen scheint zu ausgezehrt, um mehr zustande zu bringen als einen halben, nach oben gebogenen Mundwinkel.

»Du bist die Beste!« Bei dem Vorhaben, mich zu umarmen, stolpert Madita über das Couchtischchen, stürzt auf mich zu und reißt uns beide vom Hocker zu Boden. »O Mann, sorry! Ist dir was passiert?«

»Schon gut.« Ich schüttle ihre Hand ab. »Damit das klar ist: Das Arrangement gilt für diese Nacht – morgen früh haben wir einen Termin beim Jugendamt.«

*

Ich weiß nicht, wie aus morgen früh übermorgen Abend werden konnte oder wieso wir schon wieder die Sprechzeiten der Sachbearbeiterin verpasst haben. Vielleicht hat es mit Maditas Soße und den Spaghetti zu tun, die sie uns noch in der Nacht ihrer Ankunft kochte. Denn nachdem uns Vicky Einzelheiten über ihren Freund Tyrese verraten hatte, der ein netter Kerl zu sein scheint, in den Augen von Vickys Vater, Herrn PD Dr. med. Corvin Glossberg, jedoch unter dem »Problem« leidet, von einer schwarzen Mutter abzustammen, die zu allem Überfluss auch noch religiös ist, drehte Madita mehrere echauffierte Runden durch mein Wohnzimmer und stieß Beschimpfungen aus, die ich ihr nicht zugetraut hätte. Sie hielt erst inne, den obersten Mediziner der renommiertesten Klinik weit und breit als »bekackten Scheißmafiosiarsch« und

»kriminellen Dreckspenner, dessen Eier man auf dem Ofenrohr des Teufels grillen sollte« zu bezeichnen, als mit einem Mal ein tiefes Grollen aus Richtung von Vickys Magen drang. Sogleich klatschte sich das Küken die Hände ins Gesicht und eine Feststellung in den Raum: »O Gott, du hast Hunger! Wann hast du zum letzten Mal gegessen?«

»Wenn deine Kekse mitzählen, dann vorhin im Auto. Sonst gestern Mittag, bevor ich bei Tyrese los bin.«

»Was? Aber du bist schwanger, du musst regelmäßig Kalorien zu dir nehmen!«

Vicky zuckte mit den Schultern. »Mein Geld war alle.«

»Helga, wo sind die geschälten Tomaten, die du vorhin erwähnt hast? Ich koch uns was!«

Zwanzig Minuten später glich meine Küche einem Schlachtfeld, und ich bekam eine gute Vorstellung davon, was Maditas Mitbewohner dazu bewogen hat, das Küken vor die Tür zu setzen. Dennoch. Wir kehrten ins Wohnzimmer zurück, hockten uns mit den Tellern auf den Knien um meinen Tisch und führten uns Spaghetti mit Tomatensoße zu Gemüte – es ist mir schleierhaft, wie sich aus geschälten Dosentomaten eine solche Soße zaubern lässt, die saftig, kräuterig und geradezu gut gelaunt über die Zunge fliegt.

Während ich die drei Kaffeebecher, die ich bei Oméro geholt habe, auf dem Küchentisch abstelle – schwarz und entkoffeiniert für mich, ohne Kaffee, dafür mit Sahne und Kakao für Madita, und Latte Macchiato für Vicky –, denke ich daran, dass meine letzte gekochte Mahlzeit, die diese Bezeichnung verdient hätte, etwas gewesen sein muss, das Hans zubereitet hat, für uns beide. Ungeplant, weil wir zufällig gleichzeitig zu Hause waren, Risotto vielleicht oder eine Gemüsepfanne. Hans kann sogar Bratkartoffeln, bei ihm erreichen sie den perfekten Krossgrad, wohingegen meine Bemühungen jedes Mal mit Kohle und »zweimal die Vierzehn bitte« vom Italiener enden. Weshalb ich es aufgegeben habe, so wie das Kochen an sich, seitdem ich allein wohne.

»Danke für den Kaffee.« Vicky kommt in die Küche geschwebt, sie hat einen leichten Schritt wie viele Teenagermädchen mit langen Gliedmaßen und schmalem Körper. Obwohl ich den Anblick Schwangerer weiß Gott gewöhnt bin, kann ich mir bei diesem Kind nicht vorstellen, wie es in ein paar Monaten aussehen wird, wenn das Leben, das in ihm wächst, so groß ist, dass jedes Strecken eines Füßchens als kurzfristige Beule sichtbar wird.

Vicky schläft in meinem dritten Zimmer, dessen Einrichtung aus zwei nicht ausgepackten Kisten und einem unbenutzten Schreibtisch besteht und seit gestern zusätzlich aus einer Matratze vom Discounter, die ich gemeinsam mit Madita die Treppen hochgewuchtet habe. Das Küken wollte erst Oméro um Hilfe bitten, um mir in meinem »Zustand« die Mühe zu ersparen, und gab nur deshalb klein bei, weil ich ihr androhte, andernfalls sofort die Polizei zu holen. Ja, Schwangere sollten sich schonen, invalide sind sie jedoch nicht und eine Matratze kein Betonklotz.

Das Küken haust weiterhin im Wohnzimmer und hat meine Couch in eine Kuschelwiese verwandelt; in der Hälfte ihres Gepäcks müssen Kissen gewesen sein. Oben auf dem Flauschberg thront ein Plüschvogel, den sie Mister Storch nennt und von dem sie behauptet, dass er ein guter Zuhörer sei. Nun, ich wette, ihr antwortet er sogar.

Als Begründung für die Raumverteilung deutete ich auf meinen französischen Balkon, der gardinenlos in die Außenwelt blickt, und erwähnte einen Nachbarn, der gegenüber wohne und Vicky sehen könnte, wenn sie sich im Wohnzimmer aufhalte.

Allerdings stellte sich meine Sorge, Jim betreffend, bislang als unbegründet heraus. Seit Maditas und Vickys Einzug hat er sich nicht mehr blicken lassen. Nicht mal gestern Abend saß er an seinem Schreibtisch, und ich ertappe mich bei der Frage, ob er wohl sauer ist, weil ich ihn habe sitzenlassen.

Ich greife nach meinem Kaffee, um das aufkommende Bedauern zu ertränken.

»Einer am Tag ist in Ordnung«, sage ich zu Vicky, die an ihrem Milchschaum nippt. »Aber lass dich bloß nicht von Madita erwischen, falls du dir einen zweiten gönnst. Die versteht keinen Spaß, wenn es um Koffein während der Schwangerschaft geht.« Ich spüre mich grinsen, bevor mir einfällt: »Wo steckt sie eigentlich?«

Vicky zuckt mit den Schultern. »Sie hatte einen Termin und wollte danach noch einkaufen gehen.« Mit schlürfenden Geräuschen verschwindet der Milchschaum zwischen ihren Lippen. »Übrigens, da ist ein Päckchen für dich.« Sie deutet mit dem Daumen durch die offene Tür in den Flur hinaus.

»Hast du das etwa angenommen?« Seltsam, dass der Gedanke, der Paketzusteller könne den vermissten Teenager erkannt haben, meinen Herzschlag beschleunigt. Denn ich weiß ja, dass wir sie den Behörden melden müssen. Was wir morgen früh als Erstes tun werden.

»Hatte die Kapuze auf.« Das verängstigte Kind, das vorgestern vor meiner Tür auftauchte, hat sich im Laufe des gestrigen Tages in ein Wesen von erstaunlicher Unbekümmertheit verwandelt. Alle Anspannung ist aus Vicky gewichen, und sie bewegt sich durch meine Wohnung, als sei sie hier zu Hause oder zumindest zu Besuch bei ihren Lieblingstanten.

Ich trete durch die Tür und werfe einen Blick auf den Absender des Pakets. *Heymanns Babynahrung.* Großartig. Von den Probierpackungen, die ich im Laufe eines Jahres geschickt bekomme, um sie – so zumindest die Hoffnung der Absender – mit warmen Worten der Empfehlung an meine Kundinnen zu verteilen, könnte ich einen Onlineshop betreiben. Oder ein Entsorgungsunternehmen.

Ich stelle den Karton auf jenen mit den Kosmetikpröbchen von neulich, der noch immer ungeöffnet unter meiner Garderobe steht, und nehme mir vor, morgen beide zu den Mülltonnen hinunterzutragen.

Es klackt im Schloss, gleich darauf öffnet sich die Tür. Mit zwei großen Tüten beladen schiebt sich Madita in den Flur und zwitschert »Holla-di-ho« in die Wohnung. »Hier kommt das Abendessen!«

»Wow!« Vicky fliegt an mir vorbei, nimmt Madita die Taschen ab und trägt sie in die Küche.

Madita kickt ihre Riemchensandalen von den Füßen in eine Ecke und lächelt mich an. »Wie war dein Tag?«

»Normal.«

»Supi, bei mir lief's heute ebenfalls rund, alle sind zufrieden – hach, das darf auch mal sein!« Tänzelnd folgt das Küken Vicky in die Küche und hilft ihr, die Einkäufe zu verstauen. Sie lachen und scherzen, und ich staune einmal mehr darüber, wie schnell Madita Zugang zu anderen Menschen findet und binnen kürzester Zeit zur Vertrauten wird. Während sie Vicky nach unserem Spaghetti-Mahl untersuchte und feststellte, dass alles in Ordnung ist, stritten die zwei bereits über die Attraktivität diverser Popstars und Schauspieler und tauschten Geheimtipps, mit denen man Lippen glänzen lassen oder Brüste optimal zur Geltung bringen kann. Die Mitglieder ihrer ehemaligen WG scheinen die einzigen Wesen zu sein, bei denen Maditas Schwingungen auf ein Vakuum treffen. Vielleicht sollte ich die glorreichen Drei mal kennenlernen.

In Windeseile hat meine Kollegin einen Teller mit Heidelbeeren, Apfelschnitzen und Studentenfutter arrangiert, dessen Verzehr sie Vicky und mir als Vorspeise aufnötigt, um

Vitamin- und Eiweißdepots zu füllen. Anschließend widmet sie sich der Zubereitung einer kalten Gurkensuppe auf Buttermilchbasis, damit »meine beiden werdenden Muttis die nötigen Nährstoffe erhalten. Außerdem ist sie lecker!«. Am Ende garnieren Dillspitzen sämtliche Arbeitsflächen und Buttermilchkleckse den Fußboden, und es ist mir ein Rätsel, wie die Gurkenraspeln an die Fensterscheibe gelangt sind. Doch auch dieses Mal verblüfft mich das Ergebnis und entschädigt mich für Maditas Kriegsführung mit dem Equipment. Wer hätte gedacht, dass jemand, der sich Kakao zuckert, derart gut kochen kann?

Nach dem Essen sitzen wir doch im Wohnzimmer, weil Jims Fenster weiterhin dunkel bleibt, worüber ich länger nachdenke, als ich möchte, und legen die Füße auf das Tischchen. Ich mag diesen Moment nach dem Abendessen, wenn man satt und das Tagwerk erledigt ist und man nichts weiter tun muss, als da zu sein. Gretus zog mich dann manchmal zu sich in den Schaukelsessel, und wir wippten gemeinsam vor und zurück. Bestimmt, bis ich sechzehn war.

»Was ist jetzt eigentlich mit Hans?«

Maditas Frage rammt mich unverhofft wie ein Lkw von rechts in der Einbahnstraße, ich verschlucke mich an meiner eigenen Spucke und muss husten, bis meine Augen tränen.

Vicky fragt: »Wer ist Hans?«

Madita greift sich Mister Storch und streichelt dem Plüschtier über das weiße Köpfchen. »Helgas Ehemann.«

Das Wort brennt in meinem Inneren wie eine Chilischote, heiß und stechend, mit einer gewissen Würze.

»Ah«, macht Vicky, und ich sehne mich nach Kaffee mit Koffein. Offensichtlich tut es doch irgendetwas in meinem Körper. Und es fehlt mir.

»Komm schon, Helga, lass Dampf ab.« Maditas Stimme klingt weich und fluffig wie die Sahne, die sie so gern isst.

Als ich sie anblicke, fällt mir zum ersten Mal auf, dass sie braune Augen hat, dunkel und rund wie ein Welpe. Natürlich. Ich senke den Kopf, starre auf meine Hände hinab. Sie sind klein und sehen jung aus, denke ich, keine Spur von jenen Schwielen, die Gretus' Hände charakterisierten; als Mädchen dachte ich, das käme von all den Flüssigkeiten, mit denen man bei Geburten in Berührung kommt, aber es war wohl eher die Gartenarbeit.

»Hans will Sternchen nicht.«

Als Flüstern stürzen sie aus mir heraus, jene Worte, die seit dreizehn Tagen in mir pochen, klopfen und scheppern wie ein überdrehter Schlagzeuger, der den Takt nicht halten kann. Das Baby in mir muss Ohrendröhnen davon haben, und mir wird plötzlich schlecht.

Das Nächste, das ich spüre, sind vier Hände, die mich unter den Achseln greifen und zur Couch hinüberführen, dann ein Kissen in meinem Rücken.

»Scht, schon gut, Helga. Das ist in Ordnung.«

Einen Moment lang bin ich irritiert, bis mir auffällt, dass ich weine. Ich kann es nicht länger aufhalten, und es ist mitnichten ein Starlight Express, der sich mit einer freundlichen Dampfwolke seinen Weg ins Freie schnauft, sondern ein Güterzug mit Containern voller Geröll, unter dessen Gewicht die ganze Erde bebt. Ich glaube, ich stoße einen Schrei aus.

Später liegt mein Kopf auf einer Schulter, warme Finger streicheln meinen Bauch, und ich halte ein zerknautschtes Taschentuch in den Händen, das ordentlich zu tun hatte.

»Gib ihm Zeit, die Nachricht zu verdauen«, raunt Maditas Stimme über mir. »Ich kenne deinen Hans zwar nicht, aber ich kann mir nicht vorstellen, dass er sich am Ende nicht doch über sein Wunder freuen wird.«

Mein Hans. Das ist er schon so lange nicht mehr. Warum nur habe ich nicht bemerkt, wie sich die Weiche stellte und sein Gleis von meinem trennte? Ist es wirklich so schwer? Vielleicht hätte ich die Richtung noch ändern können.

Sternchen regt sich unter meiner Bauchdecke, es flutscht hin und her wie ein Fisch, ist mittlerweile deutlich zu spüren.

»O wow.« Madita lacht; scheinbar ist es ihre Hand, die auf meinem Bauch liegt, sodass sie mitfühlt. »Es hört nie auf, schön zu sein.«

Vicky, die auf meiner anderen Seite sitzt, macht ein fragendes Gesicht, und ich greife nach ihrer Hand und lege sie neben Maditas. Sternchen schlägt einen Purzelbaum.

»Wie cool!« Auf Vickys Wangen erstrahlt jenes Lächeln, das aus Frauen werdende Mütter macht.

Eine Weile verharren wir so, zu dritt eng nebeneinander zwischen Decken und Kissen auf meinem Sofa, der Verschwörerinnencouch, und verfolgen Sternchens Vorführung, bis es müde wird und ruhiger.

»Mega«, befindet Vicky, als sie ihre Hand zurückzieht und zaghaft auf ihren eigenen Leib legt. Ein paar Tränen glitzern in ihren Augen. »Ey, ich schwör's euch, ich lass nicht zu, dass dem Schmetterling etwas passiert.«

Madita und ich wechseln einen Blick; wir wissen beide, dass wir bald handeln müssen, obwohl sich Maditas Miene ebenso zu einem *Ja, aber jetzt noch nicht* verzieht wie meine Gedanken. Das Kind ist noch nicht so weit. Es beginnt gerade erst zu knospen, und ich bin nicht bereit, die ersten zarten Blüten irgendwelchen Paragrafen zu opfern. Oder ihrem narzisstischen Vater.

»Yeah«, sagt Madita. »Aufstehen, Krone richten und weiter geht's.«

Vicky schüttelt den Kopf. »Nee, Mann. Das ist was für Prinzessinnen – Königinnen ziehen ihr Schwert!«

Ich wusste nicht, dass ich so etwas lustig finde, aber wir lachen alle drei. Dann springt Madita plötzlich auf.

»Apropos Königinnen – ich hab eine Idee!«, ruft sie und verschwindet im Flur. Mit Kisten beladen kehrt sie zurück, und ich erkenne die beiden Werbepakete von unter meiner Garderobe.

»Wenn wir hier schon vom Hochadel reden, dann wenigstens richtig.« Madita reißt das erste Päckchen auf und fördert Tiegelchen und Tübchen zutage, Tütchen und Fläschchen. »Wir machen jetzt beauty – Helga, du zuerst.«

Bevor ich mich wehren kann, werde ich in die Kissen gedrückt, meine Füße landen auf dem Couchtischchen, ich verliere meine Socken.

»Das ist zwar eigentlich für den Damm, aber das weiß das Öl ja nicht.« Madita öffnet eins der Fläschchen, schnuppert kurz und gießt sich dann eine Pfütze in die Handfläche. Im nächsten Moment drücken ihre flutschigen Finger meine Fußballen, und ich kann nicht anders, als die Augen zu schließen und aufzuseufzen.

»Willkommen im Wellnesstempel, Frau Fronau«, höre ich das Küken kichern.

Vicky kramt unterdessen im Karton herum und gibt Slogans zum besten. »*Belly Butter für Mamas Bestes. – Cleansing Care: Erhält die Hautbalance.* Nice. Und was ist das? *Wasserfeste Wimperntusche für den schönsten Moment in Ihrem Leben.* Nicht deren Ernst, oder?«

»Ach, du würdest dich wundern, wie viele Frauen geschminkt im Kreißsaal erscheinen.«

»Echt?«

»Ja. Manchen ist es wichtig, sich zur Geburt ihres Kindes schön zu machen.«

»Wobei es fraglich ist, ob die Farbe eine Frau wirklich schöner macht«, werfe ich ein und kassiere dafür einen Kniff in den großen Zeh.

»Da Göttin nun mal vergessen hat, uns Pfauenfedern mitzugeben, müssen wir uns eben anders schmücken«, erklärt Madita. »Und wenn's den Frauen hilft, mit einem besseren Gefühl in die Geburt zu starten – wieso nicht?«

Ich zucke mit den Schultern und öffne die Augen. »Spätestens wenn die Wehen ernsthaft einsetzen, ist auch dem Modepüppchen ihr Kajal egal. Da könnte man die Ressourcen auch gleich sparen.«

»Schon vergessen?« Madita zwinkert mir zu. »Auch fünf Minuten sind es wert, sie sich schön zu machen.«

»Jo«, sagt Vicky, »das stimmt mal echt.« Sie wedelt mit einem Tütchen Gesichtscreme herum. »Willst du die pure Frische der Grapefruit probieren, um deine natürliche Schönheit zu mobilisieren, oder deine Haut lieber von der zarten Pflege der Mandelblüte profitieren lassen?« Sie zeigt mir ein Tiegelchen.

Ich ihr einen Vogel. »Lass mal, jetzt bist du dran.«

Eine Stunde später gleicht mein Wohnzimmertischchen einem Wimmelbild. Aufgerissene Schachteln, Folien- und Tütenreste, Riechstreifen, Pinselchen, abgeschraubte Deckel und Beipackzettel würfeln sich zu einem Potpourri der Verpackungskunst zusammen – Hans hätte seine helle Freude daran. Doch anstatt an ihn zu denken, betrachte ich lieber Madita, deren Wangen von einem Feuchtigkeitsbalsam glänzen, während mir aus Vickys Richtung ein zarter Duft von Calendula entgegenweht, weil sie ein Babypopoöl auf ihren Händen ausprobiert hat.

»Hast du gesehen, Madita, hier gibt's veganes Make-up für den rosigen Mama-Teint.«

»Zeig her!«

Kichernd tupfen sich meine beiden Asylantinnen die Wangen rosa und bewundern sich im Selfiemodus von Maditas Handy, mit dem sie eine ganze Serie aufnimmt. »Komm, du auch.« Sie zieht mich zu sich heran, und wir gucken gemeinsam in die Linse. Als sie uns das Bild im Anschluss zeigt, blicken uns drei breit grinsende Frauen entgegen.

»So, und nun gibt es Nachtisch«, verkündet das Küken und deutet beim Aufstehen auf den zweiten Karton, der noch ungeöffnet zwischen uns steht. *Heymanns Babynahrung.* Mit einem Grinsen im Gesicht verschwindet sie in der Küche. »Ich hole mal drei Löffel.«

Klitzekleine Lügen

Madita

So ist das also, wenn man eine Gesetzlose ist. Man bekommt beklemmendes Herzrasen, bloß weil man einen Menschen in Polizeiuniform entdeckt, und muss außerdem ständig gegen enorme Fluchtreflexe ankämpfen. Vicky hat zwar erzählt, wie es ihr beim Versteckspiel erging, es selbst zu erleben, ist jedoch eine ganz andere Nummer.

Ich stehe in der Tür des *Amore Belle* und starre auf Silas' Rücken, während er sich mit Oméro, dem Barista, unterhält und irgendwas notiert. Natürlich habe ich meinen Einkaufsfreund und -helfer sofort erkannt. Die Art, wie er den Kopf neigt, während er jemandem zuhört, ist unverkennbar. Und nun pocht mir das Herz bis zum Hals und ich möchte mich mit einem Hechtsprung hinter den Schirmständer retten, obwohl ich bezweifle, dass das schmale Ding viel mehr als meinen Hintern verbergen würde. Mit Schrecken muss ich mir außerdem selbst eingestehen, dass mein Unterbewusstsein sich inzwischen mit einer Regelmäßigkeit mit dem Schnuckelchen in Uniform beschäftigt, die mich zusehends fertigmacht. Ständig taucht Silas in meinen Träumen auf, entweder um mir einzuheizen oder um mich festzunehmen. Oder beides. Und jetzt steht er da, live und in echt und kaum fünf Armlängen von mir entfernt. Verdammt.

Unzählige Male habe ich seine Nummer, die ich selbstverständlich unter den Favoriten gespeichert habe, gewählt, um mich endlich bei ihm zu melden, und dann doch nicht draufgedrückt. Denn natürlich ist es absurd, einem Polizisten hinterherzutelefonieren, während man einen entlaufenen Teenager versteckt. Ich höre noch Helgas Stimme in meinem Hinterkopf, als sie mich am zweiten Tag nach Vickys Auftauchen beiseitenahm, ihren Blick in meinen bohrte und sagte: »Nur damit das klar ist: Wir machen uns hier gerade strafbar. Das weißt du?«

»Weil wir ein ungeborenes Leben schützen?«

»Weil wir Vicky ihren Eltern vorenthalten. Das ist Kindesentziehung, und dafür kann man ohne Weiteres in den Knast wandern.«

»Aber wir handeln aus edlen Motiven, das gibt bestimmt mildernde Umstände«, beeilte ich mich, dem Gesagten seinen Schrecken zu nehmen, wenngleich mir dämmerte, dass Helga nicht ganz unrecht haben könnte. »Und du kannst immer noch behaupten, dass du nicht wusstest, wer Vicky ist. Ich war es schließlich, die sie angeschleppt hat.« Okay, in der Praxis würde das Argument vor Gericht vielleicht nicht ganz so gut ziehen…

Helga sah das wohl ebenso, denn statt mir zu antworten, beschränkte sie sich auf einen jener Blicke, mit denen sie nicht nur Nervensägen aller Art zum Verstummen bringt, sondern bestimmt auch Feuersbrünste zu Eis erstarren lassen kann. Elsas Eiskräfte sind nichts dagegen. Dennoch beließ sie es dabei und schleifte Vicky in den nächsten Tagen weder zum Jugendamt noch sonst wohin. Im Gegenteil, wenn sie zu Hause war, achtete Helga peinlich genau darauf, dass sich das Teenagermädchen von allen Fenstern fernhielt und vor allem das Wohnzimmer mied. Was ich zunächst übertrieben fand, immerhin lebt Helga im Dachgeschoss. Doch dann fiel mir auf, dass der Nachbar schräg gegenüber ein übersteigertes Interesse an Helgas Wohnung zeigt und erstaunlich oft herüberstarrt. Darth Vader nebenan, 007 der Spion von gegenüber? Creepy!

Trotz Helgas und meiner stummen Übereinkunft Vicky betreffend drohe ich, innerlich zu zerreißen, wenn ich mir vorstelle, welche Ängste Vickys Eltern durchstehen müssen, während wir kichernd Babybreigläschen leer löffeln.

»Ach was«, winkte Vicky ab, als ich ihr meinen Gedanken anvertraute. »Das Einzige, das mein Vater fürchtet, ist der Lackschaden, den sein Ruf nehmen könnte.«

Ich gebe zu, das Mädchen mit der niedlichen Bärenohrenmütze, die es übrigens auch in der Wohnung und beim Schlafen trägt, ist wirklich außergewöhnlich in seiner Weltanschauung. Regelmäßig gelingt es Vicky, mich gleichermaßen zum Schmunzeln zu bringen, wie in Schreckstarre zu versetzen. Wenn sie könnte, würde sie mithilfe eines Baseballschlägers die Welt um sich herum einreißen, um sie komplett neu zu gestalten, und ihre negative Sicht auf ihre Umwelt und Mitmenschen bereitet mir ernsthaft Sorgen. Selten habe ich einen Teenager so nüchtern und düster die Gesellschaft analysieren hören.

»Eigentlich sollte man keine Kinder in diese Welt setzen«, resümierte sie beim dritten Babygläschen – Apfel-Karotte mit Hafer, echt nicht meins. »Aber ich liebe den Schmetterling in meinem Bauch. Ich habe noch nie so viel für jemanden gefühlt und etwas als so richtig empfunden. Dieses kleine Wesen ist vielleicht der Grund, überhaupt hier zu sein. Echt jetzt.« Sie ließ das Gläschen sinken und fragte mich, wie ich es eigentlich geschafft habe, meinen Platz im Leben zu finden.

»Gute Frage«, stammelte ich, ohne eine Antwort parat zu haben. »Man probiert einfach ein paar Dinge aus? Lotta, meine Schwester, spielte als Kind gern Schiffe versenken, und heute ist sie Kapitänin.« Ich zuckte mit den Schultern. »Vicky, im Ernst, es gibt tausende gute Gründe, auf der Welt zu sein. Man kann so vieles für sich entdecken oder bewegen.«

»Du hast gut reden«, murrte sie. »Du hast deine Insel im Meer der Beschissenheit ja schon gefunden. Ich hingegen schwimme noch.«

Das Positivste, das ich bisher von ihr gehört habe, sagte sie über ihren Liebsten Tyrese, der Einzige in ihrem Kosmos, der wirklich okay sei. Über diese ungewöhnliche Liebeserklärung musste ich erst einmal nachdenken. Und als Vicky mich mit ihren großen blauen Augen ansah und hinzusetzte, dass Helga und ich auch total okay seien, wusste ich nicht, ob ich vor Rührung losheulen sollte oder eher aus Sorge darüber, dass Vicky zu einem Misanthropen heranwächst.

Ich nahm ihre Hand, wollte sie irgendwie trösten, wusste nur nicht wirklich wie.

»Es ist nicht so übel, wie du denkst«, versuchte ich es. »Du gehst deinen Weg und findest dein Glück, versprochen.« Lotta behauptet ja immer, solange man das Ruder in der eigenen Hand behält, wird alles gut. Und weil ich nicht weiß, was es mit mir anstellen würde, falls nicht, glaube ich daran.

Vicky war weniger überzeugt. »Wenn das stimmt, wieso bist du dann so achtkantig aus deiner Wohnung geflogen, Madita?« Vielsagend hob sie eine Augenbraue, rührte manisch in dem halb leeren Gläschen. Die unangenehm kalte Konfrontation mit Tonja jagte mir eine Gänsehaut über den Rücken, als ich an sie dachte, und ich überspielte meine Regung mit einer Floskel.

»Alles wird gut.«

»Die meisten Menschen sind schlecht«, murmelte sie und betrachtete dabei ihren Bauch. »Und ich werde alles tun, um meinen Schmetterling darauf vorzubereiten.«

Vickys Kosmos hängt so schief in den Angeln, kurz davor, davonzudriften. Ich glaube, deshalb haben Helga und ich die Zeit für eine Weile eingefroren, um einen Moment des Friedens für dieses Mädchen zu schaffen. Wir konnten sie einfach noch nicht dazu bewegen, sich der Polizei geschweige denn ihren Eltern zu stellen. Und schon gar nicht konnten wir sie einfach ausliefern.

Und dennoch. Während ich weiterhin auf Silas' Rücken starre, weiß ich weniger als je zuvor, ob ich das Richtige tue. Warum zum Teufel gibt es keinen Kompass, der einem in diesen Dingen zuverlässig die Richtung weist? Scheiß doch auf den Norden! »Ich nehme alle Schuld auf mich«, schwor ich Helga und tröstete mich damit, dass Nelson Mandela auch einmal im Gefängnis saß. Und der war alles andere als ein schlechter Mensch.

Die Tür in meinen Rücken drückt mich ins Innere des Cafés, und ich versuche aus dem Stimmengewirr der vielen Gäste an den hübsch eingedeckten Tischen Silas' Worte herauszufiltern. Wahrscheinlich bestellt er sich nur einen Kaffee to go, wie damals, als wir beinahe zusammenstießen, beruhige ich mich, Sekunden bevor ich wieder in Schockstarre gerate, als der Name Viktoria Glossberg fällt. Herrgottnocheins!

Ich wirble herum, knalle in die aufschwingende Tür, weil der nächste Gast hereinkommt, und taumle zurück. Gleichzeitig verabschiedet sich Silas von Oméro und entdeckt mich prompt. Als er auf mich zukommt, umspielt die Andeutung eines Lächelns seine von Dreitagebart umrahmten Lippen.

»Na, so was«, freut er sich, steckt seinen Notizblock in die Innentasche seiner Jacke. »Wenn das nicht die rehäugige Gefahrenquelle ist, auf deren Anruf ich mir abgewöhnt habe zu warten.« Klingt er etwa vorwurfsvoll?

Ich hakle meine Finger ineinander, blinzle zu ihm auf. Will ihm sagen, dass ich mich eigentlich ebenfalls freuen würde, ihn zu sehen, wenn es nicht der denkbar schlechteste Zeitpunkt wäre.

»Hey, wie geht's, wie steht's?«, stammle ich. Komm schon,

Madita! Mai Pen Rai, würde Lotta sagen. Mach dir keine Sorgen, alles wird gut! Schließlich kann er keine Gedanken lesen.

»Alles bestens. Und bei dir? Die Einkäufe von neulich heile in die Wohnung bekommen?«

Mein Blick rutscht auf die Schuhspitzen meiner Sneaker, weil ich beim Stichwort Wohnung an Miss Permafrost Tonja und meinen Rauswurf denken muss, der mich immer noch frustriert.

»Und du? Konntest du den Fall von häuslicher Gewalt klären?«, rette ich mich mit einer Gegenfrage und schaue wieder auf.

Seine langen Wimpern werfen Schatten. »Hat etwas gedauert, aber ja, es wurde Schlimmeres als tieffliegende Flatscreens verhindert. Frauen können ganz schön wütend werden.« Er grinst verlegen.

»Meistens hat es mit Männern zu tun, wenn Frauen übermäßig in Wut geraten.« Unweigerlich muss ich an Nellys Ausraster im *Fliewatüüt* denken. Und dass Tonja vermutlich etwas anderes behaupten würde. Ihr Brandbeschleuniger ist eindeutig weiblichen Geschlechts, hat rosa Haare und hilft Babys auf die Welt.

»Was führt dich denn eigentlich hierher? Der unwiderstehliche Kaffee?« Helga besteht darauf, dass es hier den besten im ganzen Viertel gibt, abgesehen vielleicht von dem, den sie selbst brüht, und sie quasi im Garten Eden lebt, weil sie nur ein paar Treppenstufen hinter sich bringen muss, um an die Quelle zu gelangen. Der immer fröhliche Oméro, der ihr Rabatt gewährt, wo es nur geht, und regelmäßig neue Kreationen für sie erfindet, tut den Rest.

»Nicht der Kaffee, nein«, antwortet Silas. »Du erinnerst dich an das vermisste Mädchen?«

Tadahh! Da haben wir's!

»Nein«, schießt es aus mir heraus. Zugegeben, etwas zu

schnell. Ich versuche zu lächeln und gerate ins Schwitzen. Meine Ohren werden heiß. Gott, ich bin schlimmer als Pinocchio mit seiner dusseligen wachsenden Nase!

Tatsächlich runzelt Silas die Stirn und mustert mich, bevor er meine schlimmste Befürchtung wahrmacht: »Vor Wochen ist eine Teenagerin verschwunden, und nun wurde sie endlich gesehen, hier, erst gestern.«

Hundertmal habe ich Vicky verboten, die Wohnung zu verlassen, aber wie bei allen Teenagern setzt irgendwas bei denen aus, sobald man eine Verneinung in einen Satz einbaut. Ich weiß noch ganz genau, als man Lotta und mir verbot, mit Teelöffeln den Eierlikör von Omas Torte zu stibitzen. Was wir natürlich ignorierten – mit dem Resultat, dass Lotta mir unwesentlich später die Haare halten musste, während ich über der Kloschüssel hing.

»Ach nein. Das ist ja ein Ding«, höre ich mich Silas antworten. »Dann ist sie abgehauen und noch nicht wieder zu Hause?«

»Nein, leider nicht. Aber die Schlinge zieht sich enger«, informiert er mich, was mich von einem aufs andere Bein treten lässt. »Ist dir vielleicht etwas Ungewöhnliches aufgefallen? Hat sich jemand hier herumgetrieben, der nicht hierher gehört?« Silas legt seinen Kopf schief, auf diese unverkennbare Weise, die ich so süß und irgendwie sexy finde. In seinen grauen Augen blitzt es.

»Ob sich jemand herumgetrieben hat, der nicht hierhergehört?«, wiederhole ich, um Zeit zu schinden. »Außer dir, meinst du?« Ich übe einen Augenaufschlag, den Lotta nicht besser hinbekäme. Dabei ist sie die Verführerin von uns beiden, die immer bekommt, was sie will – eine Meisterin der Manipulation.

Silas' Brauen hüpfen in die Höhe und sein Mundwinkel zuckt. »Na, werd mal nicht frech.«

»Wieso denn frech? Schau dich um, das *Amore Belle* serviert den besten Kaffee weit und breit und es kommen Hunderte Leute zusammen, die nicht hierher gehören, geschweige denn in die nahe Umgebung.«

»Touché.« Er verengt den Blick. »Und du? Bist du oft hier?«

»Eine Freundin von mir wohnt oben«, rutscht es mir raus, als ich einmal mehr in seinen Augen versinke.

Oméro balanciert Tassen auf einem Tablett vorbei, Kaffeeduft steigt mir in die Nase.

»Die Signorina besucht häufig Signora Helga, die Hebamme im vierten Stocke«, wirft er hilfreich ein, und mein honigsüßes Lächeln gefriert.

»Na gut, aber den vermissten Teenager hast du nicht gesehen?«, hakt Silas nach, hält mir zur Sicherheit noch mal ein echt hübsches Foto von Vicky unter die Nase. Darauf trägt sie ihre Haare zu einem Fischgrätenzopf und ein Kleid aus Seide, was ihr einen erschreckend verletzlichen Ausdruck verleiht. Ich schlucke und weiche unwillkürlich einen Schritt rückwärts. Reiß dich zusammen, Madita!

»Nö.«

»Was heißt denn ›nö‹? Du wirkst irgendwie angespannt, ist alles in Ordnung bei dir? Wirst du immer noch verfolgt?« Ein Lächeln zupft an Silas' Mundwinkel. »Oder mache ich dich etwa nervös?« Treffer, versenkt. Mit der Menschenkenntnis ist er gewiss auf dem besten Weg zum Eins-A-Ermittler. Aber vielleicht liegt es auch an meiner trotzigen Haltung, der Art, wie ich die Arme schützend vor der Brust verschränke und das Kinn vorschiebe. »Komm schon, Madita, spuck's aus.«

»Gar nichts werd ich«, höre ich mir selbst zu. Damit, dass er im nächsten Moment seine Jacke leicht öffnet, um mir, wie ich mir hoffentlich nur einbilde, einen Blick auf seine Handschellen zu gewähren, habe ich nicht gerechnet. Und es tritt etwas in mir los.

»Wenn das so ist …«, raunt er gefährlich leise, den Blick fest auf mich gerichtet. »Dann …«

Augenblicklich läuft die letzte von vielen Traumsequenzen, in der Silas aus irgendeinem Grund Helgas Wohnung stürmte, ab. Plötzlich stand er vor mir und verlas mir die Rechte, bevor er seine Fesseln zückte, sie um meine Handgelenke klicken ließ und mich abführte. In diesem Traum sah ich übrigens megagut aus, trug ein schwarzes Negligé und hatte den perfekten Körper. Kein Gramm zu viel, keine Problemzone und ein Selbstbewusstsein von hier bis zum Mond. Klar.

»Wollen Sie einen Anwalt, Frau Sternberg?«, fragte er mich, während er mich in den Streifenwagen schob. »Alles, was Sie *nicht* sagen, kann gegen Sie verwendet werden.« Seine Hände berührten meine erhitzte Haut, während er mich zuvorkommend auf den Beifahrersitz manövrierte, was natürlich unlogisch war, denn ich bin mir sicher, dass Gefangene für gewöhnlich die Rückbank kriegen.

Dann wurde es wild, nach einer rasanten Fahrt mit Blaulicht durchs Viertel hielt Silas auf einem verwaisten Supermarktparkplatz und beugte sich nahe zu mir herüber, während am Horizont feuerrot die Sonne unterging. Die Umgebung hatte etwas Apokalyptisches, nirgends waren andere Menschen, nur vereinzelt umherwehende Papiertüten auf dem Asphalt und einsame Einkaufswagen.

Er fragte sanft in diese Stimmung hinein, was er nur mit mir machen solle. Ich schloss die Augen, atmete tief durch und fühlte, wie seine Finger meinen Arm hinabfuhren und bei meinen Händen stoppten. Mit Schwung hob er sie über meinen Kopf, legte sie über das Kopfteil des Sitzes, und ich erbebte.

Sacht ließ er seine Hand über meinen Arm gleiten, hinab am Rippenbogen, was Flammen in meinen Venen auflodern ließ. Als ich die Augen wieder öffnete, tippte er sich nachdenklich an die Lippen und anschließend an meine. Die Berührung kribbelte, und ich wusste, ich war geliefert. Ich wollte von ihm erobert werden, mit jeder Faser meines Körpers. Und ich wollte ihm alles gestehen, jede Lüge, jede Sünde. Sogar, dass ich mit fünf eine Packung Kaugummi aus dem Supermarkt geklaut hatte. Wenn auch nur aus Versehen.

»Madita?«, höre ich Silas im Hier und Jetzt.

Ich muss blass geworden sein, denn der Polizist meiner Träume hebt beschwichtigend die Hände. »Spaß, du musst nicht gleich ohnmächtig werden.«

Ich grüble darüber nach, warum ich so viel und vor allem *was* ich von ihm träume. Immerhin sind wir uns nur ein paarmal begegnet, das kann ich an einer Hand abzählen, verdammt. Lotta behauptet, es liege daran, dass ich chronisch untervögelt sei, wohingegen ich befürchte, mich dummerweise ein bisschen verliebt zu haben.

»Sehr witzig, Silas«, knurre ich ihm entgegen, weil ich wütend bin über mein Gefühlschaos. »Humor ist nicht jedermanns Sache, du solltest üben.«

Er forscht in meinen Augen, als könne er eine tiefere Wahrheit darin finden. Etwas, das ich vielleicht vor mir selbst verberge.

»Sorry, ich hatte keine Ahnung, wie empfindlich du bist«, sagt er nun ernst.

Blödes Thema, also fange ich mich und wechsle es. »Und dieses Mädchen wurde also hier gesehen?«, hake ich vorsichtig nach, weil es vielleicht ganz gut wäre, den Ermittlungsstand zu kennen.

»Im Hinterhof«, bestätigt er.

Hat Darth Vader sie erwischt? Helgas verdammter Stasinachbar? Oder wem sonst ist Vicky unter die Augen gekommen? Mein Blick huscht zu Oméro. Hat er sie gesehen? Das würde zumindest erklären, warum Silas mit Notizblock an der Theke stand.

»Aha.«

»Und deine Freundin?« Silas zückt sein Heftchen und schlägt es auf. »Frau Fronau, richtig?«

Shit, er ist wirklich gut informiert, und ich spüre Panik in mir aufwallen, als er hinzufügt: »Ich sollte sie am besten auch befragen.«

»Die war die letzten Tage gar nicht zu Hause«, beeile ich mich, das Unglück abzuwenden. »Zurzeit kommen all die stürmischen Herbstbabys zur Welt und wir haben tausend komplizierte Schwangerschaften.« Wie zur Bestätigung summt mein Handy, und eine Nachricht von Nelly trudelt ein. Das muss einen Augenblick warten, denn ich konzentriere mich darauf, Silas auf ein anderes Thema zu bringen. Nur weg von seiner Fährte, die er wie ein Bluthund verfolgt.

»Und was machst du sonst so?«, frage ich und knicke die Hüfte ein. Silas stößt hart die Luft aus, schaut Richtung Fenster.

»Du meinst, außer auf deinen Anruf zu warten?«

»Ja, genau.« Als wenn er sehnsüchtig darauf gewartet hätte …

»Nach Vermissten fahnden. Da fällt mir ein. Arbeitest du nicht auch beim *Storchennest*?«

»Hm.«

»Dort wurde das Mädchen vor einigen Tagen ebenfalls gesichtet. Was für ein Zufall. Ich habe bereits mit Frau Funke gesprochen«, erzählt er und schaut mich dabei nachdenklich an. »Und dort ist dir auch nichts aufgefallen?«

Ich zucke die Schultern und lüge: »Gar nichts. Aber wie steht es mit dir? Ist dir was an mir aufgefallen?« Zugegeben, das war plump, aber ich muss das bizarre Gespräch unbedingt beenden. Vicky hat mir die Haare zu einem hübschen

Longbob geschnitten, nachdem wir nach ihren Talenten und Interessen forschten. Und siehe da, mit Haaren kann sie echt gut.

»Du hast eine neue Frisur«, fällt dem Polizisten reichlich spät auf, und er streicht mir sanft eine Locke hinters Ohr. Seine Berührung belebt meine Haut. »Hübsch.«

Um uns herum schwellen die Gespräche an, jemand lacht glockenhell. Oméro bedient drei junge Frauen am nächstgelegenen Tisch und flirtet, was das Zeug hält. Ich erschaudere, als Silas an mich herantritt und flüstert: »Willst du was trinken?«

Erneut rutsche ich in diese eine Traumsequenz hinein, spüre, wie Silas' Lippen in dieser Fantasie meinen Mund erobern und sich nur schwer wieder von mir lösen. Und wie er mich auf seinen Schoß hebt, seine Hände sich in meine Hüfte graben und fest an seinen Körper pressen. Atemlos raunt er nahe meinem Ohr: »Sag mir, was du willst«, und ich seufze.

»Was willst du trinken?«

Ich blinzle verwirrt. »Was?«

»Was du willst?«, wiederholen sich die Worte.

Hitze jagt durch meinen Körper, ich hauche: »Ja, ich will«, und starre ihn an.

»Wie bitte?« Er stutzt.

»Ich wollte dich doch einladen«, beeile ich mich und drücke mich an ihm vorbei, bevor ich ihn noch einfach küsse. »Wegen deiner Hilfe mit den Einkäufen.« Der Duft seines sanften Aftershaves steigt mir in die Nase, frisch wie Schnee. »Wie trinkst du deinen Kaffee?«

»Wie meinen Humor«, ruft er mir hinterher, als ich mir einen Weg zum Tresen bahne. Ich werfe einen Blick über die Schulter und atme tief durch. Er sieht so zufrieden aus, wie er mir nachschaut und sich an einen freien Tisch setzt. Ich wette, er ist sich seiner Wirkung auf Frauen bewusst.

»Also gar keinen?«, scherze ich, und er lacht.

»Schwarz wie die Nacht, bitte.«

Oméro ist schnell, und wenig später balanciere ich zwei volle Becher zum Tisch. Nachdem wir übers Wetter geplaudert haben, sieht Silas mir intensiv in die Augen und fragt mich, wie es angehen kann, dass ich mich nicht bei ihm gemeldet habe.

»Ich muss zugeben, ich war überrascht«, sagt er doch tatsächlich und nimmt einen Schluck Kaffee. »Du musst wissen, ich gebe nicht oft jemandem meine Nummer. Und wenn ich es tue, schätze ich vorher ein, ob die Person sich überhaupt für mich interessiert.« Ganz kurz huscht Verärgerung über seine Miene. Als missfalle ihm die Tatsache, dass er das überhaupt thematisieren muss. Na, zeigt sich nun doch ein Hauch Unsicherheit?

»Ich fühle mich geehrt«, antworte ich grinsend. »Und deine Menschenkenntnis ist vollkommen in Ordnung. Ich wollte dich längst angerufen haben.« Es ist nie einfach, die Schutzschilde zu senken. »Es war nur so, dass mich etwas heftig beschäftigt hat …«, versuche ich zu erklären, was mich abgehalten hat, ohne konkret zu werden. »… und mich geringfügig traumatisierte.«

Gut, das war jetzt vielleicht etwas zu dick aufgetragen, denn Silas lässt erschrocken die Kaffeetasse sinken. »Jetzt sag mir nicht, du bist wirklich überfallen worden.« Farbe weicht aus seinem Gesicht. »Das würde ich mir nicht verzeihen.«

»Nein, nein.« Seine Besorgnis rührt mich. »Meine Mitbewohner haben mich aus meiner WG geworfen, ohne Kündigungsfrist. Von jetzt auf gleich war ich quasi obdachlos.« Ich umreiße die vertrackte rechtliche Situation. Schwer beeindruckt von meiner Naivität hört Silas zu und nickt an den richtigen Stellen.

»Das ist ja schrecklich«, findet er, als ich ende.

»Ja, oder?« Ich nehme einen großen Schluck Kakao und denke an das Telefonat, das ich ein paar Tage nach meinem Rausschmiss abschließend mit Niklas führte. Er zeigte sich zerknirscht und bot mir an, mein Fahrrad zum *Storchennest* zu liefern, ruderte aber keineswegs zurück, was den Rauswurf anging. Ich fühlte mich unwürdig, klein und diskriminiert.

»Das nächste Mal kannst du mich anrufen, wenn du in Schwierigkeiten steckst«, sagt Silas da gerade, und das sind wirklich süße Worte, die Hitze durch meine Venen fließen und sich in meinem Herzen sammeln lassen.

»Das ist lieb von dir. Pass aber auf, dass ich dich nicht beim Wort nehme.« Unsere Hände berühren sich, als er mir den Zuckerstreuer zuschiebt, nach dem ich gegriffen habe, und ich spüre erneut das Prickeln der Biochemie zwischen uns.

»Ich bestehe darauf.« Er lehnt sich zurück und holt tief Luft. »Was hältst du davon, wenn wir mal was unternehmen? Am Wochenende?«

Interessiert beuge ich mich zu ihm hinüber. »Was schwebt dir vor?« Etwas mit Handschellen poltert durch meinen Kopf, und ich räuspere mich.

»Wir könnten in die Cocktailbar in der Narzissenstraße«, sagt er, und ich schmunzle.

»Willst du mich betrunken machen?«

Seine Brauen schießen in die Höhe. »Nein, vergiss den Vorschlag. Ich führe dich aus, ins *Bluebird*. Ich lad dich ein.«

»Das hört sich toll an«, gebe ich zu und male mir entzückt aus, wie das perfekte Date so aussehen könnte. »Und danach gehen wir im Park spazieren?« Unter einem Sternenhimmel, mit apokalyptischer Atmosphäre. Wir zwei, allein auf der ganzen Welt.

»Wenn wir anschließend tanzen«, steigt Silas ein und sein Blick wird durchdringender.

»Unbedingt. Und dann brechen wir ins Freibad ein und gehen schwimmen …«

Oh, das war einer zu viel. Doch zum Glück lacht er und hält den Vorschlag für einen Witz. Beinahe kommen wir so weit, dass wir tatsächlich ein Date verabreden, als mein Handy Sturm klingelt und eine aufgeregte Nelly in mein Ohr wimmert.

»Wo bist du, ich glaub, es geht los!«

Sofort schaltet sich mein Hebammenmodus ein. In den letzten zwei Tagen dachte Nelly häufiger, es würde ernst, also hake ich vorsichtshalber nach: »Bist du sicher?«

»Nein, Madita. Ich hab nur Langeweile und denke mir Quatsch aus, weißt du doch.« Sie schnaubt. »Dieser komische Schleimpfropfen ist weg, in der Toilette verschwunden, und ich habe Wehen. Regelmäßig.«

»Wie fühlt es sich an?«

»Beschissen?«

»Ist es ein Ziehen wie bei den Senkwehen?«

»Na, wie eine starke Periode fühlt es sich jedenfalls nicht an, das ist so was von gelogen. Danke, Mama!« Sie faucht. »Messerstiche im Rücken? Wadenkrämpfe im Bauch? Als würde sich ein Ballon im Inneren aufblasen und dann versuchen unten rauszukommen? Such dir was aus.«

»In welchen Abständen kommen die Wehen?«

»Keine Ahnung.«

»Nelly, das ist wichtig.«

»Acht bis sechzehn Minuten? Manno, scheiß auf Abstände, ich will jetzt doch einen Kaiserschnitt!« Sie ächzt so laut, dass Silas es sogar über die Geräuschkulisse des *Amore Belle* vernimmt. Er guckt verlegen, wie die meisten Männer in solch einer Situation, und ich lächle ihm entschuldigend zu.

»Dafür ist es zu spät, Liebes. Versuch, dich zu entspannen, ich bin gleich bei dir«, verspreche ich und beiße mir auf die

Unterlippe. Meine sorgsam ausgearbeitete Tagesplanung kann ich vergessen.

»Leg den Turbo ein, ja? So langsam fühle ich mich unwohl allein zu Hause.« Nellys Stimme bricht.

»Allein?« Wundert mich das?

»Ja, Marv musste ja unbedingt heute seinem Freund beim Renovieren helfen. Wenn der das nächste Mal hier auftaucht, renovier ich ihm sein Gesicht, darauf kannst du Gift nehmen!« Sie stöhnt und knurrt. Etwas raschelt, dann höre ich das vorwurfsvolle Miauen ihrer Katze.

»Kaiserschnitt!«, brüllt sie im nächsten Moment, und Silas zuckt zusammen.

»Ich beeile mich.« Ich lege auf, stoße ungelenk gegen die Tischkante. »Sorry, ich muss los.«

»Hab's gehört, die Pflicht und der OP rufen.« Silas hebt meine Tasche auf, um sie mir zu geben.

»Unsinn, so weit wird es nicht kommen, Nelly hat nur Angst vor der Geburt.« Wie so viele Frauen. Tatsächlich steigt die Zahl der medizinisch nicht notwendigen Kaiserschnitte unaufhörlich, und aufgrund der Hebammen-Hinzuziehungspflicht stand ich während meiner Ausbildung oft genug dabei. Es sollte verpflichtende Aufklärungsgespräche über die Spätfolgen nach einem Kaiserschnitt geben, denke ich. Wie bei einem Schwangerschaftsabbruch. Nelly hat mich lange gelöchert zu dem Thema, und meine Haltung dazu ist komplex. Es ist ein wenig so, als interviewe man einen Tischler zu Pressspan-Möbeln und deren Zusammensetzung mithilfe von schwedischen Inbusschlüsseln.

Ich zögere und betrachte Silas. »Und du bist sicher, dass du ein Date mit mir willst? Vielleicht bin ich ja eine totale Chaotin und Nervensäge«, zähle ich auf, weil mein Ex das als Trennungsgrund aufführte.

»Auf jeden Fall bist du drollig«, findet er. Plötzliche Sorge huscht wie ein Schatten über seine Miene. Was geht in seinem Kopf vor? Ob er spürt, dass ich in illegale Machenschaften verstrickt bin? Wow, wenn man das so formuliert, könnte man echt meinen, ich sei voll der Gangster und meine Hebammentätigkeit nur Tarnung.

»Deshalb gehe ich das Risiko mal ein. Ruf mich an.«

Ich winke zum Abschied, bevor ich mich beeile, zu meinem Wagen zu kommen, um zu Nelly zu düsen.

*

»Ich hatte schon Angst, ich muss das Baby ganz allein kriegen«, begrüßt Nelly mich, als sie die Tür aufreißt. Mit aufgeblasenen Backen geht sie voran, hockt sich anschließend auf den Boden vor das Sofabett und wird von einer Wehe überrollt. Eine reelle Wehe, so wie Nelly klingt. Mit einer fließenden Bewegung lasse ich die Tasche fallen, platziere mich neben Nelly und streichle ihr den Rücken. Ich versuche, die Welle des Schmerzes mit ihr gemeinsam zu nehmen, während die gruselige Katze statuenhaft auf dem Schrank hockt und das Szenario beobachtet. Bestimmt sorgt sie sich um ihre Dosenöffnerin.

»Mann, das tut echt weh«, keucht Nelly.

»Das ist ein offenes Geheimnis, mein Herz. Geburten sind immer mit Schmerz verbunden.« Die Antwort hätte ich mir verkneifen können, denke ich, als ich Nellys frustrierte Miene sehe, und lächle entschuldigend. »Aber du bekommst etwas dafür, halt dich daran fest.«

Ich stütze sie, helfe ihr auf das Bettsofa, das vollkommen zerwühlt ist, und schüttle das Kissen auf.

»Leg dich erst mal hin, ich schau mir an, wie weit der Muttermund geöffnet ist«, schlage ich vor und warte, bis sie die Leo-gemusterte Leggins abgestreift hat. Ich überprüfe die

Herzschläge ihres Kindes mit dem Fetal-Doppler und taste den Muttermund. Er ist weich und bereits fünf Zentimeter geöffnet. Es geht also flott voran.

»Du hast die Lage richtig eingeschätzt, Nelly.« Wie jedes Mal, wenn dieser Punkt erreicht ist, erfasst mich eine positive Aufregung, die mich innerlich beben lässt.

Nelly schnappt sich meine Hand, zwingt mich innezuhalten.

»Es ist also wirklich so weit? Mein Baby kommt?«, vergewissert sie sich. Sie ist so wunderschön in diesem Moment, in dem so viele Emotionen sie umspülen. Von einer inneren Kraft durchströmt, mit der sie heute noch Berge versetzen wird.

»Ja, du kannst deine Tasche nehmen und ganz in Ruhe in die Klinik fahren.« Ich lächle selig, packe meine Sachen zusammen und merke, wie Nelly plötzlich versucht, Mächte zurückzuhalten, die sich schwer kontrollieren lassen. Augenblicklich wird mir meine Wortwahl bewusst.

»Marv. Ich hab ihn schon tausendmal angefunkt. Er ruft nicht zurück. Dabei wollte er dabei sein, wenn das Baby zur Welt kommt.« Ihr Blick wird ängstlich. »Wie komm ich denn jetzt überhaupt ins Krankenhaus? Er sollte doch fahren.«

Ich drücke Nellys Finger und erschrecke, als die Katze unvermittelt aufs Bett springt und laut schnurrend zu ihrem Frauchen wandert. Immer ein wachsames Auge auf mich gerichtet. Das Vieh hat also doch so etwas wie Mitgefühl.

»Ich fahre dich, kein Thema«, beruhige ich Nelly, obwohl Helga mich gerade erst erneut gerügt hat, weil ich weder für ein Taxiunternehmen noch als Rettungswagenfahrerin arbeite. Kurz überschlage ich meinen Terminplan für heute und schreibe Monika eine Nachricht, dass sie bitte die aktuellen Kursteilnehmerinnen in Empfang nimmt, falls ich nicht pünktlich bin. Die Gute ist Kummer gewohnt.

»Wie soll ich das jemals wiedergutmachen?« Nelly wälzt

sich auf die Seite, um die Beine aus dem Bett zu schwingen. »Du bist mit allem Geld der Welt nicht aufzuwiegen.«

»Sag das nicht, sonst gebe ich dir meine Kontonummer«, scherze ich und helfe ihr mit der Leggins.

Nelly bläst erneut die Backen auf und eiert durch die Wohnung, zur Zinkwanne, um die Fische noch einmal zu füttern.

»Ob ihm was passiert ist?«, fragt sie vermutlich eher sich selbst und schüttet eine ordentliche Portion Futter daneben. Einmal mehr beobachte ich, wie Romeo aus dem Wasser springt. Blöder Fisch. Er schwimmt so zackig in seinem Becken herum, wie meine Gedanken immer wieder zu Silas huschen. Ich könnte ihm dieses Wochenende für ein Date vorschlagen. Doch wo treffen wir uns am besten? Er darf mich auf gar keinen Fall bei Helga abholen wollen.

»Wem ist was passiert?«, frage ich gedankenverloren.

»Marv«, zetert Nelly und schleppt sich in die Küche, füllt den Napf der Katze, die manisch um ihre Beine streicht.

»Wo denkst du hin? Schreib ihm einfach, dass wir losfahren.« Übrigens. Welcher werdende Vater lässt denn sein Handy aus den Augen, wenn es jederzeit losgehen könnte?

Ich schnappe mir den kleinen Koffer mit Karomuster, den wir neulich gemeinsam für die Klinik gepackt haben, und reiche Nelly ihre Jacke.

»Erzähl mir was Schönes«, bittet sie, während sie in die Turnschuhe schlüpft. »Irgendetwas, das mich ablenkt.«

Auf dem Weg zum Auto plaudere ich schneller drauflos, als mir lieb ist, und erzähle ihr ein wenig von meinem Treffen mit dem Polizeischnuckelchen, ohne ihr zu verraten, weshalb ich ihn bislang nicht angerufen habe. Mein Geplapper scheint Nelly zu helfen, nicht an ihre Angst vor der Geburt zu denken. Zumindest bis wir losfahren und sich, kaum dass wir durch den Verkehr rollen, ein grauer Golf an meine Stoßstange heftet.

Nelly wirft einen Blick in den Rückspiegel, erkennt ihren Marv sofort und findet endlich eine Nachricht von ihm auf ihrem Handy.

»Häng ihn ab, Madita«, befiehlt sie mir, kaum dass sie zu Ende gelesen hat. »Der regt sich doch tatsächlich auf, weil er, ich zitiere: meine Ungeduld abtörnend findet. Ich hätte ja mal kurz warten können.« Sie schaut mich fragend an. »Ist der noch normal?«

Ich zucke hilflos die Schulter, setze den Blinker und gebe Gas. Gerade noch so huscht mein Fiat über eine kirschgrüne Ampel, und ich frage mich, was Silas dazu sagen würde. Auweia.

Nelly krallt sich am Griff über dem Fenster fest, ihre Haare fallen ihr ins Gesicht, während eine weitere Wehe sie überrollt. Sie beißt sich auf die Lippen und gibt ein Stöhnen von sich.

»Atmen, Nelly. Wie wir es geübt haben. Ein und aus. Die Luft fließen lassen«, kommandiere ich, während ich auf die Schnellstraße biege. Der graue Golf ist verschwunden. Ich sollte Fluchtwagenfahrerin werden, ich hab auf jeden Fall Talent.

Mir missfällt, dass Nelly scheinbar bemüht ist, möglichst wenig Krach zu machen, wenn eine Wehe sie erwischt.

»Du darfst ruhig schreien und jammern«, erinnere ich sie und trete aufs Gas. »Ich bin mir sicher, selbst im afrikanischen Togo lockt das keine Dämonen an.«

»Was?«, grunzt Nelly.

»Vergiss es.« Es ist erstaunlich, was in anderen Ländern so praktiziert wird unter der Geburt. In Mexiko gelten laute Schreie als Schwäche, in Asien heißt es, wer zu laut wird, bekommt ein unartiges Kind. Hat Lotta mir erzählt.

Als wir nach einem abenteuerlichen Ritt endlich auf die Zufahrt der Klinik holpern, sind Nellys Wehen plötzlich weg. Hormone sind wirklich störanfällige Biester, vor allem

Oxytocin, das übrigens auch beim Orgasmus gebildet wird, und da kennt man das Phänomen ja. Man ist kurz davor, und dann platzt die große Schwester ins Zimmer, um sich eine Haarbürste auszuleihen. Goodbye Höhepunkt …

»Und jetzt?«, will Nelly wissen, als wir durch die Gänge des zweiten Stocks laufen.

»Jetzt übergebe ich dich in die fähigen Hände einer Klinikhebamme.« Ich hake sie ein, ihre Schritte werden langsamer, während wir auf die Tür mit der Aufschrift Kreißsaal zuhalten.

»Madita?« Nellys Stimme zittert und hört sich dünn an wie Glas.

»Ja?«

»Ich finde es echt beschissen, dass du die Geburt nicht begleitest«, erinnert sie mich an ihren Wunsch, dem ich dank diverser Regelungen und Haftungsbedingungen nicht nachkommen kann.

»Du weißt, dass ich es gern tun würde.«

»Ja, aber jetzt, wo es so weit ist …« Sie verstummt, als eine Schwester uns die Tür zur Station öffnet und Nelly in Empfang nimmt. Zum Glück ist sie freundlich, entschärft die Lage mit ein paar Witzeleien und begleitet meine Lieblingsschwangere zum CTG, wo diese in Tränen ausbricht. Ich nehme die Chance wahr, Marv, der mir im Flur entgegenkommt, also tatsächlich den Weg hierher gefunden hat, einzunorden. Am liebsten würde ich ihm die Benimmregeln mit einem Hammer einbläuen, aber leider ist das nicht erlaubt.

*

Am Abend stehe ich in Helgas Küche und denke darüber nach, wie ich meiner Freundin und Kollegin schonend beibringe, dass die Polizei Vickys Spur bis zu uns in den Hinterhof verfolgt hat. Es ist kaum zu glauben, dass unser Luftschloss, das wir uns so geschickt zu dritt erschaffen haben, sich aufzulösen droht. Mit Vicky diskutiere ich bereits seit zwanzig Minuten darüber, ob sie nicht wenigstens ihre Eltern mal anrufen sollte, um die Situation zu entschärfen, doch die meiste Zeit hört das Mädchen mit der Bärenohrenmütze nur stumm zu und denkt sich vermutlich ihren Teil. Oder sie denkt sich meinen Monolog über elterliche Sorge einfach weg.

»Elternsein ist nicht immer leicht, Vicky«, doziere ich gerade. »Das wirst du selbst bald merken. Und es hilft, wenn du dir klarmachst, dass Eltern auch nur Menschen sind.« Ich schütte Nudeln in den Topf und träufle Olivenöl ins Wasser. »Ich glaube, deine meinen es nur gut mit dir«, wiederhole ich, weil ich mir nicht vorstellen kann, dass Herr und Frau Glossberg tatsächlich so eiskalt sind, wie Vicky sagt.

»Das Gegenteil von gut ist gut gemeint«, erwidert sie bloß.

Ich werfe ihr einen vorsichtigen Blick zu. »Das alles ist echt tricky«, knarze ich. Natürlich will ich sie weder unter Druck setzen noch den Ernst der Lage verhehlen.

Vicky seufzt und schaut mich mitleidig an. »Sag einfach, wenn ich verschwinden soll«, ist ihre Reaktion, und mir fällt fast der Löffel in die Tomatensoße à la Lotta mit Preiselbeeren und Cayennepfeffer.

»So war das nicht gemeint, aber wir müssen auf jeden Fall vorsichtiger sein, wenn wir die nächste Woche überbrücken wollen, ohne dass eine von uns im Knast landet.«

Sie hüpft neben mich auf die Anrichte und lässt den Kopf hängen.

»Komm, wir spielen ein Spiel«, versuche ich die Stimmung zu heben. Lotta hat mich früher immer damit auf bessere Gedanken gebracht, wenn ich traurig war. »Ulkigstes Spielzeug unterm Weihnachtsbaum«, fordere ich sie zum Duell.

»Rasierspaß Ken«, erinnert sich Vicky prompt. »Ich hab keine Ahnung, wie man den mit Walzertraum Barbie verwechseln kann, die eigentlich auf meinem Wunschzettel stand.« Sie zieht eine Grimasse. »Wenn ich es genau überlege, habe ich nie das bekommen, was ich mir wünschte. Ich wollte gern Trompete spielen und bekam ein Cello. Kotz. Ich schrieb ein Pony auf meine Wunschliste und musste zum Tennis …« Eine Weile verfällt sie in eine Aufzählung, die sich oberflächlich nach Reiche-Kinder-Problem anhört, den wahren Kern der Ignoranz ihrer Eltern aber nicht verschleiern kann. Und den Schmerz, den sie in sich trägt.

»Ich bekam ein Pupskissen aus Regenbogenfarben. Meine Schwester fand, das passe zu mir.« Lotta musste mich immer auf irgendeine Weise ärgern unterm Tannenbaum. Einmal endete es mit Haareziehen, bis der Christbaum umfiel und wir beide Zimmerarrest ohne Bratapfel bekamen. Fröhliche Weihnachten!

»Seltsamste Eigenart«, schlägt Vicky eine neue Kategorie vor, und ich rühre hektisch in der blubbernden Soße.

»Ich sehe überall das Positive«, behaupte ich. »Als eine Freundin mir an Silvester die Haare anzündete, freute ich mich über die Möglichkeit, endlich eine Kurzhaarfrisur ausprobieren zu können, ohne mich trauen zu müssen.« Ich lache bei der Erinnerung an den nötig gewordenen Undercut mit Pony, weil beides echt bescheuert und sehr linksorientiert aussah. Lotta nannte mich ein Jahr lang Zecke und lud bei jeder Gelegenheit unvorteilhafte Fotos von mir auf Social Media hoch. Was sich neckt, das liebt sich, oder?

Während Vickys Miene einmal mehr todernst wird, hacke ich Kräuter und werfe einen Blick auf die Uhr. Helga ist spät dran. Was sie wohl aufhält?

»Ich gehöre eher zur Das-Glas-ist-halb-leer-und-wir-werden-alle-sterben-Fraktion«, lässt der Teenager mich wissen. »Aber das könnte daran liegen, dass ich dumm bin, wie mein Vater meint.«

Ich verbrenne mich am heißen Topf und zucke zurück. Erschrocken gucke ich Vicky an. »Du glaubst das doch nicht, oder?«

Sie lächelt schief, faltet ihre Hände über ihrem Bauch, der beneidenswert flach ist. »Dem glaub ich gar nichts, seit ich vier bin.«

»Wie beruhigend. Seltsamstes Haustier«, fordere ich, ehe ich Geräusche vom Flur vernehme. Die Wohnungstür öffnet sich, und Vicky duckt sich in die Küchenzeile. Immer wieder haben wir ein bisschen Angst, dass es mal Monika sein könnte, die laut Helga einen Schlüssel besitzt, falls sie sich mal aussperrt. Und man weiß ja nie.

»Ich bin es nur. Die Wohnungseigentümerin«, ruft Helga zur Entwarnung. Das anfängliche Spiel ist zur Routine geworden.

»Willkommen zu Hause, ich hoffe, du hast Hunger mitgebracht«, antworte ich und werde hektisch, weil ich ihr nun sagen muss, was passiert ist.

»Frosch«, kommt es unterdessen von Vicky. »Ich fand ihn in einem Laubhaufen. War zu früh aus dem Winterschlaf erwacht und ich hab ihn mit in mein Zimmer genommen.« Sie winkt Helga zu, die lächelt.

»Es gibt Frosch?« Sie sieht geschafft aus, etwas blass um die Nase. »Dann passe ich. Ich esse nichts, das mal gehüpft ist.«

»Es geht um seltsame Haustiere«, kläre ich sie auf, während sie ins Wohnzimmer wechselt und sich ächzend auf dem Sofa niederlässt.

»Welches war deins?«, will Vicky von Helga wissen, während ich mir schon mal Worte zurechtlege, mit denen ich ihr möglichst unaufgeregt berichten kann. *Liebe Helga, kein Grund zur Panik, aber die Polizei schnüffelt rum. Mach dir keinen Kopf, bloß weil wir umstellt sind …* Ahhh!

»Seltsames Haustier? Das ist leicht«, meint sie mit halb erhobenem Mundwinkel. »Ihr beide.«

Vicky kichert, rutscht von der Anrichte und beginnt, den Küchentisch zu decken. Helga zaubert derweil eine Schachtel Pralinen aus der Tasche und wirft sie aufs Couchtischchen.

»Oh, von wem sind denn die?« Ich hoffe ja immer noch, dass Helga eines Tages nach Hause kommt und mit einem glücklichen Glitzern in den Augen davon schwärmt, wie sie und Hans sich ausgesprochen und neu zueinandergefunden haben. Mag Lotta mich eine naive Traumtänzerin nennen – ich glaube an die Liebe, und ich sehe doch, wie es tief in Helga immer noch glüht.

»Chrissie.«

Schade.

»Aber was gibt's denn nun zum Abendessen, wenn's kein Frosch wird?«, fragt Helga und schnuppert.

Vicky ist schneller als ich und antwortet: »Weitere Probleme.«

Hoppla. Das hatte ich mir anders gewünscht, aber wo es nun mal angeschnitten ist, forme ich eine mögliche Ergänzung …

»Wusste gar nicht, dass man die servieren kann.« Helga wirft einen Blick zum Nachbarhaus hinüber, als wüsste sie, was ich ihr berichten werde, und manchmal glaube ich tatsächlich, dass sie Gedanken lesen kann. Helga erhebt sich und schlurft zu uns in die Küche, um sich an den Esstisch zu setzen.

»Wie willst du sie denn, die neuen Probleme, heiß oder kalt?«, scherze ich und komme mir dämlich dabei vor. Ich gieße die Spaghetti ab, fülle sie in eine Schale und trage auf.

»Bevor ich das entscheide, wüsste ich gern, worum es eigentlich geht.« Helga hält mir ihren Teller entgegen und lässt sich eine große Portion servieren.

»Jemand hat mich im Innenhof gesehen und es der Polizei gemeldet«, sagt Vicky zerknirscht und kaut an ihrem Daumennagel.

»Jemand?«, wiederholt Helga nachdenklich, und ich bewundere sie für ihre ruhige Reaktion. Erneut wandert ihr Blick zum großen Fenster. »Jim …«

»Wer ist Jim?«, muss ich wissen.

»Ach, egal.«

Egal ist meine Lieblingsantwort, und ich will gerade nachbohren, da fragt Vicky in die Stille, die sich drückend über den hübsch gedeckten Tisch gesenkt hat: »Schmeißt du mich jetzt raus?« Sie klingt bang, ihre Frage, und das Piepsen ihrer Stimme lässt mich schaudern. »Ich würd's verstehen.«

Helga bohrt die Gabel in ihre Nudeln und dreht Ewigkeiten darin herum, bis ich absurderweise denke, dass sie versucht, auf diese Weise die Zeit anzuhalten.

»Wir sollten unsere Optionen überdenken«, meint sie schließlich, und Vicky und ich halten die Luft an. »So gemütlich unsere WG auch ist, ich denke, der Punkt ist gekommen, an dem wir handeln müssen.«

Überstürzt

Helga

»Sind Sie Frau Fronau, die Hebamme des Hauses?«

Vor meiner Tür steht ein Polizist, ein paar Zentimeter kleiner als Hans, dunkles Haar, athletische Statur. In seiner Stimme schwingt etwas Flehendes und sein Gesicht wirkt, als wäre es lieber woanders. Mulmig ist das Wort, das mir spontan durch den Kopf schießt, der Mann fühlt sich unwohl. Kenne ich.

Es ist Montagmorgen, kurz vor dem ersten Kaffee beziehungsweise nach dem Kräutertee, den Madita mir jeden Tag auf den Frühstückstisch stellt, mit einem Lächeln auf den Lippen, als serviere sie flüssiges Gold. Oder besser noch: tiefschwarzen Espresso aus der Excelsabohne, frisch von Hand gemahlen und auf einer echten Flamme gebrüht.

Morgenmenschen sind mir suspekt; die Öffnungszeiten meines Frohsinns beginnen frühestens nach neun Uhr dreißig. Kann gut auch mal vierzehn Uhr werden oder einundzwanzig. Es ist eben nicht immer alles zum Grinsen, denn wenn es das wäre, sähe der Normalzustand unseres Gesichts anders aus. Es ist jedoch andersherum: Wir kommen ernst auf die Welt und benötigen Muskeln, um zu lächeln. Wir alle, außer Madita.

Die Nacht war anstrengend, viermal hatte ich Maja am Ohr, die entschieden hatte, dass die Krämpfe, die sie in der Magengegend verspürte, vorzeitige Wehen seien, was in der dreiunddreißigsten Woche, in der sie sich inzwischen befindet, zwar durchaus möglich ist, mir nach meiner letzten Vorsorge vor drei Tagen jedoch unwahrscheinlich vorkam.

»Aber sie kommen viel regelmäßiger als diese Fake-Wellen«, erklärte sie, womit sie die Übungswehen meinte, mit denen sich ihr Körper seit einiger Zeit auf die anstehende Geburt vorbereitet. Ich ließ mir die Art des Schmerzes beschreiben und erkundigte mich, ob ihre Bauchdecke hart sei, was Maja verneinte.

»Dann kommt's vermutlich vom Magen«, vermutete ich, doch Maja hatte sich anders entschieden und bestand darauf, dass ich vorbeikam, um sie zu untersuchen. Wir diskutierten hin und her, bis es dumpf in mein Ohr schlug, bevor mich Sören-Steffan wissen ließ, dass Maja soeben ins Bad gestürzt sei, wo sich nun ihr Abendessen verflüssige. So viel dazu.

»Fronau und Hebamme stimmt, über den Rest müssen wir diskutieren«, erwidere ich dem Polizisten vor meiner Tür und ernte einen verdutzten Blick. Allerdings fasst sich der Beamte schnell und schüttelt einmal sacht den Kopf, bevor er seine Statur zu staatsgewaltlicher Souveränität strafft.

»Im Café unten benötigt eine Frau Ihre Hilfe, sie ist hochschwanger und … also, ich fürchte, sie kriegt ihr Kind.«

So wie der Beamte klingt, überlege ich, ob ihm eine Schießerei lieber wäre als diese Art von Notfall, auch wenn er sich damit vermutlich genauso wenig auskennt. Zumindest wünsche ich ihm das.

»Madita?« Über die Schulter rufe ich in meinen Flur: »Ich brauche dich, im *Amore* unten steht eine Geburt an.«

Die Wohnzimmertür fliegt auf und das Küken stürzt heraus, leckt sich Marmelade aus dem Mundwinkel. Gleichzeitig beugen wir uns unter die Garderobe, um nach unseren Hebammentaschen zu greifen, und stoßen mit den Köpfen zusammen. Madita kichert, während sie sich die Aufprallstelle reibt, und ich frage mich, ob es irgendetwas gibt auf dieser Welt, dem sie nichts Heiteres abgewinnen kann.

Als sich das Küken aufrichtet und Richtung Tür wendet,

friert es mitten in der Bewegung ein und lässt die Tasche gleich wieder fallen. »Silas?!«

»Sieh an, das Fräulein Wunder – was machst du denn hier?« Der Anflug von Panik, der die Miene des Polizisten bis eben zu einem Bubengesicht gekräuselt hat, verschwindet und weicht einem erstaunten Lächeln. Jetzt sieht der Beamte erwachsen aus, und mich wundert es lediglich einen Wimpernschlag lang, dass Madita ihn kennt. Vermutlich ist er ihr persönlicher Sachbearbeiter, den man ihr zugeteilt hat zur unkomplizierten Bearbeitung all der Sachverhalte mit Dellen, Beulen und Kratzern, die die Verkehrsteilnahme des Kükens so mit sich bringen. Ich nehme an, es ist ein Vollzeitjob.

Auf Maditas Wangen haben sich rote Flecken gebildet, sie schiebt sich ihre Haarsträhnen hinter das Ohr und lacht hektisch.

»Ich hab dir doch erzählt, dass meine Freundin hier wohnt«, sagt sie. »Und du?«

»Mittagspause. Zumindest bis die Frau unten zusammengebrochen ist.«

»Apropos«, werfe ich ein. »Vielleicht sollten wir uns um sie kümmern.«

In diesem Moment geht die Tür zum Badezimmer auf, und in derselben Sekunde, in dem mein Hirn endlich den fatalen Fehler erkennt, dem Polizisten nicht sofort nach unten gefolgt zu sein, um ihn möglichst weit wegzubringen von meiner Wohnung, tritt Vicky zu uns in den Flur, Trainingshose, Top, Handtuch um die langen Haare zu einem kunstvollen Turban errichtet. In den Ohren die kabellosen Stöpsel, mit denen sie auf Maditas Handy Musik hört, weil ihr eigenes ausgeschaltet im Gästezimmer liegt. Schließlich will sie nicht geortet werden können … Deutlich sichtbar steht sie vor uns.

Die Sekunden ticken, wir starren das Mädchen zu dritt an, das seinerseits Augenblicke braucht, bis es vom Display hochsieht und erst mich und Madita mit einem Ausdruck der Verwunderung im Blick beäugt, bevor ihr Kopf zur Seite ruckt und sie an mir vorbei den Besucher in der Tür entdeckt.

»Fuck.«

»So kann man es natürlich auch nennen.« Der Polizist, der mit dieser Art von Situation offensichtlich deutlich besser zurechtkommt als mit Frauen in den Wehen, stemmt die Hände in die Hüften und funkelt Madita an. Mir dämmert, dass es jener Beamte sein muss, von dem das Küken vor zwei Tagen berichtete, er habe Vickys Spur entdeckt. Seitdem war Wochenende und wir schoben die kontraproduktiven Öffnungszeiten des Jugendamts als Grund vor uns her, weiterhin untätig bleiben zu können. Immerhin diskutierten wir durchaus leidenschaftlich unsere Optionen, während wir uns die erstaunlich fluffigen Pfannkuchen schmecken ließen, die Madita uns bereitete (die Jugend mit Vanilleeis, Sahne und Schokoladensoße, ich mit Heringssalat), keinen Krisendienst anriefen, uns nicht an die nächste Polizeidienststelle wandten und schon gar nicht Vickys Eltern informierten. Plötzlich komme ich mir vor wie ein Teenager in seiner Jetzt-erst-recht-Phase, vielleicht auch wie eine Zeichentrickfigur, die nur dann in den Abgrund fällt, wenn sie runterschaut und bemerkt, dass sie die Kante längst hinter sich gelassen hat. Auch in mir steckt also ein Goofy.

»Das ist jetzt nicht so, wie du denkst …«, beginnt Madita, und die Mischung aus Scham, Verlegenheit und Trotz in ihrer Stimme könnte meine eigene sein.

»Du hast keine Ahnung, was ich denke, Fräulein Blaues Wunder«, giftet der Polizist auf eine Weise, die mich aufhorchen lässt. Sein Tonfall und die Tatsache, dass er und Madita sich duzen, verraten mir, dass der Mann nicht ausschließlich beruflich angepisst ist. Hier läuft etwas, über das Madita mir gegenüber nie ein Wort verloren hat, was unwahrscheinlich genug ist.

»Hallo-e? Signora Helga?«, brüllt es von unten herauf. Madita und ich wechseln einen Blick, und in ihren Augen flackert auf, was ich spüre. Wir sind Hebammen.

»Abmarsch!«

Am Polizisten vorbei rauschen wir aus meiner Wohnung, Madita hinter mir.

»Du rührst dich nicht vom Fleck, bis wir unten fertig sind, Vicky, klar?«, werfe ich hinauf, als wir die nächste Etage erreichen.

»Lass uns später reden«, ergänzt Madita. Sie sagt es zu Vicky oder dem Mann in Uniform oder beiden.

Beim Betreten des *Amore Belle* dröhnt meine Stimme durch den Raum: »Verlassen Sie bitte umgehend das Café, es gibt hier nichts zu sehen, das Sie nicht selbst schon erlebt hätten. Fragen Sie Ihre Mutter, falls Sie sich nicht erinnern.«

Das junge Pärchen an der Fensterfront springt sofort auf und hastet davon, vermutlich in heller Freude darüber, dass ich ihnen soeben das Begleichen der Rechnung erspart habe. Die drei Anzugherren, die am Ecktisch sitzen, lassen sich mehr Zeit. Einer leert seine Espressotasse, ein anderer beglückt seine Kumpane mit irgendeinem Spruch, über den alle drei lachen. Immerhin hinterlassen sie mehrere Münzen und einen Schein auf dem Tisch, bevor sie draußen verschwinden.

»Das gilt auch für Sie!«, fordere ich eine Frau in den Dreißigern auf, die am Tresen hockt und mit dem Zeigefinger auf ihr Smartphone einhackt, als habe das Gerät sie persönlich beleidigt.

Während sich hinter mir zwei ältere Damen von ihren Stühlen hieven und ihre Rollatoren in Richtung Ausgang schieben, gebe ich Oméro, der die Tür aufhält, einen Wink, damit er sich um die Smombie kümmert – die Abkürzung für Smartphonezombie, wie ich von Vicky weiß. Verflixt, was unser Teenagermädchen angeht, haben wir ein ernstes Problem. Aber das muss warten.

Rechts neben der Theke sind zwei Tische zur Seite gerückt, zwischen den Stühlen liegt eine Frau auf der Seite, wilde braune Locken hängen ihr in die Stirn, sie umklammert ihren prall gewölbten Bauch und wimmert.

»Du kümmerst dich um die Frau, ich übernehme das Baby … ja?« Ich höre, dass ich meine Anweisung wie eine Frage formuliert habe, und sehe in Maditas Gesicht, dass sie das freut. Sie nickt und kniet sich sofort auf den Boden, um die werdende Mutter anzusprechen.

»Hi, ich bin Madita, und das ist Helga. Wir sind Hebammen und helfen dir, okay?«

Die Frau knirscht mit den Zähnen, bevor sie aufjault und den Kopf in den Nacken wirft. Ihre Beine zittern, und ich packe ihre Waden und drücke meine Daumen in ihre Muskeln. Sie stößt die Luft aus und stöhnt, die Wehe ebbt ab.

»Britta.«

»Okay, Britta, meine Kollegin wird dich jetzt untersuchen – ist das in Ordnung?«

Die braune Lockenmähne wirbelt umher, als Britta nickt, und ich höre die Herztöne des Babys ab, die kräftig sind und der Situation angemessen trommelwirbeln.

»Der Muttermund ist komplett geöffnet«, stelle ich fest, nachdem ich den Sommerrock nach oben geschoben habe, froh über die unkomplizierte Jahreszeit. Unter meinen Fingern kann ich das Köpfchen des Kindes fühlen, die Fruchtblase ist noch intakt. »Wann haben die Wehen begonnen?«

»Ich wusste nicht …« Britta beißt die Zähne aufeinander und knurrt. Ich kann Maditas Fingerknöchel in Brittas Hand knacken hören und nehme mir vor, das Küken daran zu erinnern, besser auf sich aufzupassen. Eine Frau zu unterstützen, bedeutet nicht, dass man sich die Knochen brechen lassen muss. Allerdings befürchte ich, dass dieser Rat, wie so viele andere, irgendwo in Maditas Sahneherz versinken wird.

»... dass ich Wehen habe. Bei den ersten beiden ... war das deutlicher.«

Britta bleiben kaum zwanzig Sekunden, bevor die nächste Wehe sie erwischt. Diesmal schreit sie auf, erneut verkrampft ihr Bein, und ich massiere mit links, während ich meine rechte Hand auf ihr Steißbein lege.

»Äh ... solle ich die Krankenwagen rufen? Habe total vergessen vor Aufregung.« Oméros zerknirschtes Gesicht taucht über mir auf.

»Das lohnt nicht mehr, aber bring mir ein warmes Handtuch, getränkt mit dem stärksten Kaffee, den du hast.«

»Sì, subito!« Er wuselt davon, vermutlich froh darüber, etwas tun zu dürfen. Manchmal ist das die eigentliche Kunst unseres Berufes: die Männer zu beschäftigen.

»O Gott, warum geht das so schnell?« Britta laufen Tränen die Wangen hinunter, und ich gehe dazu über, ihr mit beiden Händen kräftig den Rücken zu rubbeln.

»Dein Bindegewebe ist schwach, da kann das schon mal passieren, zumal wenn man bereits mehrere Geburten hinter sich hat.« Gerade schießt mir die Frage durch den Kopf, ob das wohl nett genug formuliert war, während ich mich gleichzeitig nicht entscheiden kann, ob es mich nervt oder belustigt, dass ich noch immer über diese Kategorie nachdenke, als Madita sagt: »Alles wird gut, Britta, du machst das toll«, was definitiv freundlicher ist.

Die meisten Frauen wünschen sich schnelle Geburten, dabei sind überstürzte wie diese wesentlich anstrengender, weil die Wehen von jetzt auf gleich mit hundert Prozent im Körper der Frau arbeiten. Es ist wie der Unterschied zwischen Paragliding und Fallschirmspringen: Läuft man den Hang hinab, bis man abhebt und in den Himmel entschwebt, oder stürzt man ins Leere?

Britta dreht sich auf den Rücken, und Madita rutscht unter sie, zieht die Gebärende in ihren Schoß, hält sie fest.

»Darf ich pressen?« Britta wimmert.

»Wenn du kannst, warte noch einen Augenblick, bis das Handtuch da ist. Ich will versuchen, deinen Damm zu retten.«

Es ist der beste Augenblick, den der Tag bislang zu bieten hat, als Oméro mir das feuchte Geschirrtuch in die Hand drückt, das tatsächlich warm ist und herrlich nach Espresso duftet. Ich falte es dreischichtig zusammen und drücke es vorsichtig gegen Brittas Intimbereich.

»Der Kaffee wirkt schmerzlindernd«, höre ich mich murmeln und gönne mir einen Atemzug des Innehaltens und Riechens, denn vielleicht ist ja auch ein Wimpernschlag es wert, schön gemacht zu werden.

Madita summt mit geschlossenen Augen und wiegt Britta sacht hin und her, die nun tiefer atmet und weniger ächzt. Gretus kommt mir in den Sinn und wie sie mit Ulla zu einer Einheit verschmolz.

Ja, ich kann Steißlagen, denke ich, mir reißt kein Damm und in ein paar Minuten werde ich eine Frau in einem Café entbinden, was mich nicht im Geringsten beunruhigt. Mit jemandem versinken jedoch, Helga, das ist etwas, an dem du scheitern würdest.

Ich lasse das Tuch sinken und taste erneut. Brittas Gewebe fühlt sich warm an, ob es halten wird, muss sich zeigen.

»Dann leg mal los – mit der nächsten Wehe darfst du pressen.«

Britta nickt matt, auch sie hat die Augen mittlerweile geschlossen. Fünf Sekunden lang ist es absolut still, wenn man von Brittas Schnaufen absieht. Die Welt hält inne in Erwartung dessen, was gleich geschehen wird, obwohl es das Alltäglichste der gesamten Menschheitsgeschichte ist. Denn das älteste Gewerbe der Welt sind wir, die Hebammen. Trotzdem ist es einzigartig, jedes Mal aufs Neue. Hier beginnt etwas, und ich bin dabei.

»Luftholen und pressen«, sage ich dem Moment, in dem Britta aufschreit und drückt. Wenn ich sie richtig verstanden habe, ist es ihr drittes Kind, und man merkt, dass sie weiß, was zu tun ist.

Als ich Gretus als junges Mädchen einmal fragte, wie man sich denn eigentlich auf eine Geburt vorbereiten könne, erwiderte sie: »Die beste Vorbereitung auf eine Geburt ist eine Geburt.« Ich zog ein ratloses Gesicht, und sie strich mir über den Kopf und fügte hinzu: »Eine Geburt ist etwas, das man selbst erlebt haben muss, um sie wirklich zu begreifen. Aber keine Sorge, so ein Körper ist schlauer als sein Verstand.«

Es gibt einen leisen Knall, und Fruchtwasser ergießt sich über meine Hose, als Brittas Fruchtblase platzt. »Atme weiter und press mit der nächsten Wehe noch mal so kräftig.«

Brittas Füße rutschen über den Boden, suchen nach Halt, und ich stelle sie auf und halte die Knie. Die nächste Welle rollt heran, Britta stemmt sich in den Boden, gibt alles, und das Köpfchen ihres Kindes erscheint zwischen ihren Beinen. Es ist ein Privileg, dass ich als Hebamme die neuen Menschen als Erste zu Gesicht bekomme. Dieser hier hat einen beachtlichen Haarschopf, dunkel wie seine Mutter, und ich behaupte, sogar ein paar Kringel zu erkennen. Ich greife nach einer von Brittas Händen und lege sie auf diese erste Frisur.

»Dein Kind.«

Obwohl sie diesen Moment vermutlich bereits zweimal erlebt hat, schluchzt Britta auf und lacht. Streicht mit dem Zeigefinger über die kleine Kugel. Gleich darauf bäumt sie sich auf, stößt ein Knurren aus und wächst über sich hinaus. Da ist sie, die Entschlossenheit, die ich bei so vielen Gebärenden erlebe, egal wie viele Stunden sie vorher gejammert, geschrien oder geheult haben. Egal ob sie vor drei Sekunden noch aufgeben wollten. Es gibt diesen Punkt der Urgewalt, und wenn eine Frau sich ihm hingibt, hebt sie die Welt aus den Angeln.

Eine Bewegung vor dem Fenster irritiert mich und lässt mich aufblicken. Da steht Vicky, neben ihr der Polizist, einen Arm in die Luft gereckt. Weil sie winken möchte oder als Notsignal? Sie ist zu weit entfernt, um ihren Gesichtsausdruck deuten zu können, außerdem blicke ich vom eher schummrigen Inneren des *Amore Belle* in die helle Sommersonne hinaus. Mit einem letzten Schrei flutscht das Baby in meine Hände, und zum ersten Mal in meinem Leben wird mir übel in diesem Moment des größten Wunders überhaupt.

*

Meine Rebellinnen-, Mutter-Kind- und Singlecouch ist zum Sofa einer Erschöpften geworden. Weniger sitzend als liegend hänge ich in Maditas Kissen, aus unerfindlichen Gründen ihren Plüschstorch im Schoß und von der Entschlossenheit erfüllt, mich heute keinen Zentimeter mehr zu rühren. Sorge bereitet mir, dass mir sogar die Lust fehlt, einen Kaffee zu kochen, obwohl das einzige Koffein, das heute in Kontakt zu meinem Körper getreten ist, via Duftwolke in meine Nase strömte, kurz bevor Brittas Fruchtwasser mich übergoss, und das zählt nicht.

Britta zählt, denke ich. Und dass es ihr und ihrem Baby gut geht und wir sie nach überstandener Nachgeburt, Erstuntersuchung vor Ort und einer Dusche in meiner Wohnung nach Hause bringen konnten mit der dringenden Empfehlung, sich zur Sicherheit am besten heute noch oder spätestens am nächsten Tag gynäkologisch untersuchen zu lassen. Der Ausdruck auf Ehemann Jörgs Gesicht, als seine morgens beim

Frühstück noch schwangere Frau mittags mit eingesackter Bauchdecke und geborenem Kind im Arm vor der Tür stand, war sehenswert, die Begeisterung der beiden großen Brüder über das kleine Mitbringsel stürmisch. Sie haben ihn Mio genannt, den Jungen, der im *Amore Belle* zur Welt kam, schon wieder Lindgren. Doch ich bin zu erschöpft, um mich davon nerven zu lassen.

Es kostete uns beide Mühe, Madita und mich, uns weiterhin auf Britta und die Geburt zu konzentrieren, nachdem Vicky vor dem Fenster in Gefolg- oder Gefangenschaft? des Polizisten verschwunden war. Durch mein Aufmerken selbst aus der Konzentration gerissen hatte auch das Küken bemerkt, was draußen vor sich ging, und wir hatten uns sekundenlang in die Augen gesehen, um schließlich eine stumme Entscheidung zu treffen, die uns bei Britta sitzen bleiben ließ.

»Was für eine Scheiße«, resümierte Madita, als wir vor Brittas und Jörgs Heim nebeneinander in meinem Auto saßen, durch die Frontscheibe starrten und uns gemeinsam nicht regten.

»Wir haben das Richtige getan«, erwiderte ich, wusste, dass ich recht hatte, und spürte dennoch den Frust in mir nagen.

»Eine von uns hätte rausgehen können«, murmelte Madita, und es gab mir ein ungutes Gefühl, dass sie dabei nicht in ihrer Tasche wühlte, um nach einem auf wundersame Weise übrig gebliebenen Stück Schokolade zu suchen. »Du hast doch schon oft allein entbunden.«

»Aber keine überstürzten Geburten, Madita. Das macht man zu zweit.« Ich griff in das Seitenfach meiner Tür, angelte das neuste der Tütchen mit schokolierten Kaffeebohnen hervor, die Oméro mir in regelmäßigen Abständen in die Tasche schmuggelt, und hielt sie Madita hin. Das Küken griff zu, der Glanz, der normalerweise bei Zuckerkontakt in ihren Augen aufleuchtet, blieb allerdings aus. »Bei der plötzlichen Wucht der Wehen hätte Britta gut und gern kollabieren können. Oder heftig bluten. Ich … ich war froh, dass du ihr beigestanden hast.«

Ein leises Lächeln zeigte sich auf Maditas Lippen, was mich beruhigte, weil das Küken ohne Muskelarbeit im Gesicht wie eine Fremde wirkt und ich Fremde in meinem Auto nicht leiden kann.

»Und was machen wir jetzt?«

»Abwarten.«

»Dein Ernst?«

Ich nickte. »Uns bleibt nicht viel anderes übrig – oder hast du Vickys Nummer?«

Maditas rosiger Teint verlor seine Farbe. Tatsächlich ist sie der erste Mensch, bei dem ich dieses vielbeschriebene Phänomen wahrhaftig beobachtet habe. Ihr Körper setzt auf konsequente Weise fort, was ihre Emotionen an Drama liefern, wodurch sie manchmal wie eine Karikatur wirkt. Nun, zum Glück weiß ich mittlerweile, dass das Küken durchaus echt ist.

»Himmel, Barsch und Zwirn«, entfuhr es ihr. »Die haben wir überhaupt nicht getauscht, war ja nicht nötig!«

Ich zuckte die Achseln. »Über das *Storchennest* findet sie uns und wird sich melden, ganz sicher. Gib ihr etwas Zeit, ich könnte mir vorstellen, dass die Heimkehr nicht ganz unkompliziert verläuft.«

»O Mann, ich hoffe, die tun ihr nichts an!«

»Kühl mal ein paar Grad runter – es sind ihre Eltern.« Es kostete mich eine halbe Stunde und drei Viertel der schokoladigen Kaffeebohnen, bis ich Madita davon überzeugt hatte, dass es das Beste war, ein paar Stunden vergehen zu lassen, bevor wir, wenn überhaupt, erneut in Sachen Vicky tätig würden. »Wir können von Glück reden, wenn das Ganze nicht noch ein böses Nachspiel für uns haben wird.«

Ich ertappe mich dabei, wie ich aufhorche, um nach Schritten im Treppenhaus zu lauschen, denn ich rechne damit, dass die Polizei ein weiteres Mal an meiner Tür klingeln wird. Und dann bestimmt nicht wegen eines Zwischenfalls, der die Kompetenzen einer Hebamme verlangt.

Während ich nachmittags eine Vor- und zwei Nachsorgen erledigte und schließlich doch noch bei Wir-haben-entschieden-dass-Maja vorbeischaute, was tatsächlich sehr nett war, duckten Anspannung und Frust sich unter der Routine weg. Doch nun kriechen sie hervor aus ihren dunklen Winkeln, beschleunigen meinen Herzschlag und lassen mich Maditas Plüschstorch hässlich finden, obwohl das Tier natürlich nichts dafür kann, dass sich dieser Montagmorgen, der mit Kräutertee begann, in kaffeeloses Popelgrün verwandelte.

Tatsächlich habe ich ebenfalls Sorge, wie es Vicky mit ihren Eltern wohl ergangen sein mag, wie es ihr im Augenblick geht. Mit Persönlichkeiten wie der ihres Vaters ist nicht zu spaßen, ich habe meine eigenen Erfahrungen damit, blende den Gedanken an meine Mutter jedoch aus, bevor er vollständig aufploppen kann, und hoffe, dass der Bübchen-Polizist weiß, was er tut.

Im Fenster gegenüber geht des Licht an, und ich sehe Jim, der an seinen Schreibtisch tritt. Nachdem er sich nach Vickys Ankunft drei Tage gar nicht blicken ließ, starrte er in der nächsten Zeit umso häufiger herüber, was ich ignorierte, weil dafür einfach kein Platz blieb.

Lange schaut er in meine Richtung, bevor er nach einem Stift greift. *Ist deine Nichte abgereist?*, fragt sein Zettel.

Ohne zu wissen, ob er Madita oder Vicky meint, entscheidet sich mein Körper dafür, mich mit plötzlicher Wut zu überspülen, deren Intensität mich überrascht. Aber sie ist da und lässt mich den unschuldigen Storch zur Seite pfeffern.

Hast du uns den Polizisten eingebrockt, will ich Jim fragen.

Bist du ein Verräter? Doch wie stellt man das in Gesten dar? Und überhaupt, was soll dieser Unsinn mit der verqueren Kommunikation überhaupt, wieso schreibt er mir nicht einfach seine Nummer auf eines seiner dämlichen Papiere?

Ich stehe auf, werfe die Arme in die Luft und stemme sie dann in die Hüften, die Hände zu Fäusten geballt. Im nächsten Augenblick stehe ich am Fenster, die Stirn an die Scheibe gepresst, und blinzele hinüber.

Jim malt ein Fragezeichen, und ich zucke mit den Schultern, woraufhin er den nächsten Zettel beschriftet. Ein Smiley mit Heiligenschein grinst mir entgegen, keine Ahnung, was mein Nachbar mir damit sagen will. Ist er froh, dass zumindest eine meiner Mitbewohnerinnen dauerhaft ausgezogen und die andere zumindest momentan nicht da ist, weil sie ihre Freundin Nelly im Krankenhaus besucht, um das Neugeborene zu begutachten? Hat er sogar nachgeholfen?

Was ist von einem Mann zu halten, der einer Frau per Zettel zu verstehen gibt, dass er sie begehrt, sich jedoch nicht traut, rüberzukommen, um zu klingeln?

Er muss einsam sein, denke ich, vielleicht sogar verzweifelt. Und: *Bist du ein Verräter?*

*

»Vielleicht sollte lieber ich fahren«, murmle ich sechsunddreißig Stunden später und gebe dem Impuls nach, mich am Türgriff festzuklammern. Madita überholt die Radfahrerin vor uns so knapp, dass ich mir nicht sicher bin, ob das Küken die Frau tatsächlich gesehen hat oder nur einfach die Spur nicht hält. Bereits beim Ausparken musste die Stoßstange des Hintermanns dran glauben, weil Madita sich mehr darauf konzentrierte, Vickys Eltern zu verwünschen, sich selbst zu schelten und sorgenvolle Fantasien zu malen, was mit unserem Teenagermädchen inzwischen passiert sein mochte, als auf den Rückspiegel. Und natürlich beging sie Fahrerflucht.

»Das Ding heißt ›Stoßstange‹ und nicht ›Streichel-mich-Latte‹«, murrte sie, weil ich sie darauf hinwies. »Außerdem kommt es darauf jetzt auch nicht mehr an.«

»Du meinst, weil unser Vorstrafenregister ohnehin für genügend Sozialstunden reicht? Für Bußgelder, die wir uns beide nicht leisten können, oder sogar für unbezahlten Urlaub in nettem Ambiente, kriminelle Zimmergenossinnen, Vollpension und schlechten Kaffee inklusive?«

»Yep.«

Ich scheine mich an Maditas unaufhörliches Geplapper gewöhnt zu haben, denn nun, während sie wortkarg für Verkehrschaos sorgt, hallt die seltsame Stille in meinen Ohren.

»Es reicht, Helga«, begrüßte das Küken mich und den neuen Tag vor nicht mal einer Stunde auf der Türschwelle meines Schlafzimmers stehend und mit einem Zettel winkend. »Ich fahre zu den Glossbergs und sehe nach, wie es Vicky geht. Ich hab die Adresse recherchiert.«

Sätze vor dem ersten Kaffee zu formulieren, ist schwer genug; noch im Bett liegend, mit Augenlidern, denen die rechte Begeisterung für Bewegung fehlt, ein Akt der Unmöglichkeit. Doch so was ignoriert das Küken prinzipiell.

»Vor achtundvierzig Stunden haben wir sie das letzte Mal gesehen, und da wurde sie abgeführt.«

»Das wissen wir nicht. Sie hatte keine Handschellen …«

»Und gemeldet hat sie sich auch nicht.«

»Vielleicht hat sie andere Sorgen.«

»Ja, ganz genau, und deshalb machen wir uns jetzt auf den Weg, um denen was zu erzählen, diesen anderen Sorgen! Denen hupe ich was, wenn die Vicky nicht auf Händen ins Haus getragen haben und sie bloß deshalb nicht anruft, weil sie sie rund um die Uhr mit Massagen, Wärmekissen und ausgewogenen Mahlzeiten verwöhnen.«

»Hast du gerade ›wir‹ gesagt?«

»Klar. Du und ich – schließlich sind wir ein Team.«

Unsere Blicke trafen sich, als meine Lider aufklappten, und ich war unsicher, ob ich mir das »oder« am Ende von Maditas Frage nur einbildete.

»Sicher«, purzelte aus meinem Mund, was den verhuschten Ausdruck, der soeben auf Maditas Gesicht gelegen hatte, sofort wieder vertrieb.

Erstaunlich, wie jemand mit einer derart großen Klappe sich innerlich so klein fühlen kann, denke ich jetzt, während ich neben dem Küken im Auto sitze und versuche, etwaige Hindernisse, ob beweglich oder nicht, allein kraft meiner Gedanken aus dem Weg zu räumen, damit wir und alle anderen unbeschadet ans Ziel gelangen.

Kurze Zeit später und zu meiner Verwunderung ohne weitere Beulen oder Lackschäden parkt Madita in der Anliegerstraße, die das Internet ihr als Privatadresse von Familie Dr. Glossberg ausspuckte. Villen prägen das Viertel, protzige Einfamilienhäuser, in denen drei Familien Platz fänden, wenn die Eigentümenden denn Lust hätten zu teilen. Maditas Wagen ist der Einzige, der banal auf der Straße herumsteht, alle anderen Autos der Gegend bewohnen Garagen mit viel Auslauf und Klimasystem, um die Benzin fressenden Schnuckelchen weder der Gefahr eines Kratzers beim Ein- und Ausparken der Nachbarn auszusetzen noch vereisten Schlössern oder Scheiben oder gar der Unwahrscheinlichkeit eines Vogelschisses.

Nett, denke ich. Hier sorgt sich jemand.

Wir steigen aus, nähern uns dem bei Weitem größten Grundstück, das eine Buchsbaumhecke blickdicht umrahmt. In regelmäßigen Abständen ragen in abstrakte Formen geschnittene Ungetüme daraus hervor, die eventuell Tiere darstellen sollen und über das Anwesen wachen.

Madita rückt näher an mich heran, und wir tauschen einen Blick, bevor sie die Schultern strafft und auf die goldene Klingel drückt, die im Pfosten des mannshohen Einfahrtstores eingelassen ist. Über dem Knopf baumelt tatsächlich ein kleines Glöckchen mit ziseliertem Muster ringsherum, was nicht zu dem Bild passt, das ich von Vickys Eltern in meinem Kopf habe. Denn danach hätte ich mit Stacheldraht gerechnet.

Eine Weile tut sich nichts, nicht einmal Vögel trauen sich, in diese Akkuratesse hineinzuzwitschern, und die einzige Wolke, die sich am Himmel zeigt, ist angemessen langweilig. Kein Schäfchen, kein Piratenschiff, kein Zauberlöwe, einfach nur ein Bausch.

Madita zuckt zusammen, als ein feines Summen erklingt und das Tor zur Seite rückt. Wir betreten die Zufahrt, die über einen sachten Abhang in eine Kellergarage hinabführt, links zweigt ein Granitplattenweg ab, der uns durch eine Gestein- und Kieselwüste an weiteren, deutlich kleineren Buschverschandelungen vorbei zur Haustür der Villa führt. Eine Frau in meinem Alter, mit Hochsteckfrisur, schlichtem schwarzen Wollkleid und teils gelungenem, teils abwegigem Make-up erwartet uns in der Haustür.

»Sie wünschen?«, fragt sie und bewirft uns mit abschätzigen Blicken. Die Ähnlichkeit mit Vicky ist unübersehbar, der gleiche Puppenmund, dieselbe herzförmige Gesichtsform. Beides steht Vicky besser.

»Guten Tag, Frau Glossberg, schön, Sie persönlich kennenzulernen. Ich bin Viktorias Hebamme. Madita Sternberg – das ist meine Kollegin Helga Fronau.« Madita breitet ihr absurdestes Lächeln aus, von dem ich weiß, dass sie selbst daran glaubt, und streckt der Frau ihre Hand entgegen. Die Reaktion, die sie darauf erhält, hatte sie mit ihrer freundlichen Geste wohl weniger im Sinn.

»Ach, Sie sind das«, spuckt Frau Glossberg aus, wobei sich ihre Miene in einen Sauertopf verwandelt. »Viktoria hat Sie erwähnt. Da haben Sie ja volle Arbeit geleistet, einem Kind einzureden, dass es ein Kind bekommen sollte.«

»Wie bitte?« Madita ist sichtlich vor den Kopf gestoßen, wie immer wenn die Außenwelt nicht zu ihrem inneren Einhornland passen will. Grenzen fallen dem Küken schwer, und manchmal vergisst es, dass wir jeder unser eigener Kosmos sind. Aliens für die anderen. Die Welt von Frau Glossberg könnte ein Wartezimmer sein. Oder ein Küchenstudio.

»Wir benötigen Ihre Dienste nicht.« Vickys Mutter ist im Begriff, die herrschaftliche Tür zu schließen.

Madita tritt vor und drückt dagegen. »Doch«, sagt sie einfach, »und das Schöne ist, die Krankenkasse übernimmt sogar die Kosten dafür.«

Ich hebe die Brauen. Versucht das Küken etwa, die Wohlhabende bei ihrem Geiz zu packen?

»Gehen Sie!« Ein Zucken verrät mir, dass Frau Glossberg vor Madita zurückweichen, jedoch ihre Tür unter keinen Umständen freigeben will. Eine entschlossene Frau, die innerlich verängstigt ist. Ist ihr Kosmos also doch eher eine Geisterbahn?

»Das geht leider nicht«, sagt Madita, »es gibt engmaschige Untersuchungstermine für Schwangere, und wir machen uns strafbar, wenn wir das ignorieren.«

Ich ignoriere die glatte Lüge und pflichte dem Küken mit einem Nicken bei. »Wir wollen uns nur vergewissern, dass es Ihrer Tochter gut geht, Frau Glossberg«, erkläre ich. »Sie war sehr bestürzt, als sie unsere Praxis aufsuchte, und machte sich Sorgen um ihr Baby.«

Vickys Mutter blickt zwischen uns hin und her, presst die grellrot geschminkten Lippen aufeinander.

»Nach Viktorias Worten zu schließen, haben Sie eine intakte Schwangerschaft festgestellt, Ihre Aufgabe ist also erledigt«, lässt uns Frau Glossberg wissen. Ihre Worte marschieren aus ihrem Mund, in Reih und Glied und stahlgrau.

Madita, die eines ihrer Spaghettiträger-Sommerkleider in irrwitziger Farbe trägt, reibt sich über die nackten Arme, als friere sie. »Ist Vicky denn zu Hause? Wir würden sie gern sehen.«

»Gehen Sie einfach«, wiederholt die Frau, bevor sie sich zu einer Standuhr umschaut, die den Flur dominiert. Sie zieht den Kopf ein. »Mein Mann kommt sicher gleich nach Hause, und der wird noch weniger erfreut sein über Ihren unangemeldeten Besuch.«

Ihre plötzliche Nervosität springt auf Madita über, ich spüre, wie sich das Küken neben mir verspannt.

»Wir gehen nicht, ehe wir nicht mit Viktoria gesprochen haben«, lasse ich Frau Glossberg wissen. »Denn die Sorge, die Ihre Tochter quälte, betraf weniger den Gesundheitszustand des Babys, sondern vielmehr den Umstand, dass Sie und Ihr Mann … ihm die Existenz verweigern.« Mir lag eine andere Formulierung auf der Zunge, eine, die das hübsche Wort »töten« verwendet hätte.

»Nenne die Dinge immer beim Namen, Helga«, verlangte Gretus von mir. »All das Herumgeschwurbel macht die Welt bloß kompliziert.«

»Du meinst, ich darf meinem Englischlehrer sagen, dass er ein Arsch ist?«, fragte ich, und sie lachte.

»Selbstverständlich. Allerdings musst du dir genauso bewusst machen, dass das Konsequenzen haben wird.«

Ich seufzte. »Also ist das, was man sagt, entweder gelogen und vertrackt, aber relativ gemütlich oder aber klar, deutlich und mit Ohrfeigen verbunden?«

Gretus nickte – was für eine Erkenntnis für ein Kind. Früher hielt ich jede ihrer Äußerungen für magische Weisheiten, mit denen sich die Geheimnisse der Welt entschlüsseln ließen. In diesem Moment glaube ich, dass meine Großmutter auch nur versuchte, irgendwie durchzukommen.

»Diese Angelegenheit geht Sie gar nichts an, und ich fordere Sie nun zum letzten Mal auf, das Grundstück zu verlassen.«

Frau Glossbergs Worte scheinen in Madita einen Film auszulösen mit gnadenlosen Bildern eines ans Bett gefesselten Teenagers, ringsum ein hinter blauen Gesichtsmasken verschanztes OP-Team mit blank polierten Werkzeugen in den Händen. Darf's noch ein bisschen mehr sein?

Das Küken stampft mit dem Fuß auf. »Ich gehe nicht, ehe ich mit Vicky gesprochen habe!«, bestimmt sie, tritt vorwärts und drückt die Tür auf, brüllt ins Haus. »Vicky!?«

Gegenwehr erwacht in Frau Glossberg. »Verschwinden Sie sofort, sonst rufe ich die Polizei!«

»Wir wollen Ihrer Tochter nur helfen, haben Sie eine Ahnung, wie sehr sie leidet?«

»Mutter des Jahres werden Sie sicher nicht«, fügt Madita hinzu, was von mir stammen könnte, wenn ich aktuell nicht versuchen würde, mir Sterne reduzierende Äußerungen zu verkneifen.

»Jetzt werden Sie auch noch unverschämt?«, zischt Frau Glossberg und fuchtelt mit ihrer Hand, als sei Madita ein dicker Brummer, der sich einfach vertreiben ließe. Das Küken fuchtelt zurück, und ich packe ihren Arm und ziehe sie rückwärts, ehe sich das entstehende Handgemenge zu einem Faustkampf auswachsen kann. Frau Glossberg nutzt die Gelegenheit, und die schwere Tür knallt ins Schloss.

»Was machst du?!« Das Küken entwindet mir ihren Arm und funkelt mich an. Gräben furchen ihre Stirn, das Kinn schiebt sich vor und die Nase rümpft sich. So ist das also, wenn Madita wütend ist.

»Ich sorge dafür, dass wir nicht verhaftet werden.« Ich schiebe sie vom Haus weg, zurück auf den Steinplattenweg, wo sie abrupt stehen bleibt und den Kopf in den Nacken legt, um die Fassade entlang nach oben zu blicken.

»Siehst du Vicky irgendwo?« Mit dem Zeigefinger zählt sie die Fenster im Obergeschoss ab, hinter keinem regt sich etwas. »Ich werde nicht gehen!«, brüllt sie im nächsten Moment, wandert in der toten Anlage, die der Bezeichnung Vorgarten spottet, hin und her, rupft sich an den Haaren, kaut sich die Fingerkuppen wund.

»Wir können froh sein, dass uns niemand nachweisen konnte, dass Vicky fast zehn Tage bei uns gewesen ist.«

Was ein Versuch war, der Situation einen positiven Aspekt abzugewinnen, entlockt Madita ein frustriertes Schnauben, gefolgt von: »Und damit ist das Thema erledigt, oder was? Unsere ganze Harakiri-Aktion war umsonst?« Sie bleibt vor mir stehen und bohrt mir ihren Finger in die Brust. »Vergiss es! Ich hab in den letzten Tagen mein erstes graues Haar entdeckt, und das wird auf keinen Fall umsonst gewesen sein.« Sie dreht sich von mir weg, starrt erneut am Haus empor. »Komm ans Fenster, Vicky, wenn du da bist! Vicky? Wir sind's!«

Verzweiflung und Sorge lassen Maditas Stimme klirren, ich selbst fühle mich von Ratlosigkeit blockiert. Hier fürchtet jemand um seinen Kosmos, möchte keine Außenwelt, und das auf Kosten des eigenen Kindes. Ich bin mir nicht sicher, ob sich die Situation ohne Gewalt regeln lässt. In welcher Form auch immer.

»Lass uns das Jugendamt einschalten«, schlage ich vor, mir durchaus bewusst, dass ich das bereits vor zehn Tagen vorhatte.

»Bis die was unternehmen, ist es vielleicht schon zu spät«, erwidert Madita, als hinter uns ein Auto durch das immer noch geöffnete Festungstor rollt und am oberen Ende des Weges stehen bleibt. Madita belässt ihren Blick an der Hausfassade, wo er weiterhin zwischen den Fenstern hin und her springt, während ich einem Mann dabei zusehe, wie er aus seinem Auto gleitet. Er ist groß, die Beine ebenso langgestreckt wie sein Oberkörper, behaarte Hände mit schlanken Fingern, dünnes, blondiertes oder tatsächlich dermaßen gelbes Haar.

»Was tun Sie auf meinem Grundstück?« Für einen Mann seiner Größe ist seine Stimme erstaunlich hell. Bei ihrem Klang wirbelt Madita herum.

Bevor ich sie stoppen kann, hastet sie Herrn Glossberg entgegen, baut sich vor ihm auf und motzt ihm mit zurückgelegtem Kopf entgegen: »Wenn Sie Vicky zu einer Abtreibung zwingen, zeige ich Sie wegen Totschlags an!«

Der Mann schürzt die Lippen und verschränkt die Arme vor der Brust, mustert Madita mit einem Blick, der mir nicht gefällt. Ein Nachbarsjunge, der im Haus neben dem Hof meiner Oma wohnte, guckte so, jedes Mal bevor er den Fuß hob, um einen Käfer zu zertreten.

»Hast du gehört, wie der geknackt hat?«, fragte er anschließend.

»Ach, Sie sind das.« Herr Glossberg wendet sich ab und starrt nun in meine Richtung. »Und Sie? Sind Sie etwa auch Hebamme?«

Es klingt wie der unschöne Bademeister-Satz: »Und Sie? Haben Sie etwa auch ins Becken gepinkelt?«

Ich hole Luft für meine Erwiderung, komme jedoch nicht dazu, die Dinge beim Namen zu nennen, weil die Haustür aufschwingt und Frau Glossberg herbeieilt, auch wenn sie in sicherer Entfernung zu Madita stehen bleibt.

»Gut, dass du kommst, Corvin. Die Frau da«, sie deutet mit dem Kinn auf Madita, als sei ihr der Finger zu schade für diese Geste, »hat mich angegriffen.«

Die verschränkten Arme des Klinikdirektors lösen sich, stemmen sich mit geballten Fäusten in die Hüfte, und in den Augen des Arztes flackert etwas auf, das die Nervosität seiner Frau beim Blick auf die Uhr erklärt.

»Was habe ich? Das ist ja mal so was von gelogen!«, blafft Madita zurück. »Hallo? Ich bin eine brave, kleine, pummelige, Kekse backende Hebamme, die einfach nur Ihrer Tochter beistehen will und ansonsten für den Weltfrieden ist!«

Von Frau Glossberg kommt ein »Pfff!«, ihr Mann starrt Matida an, und bevor er das Küken in einen Eisblock verwandelt, zu Asche zerfallen lässt oder sonstigen Schaden anrichtet, greife ich ein.

»Hören Sie, Sie haben in Ihrem Haus doch sicher einen hübschen Tisch, an den wir uns gemeinsam setzen und die Lage besprechen können. Und vermutlich gibt es auch einen Kaffeeautomaten …«

Ein weiteres Auto rollt heran, rumpelt halb auf den Gehweg und hält vor der Einfahrt. Silber-blau, ein Blaulicht auf dem Dach.

»Gott sei Dank«, haucht Madita, doch ich bin mir ziemlich sicher, dass das weder Freund noch Helfer ist, der aus dem Streifenwagen steigt und zu unserem illustren Grüppchen herüberschlendert.

»Hallo, wunderschönen guten Tag«, zwitschert das Küken dem dunkelblonden Mann entgegen. »Gut, dass Sie da sind. Ich muss Ihnen etwas mitteilen.«

Sie kommt nicht dazu, Details zu nennen. Herr Glossberg stellt sich ihr mit einer Selbstverständlichkeit in den Weg, mit der Regen vom Himmel fällt, und reicht dem Beamten die Hand.

»Ich bin Dr. Glossberg, und das hier ist mein Grundstück. Ich nehme an, meine Frau hat Sie alarmiert – sie ist Opfer einer Attacke geworden.«

»Das ist doch wohl die Höhe!« Madita drängelt sich an Herrn Glossbergs Seite, ich sage: »Lass mich reden«, sie: »Der ist eben erst gekommen und war gar nicht dabei, als …«

»… die Person mich geschubst hat!«

»Ich habe Sie nicht geschubst!«

»Immer langsam.« Der Polizist hebt die Hände. »Frau Glossberg, Sie haben den Notruf gewählt. Was genau ist denn vorgefallen?«

»Diese Frau hat mich gestoßen, sie behauptet, Hebamme zu sein, und wollte sich ins Haus drängen.«

»Ich *bin* Hebamme … Und ich habe Sie weder geschubst noch gestoßen, auch wenn ich mir inzwischen wünsche, ich hätte es getan.«

»Ausweis?«, fordert der Beamte, und das Küken wühlt in seiner Tasche, was Herr Glossberg mit seinem Insektentöterblick beobachtet. Vorsichtshalber ziehe ich Madita aus seiner Reichweite.

»Und wer sind Sie?«

»Helga Fronau, ebenfalls Hebamme. Wir sind hier, weil die Tochter des Hauses um Betreuung gebeten hat. Sie ist schwanger.«

»Sie ist minderjährig«, wirft Herr Glossberg ein, »und hat das gar nicht zu entscheiden. Ich bin Direktor der Lindenklinik und habe ausgezeichnete Kollegen, die sich momentan um meine Tochter kümmern. Ich bin nur hier, weil sie ihre Chipkarte vergessen hat.«

Wenn es Worte gibt, die wie Ohrfeigen wirken, dann diese. Madita schreit auf.

»Die werden das Baby töten! Vicky ist das Mädchen, das wochenlang vermisst war – sie ist davongelaufen, weil ihre Eltern sie zu einer Abtreibung zwingen wollen.«

Das Lachen, das Frau Glossberg hören lässt, klingt staubtrocken.

»Viktoria ist ein Teenager und neigt wie alle in ihrem Alter zu Übertreibungen«, sagt Herr Glossberg, und es erschreckt mich festzustellen, dass sein freundlich-ernster Gesichtsausdruck und die Souveränität, die in seiner Stimme liegt, eine Wirkung auf mich haben. Dass mir das Küken für den Bruchteil einer Sekunde tatsächlich hysterisch vorkommt. »Ich bitte Sie, die Ammen von meinem Grundstück zu entfernen, da ich mich sonst gezwungen sehe, Anzeige wegen Hausfriedensbruch zu erstatten.«

Madita schnappt nach Luft. »Ganz toll«, quietscht sie. »Kann ich auch! Und zwar zeige ich Ihre Frau wegen Verleumdung und Rufschädigung an!« Mit dem Finger sticht sie in Richtung Dr. Glossberg, und ich kann sie gerade noch rechtzeitig zurückziehen, bevor sie ihn tatsächlich berührt und vermutlich durchbohrt.

»Kommen Sie, Frau Sternberg, ziehen Sie sich bitte zurück«, fordert der Polizist, der in aller Seelenruhe die Personalien erfasst hat.

»Haben Sie nicht zugehört, was hier vor sich geht!?«, faucht Madita ihn an. »Wir sollten hier auf Vicky warten.«

»Jetzt beruhigen Sie sich mal und schreien nicht so herum. Herr und Frau Glossberg wissen sicherlich, dass auch Minderjährige Rechte haben, nicht wahr?« Er sieht das Ehepaar abwechselnd an. Frau Glossberg nickt.

»Selbstverständlich«, behauptet Herr Glossberg, und sein Getue ärgert mich.

»Pah, das glauben Sie denen doch wohl nicht!« Madita schlingt die Arme um sich selbst. Ihre Fürsorge wird sie teuer zu stehen kommen, fürchte ich, weshalb ich mich an Dr. Glossberg wende, während der Polizist versucht, dem Ausbruch des Kükens Herr zu werden.

»Sie haben absolut recht, Herr Dr. Glossberg, und danke, dass Sie hier so die Ruhe bewahren.«

»Sag mal, Helga, spinnst du?!«

Einen Herzschlag lang starrt mich der Herr Doktor verdutzt an, bevor sein überdimensioniertes Lächeln verrät, was für ein Typ er ist.

Ich verrenke mein Gesicht ebenfalls zu einem freundlichen Ausdruck, versuche auszublenden, dass Madita hinter mir erneut in den Heulton einer Sirene verfällt und der Polizist beschließt zu handeln.

»Sie können mich auch aufs Revier begleiten, falls Sie sich nicht zu benehmen wissen!« Mit einer Hand schiebt er das Küken den Weg entlang in Richtung Festungstor.

»Das ist Amtsmissbrauch. Wie wäre es, wenn Sie Ihren Job richtig machen und sich um die Leute kümmern, die sich wahrhaft kriminell verhalten?«

»Wollen Sie mich etwa beleidigen, Frau Sternberg?«

»Nichts läge mir näher …«

Ich hoffe, Madita verzeiht mir, dass ich sie so ziehen lasse. Doch die Schlacht ist noch nicht geschlagen, und ich glaube, ich weiß, wie wir sie gewinnen können.

Flucht in Ketten

Madita

Unsanft werde ich auf die Rückbank des Streifenwagens verfrachtet und protestiere lautstark.

»Sie sind ein Rüpel, wissen Sie das?«

Durchs Seitenfenster sehe ich Helga, die Dr. Glossberg in sein Traumhaus folgt – what?! –, und kann es nicht fassen. Nicht nur, dass sie Dr. Unsympath eben plötzlich ein Lächeln geschenkt hat, wie ich es noch nie von ihr bekommen habe!, dabei will ich meinen, dass ich eindeutig die nettere Zeitgenossin bin, nein, sie hat diesem gelackten Exemplar von Arsch auch noch recht gegeben. Ich kann nur hoffen, dass das irgendeiner ausgeklügelten Taktik folgt, denn ansonsten bin ich sauer!

»So, junge Dame.« Der Polizist ist auf den Fahrersitz gerutscht und wirft mir über die Schulter hinweg einen Blick zu. Meinen Rüpel-Vorwurf ignoriert er, was vermutlich besser so ist. »Dann machen wir mal einen kleinen Ausflug zur Wache. Ich bin gespannt, ob Sie bereits vorbestraft sind.«

»Bin ich nicht.« Schmollend angle ich mein Handy aus der Tasche, scrolle durch meine Kontakte und schreibe schlussendlich Silas die allererste Nachricht überhaupt. Eigentlich hatte ich mir einen anderen Wortlaut und einen anderen Grund ausgemalt.

Hey, ist vielleicht ein ungünstiger Zeitpunkt, aber bist du gerade beschäftigt? Ich könnte Hilfe gebrauchen: Einer deiner Kollegen hat mich soeben verhaftet.

Ich werde meine Sicht der Dinge zu Protokoll geben und

meinerseits Familie Glossberg anzeigen, so viel steht fest. Hoffentlich ist Verleumdung das Schlimmste, das ich ihnen vorwerfen muss. *Ich habe ausgezeichnete Kollegen, die sich momentan um meine Tochter kümmern*, hat Vickys Arschlochvater gesagt, und wie zuvor, als er diese Worte aussprach, dreht sich mir der Magen um, als ich daran denke. Unfassbar, dass *ich* hier auf der Rückbank des Streifenwagens sitze und nicht Dr. Oberkriminell.

Hoffentlich ist es nicht zu spät. Hoffentlich kann Helga etwas tun und Vickys Baby retten! Reicht ja, wenn es eine von uns vergeigt hat. Ganz nach dem Motto: Veni, vidi, violini. Ich kam, ich sah und vergeigte.

Gemächlich biegt der Beamte mit dem Wagen auf die Kreuzung und gibt dann ordentlich Gas. Ich werde in den Sitz gepresst, starre aufs Handy und versuche es per Gedankenkontrolle dazu zu bringen, eine Nachricht von Silas an mich zu leiten. Und simsalabim!

Ein Edvard-Munch-Smiley poppt auf und die Worte: *Komisch, das hatte ich mir irgendwie anders vorgestellt, unser erstes Date!*

Hahaha, ich mir auch, antworte ich.

Mit dir wird es echt nicht langweilig, oder?

Naturtalent eben. Wie sieht es aus, kannst du mir beistehen?

Es dauert eine Ewigkeit, bis er zurückschreibt, und ich denke schon, er lässt mich sitzen, als die erlösende Frage eintrudelt: *Welches Revier?*

»Zu welcher Wache fahren wir denn?«, erkundige ich mich also bei meinem Chauffeur.

»Das werden Sie merken.«

»Ach, kommen Sie schon, ich habe Rechte.«

»Sie haben das Recht zu schweigen.«

Die Fahrt mit diesem Polizisten ist eindeutig weniger lustig als die mit Silas.

Dein Kollege will es mir nicht verraten …

Weißt du seinen Namen?

Hartmann. Wie passend.

Okay, dann weiß ich Bescheid.

Ich versuche vor Nervosität nicht meine Fingernägel abzunagen und bin echt froh, als ich Silas, kaum rollen wir in die Einfahrt der Wache, am Haupteingang entdecke. Er steht wie ein Fels da, während andere die Treppenstufen links und rechts von ihm hinab- und hinaufströmen. Ziemlich stark frequentiert, diese Polizeistation. Der Wagen hält auf einem der zwei Parkplätze an der Vorderseite des Gebäudes, und ich zerre am Türgriff, der sich natürlich nicht bewegen lässt.

Der Beamte steigt aus, läuft um den Streifenwagen herum und öffnet meine Tür, während Silas auf ihn zuschlendert.

»Hartmann. Ich übernehme das hier«, höre ich ihn zu seinem Kollegen sagen, und der wird, nachdem er sich seit seinem Eintreffen auf dem Anwesen Glossberg bis jetzt träge bis gelangweilt gegeben hat, plötzlich wach, plustert sich geradezu auf.

Sein »Mauß, wie schön, dich zu sehen« klingt irgendwie ironisch. »Warum solltest du mir meine Arbeit abnehmen?« Hartmanns Hand schließt sich um meinen Oberarm, und er zieht mich aus dem Fahrzeug. Ich stoße mir beinahe den Kopf, weil ich nach meiner Tasche angle, damit sie nicht zurückbleibt.

Silas' Miene ist todernst, seine Nasenflügel blähen sich, und ich habe keine Ahnung, was geschehen wird, als sein dunkler Blick mich trifft. Ist er wirklich hier, um mir zu helfen? Oder ist er gekommen, um sich persönlich zu vergewissern, dass ich weggeschlossen werde? Auweia.

»Ich kenne Frau Sternberg, deshalb«, erklärt er dem Kollegen eher widerwillig. »Was liegt denn genau vor?«

»Hausfriedensbruch.«

»Okay, sicher ein Missverständnis.« Er sieht mich hoffnungsvoll an, und ich lächle entschuldigend.

»Eher nicht, die Kleine ist wohl gern mal etwas drüber. Bräuchte einen ordentlichen Denkzettel«, findet Hartmann und hebt vielsagend die buschigen Brauen. Unangenehme Stille dehnt sich zwischen den beiden Beamten aus, während sie sich mit Blicken taxieren. Gott, da haben sich zwei aber so richtig lieb.

»Ich bin mir sicher, es reicht, wenn ich mit ihr spreche«, sagt Silas endlich.

»Was bist du, der Stutenflüsterer vom großen Tal? Das hier ist mein Fang«, spottet Hartmann, und ich entscheide mich, mich einzumischen. Schließlich geht es um mich.

»Ich bin anwesend und verlange etwas Respekt«, lasse ich die Herren wissen. »Und fürs Protokoll: Ich habe nichts getan, das in irgendeiner Form falsch wäre.« Mein Blick geht zwischen den beiden hin und her.

»Ich sage nur Glossbergs, die Arztfamilie«, erwidert Hartmann. »Wir wissen, wie die sein können.« Er wirkt schadenfroh, spielt mit dem Autoschlüssel in seiner Hand, und Silas stößt einen Pfiff aus, zieht die Brauen zusammen und stoppt sein beginnendes Kopfschütteln.

»Es würde mich sehr wundern, wenn Fräulein Sternberg ohne Nachspiel davonkäme. Aber bitte, nimm mir ruhig den Papierkram ab.« Hartmann grinst. Das ist für mich die Gelegenheit einzuwerfen, dass ich nur mitgefahren bin, um meinerseits eine Anzeige zu erstatten.

»Ist sie etwa *deine* Kleine?«, fragt Hartmann beiläufig, während er den Dienstwagen verriegelt. »Bin mir nicht sicher, ob mich das überrascht.«

»Zum Glück brauchst du dir darüber nicht den Kopf zu zerbrechen«, findet Silas, und ich unterdrücke den Impuls, seine Hand zu nehmen wie eine Vierjährige.

»Na gut, dann klär Fräulein Kratzbürste mal über ihre Rechte auf und alles, was nicht dazugehört«, rät Hartmann, bevor er sich abwendet und in Richtung Haupteingang stolziert.

Ich für meinen Teil könnte einen Kakao mit Schuss vertragen. Die Sonne, die durch die aufgezogenen Sommerwolken bricht, schafft es weder, mich zu wärmen, noch, mich zu beruhigen.

»Ich schätze, der gehört nicht zu deinen Freunden?«

»Da schätzt du ganz richtig«, antwortet Silas nachdenklich, als eine Polizistin meine Aufmerksamkeit erregt, weil sie uns zuwinkt.

»Guten Flug!«, ruft sie, und ich spüre Silas' Hand, die sich in meinen Rücken legt, mich vorwärtsmanövriert. Eigentlich dachte ich, wir gehen ins Gebäude, an irgendeinen Schreibtisch, wie man es in Krimiserien immer sieht, und nehmen ein Protokoll auf. Aber nein, Silas wechselt die Richtung, schiebt mich weg vom Gebäude.

»Du glaubst nicht, was passiert ist …«, beginne ich zögerlich. Die Stimmung ist seltsam, als Silas sich ganz langsam zu mir dreht und seine grauen Augen vom Bund meiner Jeans über meinen Bauch zu meinem Gesicht wandern.

»Es gibt Tage, die gibt es einfach nicht«, füge ich an.

»Es gibt Dates, die gibt es einfach nicht«, entgegnet er und ringt sich endlich ein Lächeln ab.

»Ich hatte dir ja gesagt, dass man Vicky zu einer Abtreibung zwingen will, richtig?«, frage ich, um mich zu vergewissern, dass er dieses nicht unwesentliche Detail im gestrigen Trubel mitbekommen hat.

Er nickt und schiebt mich weiter, um das Gebäude herum, in Richtung Hinterhof. Bin ich ihm etwa peinlich? Will er sich mit mir nicht auf der Wache blicken lassen? Und wer war eigentlich diese Kollegin, die ihm einen guten Flug gewünscht hat. Und wieso Flug?

»Ich hab mir mega Sorgen gemacht, deshalb haben Helga und ich beschlossen …«

»Frau Fronau ist also auch involviert?«, hakt Silas ungläubig nach.

»Ja, sie ist noch da, bei den Glossbergs. Scheinbar hat sie in Psychologie besser aufgepasst als ich oder die Hausherren rösten sie gerade über ihrem Kamin. Der Punkt ist jedenfalls: Man wollte uns nicht mit Vicky sprechen lassen, was ich sehr verdächtig finde und somit vielleicht Vickys Befürchtungen bestätigt, was den erzwungenen Abbruch betrifft. Es gibt Richtig und es gibt Falsch.« Ich gerate in einen Redeschwall und werde hitzig. »Ja, ich weiß, manchmal liegt das echt eng beieinander, aber …«

Silas lehnt sich lässig an die rauverputzte Wand des Polizeigebäudes und schaut mich an. »Das ist der springende Punkt, Madita«, fällt er mir ins Wort. »Du kannst nicht alles machen, was du für richtig hältst. Es gibt Spielregeln.« Er klingt leicht säuerlich und wirft finstere Blicke in Richtung der Kollegen, die zu einem Fahrzeug eilen oder gerade ankommen. Die meisten schauen neugierig in unsere Richtung.

»Sehe ich ja ein, aber …« Zerknirscht blinzle ich zu ihm auf, komme mir vor wie damals, als Lotta und ich eine heimliche Party veranstaltet haben, an deren Ende Papas Gitarre geklaut und unser weißer Pudel schwarz gefärbt war.

»Nichts aber. Ist dir nicht einmal der Gedanke gekommen, mich um Rat zu fragen, als das Mädchen bei euch aufgeschlagen ist?« Das hätte er allem Anschein nach gern gehabt. Vielleicht ist er in erster Linie enttäuscht von mir.

»Ich frag dich doch jetzt …« Ich senke den Blick, knibble an meinen Fingern herum.

»Nur zu deiner Information: Ich habe mich lange mit dem Mädchen beschäftigt, bevor ich sie nach Hause gebracht habe, und wir haben das Jugendamt eingeschaltet.«

»Was nützt das denn, wenn sie Vicky trotzdem zur Abtreibung zwingen? Ihr Vater hat vorhin gesagt, sie befinde sich gerade in Behandlung ganz toller Ärzte seiner Klinik.« Mir schießen Tränen in die Augen, und ich wische sie wütend weg.

»Hältst du mich wirklich für so verantwortungslos?« Silas seufzt, klingt jedoch mit einem Mal sehr sanft. »Ich habe den Eltern klargemacht, dass wir sie und Viktoria im Auge behalten. Herr Glossberg mag ein Ekelpaket sein, aber dumm ist er nicht. Er wäre ruiniert, wenn er das Baby gegen den Willen seiner Tochter abtreiben ließe.«

Ich zucke zusammen, als Silas seine Hände auf meine Schultern legt. Die Nähe zu ihm ist so vertraut wie aufregend neu.

»Ehrlich? Wieso hast du das nicht gleich gesagt?« Ich unterdrücke ein inneres Zittern, vor Erleichterung, aber auch, weil mir schon wieder Silas' Geruch in die Nase steigt.

»Ich hatte deine Nummer ja nicht, sonst wäre es mir möglich gewesen, dich zu informieren.«

»Aber du wusstest doch, wo ich zurzeit wohne«, erinnere ich ihn.

»Du bist unglaublich …«

»Danke«, hauche ich und weiß nicht, ob mein Lächeln angebracht ist. Irgendetwas hängt zwischen uns, eine Art Missklang, der nur schwer zuzuordnen ist.

»Dafür weißt du, wie Teenager sind, oder? Sie übertreiben oft maßlos. Pubertät, das ist wie Betriebswechsel bei voller Nutzung. Ich wäre jedenfalls froh über so viel Fürsorge gewesen«, murmelt Silas, und sein Blick geht zu Boden, bevor er sich intensiv auf mich heftet.

Fürsorge und Fremdbestimmung sind Schwestern, denke ich. Ich für meinen Teil rebellierte bereits mit fünf Jahren gegen die Kleidervorschrift meiner Eltern und packte meine

Koffer, weil ich meine T-Shirts nicht mit der Schere umgestalten durfte. Allerdings kam ich lediglich bis zur Straßenlaterne an der Ecke, wo mich die Nachbarin einsammelte, die gerade mit ihrem neuen Hundewelpen vorbeikam. Eine Stunde später lieferte sie mich zu Hause ab, und vor lauter Tierbaby-Begeisterungsbericht vergaß ich das Modedesaster.

Wie albern kommt mir das jetzt vor. So wie Silas gerade aussieht, denkt er an seine eigenen Eltern, an etwas, das ihm fehlte. Oder zumindest an eine schmerzhafte Erfahrung, die sich bis heute nicht abschütteln lässt.

»Warum wollten uns die Glossbergs sofort loswerden, wenn doch alles geklärt ist?«, formuliere ich eine Frage, die mich beschäftigt.

»Vermutlich, weil sie sich erst selbst mit der Situation anfreunden müssen. Und du bist die Person, an die sich ihre Tochter gewandt hat. Wie fühlt sich das wohl für eine Mutter an?«

»Ich kann doch nichts für ihre Unzulänglichkeit.« Und ehrlich, so wie ich diesen kalten Fisch kennengelernt habe, muss sie sich nicht wundern.

»Ja, aber du hältst ihr den Spiegel vor.« Silas weiß, wovon er spricht, das sehe ich. »Wie lange genau habt ihr das Mädchen eigentlich wirklich versteckt?«, will er plötzlich von mir wissen, und ich beiße mir auf die Unterlippe. Seine Hände ruhen nach wie vor auf meinen Schultern und streichen mir so sacht über den Halsansatz, dass ich mir die Berührung auch nur einbilden könnte.

Ich mache Gebrauch von meinem Recht zu schweigen, stelle mich auf die Zehenspitzen und lächle honigsüß.

»Du weißt, dass ich weiß, dass Viktoria Glossberg nicht nur ein paar Stunden bei euch war.« Silas' Mundwinkel kräuselt sich.

»Ich bin dir wirklich sehr dankbar, dass du uns nicht verpetzt hast.« Es stimmt, ich könnte ihn küssen dafür. »Und ein Glück, dass du mich aus den Fängen dieses Hartmann befreien konntest.«

Es wird ruhig auf dem Parkplatz, aktuell läuft niemand hin oder her. Nur die Kastanie in der Mitte des Platzes rauscht im Wind.

»Ein Glück, wie wahr«, murmelt Silas. »Ich bin nämlich quasi auf dem Sprung. Fortbildung in München, bin acht Wochen weg. Nachher geht mein Flieger.«

Meine erste Reaktion ist, dass meine Hände den Saum seiner Jacke suchen, sich dann aber doch lieber unsicher miteinander beschäftigen.

»Wie schade. Das hast du gar nicht erwähnt.« Irgendwie finde ich, er hätte das ansprechen können, als wir im *Amore Belle* über ein mögliches Date sprachen.

»Na, dazu kam ich nicht wirklich. Unsere Zusammenstöße sind ja irgendwie immer mit Zeitdruck verbunden oder von Chaos bestimmt.«

»Ich freu mich jedenfalls riesig, dass du hier bist«, hauche ich und strebe ihm entgegen, ohne mir dessen bewusst zu sein. Es ist, als würde sein Körper den meinen anziehen und eine Verbindung knüpfen.

»Wie sehr freust du dich?« Silas senkt seine Stimme, mir stockt der Atem, und seine Hände auf meinen Schultern rutschen tiefer in meinen Rücken. Ich kann fühlen, wie sich Ketten um mich legen und mich an diesen verlockenden Beamten binden. Obwohl er widersprüchliche Gefühle in mir auslöst.

»Sehr, sehr«, flüstere ich, während mein Herz davonrast. Bis jemand um die Ecke kommt und alles vermasselt.

*

Silas hat mir vorerst davon abgeraten, Anzeige gegen die Glossbergs wegen Verleumdung zu erstatten, sollte ich jemals vorhaben, Vicky als Hebamme oder Freundin zur Seite stehen zu dürfen. Vermutlich hat er recht.

Die Verabschiedung war seltsam. Als ich ihn umarmen wollte, streckte er mir plötzlich die Hand entgegen und schüttelte meine so heftig, dass mir die Zähne aufeinanderschlugen. Womöglich lag es an der Kollegin, die auf den Parkplatz kam, ihm vorhin einen guten Flug gewünscht hatte und sich nun wunderte, dass er noch nicht weg war.

Gedankenverloren eile ich zu meinem nächsten Termin und rufe Helga an. Nach dreimal Klingeln nimmt sie ab.

»Was ist mit Vicky?«, will ich wissen.

»Bessere Frage: Was ist mit dir? Haben sie dich eingebuchtet?«

»Nein, alles okay, ich bin auf dem Weg zu Jennifer. Gerald sagt, es geht ihr schlecht.«

»Gut. Ich hasse nämlich backen.«

»Hä?«

»Na, hätten sie dir eine Zelle spendiert, bräuchtest du jetzt einen Kuchen mit integrierter Feile. So was kann ich nicht.«

Ist es die Möglichkeit? Helga hat tatsächlich einen Witz gemacht, und ich muss schmunzeln. Bevor mir einfällt, wie die Szene im Vorgarten der Glossbergs geendet ist.

»Du, was war das eigentlich vorhin für eine Nummer, die du bei Vickys Eltern abgezogen hast? Von wegen Dr. Arschloch hätte recht und so …?«

»Erkläre ich dir später, ja? Ich muss zu einer Nachsorge.«

Bevor sie auflegt, höre ich, wie sie meinen Wagen anlässt – das Geräusch ist unverkennbar, so stottert nur einer! – und der Motor absäuft.

»Mit Gefühl, Helga, mein armer Fiat ist sensibel!«, rufe ich ins Tuten hinein.

Zu Fuß und seufzend mache ich mich auf den Weg, muss den Bus nehmen und zweimal umsteigen, bis ich da bin. An Jennifers, Toms und Geralds Tür hängt ein Zettel mit krakeliger Handschrift: *Bitte nicht klingeln*. Also klopfe ich mit den Fingerknöcheln an die Wohnungstür, bis mich jemand hört. Während ich warte, muss ich an den Moment denken, als Silas in seinen Wagen stieg und davonfuhr. Er hat jetzt meine Nummer – ob er den nächsten Schritt macht und Kontakt aufnimmt? Oder ob er nach der heutigen Sache die Nase voll von mir hat? Könnte ich mir die Anziehung zwischen uns nur eingebildet haben? Vielleicht ist sie total einseitig …

Bevor ich in selbstquälenden Erinnerungen versinken kann, öffnet sich die Tür. Es ist Gerald, den Finger auf die Lippen gelegt. Er packt mich am Jackenärmel und zieht mich in den Hausflur.

»Gut, dass du da bist«, flüstert er. Verwundert schaue ich ihn an. »Mit Jenny stimmt was ganz gehörig nicht.« Hektische Flecken wandern von seinem Hals hinauf in seine nicht ganz so frisch rasierten Wangen. »Ich glaube, es ist eine postnatale Depression. Ich habe alles darüber gelesen, es passt wie die Faust aufs Auge.« Er beugt sich zu mir herunter, senkt die Stimme noch mehr. »Sie weint viel mehr als das Baby. Wir wissen nicht mehr weiter, vielleicht braucht sie Medikamente.« Anders als sonst riecht Gerald nicht nach Aftershave, sondern als hätte er in Eau de Babykotze gebadet.

»Ich rede mit ihr«, verspreche ich und blicke ihn fragend an, weil er mich immer noch am Jackenärmel festhält. »Wenn du mich loslässt?«

»Da ist noch etwas …«, flüstert er, fährt sich unruhig übers Gesicht.

»Ja?«, hake ich nach, als er nicht weiterredet. Irgendwo oben im Haus schlägt eine Tür, und Gerald zuckt zusammen. Er steht wirklich neben sich, der Gute.

»Dustin will ständig trinken, fast die ganze Zeit. Ich glaube, er verhungert«, fürchtet der frischgebackene Papa und seine Stimme kippt ins Panische.

»So schnell passiert das nicht.« Sacht klopfe ich ihm auf den Oberarm.

»Aber ich bin sicher, dass er die ersten Tage nach der Geburt abgenommen hat«, entgegnet er.

»Das ist ganz normal.« Tatsächlich verlieren Neugeborene bis zu zehn Prozent ihres Geburtsgewichtes, das sie spätestens nach 14 Tagen wieder erreicht haben sollten. »Ich schaue mir den Kleinen an – hab sogar 'ne Waage mit.« Ich deute auf meine Hebammentasche mit all ihrem Zauberequipment. »Wenn ich nun endlich eintreten darf?« Ich lächle ihn gewinnend an und tätschle seine Finger, die sich nach wie vor in meinen Ärmel krallen. Ich hab ja wirklich schon viele Facetten und Eigenarten von Neu-Eltern kennengelernt, aber das hier ist speziell. Endlich lässt er mich los.

Ein schnelles Nicken von Gerald zur Garderobe, dann eilt er auf Zehenspitzen voran, und ich folge ihm ins Wohnzimmer. Dort sitzt Tom auf dem Sofa mit einem rosa Stillkissen im Schoß und dem winzigen Babyboy Dustin im Arm, der einen gestreiften Strampler trägt. Tom hat Augenringe wie ein Panda. Dennoch sieht er überglücklich damit aus, den rosigen Fratz hin- und herzuwiegen. Ich hebe die Hand zum Gruß, will mir das süße Wunder gerade näher anschauen, da zupft Gerald erneut an meinen Klamotten.

»Vielleicht gehen wir erst zu Jenny, die ist oben in ihrem Zimmer. Sie liegt im Bett«, sagt er, lenkt mich mit leichtem Stupsen in die Seite. »Das tut sie nur noch, seit der Geburt.« Er unterstreicht das Gesagte mit einer theatralischen Geste.

»Aber ihr seid doch erst gestern aus der Klinik raus, oder? Es ist nicht ungewöhnlich, dass man von den Strapazen der Geburt erschöpft ist«, erkläre ich und frage mich, wie es ihm gehen würde, hätte er etwas in der Größe einer Honigmelone aus einer apfelgroßen Öffnung gepresst. Was hat er erwartet? Dass die Schmerzen, die Aufregung und mögliche Verletzungen spurlos an einer Frau vorbeigehen? Na gut, im Kurs wirkte Jenny stets unbeteiligt, robust und taff. Als ginge sie das Ganze gar nichts an, kommt mir jetzt in den Sinn. Immerhin wollte sie ihr Baby von Anfang an abgeben und hat die Geburt innerlich womöglich einfach ausgeblendet. Das würde zumindest einiges erklären, auch warum das Geschehen sie nun offenbar überrollt.

»Ja, du hast recht«, stimmt Gerald zerknirscht zu. »Aber in der Klinik war auch schon alles so komisch. Jen wollte Dustin weder wickeln noch auf dem Arm halten. Es ist, als versuche sie, unseren Sohn zu meiden.«

Ich angle mein Tablet aus der Tasche, scrolle auf dem Weg die Treppen nach oben durch die Notizen über Dustins Geburt, die ich mir nach dem Bericht der beiden Väter gemacht habe: spontane Geburt, ohne Komplikationen. Kein Dammriss oder Schnitt – wie erhofft. Alles tutti paletti.

»Sprich am besten selbst mit ihr. Vielleicht redet sie ja mit dir. Von Frau zu Frau.« Gerald macht ein hoffnungsvolles Gesicht und faltet die Hände wie zu einem Stoßgebet, bevor er, vor Jennys Zimmer angelangt, die Klinke drückt. Geräuschlos lässt er die Tür aufschwingen und schiebt mich in den Raum. Jenny sitzt aufrecht auf dem Bett, die Decke über den Schoß gebreitet, und guckt aus dem Fenster über die Dächer der Vorstadt. Auf den ersten Blick sieht sie rosig und gesund aus.

»Hallo, liebe Jenny. Herzlichen Glückwunsch zu deinem zauberhaften Jungen«, sage ich und zucke zusammen, als sie den Kopf wendet und ihr Blick mich trifft. Er ist düster verhangen und tonnenschwer.

Die Tür schließt sich hinter mir, und ich nehme einen tiefen Atemzug, bevor ich mich auf die Bettkante neben die Neu-Mama setze.

»Wie geht es dir?«, frage ich und forsche in ihrem Gesicht.

»Super.«

»Schön, das ist toll.« Ich runzle die Stirn. Auf dem Nachttisch steht ein Stück Kuchen mit Glasur, unberührt. Die Sonne scheint ins Zimmer, malt Schatten und Formen auf die rosa Bettwäsche, die Jenny mit dem Finger nachzeichnet. »Und wie geht es dir wirklich?«

»Ich müsste zufrieden sein, nicht wahr?« Sie lächelt. Schon komisch, dass wir Menschen die gleiche Mimik benutzen für Freude wie für tiefen Seelenschmerz.

»Du hast einen gesunden kleinen Jungen, das ist durchaus etwas, worüber du dich freuen darfst. Gleichzeitig bedeutet es nicht, dass du nicht erschöpft sein kannst. Im Gegenteil, eine Geburt kostet dich locker bis zu dreitausend Kalorien.«

Etwas in Jennifers Augen blitzt auf und erlöscht wieder. »Hast du ihn schon gesehen und untersucht?« Ihr Blick wandert wieder zum Fenster.

»Dustin? Nein, ich dachte, ich besuche erst dich«, antworte ich, versuche es mit Ablenkung: »Wie klappt denn das Stillen, wie geht es den Brustwarzen?«

»Gut, aber Dustin möchte ständig trinken. Er schläft immer nur kurz und schreit dann gleich wieder, weil er an die Brust will.« Jennifers Stimme hört sich sanft und liebevoll an, gar nicht resigniert oder verzweifelt, wie es Geralds Depressionsverdacht vermuten ließ.

»Lässt du mich mal schauen?«, frage ich vorsichtig, und sie knöpft ihre Bluse auf. Ich untersuche ihre Brüste, taste die Milchgänge, betrachte die Brustwarze. »Milch ist genug da, und alles sieht gut aus«, diagnostiziere ich und hole weiter aus. »Clusterfeeding verunsichert jede Mutter, dabei ist es keine Seltenheit, dass gerade Neugeborene am liebsten jede

Minute an der Brust verbringen. Es geht dabei um die Nähe, weniger um Ernährung.«

»Ja, aber das ist wahnsinnig anstrengend. Ich kann manchmal nicht mal auf Toilette gehen. Und dafür, dass ich zunächst ja gar nicht stillen wollte …« Sie verstummt, schluckt trocken. »Ich hätte es nicht tun dürfen«, fügt sie an, und ihre Finger krallen sich fest in die Bettdecke.

Mir dämmert, dass diese Aussage von etwas anderem herrührt als von den Unannehmlichkeiten des Stillens an sich. Und wenn man den Plan betrachtet, den die drei für ihre Familienkonstellation hatten, liegt es fast schon auf der Hand.

»Stillen ist etwas ganz Besonderes zwischen Mutter und Kind«, schildere ich, was ich regelmäßig beobachte. »Und wenn es klappt, ist es wunderbar. Nicht wahr?«

»Ja, das stimmt.« Jennifer blinzelt zweimal beim Versuch, Tränen zurückzuhalten, die geweint werden wollen.

Viele Frauen geraten nach der Geburt emotional aus dem Tritt, sind erschöpft. Leiden unter Selbstzweifeln und Ängsten, die sich zu einer handfesten Depression auswachsen können, die rein gar nichts mit dem sogenannten Babyblues zu tun haben. Der nämlich rührt vom aufgewirbelten Hormonhaushalt her und setzt klassischerweise circa drei bis fünf Tage nach der Geburt ein. Bei Jenny ist offensichtlich etwas anderes im Busch.

»Ich hab das einfach nicht erwartet«, haucht sie irgendwann und schaut an mir vorbei zur Tür, als rechne sie damit, dass sie jederzeit aufgehen wird.

Ich reiche ihr die Hand, sie schlägt sie aus.

»Was genau meinst du?« Ich lächle.

»Dass er mich so sehr brauchen würde. Das hat mich überrascht, schließlich sind Tom und Gerry ja auch da.«

Ich spüre, dass es ihr absolut nicht um die Belastung durchs Dauerstillen geht, um den Schlafmangel und die Energie, die die Milchproduktion ihren Körper kostet, und versuche in ihrem Gesicht und den rot geweinten Augen zu lesen. Es ist schön, gebraucht zu werden, finde ich. Allerdings kann es einen auch erdrücken. Zumal wenn man glaubte, unabhängig zu sein. Kurz huschen meine Gedanken zu Silas.

»Es geht um eure Vorstellung, wie eure Familie funktionieren soll, nicht wahr?«, vermute ich. Wie oft habe ich erlebt, dass werdende Eltern sich ausmalten, wie es nach der Geburt des Kindes sein würde, und die Realität sie dann mit etwas anderem überraschte. Schwangere, die meinten, sie würden neben dem Muttersein ein Buch schreiben oder ihr Abitur nachholen können, und die schließlich feststellten, dass sie nicht einmal Zeit fanden, sich zum Frühstück ein Brot zu belegen.

»Meine ganzen Wünsche und Hoffnungen, alles verschiebt sich, wenn ich Dustin in den Armen halte.« Nun nimmt Jenny doch meine Hand an und hält sie. Ganz locker nur, zögerlich. »Dass ich mein Kind irgendwie lieben würde, war mir schon klar. Aber plötzlich kann ich mir nicht vorstellen, ihn hier bei Tom und Gerald zu lassen.« Ihre Stimme kippt, ihre Hand packt zu, und ich begreife. Die Gefühle einer Mutter stellen alles jemals Gekannte in den Schatten. Selbst wenn ich das noch nicht am eigenen Leib erlebt habe – diese Erfahrung machen fast alle Mütter.

»Habt ihr schon mal darüber geredet? Ich hatte den Eindruck, dass die beiden sehr kooperativ sind. Und dass sie wollen, dass es dir ebenso gut geht wie eurem Sohn«, spreche ich meine Gedanken aus.

»Das ist es ja. Ich will den beiden nicht ihre Familienwünsche zerstören wie ein Tsunami. Ich würde alles zerlegen, was sie sich erträumt haben.«

Es fällt mir schwer zu beurteilen, ob Jennys Befürchtungen berechtigt sind. Manchmal ist es so verdammt schwer, zwischen den Zeilen des Gesagten zu lesen. Was ein Mensch sagt und was er meint, geht oft nicht konform, und ich frage mich, ob Silas seine Aufforderung, ihn anzurufen, wenn ich in Schwierigkeiten stecke, inzwischen bereut.

Ich kneife die Augen zusammen. Es ist nicht der richtige Zeitpunkt, an ihn oder mich zu denken, ich habe einen Job. Und der verlangt jetzt meine volle Aufmerksamkeit.

»Ich bin mir sicher, die beiden wollen, dass du zu ihnen gehörst.«

»Ja, mit genügend Abstand, Madita. Nicht als Teil, der im Vordergrund steht. Und überhaupt, ich will doch nach London.«

Die Dämme brechen, und Jenny schluchzt laut auf. Ungelenk schließe ich meine Arme um sie, als es an der Tür klopft und ich das Jammern eines Babys vernehme. Jenny versteift sich, macht sich von mir frei, wischt sich die Augen. Im nächsten Moment kommt Tom mit Dustin auf dem Arm herein.

»Da ist er wieder«, singt er und wiegt den kleinen Fratz mit beeindruckendem Schwung, was ihn vermutlich vom Schreien abhalten soll. Der kleine Mund ist verzogen und die Fäustchen schwingen wild umher. Bis er in Jennys Arm liegt und sie die Milchbar freilegt. Schmatzend dockt Dustin an und Ruhe kehrt ein.

Tom steht am Fußende des Bettes, Gerald schaut vorsichtig zur Tür herein.

»Und? Geht es Jenny gut?«, will er von mir wissen, und ich drücke aufmunternd Jennys freie Hand.

»Reden ist Gold«, verrate ich den dreien und referiere anschließend eine Weile über das Phänomen Dauerstillen und dass es sich meist nur um eine Phase handelt. Ich plaudere ein paar Anekdoten aus, in denen Eltern sich das Elternsein ganz anders ausgemalt haben, als es schließlich eintraf. Und als Dustin nur noch selig nuckelt und nicht mehr wirklich trinkt, weil er bestimmt randvoll ist, schaue ich ihn mir zur Beruhigung aller ganz genau an und lege ihn in die Tuchwaage. Vom Verhungern ist der Wonneproppen mit Segelohren weit entfernt; das einzig Schlimme, das ihm passieren könnte, ist, entführt zu werden. Von einer schockverliebten Hebamme, die vor Gefühlen ganz duselig wird. Es gibt wirklich außergewöhnlich niedliche Säuglinge, die man am liebsten in die Tasche stecken und mitnehmen würde.

Sehr viel später traut Jenny sich zu offenbaren, was sie empfindet. Die beiden Männer wirken überrascht, aber nicht schockiert, und Tom nimmt seine Cousine erst mal fest in den Arm, während Gerald ungelenk ihre Schulter tätschelt, weil sie erneut weint. Fehlt nur noch das *Na-na,* Sheldon-Cooper-like.

Ende gut, alles gut? Ich bin zuversichtlich, dass es den dreien gelingen wird, ihre Pläne an die neue Situation anzupassen, und verabschiede mich mit einem guten Gefühl.

Auf dem Heimweg ertappe ich mich dabei, ständig aufs Handy zu schauen, ob vielleicht, eventuell, hoffentlich-hoffentlich eine Nachricht von Silas eingetroffen ist. Lotta sagt immer, das sei ein Anzeichen dafür, dass man unbedingt einen Gang zurückschrauben muss, gefühlsmäßig. Also entscheide ich, mich abzulenken und mit der Straßenbahn ins Krankenhaus zu fahren, um Nelly zu besuchen und dem ungesunden Kreislauf aus Warten und Grübeln zu entgehen.

Nellys Baby, das nun Winnifred und nicht Mathilda heißt, vermutlich weil seit Wochen Puh der Bär als Knuddelobjekt herhalten musste, ist ebenso schnuckelig wie Dustin und schenkt mir ein Engelslächeln, als ich, nachdem ich ihre Mama begrüßt habe, mit ihren Händchen spiele und sie sich um meine Zeigefinger schließen. Ich glaube, ich habe noch nie ein Baby mit so einer Frisur gesehen. Sie sieht aus wie Elvis in seinen besten Jahren, und wenn Winni weint, hört es sich ein bisschen an, als würde es ein Lied werden.

Rezepte

Helga

Ich stehe in der Küche, auf der Arbeitsfläche liegt aufgeschlagen das Ringbuch mit Gretus' Rezeptsammlung, verfasst in ihrer krakeligen, aber sehenswerten Handschrift, alphabetisch sortiert und so unversehrt wie an jenem Tag, als ich von zu Hause auszog und sie es mir schenkte. Kein Knick, keine Flecken. Ich benutze es heute zum ersten Mal, versuche den Espresso-Mohn-Kranz, weil Gretus' Anmerkung behauptet, er sei einfach, und weil Espresso darin vorkommt. Mit Letzterem entschädige ich mich dafür, dass ich außerdem mit Mehl, Quark, Eiern und Butter hantieren muss und sich die Masse in der Rührschüssel beharrlich weigert, homogen zu werden, wie es das Rezept verlangt. Stattdessen verharrt es im Zustand Pampe mit Klümpchen. Bevor ich mich so sehr ärgern kann, dass ich das Zeug aus dem Fenster kippe, was für Schwierigkeiten bis Ärger sorgen könnte, und davon haben wir wahrlich genug, erkläre ich die Masse zu Teig, schütte sie in Ermangelung einer Backform in eine Auflaufschale und schiebe sie in den Ofen. Wer weiß, vielleicht haben auf diese Weise die tollsten Erfindungen das Licht der Welt erblickt. Zumindest habe ich mal irgendwo gelesen, dass die Franzosen im Mittelalter ihren Mörtel mit rohen Eiern und Quark angereichert haben und das besonders haltbar gewesen sein soll.

Immerhin ist die Küche sauber, und ich muss nur die Schneebesen des Rührgeräts und die Teigschüssel abwaschen. Durch das Fenster über der Spüle schaue ich hinaus in den Sommerhimmel, der seit Tagesbeginn unentschieden ist, ob er sich wolkig verhüllen oder ganz und gar entblößen will. Im Augenblick bedeckt er sich mit halbgaren Gebilden, die das Blau des Himmels vernebeln, ohne Schatten zu spenden. Mir kommt es seltsam vor, an einem Wochentag nachmittags zu Hause zu sein und bereits sämtlichen Papierkram erledigt zu haben. Meine Termine dünnen aus, denn Monika besteht darauf, dass ich keine neuen Schwangeren zur Betreuung annehme und diejenigen, deren Babys nach Beginn meines Mutterschutzes auf die Welt kommen werden, nach und nach an sie und Madita abgebe.

Mutterschutz.

Das Wort hängt über mir wie ein Sack, der im Spätherbst auf mich herabfallen wird, entweder um mich zu umhüllen oder zu ersticken. Ich weiß es noch nicht.

Zugegeben, die Vorstellung ist reizvoll, eine Weile lang nicht mit den Konsequenzen von Wir-haben-entschieden-dass-Majas Beschlüssen leben zu müssen oder mit Frauen wie Nadja, eine Mutter, die vor fünf Wochen ihr erstes Kind entbunden hat und noch immer beinahe täglich anruft, um sich die Gesten, Verhaltensweisen und Geräusche des Babys deuten zu lassen. Jeder zweite ihrer Sätze beginnt mit: »Bist du sicher, dass …?«, worauf ich zu gern antworten würde: »Nee du, natürlich nicht. Ich habe keinen blassen Schimmer und teste nur diverse Theorien.« Was ich aber nicht sage, wegen der Sternebewertungen. Aussagen leitet Nadja mit »Ich habe Angst, dass …« ein.

»Ich habe Angst, dass es Frida nicht gut geht. Ihre Pupse gluggern so. Kannst du dir das mal anhören?«

Während ich normalen Verdauungsgeräuschen lausche, frage ich mich, was aus einem Kind werden soll, das im Säuglingsalter ein Telefon auf den Bauch gelegt bekommt, damit die Hebamme seine Magentätigkeit kontrollieren kann. Und was mit der Mutter passiert ist, dass sie so gar kein Vertrauen in ihre eigene Intuition hat. Möglicherweise hat sie keine.

Was ungerecht wäre, wenn man bedenkt, dass andere Zeitgenossen über so viel Selbstbewusstsein verfügen, dass sie damit eine ganze Generation von Schissern mit Ego versorgen könnten. Ich weiß nicht, ob ich lachen oder seufzen soll, als ich zwangsläufig an Corvin Glossberg denke und an das Gespräch, das wir beide geführt haben, nachdem Madita wunschgemäß vom Grundstück entfernt worden war. Ich glaube, solch einen Gipfel der Kommunikationsabsurdität habe ich noch nie bestiegen, und das will etwas heißen, wenn man Nadjas Pupsanfragen bedenkt, Majas vorzeitige Magenwehen oder, bis heute meine Nummer eins der grotesken Erlebnisse, Falko Saalberg, IT-Nerd irgendeines Startups, der mir nach erfolgter Nachsorge an Tag zwei nach der Geburt des ersten Kindes die Familieneinkaufsliste in die Hand drückte und sagte: »Hier, übernimm das bitte, Franzi soll ja noch nicht aufstehen, und ich habe keine Zeit dafür.«

Kann sein, dass meine Antwort das *Storchennest* nicht nur einen Stern gekostet hat. Im Gegensatz dazu war mein Austausch mit Dr. Glossberg geradezu spaßig, obwohl die Angelegenheit nicht einer gewissen Traurigkeit entbehrt, weil die Komik vor allem darin lag, dass sie ihm selbst gänzlich entging.

»Na, dann kommen Sie mal mit hinein«, hatte er mit seiner hellen Stimme geschnarrt, kaum dass der Streifenwagen abgerauscht war. Er fand es passend, seine Fingerspitzen zwischen meinen Schulterblättern zu platzieren und mich über die Steinplatten hinweg zum Eingang des Hauses zu schieben. »Wir sind im Arbeitszimmer, Karin.«

Frau Glossberg huschte den Flur hinunter, der geräumiger ist als meine Wohnung, und verschwand in einer Küche, mit der sich vermutlich die ganze verdammte Lindenklinik bekochen ließe. Ich kam nicht dazu, einen Blick hineinzuwerfen, denn Herr Glossberg entließ mich erst aus dem Einflussbereich seiner übergriffigen Finger, nachdem er mich durch eine doppelflügelige Tür in einen Raum geschoben hatte, dessen Präsenz sich unangenehm in mich hineingrub, als wollte sie Besitz von mir ergreifen.

Urkunden, Zertifikate, Abschlusszeugnisse beherrschten die Wand hinter dem riesigen Schreibtisch, der mit schlichtem Design versuchte, nicht wuchtig zu sein, durch die affektierte schwarze Lederbespannung jedoch so sehr um Aufmerksamkeit heischte, als wäre er ein Hundert-Kilo-Ebenholzklotz. Bis auf eine ebenfalls schwarze Lampe mit quadratischem Fuß und Schirm und einem schwarzen Kasten, der ein Telefon sein mochte oder dem Design geschuldeter Schnickschnack war die Arbeitsplatte leer. Kein Papier, kein Bleistift, kein Foto. Offensichtlich gibt es Positionen, in denen man Profanes nicht benötigt.

Herr Glossberg federte um das nackte Ungetüm herum und ließ sich in seinem Sessel nieder, den das gleiche Leder umspannte wie den Tisch und die beiden Sitzmöbel davor, zwei identische Sessel, deren Sitzfläche allerdings niedriger eingestellt war als die des Hausherrn, was mich in seiner Plumpheit belustigte.

Mit einem Kopfnicken wies Herr Glossberg auf den rechten Sessel, ich nahm den linken. Er lächelte, lehnte sich zurück und legte die Fingerkuppen aneinander, schlug das eine Bein über das andere. »So, Sie sind also Hebamme.«

»Ja.« Ich zwang meine Mundwinkel auseinander und einen Zusatz aus meinem Mund. »Und ich freue mich, dass Sie mich empfangen.«

Sein Lächeln wuchs in die Breite. »Nun, wie kann ich Ihnen denn helfen?«

Hinter mir ging die Tür auf, Karin Glossberg schlich herein, schüttelte mit einer Hand ein großes weißes Tuch auf den Schreibtisch und stellte mit der anderen ein Tablett darauf ab, beladen mit einer Thermoskanne – fast schon nicht mehr überraschend in schwarzer Lederoptik –, eckiges Kaffeegeschirr in Mint, ein dazu passendes Keramikstück undefinierbarer Form mit einem Sortiment exotischer Edel-Kekse, vermutlich handgemacht und eingeflogen von einem Spezialhändler aus Marokko, Peru, Indonesien. Dazwischen ein Servierzängchen.

Mich beeindruckte die Geschwindigkeit, mit der Frau Glossberg das Ensemble zusammengestellt hatte, aber vielleicht gab es in der Küche ein extra Regal, in dem vorpräparierte Arrangements auf unerwartete Besucher jedweder Art hofften. Ich war in so vielen Haushalten zu Gast, dass ich grundsätzlich alles für möglich halte.

Frau Glossberg schenkte Kaffee ein und stellte die Tasse ihres Mannes auf den äußersten Zipfel der weißen Decke, nah genug, dass er sich nicht vorzubeugen brauchte. Mit dem Zängchen griff seine Frau ein rautenförmiges Gebäckstück, das eine Pekanuss im Glasurnest krönte. Herr Glossberg löste zwei Finger aus seiner Haltung und machte eine abweisende Geste damit, woraufhin Karin Glossberg Zängchen und Gebäck zurücklegte und sich aus dem Zimmer duckte.

Den Impuls, sie zurückzurufen und aufzufordern, sich zu uns zu setzen, weil, was es zu besprechen gab, auch sie betraf, stoppte ich durch einen kräftigen Biss auf meine Unterlippe und schmeckte Blut. Strategie erfordert mitunter Opfer.

»Wie ich schon sagte, bin ich hier, weil sich Ihre Tochter an unsere Praxis gewandt hat.« Ich griff nach meiner Tasse und versuchte, die Farbgestaltung zu ignorieren, während ich am Kaffee nippte. »So natürlich wie eine Schwangerschaft ist, stellt sie für die einzelne Frau dennoch eine außergewöhnliche Lebensphase dar. Umso mehr für eine Jugendliche, deren

Körper und Leben sich ohnehin im Um- und Aufbau befindet.«

»In der Tat.« Herr Glossberg probierte sich an einer besorgten Miene, die ihm nicht gelingen wollte. Wahrscheinlich benutzte er sie einfach zu selten. »Deshalb halte ich es für das Beste, die Sache zu beenden. Ich lasse Viktoria aktuell von einem Experten meiner Klinik beraten.«

Erleichterung ließ meine Hand zittern, als ich die Tasse zurück auf den Unterteller stellte, und es klirrte leise. Das Baby lebte also noch.

»Das spricht für Ihre Fürsorge«, behauptete ich und ließ unerwähnt, für wie neutral ich ein Aufklärungsgespräch durch Personal halte, das dem Auftraggeber untersteht. »Und ich bin sicher, dass Sie am Ende eine gute Entscheidung treffen werden. Sehen Sie, Vicky ist ein tolles Mädchen, man merkt deutlich die Erziehung, die sie von klein auf genossen hat.« Und die glücklicherweise dafür sorgte, dass Ihre Tochter so ganz anders geworden ist als Sie … Ich machte es wie Madita und schob mir ein Strahlen in die Augen. Ein weiterer Schluck des Kaffees, der exquisit genug war, um trotz seiner durch das mintgrüne Gefäß sinnlichen Einbußen mit der nötigen Schwärze über meine Zunge zu rollen, half mir dabei, zusätzlich ein Sahnelächeln hinzukriegen.

»Ja, Viktoria verfügt durchaus über einen starken Willen.«

»Das sind Ihre Gene, Herr Dr. Glossberg, das ist offensichtlich. Und wenn man bedenkt, dass Kinderpsychologen davon ausgehen, das Wesen und Verhalten unserer Kinder setze sich zu zwanzig Prozent aus Erziehung und achtzig Prozent Genetik zusammen, kann Ihre Tochter doppelt von Glück reden«, kein Arschloch geworden zu sein.

Es gelang Herrn Glossberg nicht, zu verhindern, dass sein Gesicht verriet, wie geschmeichelt er sich fühlte, was wiederum in mir die Neugier weckte, wie weit sich das Spiel wohl treiben ließe. Was konnte ich ihm unterjubeln, bis er sich veräppelt vorkäme? Und wie viel Honig bekäme ich in seinen Bart, ohne lügen zu müssen?

»Natürlich wollen Sie das Beste für Ihre Tochter«, unterstellte ich dem Herrn Klinikdirektor als Nächstes. »Und da ist es doch großartig für Viktoria, wenn sie in Ihnen Rückhalt und Stärke findet, um nicht nur die Schwangerschaft zu meistern, sondern auch einen Nachkommen auf die Welt zu bringen, der in die gleichen großartigen Voraussetzungen hineingeboren wird wie sie selbst. Das ist Viktorias Chance, Verantwortung zu lernen im Schutze Ihrer familiären Sicherheit.« Wir sollten uns mit einem Frauenhaus in Verbindung setzen, überlegte ich, damit sie ab dem Frühjahr einen Platz für Vicky freihalten konnten. Für den Fall der Fälle. Außerdem beschloss ich, ihr einen Schlüssel für meine Wohnung zu geben.

»Ich weiß, was Sie vorhaben, Frau Fronau.«

Ja, aber du kannst dich trotzdem nicht dagegen wehren, du erbärmliche Marionette deiner Sucht nach Anerkennung.

»Und tatsächlich sorge ich mich natürlich nicht um die Verantwortung, die ein Kind mit sich bringt – da schaukle ich als Direktor eines renommierten Unternehmens ganz andere Kaliber.«

Ich stimmte ein in sein Lachen, aus dem Kinderkotze gemacht wird.

»Selbstverständlich, Herr Dr. Glossberg, schließlich hört man nur das Beste von der Lindenklinik. Ist Ihre plastische Chirurgie letztes Jahr nicht sogar als Rekonstruktionszentrum zertifiziert worden?« Mein Augenwinkel hatte den entsprechenden Wisch an der Wand entdeckt, und ich nutzte die Munition sofort.

Herr Glossberg nahm das Kompliment mit goldglänzendem Stolz entgegen, als sei die Auszeichnung sein persönlicher Verdienst und nicht das seines chirurgischen Teams.

»Sehen Sie, Frau Fronau, Sie wissen Expertise zu schätzen, auch wenn es in Ihrem Fachgebiet ja eher um Alltägliches geht.«

Für diesen Satz hätte Gretus ihm eine geknallt beziehungsweise zwei, eine links, eine rechts. Ich blieb beim Lächeln.

»Da sehen Sie sicher ein, dass mir bei der ganzen Angelegenheit vor allem der Hintergrund des Erzeugers nicht behagt. Als meine Tochter steht Viktoria im Licht meiner Öffentlichkeit, und ich möchte Getuschel vermeiden. Es täte Mutter und Kind nicht gut, wenn mit dem Finger auf sie gezeigt würde.«

Das Licht seiner Öffentlichkeit? Der Glühwürmchenfurz im Regionalblättchen, vorletzte Seite unten, zweieinhalb Zeilen? Das unterdrückte Lachen brannte in meiner Kehle, und ich räusperte mich.

»Was das angeht, habe ich eine gute Nachricht für Sie«, verriet ich. »Der Erzeuger wird mit seinen Eltern in die Vereinigten Staaten zurückkehren, noch bevor Ihr Enkelkind auf die Welt kommt.«

Herrn Glossbergs Augenbrauen rutschten in die Höhe, und er gab endlich seine blöde Fingerhaltung auf und ließ die Hände sinken. Vielleicht beugte er sich sogar ein paar Zentimeter vor.

Um seinem Direktorenego eine Nachfrage zu ersparen, fügte ich hinzu: »In ein paar Wochen ist der junge Mann verschwunden und kann sich weder in Viktorias Angelegenheiten noch in die Erziehung Ihres Enkelkindes einmischen. Ihr Nachfahre ist also in der privilegierten Situation, unter Ihrem Einfluss und Ihrer Aufsicht aufwachsen zu dürfen, gänzlich frei von den Vorstellungen Außenstehender.« Von Vicky wusste ich, dass sie sehr wohl vorhatte, Tyrese in ihr Leben und das ihres gemeinsamen Kindes einzubinden.

»Wozu leben wir im einundzwanzigsten Jahrhundert, hey?«, hatte sie achselzuckend erklärt. »Wenn Homeoffice und Homeschooling gehen, klappt auch Homedaddying.«

»Bei einer späteren Schwangerschaft ist das vielleicht nicht mehr der Fall. Stellen Sie sich vor, Viktoria wird Mutter, nachdem sie längst ausgezogen ist und jenseits Ihres Schutzes im Einflussbereich eines anderen Mannes lebt – jetzt kann sie unter Ihrem erfahrenen Blick lernen, wie man einen Menschen darin fördert, zu einer charakterstarken und erfolgreichen Persönlichkeit heranzuwachsen.«

Das war so plump, dass ich mich schämte. Aber natürlich funktionierte es.

»Sie meinen also, dass Viktoria das Kind bekommen sollte.«

Er taxierte mich, und ich leerte meinen Kaffee, bevor ich erwiderte: »Ihre Tochter ist mit Schwangerschaftshormonen überflutet und nicht in der Lage, die Fürsorge zu erkennen, die hinter Ihrem Rat zum Abbruch steht. Aber wissen Sie«, ich rutschte auf der Sesselkante nach vorn, um zum Klinikdirektor aufsehen zu können und mein letztes Geschoss abzufeuern, »in dieser Angelegenheit dürfen Sie ruhig mal ein bisschen egoistisch sein und sich für Ihr Enkelkind entscheiden. Das Getuschel der Öffentlichkeit wird zum Aufschluchzen der Begeisterung werden, wenn die Leute erfahren, mit welchem Großmut Sie Ihre Tochter dabei unterstützen, das Kind eines Mannes großzuziehen, der sich im Wissen um seine baldige Heimkehr in die Vereinigten Staaten von vornherein aus der Verantwortung gestohlen hat.« In Gedanken entschuldigte ich mich bei Tyrese für diese Äußerung, für die ich mir selbst zwei Sterne abzog. »Sie setzen da ein großartiges Statement, Herr Glossberg.«

Kokliger Geruch reißt mich aus der lebhaften Erinnerung an das Gespräch, und ich scheuche Vickys Vater aus meinem Kopf. Als ich nach dem Kuchen schaue, ist das vorhin zum

Teig erklärte oben zähflüssig, unten schwarz, und ich entscheide mich für Tassenglück. Zauberzutat für Madita, die jeden Moment nach Hause kommen muss, ist selbstverständlich Kakao, dreifache Menge, dazu ein Teelöffel Zucker und die beiden letzten Pralinen aus der Schachtel, die Chrissie mir geschenkt hat. Ich selbst starre unschlüssig auf das Honigglas, das weit hinten im Schrank steht, und denke über Zitrone nach. Froh oder lustig? Und was sind das eigentlich für Alternativen?

Ich entscheide mich für meine Kaffeemühle, stelle den Mahlgrad auf grob und verarbeite *Schwarze Verheißung* zu verheißungsvollen Splittern. Ab sofort ist das Geheimrezept erweitert um eine vierte Zauberzutat: Kaffeebohnen für *zufrieden*. Zufriedenheit ist bodenständig.

Im Flur klappert ein Schlüssel, die Wohnungstür, es folgt das satte Plumps einer Hebammentasche.

»Hello, Helga!« Madita rauscht herein, wirbelt mir entgegen und drückt mich an sich. »Liebe Grüße von Nelly, boa, hab ich heute süße Babys gehabt – hallöchen, was riecht denn hier so nice? Und sag endlich, was du von Vicky weißt!«

Sie will sich von mir lösen, doch ich halte die Umarmung noch für einen Augenblick, spanne die Muskeln an; spüre ihre Überraschung, bevor sie mich ebenfalls noch einmal fester drückt.

»Ist alles in Ordnung?«, fragt sie, als ich sie freigebe, die Tür der Mikrowelle aufspringen lasse und die beiden Tassen heraushole. »Wow, was ist das denn Feines?«

Madita folgt mir ins Wohnzimmer, wo wir ihr Bettzeug beiseiteschieben und uns auf unsere Hebammencouch fläzen.

»Du kannst gern ins andere Zimmer umziehen und Vickys Matratze benutzen«, schlage ich vor. »Dann hast du dein eigenes Reich. Und das hier«, ich hebe meine Tasse, »ist ein

Geheimrezept, um abgeführte Kolleginnen zu entschädigen. Und … einer Freundin zu danken.«

Maditas große Augen werden rund, und ich merke, wie ich mich auf das Sahnelächeln freue, das prompt auf ihrer Miene erscheint und aus ihrem Gesicht einen Sommertag macht.

Ich lasse sie mich ein weiteres Mal drücken, bevor wir nach Löffeln greifen und unser Tassenglück verzehren. Während Madita bei jedem Bissen ein Seufzen hören lässt, als vergolde der Zucker ihre Zunge, berichte ich von meinem Gespräch mit Vickys Vater und kann nicht umhin, in der in mir aufsteigenden Genugtuung zu schwelgen, während ich die dicken Lügen wiederhole, die ich Herrn Glossberg aufgetischt habe. Madita schüttelt ein ums andere Mal den Kopf.

»Also ich hätte dem die Meinung gegeigt«, ereifert sie sich, als ich Corvin Glossbergs Äußerungen Hebammen betreffend zitiere. »Mit einem Kontrabass!«

»Es ist ja nicht so, als hättest du das nicht getan«, werfe ich ein, »weshalb du Polizeiauto fahren durftest, während ich Kaffee getrunken habe.«

Madita leckt den letzten schokoladigen Rest von ihrem Löffel, wirft einen Blick in ihre Tasse, ob dort noch etwas zu holen ist, und versucht es mit dem Zeigefinger. »Unfassbar, dass das geklappt hat! Ich meine, ist der wirklich so doof?«

Ich zucke mit den Schultern. »Das hat weniger mit Dummheit als mit sozialer Inkompetenz zu tun, würde ich sagen, oder um mit Vicky zu sprechen: Er ist ein Somzie, der Herr Klinikdirektor, ein Sozial-Zombie.«

Madita kichert. »Das hat dir Spaß gemacht, oder?« Ihr Grinsen wächst bis zu mir herüber, und ich nicke.

»Funktioniert übrigens nicht nur bei Narzissten – die meisten Menschen reagieren geschmeichelt auf Komplimente und Lobhudeleien, egal ob sie den Grad der Ernsthaftigkeit durchschauen oder nicht.«

»In a world, where you can be anything, be kind.«

Der Blick, mit dem das Küken mich streift, sticht ein wenig, und ich wende mich ab.

»Bomben entschärft man nicht, indem man sie anzündet«, murmle ich. »Und wenn man den Sprengsatz nicht entfernen kann, muss man das ganze Ding eben zubetonieren.« Eine Weile sitzen wir schweigend nebeneinander, bevor mir einfällt: »Übrigens erlaubt er, dass ich Vicky bis zur Geburt betreue …«

»Was?! Großes Wie-jippih-ist-das-denn!«

»… zusätzlich zu den ärztlichen Vorsorgeterminen, die er von einem Gynäkologen seiner Klinik durchführen lassen wird.«

Maditas Strahlen verliert nur kurz an Kraft. »Egal, Hauptsache, der Schmetterling ist gerettet!«

Wir stoßen mit unseren leeren Tassen an, was ein dumpfes Geräusch erzeugt.

»Apropos«, quietscht sie. »Was ist eigentlich mit deinem Sternchen? Wo stellen wir das Bettchen auf und hast du dir schon Gedanken über den Namen gemacht?«

Der abrupte Themenwechsel erwischt mich wie jener kalte Luftstrahl in dem Geisterhaus auf der Kirmes, die Gretus einmal im Jahr mit mir besuchte. Man musste zu Fuß hindurchgehen, was an sich schon gruselig war. Neben grün beleuchteten Skeletten, in den Weg hängenden Spinnweben und Wolfsgeheul aus scheppernden Lautsprechern erschraken Salven eisiger Pressluft die Besucher. Tat ich vor Betreten und nach Verlassen des Hauses gelassen, klammerte ich mich im Inneren an Gretus' Hand und stieß jedes Mal einen Schrei aus, wenn der Strahl mich traf. Dabei wusste ich genau, an welcher Stelle er lauerte.

»Weißt du, ich bleibe gern im Wohnzimmer, damit Sternchen sein eigenes Reich kriegt.«

Ich schüttle den Kopf, werde die Erinnerungen aus Kindertagen nicht los. Seltsam, was der Körper so alles abspeichert und bei welchen Gelegenheiten er es abspult. »Das hat Zeit. Erst mal schläft es bei mir.«

»Und der Name?«

»Keine Ahnung.«

»Ach, komm schon, du wirst doch schon mal darüber nachgedacht haben? Alle Schwangeren googeln Vornamen.«

»Google ist ein Idiot, und ich weiß es wirklich nicht, Madita.«

Sie mustert mich, legt den Kopf schief und tippt sich mit dem Finger ans Kinn. »Ole vielleicht? Falls es ein Junge wird. Ein Mädchen könntest du Kerstin nennen.«

»Wir wohnen nicht in Bullerbü.«

»Lisabeth?« Madita grinst. »Dann hätte ich endlich eine kleine Schwester und nicht nur eine große.«

»Nix, das mit Lindgren zu tun hat.«

»Was hast du gegen Lindgren?«

»Lindgren ist tot.«

»Das ist eine gewagte These!«

Ich spare mir eine Antwort.

»Okay. Dann – Momo?«

»Kein Name aus einem Buch.«

Madita holt Luft.

»Und keiner aus einem Film, Hörspiel oder sonstigem Medium!« Ich erhalte ein Menno-Gesicht vom Küken, verschränke die Arme und seufze. »Wo bleibt bei einem solchen Namen die Leerstelle, die das Kind selbst füllen darf? Außerdem reicht es, wenn ich das in fünf Monaten entscheide, oder?«

Jetzt seufzt Madita. »Na gut.« Dann sieht sie mich plötzlich erneut an, mit diesem Aktionismus im Blick, der Fluchtimpulse in mir auslöst. »Dafür erzählst du mir jetzt wenigstens, wie du zu deinem Namen gekommen bist. Ich meine *Helga*? Ist doch eher ungewöhnlich für deine Generation, oder?

Ich massiere dich auch.« Ehe ich mich wehren kann, hat sie meine Füße in ihren Schoß gehoben und losgelegt, drückt und knetet und trifft Punkte, dass aus ihren Handgriffen ein Erlebnis wird. Ich lehne mich zurück und schließe die Augen. Gegen das Küken ist man machtlos.

»Nun?«, erkundigt es sich nach einer Weile in die einsetzende Entspannung hinein. »Wieso Helga?«

»Das musst du meine Mutter fragen«, erwidere ich und frage mich im selben Atemzug, ob ich das wirklich will: dass Madita auf meine Mutter trifft.

»Mach ich gern. Laden wir sie ein, und ich koch uns was.«

Die Vorstellung ist so absurd, dass ich lachen muss. »Meine Eltern wohnen zu weit weg, um mal eben vorbeizukommen.« Tatsächlich ergab sich die Wahl meines Wohnorts hauptsächlich aus der räumlichen Entfernung zum Aufenthaltsort meiner Eltern. Nach Gretus' Tod gab es keinen Grund mehr, in der Nähe zu bleiben. Und Hans war es egal.

»Ich folge dir, wo immer du hingehst, meine Helga.« Seine dunkle Stimme, die in mich hineinfloss wie heißer, schwarzer Kaffee. Und das bodenständige Hans-Lächeln, auf das sich Fundamente gießen ließen. Damals.

»Dann bleiben sie eben ein paar Tage. Es gibt hier doch nette Pensionen in der Nähe, irgendeinen Anlass werden wir schon finden. By the way: Wann hast du eigentlich Geburtstag?«

»Am dreißigsten Februar. Und das mit meinen Eltern lass mal sein.« Ich blinzele Madita an, und etwas in meiner Miene scheint ihr zu signalisieren, dass das Thema damit beendet ist. Sie beißt sich auf die Unterlippe, knetet parallel dazu meine Fußballen und setzt zweimal zum Sprechen an, um dann doch nichts zu sagen. Gedankenverloren dreht sie den Kopf und starrt zum Fenster hinaus.

Entschuldige, will ich sagen, belasse es jedoch ebenfalls beim Schweigen. Mir schmeckt geteilte Wortlosigkeit, viele mögen sie nicht. Vielleicht ist es der Raum, der sich öffnet, wenn man eine Weile lang nichts sagt, vor dem sich die Menschen fürchten. Die Leerstelle.

»Was ist mir dir?«, höre ich mich irgendwann fragen. »Möchtest du einmal Kinder haben?«

Maditas Hände stoppen in der Bewegung; offensichtlich hat der kalte Luftstrahl dieses Mal sie erwischt.

»Klar«, murmelt sie. »Bloß wachsen sie ja leider nicht auf Bäumen.«

»Na, zum Glück, sonst wären wir arbeitslos«, entgegne ich, obwohl »Der Richtige kommt schon noch« vermutlich eine passendere Erwiderung gewesen wäre.

»Da sagst du was.« Maditas Finger streichen meine Sohle entlang, und es fühlt sich an, als schiebe sie all die Wege und Stufen, die ich in letzter Zeit hinter mich gebracht habe, aus mir hinaus. Als ließe ich etwas zurück, um frei zu werden für Neues. Erstaunliche Fähigkeit.

»Sag mal, dein Nachbar ist schon irgendwie eigenartig, oder?«

Das nächste unvermittelte Thema, allmählich gewöhne ich mich daran. »Kemnich? Ach, vermutlich ist der bloß einsam.«

»Nein, ich meine den Typen von gegenüber, der beobachtet uns.«

Madita stößt einen Schrei aus, als ich aufspringe wie eine Ertappte und hinausschaue. Tatsächlich: Jim steht in seinem Fenster und starrt herüber. In der linken unteren Ecke der Scheibe klebt ein Papier mit einem Traurig-Smiley, dem eine Träne im Augenwinkel hängt. Mehrere Empfindungen schießen durch meinen Körper, und in ihrem Durcheinander fällt es mir schwer, sie auseinanderzufädeln.

»Kennt ihr euch?«

»Was? Nein, ähm.« Ich habe verdammt noch mal keinen blassen Schimmer, wer der Typ da drüben ist. Und werde ihn trotzdem nicht los. »Wir sehen uns manchmal, weil weder er noch ich Gardinen haben, das ist alles.« Ich setze mich wieder, fühle mich unfähig, Jim eine Antwort zu geben. Nicht jetzt.

Madita beäugt mich mit zusammengekniffenen Augen; ich ahne, dass sie mir nicht glaubt. Mein Herz beginnt zu trommeln, als das Küken vom Sofa rutscht, zum Fenster hinübergeht und Jim mit großer Geste zuwinkt. Er stemmt erst die Hände in die Hüfte, bevor er sich entschließt, zurückzuwinken. Und ihr eine Kusshand zuwirft.

»Ist der schnuckelig«, findet Madita. Als ob ich das nicht wüsste. Im nächsten Moment knallt sie sich die Hand vor die Stirn, dass ich vom Zusehen Kopfschmerzen bekomme. »Apropos schnuckelig …« Sie stürzt aus dem Zimmer und verschwindet im Flur, was mir die Gelegenheit gibt, Jim ein Schulterzucken zu schenken und eine Geste, die *Später* bedeuten soll. Was auch immer er darin lesen wird.

Nach Sekunden ist Madita zurück, einen großen, flachen Umschlag in der Hand. »Hab ich total vergessen – der lag vor deiner Wohnungstür, als ich heimkam.« Sie reicht ihn mir.

In fein säuberlicher Handschrift mit geraden Zeilen, keine davon höher als drei, vier Millimeter, steht meine Adresse vorne drauf, und meine Hand zittert, als ich das Kuvert umdrehe, um nach dem Absender zu schauen. Ich liege richtig: Hans Fronau.

»Das ist bestimmt was Gutes«, meint Madita, die sich dicht neben mich plumpsen lässt und vor lauter Spannung am Ärmel meiner Bluse zupft, weil ich keine Anstalten mache, die Post zu öffnen. »Los, guck nach!«

Der Umschlag knistert, während ich ihn abtaste, der Inhalt ist weich, und mir will nichts einfallen, das Hans mir schicken könnte. *Ich will kein, Kind, Helga, hörst du! Ich will es nicht!* Seine letzten Worte an mich. Auch wenn sie inzwischen an Lautstärke verloren haben, findet ihr Nachhall nicht aus mir heraus, schwappt hin und her, schaukelt sich auf und beruhigt sich wieder – wie Gezeiten. Tagsüber flaut er ab, nachts kommt die Flut, und ich liege wach, streichle meinen runder werdenden Bauch und erzähle Sternchen, dass es einen wunderbaren Papa hat. Gleichgültig, wie die Umstände sind.

Ein Ratschen verrät mir, dass ich den Umschlag aufgerissen habe. Ein Babybody fällt heraus, langärmlig, wolle-seide, kein Aufdruck, helles kaffeebraun. Ich lasse den Stoff durch meine Finger gleiten, halte inne, als ich etwas ertaste. Die Rückseite fühlt sich dicker an, fester. Dichter?

Während ich den Body knautsche, rolle und betaste, um der ungewöhnlichen Empfindung nachzuspüren, durchforstet Madita das Kuvert und schüttelt schließlich eine Karte heraus. Weiß und schlicht.

Karsten und ich tüfteln an einem neuen flüssigkeitsabweisenden Material mit möglichst hoher Elastizität. Dies schien mir ein praktisches Anwendungsgebiet zu sein. Als Prophylaxe gegen Wickeln!-Jetzt!-Schnell!-Situationen. Es ist ein Prototyp.

Die verschiedenen Empfindungen in mir entwirren sich zu etwas Warmem, und ich muss lachen.

»Hans hat einen auslaufsicheren Body erfunden«, murmle ich und reiche Madita das Kleidungsstück, damit sie es befühlen kann. »Ich habe ihm von der Spontanverdauung erzählt, zu der Säuglinge kurz nach dem Stillen in der Lage sind. Du weißt schon, die, bei der es zu spät ist, sobald man sie hört, und die ein Vollbad nötig machen.«

Das Küken nickt wissend. »Fantastomat!«, urteilt es.

Unter der Erklärung findet sich ein weiterer Satz in Hans' ruhender Handschrift.

Wenn ich darf, werde ich gern ein Teil davon.

Fantastomat? Ja, ich denke schon.

*

In den folgenden Wochen schwebt der Sommer an uns vorbei, Farbe kriecht in die Blätter der Bäume, die Tage verabschieden sich zeitiger. In meinem Leib wächst Sternchen heran, wölbt die Bauchdecke nach außen, bis ich neue Hosen kaufen muss. Madita besteht darauf, mich zu begleiten und bei der Gelegenheit gleich ein paar weitere Dinge zu besorgen, die sie für unabdingbar hält. Sie schleppt mich in einen Babymarkt, und obwohl ich beschlossen habe, ganz bestimmt nichts zu erwerben in einem Geschäft, das allen Ernstes *Fliewatüüt* heißt, tragen wir am Ende nicht nur eine Tüte aus dem Laden. Dass ich Babysöckchen derart niedlich finden würde, dass ich gleich drei Packungen kaufe, lässt mich mir selbst fremd vorkommen, Madita belustigt es. Sie spendiert zwei Strampler mit Regenbogenringelbeinen und nötigt mir zwei Garnituren Moltontücher auf, weil jedes Kind *Tütis* brauche.

»Was bitte?«

»Ein Tüti«, wiederholt sie. »Ein Schnuffeltuch. Ich hatte meins, bis ich Teenager wurde.«

»Das sollte dir vielleicht zu denken geben.«

Madita lacht, schlägt mir gegen die Schulter und hakt sich bei mir ein. »Du bist schon so ein irres Teufelchen, liebste Helga. Aber ich mag dich trotzdem!«

Vickys Schmetterling gedeiht ebenfalls, Corvin Glossberg bleibt ein Arschloch, aber das Teenagermädchen bekommt rosige Wangen und zarte Kurven, die ihr fantastisch stehen, und besteht auf meinen Besuchen. Mit Madita trifft sie sich regelmäßig in einer Eisdiele auf ihrem Schulweg und überlegt, wie sich die Geburt ihres kleinen Falters am besten mit ihrem Klausurplan vereinbaren lässt.

»Ende Februar ist echt ein guter Termin, da ist das meiste schon durch. Auf jeden Fall muss das Halbjahreszeugnis bombe werden, dann kann ich es bis April langsamer angehen lassen, bevor die nächste Phase startet.« Sie hat Angst, dass ihr Vater das Kind in eine Frühbetreuung geben wird, falls ihre schulischen Leistungen aufgrund der Umstände absacken. Vickys Mutter traut niemand von uns zu, sich angemessen um das Baby zu kümmern. Was traurig ist.

Anfang Oktober schenkt mir Madita eine Lampe für das Wohnzimmer, selbstgebastelt aus den Babybreigläschen, die von Vickys Einstand übrig sind.

»Als Erinnerung an unsere kriminellen Tage«, erklärt sie bei der Übergabe des Kunstwerks, das an einen Kronleuchter erinnert und dem Raum ein absurd-royales Ambiente verleiht.

»Apropos, was macht eigentlich dein Polizist? Ist doch deiner, oder?«

»Guck mal, dein Nachbar glotzt schon wieder.«

Ich halte die Leiter, auf der Madita steht, um die Lampe zu montieren, und werfe einen Blick hinüber. Tatsächlich, da steht er, der Mann, der schnuckelig ist und ein kleines, fremdes Glühen in mir erzeugt, das einfach nicht verlöschen will und von dem ich nicht weiß, wie viele Funken ich es schlagen lassen möchte.

»Du lenkst vom Thema ab, Madita.«

»Da gibt es kein Thema.« Plaudert sie sonst über alles, über das sich etwas oder nichts sagen lässt, hüllt sich das Küken in Schweigen, wann immer ich den uniformierten Beamten erwähne. Also lasse ich es schließlich bleiben.

Hans und ich tauschen hin und wieder Nachrichten, SMS, was wir früher nie getan haben.

Klar kannst du dabei sein, schrieb ich ihm als Antwort auf seine Body-Post. *Und danke.*

Gern geschehen.

Ein Treffen vereinbaren wir nicht.

Bauer sucht Frau

Madita

Meine Stimme überschlägt sich beinahe, als Lotta mir mit ihrem Verkupplungsversuch am Telefon kommt. Sie ist gerade sozusagen auf Heimaturlaub bei meinen Eltern und hilft ihnen in ihrem Blumenladen.

»Auf gar keinen Fall bringst du den Kerl mit zu Mama und Papa. Bis Weihnachten sieht meine Welt wieder ganz anders aus und ich habe die Sache verdaut«, sage ich und lasse mich auf mein Bett in Helgas Gästezimmer fallen. Ich bin jetzt doch aus dem Wohnzimmer gezogen, weil der komische Nachbar zu oft herüberschaut. Irgendwas stimmt nicht mit ihm. Helga weiß etwas, will aber nicht damit herausrücken. Von mir aus. Mein Kopf ist eh zu voll, um auch noch darüber nachzudenken. Vielleicht auch zu leer, oder ist es mein Herz?

Mister Storch ist geplättet, als ich auf ihm lande, und ich boxe wütend in mein Kissen. Mit *die Sache zum Verdauen* meine ich den erschreckenden Umstand, dass Silas sich, bald nachdem er zu seiner Fortbildung aufgebrochen war und mich aufgewühlt am Präsidium zurückließ, nicht mehr meldete. Nach nur wenigen WhatsApp-Nachrichten riss der Kontakt plötzlich ab und er ghostete mich aufs Übelste.

»Da gibt es nichts zu verdauen, Madita. Der Typ ist keinen einzigen Gedanken mehr wert. Wer nicht erkennt, wie großartig du bist, ist ein Vollidiot! Vergiss ihn«, fordert meine Schwester.

»Als wenn das auf Knopfdruck gehen würde.« Gefühle

an, Gefühle aus. Was für eine Marktlücke, das wäre der Hit, wenn es jemandem gelänge, diese Wirkung in Pillenform zu erschaffen. Ich jedenfalls würde mir ein Abo nach Hause bestellen!

»Das ist todeseinfach«, kräht Lotta.

Ich halte das Telefon von meinem Ohr weg. »Du hast ja recht, ich hab es satt. Dieses ganze Rätselraten macht mich echt müde.« Immer und immer wieder bin ich in Gedanken unsere letzte Begegnung durchgegangen, habe mich gefragt, was zum Teufel mir entgangen ist. Ich war mir so sicher, dass der Funkenflug zwischen uns von beiden Seiten ausging. Auch wenn es etwas gab, das sich in leisen Zwischentönen abspielte und eine gewisse Zurückhaltung seinerseits verriet. Etwas, das ihn auszubremsen schien.

»Mach es wie ich: Zelebriere deine Weiblichkeit und sorge dafür, dass Kerle dich wie die Königin behandeln, die du bist«, höre ich Lotta vergnügt sagen. Ich kichere. »Vertrau mir. Ich hab dir doch von der Wahrsagerin erzählt, die hat in den Karten deutlich einen Mann für dich gesehen, der dich glücklich macht.«

»Ja, aber wo ist er denn dann?«

»Madita, wenn die Wahrsagerin es glasklar sieht, dann wird er auch kommen.« Lotta nimmt immer alles so leicht, nie gibt es für sie einen Grund zur ernsthaften Sorge. Und sie streift Dinge, die ihr nicht guttun, einfach ab wie ein zu enges Kleid. Seit ich klein war, schaue ich deswegen zu ihr auf. Obwohl sie mich schon mal im Wald ausgesetzt hat. Aber das ist eine andere Geschichte.

»Ich sehe schwarz … Und haben die Karten besagter Wahrsagerin für dich nicht das Verschwinden im Bermudadreieck vorhergesagt oder so ähnlich?«, fällt mir bei der Gelegenheit ein.

»Nun, das war missverständlich. Sie meinte den Sturm,

bei dem unser Schiff kurzzeitig vom Radar verschwunden ist«, wischt Lotta, nie um eine Ausrede verlegen, meinen Einwand beiseite. Ich würge Mister Storch ein wenig fester. »Und immerhin habe ich dabei Kevin kennengelernt, der geschickt wurde, um uns zu helfen, und bereit, mich aus dem Wasser der Nordsee zu fischen. Hach, war der süß!« Sie holt kaum Luft, redet weiter wie ein Wasserfall über biochemische Reaktionen. Apropos: Kotzen ist auch eine. »Aber zurück zum eigentlichen Thema, liebes Schwesterherz. Etienne heißt der Kerl, den ich dir unter den Weihnachtsbaum legen könnte. Ich hab ihm Fotos von dir gezeigt, und er steht auf dich. Er findet dich mehr als *très jolie* und zum Vernaschen«, führt Lotta aus.

»Ich bin aber nicht wie du«, blaffe ich sie an. Ich erinnere sie nur ungern daran, dass ihr Liebesleben ihr schon Chlamydien beschert hat. Und die können unfruchtbar machen. »Sex ohne Liebe, das geht für mich nicht.« Mir ist schleierhaft, warum sie das nicht verstehen will. Und wie wir blutsverwandt sein können.

»Oh, jetzt sind wir also schon bei der Liebe? Komm nach Hause, ich wasch dir den Kopf. Du hast zu viele romantische Flausen drin«, scherzt Lotta. »Übrigens, ich soll dich von Papa fragen, ob es beim Vogel an Weihnachten bleibt oder ob du lieber ein kleines Schweinchen auf dem Teller hättest.«

Ich stöhne, warum muss man schon im Oktober eine Mahlzeit für Ende Dezember planen? Kommt mir jedes Mal reichlich früh vor, und ich habe gerade andere Sorgen. Abgesehen von meinem Ich-mag-ihn-obwohl-er-ein-Arsch-ist-Dilemma gibt es reichlich Schwangere und Entbundene zu betreuen und eine Notfallvertretung für die Weihnachtszeit zu organisieren, falls eine unserer Familien während der Feiertage Hilfe braucht. Dank Monikas fantastischer Organisation steht zwischen den Jahren zwar keine Geburt an, aber man weiß schließlich nie, und die Störchinnen unseres Nests werden ausgeflogen sein. Monika möchte ihren Sohn in Frankreich besuchen, ich werde daheim sein bei der Familie, Helga im Mutterschutz. Sie besteht darauf, dass wir unseren Urlaub antreten, bevor Sternchen auf die Welt kommt. So langsam wächst ihr hübscher Bauch und die ein oder andere Selbstverständlichkeit fällt ihr schwerer. Die Einkäufe schleppe ich lieber allein die Treppen hoch, worüber sie sich jedes Mal beschwert, und neuerdings klagt sie über Schmerzen im Lendenwirbelbereich. Außerdem meckert sie, dass sie nicht mehr »eilen« kann und zum Schlendern gezwungen ist.

»Mir egal, welches Tier wir essen, ich will nur meine gute Laune zurück. Meinetwegen kann mir Papa auch einen Blumenkohl servieren, Hauptsache, ich bekomme Wein. Sehr viel Wein.«

»Womit wir wieder bei Etienne wären«, wirft Lotta ein. »Hab ich dir erzählt, dass er nicht nur gut aussieht, fantastisch küsst, sondern auch wirklich komisch ist? Also im Sinne von witzig. Ein Mann mit Humor, der deinem Silas ja bekanntlich fehlt. Außerdem besitzt Etiennes Vater ein Weingut im Elsass. *Weingut*, Maddy. Das bedeutet *sehr viel* Wein!«

»Nein, Lotta«, beeile ich mich, deutlicher zu werden. »Ich küsse keinen Typen, den du bereits angeleckt hast. Pfui!«

Ich presse mir Mister Storch vors Gesicht und könnte wieder einmal heulen. Und das bloß wegen des abtrünnigen Polizisten, der mein Herz mit auf seine Fortbildung genommen und vergessen hat, es mir zurückzugeben.

»Du weißt nicht, was dir entgeht. Aber bitte. Dann küss ich ihn vielleicht einfach selbst noch mal.« Mein Handy piepst, als Lotta mir zu allem Überfluss ein Foto von ihrem Vorzugsfranzosen schickt. Leider muss ich zugeben, dass er echt nice aussieht.

Plötzlich klingelt es an der Haustür, und ich schwinge meinen Hintern von der Matratze.

»Lotta, warte mal, da will jemand was von mir«, flöte ich ins Handy und trabe auf den Flur, um die Wohnungstür zu öffnen. Kurz darauf rutscht mir das Telefon aus den Fingern, schlägt auf den Dielen auf, und ich starre auf einen Strauß roter Rosen.

»Hey du«, höre ich Silas' Stimme.

»Willkommen im falschen Film«, kommt es mir über die Lippen, während ich das Handy aufhebe. »Lotta, ich ruf zurück.«

»Was'n los?«

»Silas ist hier«, hauche ich und bin mir nicht sicher, ob das gerade wirklich passiert. Lottas schallendes Gelächter bricht ab, als ich auflege.

»Ich hatte befürchtet, du bist tot.«

Diese Möglichkeit war auch durch meinen Kopf gegeistert, als ich seinetwegen einmal mehr nicht schlafen konnte. Ich lasse die Tür auf- und wieder zuschwingen, unschlüssig, was zu tun ist. Wie war das noch mit dem Teufel, von dem man spricht?

»Du hast dich gar nicht mehr gemeldet«, werfe ich ihm vor, bemerke, dass Nachbar Kemnich ausgerechnet jetzt seine Fußmatte kontrollieren muss und neugierig zu uns guckt.

»Guten Abend«, sagt er. »Hier geht es ja zu, wie im Taubenschlag.« Sein Blick flattert zwischen Silas und mir hin und her, und wir verharren beide, bis er seine Matte dreimal ausgeschüttelt hat und endlich wieder in seiner Wohnung verschwindet. Wieso eigentlich Taubenschlag?

Als Kemnichs Tür ins Schloss fällt, lässt Silas den Strauß sinken. »Es tut mir leid, ich konnte dich nicht anrufen.«

Sollte es ihn belasten, dass er mich ignoriert hat, überspielt er es gut, keine zerknirschte Miene, und sein Tonfall klingt ganz normal. Trotzdem lasse ich die Tür weiter aufschwingen, um ihn hereinzubitten.

»Ich hab mein Handy verloren, somit waren all meine Kontakte weg«, fügt der Teufel erklärend hinzu, während er in die Wohnung schlüpft.

»Na, so was.« Beste Ausrede, denke ich mir und bin enttäuscht, weil ich ihm etwas mehr Fantasie zugetraut hätte. Die kleine Madita in mir möchte ihm dennoch glauben. »Du bist doch bei der Polizei, habt ihr keine Möglichkeiten, eine Nummer herauszufinden?!«

Sein Mundwinkel kräuselt sich leicht. »Die Fortbildung war echt anstrengend.«

»Verstehe.« Nicht!

Erst jetzt wird mir klar, dass ich in einem rosafarbenen Samttrainingsanzug vor ihm stehe, in dem ich aussehe wie Miss Piggy und den zu allem Überfluss Mayoflecken auf Bauchhöhe zieren.

»Hast du heute Abend schon was vor?«, fragt Silas, und ich werde rot.

Lüg, Madita!

»Nein, wieso?« Gut gemacht … Ich beiße mir auf die Zunge.

Silas reicht mir den Strauß Blumen etwas zu energisch, ich nehme ihn und steche mich prompt an einer Dorne. Die kleinen Zeichen des Himmels ignorieren? Kann ich.

»Ich würde dich gern als Wiedergutmachung einladen, ich hab einen Tisch bestellt im *Bluebird*.«

Na, das nenn ich mal optimistisch. Er scheint sich auf seine Menschenkenntnis zu verlassen und seiner Überzeugungskraft sicher zu sein. Tjaaa … sie ist schon gut, seine Einschätzung mich betreffend.

»Heute?«

»Ja, in etwa … gleich.« Er wirft einen Blick auf eine silberne Armbanduhr, die toll zu seinem Outfit passt: graue Jeans und stylisches Shirt, abgerundet durch eine grau karierte Weste und eine Lederjacke. Edel und leger. Mein Herz pocht.

»Na gut, ich habe eh noch nichts gegessen, dann zieh ich mich rasch um«, mache ich es ihm unglaublich leicht – Lotta wäre beeindruckt. Ich lasse Silas im Flur stehen, versorge die Blumen und schlendere anschließend betont gelassen in mein Zimmer, nur um, nachdem ich die Tür geschlossen habe, in Hektik zu verfallen. Was zieh ich an? Darüber hat ja bereits Rolf Zuckowski ein Lied geschrieben, und der Text begleitet meine Bewegungen, während ich den Schrank öffne, den ich vor ein paar Wochen vom Sperrmüll gerettet habe, um meine Kleidung irgendwo unterzubringen. Mit Möbeln hat es Helga nicht so, sie spart damit, als wären sie Kaviar.

Irgendwann entscheide ich mich entgegen Rolf Zuckowskis Rat für Schwarz: ein Kleid aus Spitze, und knote mir meine Haare zu einem Dutt am Hinterkopf. Schnell noch ein paar Strähnen lösen, eine silberne Klammer hinein und eine Kette mit Mondanhänger um den Hals. Kurz betrachte ich meine Hello-Kitty-Uhr und lasse sie an. Fertig.

Als ich auf High Heels zurück in den Flur trete, nehme ich Silas' scharfes Einatmen durchaus wahr. Sein Blick weitet sich, während er sich an mir festsaugt.

»Na, wie sehe ich aus?«, necke ich ihn.

»Super, wirklich«, gibt er zu, und das Schmunzeln in seinem Mundwinkel kommt mir mittlerweile sehr vertraut vor.

»Darf ich bitten?« Galant bietet er mir den Arm an, nachdem ich in meine Jacke geschlüpft bin. Ich hake mich ein und lasse mich zur Tür führen. Ein flüchtiger Blick in den Spiegel, den ich aufgehängt habe, ohne Helga zu fragen, verrät mir, dass mein Outfit fabelhaft zu seinem passt.

In weniger als zehn Minuten sitzen wir am besten Tisch des *Bluebird*, etwas abseits, nahe der Bar. Kerzenschein erhellt unsere Gesichter und spiegelt sich in unseren Augen. Die Atmosphäre des Etablissements ist erlesen, die Gäste gut betucht. Ich war erst einmal in so einem Restaurant; tatsächlich bevorzuge ich eher den kleinen Italiener von nebenan, bei dem es mir nicht peinlich ist, laut aufzulachen oder mit Soße zu kleckern. Als ich die Karte aufschlage, schockiert mich das Preisniveau, aber ich bin ja eingeladen, also ignoriere ich die sogar im Vorspeisenbereich zweistelligen Angaben. Soll Silas ruhig ein wenig bluten für die Zeit der Funkstille.

»Was magst du trinken?«, fragt er mich nett, und ich fürchte, meinen geliebten Schokowein gibt es hier nicht.

»Was trinkst *du*?«, stelle ich die Gegenfrage und schlage elegant ein Bein über das andere. Silas' Blick rutscht prompt tiefer.

»Chardonnay?« Er bestellt eine ganze Flasche und Steak für uns beide.

»Freut mich sehr, dass du so spontan Zeit für mich hast«, sagt er irgendwann, und ich ärgere mich ein wenig über die Bedienung, die schon wieder angedackelt kommt, um Silas über die Spezialitäten des Hauses aufzuklären. Und das, ohne mich einzubeziehen. Die brünette Tussi ist in meinem Alter, nur leider wunderschön. Graziös mit wahnsinnsblauen Augen, die funkeln wie Sterne am Nachthimmel. So wie er guckt, entgehen Silas ihre Vorzüge nicht. Flirtet er etwa mit ihr oder zuckt bloß sein Auge?

Meine Finger krallen sich in die Tischkannte, bis sie uns endlich allein lässt und wir mit den Weingläsern auf das Ende seiner Fortbildung anstoßen.

»Du siehst fantastisch aus«, sagt Silas charmant, und der Wein wärmt mich von innen.

»Du aber auch.« Flirten kann ich ebenfalls. »Ich hab dich vermisst«, rutscht es mir heraus, und ich kippe Wein nach.

»Ich muss zugeben, ich dich auch. Ein bisschen.« Silas' Lächeln vertieft sich, und er sieht so schön aus, wie er dasitzt und seine grauen Augen eine unbeschreibliche Sanftheit bekommen.

»Ein bisschen …«, wiederhole ich. All der Frust, der sich seinetwegen in mir angestaut hat, verpufft, weil er mich so ansieht.

»Hübsche Uhr übrigens.« Silas' Schmunzeln, während er auf mein Handgelenk deutet, ist schwer einzuordnen.

»Die hab ich von meiner großen Schwester bekommen, an dem Tag, als wir im Limbusmoor den Drachen eingefangen haben.«

Der Drache war ein entflogener grüner Sittich, der es sich zum Sport gemacht hatte, Fußgänger im sumpfigen Birkenwald in der Nachbarschaft zu attackieren. Lotta und ihre Freunde gingen los, um ihn zu fangen, und schafften es sogar. Ich lief ihnen verbotener Weise nach und steckte plötzlich hüfttief im Morast, was mich echt in Panik versetzte. Zum Glück hörte Lotta mein Hilfgekreische und holte die Erwachsenen. Aber nicht, ohne mir vorher ihre heißgeliebte Uhr ums Handgelenk zu binden und mir zu versichern, dass sie nur fünf Minuten brauche und ich währenddessen ganz sicher nicht untergehe. Sie wäre ja nicht so blöd, mir sonst ihre Uhr zu geben.

Wenn Silas nachfragen würde, wäre ich bereit, diese Geschichte auszuführen, tut er aber nicht.

»Was machen die ganzen Babys?«, fragt er stattdessen.

»Werden ausgebrütet und kommen auf die Welt.«

»Und wie geht es Viktoria Glossberg?«

»Sehr gut, Helga betreut sie.« Ich muss immer noch grinsen bei der Erinnerung an Helgas Erzählung und wie sie es geschafft hat, das bei Dr. Glossberg durchzuboxen.

»Schön.« Silas lächelt.

»Finde ich auch.«

»Und? Während meiner Abwesenheit noch mal mit dem Gesetz in Konflikt geraten?« Die Frage schwebt eine Weile zwischen uns im Kerzenschein.

»Nein, das mach ich nur, wenn du in der Nähe bist, um mich laufen zu lassen.« Ich lege den Kopf schief, übe einen langen Augenaufschlag.

»Na, vielleicht kann ich dir das ja noch austreiben.«

»Wieso solltest du?«, frage ich eher mich selbst. »Wenn ich nicht über die rote Ampel gefahren wäre, hättest du mich vielleicht gar nicht kennengelernt.«

Die Bedienung balanciert ein Tablett an unserem Tisch vorbei, und Silas schenkt ihr im Vorübergehen ein helles Strahlen. Wieso eigentlich?

»Normalerweise gerate ich nicht an Frauen mit einer widrigen Ader«, höre ich ihn vergnügt sagen, während ich der Tussi mit meinem Blick Giftpfeile in den Rücken schieße. Ich drehe mich zurück zu ihm, beobachte ihn dabei, wie er das Weinglas in seiner Hand dreht.

»Widrige Ader, was soll das denn heißen?« Hat er mich gerade beleidigt? Ich schiebe meine Brauen zusammen, mein Lächeln schmerzt auf den Wangen.

»Na, ich meine deinen moralischen Kompass«, antwortet er gelassen.

»Der ist völlig intakt.«

»Du musst zugeben, dass du speziell bist, was deine Konfliktlösungen angeht.«

Speziell. Ich mag dieses Wort nicht. Es wirkt immer so, als sei es ein anderes Wort für *abnorm*.

»Das ist doch Schwachsinn«, sage ich mit Unmut in der Stimme. »Kreativ, meinetwegen. Aber ganz ehrlich, mein lieber Herr Wachtmeister, speziell ist eher deine Art der Gesprächsführung bei einem Date.« Ich schürze die Lippen, denn ich bin dann doch anderes gewohnt.

Jegliche Entspannung weicht aus seiner Miene. Er holt Luft, will etwas erwidern, da kommt das Essen und die blöde Bedienung wünscht nur ihm einen guten Appetit. Mit einem

Zwinkern. Fehlt bloß noch, dass sie ihm einen Glückskeks serviert, mit einer Einladung zu sich nach Hause auf dem Zettelchen.

Gut, solange wir essen, reden wir über meine Eltern und den Blumenladen, den sie vor Jahren als Erfüllung eines gemeinsamen Traums eröffneten. Wenn man meinen Vater sieht, einen Schrank von einem Mann, struppige Frisur, große Hände und manchmal ein wahres Raubein, denkt man es nicht, aber er hat ein Händchen für Pflanzen jeder Art und ist berühmt für seine verspielten Hochzeitsgestecke. Noch aus achtzig Kilometern Entfernung kommen manche Paare, um bei *Sternberg – Blumen wie im Himmel* zu bestellen. Meine Mutter hingegen kann besser Beerdigungen. Ihre Trauerkränze sind so wunderschön, dass ich mir früher jedes Jahr einen zum Geburtstag wünschte. Was Mama beharrlich lächelnd ablehnte mit den Worten: »Für dich mache ich ganz bestimmt keinen, Maditchen.«

Dann kommen Silas und ich auf Lotta zu sprechen und auf ihr Leben auf hoher See. Silas hat keine Geschwister, was vielleicht die ein oder andere soziale Inkompetenz und das Fehlen von Fingerspitzengefühl erklärt. Lotta und ich mussten stets auf unsere Zwischentöne achten, wenn wir uns nicht gegenseitig an die Kehle gehen wollten; sie war ein Pulverfass und ich schon immer explosiv. Als unser erster Pudel Dude verstarb, geriet Lotta für Wochen total aus der Spur und man tat gut daran, bestimmte Dinge einfach nicht zu sagen. Dazu gehörten »Spaziergang«, »Leine«, »Halsband«, »(Hunde-)Kuchen«, »Napf« und sein Name, denn wenn sie einen der Begriffe hörte, fühlte sie sich sofort getriggert, brach in Tränen aus, schrie hysterisch herum oder warf mit Gegenständen um sich. Weil sie dachte, Dudes Tod wäre ihre Schuld gewesen, da er ihr weg- und vor ein Auto gelaufen war.

Während ich daran denke, frage ich mich, wieso Silas versucht, *mir* zu signalisieren, dass etwas mit mir nicht stimmt. Neben Lotta komme ich mir regelrecht normal vor, und wenn er anderer Meinung ist, warum zum Geier sitzen wir dann hier? Und wieso schaut er mich manchmal so an? Hungrig wie ein Wolf, der ein Lämmchen vor sich hat.

Meine Atmung beschleunigt sich, während er genau das erneut tut, mich mit diesem eigentümlichen Blick bedenken. Über den Rand seines Weinglases hinweg.

»Ich will ehrlich zu dir sein, Madita«, sagt er irgendwann, und ich schaue ihn aufmerksam an. »Etwas an dir fasziniert mich total«, ist eine wunderschöne Einleitung. »Gleichermaßen schreckst du mich aber auch ein wenig ab.« Das hingegen ist für den Arsch.

Ich nehme einen Schluck Wein aus dem Kristallglas, um nicht sofort nachzufragen, was das denn bitte soll.

»Deshalb habe ich gezögert.« Er spricht langsam und mit Bedacht.

»Also ist dein Handy doch nicht verloren gegangen?« Empörung regt sich in mir.

»Doch, doch«, beeilt er sich. »*Ich* lüge nicht.«

»Das klingt, als würde ich das andauernd tun.«

»Na, ich habe den Eindruck, dass Lügen dir erstaunlich leicht über die wunderschönen Lippen kommen.« Er haut diese Frechheit so sanft heraus, dass es mich irritiert.

Ich rücke vom Tisch ab, überlege, ihn einfach sitzen zu lassen. Silas' Schmunzeln gerät schief, was die Glut in meinem Bauch anfacht.

»Oh, vielen Dank. Ich muss zugeben, ich habe lange dafür trainiert. Lüge ist nämlich mein zweiter Vorname.«

»Das dachte ich mir«, ist nicht die Erwiderung, die ich erwartet habe. Man weiß doch, was passiert, wenn man Benzin in ein Feuer kippt. »Ich meine, die halbe Welt lügt jeden Tag.

Um sich das Leben zu erleichtern, seine Interessen durchzusetzen oder es anderen einfacher zu machen. Die Wahrheit tut manchmal weh und viele ertragen sie nicht mal. Ich kenne viele Menschen, die aus Gewohnheit lügen, aber ich erwarte Ehrlichkeit von meinem Gegenüber«, stellt er klar.

»Wieso genau verhältst du dich gerade wie ein Arsch, Silas?«, frage ich ihn, bevor ich komplett ausraste.

Seine Brauen schnellen in die Höhe? »Wie meinst du das?«

»Erst ghostest du mich, weil du dir nicht sicher bist, ob ich dir moralisch genug bin. Dann stehst du unangemeldet mit Blumen vor der Tür, schleppst mich hierher, um genau was zu tun? Mir eine Predigt zu halten? Mir nahezulegen, eine Therapie zu machen? Oder mir zwischen Kerzen und Weingläsern feierlich zu erklären, dass du mich fehlerhaft findest?«

Leider lacht er nun. »Madita, nein. Du bist schon wieder auf dem Holzweg.«

Schon wieder?

Während er sich über den runden Tisch beugt, schlucke ich eine scharfe Erwiderung hinunter. Mit den Fingern fährt er über meinen Handrücken, die Haut wird heiß.

»Tu mir den Gefallen und vergiss, was ich gesagt habe«, bittet er. »Es hat nur mit meinen Erfahrungen zu tun, vergiss es …«

Nur indem ich mir auf die Lippen beiße, gelingt es mir, nichts Zynisches zu erwidern. Und dieses Mal bin ich erleichtert, als die Kellnerin erneut in die Situation platzt und fragt, ob es noch etwas sein darf.

»Nein, danke«, schnappe ich. »Ich habe genug.«

Silas runzelt die Stirn und sieht aus, als ob er etwas sagen möchte. Doch er schweigt und bezahlt stumm, bevor wir spazieren gehen, kurz, lediglich ein paar Schritte die Straße hinunter. Bevor wir uns verabschieden, tippe ich Zahlen in sein neues Handy, weil er mich dann doch überraschend danach fragt. In einem sind wir uns einig: Unsere Dates lassen zu wünschen übrig.

*

Zwei Tage später komme ich endlich mal wieder dazu, bei Nelly nach dem Rechten zu sehen, und versuche, nicht mehr an Silas zu denken. Es wird Zeit, mit diesem Mann abzuschließen und in die Zukunft zu schauen. Niemand muss es sich geben, sich wegen eines Typen minderwertig zu fühlen, sagt Lotta. Aber genau das hat Silas mit unserem Essen im *Bluebird* tatsächlich geschafft.

»Was ist los mit dir, du guckst wie meine Katze, wenn sie auf den Teppich gepinkelt hat«, holt mich Nelly aus einem dieser kurzen Momente, in denen ich meinen Plan vergesse.

»Nichts, alles wie immer«, behaupte ich und folge ihr zum Wickeltisch, weil Winni mit hochrotem Kopf in die Windel gemacht hat, während ich sie mir anschaute. Die Kleine ist nun acht Wochen alt und hat sich toll entwickelt. Und siehe da, sie hat sogar immer noch all ihre Haare, was keine Selbstverständlichkeit ist. Viele Babys verlieren solch eine Pracht schnell wieder.

»Mir machst du nichts vor, Madita Sternberg. Du vergisst, dass Mutterinstinkte die Sinne schärfen«, sagt Nelly schmunzelnd, während sie niedliche Babyspeckbeinchen aus dem Strampler fischt und den Body aufknöpft.

Das habe ich ihr selbst mal verraten, weil ihr nach und nach immer mehr Sonderbares auffiel, was Marv anging. Er schwänzte die Uni, verprasste Geld, das ihm nicht gehörte, und stopfte schmutzige Töpfe in die Küchenschränke, wenn keiner hinsah. Das Hin und Her zwischen den beiden ist inzwischen endgültig vorbei, und Nelly hat ihn mit Entschiedenheit abserviert. Natürlich darf er seine Tochter sehen, und wenn er mal will, geht er sogar süß mit ihr um. Aber mehr ist nicht drin.

Ich grinse verlegen, blättere in Winnis Untersuchungsheft. »Ja, okay. Ich hatte ein Date mit Silas«, gebe ich zu.

»Nein!« Nelly schnappt sich Winnis Füßchen und hebt sie an.

»Doch.«

»Oh, wie nice.« Mit einer fließenden Bewegung entfernt Nelly die Windel samt Häufchen. Sie ist echt flott geworden, wenn ich mir ihre unsicheren Anfänge vor Augen führe. Wie viele Mütter von ersten Kindern hatte sie zunächst jedes Mal Angst, etwas an ihrem Baby kaputt zu machen, wenn sie es anfasste. Inzwischen agiert sie, als sei Winni ihr drittes Kind, selbstsicher, intuitiv. »Oder nicht? Deiner Miene nach zu urteilen …« Sie runzelt die Stirn, und ich seufze.

»Lange Geschichte …« Ich zucke zusammen, als die Katze, die bis eben auf dem Regal neben dem Wickeltisch thronte, mit einem Hechtsprung vor dem Windelgeruch flüchtet und in Richtung Schrank rennt. Ich bin sicher, irgendwann kriege ich einen Herzanfall wegen der.

»Ich hab Zeit, glaub mir«, sagt Nelly beim Popo-Sauberwischen. »Und ich freu mich, wenn ich mal etwas anderes höre als meine eigenen Schlaflieder oder das Lamentieren von anderen Müttern über Stillprobleme, Dreimonatskoliken oder zu viele Kilos.« Sie schürzt die Lippen, deutet auf ihre Hüfte, die ihrer Meinung nach zu üppig ausfällt. »Ich finde es übrigens nach wie vor ganz, ganz unglücklich, dass ihr noch keine Rückbildungskurse anbietet«, erinnert sie mich an die Versorgungslücke im *Storchennest*.

»Hab ich Monika auch gesagt, aber die meint, wir haben zurzeit keine Kapazitäten dafür. Besonders, weil Helga ja nun erst mal selbst ein Kind bekommt.« Die Gute plant zwar, kurz nach der Geburt wieder in Teilzeit einzusteigen, doch es bleibt abzuwarten, wie es sich wirklich gestaltet. Thema: Vorstellung und Realität.

»Du siehst übrigens toll aus, Nelly, und ich zeige dir gern ein paar Übungen, die du zu Hause machen kannst.« Sie mault, und ich füge an: »Okay, ich komme ab und zu vorbei und mache mit, ja?«

»Ey, ich knutsch dich!« Sie wirft mir einen Schmatzer zu, bevor sie Winni wieder anzieht.

»Wie geht es dir sonst? Ist alles gut verheilt?«, erkundige ich mich.

»Alles gut.«

Nelly beugt sich über ihre Tochter. »Nicht wahr, kleine Winni? Alles roger auf dem Mutterkutter«, singt sie, und Winni verzieht ihr Gesichtchen zu einem Lächeln. »Aber nun erzähl mal, wo das Problem liegt bei dir und deinem Polizisten. Das ist ja eine never ending Story mit euch.«

»Sagt die Expertin in Liebesdingen?« Ich spiele auf sie und Marv an, die ihre Beziehung ja ebenfalls wie ein Tennismatch gestalteten, ein ewiges Hin und Her.

»Klar. Also lenk nicht ab.«

»Er hält mich für unmoralisch oder so«, sage ich zerknirscht.

Nellys Augen werden groß, vorsichtig hebt sie ihre Tochter hoch. »Dich? Sag nicht so was, sonst lass ich Winni noch vor Schreck fallen.«

Wir kehren ins Wohnzimmer zurück, wo Nelly es sich auf dem Bettsofa bequem macht, auf dem sie noch immer schläft.

»Da gibt es etwas, das du nicht weißt«, rücke ich heraus. »Ich habe etwas getan, das illegal war.«

Nelly grunzt. »Was hast du gemacht, einen Welpen rosa eingefärbt? Einer Oma mit Diabetes aus Versehen einen Lolli angeboten?« Vergnügt knöpft sie ihre Bluse auf, wiegt Winni im Arm, während die schon erwartungsfroh schmatzt. Sie ist wirklich zu niedlich, wenn sie sich aufs Essen freut.

»Ich habe einen Teenager vor ihren Eltern versteckt«, verrate ich und setze mich neben die beiden. Winni gluckst, als Nelly sie in Richtung Brust hebt, dreht hektisch ihr Gesichtchen hin und her auf der Suche nach dem Essen und dockt schließlich mit einem lauten Geräusch an.

Ich erzähle Nelly von Vicky und dem ganzen Desaster, das ihrem Auftauchen folgte, von meinem dezenten Ausraster in Glossbergs Vorgarten. Nelly hört aufmerksam zu, hier und da gibt es ein Oh, Ah oder Auweia, während Winni friedlich die eine und dann die andere Brust leer trinkt.

»Jedenfalls konnte Silas, der das leider alles mitbekommen hat, weil er mich aus der Polizeistation auslösen musste, nicht damit aufhören, darauf herumzureiten, dass ich ihm ins Gesicht gelogen habe. Und das mit einem Lächeln, als wäre es das Einfachste der Welt. Aber so war es nicht. Ich hatte eine Entscheidung getroffen und musste mit der Lüge ja auch andere schützen«, rechtfertige ich mich.

»Scheint ein ganz schöner Moralapostel zu sein, dieser Silas. Ich wette, der macht es nur in der Missionarsstellung.« Nelly grinst frech.

»Ja, und wenn er mich nicht mag, wie ich bin, dann ist ein weiteres Treffen sinnlos. Mein Herz hat eh schon einen Sprung.« Und das ärgert mich. Wie viele Risse verkraftet so ein Herz, bevor es bricht und zu einem Totalschaden wird?

»Der hat echt Nerven. Es hat ihn überhaupt nicht gejuckt, dass er mich mit dieser Unterstellung verletzt.«

»Männer!«, stöhnt Nelly. »Wir brauchen keinen, nicht wahr Winni?«

Das Baby lächelt, ich bekomme einen Zuckerschock.

»Und obwohl ich nicht seiner Vorstellung entspreche, hat

er doch tatsächlich noch mal nach meiner Nummer gefragt«, erzähle ich weiter.

»Und du hast sie ihm gegeben?«, fragt Nelly und verzieht das Gesicht zu einer Grimasse.

»Wo denkst du hin.« Ein Grinsen stiehlt sich auf meine Lippen, und mit dem Zeigefinger kitzle ich Winni das Bäuchlein. »Wenn er mich das nächste Mal anruft, landet der Herr Wachtmeister in der Redaktion von *Bauer sucht Frau*.« Lottas Idee.

Nelly kichert. »Wegen dir mach ich mir gleich in die Hose«, beschwert sie sich.

Memo an mich: den Bauch abtasten und schauen, wie es mit der Rückbildung steht. »Genug von mir. Wie geht es eurem Schlafproblem? Du sagst, Winnifred schläft so schlecht ein?«

»Boa, ja, das dauert manchmal echt ewig und ich muss stundenlang warten, bis ich sie ablegen kann. Eigentlich ist sie total müde, doch sobald ich sie vom Arm nehme, wird sie sofort wieder wach und quakt. Aber ich kann sie ja nicht immer herumtragen.« Nelly wiegt ihr Baby, und Winni fallen die Augen zu. Wir unterhalten uns leise weiter, warten, und ich stoppe Nelly, als sie ihre Tochter schließlich ablegen will.

»Warte noch ein bisschen«, rate ich ihr. »Sieh ihre Händchen an, die sind zu Fäustchen geballt. Erst wenn sie sich öffnen, ist sie wirklich im Land der Träume. Dann kannst du sie ablegen.«

Und siehe da, es funktioniert. Nellys Erleichterung ist groß. »Du bist ein Genie, Lieblingsmadita, ich hab dich lieb!«, flüstert sie, und ich frage mich, wieso Männer so was nicht hinkriegen. Einfach mal dankbar sein, dass man da ist.

»Ach was, pure Erfahrung. Und mach dir keine Sorgen, wenn Winni das Schlafen nicht sofort lernt. Babys haben das Bedürfnis zu prüfen, ob sie sicher sind. Also, ob die Position, in der sie eingeschlafen sind, noch dieselbe ist. Das ist so ein Überbleibsel aus der Steinzeit.«

»Krass.« Nelly zupft das Deckchen in der Wiege zurecht. »Das erklärt quasi, weshalb sie im Kinderwagen oder im Auto besser schläft. Da ist diese Prüfung schneller beendet, weil die Bewegungen und die Geräusche dieselben sind, richtig?«

»Ja, so in etwa.«

Winni seufzt wohlig, ihre kleinen Hände liegen entspannt auf Kopfhöhe. Ich wünschte, ich könnte ebenso abschalten und mit dem Gefühl der Geborgenheit schlafen. Endlich aufhören, von Silas zu träumen.

*

Zwei Wochen später sitze ich im Kursraum und habe fünf schwangere Mütter mit ihren Sprösslingen vor mir sitzen. Das war meine Idee, und Monika hat es mir gestattet, weil ich das neue Konzept erst einmal auf ein Samstagnachmittag-Event begrenzt habe. In diesem Extrakurs widme ich mich ausschließlich Mehrgebärenden, also Schwangeren, die bereits mindestens ein Kind haben, weil sie, wie ich immer wieder feststelle, andere Fragen bewegen als Frauen, die ihr erstes Kind erwarten. Außerdem finde ich es wichtig, auch die werdenden Geschwister einzubeziehen, denn die wollen mindestens genauso viel wissen und sollten erfahren, was in Mamas Bauch vor sich geht und was ein Baby alles braucht, wenn es endlich geschlüpft ist. Wie man es richtig hält oder wickelt. Den meisten Kids macht es mega Spaß, sich an ihrem Teddy oder einer Puppe schon mal auszuprobieren. Ehrlich, man glaubt ja kaum, wie kreativ Kinder sein können – kunstvolles Geschenkeverpacken ist nichts dagegen.

Ich ziehe die Beine unter den Po, lasse den Blick schweifen. »Wer von euch hat denn ältere Geschwister?«, frage ich in die lustige Kinderrunde, bestehend aus drei Mädchen und zwei Jungen zwischen drei und fünf Jahren, die sich eng an ihre dickbäuchigen Mamis quetschen. Zaghaft hebt Emma den Zeigefinger, mit dem sie eben noch beherzt in der Nase gebohrt hat.

»Julius ist mein großer Bruder, der wollte nicht mit zum Hechelkurs. Aber ich schon«, unterstreicht sie, und der Fünfjährige, Moritz, der ihr am nächsten sitzt, runzelt die Stirn.

»Hecheln machen Hunde, hier sind aber gar keine«, fällt ihm auf. Seine Mama kann durch geschicktes Intervenieren verhindern, dass er Emma einen Vogel zeigt.

Der Schwangeren, deren Ehemann sämtliche Kindermöbel selbst schreinert, schießen Tränen in die Augen, als ihr Spross Clint hinzufügt, dass er lieber einen Welpen hätte.

Moritz hat es mir angetan. Er ist zuckersüß und rutscht mit jeder Minute näher zu mir heran. Bedauerlicherweise erinnern mich seine tiefgrauen Augen an Silas, was mich aufwühlt, weil ich mir bei Kakao mit Sahne geschworen habe, ihn zu vergessen. Mehrfach und immer wieder. Ich kneife mir in die Nasenwurzel und konzentriere mich.

»Erzählt mir doch mal, was ihr schon alles über die Schwangerschaft wisst.« Ein schwacher Versuch, den Polizisten aus den Gedanken zu verbannen.

Moritz legt den Kopf schief, rückt noch ein bisschen näher.

»Schwangersein ist für einen guten Zweck«, findet er, und ich stimme ihm zu.

»Da hast du total recht. Und wenn es so weit ist, dann bekommst du …«

»Eine kleine Schwester«, fällt er mir ins Wort, wofür Mami ihn rügt.

Lisa traut sich ebenfalls näher an mich heran, während ihre Mama mit offenen Augen schläft und sich vermutlich gerade in die Karibik träumt.

»Schwanger werden ist ganz einfach, Mama pieselt auf ein Papier und zack, ist sie befrüchtet«, erklärt sie mir.

Ich hatte das anders in Erinnerung, aber eine schöne Theorie. Leider ist das mit Theorien aber so eine Sache, oft stellen sie sich als falsch heraus und die Erde ist rund und ein gewisser Polizist nicht verliebt in mich. Vermutlich mag er mich nicht mal besonders und genießt bloß meine Aufmerksamkeit.

Während Moritz meine Fußspitzen mit seinen erreicht und Lisa sich zurück auf den Schoß ihrer Mama robbt, erzähle ich ein bisschen übers Schwangersein und das Leben, das dabei entsteht. Die meisten Kinder hören nicht zu, und es wird lauter um mich herum. Die Yogamatte ist plötzlich interessant, genauso wie die Vorhänge vor dem Fenster oder der Stapel mit den bunten Stillkissen, an dem Clint herumzupft, sodass er bedenklich ins Schwanken gerät. Rasch gehe ich zum nächsten Thema über.

Mit dem Hörrohr, mit dessen Umgang ich inzwischen bestens vertraut bin, besuche ich eine Mami nach der anderen und lausche gemeinsam mit den Kids eine Weile den Herztönen ihrer Geschwisterchen. Lisa kann gar nicht genug davon bekommen, Evangeline hingegen langweilt sich, möchte lieber auf dem Gymnastikball hüpfen, und Moritz findet es wichtiger zu erwähnen, dass Papa gesagt hat, dass Mamas Bauch teuer wird. Warum? Na, weil ein Mädchen drinsteckt.

Clint kippt den Stillkissenstapel um, Emma kreischt, und ich entscheide, dass wir erst mal die mitgebrachten Teddys und Puppen wickeln. Eine Ankündigung, mit der es mir gelingt, die abtrünnigen Kids wieder einzufangen. Neugierig kommen sie alle angerutscht.

»Und wisst ihr, was besonders toll wird, wenn euer Babygeschwisterchen auf die Welt kommt?« Kulleraugen gucken mich fragend an, Evangeline versucht, die Windel zu essen. »Ihr macht dann Babyflitterwochen.« Eine Puppe rauscht mir an den Kopf, weil Lisas Mutter sie nicht mehr rechtzeitig abfangen konnte. Hebamme ist gar kein so ungefährlicher Job, wie immer alle meinen. Neulich bekam ich nach einer Rangelei mit einer übereifrigen Vierjährigen einen Igelball voll auf die Nase und blutete.

»Was hat die Storchentante gesagt?«, will Emma wissen, und ich versuche es erneut.

»Ja, also, wenn das Baby da ist, dann wird das natürlich aufregend und neu. Und man verliebt sich in den kleinen Frosch …«

»Kriegen wir 'nen Frosch? Ich dachte ein Mädchen?«, wundert sich Moritz und zupft an Mamas Bluse.

»Natürlich bekommt ihr echte Babys, aber bevor sie dazu wurden, waren sie in Mamas Bauch wie kleine Frösche mit Schwimmhäuten zwischen den Zehen und Fingern.« Ich zeige ihnen ein Bild aus der frühen Schwangerschaft, auf dem Babys noch aussehen wie Außerirdische, und Münder klappen erstaunt auf. Emma zieht eine Grimasse, Moritz lacht.

»Dazu erzähle ich euch jetzt eine kleine Geschichte.« Die Storchentante wird zur Märchentante und das Energieniveau der Kinder sinkt. Bis auf Moritz kuscheln sich alle in Mamas Schoß, drei Daumen landen in den Mündern ihrer Besitzer, ein Schnuffeltuch wird hervorgekramt.

Ich schmunzle und beginne: »Es lebte einst ein winziger Frosch fröhlich in seinem nassen Paradies und schwamm umher. Alles war ganz leicht und warm und rosarot.«

»Im Bauch«, vermutet Emma.

»Ganz genau.«

»Und das Fröschchen wuchs und veränderte sich jeden Tag. Durst und Hunger kannte es nicht, weil es durch ein Band mit Mama verbunden war und alles, was es brauchte, dadurch erhielt. Genauso wenig wusste der Frosch, was Tag oder Nacht ist.«

»Wird das nie dunkel im Bauch?«, fragt sich Lisa.

»Doch, wenn man den Bauch zudeckt«, vermutet Moritz.

»Das Fröschchen hatte Ohren, und es lauschte aufs Wasser, das gurgelte und rauschte«, erzähle ich weiter. »Und es hörte auch ein gleichmäßiges Klopfen. Weiß jemand von euch, was das sein könnte?«

»Das bin ich, wenn ich mit dem Finger auf Mamas Bauch tippe«, meint Moritz und sieht so bezaubernd aus, wenn er nachdenkt, dass mein Herz schwer wird, weil ich mir vorstelle, dass Silas genauso süß war als Kind. Im Grunde ist er es ja immer noch, bloß inzwischen ausgestattet mit dem Extra einer beschissenen moralischen Großkotzigkeit. Es ist wie ein schöner, roter Schneewittchenapfel, in den man hineinbeißt und von innen beißt ein Wurm zurück.

Ich schließe die Augen, um zum richtigen Märchen zurückzukehren. »Dein Fingertippen hört Fröschchen auch, aber was regelmäßig um ihn herumpocht, ist Mamas Herzschlag.« Und den brauchen Babys nach der Geburt möglichst schnell wieder in ihrer Wahrnehmung, das Vertraute im völlig Fremden, denn tatsächlich kommen die meisten Neugeborenen erst auf der Brust der Mutter zur Ruhe.

»Irgendwann lernte Fröschchen, das mittlerweile schon aussah wie ein Baby, die Stimmen, die durch den Bauch mit ihm sprachen, zu erkennen und zu unterscheiden. Und es bekam Lust, die Welt außerhalb des Wassers zu erkunden. Als es herauskam, war es allerdings zunächst ganz, ganz anders, als Fröschchen erwartet hatte. Bleierne Schwere ummantelte seinen Körper, raue Handtücher trockneten es ab und Kälte stach auf seiner Haut. Es gab nichts, das der Frosch kannte, bis er endlich einen warmen, weichen Platz in Mamas Armen fand und es wieder pochen hörte.«

Die Kinder hören zu, bis auf Evangeline, die auf der Matte sitzend versucht, ihren großen Zeh in den Mund zu stecken.

Als das Märchen zu Ende ist, kommen wir endlich zum Höhepunkt des Kurses: dem Kugelbauchbemalen.

»Meine Mama ölt ihren Bauch immer ein, damit das Baby keine Streifen bekommt«, vertraut mir Moritz an und tätschelt meine Hand.

»Was hast du denn gegen Tigerbabys? Die sind doch auch süß«, antworte ich und reiche seiner Mama Farben und Pinsel.

»Ein Mädchentigerbaby, das teuer wird«, feixt er und angelt nach einer meiner losen Haarsträhnen.

»Du hast komische Haare«, findet er. Jetzt wird er aber mutig.

»Magst du sie nicht?«

»Doch«, sagt er, und bevor er mir vollends auf den Schoß klettern kann, animiere ich ihn zum Malen.

Wenig später haben wir einen Regenbogenbauch, einen bunten Frosch, mit und ohne Punkte, und einen Tiger, den man schwer als solchen erkennen kann. Emma, die selbsternannte Kritikerin des Tages, guckt sich alles ganz genau an. Bestimmt wird sie mal Gutachterin bei einer Versicherung oder so, die passende Mimik hat sie zumindest.

»Du hast das Gesicht vergessen«, meint sie nach langem Überlegen zu Moritz.

»Hab ich nicht, das ist sein Popo.«

Emma macht eine vielsagende Geste, die sie sicherlich von ihrer Mutter hat, und Moritz wird sauer.

»Guck nicht so dumm wie die Wäsche. Das ist so.«

Bevor sich die beiden richtig miteinander anlegen können, mische ich mich ein und erkläre, dass Streit zu viel Unruhe für eine Schwangere und ihr Baby ist. Dass die beiden lieber ganz lieb zu ihren Mamas sein sollten, was sie auch tun. Moritz knutscht seiner Mutter das Gesicht; als sein Blick dabei immer wieder zu mir wandert, stutze ich.

»Meine Mama darf ich küssen, wann ich will. Bei anderen Frauen muss ich um Erlaubnis fragen«, höre ich ihn sagen. Und bevor ihm einfällt, das womöglich bei mir zu tun, schließe ich den Kurs sechs Minuten vor der Zeit.

Vielleicht sollte ich das Konzept noch mal überdenken …

Vanillekipferl

Helga

Die Wochen verfliegen mit einer Geschwindigkeit, die mir Hören und Sehen vergehen lässt. Es ist, als hätte der Sommer lang und zäh Anlauf genommen, um uns quer durch den Herbst an den Rand des Winters zu katapultieren. Eben mixte Madita noch alkoholfreie Fruchtcocktails in beängstigenden Farben und lamentierte, dass ich keinen Balkon besäße, auf dem wir im Schein einer Laternenlichterkette quietschige Getränke schlürfen könnten, nun beginnt sie damit, Strohsterne zu basteln, während sie mit Schwangeren oder Wöchnerinnen telefoniert. Anfang November kramte sie ein Backbuch hervor und kreuzte an, was bis zum ersten Advent an Teigkreationen »auf jeden Fall« produziert werden »muss«, weil sich das so gehöre und Dezember ohne Plätzchen angeblich nicht funktioniere.

Ich lasse sie machen, hab's nicht mit der Weihnachtszeit, auch wenn ich es liebte, Gretus dabei zuzusehen, wie sie mit ihren schwieligen Händen Vanillekipferl formte. Blech um Blech voller Sichelmonde, weil alle wussten, dass sie die besten machte, und sie deshalb das ganze Dorf versorgte.

»Ich back denen lieber gleich eine eigene Tüte, sonst kommen die doch alle rein zufällig vorbei, und dann muss ich auch noch Kaffee kochen. Nee, lass mal.«

Einen ersten durfte ich jedes Jahr sofort probieren, wenn sie das erste Blech aus dem Ofen holte.

»Vorsicht, Helgalein, die sind heiß.«

Ich habe nie versucht, die Kipferl nachzubacken, überlege, es Madita hinzulegen, und lasse es bleiben. Man tut gut daran, sich hin und wieder klarzumachen, dass alles irgendwann ein Ende hat. Und die Zeit von Gretus' Zuckermonden ist nun einmal vorbei.

So ist jede von uns mit ihren eigenen Dingen beschäftigt, verbunden durch ein generelles Zusammensein ohne Verbindlichkeit. Wir fühlen uns nicht dazu verpflichtet, gemeinsam zu frühstücken, freuen uns jedoch, wenn es sich zufällig ergibt. Ich stecke Madita ein belegtes Brot in die Tasche, mit Butter und Schokoladencreme, wenn ihr Zeitmanagement sie daran hindert, pünktlich in den Tag zu starten. Sie kocht eine mitternächtliche Paella, als wir von unserer vorerst letzten gemeinsamen Geburt heimkommen: Maja und Sören-Steffan sind in den neu gestalteten Wänden des *Storchennests* Eltern geworden.

Nach meinen Erfahrungen während der Vorsorge rechnete ich mit anstrengenden Stunden, einem zähen Verlauf und Frustration auf allen Seiten, weil die Geburt vermutlich nicht so verlaufen würde, wie Maja es entschieden hatte. Doch sie erstaunte mich mit einer Gelassenheit, die mich Sören-Steffan fast hätte fragen lassen, ob er ihr Kekse mit besonderer Füllung organisiert oder gleich eine Tüte gedreht hatte. Eventuell zeigte auch das Training mit der Hypobirthing-Coach tatsächlich Wirkung, oder es lag an Maditas Art, sich bis zur eigenen Schmerzgrenze und darüber hinaus dem, was ablaufen will, hinzugeben. Beruflich wie privat.

Jedenfalls gelang es Maja, die Wehen bis kurz vor Schluss tönend zu veratmen, und lediglich in der letzten halben Stunde stieß sie Quieklaute aus, deren Frequenz in beachtliche Höhen vordrang und von denen sie beschloss, sich hinterher nicht mehr daran zu erinnern.

Sie entschied sich außerdem für das Gebärtuch, hing halb

weggetreten in der Stoffbahn und ließ sich von Madita den Kopf streicheln und gut zureden, während Sören-Steffan und ich hinter ihr hockten, ihr den Rücken und die Waden massierten und auf das Baby warteten. Mit der ersten Presswehe regte sich plötzlich Sternchen in mir, das sonst ein eher ruhiges Gemüt zu haben scheint und nur wenig trommelt. In diesem Moment jedoch setzte es alles in Bewegung, was es an Gliedmaßen besitzt, beulte und dellte meine Bauchdecke, als ob es einen Rekord zu brechen gelte, und ich zuckte zusammen.

»Was ist denn mit dir los?«, murmelte ich.

»Was meinst du?« Sören-Steffan, der bis eben gebannt auf Majas Intimbereich gestarrt hatte, hob den Kopf und blickte mich an.

»Ach«, ich winkte ab, strich über die inzwischen ordentliche Rundung meines Bauches, auf der sich auf dem Sofa fläzend bequem eine Tasse Kaffee abstellen lässt. »Das Baby, also *mein* Baby, meldet sich gerade.«

Sören-Steffan strahlte. »Klar. Vermutlich will es dabei sein.«

Die Gewissheit, mit der er das sagte, verblüffte mich. Doch vermutlich hatte er sogar recht. Sicherlich spürte Sternchen meine Aufregung, dieses Auflodern in Körper und Seele in Erwartung des oft erlebten und doch jedes Mal einzigartigen Wunders. Wenn ein Köpfchen in meine Hände rutscht und ich einen Atemzug lang eine Vollkommenheit verspüre, wie es sie nur in diesem einen Augenblick geben kann.

Zwei Wehen später erblickte Tove-Linnea das Licht der Welt und ließ Maja beschließen, für eine Weile jedes Abwägen ruhen zu lassen und einfach nur zu staunen und glücklich zu sein.

Daran denke ich, als ich ein paar Tage später abends in der Badewanne liege, um Muskeln und Gewebe zu entspannen. Morgen beginnt meine zweiunddreißigste Schwangerschaftswoche, und zum ersten Mal wird mir bewusst, dass mir in wenigen Wochen das Gleiche bevorsteht. Geburt. Nur andersherum als in den vergangenen fünfundzwanzig Jahren. Dass das Ruckeln und Wölben in meinem Körper, die Kurzatmigkeit, das Wasser in den Beinen, das Schnaufen beim Laufen, das schöne Gefühl, jemanden beständig bei mir zu haben wie einen Schutzengel – dass das alles mit einem Resultat enden wird: Ich werde Mutter sein, unumstößlich.

Sternchen schlägt aus und wölbt einen Hügel aus meiner Bauchdecke heraus, ein Lummerland, das sich aus dem dünnen Badeschaum erhebt, den ich mir gegönnt habe, und wieder verschwindet. Ist die Entscheidung einmal gefallen, gibt es kein Zurück. Ich werde Verantwortung tragen und mich kümmern müssen, gleichgültig, ob ich gerade wollen werde oder nicht. Erstaunlich, dass man das zwar irgendwie weiß, jedoch nicht in letzter Konsequenz begreift beziehungsweise erst sehr spät. Viele Frauen erleben gegen Ende der Schwangerschaft Momente und Phasen der Angst, teilweise Panik, wenn sie sich in einem ruhigen Augenblick klarmachen, was es bedeutet, ein Kind auszutragen. Wirklich und wahrhaftig.

»Tja, da musst du jetzt durch«, habe ich nicht nur einmal zu einer Frau in ängstlichem Zustand gesagt. »Aber das schaffst du schon.«

Das war mehr Feststellung als Zuspruch, denke ich jetzt, und vermutlich allenfalls neutral und weniger nett. Ich bin mir nicht sicher, ob ich selbst Angst habe, ich glaube, es ist eher Respekt. Wie vor einem großen Tier wie einem Elch, der riesig ist, wenn man ihm gegenübersteht. Friedlich zwar, doch allein aufgrund seiner Ausmaße in der Lage, einen über den Haufen zu rennen. Hoffentlich werde ich nett sein zu meinem Kind.

Als die nächste Beule auftaucht, streiche ich darüber, bilde mir ein, einen Fuß zu spüren. Noch immer versetzt es mich in

Staunen, dass da ein Mensch in mir heranwächst, der auf die Welt schlüpfen und ein eigenes Leben führen wird. Jemand, der seine Hand in meine schiebt und »Mama« zu mir sagt; ein Wort, das mir fremd ist, und ich scheitere daran, mir vorzustellen, wie das sein wird.

Als Sternchens Fuß das nächste Mal einen Berg in meinen Bauch tritt, greife ich nach Maditas Badeente – natürlich besitzt sie eine! Ein Exemplar mit Kapitänsmütze – und stelle sie auf die Wölbung. Mit Sternchens Bewegungen schaukelt das Plastiktier auf und ab wie auf den Sommerwellen eines Ozeans, was mich zum Lachen bringt. Es ist enttäuschend profan, und trotzdem haben sie recht, all die Plattitüden und Binsenweisheiten bezüglich der kleinen Momente, die das Leben groß machen.

»Warum verabreden dein Vater und ich uns eigentlich nie?«, höre ich mich murmeln, nachdem ich dem Schauspiel eine Weile lang zugesehen habe. Nicht mal telefonieren tun wir, tauschen bloß weiterhin Nachrichten via SMS.

Ich habe den Body getestet. Funktioniert prima.

Freut mich. Was war dein Testobjekt?

Eine Windel, die ich mit Babybrei gefüllt habe.

:) Sollte der nicht lieber gegessen werden?

Die schicken mir so viele Proben – damit könnte ich ganz Afrika ernähren.

Als ich zum letzten Ultraschalltermin ging, zu dem Carola mich einbestellte, überlegte ich, Hans zu fragen, ob er mich begleiten wolle, tat es dann aber doch nicht. Auch, weil er nicht selbst danach fragte.

Apropos.

Die Kommunikation mit Jim ist ebenfalls eingeschlafen. Manchmal sehe ich ihn abends an seinem Schreibtisch sitzen, und wenn er seinen Kopf hebt und mich seinerseits sieht, winken wir uns zu. Zettel-, smiley- und gebärdenlos, als wäre nie etwas gewesen. Ob ihn Maditas Anwesenheit abschreckt oder mein offensichtlicher Babybauch, kann ich nicht sagen. Genauso wenig, ob mir unser bizarres Zusammensein fehlt oder nicht. Wenn es denn je ein Zusammen gewesen ist und nicht bloß ein Sommernachtstraum.

Madita spricht ja gern vom Starlight Express, doch sofern überhaupt irgendetwas rollt, ist es bestenfalls Schienenersatzverkehr.

Mitte Dezember überrascht mich das Küken mit zwei Männern, die einen Wickeltisch durchs Treppenhaus wuchten und unter Kemnichs glotzendem Blick in meine Wohnung schieben.

»Hab ich eingetauscht«, erklärt es freudestrahlend.

»Will ich wissen gegen was?«

»Ach, harmlos, dreimal Ganz-Körper-Massage bei Joshs Frau.« Madita deutet auf den kleineren der beiden Kerle, die das Möbelstück auf die Seite kippen, damit es durch die Tür passt. »Sie haben gerade Zwillinge bekommen und brauchen eine größere Windelkommode.«

»Du bezahlst in Dienstleistungen die Möbel für Sternchen?«

»Ja, mach ich, und würd ich auch dann, wenn ich nicht schon ein Vierteljahr kostenlos bei dir wohnen dürfte.« Das Küken dreht sich einmal um sich selbst und knutscht mich auf die Wange, bevor es den beiden Männern in mein Schlafzimmer folgt, um ihnen zu zeigen, wo das neue Möbelstück hinsoll. Ich beeile mich hinterherzukommen, um Schlimmeres zu verhindern.

Je runder ich werde und je länger ich brauche, um die Treppen im Haus nach oben zu bewältigen, desto häufiger finde ich mich auf dem Sofa wieder, Maditas Hände irgendwo an meinem Körper, die drücken, kneten und reiben, wo es zwickt, hakt und angespannt ist. Es ist lieb von ihr, und ich genieße es, doch manchmal glaube ich, sie tut das auch, um sich selbst abzulenken, denn mir fällt auf, dass unter ihrem Sonnenschein ein langer Schatten liegt. Wann immer es geht, stürzt sich Madita in Frohsinn und Betriebsamkeit, erfindet im Monatstakt neue Kursformate, erfüllt Gefallen, die ihre Schwangeren gar nicht geäußert haben, und schleppt doch unübersehbar eine beständige Niedergeschlagenheit mit sich herum. So als hinke sie.

Ich habe diesen Polizisten im Verdacht, weil Madita Streifenwagen hinterherschaut, als wären es rosenumrankte Hochzeitskutschen. Doch soweit ich es mitbekomme, tut sich nichts in ihrem Leben, das man als privat oder gar intim bezeichnen könnte.

Was das angeht, sind wir uns erschreckend ähnlich.

*

Die Tüten sind schwer, und wenn Madita wüsste, dass ich sie ohne Einkaufswagen über den Parkplatz zu meinem Auto wuchte, würde sie die Hände in die Hüfte stemmen und zu einer ihrer besorgten Strafpredigten ansetzen. Erstaunlich, wie deutlich ich sie vor mir sehe; ich kann sie beinahe hören. Doch das Küken ist unterwegs, zu Hause bei ihrer Familie, zehn Tage Weihnachtsurlaub. Heute Nachmittag kommt sie zurück, deshalb muss der Kühlschrank gefüllt werden.

Kommt mir die Wohnung still vor, seit Madita weg ist? Ja und nein, auf jeden Fall vermisse ich die warmen Mahlzeiten, auch wenn es schön ist, nicht jeden Tag die Küche grundreinigen zu müssen. Es ist ein stilles Arrangement, das wir bereits im Sommer getroffen haben: Das Küken kocht, ich sorge für Ordnung. Wann oder ob sie sich überhaupt eine eigene Bleibe suchen wird, darüber sprechen wir nicht.

»Was machst du denn so ganz allein während der Feiertage?«, erkundigte sich Madita mit einer Besorgnis in der Stimme, die mir beim Gedanken an Wehen vor der dreißigsten Schwangerschaftswoche angemessen erscheint, nicht jedoch für ein kalendarisches Ereignis, das sich jährlich wiederholt.

»Lesen«, erwiderte ich, obwohl der Bücherstapel auf meinem Nachttisch erheblich geschrumpft ist, seit ich mich im Mutterschutz befinde. Tatsächlich ein merkwürdiger Zustand, so ohne Vorsorge- und Betreuungstermine, wenn es nichts zu tun gibt, außer den Bauch zu streicheln und spazieren zu gehen, was in den letzten Tagen zugegebenerweise mehr und mehr zu einem Watscheln geraten ist. Es drückt und zieht an allen erdenklichen Stellen in meinem Leib und es nervt, dass ich mich auf den Boden setzen muss, um meine Winterstiefel anzuziehen.

Es hat mich einiges an Überredungskunst gekostet, bis Madita ihre Koffer packte und Richtung Heimat fuhr, denn sie liebt zwar die traditionellen Weihnachtstage in ihrem Elternhaus, hatte jedoch Sorge, Sternchens Geburt zu verpassen.

»Ach was, da drin ist alles ruhig«, erklärte ich ihr. »Sternchen kommt erst Mitte Januar, ich wette, nach dem errechneten Termin. Außerdem möchte ich eine ausgeruhte Hebamme, wenn's schon sein muss.« Ursprünglich fand ich den Gedanken reizvoll, mein Kind allein auf die Welt zu bringen, nur Sternchen und ich in einem gemeinsamen Rhythmus, vielleicht auf unserem Mutter-Kind-Sofa. Doch sowohl Carola als auch Monika und schließlich natürlich Madita wollen das nicht zulassen und schlugen die Hände über dem Kopf zusammen, als ich gezwungenermaßen andeutete, wie ich mir Sternchens Licht-der-Welt-Erblicken vorstelle. Denn natürlich löcherten sie mich mit entsprechenden Fragen.

»Und wenn ich mich mit Handschellen an dir festkette – mich wirst du nicht los«, drohte mir das Küken, und weil man bei ihr nie sicher sein kann, ob sie nicht tut, was sie sagt, versprach ich schließlich, sie sofort anzurufen, sobald sich die Geburt ankündigt.

»Auch wenn ich nur kurz einkaufen bin.«

»Ja-ha.«

Monika wird ebenfalls kommen, darauf bestehen die beiden, weil ich mir die Hausgeburt nicht ausreden lasse, obwohl ich aufgrund meines Alters als sogenannte Risikoschwangere gelte, was ein lächerlicher Begriff ist für eine Frau, in deren Leib neues Leben heranwächst. Als sei sie eine Selbstmordattentäterin, die jeden Moment inmitten der Fußgängerzone explodieren könnte. Nichts gegen Risikoeinstufungen, doch meine Befunde sind tadellos, sodass es nichts gibt, das gegen eine Geburt in meinen eigenen vier Wänden spricht.

»Also gut«, gab Monika irgendwann nach. »Dich gegen deinen Willen in ein Krankenhaus zu bringen, wäre sowieso gefährlicher für jedermanns Leib und Leben. Machen wir's also bei dir zu Hause.«

Auch Madita gab ihr Okay, und ich kann nicht umhin, beiden für ihre Bereitschaft dankbar zu sein, obwohl ich nach wie vor glaube, dass eine Geburt genauso gut allein funktioniert, wenn man sich auskennt.

»Helgaaaaa! Hallooo!« Als ich am Fahrradständer vorbeikomme, springt eine kleine Gestalt in die Höhe und winkt mir ausgelassen. Lara. Größer als vor einem halben Jahr und deutlich älter. Die rundlichen Wangen sind schmaler geworden, aus ihren Augen blickt mir etwas Neues entgegen. »Helga, ich bin jetzt sieben, weißt du das schon? Und ich gehe in die Schule.«

Ja, denke ich, das ist es, der Kindergarten verblasst in deinem Gesicht. »Gefällt es dir?«

Sie nickt. »Mein Lehrer kann jonglieren und wir rechnen. Aber die Mädchen sind blöd, die spielen immer Pferd und nie Raubkatzen.«

»Und was machen die Jungs?«

»Die spielen Paw Patrol, das ist Babykram. Oder Harry Potter, aber das darf ich noch nicht lesen.« Sie zuckt mit den Schultern. »Na ja, ich bin dann halt die Löwin, die die Pferdeherde beschützt.«

»Ich bin sicher, du bist eine gute Aufpasserin.« Ich deute auf den Kinderwagen, der vor dem Fahrradständer steht und auf dessen Kiddyboard Leon hockt und in einem Pixibuch blättert. »Apropos: Wo ist deine Mutter?«

»Drin. Mit Leander.« Lara guckt zum Supermarkt hinüber. »Die Windeln waren leer, und Mama wollte uns nicht mit reinnehmen, weil Leon an der Kasse immer bettelt.« Sie stellt sich auf Zehenspitzen, um mir zuzuwispern: »Letztes Mal hat er total geheult, weil Mama keine Gummibärchenrolle gekauft hat. Und dann haben die sich angebrüllt und wir sind einfach gegangen, ohne irgendwas zu kaufen, obwohl schon alles auf dem Band lag.«

»Vielleicht kann das nächste Mal dein Papa einkaufen gehen, auf dem Nachhauseweg von der Arbeit.«

»Das geht nicht. Der vergisst immer die Hälfte, selbst wenn Mama ihm einen Zettel schreibt, und dann muss sie doch wieder los.« Nicht nur Laras Tonfall ist eine Kopie von Judith, sondern auch ihre genervte Miene, und es frappiert mich, wie deutlich sich Eltern in ihren Kindern zeigen. Ob ich dem gewachsen bin, was in Sternchen zutage treten wird?

Ein heftiges Ziehen in meinem Leib lässt mich zusammenzucken, und ich stöhne auf. Bereits heute Nacht ist das ein paarmal passiert.

»Hast du Bauchweh?«, erkundigt sich Lara, und ihr Bruder, der sich bislang nicht für unser Gespräch interessiert hat, sieht von seinem Buch auf. Bauchweh scheint spannender zu sein als *Mein Freund, der Lkw-Fahrer*. »Du bist ganz schön dick geworden.«

»Ja«, schnaufe ich. »Ich bekomme ein Kind.« Und zwar sehr bald. Meine Bauchdecke fühlt sich hart an, unter meinem rechten Rippenbogen schmerzt es heiß; ein Muskelfaserriss, in den Sternchen liebend gern seinen Po hineindrückt. Wird Zeit, dass du rauskommst, denke ich, und als Antwort zieht es erneut. Übungswehen, sechzehn Tage vor dem errechneten Termin. Wenn das mal nicht nach Lehrbuch ist.

Laras Augen sind unterdessen kugelrund geworden. »Hier? Willst du nicht lieber zu Hause sein, wenn dein Baby rauskommt?«

Ich spüre mich lächeln und den Impuls, dem Mädchen über das Haar zu streicheln. »Doch. Es soll zu Hause geboren werden. Aber das dauert noch ein bisschen; im Moment klopft es nur und sagt Bescheid, dass es bald so weit ist.«

»Wenn du willst, kann ich auf dein Baby aufpassen, falls du mal schlafen musst oder so.«

»Das ist ein großzügiges Angebot.« Nun streiche ich Lara doch über den Schopf. »Ich schicke dir eine Brieftaube, wenn es so weit ist, ja?«

Lara kichert. Vor einem halben Jahr hätte sie noch große Augen gemacht und mich gefragt, wie viele Vögel ich denn habe und wie weit sie fliegen können. Mit dem Rechnen ist manches an Zauber verschwunden, scheint mir, aber das muss natürlich so sein.

»Ich hab was für dich.« Ich stelle eine meiner Einkaufstüten ab, um in der anderen kramen zu können. Lara wippt währenddessen auf ihren Füßen auf und ab, Leon legt sein Buch zur Seite und greift nach etwas, das unter dem Fahrradständer liegt. Eins dieser schrillroten Überbleibsel von Silvesterraketen, die wie Tintenpatronen aussehen. Er steckt es in den Mund und pustet.

»Das ist die Geheimpfeife«, erklärt er mit zusammengebissenen Zähnen. »Damit kann man Wölfe rufen.«

»Nimm das aus dem Mund, Blödi, das ist schmutzig.«

»Ich bin kein Blödi.« Trotzdem spuckt Leon das Plastikteil aus.

Derweil werde ich fündig. »Hier, wenn ich mich recht entsinne, wolltest du welche haben.« Ich reiche ihr eine Packung Salzstangen. Wer weiß, ob sie sich an unsere Begegnung im Sommer erinnert, trotzdem versuchen im nächsten Moment zwei Paar Kinderarme, sich um mich herumzuschlingen, was jedoch an meinen Ausmaßen scheitert.

»Danke, Helgaaaaa, du bist voll lieb!«

Ich verabschiede mich von den beiden, watschle zu meinem Auto und wuchte die Einkaufstüten in den Kofferraum. Als ich mich auf den Fahrersitz plumpsen lasse und verschnaufe, zieht es erneut in meinem Bauch, und ich atme tief, bis der Schmerz nachlässt. Übung erledigt.

Beim Ausparken fällt mein Blick auf den Strohstern, der von meinem Rückspiegel baumelt und den natürlich Madita dort aufgehängt hat.

»Also, es geht nicht, dass du so gar kein Weihnachten zulässt«, hatte sie erklärt, meine Wohnung mit Tannenzweigen geflutet und mit Sternen behängt, kaum dass der erste Advent gekommen war.

»Zwischen gar kein Weihnachten und Lichterketten im Kühlschrank gibt es ja wohl noch Abstufungen – und nein, ich möchte ganz bestimmt keinen Gebrannte-Mandel-Sirup in meinen Kaffee.«

Ich hätte wissen müssen, dass meine Abwehr das Küken umso mehr anstachelt – es machte sich einen Jux daraus, mich, wo es nur ging, mit einem Stern zu überraschen. Im Kaffeebohnenbeutel, in meiner Hebammentasche, in der Kammer für den Weichspüler. Und eben am Rückspiegel meines Autos.

Überhaupt hielt das Weihnachtsfest in diesem Jahr eine Überraschung parat. Während ich zur Ausfahrt rolle, denke ich daran zurück, an Heiligabend. Ich hatte vorgehabt, ihn allein zu verbringen, um Kräfte zu sammeln für das Bevorstehende und weil es sich außerdem so ergab. Ich hatte es mir auf der Couch gemütlich gemacht. Hinter mir auf der Lehne hockte Mister Storch mit Weihnachtsmütze auf dem Kopf und Stern am Schnabel, in der Hand hielt ich einen Becher mit Fruchtpunsch aus frisch gepressten Orangen, rotem Traubensaft, Nelken und Zimt, um Maditas Vitaminverordnung nachzukommen, und las das Buch, das ich morgens begonnen hatte: die Geschichte eines Chauffeurs, der auf Hotelier umsattelt und in abstruse Ereignisse verwickelt wird, die mich weniger überzeugten als die Formulierungen, mit denen der Roman erzählt ist.

Irgendwann sah ich auf, vielleicht weil ein Lichtreflex in meinem Augenwinkel flackerte, vielleicht einfach so, und erblickte Jim. Seit einigen Tagen war sein Fenster dunkel geblieben, und ich hatte angenommen, er sei über die Feiertage irgendwohin gefahren, zum Plätzchenessen, Schwatzen, die Zeitanhalten, oder was auch immer er tat, dort, wo und zu wem er hingereist sein mochte. Eventuell lag er auch in Ägypten am Strand, fuhr im Engadin Ski oder stritt sich mit seinen Geschwistern, die Weihachten zusammenkamen, obwohl sie sich nicht leiden konnten. Was wusste ich schon von meinem Nachbarn mit dem ausgedachten Namen? Außer, dass wir uns offensichtlich nicht interessant genug fanden, um beim jeweils anderen zu klingeln. Oder Angst davor hatten, was wir fänden, wenn wir es täten. Möglicherweise waren wir schlicht ein Running Gag.

Trotzdem pulste ein kleiner Blitz durch mich hindurch, als ich ihn so unvermittelt dort drüben sah. Ein Funken Freude oder Aufregung über das Unbekannte, das sich einer klaren Einschätzung entzog. In der Tat, Jim war nicht vorhersagbar, kategorielos.

Er saß nicht wie sonst an seinem Schreibtisch, sondern lehnte seitlich sitzend im Rahmen des sperrangelweit geöffneten Fensters, in Mantel, Mütze und Schal, einen Becher auf eine Weise in den Händen haltend, die darauf schließen ließ, dass er ein Heißgetränk zu sich nahm, ein Windlicht vor sich. Sein rechtes Bein lag ausgestreckt auf der Fensterbank, das linke baumelte entlang der Hauswand hinab.

Ich ließ mein Buch sinken, starrte hinüber. Stellte mir ein breites Grinsen in seinem Gesicht vor, als er die Tasse hob und mir zuprostete. Wie lange er wohl schon dort saß und mich beobachtete? Und warum.

Er stellte den Becher ab und griff neben sich, hielt eine Schale in die Höhe und zuckte mit den Achseln. Es hätte mich ärgern können, dieses So-tun-als-ob-nichts-gewesen-wäre, als ob es keine Wochen der Nicht-Kommunikation nach etwas Verblüffendem gegeben hätte, keinen Verdacht nach dem Verratenwordensein.

Andererseits. Ich wusste ja gar nicht, ob er es gewesen war, der den Polizisten auf Vickys Spur gesetzt hatte. Ob Jim Vicky nicht einfach im Hof entdeckt hatte, ohne zu ahnen, dass sie sich ausgerechnet in meiner Wohnung versteckte. Außerdem hätten wir die Situation sowieso längst auflösen müssen, und womöglich hatte es uns größeren Ärger erspart, dass Vicky nicht noch länger verschwunden geblieben war. Das Baby lebt, und Herr Glossberg kontrolliert lediglich die Werte im Mutterpass und blockt nach zwanzig Uhr das WLAN – der lächerliche Versuch, Vickys Kontakt zu Tyrese einzuschränken. Nichts, über das man sich beklagen müsste.

Das Einzige, das ich Jim vorwerfen konnte, war, dass er mich angemacht hatte, ohne sich im Anschluss um die entfachte Glut zu kümmern. Jedoch hatte ich mich genauso wenig um einen neuen Scheit gekümmert.

Ich streifte die Wolldecke von den Beinen, erhob mich und

schaukelte zum Fenster, zögerte, bevor ich es öffnete. Winterluft schlug mir entgegen, nicht eisig, doch kalt genug, um mich zu schütteln. Jim griff in seine Schale hinein und warf etwas. Was immer es war, beschrieb einen kleinen Bogen, bevor es zwischen uns in der Tiefe verschwand. Keine Ahnung, wie groß der Innenhof und damit der Abstand zu Jims Haus ist, dessen Hauswand daran angrenzt, ohne einen Zugang zu haben. Entweder gibt es dort drüben keinen Hof oder er liegt zur anderen Seite hin. Zehn, eventuell fünfzehn Meter. Das Gewicht eines Fötus zu tasten, ist leichter, als Entfernungen zu schätzen.

Jim langte nach einem weiteren *Dings* und warf erneut. Diesmal legte sein Geschoss ein, zwei Meter mehr zurück, bevor es im Hof aufschlug, ohne dass ein Geräusch bis zu uns heraufdrang.

Ich verschränkte die Arme vor der Brust, weil mir kalt war. Und weil ich daran zweifelte, dass es physikalisch überhaupt möglich war, aus einer seitlichen Sitzposition heraus die Distanz des Innenhofes werfend zu überbrücken.

Jim ließ sich indessen nicht entmutigen, und unser Hof erhielt drei weitere Flugkörper für seine Sammlung, bevor mein Nachbar seine Position änderte und die Technik wechselte. Er beugte sich in seine Wohnung hinein und griff nach etwas, das wohl auf seinem Schreibtisch lag, bevor er sich umdrehte und beide Beine aus dem Fenster hängen ließ, was mich kurz darüber nachdenken ließ, warum einem der gleiche Anblick einmal Angstschweiß auf die Stirn treibt und einen bei anderer Gelegenheit vollkommen kaltlässt, je nachdem ob das Gegenüber im vierten Stock im Fenster hockt oder im Erdgeschoss. Die Wahrscheinlichkeit hinauszufallen dürfte in beiden Fällen gleich hoch sein.

Jim hielt eine Art Latte in der Hand, ein Lineal vielleicht, auf die er das nächste Objekt legte. Zwischen seine Beine geklemmt bog er die flache Stange nach hinten und ließ sie im nächsten Moment nach vorn schnellen. Einen Atemzug später klatschte das Projektil über mir gegen die Hauswand, ehe es seinen Vorgängern hinterher in den Schatten stürzte.

Ich reckte einen Daumen nach oben und trat einen Schritt zur Seite. Falls Jim beim nächsten Versuch traf, wollte ich nicht im Weg sein.

Er benötigte zwei weitere Versuche, bis in meinem Zimmer landete, was er verschoss. Ich ging in die Knie, um es aufzuheben. In zwei Teile zerbrochen und knapp hinter dem Fenster aufgekommen lag ein Vanillekipferl.

Sternchen trat in meinen Bauch, als ich mich aufrichtete, und einen Augenblick lang wurde mir schwarz vor Augen, weil sich mein Kreislauf in letzter Zeit gegen plötzliche Bewegungen verwehrte. Am Geländer meines Pseudobalkons zog ich mich auf die Beine, steckte eine Ecke des Plätzchens in den Mund. Augenblicklich explodierte Vanille auf meiner Zunge, und ich roch Gretus' Küche, unter deren vordergründiger, durch regelmäßiges Lüften in einer breiten Schicht vorhandenen Frischluft stets auch ein Hauch von Zimt gelegen hatte, wenn sie backte. Meist gepaart mit Lauchzwiebelduft, weil sie fast alles, das sie kochte, mit Lauchzwiebeln verfeinerte. Die Erinnerung rüttelte in mir, rief mir ins Bewusstsein, dass ich seit Jahren keine Vanillekipferl mehr gegessen hatte. Nicht, seit Gretus gestorben war.

Als ich zu Jim hinüberblickte, hielt er einen Zettel hoch. *Fröhliche Weihnachten, Nachtvogel.*

»Fröhliche Weihnachten, Vogelfänger …«

Es kostete mich ein paar Minuten, bis ich Bilder und Gerüche aus meinem Kopf verbannt hatte und kläglich darin versagte, Jim zu signalisieren, was sein Gebäck hervorgezaubert hatte. Wie hätte ich meine Großmutter in ein paar Gesten verpacken können?

Zumindest schien er zu begreifen, dass mir seine Plätzchen schmeckten, denn er verschoss etliche, bis zwei weitere ihren Weg zu mir fanden und mir heiß auf der Zunge zergingen, obwohl sie nicht frisch aus dem Ofen kamen. Ich holte mir Mütze, Schal und Mantel und setzte mich auf meinen Tritthocker ans Fenster. Jim stellte etwas auf, das wie eine kleine Lautsprecherbox aussah, und ließ *Stille Nacht* über den Hof schallen, was mich in seiner Widersprüchlichkeit erheiterte. Jeder von uns füllte seinen Becher nach, ich stellte meinen auf der Sternchen-Wölbung ab und lehnte mich in den Rahmen meines Möchtegernbalkons. Er setzte sein Baumeln fort.

Während wir der Musik lauschten, orchestral inszeniert von irgendeinem Ensemble, dessen Solotrompete mich seltsam anrührte, dachte ich daran, dass ich Weihnachten oft ruhig verbracht hatte, meist bei Gretus und Opa auf dem Hof, weil vor allem meine Mutter lieber zu irgendwelchen Partys im Theater gegangen war, organisiert von Familienlosen oder Familienmüden, statt irgendeine Tradition für ihr Kind zu etablieren. Wobei, genau genommen war es ja eine Tradition, dass wir Heiligabend zum Fronau-Gut fuhren und gemeinsam Kaffee tranken, während meine Mutter mit halbem Po auf dem Stuhl saß und mit den Beinen hampelte. Nie später als sechzehn Uhr verabschiedete sie sich und machte sich, meinen Vater hinter sich herziehend, aus dem Staub.

»Und jetzt zum gemütlichen Teil«, sagte Gretus jedes Mal, sobald das Motorengeräusch vor der Tür verklungen war, füllte Schälchen mit Knabberkram, holte die Spielkarten heraus und teilte aus für die erste von dutzenden Runden Canasta. Opa legte eine CD mit französischen Chansons ein, brummte: »Weihnachtslieder singt deine Oma zur Genüge!«, und schaute uns zu, bis es Zeit wurde für die Bescherung.

In aller Regel blieb ich zwei bis drei Nächte auf dem

Hof, bis meine Eltern mich abholten, meine Mutter ruhiger, irgendwie besänftigter als vor dem Fest, wobei ich nicht hätte sagen können, was sie zuvor aufgeregt haben könnte. Nach zwei Tagen zu Hause kehrte ich zu Gretus und Opa zurück, um Silvester zu feiern.

Was wünschst du dir?, fragte Jim mit einem Zettel, nachdem wir eine Weile dagesessen und uns auf die Ferne angesehen hatten. Ich machte eine wegwerfende Handbewegung. *Weihnachtsgeschenke sind überbewertet,* obwohl ich nicht wusste, ob er seine Frage auf den Anlass des Tages bezog oder generell meinte. Ich versuche, mir grundsätzlich nichts zu wünschen, um die Energie zu sparen, die die Enttäuschung durch Nichterfüllung zumeist kostet. Weil mir jedoch nicht einfiel, wie ich das in einer Geste ausdrücken sollte, deutete ich einfach zu ihm hinüber. *Und du?*

Flügel.

Das war süß. Der nächste Scheit?

Wir hörten uns durch sämtliche Weihnachtsevergreens, bis Jim sich mit *Ich gehe träumen. Gute Nacht, Vogel* verabschiedete, was ich schade fand. Ich mochte die Leerstellen zwischen uns.

Vielleicht waren es seine Worte, die nachts in mir klangen, sodass ich morgens aufstand und einen Korb packte, Aufbackcroissants, Orangenmarmelade und eine vom Supermarkt zusammengestellte Käseauswahl, dazu meine Kaffeemühle und den schnellen Espressokocher, der auf jedem Herd solide Resultate lieferte.

Das mit Jim musste ein Ende haben oder einen Anfang oder was auch immer, jedenfalls etwas anderes als Fenstern, fand ich, Freiräume an anderer Stelle, und fühlte einen kleinen Wirbel in mir kreiseln, seit ich beim Aufwachen den Entschluss gefasst hatte, zum Nachbarhaus hinüberzuwatscheln und zu klingeln. Falls die Schildchen an der Tür in seinem

Haus so angeordnet wären wie in meinem, müsste seiner der oberste Knopf sein.

»Schluss mit dem Gedöns, Sternchen, wir gehen da jetzt rüber und lernen den Mann kennen«, erklärte ich meinem Kind. »Kann ja nicht sein, dass wir nicht wissen, wer nebenan wohnt.« Bei dem Gedanken, dass ich gleich erfahren würde, wie Jim – zumindest mit Nachnamen – hieß, stahl sich ein Grinsen in mein Gesicht, das mir albern jugendlich vorkam. Schon wieder Hormone.

Ich war gerade fertig, als auf der Anrichte das Handy scheppernd hupte. Ich griff danach, um die eingegangene Nachricht zu lesen.

Frohe Weihnachten, Helga. Wünschen auch Matze und Hannes. Hans.

Hannes und Matze sind seine Brüder, einer älter, einer jünger. Weihnachten treffen sie sich im Haus ihrer verwitweten Mutter, dem Ort ihrer Kindheit, und ich gehörte ein halbes Leben dazu, war dabei, als ein paar Jahre lang jedes Mal eine neue Person hinzukam, weil Hans' Brüder Frauen kennenlernten und Kinder kriegten. Insgesamt haben sie sechs, Matze zwei, Hannes vier, und beim ersten Mal kam es mir noch komisch vor, als Matze seinem Baby erklärte, ich sei *Tante* Helga. Das Wort schmerzte, weil erst kurz vorher die Gelegenheit zerplatzt war, Hans' Brüder ihrerseits zu Onkeln zu machen.

Ich ließ das Handy sinken, strich über meinen Bauch, in dem es still war, als lausche Sternchen dem, was hier draußen geschah.

Vor meinen Augen wuchsen Bilder von geschmückten Weihnachtsbäumen, unter denen Nichten und Neffen herumkrabbelten und glitzerndes Papier von Geschenken rissen, das sie in den ersten Jahren noch interessanter fanden als den eigentlichen Inhalt. Währenddessen holten meine

Hände mit trägen Bewegungen die eingepackten Dinge aus dem Korb, räumten sie zurück in die Schränke. Weihnachten bei Gretus war stets warm gewesen, Weihnachten im Kreis von Hans' Familie schmerzvoll und schön. Lebendig.

Die Erinnerung, Hans' plötzliches Einbrechen in den Morgen, erstickte etwas oder rief etwas wach. Hielt mich jedenfalls davon ab, bei Jim zu klingeln.

Ein Hupen reißt mich aus der Überlegung, ob ich das eventuell bedauere, und ich brauche einen Moment, um zu begreifen, dass ich ja im Auto sitze und die Ausfahrt des Supermarktes blockiere. Als ich meine Hand hebe, um mich zu entschuldigen, fällt mein Blick in den Rückspiegel auf mein rundes Gesicht, und ich sage: »Ich bin eh viel zu dick und zu träge, als das etwas passiert wäre, selbst wenn ich mich entschlossen hätte rüberzugehen.« Was die Frage aufwirft, ob ich das denn will. Dass etwas passiert.

Abends fehlte Jim am Fenster, war vielleicht doch noch weggefahren, was mich gleichermaßen betrübte wie erleichterte. Es bleibt dabei: Schienenersatzverkehr.

Ich lenke auf die Straße, spüre ein neues Ziehen im Bauch und stöhne. Übungswehen sind intensiver, als ich dachte.

Cheerio, allerseits!

Madita

Das neue Jahr könnte kaum besser beginnen. Papa mästete mich über Weihnachten so sehr, dass ich als Schwangere im fünften Monat durchgehe – hier eine Kekskreation, dort ein Probierhäppchen mit Mandelmus –, und Lotta wirkte die ganze Zeit überdreht und trieb uns alle an den Rand des Wahnsinns. Herausgefunden, was sie so aufrieb, habe ich bis jetzt nicht. Und dann auch noch die schlechten Nachrichten, Papa betreffend …

Ich kann es kaum erwarten, endlich wieder in meinem Leben anzukommen, das bei Helga wesentlich friedlicher verläuft als die letzten Tage unterm Tannenbaum. Ich lehne meine Stirn an das Fenster des ICEs und denke an den unerfreulichsten Heiligabend seit Langem.

Traditionell tischt Papa bereits zur Stillen Nacht das Festessen auf, damit mehr Tage zum Resteverputzen bleiben, wie er sagt, und wie immer, wenn wir alle zusammenkommen, zeigte ich irgendwann die vielen Babyfotos, die ich im Alltag sammle und deren Anblick mich stets aufmuntert, wenn meine Stimmungswolken zu schwarz werden. Lotta witzelte, indem sie Fotografien von Containern danebenhielt und säuselte: »Sind sie nicht süß? Einer hübscher als der andere.«

Ich boxte ihren Oberarm, ein Gerangel um die letzte Entenkeule entbrannte, und sie gewann.

»Papa, du bist ein wahrer Künstler am Herd, ich wünschte, ich wäre auch nur annähernd so gut wie du«, lobte ich mein

Vatertier, und seine Augen glänzten vor Rührung. Wenig später schenkte er mir eines seiner handgeschriebenen Kochhefte, und wir tauschten Küchenhacks aus, die Lotta demonstrativ gähnen ließen. Es gibt Bilder, auf denen stehe ich lediglich in Windel gekleidet auf dem Küchenhocker, reiche kaum bis zur Arbeitsfläche und helfe Papa, indem ich ihm Kräuterstängel hinhalte, die er kleinhackt. Petersilie schmückt meine Frisur. Essen zuzubereiten – das war schon immer Papas und mein Ding.

Auch dieses Mal quatschten und philosophierten wir über Cranberrys in Pfeffersoße, ob sich Pangasius tatsächlich in Folie gewickelt im Geschirrspüler dämpfen ließe und Schnittlauch in Eiscreme eine Sünde oder die Idee aller Ideen sei. Dann erzählte ich ein wenig von meiner neuen Wohnsituation, lobte Helgas Charaktereigenschaften in den höchsten Tönen. Ich muss sagen, ich fühle mich sauwohl bei ihr. Und eine Weile dürfe ich noch bleiben, hat sie gemeint. Zum Glück. Kleine Wohnungen sind unglaublich teuer, und irgendwie bin ich bei all den Turbulenzen, die mich so durchrütteln, noch nicht wieder bereit für eine WG mit Fremden.

Apropos Menschen: Mitte Dezember traf ich meine Ex-WGlerin Marie beim Einkaufen, sie stand bei den Dosentomaten und ich einen Gang weiter. Als ich ihr freundlich zuwinkte, lief sie doch tatsächlich vor mir weg. Wie unhöflich …

»Aber warum bist du denn eigentlich aus deiner Wohngemeinschaft ausgezogen?«, wollte Mama wissen, die Veränderungen nicht sonderlich mag. Aufmerksam musterte sie mich mit dem gleichen Blick, mit dem sie sich früher nach gemachten Hausaufgaben erkundigt hatte. Wie damals wurde ich prompt nervös.

»Madita hatte Sex«, kloppte Lotta mit vollem Mund raus, ehe ich selbst antworten konnte, und Soße tropfte von meiner Gabel auf die weiße Tischdecke.

»Sex?«, wiederholte Papa halblaut. Er hasst es, seine Töchter als geschlechtsreife Frauen wahrzunehmen. Am liebsten würde er uns wieder Zöpfe flechtend und Puppenwagen schiebend im Kinderzimmer sehen.

»Erklär ich dir später, was das ist, Papa«, schnurrte Lotta ungeniert. »Jedenfalls durfte Madita eigentlich keine Männer mit nach Hause bringen. Was ich ganz schön frech finde, wenn man mich fragt. Sex ist ein Grundrecht, quasi.«

»Lotta«, motzte ich sie an und unterdrückte den Impuls, sie mit Erbsen zu beschießen.

»Was denn? Stimmt doch.«

»Ich hatte gar keinen Sex«, verteidigte ich mich, und Lotta lachte. Sie wusste genau, dass mir besagter Männerbesuch bis heute unsagbar peinlich ist.

Mama seufzte, Papa nahm sich die Serviette, tupfte sich den Mund und verkündete, dass zu wenig Wein auf dem Tisch stünde. Ganz meine Meinung. Die nächsten Minuten aßen wir gesitteter und still.

Nach der Weihnachtsschlemmerei deckten wir Frauen den Tisch ab und bereiteten die Bescherung vor. Wir dimmten das Licht, zündeten Kerzen an und versammelten uns auf dem Sofa vor dem festlich geschmückten Baum, den Papa wie jedes Jahr im benachbarten Forst selbst geschlagen hatte.

Dann begann unser alljährliches Würfelspiel um die Geschenke. Lotta gewann und durfte ihre Gaben als Erste verteilen. Mir schenkte sie eine niedliche Trinkflasche mit dem Aufdruck: *Lasst mich durch, ich bin Hebamme*. Papa freute sich tierisch über nepalesische Socken aus Alpakawolle, die er sofort anzog.

»Na, das ist ja eine Bescherung!«, fluchte er kurz darauf, weil Lotta berichtete, dass sie im Januar einen Containerfrachter über den indischen Ozean schippern wolle. Irgendwo beim Horn von Afrika.

»Also, ich freu mich drauf«, unterstrich sie und schlürfte Winterpunsch, eine Kreation meiner Mutter mit Rotwein, Kirschen, Zimt und Kardamom.

Ich hielt die Luft an, stutzte, weil Mama beruhigend Papas Schultern streichelte, was sonst nicht ihre Art ist – normalerweise steht sie auf Lottas Seite, was deren Abenteuerdurst angeht. Etwas lag in der Luft.

Lotta bemerkte nichts dergleichen, auch nicht, als ich ihr einen herzhaften Tritt vors Schienbein verpasste und sie mit Blicken beschwor, die Samthandschuhe auszupacken und gefälligst anzuziehen. Auch wenn ich noch nicht wusste, warum eine Schonbehandlung nötig war.

»Wir hatten doch eine Verabredung, Lotta«, würgte Papa schließlich im Schein der Lichterkette hervor.

»Hatten wir?«

Jetzt war es Mama, die sauer wurde und ihr Geschenk gar nicht erst auswickelte.

»Du hast versprochen, dass du dich nicht mehr in Gefahr bringst.« Sie spielte darauf an, dass die Gegend, durch die Lottas geplante Route führte, vor einer Weile wegen mehrerer Piratenüberfälle für Schlagzeilen gesorgt hatte – sowie ganz generell auf Lottas Beruf auf hoher See und in einer Domäne, die unsere Eltern für zu rau und männlich hielten, als dass eine Frau, ihre Tochter!, sich ihrer Meinung nach dort herumtreiben sollte. »Ganz ehrlich, Liebes. Es wird Zeit, dass ihr beide uns keine Sorgen mehr macht und zur Ruhe kommt. Denkt ihr nicht auch?« Das Gesagte schwang mit den leisen Tönen von *O Tannenbaum* aus der Lautsprecherbox des Streamingdienstes um die Wette, und Lottas Mundwinkel zuckte leicht.

»Liebste Mami, liebster Papi, es ist nicht meine Intention, euch in irgendeiner Form Sorgen zu bereiten. Ich lebe nur mein Leben und genieße seine Herausforderungen.« Sie zuckte die Achseln. »Habt ihr mal die Nachrichten gesehen? Dann wisst ihr, dass mein Job nicht gefährlicher ist als der eines Taxifahrers, und wenn man es genau nimmt, mache ich es nicht mal anders als euer Nesthäkchen Madita. Nur, dass sie ihre Herausforderungen weniger feiert als ich.«

»Um mich muss man sich nicht sorgen«, warf ich ein, um die Richtung, in die Lotta das Gespräch schob, zu korrigieren, und verschluckte mich fast an meinem Versuch, den Frieden zurück unter den Baum zu bringen. »Ich bringe lediglich Babys auf die Welt. Das ist völlig harmlos.« In aller Regel zumindest. Außerdem ich bin gut und teuer versichert – mit finanzieller Hilfe meiner Eltern, weil die Haftpflicht für Hebammen von Berufsanfängerinnen wie mir einfach nicht gestemmt werden kann.

Mit einem Seufzer erinnerte mich Mama daran. »Paps hat nicht unrecht. Manchmal kommt es uns so vor, als ob ihr gar nicht sicher auf euren eigenen Beinen stehen wollt. Die Mädchen der Müllers sind schon verheiratet und haben ein eigenes Haus.«

Ich schnappte nach Luft. Seit ich denken kann, sind die Müllers das große Vorbild meiner Eltern. Das perfekte Schaubild, das sie Lotta und mir bei jeder Gelegenheit vor die Nase hielten, wenn wir weniger toll waren als die Schwestern der Familie von nebenan. Menschen ohne Ecken und Kanten, für mich der Inbegriff der biblischen Plage in Person.

»Du meinst, ihre Bank hat nun ein Haus«, frotzelte Lotta prompt und zwirbelte ihre langen in Locken gelegten Haare. Stumm hielten wir Zwiesprache, wie damals, als Lotta konfirmiert wurde und wir beide neben den Müllers in unseren mit hippen Bügelflicken verschönerten Hosen und mit selbst erdachten Frisuren unkonventionell und wild wirkten. Ein bisschen so, als wären wir allergisch gegen das Weihwasser.

»Ich verstehe nicht ganz«, murmelte ich. »Wir haben beide

’ne Ausbildung, ’nen Job und ein Dach überm Kopf. Das ist doch gar nicht mal so übel.« Sollte man zumindest meinen.

Mama seufzte noch tiefer, wog ihr Geschenk mit der zerfransten Schleife in den Händen. Ich wusste, was drin war, und wollte sehen, was sie zu der Ballonfahrt sagen würde. Zu gern würde ich ja selbst mal in den Wolken schweben …

»Wir sind stolz auf euch Mädchen, aber …« Oh, oh. Wenn sie schon so begann …

»Gerade du, Lotta, scheinst einen eingebauten Magneten zu haben, der die abstrusesten Abenteuer anzieht.«

Ich wusste, was sie meinte. Neben dem temporären Verschwinden auf der Nordsee, das meinen Vater vier Kilo gekostet hatte, bis die Reederei sich endlich meldete und ihm mitteilte, dass Lottas Schiff gefunden war, dachte meine Mutter an solche Ereignisse wie im letzten Jahr, als Lotta im Dschungel von Borneo verloren ging. Sie hatte sich ein Stückchen von der Gruppe, mit der sie unterwegs war, entfernt, um einen seltenen Vogel zu fotografieren, als plötzlicher Nebel aufzog und Lotta verschluckte, sodass sie den Anschluss verlor. Drei Tage irrte sie allein umher, fand schließlich einen Flusslauf, der sie zurück zur Zivilisation brachte. Sie nannte es *Können*. Papa und Mama fanden, sie hatte nur Glück gehabt wie ein Kleinkind beim Treppensturz. Betrunkene und Kinder kommen ja oft ohne nennenswerte Knochenbrüche unten an, wie ich mit drei Jahren am eigenen Leib erfuhr, als ich von ganz oben nach ganz unten sauste. Ich schwöre, ich war nie wieder so schnell unterwegs wie an jenem Tag.

»Werd doch endlich mal vernünftig, Lotta«, meckerte mein Papa und löste damit ein Blickduell vom Feinsten aus. »Was kommt als Nächstes? Freeclimbing in den Schweizer Alpen?«

»Gute Idee«, war nicht die beste Trotzreaktion, die Lotta einfallen konnte.

Papa drückte sich seine Brille höher auf die Nasenwurzel. »Was soll das werden? Manchmal hab ich den Eindruck, du willst mich provozieren.« Er rupfte Mama ihr Geschenk aus den Fingern, pfefferte es zurück unter den Tannenbaum, sodass die Christbaumkugeln vorwurfsvoll klirrten, und stand auf.

»Ich hab echt genug«, brüllte er. Ich zuckte zusammen. »Womit haben wir das denn nur verdient?!«

»Weißt du, Papa, Kinder müssen nicht so sein, wie Eltern sie gern hätten. Das ist nicht ihre Aufgabe.« Lottas Stimme war leise, meine Schwester machte eine hilflose Geste, und ich konnte zusehen, wie ihre immer coole Fassade bröckelte.

Die Tür schepperte, als Papa aus dem Wohnzimmer verschwand. Mama schluckte trocken, Lotta und ich sahen uns verwirrt an.

»Ich glaub, der ist sauer«, vermutete meine Schwester, bevor Mama mit Neuigkeiten rausrückte, die einiges erklärten. Und uns zum Heulen brachten. Papa würde sich im neuen Jahr einem nicht risikolosen Eingriff am Herzen unterziehen müssen. Und der Gedanke, dass er ganz vielleicht nicht immer für seine Familie, insbesondere für seine Töchter, würde da sein können, machte ihn fertig.

Frohes Fest!

Wenigstens wurde dann der erste Weihnachtstag kuschelig, Lotta und ich vergruben das Kriegsbeil tief in der Erde und redeten Papa gut zu. Eventuell ließe sich die Reederei dazu überreden, das Sicherheitspersonal an Bord aufzustocken, überlegte Lotta laut vor sich hin, und da gebe es durchaus auch Frauen, und mir gelang es, ein Lächeln in Papas Gesicht zu zaubern, als ich ihm erzählte, was für neue Kursideen ich hatte und dass Monika bereit wäre, das bei ausreichender Nachfrage entsprechend zu honorieren. Das Versprechen, sehr bald spießig zu werden oder für Enkelkinder zu sorgen, konnte sich allerdings keine von uns beiden abringen, egal wie sehr Papa sich das wünschte. Vielleicht könnte ich ihm Sternchen als Ersatzenkelchen andrehen? Soweit ich das verstanden habe, ist auf Helgas Seite eher weniger mit großelterlicher Fürsorge zu rechnen. Irgend so was hat sie angedeutet, und Papa würde mit Sicherheit einen tollen Job machen!

Als der obligatorische Kinderfilm zur Weihnachtszeit über den Bildschirm flackerte, packte Lotta die Unruhe und Feierlaune.

»O Gott, ein Kinderfilm mit Message«, lautete ihr Urteil zu *Alles steht Kopf,* den ich im Übrigen sehr liebe, und zwang mich, mit ihr in die Kneipe des Dorfes zu gehen, um alte Freunde zu treffen. Ein Fehler, wie sich herausstellte. Denn bereits vor der Tür mischte Lotta sich in einen Disput zwischen vier Kerlen ein und stellte sich auf die Seite des schwächsten. Einen Nerd, den wir noch aus der Schule kannten, aber nicht gerade liebten, weil er die größte Petze unter der Sonne war. Die drei anderen wirkten ein wenig wie Profikiller, und mir brach bereits der Schweiß aus, weil die einzige Nahkampfwaffe, die ich dabeihatte, meine Glitzerpumps mit Riemchen waren, die ich sicherlich nicht schnell genug in der Hand gehabt hätte, um sie effektiv einzusetzen. Zum Glück ging die Sache gut aus und wir betraten mit Timon, dem Nerd, lebend die Bar.

Lotta gab es nicht zu, aber ich merkte ihr an, dass sie mit ihren Nerven am Ende war und furchtbar Angst um Papa hatte. So wie ich. Gemeinsam mit Timon ertränkten wir unsere Sorgen in reichlich Drinks, die er zahlte, wofür er am Ende des Abends tatsächlich ein bisschen mit Lotta knutschen durfte, bis wir zwei Schwestern irgendwann im Morgengrauen Arm in Arm nach Hause wankten, ein gegröltes *We wish you a merry Christmas* auf den Lippen.

Silvester schossen wir Raketen mit unseren großen Wünschen in den tiefschwarzen Himmel und hofften das Beste fürs neue Jahr.

Der Zug hält an der letzten Station vor meinem Zielort, und ich schaue auf die Hello-Kitty-Armbanduhr. Ich bin viel zu spät dran, weil ich in Hannover den Anschluss verpasst habe. Draußen beginnt es zu schneien, schon wieder, und rechts von mir lässt sich eine ältere Dame gegenüber einer Hochschwangeren nieder. Es dauert nicht allzu lange und sie gerät über den prallen Bauch in Verzückung, keine ungewöhnliche Reaktion. Weniger üblich ist, dass die liebe Oma ihre Griffel austreckt, um den Bauch einfach mal zu tätscheln.

»Der ist aber so schön groß«, meint sie kichernd, und ich schiele gespannt zu den beiden hinüber, frage mich, wie ich auf solch ein übergriffiges Verhalten reagieren würde.

»Ja, und meine Titten erst. Wollen Sie die auch anfassen?«, ist wohl die beste Reaktion einer Schwangeren ever. Könnte von Helga sein.

Der Zug erreicht Höchstgeschwindigkeiten, und ich wähle ihre Nummer.

»Hey, wie geht's, wie steht's?«, plappere ich drauflos. »Stell dir vor, da ist mir doch tatsächlich mein geplanter IC vor der Nase weggefahren, weshalb ich natürlich …«

Ich werde unterbrochen. »Wolltest du nicht schon hier sein?« Etwas an Helgas Stimmlage gefällt mir nicht.

»Alles okay?« Ich drücke das Telefon fester an mein Ohr, als die Verbindung schlechter wird. Mist, Funklöcher!

»Ja, sicher. Es ist nur so, dass ich mich etwas verschätzt habe, was die Wehentätigkeit angeht.« Das höre ich ungern. Dann knackt es, Helgas Stimme hört sich abgehackt und geradezu zerstückelt an.

»Wo bist du?« Nichts, es rauscht und ich verspanne mich. »Helga!«

Da ist sie wieder. »Zu Hause, und wenn du dich beeilst, kannst du Sternchen vielleicht noch auffangen.«

»Vielleicht fährst du besser in die Klinik?« Ihr eigentlicher Geburtstermin ist erst in über zwei Wochen. Dummerweise ist auf diese Berechnung nie wirklich Verlass. Als die Verbindung ganz abreißt, brülle ich mein Handy an und ernte seltsame Blicke. Ich wähle wieder und wieder, bis Helga erneut am anderen Ende zu hören ist.

»Und? Rufst du einen Krankenwagen?«, will ich von ihr wissen.

»Ja, genau. Und die Feuerwehr dazu. Madita, ich bekomme ein Kind, keinen Herzinfarkt«, knurrt sie und stöhnt. Das nachgeschobene *Huch* lässt mir die Nackenhaare zu Berge stehen.

»Was ist los?«

»Das war die Fruchtblase.« Helga klingt nicht mehr ganz so gewohnt gelassen.

»Ich beeile mich, ich komme zu dir, so schnell ich kann«, schwöre ich ihr und gehe in Windeseile meine Optionen durch. Die Minuten verstreichen zäh. Zeit ist wirklich sonderbar, mal läuft sie einem davon, und dann, wenn man will, dass sie vergeht, dehnt sie sich aus.

Als wir endlich den Bahnhof erreichen, gibt es kein Halten mehr, ich schiebe und quetsche mich durch die Menschenmengen.

»Lassen Sie mich durch, ich bin Hebamme!«, begleitet der Satz von Lottas Weihnachtsgeschenk meine hektischen Bewegungen und schnellen Schritte. Dann wird mir klar, dass ich mit dem Bus und zu Fuß beinahe vierzig Minuten nach Hause brauche. Aber für ein Taxi habe ich kein Geld und meine EC-Karte liegt in Helgas Gästezimmer in der Nachttischschublade, wie ich vorhin schon festgestellt habe, als ich mir in Hannover einen Wartezeitüberbrückungskakao mit Sahne gönnen wollte. Es ist zum Mäusemelken!

Ich wähle Silas' neue Nummer, die immer noch in meinem Telefon eingespeichert unter *Bauer* zu finden ist. Wenige Herzschläge später will ich schon wieder auflegen, da hebt er ab.

»Hallo?«, haucht er ins Telefon.

Meine Zunge hat einen Knoten. »Hier ist Madita«, würge ich nach einem Ausfallschritt hervor, mit dem ich eine Mutter mit Kinderwagen überhole und weiter auf die Bahnhofshalle zuhalte.

»Wer? Das sagt mir nichts.« Das ist stumpf.

»Madita Sternberg?«

»Ma… wer?«, lässt Silas mich auflaufen, und ich hab's ja nicht anders verdient.

Ich hetze weiter, atme tief ein. »Du bist sauer, das kann ich verstehen«, beginne ich, »und frohes neues Jahr erst mal, ich hoffe, du bist gut reingerutscht?« Verzweiflung klingt in meiner Stimme mit, und ich frage mich, was ich eigentlich von ihm erwarte und wieso ich diesen Impuls, ihn um Hilfe zu bitten, überhaupt hatte und ihm auch noch folgte. Vielleicht hat er recht und mit mir stimmt etwas ganz gewaltig nicht.

»*Bauer sucht Frau*? Dein Ernst, Madita?«, sagt er auch prompt, und ich beiße mir auf die Zunge.

»Wir können später streiten, aber jetzt muss ich möglichst schnell zu Helga, das ist ein Notfall. Und leider bin ich gerade erst am Hauptbahnhof angekommen und hab mein Auto nicht hier. Kannst du vielleicht?«

»Sag mal, bin ich ein Taxiunternehmen?«

»Ich hab kein Geld dabei, deshalb …«

»Ist das mein Problem?«

»Du bist Polizist, du hilfst Menschen.«

»Ich bin nicht im Dienst.«

»Aber ich weiß nicht, wen ich sonst fragen soll.« Und das ist traurig, aber wahr. Nelly hat kein Auto und von Hans hab ich keine Nummer. Vielleicht ist er sogar bereits auf den Weg zu Helga, um ihr zu helfen? Falls sie ihn angerufen hat.

»Auch nicht mein Problem«, findet Silas.

»Nein, aber Helgas, wenn sie so lange auf mich warten muss. Sie bekommt ihr Kind.« Ich rassle in einen Herrn mit Hut hinein, entschuldige mich knapp und zerre mein Gepäck auf die Rolltreppe. »Bist du noch dran?« Ich fürchte schon, dass Silas einfach aufgelegt hat.

»Für Helga, nicht für dich«, knurrt er, und ich atme erleichtert auf. »Und weil ich eh in der Nähe bin.«

»Ja, und du bist der Beste.«

Er lacht trocken. »Der beste Kandidat für ’ne Frau, die im Fernsehen einen Landwirt sucht, verstehe schon.«

Ein bisschen bekomme ich ein schlechtes Gewissen, vielleicht hätte ich Silas sagen müssen, dass er mich gekränkt hat und ich ihn deshalb nicht mehr daten wollte. Kommunikation ist ja schließlich alles. Trotzdem erstickt man manchmal lieber an ungesagten Worten, weil man denkt, das Gegenüber müsste es doch von allein wissen.

Es dauert fünf Minuten, bis Silas mich auf Höhe des Taxistandes mit sauertöpfischer Miene und einem Ford Mustang einsammelt. Schicker Schlitten, Geschmack hat er ja.

»Helga hatte einen Blasensprung«, berichte ich, während ich ins Auto hüpfe und meine Taschen auf die Rückbank werfe.

»Anschnallen«, kommandiert Silas, und mir fällt einmal mehr auf, wie gut er aussieht. Ungelenk angle ich nach dem Gurt, werde gleich darauf von der Fliehkraft in den Sitz gepresst. Ich wähle noch mal Helgas Nummer, und eine mir nicht bekannte Stimme geht ran.

»Hallo, wer sind Sie denn?«, wundere ich mich.

»Ja, hallo, ich bin Schiller.«

»Wo ist Helga?«, muss ich wissen und habe das Gefühl, winziges Getier kriecht mir über die Haut. Stimmt etwas nicht? Dann höre ich sie im Hintergrund fluchen und atme erleichtert auf.

»Helga heißt sie? Nun, ich fahre sie ins Sankt Marien«, erklärt mir der Wildfremde und legt einfach auf.

Ich lasse das Handy sinken und kommandiere eine Routenanpassung. Eine Weile sagen wir nichts, und obwohl solche Situationen für mich Routine sind, wühlt sie mich auf. Helga ist nicht einfach ein Job.

»Was reinkommt, kommt irgendwann auch wieder raus.« Versucht Silas, witzig zu sein?

»Das gilt nicht für Murmeln, die man sich in die Nase steckt«, stelle ich klar und muss trotz allem lächeln.

Silas schnauft leise. »Ihr seid vom Fach. Wie konnte Helga nicht rechtzeitig einschätzen, dass es losgeht?«

»Tja, Situationen richtig zu beurteilen, ist nicht jedermanns Sache. Du hast ja auch nicht gemerkt, dass du mir bei unserem Date wehgetan hast.« Jetzt ist es raus, und ich schaue ihn ebenso erschrocken an wie er mich. So, nun ist die Katze aus dem Sack, die Maus aus der Sockenschublade. Schauen wir, wer wen frisst.

»Guck nach vorne!«, warne ich ihn, als vor uns ein Audi in die Eisen geht. Meine Hände klatschen an die Armatur und Reifen quietschen.

»Willst du mir etwas sagen, Madita? Dann sprich bitte einfach Klartext.« Sein Befehlston missfällt mir, aber ich sehe in Anbetracht der Umstände darüber hinweg.

»Du hast wirklich keine Ahnung, weshalb ich dir die Nummer von *Bauer sucht Frau* gegeben haben könnte?« Lotta sagt, dass manche Männer eine Kernbehinderung bei der Wahrnehmung von bestimmten Zwischentönen haben. So schätze ich Silas aber eigentlich nicht ein, er ist schlau und müsste wissen, was er tut. Außerdem will er doch Verhörspezialist werden, der Herr Wachtmeister, womit seine Ausführungen im *Bluebird* keineswegs unbeholfener Bullshit waren, sondern der Versuch, mir etwas zu sagen. Nämlich, dass ich nicht in sein Schema passe.

»Weil du mich für einen Trottel hältst?«, fragt er zurück, und seine grauen Augen funkeln herausfordernd, als er mir einen Seitenblick zuwirft.

»Das ist nur die halbe Wahrheit.« Ich verschränke die Arme schützend vor der Brust und gucke ihn trotzig an. Wieso habe ich ihn um Hilfe gebeten? Und warum ist er auch noch gleich gekommen?

»Und welche Information fehlt mir?« Silas setzt den Blinker, biegt etwas zu zackig ab, und ich wundere mich über seinen Fahrstil.

»Die, dass ich mich von dir unfair behandelt gefühlt habe. Weil du mir die ganze Zeit mitgeteilt hast, dass du mich für fehlerhaft hältst.«

Sein Mund klappt auf und zu, ohne dass er etwas darauf erwidert. Scheinbar kämpft er mit etwas, das gesagt werden will, aber vielleicht nicht sollte.

»Du hast mich wirklich verletzt, weißt du das? Erst meldest du dich einfach nicht mehr, dann stehst du mit Blumen unangemeldet vor der Tür und führst mich aus, nur um mir einen Vortrag über meine Moralvorstellungen zu halten.«

»Das hab ich doch gar nicht …«

Ich hebe die Brauen.

»Es war ganz sicher nicht meine Absicht, dich zu verschrecken«, unterstreicht er energisch und fährt langsamer.

»Was waren denn deine Absichten?«, muss ich wissen. Ich spüre, wie mein Herz beginnt, einen schweren Rhythmus zu klopfen.

»Die gleichen wie jetzt.« Er atmet tief und langsam, schaut konzentriert nach vorn. »Ich möchte dich näher kennenlernen. Ohne Umwege über *Bauer sucht Frau*.«

»Aber du denkst, ich bin eine Lügnerin«, erinnere ich ihn.

Ein schiefes Lächeln deutet sich an. »Ja, ein bisschen. Doch jeder schwindelt ja mal.« Seine Hand schließt sich fester ums Lenkrad, und er ringt mit sich. Als eine der widerstreitenden Seiten gewinnt, huscht ein gequälter Ausdruck über sein Gesicht. »Keine Ahnung, wie ich es sagen soll. Ich habe ja angedeutet, dass mir Regeln und Ehrlichkeit wichtig sind. Das hat einen Grund.« Er tritt nun wieder fester aufs Gas, überholt einen Kleintransporter. »Das liegt an meiner Kindheit, meine Mutter war eine sehr unbeständige Natur.«

»Oh, okay«, würge ich hervor, weil ich spüre, wie schwer es ihm fällt, das Thema anzuschneiden.

»Sie war sehr krank, und es gab Wochen ohne jede Struktur, Ordnung oder eingehaltene Versprechen. Und tausende von Lügen, sodass ich mir und meiner Wahrnehmung irgendwann nicht einmal selbst mehr traute.« Er beißt sich kurz auf die Lippen, bevor er hinzufügt: »Unbeständigkeit beunruhigt mich.«

»Das tut mir sehr leid«, hauche ich, während sein Schmerz auf mich überschwappt.

»Das muss es nicht. Ich gebe zu, ich konnte mich zuerst nicht so recht entscheiden, ob ich dich küssen oder dich vergessen möchte.« Das ist ehrlich.

»Und jetzt?«, frage ich vorsichtig und wünsche mir Ersteres, sicher zu Lottas Entsetzen. »Ich kann dir übrigens versichern, dass ich nicht so schlimm bin, wie es vielleicht manchmal den Anschein hat.« Das hoffe ich zumindest.

Als Silas mich anschaut, liegt Wärme in seinem Blick.

»Ich weiß«, sagt er dann endlich und bringt den Wagen vor dem Eingang des Sankt Marien zum Stehen.

Plötzlich wünschte ich, die Zeit würde stehen bleiben oder wenigstens langsamer laufen. Ich schnalle mich ab und bin hin- und hergerissen zwischen der Eile, zu Helga zu kommen, und weiter mit Silas zu sprechen, jetzt, wo wir diesen ehrlichen Moment haben.

»Das ist gut, vielleicht versuchen wir es noch mal mit einem Date?«, frage ich und lasse mir sein Handy geben, um meine Nummer, die er dank meines Anrufes ja nun hat, mit einem Namen zu versehen. Als ich es ihm zurückgeben will, schließen sich seine Finger unverhofft um mein Handgelenk und ziehen mich zu sich heran. Seine Lippen treffen auf meine, kurz und sanft. Ich bin vollkommen perplex, blinzle zu ihm auf und Hitze entfacht die Funken in meinem Inneren.

»Danke«, hauche ich und zittere leicht.

Sein Lächeln ist warm. »Ruf mich an, wenn du nach Hause willst. Ich hol dich ab.« Diese eigentümliche Mischung aus Sanftheit und Bestimmtheit mag ich ja doch irgendwie.

»Gern.«

»Schließlich muss ich wissen, was es geworden ist«, fügt er an und mustert mich intensiv.

»Was was geworden ist?« Sein Blick lässt all meine Gedanken zerfließen.

»Helgas Baby?«

»Oh, das Baby.« Leben kommt in mich, ich steige aus, lasse die Taschen auf der Rückbank und renne davon. Aber nicht, ohne mich mit ordentlich Hummeln im Herzen am Haupteingang des Sankt Marien noch einmal zu dem süßen Polizisten umzudrehen und zu winken.

Sternchenstunde

Helga

»Sind Sie in Ordnung?«

Ich stehe auf der Straße vor dem *Amore Belle*, das geschlossen hat wegen der Neujahrsferien, und stütze mich auf einen dieser Telekommunikationskästen, die überall hässlich herumstehen und von denen niemand so genau weiß, wozu es die eigentlich gibt, abgesehen natürlich von ihrem Zweck, Ankündigungskalender von No-Name-Bands und Nicht-großrausgekommen-Künstlern zu sein.

Tja, sieht so aus, als hätte ich soeben eine weitere Nutzungsmöglichkeit entdeckt. Das Teil vor meiner Haustür eignet sich prima als Wehenstütze, meine Hände krallen sich daran fest, und ich stoße Geräusche aus, mit denen ein Waldschrat vermutlich sein Weibchen anlockt.

»Hören Sie mich?«

»Ja doch, verflucht, und ich bin so was von in Ordnung, bloß zu früh dran. Auooogrmpf.« Der Schmerz lässt nach, ich hänge mich an meine Arme, lasse den Kopf baumeln und verschnaufe drei Atemzüge, bevor ich mich aufrichte. Neben mir steht ein Mann, groß, hellbraunes Haar, breite Schultern.

»Brauchen Sie vielleicht Hilfe?« Leise, helle Stimme.

»Ich wüsste nicht, wie Sie mir helfen sollten. Es sei denn, Sie sind Zauberer und können ein Baby aus der Gebärmutter hexen?!«

Der Schmerz muss schon sein, hallt es durch meinen Kopf, *wie willst du denn sonst die kleine Tür da unten zehn Zentimeter weit aufstoßen?* Viele Frauen sind überrascht, wenn ich ihnen anhand einer Schablone zeige, wie groß die Öffnung werden muss, bevor sich das Baby hindurchquetschen kann.

Ich stelle fest, dass so eine Anmerkung wenig hilfreich ist, denn ob er sein muss oder nicht – der Schmerz ist irre, und ich will, dass er aufhört. Und in zwei Minuten auch nicht wieder anfängt. Scheiß drauf, was er bewirkt, verflucht noch mal.

Offensichtlich habe ich mich gründlich verschätzt, von wegen Übung. Das, was in immer kürzeren Abständen rhythmisch durch meinen Körper wütet, sind ausgewachsene Eröffnungswehen, die nicht nur den Muttermund weiten, wie es scheint, sondern darauf aus sind, meinen ganzen Leib auseinanderzureißen. Sechzehn Tage vor dem errechneten Termin.

Ich hätte es wissen können, müssen. Geburtstermin hin oder her, Sternchen ist ja nicht das erste Kind, das »zu früh« auf die Welt drängt. Und überhaupt, was weiß so eine beknackte Berechnung schon von meinem Zyklus, meinen Hormonen, den äußeren Umständen, Sternchens Laune? All diese ganzen Werte, die wir erheben, messen, notieren, mit Tabellen vergleichen, sind letztlich nichts anderes als ein erbärmlicher Versuch, etwas zu fassen, das ist, wie es ist, und abläuft, wenn es abläuft. Für meinen Beruf sind sie nützlich, im großen Ganzen. Im Einzelfall vollkommen nutzlos. Ich bin auf mich selbst zurückgeworfen, eine Frau, die gebären muss. Punkt.

Auf der Fahrt vom Supermarkt heimwärts erreichte mich eine Nachricht von Chrissie, die mich fragte, ob ich Lust auf einen Tee hätte. Die Silvesterparty, zu der sie sich aufgerafft hatte, weil es ihr zu deprimierend vorgekommen war, den Jahreswechsel allein zu Hause zu verbringen, sei besser gewesen als erwartet und habe vor allem sehr viel länger gedauert. Eben sei sie nun aufgewacht und bräuchte dringend irgendwas Entgiftendes. »Tja, und da dachte ich an dich.«

Wie auch immer sie das meinte und unabhängig davon, dass sich meine Lust auf Tee jenseits aller Grenzen befand, wendete ich den Wagen und fuhr zu ihr. Madita würde erst gegen Mittag heimkommen, und warum nicht die Zeit bis dahin mit jemandem teilen? Besser, als über Männer nachzudenken, mit denen ich weder ins Gespräch noch sonst wohin komme.

Als ich ausstieg, setzte leichter Schneefall ein, zarte Flocken von der freundlichen Sorte, die sich in Wimpern verfangen und Haare zum Glitzern bringen. Ich schnaufte mich das Treppenhaus zu Chrissies Wohnung hinauf, wir tranken eine Kanne Brennnesseltee, der widerlich ist, aber leider sehr gesund. Sprachen gute Worte zwischen langen Pausen und blickten aus Chrissies Fenster hinaus in den rieselnden Januarhimmel.

»Bei dir geht's mir echt gut, Helga«, verabschiedete mich Chrissie zweieinhalb Stunden später. »Du bist so ein unglaublicher Ruhepol.«

Ich bin eher ein Vulkanausbruch, denke ich jetzt, was ich vorhin hätte denken sollen, weil die vermeintlichen Übungswehen, während wir nebeneinander auf Chrissies Couch saßen, nicht etwa abebbten, wie sie es getan hätten, wären es welche gewesen, sondern an Regelmäßigkeit und Intensität zulegten. Spätestens da hätte meine Intuition greifen, mein Hebammenalarmglöckchen schrillen müssen, doch es blieb stumm.

Ich fuhr nach Hause, trug die Einkäufe nach oben beziehungsweise in den ersten Stock, wo ich gezwungen war, eine der beiden Tüten stehen zu lassen, um sie in einem zweiten Anlauf nachzuholen. Beim Treppensteigen wurden die Wehen schlimmer, alle paar Stufen blieb ich stehen, klammerte mich ans Geländer, stöhnte und schnaufte. Mit der zweiten Tüte oben angekommen stellte ich fest, dass ich mein Handy im

Auto vergessen hatte. Auf dem Beifahrersitz, auf dem es lag, seit Chrissies Nachricht eingetroffen war. Also stieg ich die Treppen wieder hinunter und keuchte zum Wagen. Das Telefon klingelte, als ich die Tür öffnete. Das Küken.

»Hey, wie geht's, wie steht's? Stell dir vor, da ist mir doch tatsächlich mein geplanter IC vor der Nase weggefahren, weshalb ich natürlich …«

Ich warf einen Blick auf meine Uhr. »Wolltest du nicht schon hier sein?«

»Alles okay?«

Es knackte in meinem Ohr.

»Ja, sicher. Es ist nur so, dass ich mich verschätzt habe, was die Wehentätigkeit angeht. Sternchen hat sich auf den Weg gemacht. Hallo?« Es knarzte und rauschte, sekundenlang war Madita nicht zu hören, und ich wollte schon auflegen.

»Wo bist du? Helga!«

»Zu Hause, und wenn du dich beeilst, kannst du Sternchen vielleicht noch auffangen.«

Das Küken erwiderte etwas, das in einem Funkloch unterging, und ich warf das Handy zurück in den Wagen, um mich für die nächste Wehe ans Autodach klammern zu können. Es gelang mir, sie wegzuknurren.

Das Handy bimmelte erneut, verstummte, klingelte wieder. Ich angelte danach.

»Und? Rufst du einen Krankenwagen?« Das Küken klang besorgt.

»Ja, genau. Und die Feuerwehr dazu. Madita, ich bekomme ein Kind, keinen Herzinfarkt.« Der Beginn der nächsten Wehe ließ mich aufstöhnen. Dann spürte ich etwas knallen. Tatsächlich war es ein Gefühl gewordenes Geräusch, das in meinem Unterleib stattfand, einen Wimpernschlag bevor es nass wurde zwischen meinen Beinen. »Huch!«

»Was ist los?«

»Das war die Fruchtblase.« Ich muss unbedingt den Muttermund tasten, schoss es mir durch den Kopf. Ob er schon geöffnet ist. Und wie weit.

»Ich beeile mich, ich komme zu dir, so schnell ich kann.«

»Schon gut, ich krieg das hin«, murmelte ich, unterbrach die Verbindung und schaffte es drei Meter weiter bis zum hässlichen Telekommunikationskasten.

Da stehe ich nun mit nasser Hose, einen fremden Mann vor mir und Schmerzen im Leib, die mich beim nächsten Gipfel den Kasten rütteln und treten lassen.

Der Mann sagt etwas, das nur halb in mein Bewusstsein dringt, irgendwas von einem Nachtvogel, den endlich zu treffen er sich am Silvesterabend geschworen, und dass er sich das irgendwie anders vorgestellt habe.

»Ja«, ächze ich. »Vogel ist das richtige Stichwort – das Küken muss wohl doch her und mir in die Wohnung helfen. Rufen Sie noch mal an und fragen Sie, wie lange sie her braucht.«

»Wen soll ich anrufen?«

»Das Küken. Steht uh-uh-unter ›die Neue‹ im Adressbuch, scheißeeee!«

Während ich dem Mann das Telefon in die Hand drücke, muss ich an Ines denken, die Hysterische, deren gekreischte Verfassung mir in diesem Moment durchaus angemessen erscheint. Die Wehen fräsen sich tatsächlich wie eine Motorsäge durch meinen Leib, und ich bin mir sicher, dass ich auseinanderreißen werde. Also schreie ich. Schrill, und ganz sicher nicht auf »o«. Wer denkt schon an so was, während er in zwei Teile zersägt wird?

»Komm, ich bringe dich in die Klinik.« Eine Hand legt sich um meinen Oberarm, will mich vorwärtsbewegen.

»Kommt gar nicht Fraaaaaargh!«

»Das ist dein Auto, oder? Ich habe dich aussteigen sehen.«

Seit wann duzen wir uns?, frage ich mich, dann ist es mir egal. Ich werde von Schmerz überrannt, werfe mich dem Fremden an die Brust und kralle mich in seine Oberarme, bis die Wehe vorbei ist.

»Entschuldigung.«

»Nur zu. Ich habe ja meine Hilfe angeboten.« Ein halbes Grinsen hängt in seinem Gesicht, während er sich nach meiner Handtasche bückt, die auf dem Boden liegt. Er ist so dreist, sie zu öffnen und meinen Autoschlüssel herauszuangeln, doch tatsächlich ist es mir schnurz – und wenn er meinen Geldbeutel leer räumen würde …

Wie auch immer ich dorthingekommen bin, mit einem Mal liege ich zusammengekrümmt auf der Rückbank meines Autos, der Fremde sitzt vor mir am Steuer und startet den Motor.

»Ich fahre in kein Krankenhaus«, teile ich ihm mit und setze mich auf. »Mein Kind kommt zu Hause auf die Welt.«

»Das nächste vielleicht, dieses sicher nicht.«

Der Fremde kurvt mein Auto so schwungvoll aus der Parklücke, dass es mich in den Sitz wirft. Ich will etwas erwidern, bäume mich dann aber doch auf, um mich an den Haltegriff über der Tür zu hängen und erneut zu brüllen. Plötzliche Angst überfällt mich. Vielleicht ist irgendwas nicht in Ordnung, das ist doch nicht normal, dass das so wehtut, oder? Unmöglich hat die Natur es vorgesehen, dass ein glühendes Schwert in den Eingeweiden der Mutter wütet, bloß um so einen bekackten Ausgang zu weiten. Das wüsste ich doch! Nein, irgendwas geht schief, da bin ich sicher, mein Herzschlag beschleunigt sich, ich keuche.

»Du musst durchhalten, ja? Das schaffen wir schon.«

Aus dem Rückspiegel blicken mir Augen entgegen, deren Blau so hell ist, dass der schwarze Rand um die Iris wie ein ringförmiger Abgrund wirkt. Quasi ein Inselmeer innerhalb von Schwärze. Kurzfristig lenkt mich das ab, und ich kann Atem schöpfen.

»Scheiße, das sollte eigentlich alles anders sein.« Ich erschrecke über die Stimme, die das sagt, weil es meine eigene ist, sich aber nicht danach anhört. Die Kreissäge kehrt zurück, ich werfe mich hin und her, weil es doch möglich sein muss, dem Ganzen zu entkommen. Ich will nicht zerstückelt werden.

Vorn klingelt schon wieder mein Handy, ich höre den Fremden sprechen, ohne zu verstehen, was er sagt. Kamen die Wehen vorhin noch im Abstand von wenigen Minuten, so geht jetzt eine nahtlos in die nächste über. Meine Beine zittern, und in mir zerrt es so heftig, dass ich mich in meiner Existenz bedroht fühle. Buchstäblich. Mein Gott, was ist das? Ich höre mich wimmern.

»Es ist nicht mehr weit, okay? Du kriegst das hin. Du ... bist stark.«

Etwas an der Art, wie der Mann spricht, lässt mich stutzen. »Kennen wir uns?«, kreische ich. Wie habe ich eigentlich zulassen können, dass ein Wildfremder meinen Autoschlüssel an sich nimmt, mich einlädt und einfach losfährt?

»In gewisser Weise.«

Ich trete um mich, weil der Schmerz mein Denken auslöscht und ich nur noch Panik bin. Hoffentlich stirbt mein Kind nicht gerade. Was ist, wenn es nur deshalb so wehtut, weil es Sternchen nicht gut geht? Irgendetwas kracht.

»Hey, ganz ruhig.«

Ich spüre einen Schlenker, vermutlich rammen wir gleich einen Lkw und werden alle drei getötet.

»Was? Oh. Nein.« Es hupt. »Entschuldigen Sie, das ist nicht mein Handy, ich muss aus Versehen eine Nummer erwischt haben ...«

Ich will bestimmt nicht sterben, Sternchen soll nicht sterben, und diese Schmerzen sollen endlich aufhören.

»Was für eine Kacke!«, brülle ich.

»Meine Nachbarin ... was? Nein, sie kriegt ein Kind ... Wieso Ehemann?«

Sollte ich das hier überleben und je einen Folterkeller eröffnen, werde ich meinen Opfern Prostaglandine in Monatspackungen verabreichen und innerhalb kürzester Zeit zur Marktführerin avancieren.

»Ich hatte keine Ahnung, dass sie verheiratet ... spielt keine Rolle. Ich fahre sie zum Sankt Marien. Wenn Sie der Vater sind, sollten Sie viell... hallo?«

Ich knie auf der Rückbank, rüttle an der Nackenstütze meines Fahrers und schreie schon wieder. Muss man das nicht machen, um den Schmerz rauszulassen, weil man sonst in Fetzen zerfliegt? Die zerstörerische Energie, irgendwo muss sie hin. Immerhin ein Gutes haben die glühenden Drachenklauen, die meinen Leib zerteilen – gleichgültig, wohin der Fremde mich bringt oder was er mir antun wird, schlimmer kann es nicht werden.

»Wir sind da!« Hände ziehen mich aus dem Auto, ich stehe auf irgendeinem Vorplatz, die Muskeln in meinem rechten Bein verkrampfen sich, und ich knicke um. Jemand fängt mich auf, und weil der Rasenmäher eine neue Runde durch meine Innereien dreht, klammere ich mich fest, brülle und schlage meinen Kopf gegen den Widerstand, den ich vor mir spüre. Könnte ein Brustkorb sein, männlich.

»Ist ja gut, da kommt Hilfe.« Ein Streicheln über meinen Kopf, ein bisschen tröstlich, gleichzeitig jedoch auch nervtötend. Mein Körper ist empfindlich, möchte nicht berührt werden, weiß gar nicht wohin mit sich. Darin ertrinke ich.

»Können Sie laufen?« Neue Stimmen erheben sich um mich herum, ich spüre weitere Hände auf und an mir, kreische: »Ja doch, hab ja Beine« und stolpere vorwärts, gestützt von irgendwem.

»Wie lange hat Ihre Frau schon Wehen?«

»Weiß ich nicht. Das ist nicht meine Frau, ich hab sie bloß hergefahren, sie stand auf der Straße neben meiner Haustür.«

Ich nehme eine Pforte wahr, durch die wir gehen, wer auch immer wir sind, einen Flur, ich lasse mich zu Boden fallen, um mich ins nächste Schwert zu werfen.

»Versuchen Sie mal, weniger zu brüllen, das verbraucht zu viel Kraft. Atmen Sie in den Bauch.«

»Klugscheißaaaaargh.«

»Ist wohl ihr erstes Kind.«

»Wie gesagt, keine Ahnung, aber scheint so.«

Wir fahren mit einem Fahrstuhl, gegen dessen Wände ich trete und mit den Fäusten schlage, auch wenn das nichts bringt. »Das soll verdammt noch mal aufhören! Warum macht das nicht jemand anders? Schneiden Sie das Kind raus, verfluuuuuucht.«

»Kommen Sie, wir übernehmen sie.« Neue Hände, eine Frauenstimme. »Alles wird gut. Wir schreiben jetzt ein CTG und dann dürfen Sie in den Kreißsaal.«

»Da will ich nicht hin. Ich will nach Hause!«

Ich werde auf eine Liege gelegt und verkabelt, wenn ich mich bewegen will, halten mich Hände fest. Ich muss hier raus, unbedingt, der Schmerz ist so viel größer als ich und wird mich auslöschen, bis nichts mehr übrig ist. Ich spüre, aus dieser Nummer komme ich nicht unbeschadet heraus.

»Ich kann das nicht«, quietsche ich, weil es stimmt. »Es soll aufhören. Und nehmen Sie das Kackgerät von mir!« Ich zerre an dem Gurt, der um meinen Bauch geschlungen ist und Pulse-Wave-Doppler und Druckmesser hält, um meine Wehentätigkeit aufzuzeichnen und die Herztöne meines Babys zu überwachen.

»Beruhigen Sie sich, atmen Sie tief. Wir wollen nur sehen, wie es Ihrem Kind geht.«

Sternchen.

Ich dachte, es würde mir ein Trost sein und könnte mir Kraft geben unter der Geburt, doch ich fühle mich leer, verlassen, ausgelaugt und in einen Albtraum geworfen. Von meinem Kind getrennt, das musste ja so kommen. Das konnte gar nicht gut ausgehen, das schaffe ich nie.

»Bringen wir sie rüber.«

Ein weißes Bett in einem weißen Zimmer. Jemand zieht mir die nasse Hose aus, den Pullover, streift mir etwas über. Eine Hand streichelt meinen Rücken. Ich mache mich los, schlage gegen eine Wand, sinke vor dem Bett auf den Fußboden. Möchte so gern schlafen und schließe die Augen, als der Schmerz für einige Sekunden nachlässt, schrecke aber sofort wieder hoch. Meine Beine zittern, krampfen, werden ebenfalls zu Schmerz. Die Welt ist Schmerz. Niemals werde ich ein Kind haben und Mutter sein. Weiß ich doch, dass ich nicht dazu bestimmt bin; Sternchen ist der dritte Beweis. Ich kann Geburt nicht. Ich bin die, die es nicht schafft. Ich müsste atmen. Aber ich schreie und heule.

Und gebe auf. Soll mit mir geschehen, was will.

Neben mir findet eine Bewegung statt. Etwas Warmes legt sich um mein Gesicht, Hände. Sanftes Gewicht lehnt sich gegen meine Stirn.

»Helga.« Ruhig fließt es in mein Ohr. »Ist ja gut, Helga. Ich bin da.« Arme legen sich um mich. »Ich bin bei dir, du schaffst das, lass es zu.« Es summt, sanft, in einem Klang, den ich in mir spüre. Jemand holt Luft, atmet tief aus, singt ein leises, aber volltönendes Ooooooo, das rund ist und sich um mich legt wie eine Decke. Einatmen, tief ausatmen, ooooooo. Mein Körper beginnt zu schwingen, jemand wiegt mich. Einatmen, ausatmen, ooooooo. Eine zweite Stimme summt mit. Es ist meine. Der Schmerz rollt weiter über mich hinweg, wütet in meinem Inneren, begräbt mich unter sich.

Aber ich tauche wieder auf. Einatmen, ausatmen, oooooo. Schaukle über den Ozean, statt darin zu ertrinken, überlasse mich einem Rhythmus, der plötzlich da ist. Vielleicht schon die ganze Zeit über in mir klang, ohne dass ich ihn gehört habe.

»Machen Sie weiter, ich schaue mir mal Ihren Muttermund an, ja?«

Einatmen, ausatmen, ooooooo.

Irgendjemand tastet an mir herum, es ist mir egal. Ich konzentriere mich auf die Arme, die mich halten, die Stirn, die an meiner liegt, das Ooooooo.

»Es fehlt nicht mehr viel, Sie haben es fast geschafft.«

Einatmen, ausatmen, ooooooo.

Zeit verstreicht, einheitslos. So ist es also, zu sein. Einatmen, ausatmen, ooooooo.

Etwas verändert sich, ich durchstoße eine Oberfläche, reiße die Augen auf und weiß nur eines: Ich muss pressen.

»Ist in Ordnung«, sagt jemand, eine Frau. »Der Muttermund ist geöffnet, Sie dürfen mithelfen.«

Das tue ich, spüre Erleichterung, weil ich nicht länger ausgeliefert bin, sondern agieren kann. Drücke abwärts mit allem, was ich habe. Heißer Schmerz durchbohrt mich, in mir baut sich ein Druck auf, von dem ich nicht weiß, ob ich ihm standhalte. Dann lässt er nach, plötzlich ist es still in meinem Körper.

»Gut gemacht, Helga, das war die erste Presswehe. Nimm die nächste genauso, dann ist Sternchen gleich bei dir.« Ich sehe das Gesicht des Kükens vor mir, dessen Stirn sich von meiner löst. Es lächelt. So lieb, dass mir die Tränen kommen. Mit ihnen die nächste Wehe, und ich hole tief Luft, drücke und schiebe, obwohl mir mein Unterleib sagt, dass ich aufhören muss, weil er gleich platzen wird. Ich spüre, wie das Baby vorwärtsrutscht, wahrhaftig, das kann ich fühlen.

Als die Wehe nachlässt und ich ausatme, den Druck abflauen lasse, sinkt es jedoch zurück, macht die Strecke, die wir bewältigt haben, zunichte.

»Scheiße.«

»Schon okay, mit der nächsten Wehe schaffst du es.«

»Nein, es rutscht zurück.«

Vier, fünf weitere Presswehen fräsen Schneisen in meinen Leib, und mir geht die Kraft aus, ich lasse sie über mich hinwegrollen und neue Verzweiflung über mich hereinbrechen.

»Was ist denn los? Der Kopf sollte jetzt bald rauskommen.« Die Frau, die irgendwo über mir steht, klingt besorgt.

»Es rutscht zurück.« Diese Stimme von vorhin, die meine ist, ohne sich so anzuhören. »Es rutscht jedes Mal zurück.«

»Okay, Helga, steh auf!«

Ich kann nicht, bin viel zu erschöpft, möchte nicht mehr.

»Komm schon, du kriegst später auch einen Kaffee!«

Ich schlingere auf die Knie, auf die Beine. Madita hilft mir, mich aufzurichten.

»Stütz dich hier aufs Bett, wir lassen uns von der Schwerkraft helfen.«

Erst mal muss ich aufschreien, höre ein Kopfschütteln in der Stimme der zweiten Frau. »Wir müssen bald etwas anderes versuchen.«

Madita ignoriert sie. Legt meine Unterarme auf das Bett, sodass ich vornübergebeugt dastehe, fasst meine Hüfte, streicht mir über den Rücken. »Mit der nächsten Wehe geben wir alles, einverstanden?«

»Hören Sie, ich kriege Ärger, wenn rauskommt, dass Sie das hier machen und es schiefgeht.«

»Hier geht nichts schief. Pressen, Helga, jetzt!«

Ich stemme die Beine in den Boden, spüre den Widerstand, den Maditas Körper hinter mir bietet, lehne mich dagegen und drücke. Wenn ich das jetzt nicht hinkriege, bekommt das

Küken Ärger, weil ich in einem Krankenhaus bin und es mir eigentlich gar nicht helfen darf, sondern die Frau das machen muss, die irgendwo neben uns steht und klingt, als würde sie am liebsten die Saugglocke oder Zange holen. Blöde Kuh.

Etwas Enormes drängt sich von innen Richtung Ausgang, es fühlt sich an wie eine Bowlingkugel, meine Haut spannt sich, brennt, wird gleich bersten. Trotzdem presse ich weiter, finde irgendwo eine letzte Kraftreserve und lasse sie mit einem letzten Aufschrei platzen. Die Wehe ebbt ab, ich sinke vornüber auf das Bett.

Madita jubelt und lacht, und ich glaube, sie weint. »Das Köpfchen ist da, Helga, schau, Sternchen ist ein Sternengucker.«

Ich schiebe mich zurück, sodass ich zwischen meine Beine gucken kann. Von wo aus mir große Augen entgegenblicken. Genauso erstaunt wie ich.

»Du liegst ja verkehrt herum«, murmle ich. »Deshalb bist du nicht glatt durchgerutscht.« Das kommt bei etwa einem Prozent aller Geburten vor und erschwert den Vorgang, weil sich das Baby nicht optimal an den Geburtskanal anpassen kann. Es dauert länger, vielen Frauen geht die Kraft aus, häufig kommt tatsächlich die Saugglocke zum Einsatz.

Nutzloses Hebammenwissen.

Die letzte Wehe kommt. Ich beuge mich wieder nach vorn und presse. Gemessen an allem vorher ist es leicht.

»Ich hab sie! Ich hab Sternchen.«

Eine blonde Frau erscheint in meinem Sichtfeld, hievt mich auf das Bett, ich lasse mich sinken und Tränen mein Gesicht hinunterlaufen. Maditas pastellrosa Haarschopf taucht auf, ich blicke in eines ihrer dunklen Augen, sie lacht. »Hier, deine Tochter!«

Das Küken legt mir ein Bündel in die zitternden Arme. Es ist winzig, so winzig, blau im Gesicht, der Kopf vom Durchgang durch mein Becken noch oval. Ein kleiner Fisch mit riesigen Augen. Das Wunderbarste, das ich jemals gesehen habe.

»Hallo, du«, flüstere ich. Und sie guckt zurück und staunt. Meine Tochter.

»Wollen Sie die Nabelschnur durchtrennen?« Die blonde Frau in grüner Kluft hält mir eine Schere entgegen.

Ich schüttle den Kopf. »Das muss Madita machen. Sie ist die Patentante.«

»Ach, du!« Das Küken wischt sich die Augen. »Wirklich?«

»Wer sonst?«

Später bringe ich die Nachgeburt zur Welt, schmerzhaft, aber machbar. Eine Ärztin kommt und näht einen Riss, den ich offenbar davongetragen habe, ohne es zu merken. Vermutlich spürt man den Schnitt eines Messers nicht, wenn man gleichzeitig Bekanntschaft mit einer Kreissäge schließt.

Ich habe geduscht, liege frisch und sauber im Bett, erschöpft, aber von einem Glück durchtränkt, von dem ich weiß, dass es Oxytocin heißt, ohne dass es dadurch an Bedeutung verliert. Ein Gedanke, der mich grinsen lässt, weil er so profan ist. Sternchen kuschelt in meinem Arm, saugt mit sanftem Ziepen an meiner Brust, und ich bin stolz, dass ich sie richtig angelegt habe und sie das so gut macht. Ein lächerliches Triumphgefühl für eine der natürlichsten Sachen des Lebens. Trotzdem tröstet es mich nach allem, was ich heute verbockt habe. Wehen übersehen, die hintere Hinterhauptslage meines Babys nicht getastet, Helga, die Hysterische, gegeben. Eine Stichflamme der Scham schießt durch meinen Hochmut, doch darum kümmere ich mich später. Jetzt muss ich staunen.

Neben mir hockt Madita, halb auf einem Stuhl, halb an mein Kopfkissen gelehnt, und gemeinsam können wir uns nicht sattsehen an meinem Kind, als sei es das erste Baby der Welt.

»Du hast mir das Leben gerettet, Madita«, flüstere ich irgendwann.

»I wo.« Sie piekst mich in die Seite. »Ich hatte bloß Angst um das Mobiliar.«

»Danke.«

»Ach, Helga!«

Sie umarmt mich vorsichtig über Sternchen hinweg, und ich genieße ihre warme Wange an meiner. Zum ersten Mal fällt mir auf, dass das Küken nach Blumen riecht.

Es klopft. Madita löst sich von mir, wir wechseln einen Blick.

»Vielleicht der Typ, der mich ins Krankenhaus gefahren hat«, überlege ich. »Der arme Kerl ... Herein!«

Die Tür öffnet sich. Tatsächlich steht ein Mann davor, äugt schüchtern zu uns herein und traut sich nicht über die Schwelle.

»Hans.«

Er lächelt schief. Tritt ein, schließt die Tür hinter sich. Dann steht er an meinem Bett.

»Hallo.« Seine dunkle Stimme fließt in mich hinein, beruhigt etwas, von dem ich nicht wusste, dass es in Bewegung war. Er schaut mich an mit einem Ausdruck, den ich nicht deuten kann, bevor sein Blick abwärtsrutscht und sich auf Sternchen heftet. Mein Kind. Seins. Unseres.

»Abgefahren«, ist ein Wort, das ich noch nie aus dem Mund dieses Mannes gehört habe, der einmal meiner war, strenggenommen noch ist, und auf jeden Fall Vater des Wunders in meinen Armen. Sein Ausdruck lässt mich schmunzeln, und ich freue mich, dass Hans da ist.

»Wohl eher rausgeschlüpft«, kichert das Küken. »Hi übrigens. Ich bin Madita.«

Hans hebt kurz den Kopf und reicht ihr die Hand, »Hi, Hans«, bevor er sich wieder Sternchen zuwendet, als sauge es seinen Blick auf sich. Was es tut.

»Woher wusstest du, dass ich hier bin?«, frage ich.

»Der Kerl, der dich ins Krankenhaus gefahren hat, hat's mir gesagt.«

»Und woher wusste der, dass du mein … also, dass du der Vater bist?«

»Wusste er nicht. War ein Versehen, dass er meine Nummer erwischt hat.« Hans zuckt mit den Achseln. »Klang nach einer wilden Fahrt, die ihr hattet.«

»Ups.« Zum Glück sind wir mit meinem Auto unterwegs gewesen. Kann gut sein, dass ich eine Delle in die Tür getreten habe. »Hast du seine Nummer? Dann kann ich mich bei ihm melden und danke sagen.«

Hans nickt. Zieht sich einen Stuhl heran, um weiterhin Sternchen begutachten zu können. »Er hat mir auch deinen Autoschlüssel gegeben, saß vorn im Wartebereich, bis er gehört hat, dass alles gut gegangen ist.«

»Nett.«

Um Sternchens Gesicht zu studieren, beugt Hans sich vor, und sein Geruch strömt mir in die Nase, was schön ist und mein Herz wilder schlagen lässt. Wenn ich mich vorbeuge, kann ich ihn küssen. Aber selbstverständlich mache ich das nicht.

Mir fällt auf, dass das Küken ungewöhnlich still ist seit Hans' Ankunft. Ich hebe den Blick, um es zu betrachten. Ein verschmitztes Grinsen glänzt in seiner Miene, und es macht Anstalten aufzustehen.

»Ich habe dir einen Kaffee versprochen, den hole ich mal.«

»Nichts machst du. Der schmeckt hier nicht. Bleib sitzen.«

Madita hebt die Brauen, lässt ihren erhobenen Po jedoch wieder sinken. »Wie du meinst«, sagt sie, lehnt sich zu mir aufs Kissen zurück, streicht mit dem Finger zart über Sternchens winzige Hand. »Und? Wie nennst du dein Zauberbaby?«

Zwei Augenpaare sehen mich an, ein braunes, sahniges, weiches und ein so vertrautes; eines, das sich nie entschieden hat, ob es blau oder grau sein will.

Ich spüre, wie ein Lächeln in mein Gesicht strömt, und höre mich antworten: »Lovis natürlich.«

Alles ist gut.

Süße Küsse

Madita

Vollkommen euphorisiert lasse ich mich von Silas durch wildes Schneetreiben nach Hause fahren und kann über nichts anderes reden als die Geburt der kleinen Lovis. Was für ein zauberhafter Name. Und wie niedlich sie ist mit ihrem feinen blonden Flaum auf dem Kopf und den großen blauen Augen. Sie hat mich angelächelt, als ich sie in Empfang nahm. Na gut, sicherlich nur Reflexe der Gesichtsmuskulatur, aber trotzdem ein Moment zum Dahinschmelzen.

»Ist doch irgendwie lustig, dass Madita Sternberg, ce moi …« Ich deute grinsend auf mich, während Silas hoch konzentriert über die eisglatte Fahrbahn düst. »… ausgerechnet bei Helga einer kleinen Sternenguckerin auf die Welt hilft, oder?« Am liebsten würde ich tanzen und lachen und singen, alles zur gleichen Zeit, und die ganze Welt dabei umarmen. Meine Finger trommeln einen wilden Rhythmus auf den Knien, und ich berichte meinem Gentleman-Fahrer, der dann und wann ein »Uh« und »Ah« einstreut, von dem großen Moment, als ich, die zukünftige Patentante, Lovis' Nabelschnur durchtrennte. Patentante, was für eine wichtige Rolle im Leben eines Kindes. Ich bin immer noch ganz gerührt und werde die beste, die es je gegeben hat. Nicht wie meine Tante Ines, die mich im Kindersitz ihres knallroten Hollandrads mitnahm und es dann, abgelenkt durch den schneidigen Nachbarn, umkippen ließ. Mit mir drin. Die Narbe an der Wange hab ich heute noch.

Draußen wird alles weiß und still. Nur wenige Leute sind unterwegs, und die Nacht hält, was sie verspricht. Sie ist wunderschön, erfüllt von Glanz und Hoffnung. Lichterkettensterne spannen sich über die Straße, und Silas parkt direkt vorm *Amore Belle*.

Ich steige aus dem Wagen, Schneeflocken tanzen durch die Luft, legen sich sanft auf mein Haar, und ich beobachte meinen Freund und Helfer dabei, wie er mein Gepäck auslädt. Ich lehne mich an seinen Wagen, das Handy in der Hand, und tippe eine Nachricht an Lotta. Tatsächlich wollte sie informiert werden, wenn das Baby kommt, weil sie den Countdown zählt, wann ich bei Helga ausziehen muss. Manchmal möchte ich sie hauen für ihre sarkastische Art. Die stört ungemein beim Positivdenken. Ich werde mir erst über einen möglichen Umzug Gedanken machen, wenn es zu eng in der Wohnung wird. Außerdem habe ich genügend Geld zusammen, um die Kaution für eine eigene Bleibe zu zahlen, wenn es sein muss. Helga verlangt keine Miete von mir; es genügt ihr, wenn ich ab und zu einkaufe und die warmen Mahlzeiten koche, und nicht einmal das fordert sie aktiv ein. Wer hätte das gedacht? Nach unserem Stolperstart vor neun Monaten …

»Komm, ich mach das.« Silas nimmt die Taschen, als ich danach greife, und mein Herz macht einen Sprung. Irgendwie hatte ich gehofft, dass er noch mit hochkommt, und so wie es aussieht, wird er das auch.

»Danke schön, wie lieb von dir«, zwitschere ich und tänzle voran, umrunde ein eingeschneites Fahrrad und steuere auf die Haustür zu. Wo sonst reges Treiben herrscht, finden sich heute nicht mal Spuren im Schnee.

»Lieb ist mein zweiter Vorname«, behauptet Silas und kommt mir nach.

Ich werfe ihm einen Blick über die Schulter zu. »Schauen wir mal, wie lieb du noch sein kannst.« Das klang jetzt zweideutig, und meine Ohren werden heiß. Es fällt mir einfach schwer, meine Worte zu zensieren, bevor sie meinen Mund verlassen.

Silas schmunzelt in sich hinein, während wir nebeneinander die Treppen hinaufsteigen. Oben angekommen schaut plötzlich Kemnich aus seiner Wohnung. Wie immer spannen sich etwa drei Haare über die glänzende Glatze und seine Augen huschen unruhig über mich hinweg.

»Es ist also passiert«, vermutet er, und ich hebe fragend die Augenbrauen. Was kann er meinen?

»Das Kind ist da, oder?«, präzisiert er und wagt sich einen weiteren halben Schritt in unsere Richtung. Offensichtlich steht mir diese schöne Geschichte ins Gesicht geschrieben. Ich begreife nur nicht, warum er so beunruhigt wirkt.

»Ja, Helga hat ein properes Mädchen auf die Welt gebracht«, setze ich an und angle nach meinem Handy. »Hier, ich hab ein Beweisfoto.«

Kemnich lugt aufs Display. »Ist ja ein Glatzkopf«, stellt er fest und schnalzt mit der Zunge. »Sieht nett aus. Hoffentlich macht es nicht so viel Krach. Diese Teppichwanzen können bis zu 120 Dezibel erreichen, wenn die in Fahrt kommen. Das ist so laut wie ein Düsenjet.« Schweißperlen bilden sich auf seinem Kopf.

Silas versteckt ein Grinsen, indem er die Taschen einmal absetzt und wieder aufhebt.

»Haben Sie Kinder, Herr Kemnich?« Keine Ahnung, warum ich das frage, denn seine Antwort liegt auf der Hand und überrascht mich nicht.

»Gott bewahre, viel zu teuer.« Hektisch winkt er ab und wirkt einen Moment lang, als wolle er noch etwas sagen. Doch dann zieht er sich in die Sicherheit seiner Wohnung zurück und nickt uns zum Abschied lediglich knapp zu, bevor die Tür sich schließt.

»Komischer Kauz«, findet Silas, und ich nicke.

»Da sagst du was.« Seufzend drehe ich den Schlüssel im Schloss von Helgas Wohnung und knipse das Licht an. Zu zweit treten wir in den Flur, Silas lässt das Gepäck bei der Garderobe stehen, was ich ihm ausnahmsweise erlaube, obwohl das sonst der heilige Platz für unsere Hebammentaschen ist. Doch ohne Ausnahmen gibt's auch keine Regel. Nachdenklich lässt er seinen Blick über mein Gesicht wandern.

»Kinder sind toll, sie geben einem viel mehr, als sie kosten«, finde ich. »Kemnich hat keine Ahnung, worum es im Leben geht.« Ich streife Schuhe und Jacke ab.

»Der Sinn des Lebens ist also Fortpflanzung?«, feixt Silas und guckt mich leicht tadelnd an. »So simpel, Madita?«

»I wo, so einfach ist das tatsächlich nicht. Es geht vielmehr um das Wunder des Lebens an sich. Nehmen wir mal diesen Tag.« Ich puste mir eine Strähne aus der Stirn, reibe meine kalten Hände aneinander. »Ist doch verrückt: so eine Geburt ist wie ein Riss in der Zeit. Als ob die Welt plötzlich den Atem anhält, nur um danach mit voller Intensität weiterzulaufen«, versuche ich zu erklären, was diese Augenblicke in mir auslösen. »Kannst du es nicht fühlen?« Mit großen Augen schaue ich ihn an, und er macht einen Schritt auf mich zu.

»Was fühlen?«, flüstert er.

»Wie die Zeit durch uns hindurchfällt?« Meine Haut prickelt, meine Wangen sind plötzlich voller Hitze unter der Intensität seines Blickes.

»Du bist ein seltsames Mädchen«, sagt Silas gedehnt, und sein Mundwinkel hebt sich. »Die meiste Zeit verstehe ich kein Wort von dem, was du sagst. Und dennoch will ich mit dir zusammen sein.«

Einen Augenblick bin ich sprachlos. Das Wort *seltsam* paart sich mit *ich will mit dir zusammen sein,* und das Ergebnis ist verwirrend und zugleich aufregend.

»Silas?«

Sein Lächeln wird breiter, und dieses mittlerweile gewohnte Gefühl in meinem Magen flammt auf.

»Ja?«

»Was soll das bedeuten?« Es wäre wirklich hilfreich, wenn er konkret werden würde, bevor ich einmal mehr etwas falsch verstehe.

Sein Lächeln verschwindet langsam und macht der gewohnten Ernsthaftigkeit des Ordnungshüters Platz.

»Ach, Fräulein Wunder«, seufzt er, und ich halte die Luft an.

Nur einen Sekundenbruchteil intensiviert sich sein Blick, bevor er in meinen Nacken greift und sich zu mir herunterbeugt. Seine Lippen treffen auf meine. Ich kann nicht mehr denken, nur fühlen. Glühende Hitze strömt durch meine Venen, sammelt sich im Unterleib. Silas küsst genau so, wie er nach außen wirkt. Kontrolliert, sicher, sanft und fordernd zugleich. Er weiß ganz genau, was er tun muss, um die Hitze in mir zu einer Flamme zu entfachen. Ohne Zögern oder Schüchternheit dringt er in meinen Mund, erobert meine Zunge. Umspielt und neckt sie, bis meine Knie weich werden. Sein Arm schlingt sich um mich, manövriert mich an die Wand in meinem Rücken, und ich seufze, als ich an ihr Halt finde. Meine Hände fahren in seine Jacke, befreien ihn daraus. Dann zupfen sie den Saum des Shirts aus der Hose, erkunden die Haut darunter und die Bauchmuskeln. Ich spüre seinen Körper durch die Kleidung und will so viel mehr.

»Madita«, höre ich ihn in einem atemlosen Moment raunen, und ich schnappe nach Luft, als er mich hochhebt. Mit den Beinen umschließe ich seine Mitte, und er trägt mich ins Wohnzimmer, hinüber zum Sofa. Sacht bettet er mich auf die Liegefläche, schiebt sich über mich und küsst mich sanfter. Mühsam versuche ich, mich zu zügeln, und dann löst er sich von mir. Er umfasst mein Gesicht, zeichnet mit dem Daumen Linien auf Wange und Lippen, während er mich betrachtet.

»Ich glaube, ich bin verliebt in dich«, sagt er mir ganz leise, beinahe schüchtern.

»Na, endlich.« Ich lächle und zwicke ihn sanft in die Seite.

»Na, endlich?« Sein Lachen ist wie Sonnenschein auf meiner Haut.

»Ich bin schon eine Weile verliebt in dich, aber ich schätze, das weißt du schon.« Zumindest würde es mich nicht überraschen, weil ich nie gut darin war, meine Gefühle zu verbergen. Ich bin wie ein offenes Buch, geschrieben für sehr dumme Kinder. Und meistens stört es mich nicht im Geringsten, denn mir war nie klar, wozu dieses ganze Katz-und-Maus-Spiel beim Flirten gut sein soll. Apropos Mauß.

Silas' Augen funkeln und eine leichte Röte zieht sich über seine Wangen.

»Du musst wissen, ich bin nur halb so klug, wie ich aussehe«, gibt er zu. »Ich war mir da nämlich nicht so sicher.« Er nimmt mich in den Arm. Einige Herzschläge lang liegen wir eng aneinandergeschmiegt da, tasten uns mit liebevollen Blicken ab.

»Nun weißt du es aber.« Ich ziehe ihn wieder zu mir herunter, presse meine Lippen auf seine, um mir mehr von dem zu holen, was er mir bereits gegeben hat. Ich weiß nicht, wie lange wir uns küssen und mein dämliches Handy dabei sturmklingelt. Ich wünschte, es würde aufhören, das Klingeln. Doch es scheint wichtig zu sein, und ich verfluche ganz kurz meinen Beruf. Es ist wirklich nichts für freiheitsliebende Menschen, Hebamme zu sein. Man ist ständig auf Stand-by und kommt nie wirklich zur Ruhe, besonders wenn wie heute Abend keine Kollegin zur Verfügung steht, denn Monika kommt erst übermorgen aus Frankreich zurück. Und nicht mal angemessen honoriert wird der Job. Fuck!

Zögerlich löse ich mich von Silas und vermisse seine Nähe augenblicklich, während ich den Anruf gezwungenermaßen annehme. Liebevoll sieht er mich an, während mein Lächeln auf meinem überhitzten Gesicht einfriert, als ich die Stimme am anderen Ende erkenne.

»Karin Glossberg hier«, flötet sie konsterniert. »Warum ist Frau Fronau nicht abkömmlich?«

Ich bekomme Schluckauf. »Na, sie hat gerade ihr Kind bekommen, Sie wissen doch, dass sie hochschwanger war?« Sie kann Helgas Umstände doch nun wirklich nicht übersehen haben? Nicht umsonst ist zuletzt Monika für Helga eingesprungen, da Familie Glossberg mich ja nicht im Haus haben will. Als hätte ich Flöhe oder so.

»Nun, ich kann mir nicht alles merken. Aber schön, herzlichen Glückwunsch an dieser Stelle«, sagt sie dann, und ich muss mich noch mehr wundern.

»Danke?«

»Nun, da Frau Fronau nicht kommen wird und ich auch sonst niemanden erreiche, dürfen Sie Viktoria untersuchen«, beschließt sie gönnerhaft.

»Oh, das freut mich sehr.« Fast rutscht mir das Handy aus den Fingern.

»Bitte seien Sie spätestens in einer halben Stunde hier.«

»Umpf.« Ich schaue auf die Wanduhr, die Helga gekauft hat, um meinem Zeitmanagement wenigstens den Hauch einer Chance zu geben, wie sie es formulierte. Das Zifferblatt zeigt halb eins.

»Ist denn etwas nicht in Ordnung bei Viktoria?«, frage ich vorsichtig. Mein letzter Stand ist, dass alles vollkommen normal und bilderbuchmäßig verläuft mit Vickys Schwangerschaft. Geradezu traumhaft.

»Würde ich Sie sonst kontaktieren?«

»Vermutlich nicht.«

»Richtig. Viktoria geht es nicht sonderlich gut, und bevor ich meinen Mann mitten in der Nacht mit ihr in die Klinik fahren lasse, wäre es sinnvoll, wenn Sie erst einmal schauen kommen. Vielleicht ist es ja nichts«, sagt Frau Glossberg, und ich stimme, innerlich zerrissen, zu.

Silas lässt sich seufzend in die Sofakissen fallen, heftet den Blick an den aus Babygläschen gestalteten Hebammenkronleuchter und sieht genauso frustriert aus, wie ich mich angesichts der Tatsache fühle, mich ausgerechnet jetzt von ihm trennen zu müssen.

Frau Glossberg legt mit einem knappen »Beeilen Sie sich!« auf, und Silas erhebt sich, fängt mich ein, bevor ich in den Flur huschen kann.

»Es tut mir so leid«, hauche ich, und er zieht mich an sich.

»Du ahnst nicht, wie leid es *mir* tut.«

Ich ersticke sein Murmeln mit meinen Küssen und verliere fast den Verstand, weil er seine Lenden an meinen Unterleib presst und ich nur zu deutlich seine Erregung spüre. Vielleicht ist es gut, dass ich ausgerechnet jetzt zu Vicky muss. Denn ich will auf gar keinen Fall etwas überstürzen. Ich lande nie bereits nach dem ersten Kuss mit einem Mann im Bett.

Mo kommt mir in den Sinn. Okay, anders formuliert: Ich habe nie nach dem ersten Kuss mit einem Mann gleich auch noch Sex. Ich bin ja nicht meine Schwester.

Leider kann ich mir gerade selbst nicht über den Weg trauen, da ich Silas so sehr will. So sehr, wie nie jemanden zuvor.

*

Als ich in die Villa Glossberg eingelassen werde, muss ich als Erstes die Schuhe ausziehen und auf Zehenspitzen die Treppe hinaufschleichen, weil der gute Herr Doktor auf keinen Fall unnötig aus seinem Erholungsschlaf geweckt werden darf.

Nicht mal die Frage, was denn genau mit Vicky los ist, gestattet mir Frau Glossberg, bis ich durch die glanzweiße Zimmertür in Vickys Reich trete. Das Mädchen liegt seitlich auf einem Himmelbett mit fliederfarbener Bettwäsche und knautscht ihre Bärchenmütze mit den Fingern durch. Kurz huscht ein Strahlen über ihre Miene, als sie mich entdeckt, und mein Herz macht einen Satz. Ich freu mich riesig, sie mal wiederzusehen. Die heimlichen Treffen haben nachgelassen in letzter Zeit, weil ich zu viele Termine hatte. Und wenngleich wir über Helga kleine Briefe austauschten, weil wir das hipper fanden, als profane WhatsApps zu tauschen, war ich nicht mehr richtig auf dem Laufenden.

»Hey, Süße. Wie geht's dir?« Bedacht, mit dem Blick des Glossberg'schen Tigers im Rücken, gehe ich zu ihr hinüber. Auf dem Stäbchenparkett um das Bett herum liegen Perlen und Kristallsteine, als hätte jemand ein Schmuckstück zerstört. Ich setze mich auf die Bettkannte. Es riecht nach Rosen und Vanille, und meine Nase kitzelt.

»Bescheiden trifft es nicht«, antwortet das Mädchen, das weicher im Gesicht geworden ist und ungewohnt rund, seit ich es das letzte Mal gesehen habe. »Boa, Mutter, kannst du bitte einfach gehen?! Ich komm klar.«

Sie linst an mir vorbei, und ich weiche aus, weil Frau Glossberg wie ein Raubvogel auf ihre Tochter zustößt, um ihr die Bärenmütze aus der Hand zu reißen. Nanu?

»Viktoria, du bist keine fünf mehr und auch kein Bär, wann lässt du dieses Ding endlich verschwinden?«, ätzt sie, und mir schießt durch den Kopf, dass ich auch eine Identitätskrise entwickeln würde, wenn ich so eine Mutter hätte.

»Gib sie mir wieder«, fordert Vicky schrill und verzieht das Gesicht, als sie sich aufsetzen will. Stöhnend lässt sie sich in die Seitenlage zurücksinken. Sie scheint ordentlich Schmerzen zu haben.

»Du wirst jetzt selbst Mutter, also benimm dich dementsprechend erwachsen.« Kurz bricht die Stimme von Frau Glossberg, und ich frage mich, wie ihre inneren Konflikte wohl aussehen. Ob sie vielleicht gar nicht so fies sein will und es nur macht, weil alle in diesem Haus so funktionieren müssen, dass der Herr Doktor zufrieden ist?

»Helga hat vorgeschlagen, dass Viktoria die Mütze für ihr Baby aufbewahrt«, mische ich mich ein und zupfe sie Vickys Mutter schneller aus der Hand, als sie etwas dagegen tun kann. »Kleidungsstücke, die nach der Mutter riechen, können Säuglinge prima beruhigen und beim Einschlafen helfen.«

Frau Glossberg tritt rückwärts und mit ihrem in einen Perlonstrumpf gehüllten Fuß auf einen der herumliegenden Kristalle und jault auf. Toll, wenn das Karma so schnell reagiert und mein innerer Buddha mit winkendem Mittelfinger eine Ehrenrunde auf dem Bobbycar dreht.

Endlich lässt Frau Glossberg uns allein, und ich gebe Vicky die Bärenmütze wieder. »Was hat sie denn dagegen?«

»Mein Vater findet es lächerlich und debil. So soll seine Tochter nicht wirken«, erklärt sie grinsend. »Ich liebe es, wenn er sich aufregt.«

Ich sage nichts dazu, lächle Vicky gewinnend an. »Na, dann schauen wir doch erst mal, wie es deinem Baby geht.« Ich schlage die Bettdecke zurück und taste Vickys inzwischen ordentlich gewachsenen Bauch ab. In sieben Wochen ist ihr Termin. Alles scheint normal. Ich kann den Popo und ein Bein ausmachen, und es kommt Leben in Vickys Leib unter der Berührung. Hallo, kleiner Schmetterling.

Während Vicky versucht sich zu drehen, atmet sie scharf ein.

»Also, was hast du für Sorgen?«, frage ich und lege den Fetaldoppler an, um die Herztöne zu überprüfen.

»Außer in diesem Irrenhaus zu leben?« Sie stößt hart die Luft aus. »Ich habe seit Tagen fiese Schmerzen, und ich wusste, wenn ich heute Abend nach einer Hebamme schicken lasse, muss meine Mutter dich holen.«

»Du raffiniertes Wesen«, staune ich.

»Monika hat mir von Helgas Geburt erzählt und dass sie erst ab dem vierten Januar wieder da ist.« Ihre Augen werden groß. »Wie geht es Helga denn?«

»Sehr gut, du müsstest sie sehen«, grinse ich. »Sie ist ganz verzaubert von ihrer süßen Lovis. Hach, ich ja genauso.« Zufrieden lausche ich den Herztönen in Vickys Bauch. »Erzähl mir von deinen Schmerzen.«

Vicky seufzt. »Ich weiß, es sind natürlich auch Übungswehen dabei, aber hey, ich kann mich nicht mal bücken, und es zieht scheißefies im Becken. Besonders schlimm ist es, wenn ich etwas trage oder nur auf einem Bein stehe. Oder Treppen steige, aus dem Auto oder mich im Bett einfach nur mal seekuh-like von links nach rechts oder umgekehrt drehen will.« Sie erzählt ausgiebig von Situationen, in denen es ihr auffiel, und wann dann noch Rückenschmerzen dazukamen, die sie nicht mehr schlafen lassen.

»Das hört sich sehr nach der Symphysis pubica an«, murmle ich und gehe im Geiste die Probleme durch, die diese knorpelige Verbindung zweier Gelenke im Schambein verursachen können.

»Was?«

»Auch Schambeinfuge genannt.«

Der Hormonanstieg in der Schwangerschaft sorgt dafür, dass im letzten Trimester die Bandscheibe dort weich wird und sich dehnt. Manchmal steigt das Hormon Relaxin vorzeitig und das Becken weitet sich zu früh, sodass Schmerzen entstehen.

»Ist das schlimm?«

»Es tut weh, das ist natürlich unschön. Aber du kannst vieles dagegen tun. Die Kegelübung zum Beispiel, und dein Arzt kann dir geeignete Schmerzmittel verschreiben«, referiere ich und spüre, dass es noch mehr gibt, das Vicky beschäftigt.

»Kann ich trotzdem normal gebären?«, fragt sie.

»Bestimmte Geburtspositionen sind da sehr hilfreich, bei denen der Druck aufs Schambein abnimmt. Aber manchmal …« Ich verstumme.

»O Mann, kein Bock. Ich nehme den Kaiserschnitt, da kann ich sowieso besser meine Klausuren planen.«

»Du musst alles vermeiden, was diese Schmerzen auslöst.« Ich schaue mich im Zimmer um. Nur ein paar Strampler liegen in ihrer Verpackung auf der Anrichte, sonst lässt nichts auf den nahenden Storch mit seinem Päckchen schließen.

»Hast du kein Stillkissen?«, wundere ich mich, weil ich mir sicher bin, dass ihr Helga eines empfohlen hat.

»Doch, im Kinderzimmer.«

Wie dumm von mir, natürlich ist das Haus riesig. Ich stehe auf, achte darauf, dass ich nicht auf eine der Perlen und Kristalle trete. »Ich hole es mal eben.«

»Na gut, aber pass auf, dass du meinen Vater nicht weckst, das Schlafzimmer ist direkt daneben.«

»Ich schaff das«, sage ich im selben Moment, in dem mein großer Zeh eine Perle touchiert. »Was ist hier eigentlich passiert?«

Ein Grinsen huscht über Vickys Miene. »Das ist eine Alarmanlage. Sie verhindert das Anschleichen gewisser Personen, während ich schlafe. Ich hasse es nämlich, wenn plötzlich im Halbdunkel jemand neben mir steht.«

Also hat Frau Glossberg doch irgendeine Art von Muttergefühlen? Dieses Anschleichverhalten kenne ich nämlich nur von Müttern, die sich vergewissern, dass es ihrem Kind gut geht, und die liebend gern dem ruhigen Atmen lauschen, weil es sie selbst beruhigt und erdet.

Ich schaffe es ungesehen und mucksmäuschenstill ins zukünftige Kinderzimmer und wieder zurück, benommen vom Einrichtungsstil, der ganz sicher nicht Vickys Vorstellungen entspricht. Mega teuer, keine Frage. Aber alles in Weiß und Beige? Und mit abstrakten Malereien in Erdtönen, die bei mir innerhalb von Minuten Depressionen auslösen würden.

Ich tröste mich mit dem Gedanken, dass Vicky in der Lage war, sich selbst Flügel zu verleihen, um trotz solch einer Umgebung aufzublühen.

Wenn ich einmal ein Kind bekomme, wird das Zimmer an Pippis Villa Kunterbunt erinnern und sämtliche Teilchen der Luft positiv laden. Ob Silas das gefallen würde?

Silas. Augenblicklich spüre ich seine Lippen auf meinen, und sie beginnen zu prickeln.

Mit einem Grinsen im Gesicht platziere ich das Stillkissen so zwischen Vickys Beinen, dass ihr Becken stabil liegt. Das sollte ihr beim Schlafen helfen und verhindert außerdem das zu schnelle und unbewusste Umdrehen.

»Ich werde dir einen Stützgürtel besorgen, der hält die Symphyse an ihrem Platz, und du bittest deinen Gynäkologen um Unterstützung.«

Vickys Miene bekommt etwas Verzweifeltes.

»Was ist los?«

»Hast du einen Hotspot für mich?«

Ich muss zugeben, damit habe ich nicht gerechnet, auch wenn ich spüren konnte, das außer den Schmerzen noch etwas in Vicky arbeitet.

»Na klar.« Ich krame nach meinem Handy, gebe ihr die Möglichkeit, mit ihrem ins Internet zu gehen, und bekomme erklärt, dass ihr regelmäßig das WLAN abgestellt wird. Ich finde, das geht mal gar nicht. WLAN sollte ein Grundrecht sein, besonders wenn man nur so den Kontakt zu seiner Liebe aufrechterhalten kann. Aber das ist wohl der Grund, warum der Herr Doktor seine Tochter von der Welt abschneidet.

Wenigstens komme ich auf diese Weise in den Genuss, Tyrese via Handyscreen kennenzulernen, verstehe sofort, was sie an dem Jungen mit Ähnlichkeit zum jungen Will Smith findet, und werde Zeuge einer ganz anderen Vicky. Einer sanften und koketten Version, die so geerdet und verliebt wirkt, dass es beinahe schmerzt. Die beiden Teenager sind spürbar verbunden und planen eine Zukunft, die bestimmt kein Zuckerschlecken ist, aber so viel bunte Qualität bietet, dass es mich mit Ehrfurcht erfüllt. Von diesen Kindern kann man lernen, denke ich, und dass es gar nicht lange her ist, dass ich selbst ein Kind war. Nun helfe ich Babys auf die Welt und frage mich, was ein bestimmter Polizist über Kinderzimmereinrichtungen denkt.

Die Liebe ist genauso ein Wunder wie die Geburt. So vieles ist möglich, so vieles erfüllt einen und lässt einen all die Hindernisse mit Schwingen nehmen, für deren Überwindung man ohne Flügel unglaublich viel Anlauf bräuchte.

Ich kuschle mich neben Vicky, höre den beiden noch eine Weile zu, bevor ich mich auf den Weg nach Hause mache und mich auf morgen freue. Denn Silas hat versprochen, mit Brötchen vorbeizukommen, und wer weiß, was dieser morgige Tag sonst noch so bereithält. Ich bin gespannt.

SO GEHT ES WEITER:

Storchenherzen lieben wild

Auszug aus Kapitel 1

Lärm

Helga

[…]

»Ups, Katastrophenwindel?« Hans streckt mir die Arme entgegen. »Soll ich das machen?«

»Oder ich«, quetscht Madita hervor.

»Nein, nein, ich erledige das schon.« Ich ächze mich vom Stuhl. »Du hast den ganzen Tag gearbeitet, Madita, und Hans war einkaufen, hat das Bad geputzt und Essen gemacht.« Ich schlurfe in Richtung Schlafzimmer. Murmle: »Ich saß nur herum.«

»Ach, ich kann dir helfen.« Madita springt auf.

»Lass mal«, rufe ich über die Schulter. Es klingelt an der Tür. »Erwarten wir Besuch?«

»Wir erwarten das Unmögliche, weißt du doch!«, flötet das Küken, während es nun, statt mir zu folgen, im Flur verschwindet, um die Tür zu öffnen.

Lovis brüllt weiterhin, und ich spüre Feuchtigkeit an der Hand, mit der ich ihren Po stütze. Definitiv eine Katastrophenwindel, die zweite heute. Einhändig krame ich ein Handtuch aus einer der Schubladen der Wickelkommode, halte mit der anderen Hand meine Tochter, versuche meine Ohren zu verschließen vor dem anhaltenden Geräuschpegel und brabble gleichzeitig vor mich hin. »Ist ja gut. Das haben wir gleich, hm? Da hatte dein Bäuchlein aber zu tun, kleines Sternchen.« Manchmal werde ich das Gefühl nicht los, dass solcher Wortbrei eher die Eltern beruhigt als das Kind, indem er so blödsinnig ist, dass der eigene Intellekt in eine Art Trance verfällt. Geistige Ohnmacht, ein Kniff der Natur, damit auch die verkopfteste Mutter ihre Ansprüche, Zweifel und Bedenken vergisst und sich auf das Elementarste besinnt. Dabei hatte ich mir vorgenommen, meiner Tochter keinen Nonsens vorzubrummeln.

»Oh, wir essen gerade schon – Hans hat Schnitten gemacht«, höre ich Madita im Flur sagen, als Lovis ein paar Momente lang nach Luft ringt.

»Schon wieder?«

Das ist der Bubi, Silas, Maditas Streifenpolizist, von dem ich bis heute nicht sicher bin, ob er und Madita etwas Festes miteinander haben oder nur unverbindlich herumflirten. Ich werde den Eindruck nicht los, dass sie das selbst nicht wissen. Mal säuselt das Küken Sätze in ihr Telefon, denen ich nicht mal eine Altersfreigabe für Erwachsene erteilen würde. An anderen Tagen murren und knurren die beiden sich an und reden aneinander vorbei, als sprächen sie in verschiedenen Zungen. Tatsächlich sind mir noch nie zwei Menschen begegnet, deren Kommunikation derart verquer läuft, obwohl offensichtlich ist, dass sie sich gegenseitig wollen.

Der Nachtwind steht dir, schießt mir beim Stichwort ungeklärte Verhältnisse eine von Jims Zettelbotschaften durch den Kopf, was mich erschaudern lässt. Aber nur kurz, weil Lovis zu Atem gekommen ist und ihr Geschrei wiederaufnimmt.

»Verquer, das trifft es«, sage ich zu meiner Tochter, lege

sie auf dem Handtuch ab und knöpfe den Body auf. Gelbe Bescherung quillt mir entgegen.

»So ist das nun mal mit Neugeborenen. Und im Gegensatz zu deinem Dienstplan sind die wenigstens süß«, motzt Madita draußen.

»Es ist doch aber nicht dein Kind.«

»Dein Ernst? Aus welchem Jahrhundert stammt denn bitte dein Rollenverständnis?«

Ein neuer Anlauf im Lautstärketest meiner Tochter übertönt Silas' Reaktion auf Maditas Frage. Ist vermutlich besser so. Ich versuche Lovis den schmutzigen Body über den Kopf zu ziehen, ohne sie komplett einzusauen, nehme mir vor, in Zukunft ausschließlich Wickelbodys zu verwenden, die man auch am Brustteil knöpft, als sie im falschen Augenblick das Köpfchen dreht und die Bescherung gewinnt. Großartig.

»Hans?« Ich brülle über Lovis' Geschrei und das Gespräch im Flur hinweg, kann meinem Kind die Ohren nicht zuhalten, weil ich mit beiden Händen die Füßchen fixiere, damit die nicht auch noch gelb werden.

»Was ist los?« Das ruft Madita.

»Kannst du Hans bitten, mit der Wanne zu kommen? Hier ist jemand reif für ein Vollbad.«

»Ach herrje – Hans? Helga braucht die Waschschüssel. Und du, guck nicht so, ich habe eben kein Luxuseigenalleinheim.«

»Bin gleich da! Sorry, darf ich mal durch?« Gleich darauf rauscht im Bad das Wasser.

»Du drehst es so hin, dass ich der Böse bin?«

»Da muss ich überhaupt nichts drehen und …«

»Ach, ich *bin* also böse?«

»Das habe ich nicht gesagt … «

»Entschuldigt bitte, bin gleich weg.« Schritte nähern sich. Das ist Hans. Sein Gang ist unverkennbar, grundsätzlich zielgerichtet. Sekunden später tritt er neben mich, stellt unseren zur Babywanne umfunktionierten Waschkorb auf dem Wickeltisch ab, in dem lauwarmes Wasser hin und her schwappt.

»Danke. Würdest du dich um die Wäsche …?«

»Sicher.« Er langt an mir vorbei, greift nach dem versifften Kleiderstapel und verschwindet im Flur. »Sorry, ich muss noch mal durch …«

»Boa … können wir uns vielleicht kurz in dein Zimmer setzen?«

Im Wohnzimmer dudelt *Wer hat an der Uhr gedreht* von Beatbone aus der Serie *Paulchen Panther* los. Maditas Telefon. Ich hebe Lovis ins Wasser, sie brüllt weiterhin und strampelt meinen Pullover nass.

»Hm, sonst magst du das doch«, höre ich mich sagen, »heute nicht?« Blöde Frage.

»Musst du da jetzt rangehen? Kannst du es nicht *ein*mal klingeln lassen?«

»Lasst ihr die Notrufe bimmeln, wenn ihr gerade was Privates zu regeln habt?« Es erstaunt mich immer wieder, wie bissig das Küken klingen kann, wenn sie mit dem Mann spricht, in den sie Hals über Kopf, Herz und Nieren verliebt ist.

»Das ist ja wohl was anderes …«

»Ach ja? Banküberfälle sind dir also wichtiger als das Leben geborener und ungeborener Kinder? – Ja? … Was? Lotta?«

»Lotta? Tja, wenn das mal kein Notfall ist …« Klang Silas bis eben gereizt, so beherrscht nun kalte Wut seine Stimme. Weder er noch ich sind Maditas Containerschiffkapitäninschwester bislang begegnet, und doch ist Lotta eine feste Größe in unser aller Leben. Sei es, dass sie uns durch Madita mit Lebensweisheiten und Ratschlägen aus aller Welt beglückt, sei es, dass das Küken alles stehen und liegen lässt, sobald sich Lotta telefonisch meldet. Sie ist Madita wichtig, so viel steht fest, trotzdem beschleicht mich hin und wieder das Gefühl, dass das Küken seine Schwester weniger mag, als sie selbst ahnt.

»Nun bist du wieder sauber, Lovis-Mäuschen« – Himmel, seit wann benutze ich denn Kosenamen? – »jetzt können wir dir was Frisches anziehen.« Wir, natürlich. Mama und ich. Am liebsten möchte ich mir mit der Hand vor den Kopf schlagen. Ich wickle Lovis in ein sauberes Handtuch, trockne sie ab, was sie genauso wenig mag wie alles andere in den letzten zwanzig Minuten, weshalb sie weiterhin brüllt.

Vor der Tür wird Madita ähnlich schrill. »Papa, mach mal langsam. Was genau ist mit Lotta?«

Also doch nicht die Kapitänin, auch wenn es allem Anschein nach um sie geht.

Das Festnetz klingelt, na klar, wann sonst. Ich schiebe eine Windel unter Lovis' Po, will sie schließen und mit dem halb nackten, brüllenden Kind hinüber ins Wohnzimmer laufen, um ranzugehen, als es flatscht und an den Rändern der Windel Gelbe Bescherung herausglitscht. Simsalabimbambaseladuseladim …

»Hören Sie mal, für den Lärmpegel im Haus wäre es besser, wenn Sie die Wohnungstür schließen würden.« Kemnich. Mein Treppenabsatznachbar, den Madita Darth Vader nennt, weil er gern schwer atmend hinter seiner Tür darauf lauert, dass sich Gründe ergeben, herauszuschießen und ein Lamento zu starten. Hans meint, er sei vermutlich einfach einsam; ich finde, dann soll er klingeln und fragen, ob er auf 'ne Tasse Kaffee rüberkommen darf. Madita würde ihm sofort auch noch eine Sahnetorte backen, mit Marmeladefüllung, Zuckerguss und Schokohaube.

Kemnich wird genauso nach Gesellschaft fragen, wie du zu Jim hinübergehen wirst, murmelt es in meinem Kopf, was ich gar nicht hören kann, weil Lovis sich über das zweite Bad beschwert, Silas im Flur mit Kemnich diskutiert und im Wohnzimmer weiterhin das Telefon klingelt.

»Kannst du mal rangehen, Hans?«, brüllt Madita. »O Mann, kacke.«

Augenblicke später erscheint Hans mit dem Telefon zwischen Schulter und Wange und bedeutet mir, dass es für mich ist. Ich schüttle den Kopf und hebe die Achseln, weil meine Hände ein glitschiges Baby über Wasser halten, das durchdringend schreit. Hans verschwindet. Und Lovis pupst einen dritten gelben Schwall in ihr Becken. Schlagartig verstummt sie. Offensichtlich ist die Verdauung endlich abgeschlossen.

»Gehen Sie doch einfach zurück in Ihre Wohnung und lassen uns unser Irrenhaus«, motzt Silas.

»O hallo, Herr Kemnich.« Madita. Warum klingt sie so zittrig?

»Fertig telefoniert? Können wir jetzt endlich vernünftig miteinander reden?«

»Nein. Helga?«

Ich hebe meine zufriedene Tochter aus dem schmutzigen Wasser, wickle sie in das nächste frische Handtuch, lege sie an meine Schulter und drehe mich um. Hans und Madita stehen nebeneinander in der Tür, er mit gerunzelter Stirn, sie blass.

»Ich geh dann mal«, ruft es aus dem Flur, worauf niemand reagiert.

»Das war deine Mutter.« Hans deutet auf das Telefon in seiner Hand. »Sie kommt nächste Woche vorbei.«

Zwei Becken knallen in meinem Inneren gegeneinander, und das Geräusch, das sie dabei erzeugen, ist nichts im Vergleich zu Lovis' Dauergebrüll von eben. Gar nichts. »Scheiße«, sage ich. »Was will die denn!?«

Hans zuckt mit den Schultern. »Ich vermute mal, ihr Enkelkind kennenlernen.«

Ich schüttle den Kopf, um das Taubheitsgefühl, das vom

Scheppern in meinem Körper herrührt, loszuwerden. »Tja … sie weiß gar nicht, dass sie eins hat.«

»Was?« Hans starrt mich an.

Im selben Moment bricht Madita in Tränen aus. »Lottas Frachter ist von Piraten überfallen worden – o Gott, die Reederei hat einen Notruf erhalten und Leute geschickt, aber was, wenn die bis dahin alle erschossen haben?«

Die Stille, die sich plötzlich über uns senkt, drückt gegen mein Trommelfell. Im Flur fällt die Wohnungstür ins Schloss.

Dankeschön

Dieses Buch ist allen Hebammen gewidmet. Ihr macht einen tollen Job, wie allein wären (wir) werdende Mamas ohne euch. Wie verloren und unsicher. Ihr eilt herbei, bei Tag und Nacht. Ihr lebt euren Job, denn anders wäre es gar nicht möglich, ihn auszuüben. Und dennoch macht man es euch, wie auch anderen Menschen des Gesundheitswesens, nicht leicht. Danke, dass ihr trotzdem da seid!

Besonderen Dank auch an Carmen Sackmann, die als Hebamme unsere *Storchenherzen* auf Herz und Nieren geprüft hat. Du bist ein Schatz!

Dieses Buch ist voller Liebe und hat uns als Autorenteam zusammengeschweißt und gemeinsam wachsen lassen. Es hat Licht durch dicke Wolken geschickt und Kraftreserven mobilisiert, wo keine mehr vorhanden schienen. Wir hoffen, das Lesen hat den gleichen Effekt.

Liebe Anja,
danke an dich fürs Supporten. Du bist klasse!

Liebe Martina, liebe Esther,
vielen Dank an euch und das gesamte dtv-Team, dass ihr von Anfang an an unsere *Storchenherzen* geglaubt und dem dicken Kind auf die Welt geholfen habt. Eine traumhafte Geburt, meinen wir.

Liebe Leser:innen, liebe Blogger:innen,
herzliches Danke, dass ihr *Storchenherzen* gelesen habt. Was

wären wir ohne euch? Wir hoffen, ihr hattet Spaß, konntet Helgas und Maditas Gefühlswelt nachvollziehen und habt keinen Koffein- oder Zuckerschock erlitten. Toll, dass ihr dabei wart. Fühlt euch gedrückt und seid wild gegrüßt!

Mina dankt außerdem: Meiner Mama, die nie müde wird, Probezulesen und Ideen zu teilen. Du bist die Beste, meine Freundin, Beraterin, Fürsorgerin. Ich danke meiner Tochter und meinem Mann, dass sie mir den Rücken freihalten und mich machen lassen. Und dem Schicksal für so manche Wege, die sich kreuzen.

Friederikes Dank gilt: meiner Familie, die seit Anbeginn der Zeit daran geglaubt hat, dass ich tatsächlich mal ein Buch schreiben werde, und nicht müde wird, mitzufiebern, Probezulesen, zu bestärken und zu jubeln. Danke, dass ihr immer da seid!

Hilko Odens danke ich fürs Probelesen, für das kompetente Feedback und fürs Mitfreuen! Besucht unbedingt seine Buchhandlung ZweiEinsDrei in Hamburg Altona; ich kenne niemanden, der besser berät.

Meinen Töchtern danke ich, dass sie mir verziehen haben, dass *Storchenherzen* kein Kinderbuch geworden ist. Tut mir leid, das nächste Mal, ja?

Mein größter Dank und meine Liebe gelten meinem Ehemann, der mich mit Wehen ins Geburtshaus fuhr und sich dort von mir anbrüllen ließ, weil die Geburt schwerer war, als ich gedacht hatte. Der unsere Kinder wickelte, herumtrug und ihnen jeden Abend auf der Gitarre vorspielte. Der sie zum Stillen ins Büro brachte, damit ich trotz Baby im Job bleiben konnte. Dem so wenig Zeit bleibt und der dennoch auf gemeinsame Stunden verzichtete, damit die *Storchenherzen* entstehen konnten.

Für dich würde ich den letzten Kaffee stehen lassen, Marc, du bist unglaublich. Danke!

Gedanken einer Hebamme

Liebe Leser:innen,

seit vielen Jahren bin ich Hebamme, habe selbst vier Kinder und lebe für meinen Job. Die Geschichte von Helga und Madita begleitete mich im Wochenbett mit meiner jüngsten Tochter und ließ mich lachen, mitfiebern und das ein oder andere Mal auch tief schlucken. Es war erfrischend, so offen, ehrlich, mit Witz und Verstand und guter Recherche über meinen eigenen trubeligen Arbeitsalltag zu lesen: Über die Urgewalt der Geburt, die kräftezehrenden Rufbereitschaften und die Intensität, die diese wundervolle Tätigkeit mit sich bringt, die so viel mehr ist als ein Beruf.

Ich möchte die Gelegenheit nutzen, um auszusprechen, was viele inzwischen wissen: Die Tätigkeit der Hebamme ist gefährdet. Unser Gesundheitssystem korkt und wird zu Tode gespart. Als Konsequenz daraus bleibt einer Klinikhebamme heutzutage kaum Zeit, eine Gebärende während der gesamten Geburt zu betreuen. Oft schieben wir Doppelschichten und lassen Pausen ausfallen, um Personalengpässe auszugleichen. Und auch die freiberuflichen Kolleg:innen leiden unter Zeitmangel. Um wirtschaftlich zu arbeiten, dürften Hebammen nur etwa 25 Minuten pro Hausbesuch einplanen, was unsere Aufgabe jedoch ad absurdum führt. Denn in unserem Job geht es um Nähe und Vertrauen, das man langsam aufbauen muss. Gerade unter der Geburt, diesem einzigartigen Moment, braucht es eine Beziehung. Und zurecht fühlt sich im Zweifelsfall die ein oder andere Frau um ein schönes Geburtserlebnis betrogen, wenn zu wenig Zeit bleibt.

Ein trauriges Gedankenspiel: Was wäre, wenn es keine Hebammen mehr gäbe? Die aktuellen Entwicklungen machen es durchaus notwendig, sich das einmal vorzustellen. Denn unser Beruf hat keine guten Zukunftsaussichten. Neuerdings ist er sogar Studienfach, für den ein Numerus clausus höher gewertet wird als die menschliche Komponente und das Herzblut, was ich sehr schade finde. Von Gebührenverordnungen, einem Einkommen, das zum Auskommen nicht reicht, und Versicherungssummen brauchen wir gar nicht erst zu reden.

Ich bin davon überzeugt, dass eine gute Hebamme mehr leistet als fachliche Betreuung. Wir arbeiten gemeinsam mit den Schwangeren, stärken sie, geben Sicherheit, motivieren, helfen bei Traumabewältigung und gehen eine Beziehung ein. Wir begleiten die Höhen und Tiefen jeder einzelnen Frau. Das ist eine große emotionale Herausforderung und braucht Kraft. Ich selbst werde meine Hebammen, die mir halfen, meine Kinder zu entbinden, niemals vergessen und will sie nicht missen. Obwohl (oder gerade weil) ich vom Fach bin, kann ich mir eine Geburt ohne diese Unterstützung gar nicht vorstellen.

Es wäre tragisch, wenn das Hebammenwesen, das doch irgendwie Kulturerbe der Menschheit ist, verschwinden würde.

In diesem Sinne, einen großen Dank an all die Frauen, die sich uns anvertrauen. An all die wunderbaren jungen Familien, die wir begleiten dürfen. Und an Fritzi Teichert für den liebevollen, wahren, heiteren Blick hinter die Kulissen. Möge er das Bewusstsein schärfen für die Wichtigkeit des schönsten Berufs der Welt!

Carmen Sackmann, Hebamme mit Leib und Seele